Foundation and Earth
파운데이션과 지구

FOUNDATION
SERIES
05

Foundation and Earth
파운데이션과 지구

Isaac Asimov
아이작 아시모프
김옥수 옮김

황금가지

FOUNDATION AND EARTH
by Isaac Asimov

Korean edition is published by arrangement with
Doubleday, an imprint of The Knopf Doubleday Publishing Group,
a division of Random House, Inc., through EYA.

차례

서문

1941년 8월 1일. 당시 21살의 청년으로 콜롬비아 대학교 대학원에서 화학을 공부하며 3년째 과학 소설을 집필해 오던 중이었습니다. 나는 《아연실색(Astounding)》의 편집자 존 캠벨을 서둘러 만났지요. 내가 쓴 과학 소설을 벌써 다섯 권이나 발표해 준 사람이었어요. 나는 머릿속에서 새롭게 구상한 과학 소설에 대해서 열심히 설명했습니다.

미래 역사를 다루면서 은하제국이 무너지는 이야기를 풀어 나가는 내용이었지요. 내가 얼마나 열심히 설명했는지, 캠벨 역시 나만큼이나 흥분하게 되었어요. 그리고 나한테 한 권으로 끝내지 말라는 제안을 했지요. 시리즈로 만들어서 제1은하제국이 몰락하고 제2은하제국이 등장하는 천 년 역사를 그대로 담아 내자는 주장이었어요. 캠벨과 내가 열심히 토론하면서 만들어 낸 '심리역사학'으로 내용을 풀어 나가면 될 것 같았지요.

첫 번째 소설은《아연실색》1942년 5월 호에, 그리고 두 번째 소설은 동년 6월 호에 실렸어요. 소설은 바로 유명세를 탔으며 캠벨은 내가 향후 10년 동안 여섯 권을 더 쓰도록 했지요. 이야기도 갈수록 기다랗게 변했어요. 첫 번째 소설은 단어가 불과 1만 2000개인데 이후에 쓴 두 권은 각각 5만 단어에 달하니까요.

이렇게 10년을 보내는 동안 나는 파운데이션 시리즈에 지칠 대로 지쳐서 그걸로 마무리를 짓고 다른 책으로 넘어갔어요. 그런데 그때쯤 다양한 출판사에서 과학 소설을 양장본으로 출간하기 시작했지요. 이런 출판사 가운데에는 전문성이 떨어지는 노움 출판사(Gnome Press)가 있었어요. 이들은 내가 집필한 「파운데이션」 시리즈를 『파운데이션』(1951년), 『파운데이션과 제국』(1952년), 『제2파운데이션』(1953년) 세 권으로 출간했어요. 이렇게 나온 세 권은 「파운데이션」 삼부작이란 이름으로 알려졌지요.

이 책은 별다른 성공을 못 거두었어요. 노움 출판사가 자본이 없어서 제품을 광고하는 등의 홍보 자체를 못했기 때문이지요. 나는 출판사 측에게 아무런 설명도 인세도 못 받았어요.

1961년 초에 더블데이 출판사에서 나를 담당하던 편집자 티머시 셀즈는 외국 출판사에서 「파운데이션」 시리즈를 출판하고 싶다는 요청을 받았다고 나한테 말했어요. 「파운데이션」 시리즈가 더블데이 책이 아니라서 나한테 그런 사항을 전달한 것이지요. 그때 나는 어깨를 으쓱하면서 이렇게 대답했어요.

"관심 없어요, 팀. 지금까지 인세를 한 푼도 못 받은걸요."

셀즈는 깜짝 놀라더니 즉시 행동을 취해 당시에 이미 모든 활동을 중단한 노움 출판사한테서 세 권에 대한 모든 권리를 회수했고, 동년 8월에는 「파운데이션」 시리즈 역시 『아이, 로봇』과 함께 더블데이 책이 되었어요.

그 순간부터 「파운데이션」 시리즈는 본격적으로 주목을 받으면서 인세를 벌어들이기 시작했지요. 더블데이는 삼부작을 한 권으로 출간해서 과학 소설 북클럽을 통해 배포했어요. 그래서 「파운데이션」 시리즈가 엄청난 인기를 끌었지요.

1966년 클리블랜드에서 국제 과학 소설 총회를 열었는데 독자들한테 '최고로 좋은 시리즈'를 투표하도록 하는 코너가 있었어요. 그런 시도는 처음이자 마지막이었는데, 경쟁 작품 가운데에는 휴고상 수상작도 있었지요. 그런데 「파운데이션」 삼부작이 뽑히면서 유명세는 더욱 늘어났어요.

독자들이 나한테 시리즈를 더 집필하라고 요구하는 사례도 꾸준히 늘어났답니다. 하지만 나는 정중하게 거절했어요. 그럼에도 불구하고 내가 삼부작을 집필할 당시에 태어나지도 않은 독자들이 작품에 푹 빠져든다는 사실에서 나는 커다란 자극을 받았지요.

하지만 더블데이는 그런 요구를 나보다 훨씬 진지하게 받아들였어요. 그들은 20년이란 세월 동안 나한테 비위를 맞추었지만 독자들이 요구하는 횟수와 강도가 계속 늘어나면서 결국엔 인내심을 잃고 말았지요. 그래서 1981년에는 나한테 「파운데이션」 소설을 또 써야 한다고, 그렇게 한다면 평소의 열 배를 계약금으로 주겠다고 유혹하는 거예요.

나는 불안한 마음을 달래며 동의했어요. 내가 파운데이션을 쓰고 32년이란 세월이 지난 상태에서 14만 단어에 달하는 기다란 소설을, 먼저 발표한 시리즈 각 권보다 두 배는 기다랗고, 다른 소설보다는 세 배는 기다란 소설을 쓰게 된 것이에요. 나는 파운데이션 삼부작을 다시 읽고 숨을 깊이 들이마셨어요. 그리고 본격적인 작업에 들어갔지요.

네 번째 「파운데이션」 시리즈 『파운데이션의 끝』은 1982년 10월에 출간했는데, 아주 이상한 현상이 일어났어요. 단번에 《뉴욕 타임스》 베스트셀러 리스트에 오른 거예요. 그게 전부가 아니에요. 놀랍게도 무려 25주 동안이나 거기에 머물렀거든요. 이런 일이 나한테 일어난 건 처음이었지요.

더블데이는 당장 새로운 소설을 발표하자는 계약서를 작성하고, 나는 「로봇」이라는 다른 시리즈에 들어가는 소설 두 권을 집필했어요. 그런 다음에 파운데이션으로 다시 돌아왔지요.

그래서 나는 『파운데이션과 지구』를, 『파운데이션의 끝』이 끝나는 지점에서 시작하는 작품을, 지금 여러분이 들고 있는 책을 집필했어요. 『파운데이션의 끝』에 실린 내용을 떠올리며 읽으면 도움이 될 수도 있겠지만 꼭 그럴 필요는 없어요. 『파운데이션과 지구』로 충분하기 때문이에요. 여러분이 재미있게 읽으면 좋겠습니다.

아이작 아시모프,

뉴욕, 1986년

제1부

가이아

1장

탐색이 시작되다

1

"내가 왜 그런 결정을 내렸을까?"

트레비스는 혼잣말처럼 중얼거렸다.

이것은 트레비스가 가이아에 온 이후로 쉴 새 없이 자기 자신에게 던져 온 질문이었다. 서늘한 밤의 쾌적함 속에서 푹 자고 일어날 때면 이 질문은 자그마한 북소리처럼 그의 마음속에서 고동치곤 했다. 내가 왜 그런 결정을 내렸을까? 내가 왜 그런 결정을 내렸을까?

하지만 지금에서야 처음으로 이러한 질문을 돔에게 던져 본 것이다.

돔은 사람의 마음을 속속들이 꿰뚫어 보는 능력을 가지고 있었기 때문에 트레비스가 느끼는 불안감을 쉽게 알아차릴 수 있었다. 그는 트레비스의 질문을 못 알아들은 듯 트레비스에게 물었다.

"트레브, 무슨 결정 말이오?"

사람의 이름을 한 음절 이상으로 발음한다는 것이 돔에게는 어려운 일이었으나 크게 문제될 것은 없었다. 트레비스도 이미 그 점에 대해서는 어느 정도 익숙해져 있었기 때문이었다.

"제가 내린 결정 말입니다. 가이아를 인류의 미래로 선택한 것."

"그건 옳은 결정이었소."

돔은 앉은 채 트레비스를 진지하게 올려다보며 말했다.

"당신도 제 결정이 옳다고 말씀하시는군요."

트레비스는 못 참겠다는 듯 말했다.

"나-우리-가이아는 당신의 결정이 옳다는 것을 알고 있소. 당신에 대해 우리가 높이 평가하는 것이 바로 그런 점이지. 당신은 불완전한 자료를 가지고도 옳은 결정을 내리는 데 탁월한 능력이 있소. 그리고 당신이 이제까지 그렇게 결정을 내려왔던 것처럼 실제로 지금 가이아를 선택한 것 아니오? 당신은 제1파운데이션의 과학기술을 토대로 하여 세워진 은하제국의 무정부 상태를 받아들이기를 거부했을 뿐 아니라 제2파운데이션의 정신학에 바탕을 둔 은하제국의 무정부 상태 역시 거부하지 않았소? 당신은 그 어느 쪽도 오래 지속될 만큼 안정된 세계가 아니라는 결론을 내렸고 그 결과 가이아를 선택한 것 아닌가 이 말이오."

트레비스가 말했다.

"그건 사실입니다. 저는 분명히 가이아를 선택했습니다. 가이아는 행성 전체가 단일한 생각과 성격을 갖고 있는 초공동체입니다. 따라서 우리는 가이아의 특수한 상황에 맞는 대명사인 '나-우리-가이아'를 사용해야 하는 겁니다."

그는 방 안을 쉴 새 없이 오락가락하며 이야기를 계속했다.

"가이아는 종국에 가서는 은하계 전체를 포용할 거대한 초공동체, 즉 갤럭시아로 변모할 겁니다."

그는 걸음을 멈추고 갑자기 돔이 있는 쪽으로 돌아서며 이렇게 말했다.

"저도 당신이 생각하는 것처럼 제가 옳다고 생각합니다. 하지만 당신은 그저 갤럭시아가 하루라도 빨리 실현되기를 바라는 마음에서 나의 결정을 흡족하게 생각하는 겁니다. 하지만 제 마음 한구석에는 갤럭시아와 같은 세계가 오는 것을 바라지 않고 있어요. 그렇기 때문에 제가 내린 결정에 대해 진정한 확신을 갖지 못하고 있는 겁니다. 제가 이런 결정을 내린 이유를 나 스스로도 알고 싶습니다. 정말 옳은 결정이었는지 심사숙고해 본 후라야 만족할 수 있을 것 같습니다. 설령 올바른 결정을 내릴 수 있는 능력이 제게 있다는 것을 인정한다 하더라도, 과연 그걸 가능하게 하는 것이 무엇인지가 정말 궁금합니다."

"나-우리-가이아는 당신이 어떻게 올바른 결정을 내리게 된 것인지는 알지 못하오. 하지만 이미 결정을 내린 마당에 그 이유까지 알아야 할 필요가 있을까?"

"돔, 당신은 이 행성의 모든 것을 대변하지 않습니까? 이슬방울과 돌멩이까지, 그리고 이 행성의 가장 특징적인 요소라고 할 수 있는 공동체의식의 세계에 대해서조차 말입니다."

"그렇긴 하오. 그리고 그건 이 행성의 어떤 존재도 공동체의식의 정도만 높다면 마찬가지라오."

"그리고 그 공동체의식은 제가 블랙박스 구실을 하는 데 만족하고 말입니까? 그러니까 잘 기능하기만 하면 블랙박스 안에 뭐가 담겨 있는지는 대수롭지 않다는 얘기냐고요? 하지만 저는 다릅니다. 저는 블랙박스로서의 역할을 하는 데 만족할 수 없어요. 그 안에 무엇이 담겨 있는지를 꼭 알고 싶습니다. 어떻게, 그리고 왜 제가 가이아와 갤럭시아를 미래의 세계로 선택했는지를 알기 전까지는 마음을 편히 가질 수 없을 것 같습니다."

"당신은, 왜 당신이 내린 결정을 그렇게 혐오하고 불신하는 거요?"

트레비스는 숨을 깊이 들이마셨다. 그리고 작지만 단호한 목소리로 대답했다.

"전 초공동체의 일부가 되고 싶지 않거든요. 공동체의 결정에 따라 필요하다면 언제라도 전체의 이익을 위해 제거될 수 있는 그런 부수적인 존재가 되고 싶지 않기 때문입니다."

돔이 트레비스를 찬찬히 응시하며 물었다.

"트레브, 그러면 결정을 바꾸고 싶소? 물론 원한다면 가능한 얘기요."

"솔직히 말해서 이 결정을 번복하고 싶습니다. 하지만 단지 싫다는 이유만으로 한 번 내린 결정을 그렇게 쉽게 바꿀 수도 없는 노릇 아닙니까? 지금 일을 추진하기에 앞서 저의 결정이 그른 건지 옳은 건지를 알아야만 합니다. 단지 옳다고 느끼는 것만으로는 부족합니다."

"당신이 옳다고 느끼면 그건 옳은 것이오."

돔이 언제나 그랬듯이 온화한 목소리로 천천히 말했다. 트레비스 자신의 혼란스러운 마음과 대조를 이루는 돔의 목소리 때문에 오히려 기분이 더욱 거칠어졌다.

트레비스는 '느끼는 것'과 '아는 것' 사이의 차이를 어떤 식으로 규명해야 할지 몰라 착잡한 심정이 들었다. 그는 이러한 기분에 벗어나려는 듯 속삭였다.

"전 지구를 찾아내야 합니다……."

"그 이유가 뭐요? 그게 당신이 내린 결정의 옳고 그름을 밝혀 줄 것이라고 믿기 때문이오?"

"그 이유는, 지구를 찾는 일이 그동안 저를 괴롭혀 온 또 하나의 과제이고, 둘 사이에는 뭔가 상호 관련성이 있을 거라는 직감이 들기 때문입니다. 전 블랙박스이지 않습니까? 분명 관련이 있을 거란 직감이 든다고요. 이 정도면 당신도 납득할 만하지 않습니까?"

"그럴지도 모르오."

돔이 차분하게 대답하자 트레비스가 말했다.

"설사 이 은하계의 사람들이 지구와 관련이 있었던 게 벌써 수천 년, 아니 2만 년 전 일이라 하더라도, 도대체 우리의 기원이 된 행성인 지구의 존재를 까맣게 잊어버린다는 것이 가당하기나 한 얘기입니까?"

"2만 년이란 세월은 당신이 생각하는 것보다 훨씬 긴 시간이오. 게다가 초기의 지구에 대해서는 거의 대부분 모르지. 그리고 지구에 관한 대부분의 전설들은 누군가 지어낸 허구임이 거의 틀림없지만, 그것들이 계속 진실이라고 믿어지는 것은 이를 대체할 만한 것이 없었기 때문이오. 게다가 지구는 이 은하제국이 생기기 아주 오래전부터 존재해 왔소."

"하지만 지구에 대한 기록이 어디엔가 분명히 남아 있을 겁니다. 제 친한 친구 페롤랫 교수님은 초기의 지구에 대한 신화와 전설들을 수집했지요. 모을 수 있는 것이라면 무엇이든지 말입니다. 그에겐 그것이 직업일 뿐만 아니라 취미이기도 하다는 게 더욱 중요한 점이지요. 하지만 그가 모은 것은 모두 신화와 전설들뿐입니다. 실제 기록이나 문서는 전혀 없어요."

"2만 년이나 된 문서들? 모든 것은 보관상의 실수나 전쟁으로 파괴되거나 썩고 훼손되지 않았겠소?"

"그러나 그 문서들을 다시 기록한 것들이 있을 겁니다. 예전의 문서들을 다시 기록하고 그것을 다시 재기록하고……. 그래서 2만 년이나 오래되지는 않았어도 쓸 만한 자료들이 있을 거예요. 제가 말하는 그러한 문서들은 우리가 알고 있는 많은 역사적 기록에서도 언급되고 있거든요. 그런데 이상한 것은 그것들이 누군가에 의해 흔적도 없이 지워졌다는 사실이지요. 트랜터에 있는 은하도서관은 지구에 관한 문서들을 반드시 보관하고 있을 텐데 지금은 그런 문서들이 하나도 없어요. 그 문서에 대해 언급한 기록은 있을지 모르나 그 문서의 내용을 직접 인용한 어떤 자료도 찾아볼 수 없게 됐다는 얘기지요."

"트랜터가 수 세기 전 적들에게 약탈당했다는 사실을 잊었소?"

"하지만 그 도서관은 전혀 피해를 입지 않았죠. 제2파운데이션인들이 그 도서관을 끝까지 지켜 냈거든요. 최근 은하 도서관에 지구에 관련된 자료들이 남아 있지 않다는 사실을 발견한 것도 바로 그들이지요. 그 자료들은 최근 누군가가 의도적으로 제거한 게 확실해요."

트레비스는 걸음을 멈추고 돔을 뚫어지게 응시했다.

"만일 제가 지구를 발견한다면, 저는 지구가 무엇을 감추고 있는지를 알아낼 수 있을 겁니다."

"감추다니?"

"감춘 것이든 감춰진 것이든 간에 일단 그 내용을 알게 되면 제가 지향해야 할 미래의 세계로 가이아와 갤럭시아를 선택한 이유도 알게 될 것 같습니다. 그렇게 되면 제 자신이 옳다고 '느끼는 정도'에 그치는 것이 아니라 옳다는 사실을 확신할 수 있겠지요."

"만일 당신이 그렇게 느낀다면, 그리고 반드시 지구를 찾아야 한다고 생각한다면 우리는 힘이 닿는 대로 당신을 돕겠소. 하지만 우리의 도움은 제한되어 있소. 예를 들면 나-우리-가이아는 지구가 이 광대한 은하계의 어디쯤에 있는지도 알지 못하고 있소."

"그렇다 하더라도 저는 찾아볼 겁니다. 설령 은하계에 별들이 무수히 많아 지구 탐사 가능성이 절망적일 정도로 희박하다 해도, 게다가 저 홀로 이 일을 해내야 한다고 해도 말입니다."

2

트레비스는 가이아의 단조로운 생활에 익숙해져 있었다. 가이아의 기온은 늘 쾌적했고 바람도 상쾌하게 불어 왔다. 구름은 하늘을 흘러 다니며 햇빛을 가리곤 했다.

광활한 대지가 건조해지면 어김없이 비가 내려 수분을 충분히 공급해 주었다.

나무들은 어느 행성의 과일나무와 마찬가지로 정상적인 속도로 자랐다. 대지와 바다에는 식물과 동물들이 적당한 수로, 그리고 생태학적 균형이 적절히 유지될 만큼 들어차 있었다. 그리고 이 모든 동식물들의 수효는 늘거나 줄기는 했어도 적당한 수준을 벗어나는 법이 없었으며 인구의 증감도 마찬가지였다.

트레비스의 눈에 들어오는 것 중에 주위 환경과 안 어울리는 유일한 것은 단지 자신의 우주선인 파스타호였다.

이 우주선은 그 동안 가이아의 많은 인력이 동원되어 잘 청소되고 정비되어 왔다. 우주선에는 식량과 물이 다시 비축되었고 내부의 각종 장비와 비품들도 새것으로 교체되었다. 또한 기계의 작동 상태도 재점검을 마친 상태였다. 트레비스는 우주선의 컴퓨터를 직접 꼼꼼하게 점검했다.

이 우주선은 파운데이션에서 몇 대 안 되는 중력 우주선 중의 하나로서, 은하계 중력장의 에너지로 운항되기 때문에 연료가 아예 필요 없었다. 이 은하계 중력장 에너지는 거의 무한히 이어질 인류나 인류와 유사한 다른 생물체에게 충분히 공급될 만큼 무궁무진했다.

3개월 전만 해도 트레비스는 터미너스 시의원이었다. 즉 그는 파운데이션 의회 의원으로서 은하계에서는 꽤 높은 지위를 갖고 있었다. 그게 겨우 3개월 전의 일이라고? 시의원으로 있을 당시 그의 유일한 관심사는 그 웅대한 셀던 프로젝트가 과연 타당한 것인지, 아울러 파운데이션을 일개 행성에서 광대한 은하제국으로 자연스럽게 발전시키는 계획이 제대로 입안되었는지를 가리는 일이었다. 이 일을 하느라고 32년 생애의 절반을 보낸 듯했다.

어떻게 보면 그의 신분에는 아무런 변동이 없다고 할 수도 있었다. 의원직을 아주 버린 것은 아니니까……. 따라서 그가 이러한 특권과 지위를 누리기 위해 터미너스로 돌아갈 생각이 없다는 것을 제외한다면, 그의 지위와 특권에는 아무런 변화도 생기지 않았다.

작지만 질서 있는 가이아의 생활에 적응하는 것도, 파운데이션의 거대한 혼란에 적응하는 것도 그에게는 쉽지 않았다. 그는 어느 곳에 가든 편안하지 못했고 미아가 된 듯한 기분을 떨쳐 버릴 수가 없었다.

그는 입을 굳게 다문 채 검은 머리카락을 거칠게 움켜잡았다. 자신의 운명을 한탄하며 세월을 보내기보다는 우선 지구를 찾아 나서야 한다. 자신의 수명이 다하기 전에 탐사를 마칠 수 있다면 주저앉아서 실컷 울 수 있으련만……. 그때가 되면 지금보다 훨씬 이성적인 판단력을 지니게 될지도 모를 일이다. 그는 거의 무의식적으로 과거를 회상했다.

3개월 전 그는 유능할 뿐만 아니라 세속의 때가 묻지 않은 학자 페롤랫과 함께 터미너스를 떠났다. 오래전에 잃어버린 지구를 찾고자 하는 그의 열망은 마치 골동품 수집가의 열정과도 같았다. 트레비스는 페롤랫을 따라나서면서 자신이 진정 지향하는 목표는 숨기고 있었다.

하지만 정작 찾아낸 것은 지구가 아니라 가이아였다. 그리고 얼마 되지 않아 트레비스는 운명적인 결단을 내려야 했다. 이제는 입장이 정반대로 바뀌어, 지구를 찾기로 결심을 굳힌 사람은 바로 트레비스였다. 왜냐하면 전혀 예상치 못했던 변화가 페롤랫에게 일어났기 때문이었다.

페롤랫은 까만 머리에 까만 눈동자를 가진 가이아의 젊은 여성, 블리스를 만나게 되었다. 그녀 역시 돔과 마찬가지로 근처에 널려 있는 모래나 풀잎처럼 가이아 그 자체였다. 페롤랫은 중년의 나이를 뛰어넘은 열정에 휩싸여 자신의 나이의 절반도 안 되는 이 여성과 사랑에 빠졌고, 기이하게도 그녀 역시 페롤랫과 사랑에 빠져 버린 듯했다.

정말 묘한 일이었다. 하지만 페롤랫은 정말 행복해했다. 트레비스는 사람들이 각자 자신의 행복을 추구해야 한다는 것을 받아들였다. 사실 이것은 개인성이라는 문제, 즉 트레비스의 결정에 의해 결국에는 사라지게 되고 말 개인성과 일맥상통하는 것이었다.

고통이 되살아났다. 과거에 내려야 했고, 내리고 말았던 결정 때문에 그는 언제나 괴로워했다.

"트레비스!"

누군가의 목소리가 그의 상념 속으로 파고들었다. 그는 눈을 깜박이며 태양을 향해 고개를 돌렸다.

"페롤랫 교수님! 용케도 블리스와 떨어져 계시군요!"

트레비스는 자신의 괴로운 심정을 남이 눈치채길 원치 않았기 때문에 평소보다 다정하게, 그리고 짐짓 유쾌한 듯한 목소리로 말했다.

페롤랫은 머리를 가로저었다. 온화한 바람이 그의 부드러운 머릿결을 흩어 놓았다. 그의 길쭉한 얼굴에 잠시 엄숙한 표정이 지나갔다.

"이보게, 사실 내게 자네를 만나라고 권유한 사람은 바로 그녀였다네. 물론 내가 자네를 만날 생각을 하지 않았다는 뜻은 아니지만, 이런 점에서는 그녀가 나보다 생각이 앞서는 것 같아."

"알겠어요, 페롤랫 교수님. 제게 작별 인사를 하러 오셨군요. 교수님의 뜻을 잘 알겠어요."

"아니, 그게 아닐세. 사실은 그 정반대야. 트레비스, 자네와 내가 터미너스를 떠나올 때만 해도 내 관심사는 지구를 찾는 일뿐이었지. 자네도 알다시피 난 성인이 된 이후로는 온통 그 일에만 매달려 오지 않았나?"

"이제 그 일은 제게 맡기세요, 페롤랫 교수님. 그건 이제 제 임무예요."

"여전히 내 일이기도 해."

"그렇지만……."

"이보게, 트레비스. 정말 자네와 같이 가고 싶네."

페롤랫은 숨을 가쁘게 들이쉬며 다급한 표정으로 말했다.

"본심이 아니시겠죠, 페롤랫 교수님. 교수님에겐 이제 가이아가 있잖아요?"

트레비스는 내심 페롤랫의 말에 놀라면서도 이렇게 말했다.

"언젠가 나는 다시 가이아로 돌아올 거야. 하지만 자네 혼자 떠나도록 할 수는 없어."

"걱정 마세요. 저 혼자서도 잘해 나갈 수 있을 테니."

"트레비스, 자네 기분을 상하게 하고 싶진 않지만 자네가 알고 있는 지식만으로 지구를 찾아낸다는 것은 무리야. 신화와 전설에 대해 알고 있는 사람은 바로 나 아닌가? 그러니 내가 안내하겠다는 걸세."

"그렇다면 블리스와 헤어질 작정인가요?"

페롤랫의 얼굴이 약간 벌겋게 달아올랐다.

"사실은 그러고 싶지 않아. 하지만 그녀가……"

트레비스는 눈살을 찌푸렸다.

"블리스가 교수님을 쫓아 버리기라도 했다는 말인가요? 그녀가 내게 약속한 바로는……."

"자네로서는 이해하기 어려울지 모르겠지만 그건 아닐세. 제발 내 말을 끝까지 좀 들어 보게, 트레비스. 자네는 남의 얘기가 채 끝나기도 전에 결론을 내리는 좋지 않은 버릇이 있어. 이런 상태에서 내 생각을 정확히 말한다는 게 어려울 것 같네. 하지만……"

트레비스는 자신의 성급한 태도가 미안했던지 이렇게 말했다.

"죄송해요. 블리스가 의도하는 바가 도대체 뭔지 허심탄회하게 말해 보세요. 흥분하지 않겠다고 약속하지요."

"고마워. 자네가 인내심을 잃지 않는다면 지금 당장이라도 솔직히 말하겠네. 사실은 말이야. 블리스는 우리와 함께 가길 원해."

"블리스가 우리와 동행하길 원한다고요? 그건 안 돼요. 정말 말도 안 되는 소립니다. 하지만 약속대로 화를 내지는 않겠어요. 어쨌든 말해 보세요, 페롤랫 교수님. 블리스가 어째서 우리와 함께 가고 싶다는 거지요?"

"내게도 그 이유는 말하지 않았어. 그녀는 그 이유를 자네에게 직접 말하고 싶어 해."

"그렇다면 왜 함께 오지 않았나요?"

"트레비스, 이건 내 생각이네만 블리스는 자네가 자기를 별로 좋아하지 않는다고 생각하는 것 같아. 그래서 자네에게 접근하기를 망설이는 게 아닌가 싶네. 나로서는 자네가 그녀에 대해 아무런 적대감도 지니지 않고 있다는 걸 그녀에게 납득시키려고 최선을 다했네. 하지만 성과는 별로 없었어. 다시 말해서 그녀는 여전히 내가 자네를 만나 이 문제에 대해 얘기해 볼 것을 바라고 있었다네. 트레비스, 자네가 만나고 싶어 한다고 그녀에게 말해도 되겠나?"

"물론입니다. 지금 당장 만나 보겠어요!"

"이보게, 난 자네가 블리스를 만나 사리에 맞게 행동할 것이라고 믿네. 그녀가 이 문제를 무척 심각하게 생각하고 있다는 점을 명심하게. 그녀는 이 문제가 자신에게도 무척 중요한 일이기 때문에 어떤 경우가 있어도 반드시 자네와 함께 가겠다고 말했어."

"그 이유를 교수님에게도 말하지 않았다고 했지요?"

"그런 얘긴 하지 않았네. 하지만 만일 그녀가 꼭 가야겠다고 생각한다면 가이아의 생각도 마찬가지일 걸세."

"그 말은 제가 결코 블리스의 청을 거절해서는 안 된다는 뜻인가요?"

"바로 그렇다네."

3

가이아에 도착한 이래 트레비스는 처음으로 블리스의 집을 방문하게 되었다. 페롤랫은 그녀와 함께 살고 있었다.

트레비스는 집 안으로 들어서면서 내부를 잠시 둘러보았다. 가이아에서는 집들이 하나같이 단순한 모양을 하고 있었다. 가이아에서 혹독한 날씨를 경험하는 것은 매우 드문 일이었다. 더구나 지각(地殼)도 필요에 따라 언제든지 상하로 부드럽게 들쑥날쑥할 수 있기 때문에, 외부로부터의 공격을 막기 위해서나 혹독한 환경에 대응하기 위해서 특별히 설계된 집을 지을 필요가 없었다. 말하자면 행성 자체가 주민들을 보호하는 하나의 '집'이나 마찬가지였다.

보통의 행성 가옥에 비하면 블리스의 집은 아주 작았고, 창문은 유리가 아닌 불투명한 막으로 되어 있었다. 집 안에 가구라고는 별로 보이지 않았지만, 우아한 분위기와 함께 상당히 실용적인 구조를 갖추고 있었다. 벽에는 홀로그래피 이미지들이 전시되어 있었는데, 그중 한 이미지에는 수줍은 얼굴로 놀라는 페롤랫의 모습이 담겨 있었다. 트레비스의 입술이 씰룩였다. 그는 자신이 집 구경에 정신이 팔려 있다는 사실을 드러내지 않으려고 괜히 전대띠를 가다듬느라 애썼다.

블리스의 시선이 그에게 닿았다. 그녀는 평소처럼 웃음을 띠고 있지 않았다. 까만 눈을 동그랗게 뜨고 부드럽게 웨이브가 진 머리카락을 어깨 위로 늘어뜨린 채 그를 바라보는 그녀의 표정은 자못 심각해 보였다. 붉게 칠해진 입술만이 그녀의 얼굴에서 유일하게 색을 띤 부분이었다.

"날 만나러 와 줘서 고마워요, 트레브."

"페롤랫 교수님이 워낙 절박하게 부탁하는 탓에…… 블리세노비아렐라."

블리스는 미소를 지어 보였다.

"당신이 날 블리스라고 불러 준다면 저도 당신의 이름을 모두 부르죠, 트레비스."

거의 눈치 채기 어려웠지만 그녀는 두 번째 음절을 발음하면서 더듬거렸다.

트레비스가 그의 오른손을 위로 들어 손짓을 하면서 말했다.

"그렇게 불러도 괜찮아요. 가이아 사람들이 평소 대화를 나눌 때 상대방 이름의 한 음절만으로 부르는 습관이 있다는 것을 이미 알고 있으니까 나를 트레브라고 불러도 상관없어요. 하지만 가급적 트레비스라고 불러 준다면 더 좋겠군요. 나도 앞으로 당신을 블리스라고 부르죠."

트레비스는 그녀와 만날 때면 항상 그래 왔던 것처럼 그녀를 유심히 바라보았다. 개인으로 본다면 그녀는 20대 초반의 젊은 아가씨였다. 하지만 가이아의 일부라는 점에서 본다면 수천 살도 넘었다. 그러나 그녀의 외모나 말투 그리고 그녀가 속해 있는 환경에는 별다를 게 없었다.

"요점부터 말하죠. 당신은 지금껏 반드시 지구를 찾아야 한다고 말해 왔어요."

"그건 돔에게 한 얘깁니다."

트레비스는 자신의 견해를 굳이 역설하지 않으면서도 가이아에게 고분고분한 인상을 주지는 않겠다는 단호한 마음의 준비라도 한 듯 말했다.

"물론 그랬죠. 하지만 돔에게 그 얘기를 했을 때 그것은 가이아, 그리고 가이아의 모든 부분에게 말한 것이나 마찬가지예요. 따라서 내게 말한 셈이 되기도 해요."

"그러면 당신은 내 이야기를 들었다는 겁니까?"

"그렇지는 않아요. 내가 당신의 얘기에 직접 귀 기울인 것은 아니니까요. 하지만 당신이 얘기하고 난 연후라도 내가 주의를 집중하면 당신이 한 얘기를 몽땅 기억해 낼 수 있어요. 무슨 얘기인지 이해하기 어렵겠지만 일단 그렇게 받아들이고 내 얘기를 끝까지 들어 주었으면 해요.

당신은 지구를 찾겠다는 소망을 거듭 밝혀 왔고 또 그 일의 중요성을 역설해 왔어요. 나는 그 일이 왜 그렇게 중요한 것인지를 잘 모르겠어요. 하지만 당신은 판단을 올바로 내리는 능력을 지니고 있죠. 그래서 우리는 당신이 말하는 바를 받아들이려고 합니다. 지구를 찾아내는 일이 당신에게 매우 중요한 일이라면 그건 가이아에게도 중요한 일이겠죠. 그렇기 때문에 단순히 당신을 보호하기 위해서라도 가이아가 당신과 동행해야 한다는 겁니다."

"가이아가 나와 함께 가야 한다는 얘기는 당신이 나와 동행해야 한다는 뜻인가요?"

"그래요. 내가 바로 가이아이기도 하니까요."

블리스는 짧게 대답했다.

"그러나 이 행성에 있는 모두가 가이아라면 왜 유독 당신이 우리와 함께 간다는 거지요? 가이아의 다른 부분이 가서는 안 되는 건가요?"

"그건 펠이 당신과 함께 가길 원하기 때문입니다. 그가 당신과 함께 떠날 경우 그에게는 바로 내가 필요하거든요."

방 한쪽에 잠자코 앉아 있던 페롤랫이 부드럽게 말했다.

"그건 사실일세. 블리스는 가이아의 많은 부분 중에서 바로 내가 소유한 부분이라네."

블리스가 갑자기 웃음을 터뜨렸다.

"그런 식으로 생각하는 것은 상당히 흥미로운 일이에요. 물론 낯설기도 하고요."

"글쎄요……."

트레비스는 손을 머리 뒤로 한 채 의자에 등을 대고 몸을 뒤로 기울였다. 그가 몸을 젖히는 순간 그가 앉아 있는 다리에서 삐걱하는 소리가 났다. 그는 이 의자가 자신의 몸무게를 지탱할 만큼 견고하지는 않을 것이라고 생각했다.

"가이아를 떠나더라도 당신은 여전히 가이아의 일부인가요?"

"꼭 그래야 하는 것은 아니에요. 만일 내가 어떤 해악을 입을 수 있는 심각한 위험에 처해 있다는 생각이 들 때, 나 자신을 가이아로부터 분리시킬 수도 있지요. 그럼으로써 내게 닥치는 해악이 가이아까지 미치는 것을 방지할 수 있으니까요. 그 외에 그래야 할 중요한 이유가 있을 경우에도 나 자신을 분리시킬 수 있어요. 하지만 비상시에 국한된 얘깁니다. 일반적으로 나는 언제나 가이아의 일부로 남아 있게 되지요."

"우리가 초공간으로 도약할 경우에도 그래요?"

"그렇죠. 좀 더 복잡한 과정을 거치긴 하겠지만요."

"어쩐지 나로서는 그 점이 별로 달갑지 않군요."

"왜 그렇죠?"

트레비스는 마치 고약한 냄새를 맡기라도 한 듯 코를 찡그렸다.

"당신 얘기는, 내 우주선에서 야기되고 행해지는 무엇이든지 당신이 듣고 보게 된다면 결국 가이아 전체가 듣고 보게 된다는 뜻 아닙니까?"

"물론 내가 바로 가이아이기도 하니, 내가 보거나 느끼는 것은 가이아도 보고 듣고 느낄 수 있지요."

"바로 그 얘기를 하는 겁니다. 그러면 저 벽조차도 보고 듣고 느낄 수 있다는 뜻이군요."

블리스는 트레비스가 가리키는 벽을 쳐다보고는 어깨를 으쓱했다.

"그렇죠. 저 벽도 물론……. 하지만 저 벽은 아주 미약한 의식만을 지고 있어서 극히 미약하게만 느끼고 이해할 뿐입니다. 저 벽의 예를 들자면, 우리가 지금 말하고 있는 것에 반응해서 저 벽을 구성하는 물질의 원자 내에는 일정한 변화가 일어나는데, 그 과정을 통해서 우리 대화가 가이아로 전달되는 겁니다."

"그러나 내가 저 벽이 내 사생활에 관한 것까지 보고 듣는 것을 원하지 않을 경우는?"

이 말에 블리스는 화가 난 듯했다. 이어 페롤랫이 갑자기 끼어들었다.

"이보게, 트레비스. 가이아에 대해 잘 모르기 때문에 두 사람의 대화에 끼어들고 싶지는 않네. 하지만 말일세. 나는 지금껏 블리스와 함께 지내면서 가이아란 곳에 대해 어느 정도는 알게 됐네. 이걸 한번 생각해 보게. 만일 자네가 터미너스에서 군중들 사이를 거닐게 되면 매우 많은 것을 보고 듣게 되지 않겠는가? 하지만 그중의 일부만이 자네 기억 속에 남게 되겠지. 물론 자네의 뇌에 어떤 특별한 자극을 가하게 되면 그 보고 들은 모든 것을 기억해 낼 수도 있겠지만 말이야. 하지만 대부분의 경우 자네는 그것들을 무시해 버리게 되지. 즉 그냥 잊힌다는 얘길세. 설령 낯선 사람들 속에서 매우 감동적인 장면을 목격하게 되거나 거기에 흥미를 느끼게 된다 하더라도 그것이 자네와 별로 관계가 없는 일이라면 곧 잊어버리게 돼. 바로 가이아에서도 마찬가지라네. 설령 가이아의 모두가 자네의 사적인 일까지 알고 있다 하더라도 그것이 곧 가이아가 관심을 기울인다는 뜻은 아니라네. 안 그래, 블리스?"

"그런 식으로 생각해 본 적은 없어요, 펠. 하지만 그럴듯한 설명이라고 생각해요. 사실 트레비스가 말하는 사생활이라는 것이 우리에게는 별로 중요한 게 아니거든요. 사실 나-우리-가이아는 개개인의 프라이버시라는 것을 잘 이해할 수도 없고요.

가이아가 당신의 목소리를 듣지 못하고 당신의 행동을 보지 못하고 당신의 생각을 감지하지 못하도록 비상시에 우리는 가이아로부터 스스로를 차단할 수 있어요. 하지만 누가 그런 식으로 살기를 원할까요?

단 한 시간 동안이라도 말입니다."

트레비스가 반박했다.

"나라면 그럴 겁니다. 바로 그 때문에 지구를 찾아내고자 하는 거니까. 만일 내가 지구를 찾아낸다면 그때야 비로소 인류를 위해 내가 괴로운 운명을 선택한 이유를 알게 될 것 같군요."

"그것은 괴로운 운명이 아니라네. 자, 그런 얘기는 이 정도로 해 두지. 나는 스파이가 아니라 친구로서 조력자로서 자네와 함께 있겠네. 가이아도 마찬가지일세."

트레비스가 엄숙하게 말했다.

"가이아가 저를 돕는 최선의 길은 절 지구로 안내하는 겁니다."

블리스는 머리를 천천히 가로저었다.

"가이아는 지구가 어디 있는지 알지 못해요. 돔이 당신에게 이미 말했잖아요."

"그걸 곧이곧대로 믿을 수가 없다는 겁니다. 당신들에겐 지구에 관한 어떤 기록이든 있을 텐데 어째서 여기에 머무는 동안 그런 기록들을 구경조차 할 수가 없었죠? 설령 가이아로서는 지구가 어디에 있는지 정말 모르고 있다 해도, 나라면 그런 기록들에서 필요한 정보를 어느 정도 얻어낼 수 있을 겁니다. 나는 은하계에 대해 무척 자세하게 알고 있어요. 물론 가이아보다도 더 잘 알고 있지요. 나는 가이아가 이해하지 못한 기록을 이해할 수 있기 때문에 어떤 단서라도 추적할 수 있을 거예요."

"하지만 어떤 기록을 말하는 거죠, 트레비스?"

"어떤 기록이든지……. 책, 필름, 레코드, 문서……. 당신들이 가지고 있다면 무엇이든 좋죠. 하지만 여기에 있는 동안 나는 기록이라고 인정할 만한 것은 단 한 가지도 보지 못했어요. 페롤랫 교수님은 본 적이 있나요?"

"아니, 사실은 찾아보지도 않았다네."

페롤랫이 머뭇머뭇 말했다.

트레비스가 말했다.

"나는 그동안 은밀히 찾아봤지요. 하지만 아무것도 찾아낼 수 없었어요. 아무것도! 결국 누군가 그것들을 내 눈에 띄지 않게 숨기고 있다고 생각할 수밖에 없더군요. 왜 그랬을까? 이해할 수 없었지요. 이 점은 어떻게 생각하죠?"

블리스는 이맛살을 찌푸렸다.

"어째서 전에는 이런 걸 묻지 않았죠? 나-우리-가이아는 아무것도 숨기지 않아요. 또 거짓말도 하지 않습니다. 고립자는 거짓말을 할지도 모르지요. 고립자는 자신이 유일한 존재이기 때문에 두려워합니다. 하지만 가이아는 위대한 정신적 능력을 가진 행성유기체이며 두려움 같은 것이 없어요. 가이아가 거짓말을 하거나 현실과 모순되는 말을 할 필요는 전혀 없습니다."

트레비스는 코웃음을 쳤다.

"그러면 어째서 기록을 하나도 볼 수 없게 하는 거죠? 납득할 만한 이유를 대 보세요."

"물론 말해 드리죠. 한마디로 말해서 우리는 어떤 기록도 가지고 있지 않기 때문이에요."

4

페롤랫이 먼저 정신을 차렸다. 트레비스보다는 충격이 덜한 듯했다.

"블리스, 그것은 불가능한 일이야. 어떤 형태로든지 기록을 가지고 있지 않은 문명이란 존재할 수 없는 법이니까."

페롤랫이 부드럽게 반박하자 블리스는 눈썹을 치켜세우면서 말했다.

"무슨 얘기인지 알겠어요. 하지만 내 말의 의미는 당신이 지금 말하고 있는, 그리고 과거에 접한 적이 있는 그런 형태의 기록이 우리에겐 없다는 얘기예요. 나-우리-가이아는 어떤 문서나 인쇄물, 필름, 컴퓨터 데이터뱅크 같은 류의 기록은 전혀 가지고 있지 않아요. 내가 할 수 있는 설명은 이게 다예요. 우리에겐 이런 형태의 기록들이 전혀 없기 때문에 당신이 찾아낼 수 없었던 게 당연한 일이죠."

트레비스가 말했다.

"내가 기록이라고 인정할 수 있는 기록을 전혀 가지고 있지 않다면 당신들이 가지고 있는 것은 도대체 뭐란 말입니까?"

블리스는 마치 어린아이에게 얘기하듯 또박또박 대답했다.

"나-우리-가이아는 기억력을 가지고 있습니다. 난 기억해 낼 수 있어요."

"뭘 기억해 낼 수 있다는 거죠?"

"뭐든지 다요."

"참고할 수 있는 모든 자료를 말입니까?"

"물론이죠."

"얼마나 오랫동안 기억할 수 있으며 또 얼마나 오래전 것까지 기억해 낼 수 있다는 말이죠?"

"무한합니다."

"그러면 당신은 내게 역사적인 문헌도 제공할 수 있겠군요? 전기나 지리학, 과학 그리고 각 지방의 가십거리조차 말입니다."

"뭐든지요."

"그 조그만 머리에 뭐든지?"

트레비스는 놀리듯 블리스의 오른쪽 관자놀이를 가리켰다.

"아뇨. 가이아의 기억 범위는 내 머리 속에 있는 특정 내용에 한정되지 않아요. 이를테면 아득한 옛날 선사시대 무렵 인간들이 워낙 미개해서, 그들이 비록 살아가면서 일어나는 일들을 기억할 수는 있지만 말로 표현할 수 없었던 때가 있었지요. 그 후 인간들은 언어를 이용해 자신이 기억하고 있는 것을 표현하거나 남에게 전달할 때 사용했죠. 글이란 것은 종국적으로 기억을 기록하기 위해 그리고 기억들을 대대로 후손들에게 전달하기 위해 만들어진 것이고요. 그 이후로 인류의 모든 기술적 발전이란 것은 이러한 기억을 전달하거나 보관하는 능력을 확장하는 데, 또는 원하는 정보를 보다 쉽게 찾아볼 수 있도록 하는 데 집중되어 왔던 겁니다. 하지만 일단 개개인들이 합쳐져서 가이아를 구성하게 되자 이 모든 것들이 쓸모없게 되어 버렸지요.

즉 우리는 과거처럼 기억력에만 의존하는 시대로 돌아간 겁니다. 이 기억력이란 '기록'의 가장 기본적인 체계로서, 다른 모든 것들은 이 기억을 바탕으로 생겨난 것입니다. 이해하시겠어요?"

"당신은 가이아에 있는 모든 기억들이, 사람들이 가진 많은 데이터를 합친 것보다 더 많이 기억할 수 있다는 얘기를 하는 겁니까?"

"바로 그렇습니다."

"하지만 가이아가 이 행성 기억을 통해 여기저기 산재해 있는 모든 기록들을 보관하고 있다 하더라도, 그것이 가이아를 구성하고 있는 개인으로서의 당신에게 무슨 소용이 있죠?"

"원한다면 언제라도 그 기록을 끌어내서 쓸 수 있지요. 내가 알고 싶은 것이 무엇이든 간에 그것은 가이아에 있는 한 개인이나 다수의 사람들의 기억 속에 담겨 있거든요. 만일 그것이 '의자'라는 단어의 의미처럼 아주 기본적인 것일 경우에는 모든 사람들의 기억 속에 담겨 있지요.

하지만 궁금한 것이 난해한 것이라서 가이아의 기억체계 중 극히 일부분에 저장되어 있다 하더라도, 필요하면 나는 언제라도 그것을 생각해 낼 수 있지요. 보다 널리 퍼져 있는 기억보다는 생각해 내는 데 시간이 다소 오래 걸리겠지만 말입니다.

트레비스! 만일 당신이 당신의 기억 속에는 없는 어떤 것인가를 알고 싶다면 당신은 그와 관련된 책을 찾아보거나 컴퓨터의 데이터뱅크를 활용하지 않나요? 마찬가지로 나는 가이아의 기억 내용 전체를 검색할 수가 있어요."

"그렇다면 그 모든 정보가 당신의 기억 속으로 흘러들어 와 당신의 두개골이 결국 터져 버리는 사태를 어떻게 방지할 수 있지요?"

"지금 나를 비꼬고 있군요, 트레비스."

페롤랫이 끼어들었다.

"이보게, 트레비스. 불쾌하게 생각하지 말게."

트레비스는 두 사람을 번갈아 쳐다보다가 자신의 얼굴이 너무 굳어 있다는 사실을 깨달았다.

"미안해요. 나는 원치 않았던 책임을 맡게 된 중압감에 시달리고 있으면서도 그것으로부터 벗어날 수 있는 방법을 찾지 못하고 있어요. 바로 그 점 때문에 본의 아니게 불쾌한 표정을 짓게 된 모양입니다. 블리스, 나는 정말 알고 싶어요. 당신은 어떻게 다른 사람들의 뇌 속에 있는 내용을 끌어다가 당신의 뇌에 저장하지도 않고 소화할 수 있는 거죠? 순간적으로 당신 뇌의 기억 용량을 초과할 정도의 내용을……."

블리스가 말했다.

"트레비스, 실은 나도 잘 몰라요. 당신이 당신 뇌의 활동에 대해 아는 정도 이상은요. 난 당신이 태양과 가까운 별과의 거리를 알고 있을 것이라고 생각합니다. 하지만 당신도 그 거리를 늘 기억하고 있는 것은 아니잖아요. 당신은 그것을 기억 속의 어딘가에 저장하고 필요할 때면 언제나 기억해 낼 수 있지요. 만일 그 거리에 대한 기억을 이용할 일이 없으면 시간이 흐르면서 잊어버리지만 그 후에도 데이터뱅크에서 꺼내 볼 수 있는 거죠. 가이아의 뇌를 내가 정보를 요청할 수 있는 일종의 거대한 데이터뱅크라고 보면 되어요. 나는 내가 활용한 어떤 특정한 정보를 의식적으로 기억하고 있을 필요는 없습니다. 일단 내가 어떤 사실이나 기억을 사용하고 나면 그것을 나의 기억 밖으로 내보냅니다. 말하자면 그것을 끌어왔던 본래 위치로 돌려보내는 겁니다."

"가이아의 인구는 얼마나 되죠, 블리스? 인류 말입니다."

"약 10억은 될 거예요. 정확한 수치를 원하시나요?"

트레비스가 떨떠름한 미소를 지으며 말했다.

"당신이 원하기만 하면 정확한 수치를 당장에라도 기억해 낼 수 있다는 것을 알겠어요. 하지만 근사치로 만족하지요."

"사실 가이아의 인구는 매우 안정적이어서 10억을 약간 초과하는 수준에서 오르락내리락합니다. 나는 내 의식 세계를 확장하여 인구 수가 그 평균치를 중심으로 어느 정도로 변동을 보이는지 알아낼 수 있습니다. 하지만 이러한 현상에 대해 경험을 공유하지 않은 당신에게 이 이상 자세하게 설명할 자신이 없어요."

"하지만 어린이를 포함하더라도 10억가량 되는 인간의 뇌로도 이 복잡다단한 사회가 필요로 하는 모든 데이터를 저장하기에는 결코 충분하지 않다는 생각이 드는데요?"

"인간만이 가이아에 존재하는 유일한 생물체가 아니죠, 트레비스."

"당신 얘기는 동물도 기억 능력을 지니고 있다는 말입니까?"

"인간 이외의 뇌가 인간 뇌만큼의 밀도로 기억을 저장할 수는 없지요. 실제 인간이든 아니든 모든 뇌의 상당 부분이 개인적인 필요에 따른 기억을 저장하는 데 쓰이고 있고, 이 기억들은 개인적인 용도 이외에는 거의 쓸모가 없지요. 하지만 상당히 많은 양의 고급 데이터들이 동물의 뇌나 식물 조직 그리고 가이아의 광물 조직 속에도 저장될 수 있으며 실제로 저장되어 있지요."

"아니 광물 조직까지? 암석이라든가 산과 같은 것을 말하는 거요?"

"어떤 종류의 데이터는 바다와 대기 속에도 저장되어 있습니다. 이것들도 역시 가이아거든요."

"무생물 조직 체계는 무엇을 저장할 수 있죠?"

"대단히 많은 것들이죠. 저장 밀도는 낮지만 그 양은 엄청나서 가이아 전체 기억량의 태반이 암석 속에 담겨 있는 셈입니다. 암석 속에 있는 기억을 끌어내거나 제자리로 다시 돌려놓는 데는 시간이 약간 더 소요됩니다. 그래서 그곳은 일상에서는 활용되지 않는 죽은 데이터의 저장소로 주로 쓰이죠."

"만일 어떤 사람이 죽을 경우 그의 뇌 속에 저장되어 있던 귀중한 데이터들은 어떻게 되는 겁니까?"

"그 데이터들이 소실되는 것은 아니에요. 그 데이터들은 뇌가 부패하면서 서서히 외부로 밀려 나옵니다. 그러나 이러한 기억들이 가이아의 다른 부분으로 배분되는 데는 상당한 시간이 걸려요. 그리고 아기들의 새로운 뇌는 성장하면서 한층 더 조직화되는데, 이 뇌들은 개인적인 기억이나 사고를 자체적으로 습득할 뿐만 아니라 다른 정보원으로부터 필요한 정보를 섭취하게 됩니다. 그렇기 때문에 당신들이 말하는 교육이란 것도 나-우리-가이아에서는 아주 자연스럽게 이뤄지지요."

페롤랫이 끼어들었다.

"솔직히 말해서 이 살아 있는 세계의 개념에 대해서는 설명할 게 엄청나게 많은 것 같군."

트레비스는 페롤랫을 슬쩍 곁눈질하며 말했다.

"저도 그렇게 생각해요, 페롤랫 교수님. 그렇다고 이것에 감동한 것은 아니에요. 왜냐하면 이 행성이 아무리 크고 또 다양한 것들로 구성되어 있다 하더라도 결국 그것은 하나의 뇌에 불과하다는 얘기니까요. 단 하나의 뇌란 말입니다. 새로 생겨나는 모든 뇌들도 결국은 전체로 흡수되잖아요. 이 세계 어디에서 반대나 불일치라는 것을 찾아볼 수 있겠어요?

인류의 역사를 되돌아보면, 몇몇 위인이 동시대 대부분의 사람들이 이해하지 못하는 주장을 펴서 비난을 받지만, 나중에 가서 그 주장이 옳은 것으로 판명이 되고 그것이 결국 세상을 변화시킨 원동력이 된 경우가 있지 않습니까?"

블리스가 말했다.

"여기에도 내부적인 갈등은 있습니다. 가이아 전체가 반드시 통상적인 견해만을 수용하는 것은 아니거든요."

트레비스가 대꾸했다.

"거기에도 반드시 한계가 있을 거예요. 단일한 조직체 내에는 지나친 혼란이란 것이 있을 수 없게 마련이니까. 만일 지나친 혼란이 허용된다면 그 조직체는 제대로 움직일 수 없을 테니까……. 그리고 진보와 발전이 완전히 정체되지 않을지라도 그 속도는 분명히 줄어들 수밖에 없을 겁니다. 한데 우리가 이런 위험 부담을 무릅쓰고 은하계 전체에게 이런 미래상을 권할 수 있을까요?"

블리스가 무덤덤하게 말했다.

"당신 자신의 결정에 의문을 품고 있군요? 지금까지의 생각을 바꿔 가이아가 인류의 바람직한 미래상이 아니라고 주장하는 거예요?"

트레비스는 입을 다문 채 잠시 망설이더니 천천히 말문을 열었다.

"그러고 싶지요. 하지만 아직은 아닙니다. 나는 막연하기는 하지만 어떤 근거에 바탕을 두고 결정을 내렸어요. 그렇기 때문에 내가 근거로 삼은 것이 무엇인지를 알게 될 때까지는 나의 결정에 대한 판단을 보류할 수밖에 없군요. 자, 이제는 지구 얘기로 돌아갑시다."

"당신은 지구를 찾아내야만 당신의 결정 근거가 어떤 것인지를 알게 될 것으로 믿고 있군요. 그렇죠, 트레비스?"

"그게 바로 내 생각이에요. 돔은 가이아가 지구의 위치를 모르고 있다고 말했어요. 그러니 당신은 내 말을 따라야 해요. 그렇지요?"

"물론이죠. 나는 당신 생각에 따르겠어요."

"그러면 좋아요. 한 가지 더 묻겠는데, 당신이 알고 있는 지식 중 일부러 내게 숨기는 것이 있어요?"

"결코 없어요. 설령 가이아가 거짓말을 하는 것이 가능하다 하더라도 당신에겐 그럴 수 없을 거예요. 왜냐하면 우리는 무엇보다도 당신이 내린 결정에 전적으로 의존하고 있으니까요. 따라서 우리는 당신이 내리는 결론들이 반드시 정확해야 하고 또 사실에 근거를 두고 있어야 한다고 생각하고 있어요."

"그렇다면 가이아의 기억을 활용해 봅시다. 자, 과거의 기억으로 돌아가 보세요. 그리고 어느 정도 과거까지 기억해 낼 수 있는지 말해 주세요."

트레비스가 말했다.

블리스는 약간 망설이다가 무아지경으로 빠져들어 간 듯 트레비스를 멍청히 바라보았다. 이어 그녀가 말했다.

"1만 5000년……."

"왜 머뭇거렸죠?"

"시간이 좀 걸렸어요. 오래된, 정말 오래된 기억들은 거의 모든 산의 뿌리 부분에 있기 때문에 파내는 데 시간이 좀 걸리게 마련이거든요."

"1만 5000년 전이라고요? 그때부터 인류가 가이아로 이주해 오기 시작했나요?"

"아뇨, 내가 아는 한 이주는 그때보다 3000년 전에 시작했습니다."

"왜 확신하지 못하는 거죠? 당신 또는 가이아가 기억하지 못하는 것도 있습니까?"

블리스가 말했다.

"그 당시는 아직 '기억'이란 것이 기록의 가장 일반적인 형태로 확립되기 전이었으니까요."

"그렇다면 당신, 아니 가이아가 집단기억에 의존하기 전의 기록들만큼은 가이아 어딘가에 있을 것이 틀림없군요. 일반적인 의미에서의 기록들, 즉 레코드나 기록된 것, 필름 등등이 말이에요."

"나도 그럴 가능성이 있다고 생각해요. 하지만 그러한 기록들이 그 오랜 기간 동안 훼손되지 않고 보존되었을까요?"

"복사해서 보관해 놓았을 수도 있지 않겠어요? 그리고 나중에 행성 기억이 개발된 뒤에 그 형태로 저장해 두지 않았을까요?"

블리스는 얼굴을 찌푸렸다. 이번에는 침묵이 조금 더 길게 이어졌다.

"당신이 말하는 형태의 예전 기록은 보지 못했어요."

"그 이유가 뭐죠?"

"나도 모르겠어요, 트레비스. 내 생각으로는 그 자료들이 별로 중요하지 않은 것으로 판단됐기 때문이 아닐까 싶어요. 다시 말해서 그러한 초기의 기억되지 않은 자료들이 이미 부패된 사실을 알게 되었을 때는, 이미 그 기록들이 워낙 오래된 데다 또 별로 복원시킬 필요성이 없는 것으로 판단이 내려지지 않았을까요?"

"그건 알 수 없는 일이지요. 가정이나 상상은 할 수 있지만 말입니다. 어쨌든 당신이나 가이아나 그 점에 대해서는 아는 바가 없잖습니까?"

블리스의 눈이 갑자기 생기를 잃었다.

"내 말이 맞을 텐데……."

"그럴까요? 나는 가이아의 일부가 아닙니다. 따라서 나는 가이아가 추측하는 대로 추측할 필요는 없지요. 바로 이 점이 당신에게 고립화가 중요할 때도 있다는 것을 일깨워 주는 것 같군요. 나는 고립자로서 가이아와는 다르게 추측할 수 있으니까."

"당신의 추측은 어떤 거지요?"

"우선 내가 확신하는 것이 있어요. 내가 아는 한, 문명인에게는 문명 초기의 기록들을 파괴할 이유가 거의 없다는 점입니다. 너무 오래됐다거나 불필요하다는 등의 판단은커녕, 그 기록들에 대해 오히려 과할 정도로 경외심을 가질 뿐만 아니라 계속 보존하려고 애를 쓰기 마련이지요. 따라서 만일 가이아에 관한 초기의 기록들이 파괴됐다면 그건 필경 가이아인들이 자발적으로 한 일은 아닐 겁니다."

"그렇다면 우리에게 그러한 기록이 보관되어 있지 않다는 사실을 어떻게 설명하시겠어요?"

"트랜터의 도서관에 보관되어 있던 지구에 관한 모든 자료들은 누군가에 의해, 다시 말해서 트랜터에 건설된 제2파운데이션인들이 아닌 어떤 다른 세력에 의해 감춰졌어요. 그렇다면 가이아에도 비슷한 상황이 벌어졌다는 가정을 할 수 있지 않겠어요? 지구에 관한 모든 자료들이 가이아 자신이 아닌 다른 어떤 세력들에 의해 사라졌을 가능성 말입니다."

"초기의 기록 중에 지구에 관한 것이 있다는 걸 어떻게 알 수 있죠?"

"당신 말대로라면 가이아는 최소한 1만 8000년 전에 건설됐지요. 그 당시는 은하제국이 생기기 전이며 사람들이 은하계로 이주하여 정착하기 시작한 때죠. 그렇다면 그 정착민들의 고향은 바로 지구라고밖에 볼 수 없지요. 이건 페롤랫 교수님도 분명히 말할 수 있는 사실입니다."

페롤랫은 자기 이름이 불리자 흠칫 놀란 듯했다. 그는 목소리를 가다듬은 뒤 말했다.

"전설에도 그런 얘기가 있어, 블리스. 그런 전설들을 깊이 검토하고 나서 내가 내린 결론은 트레비스의 얘기와 마찬가지로 인간의 근원지는 하나의 행성밖에 없으며 그 행성은 다름 아닌 바로 지구일 것이라는 거였지. 즉 초기 은하계 정착민들은 바로 지구에서 온 거야."

트레비스가 말했다.

"만일 그렇다면 가이아는 초공간 여행이 시작된 지 얼마 안 돼 세워졌으며 그 정착민들은 바로 지구인일 가능성이 가장 높다는 것입니다. 그렇지 않다면 지구인들이 이주해 온 지 얼마 지나지 않아 형성된 세계의 주민일 가능성도 있고요. 이러한 이유로 가이아 정착 시절이나 그 후 초기 수천 년 간의 역사 기록들은 필연적으로 지구와 지구인들에 관한 내용을 담고 있을 수밖에 없다는 것이지요. 그런데 그 기록들이 어느 때엔가 자취도 없이 사라진 겁니다. 누군가 은하계의 어떤 기록에서도 지구가 언급되지 않도록 이러한 조치를 취한 것이라는 생각이 들어요. 만일 그렇다면 거기에는 반드시 그럴 만한 이유가 있을 것입니다."

블리스가 화를 내며 말했다.

"그건 억측이에요, 트레비스. 당신도 그에 관한 증거를 가지고 있는 것은 아니잖아요!"

"하지만 애초에 불충분한 증거를 가지고도 옳은 결론을 내릴 수 있는 특별한 재주가 내게 있다고 주장한 것은 바로 가이아 아니었습니까? 나는 지금 이미 확고한 결론에 이른 상태인데, 설마 증거가 부족하다는 말을 하려는 것은 아니겠죠?"

블리스는 침묵을 지켰다.

트레비스가 계속 말을 이어 나갔다.

"이제 지구를 찾아야 하는 충분한 이유를 알겠어요? 나는 파스타호가 준비되는 대로 출발할 생각이에요. 두 사람은 아직도 나와 함께 가기를 원합니까?"

"네."

블리스가 얼른 대답하자 "물론이지." 하는 페롤랫의 대답이 잇따랐다.

2장

콤포렐론을 향하여

1

하늘에서 가랑비가 내리고 있었다. 트레비스는 칙칙한 회색빛을 띤 하늘을 올려다보았다.

그가 쓰고 있는 커다란 비막이 모자에 떨어진 빗방울이 산산이 부서져 주위로 흩어졌다. 그러나 어찌된 일인지 페롤랫은 비를 막을 아무런 채비도 하지 않은 채 비를 맞고 서 있었다.

트레비스가 말했다.

"페롤랫 교수님, 왜 그냥 비를 맞고 서 계십니까?"

"나는 비 맞는 것을 좋아한다네. 여긴 빗방울이 가늘 뿐만 아니라 따뜻하거든. 바람도 없고 말일세. 게다가 옛날 속담에 이런 말도 있지 않나. '아나크레온에 가면 아나크레온의 법을 따르라.'"

페롤랫은 늘 그렇듯이 근엄한 표정으로 말했다. 그는 파스타호 가까이에 서 있는 몇 명의 가이아인들을 가리켰다. 그들 중 어느 누구도 모자를 쓰고 있지 않았다.

트레비스가 말했다.

"이 사람들은 비 맞는 걸 싫어하지 않는 모양이군요. 가이아의 다른 부분도 모두 비에 촉촉이 젖고 있으니까 그럴지도 모르죠. 나무, 잡초, 흙 등도 가이아인들과 마찬가지로 가이아의 일부니까요."

"그럴듯한 생각이군. 곧 태양이 구름 밖으로 얼굴을 내밀면 비에 젖은 모든 것을 금방 말려 줄 걸세. 우리가 입고 있는 옷은 비에 젖어도 주름이 생기거나 줄지도 않고 한기를 느끼게 하지도 않아. 또 여기에는 병균도 없어서 아무도 감기나 독감, 폐렴에 걸리질 않지. 그러니 비에 좀 젖은들 무슨 큰 걱정거리가 되겠나."

트레비스가 투덜거렸다.

"하지만 하필 떠나려는 마당에 비가 내릴 건 뭐람. 비란 것도 결국 가이아가 원하지 않으면 내리지 않을 수 있을 텐데 말이에요. 내 생각엔 마치 가이아가 우리에 대한 적의를 나타내고 있는 것 같군요."

페롤랫도 약간 찌푸리며 말했다.

"어쩌면 우리가 떠나는 것이 슬퍼서 울고 있는 것인지도 모르지."

트레비스가 응수했다.

"가이아는 그럴지 모르지만 난 울지 않을 겁니다."

"사실 이 지역의 대지는 비에 흠뻑 젖을 필요가 있다네. 그건 자네가 햇볕을 쬐고 싶어 하는 욕구보다도 훨씬 중요하지."

트레비스가 빙그레 웃었다.

"제 생각에는 교수님은 이 세계에 푹 빠지신 것 같군요. 블리스에 대한 사랑은 제쳐 두고라도 말이에요."

페롤랫은 다소 수세에 몰린 듯한 어조로 대답했다.

"그건 사실이야. 지금껏 여기서 조용하게 지내 왔지만 지금 생각해 보면 이토록 조용하고 질서 있는 세계에 내가 어떻게 적응할 수 있었는지 의아스러울 때가 있어.

하지만 트레비스, 이걸 한번 생각해 보게. 우리는 집을 짓거나 우주선을 만들 때 완벽을 기하려고 애쓰질 않나. 집이나 우주선 안에 필요한 것은 모두 갖추고 적정한 실내 온도, 맑은 공기, 조명 그 외에 다른 중요한 것들을 우리가 추구하는 가장 쾌적한 환경에 맞도록 조절하지. 하지만 가이아는 행성 전체가 쾌적하고 안전한 곳이란 말일세. 여기에 뭐 잘못된 것이라도 있다는 얘긴가?"

트레비스가 대답했다.

"잘못된 것이라면, 제 집이나 우주선은 제가 생활하기에 편하게 조절돼야지 그것들에 맞춰서 저를 조절하는 법은 없다는 점이겠지요. 제가 가이아의 일부라고 가정할 때 설령 그 행성이 제게 편리하도록 모든 것을 이상적으로 갖추고 있다 하더라도 저 또한 이 가이아의 환경에 맞추어 저 자신을 조절해야 한다는 사실이 곤혹스럽다는 말입니다."

페롤랫의 입술이 찌푸려졌다.

"모든 사회는 그 구성원으로 하여금 그 사회에 적응하도록 요구하기 마련 아닐까. 또 그런 가운데 관습이 생겨나는 것이고 그 관습은 사회 구성원 개개인을 굳게 결속시키는 역할을 하게 되는 것이고 말일세."

"하지만 우리가 살아가는 사회에는 이러한 질서나 관습을 무시하는 사람이 나타날 수도 있는 법이지요. 또 그 사회가 받아들이기 어려운 괴짜나 범죄자도 생겨나게 마련이 아니겠어요?"

"자네는 그런 별종이나 범죄자가 생기기를 바라기라도 하나?"

"생길 수도 있다는 것이지요. 사실 교수님이나 저도 일종의 별종이 아닙니까? 우리는 분명히 터미너스의 전형적인 사람들과는 다르지요.

범죄자라는 것도 사실 정의하기 나름 아닐까요? 게다가 만일 범죄자라는 것이 권위나 지위에 대한 반항자나 이단자 또는 천재의 출현을 위해 감수해야 할 대가라면, 전 기꺼이 치를 용의가 있으며 또 그 대가는 당연히 치러야만 한다고 믿어요."

"범죄자가 없다면 성인이나 천재도 있을 수 없다는 논리인가?"

"정상 궤도를 벗어나는 사람들이 없다면 천재나 성인도 기대할 수 없다는 말이지요. 저는 왜 교수님이 오직 규범이라는 틀을 벗어나지 않는 세상만을 고집하시는지 이해할 수가 없어요. 세상에는 어떤 균형이라는 게 있기 마련입니다. 어쨌든 제가 가이아를 인류가 지향해야 할 이상향으로 택한 이유는 단지 행성 전체가 하나의 쾌적한 가옥이라는 점 때문만이 아닙니다. 저는 그 이상의 이유를 확실히 찾아내고 싶어요."

"오! 여보게, 오해하지 말게. 내가 설명한 가이아의 모습이 자네 결정의 이유로서 충분하다고 주장하려는 건 아닐세. 난 단지 나의 견해를 밝히고 싶었을 뿐……."

그가 말을 갑자기 중단했다. 블리스가 그들을 향해 사뿐사뿐 걸어오고 있는 게 보였다. 검은 머리는 비에 젖어 있었고 몸에 꼭 달라붙는 옷을 입고 있어서 그녀의 풍만한 엉덩이가 유난히 눈길을 끌었다.

그녀는 다가오더니 고개를 끄덕이고 숨을 헐떡거리면서 말했다.

"기다리게 해서 미안해요. 돔과 만나서 서로 다른 의견을 일치시키는 데 예상보다 많은 시간이 걸렸어요."

트레비스가 말했다.

"물론 당신도 그가 알고 있는 것은 모두 알고 있겠죠?"

그녀가 다소 통명스럽게 말했다.

"가이아인들끼리도 가끔 해석상의 견해 차이를 겪게 되는 경우가 있어요. 우리 모두가 동일한 사람은 아니니까요. 그래서 우리도 토론을 합니다. 생각해 보세요. 당신에게도 두 개의 손이 있지요. 그것들은 모두 당신 육체의 일부이면서 한쪽 손이 다른 손의 대칭적인 모습이라는 점을 제외하고는 똑같아 보이지 않아요? 하지만 당신은 그 두 손을 똑같은 용도에 사용하지는 않지요. 즉 오른손이 하는 일이 따로 있고 왼손으로 하는 일이 따로 있잖아요? 내가 말하는 가이아인들끼리의 해석상 차이라는 것도 바로 그런 거예요."

페롤랫이 매우 만족스러운 듯 말했다.

"그녀가 이겼네."

트레비스가 고개를 끄덕였다.

"그럴듯한 비유로군요. 당신의 비유가 옳은지 확신할 수 없지만요. 어쨌든…… 자! 비도 오는데, 이제 우주선에 오릅시다."

"그렇게 하죠. 우주선에 올라가 있던 가이아인들은 모두 내려왔어요. 우주선은 현재 최고의 상태예요."

그녀는 말하다 말고 트레비스를 이상하다는 듯한 눈빛으로 바라보며 물었다.

"왜 당신은 비를 맞지 않는 거죠?"

"나는 비 맞는 걸 싫어해요."

"가끔 비를 맞는 것도 기분 좋은 일 아닌가요?"

"물론이죠. 하지만 비를 맞고 안 맞고는 내가 선택할 일이지 빗방울이 선택할 문제는 아니지요."

블리스는 어깨를 으쓱했다.

"물론 당신 좋으실 대로죠. 우리 짐은 모두 실었으니 이제 타시죠."

세 사람은 파스타호를 향해 걸었다. 빗방울은 점점 가늘어졌지만 잡초들은 이미 흠뻑 젖어 있었다.

트레비스가 조심스럽게 발걸음을 옮기고 있는 반면 블리스는 슬리퍼를 벗어 든 채 풀밭 위를 맨발로 걸었다.

시선을 내리깔고 걸어가는 트레비스를 바라보며 블리스가 말했다.

"기분이 정말 상쾌해요!"

"좋군요."

트레비스가 건성으로 대답했다. 이윽고 그는 약간 짜증스럽게 말했다.

"저기 다른 가이아인들은 왜 저렇게 서 있는 거죠?"

블리스가 말했다.

"그들은 가이아가 뜻깊은 일이라고 생각하는 이 역사적인 순간을 기억하고자 하는 거예요. 우리에게 당신은 매우 중요한 인물이거든요. 트레비스, 생각해 보세요. 만일 당신이 이 탐사 여행을 마치고 생각을 바꿔 우리를 배반한다면, 우리는 결코 갤럭시아로 발전해 나갈 수도, 지금 가이아의 모습 그대로 살아남을 수도 없을 거예요."

"당신 말은 가이아, 아니 온 세상의 생사가 내게 달려 있다는 소리입니까?"

"우리는 그렇게 믿고 있어요."

트레비스는 갑자기 발걸음을 멈추더니 모자를 벗으면서 말했다.

"당신들이 일단 내 결정을 따르기로 한 건 사실이에요. 하지만 만일 지금이라도 날 없앤다면 내가 영원히 마음을 바꿔 먹을 수는 없겠죠."

"트레비스, 어떻게 그런 끔찍한 소리를 하나……."

페롤랫이 그의 말에 충격을 받은 듯 중얼거렸다.

"고립자의 전형적인 모습이군요."

블리스가 나지막하게 말을 이었다.

"트레비스, 당신은 우리 관심이, 개인으로서의 당신이나 당신 결정 자체에 있는 것이 아니라 그 문제의 진실에 있다는 점을 이해해야 해요. 우리에게 당신은 우리를 진실의 세계로 이끌 안내자라는 점에서, 그리고 당신의 결정은 진실을 암시하고 있다는 점에서 중요할 뿐이에요. 그 점이 바로 우리가 당신에게서 원하는 바고요. 그리고 우리가 당신의 변심이 두려워 당신을 죽인다면, 그건 진실을 외면하는 것이 아니고 무엇이겠어요?"

"만일 진정 인류가 지향해야 할 진실의 세계는 가이아가 아니라고 내가 말한다면, 당신들은 스스로 소멸돼야 한다는 사실에 유쾌한 기분으로 동의할 수 있겠습니까?"

"아마 유쾌하지는 않을 거예요. 하지만 결국 소멸되겠죠."

트레비스는 고개를 저었다.

"내게 가이아는 괴물 같은 세계이기 때문에 사라져야 한다는 확신만 생긴다면, 가이아는 결국 당신이 지금 말한 대로 될 것입니다."

트레비스는 이렇게 말하고는 그들 일행을 끈기 있게 지켜보고 있는, 어쩌면 그들의 얘기까지도 듣고 있을지 모르는 가이아인들에게 눈길을 돌렸다.

"왜 저렇게 사람들이 여기저기 서 있는 겁니까? 게다가 저렇게 많이 있을 필요가 있나요? 저들 중 한 사람만 오늘의 사건을 관찰한 대로 기억 속에 저장해 놓으면 이 행성의 나머지 모든 사람들도 그것을 활용할 수 있지 않아요? 수많은 장소에 저장까지 할 수 있지 않습니까?"

블리스가 대답했다.

"저들은 이 사건을 각각 다른 각도에서 관찰해서 머릿속에 저장해 두고 있어요. 다양한 각도에서 이뤄진 관찰들을 면밀히 검토하는 것이 한 각도에서만 관찰한 것보다는 사건 전체를 이해하고 파악하는 데 훨씬 도움이 될 테니까요."

페롤랫이 거들었다.

"다시 말해서 전체는 부분의 단순함보다는 크다는 얘기겠지."

블리스가 이어받았다.

"바로 그거예요. 당신은 50조 개의 세포로 구성되어 있습니다. 그러나 당신은 다세포적인 한 개인으로서 그 50조 개에 이르는 세포들이 각각 가지고 있는 중요성의 단순한 합계보다도 훨씬 중요합니다. 물론 내 말에 동의하겠죠?"

"알겠습니다."

그는 무뚝뚝하게 대답하고는 우주선 안으로 발걸음을 옮겼다. 그리고 잠시 한 번 더 가이아를 바라보았다. 비가 잠깐 내렸는데도 가이아 전체가 생기를 되찾은 듯했다.

그는 푸른 수풀이 우거진, 조용하고 평화로운 세계에 눈길을 보냈다. 가이아는 피폐한 은하계의 혼돈 속에서도 홀로 고요함을 유지하는 화원과 같은 세계였다.

트레비스는 앞으로 자신이 다시 가이아를 찾아오는 일이 없기를 기원했다.

2

우주선으로 들어가 문을 닫자 트레비스는 비로소 그동안 자유롭게 숨 쉬는 것조차 방해해 온 무엇인가로부터 탈출한 듯한 기분을 느꼈다.

하지만 그는 블리스라는 비정상적인 요소가 아직도 자신과 함께 있다는 사실을 상기했다. 그녀가 함께 있다는 것은 가이아도 함께 있다는 얘기였다. 하지만 그는 블리스가 이번 여행에서 반드시 필요하다는 확신을 가지고 있었다. 다시 블랙박스가 눈앞에 나타난 셈이었지만, 이 블랙박스를 과신하지 않겠다고 다짐했다.

그는 우주선을 둘러보았다. 참으로 매력적인 우주선이었다. 이 우주선은 파운데이션의 할라 브라노 시장이 그를 항성 간 탐사 여행에 파견한 이후로 그의 소유가 되었다. 그녀가 지시한 임무는 완수했으나 우주선은 여전히 그의 것이었다. 그 또한 이 우주선을 돌려줄 생각이 없었다.

이 우주선으로 비행하고 다닌 것은 단지 수개월에 불과했지만 이제는 마치 자신의 집처럼 편안하게 느껴졌고, 터미너스에서의 생활은 아득하게만 기억날 뿐이었다.

터미너스! 파운데이션 외곽에 위치한 행성. 그것은 셀던 프로젝트에 따라 향후 500년에 걸쳐 보다 큰 규모의 제2은하제국을 건설하기 위해 계획된 행성이었다. 그런데 지금 트레비스는 이러한 계획을 무시하고 있는 것이다. 트레비스는 파운데이션을 해체하고 대신 새로운 사회, 새로운 삶의 형태를 탄생시킨다는 결정을 내렸다. 이는 다세포 생물이 출현한 이래 최대의 경악할 만한 혁명이었다.

지금 트레비스는 자신의 결정이 옳은 것인지 그른 것인지를 스스로 증명하기 위해 이 여행에 나선 것이었다.

그는 자기가 멍하니 생각에 잠겨 있었다는 것을 깨닫고 혀를 찼다. 그러고는 조종실로 서둘러 들어갔다. 거기에는 그의 컴퓨터가 조용히 그를 기다리고 있었다.

조종실에 있는 컴퓨터를 비롯한 모든 조종장치가 번쩍번쩍 빛나고 있었다. 여기저기에 스위치를 넣을 때마다 모든 것이 완벽하게 작동했다. 작동은 전보다 훨씬 쉬워진 듯했다. 환기 시설에서 거의 소리가 들리지 않아서 공기가 통하는가를 확인하기 위해 환기구에 손을 대 보아야 할 정도였다.

컴퓨터 위에 있는 동그란 등이 매혹적으로 빛을 발했다. 트레비스가 거기에 손을 얹자 빛이 책상 위로 퍼져 나가더니 사람의 좌우 손바닥 모양이 책상 표면에 나타났다. 그는 숨을 깊게 들이마셨다. 가이아인들은 파운데이션의 기술에 대해서는 아는 바가 전혀 없었다. 어쩌면 그들이 컴퓨터를 고장 냈을지도 모를 일이었다. 하지만 책상 위에 손의 윤곽이 나타난 것으로 봐서 아직까지는 컴퓨터에 아무런 이상도 없는 듯했다.

이제 마지막으로 남아 있는 중요한 점검은 책상 표면에 나타난 손바닥 형상에 손을 대어 보는 일이었다. 그러나 그는 이 마지막 점검에 앞서 잠깐 망설였다. 컴퓨터의 이상 여부는 그가 손을 얹는 즉시 알게 될 것이다. 하지만 만일 뭔가 잘못됐다면 어떻게 할 것인가? 물론 컴퓨터 수리를 위해 터미너스로 돌아갈 수도 있을 것이다. 하지만 그가 돌아가는 날이면 브라노 시장은 그가 다시는 터미너스를 떠나지 못하게 할 것임에 틀림없다. 그럴 경우엔 어떻게 할 것인가. 그는 잠시 고민에 빠져들었다.

갑자기 심장이 심하게 뛰고 있는 게 느껴졌다. 긴장 상태를 일부러 오래 끌 이유는 없었다.

그는 양손을 뻗어 책상 위에 나타난 손바닥 형상에 접촉했다. 순간 마치 책상의 손이 자신의 손을 잡아당기고 있는 듯한 착각에 빠져들었다. 이어 감각이 확장되더니, 어느 쪽을 바라보든 그의 시야에는 온통 초록빛을 띤 촉촉한 가이아의 모습으로 들어찼다. 가이아인들이 아직까지 자신을 바라보는 모습도 들어왔다. 그가 위쪽을 보고 싶다고 생각하자 바란 대로 구름이 걷히고 푸른 하늘이 시야에 펼쳐지면서 가이아의 태양이 모습을 드러냈다.

이내 그가 다시 마음속으로 생각하자 하늘의 푸른 기운이 사라지고 별들이 눈에 들어왔다.

그는 시야에 들어온 모든 것을 일단 지워 버렸다. 그러자 그가 마음속으로 바라는 바람개비 모양의 은하계가 눈에 들어왔다. 그는 방향을 바꾸어 가면서 컴퓨터화된 영상을 점검해 나갔다. 그다음 가이아에서 가장 가깝고 중요한 별인 세이셸의 태양을 찾아냈다. 이어 터미너스의 태양, 트랜터의 태양을 차례차례 찾아냈다. 그는 컴퓨터에 내장된 은하계 지도 위에서 별들 사이를 여행하고 있었다.

이윽고 뻗었던 손을 거두고 현실 세계로 다시 돌아왔다. 그제야 비로소 자신이 한참 동안 허리를 굽힌 채 서 있었다는 사실을 깨달았다. 몸이 뻣뻣해진 느낌이 들어 한번 자세를 쭉 펴고는 자리에 앉았다.

그는 따스한 안도감을 느끼며 컴퓨터를 응시했다. 늘 완벽하게 작동해 주던 컴퓨터였다. 어떤 경우에도 그가 원하는 대로 정확히 반응해 온 이 컴퓨터에 대해서 '사랑'이라는 단어 말고는 달리 자신의 감정을 표현할 길이 없었다. 그가 손을 펼치고 있는 한(그는 그 손이 컴퓨터의 것인지도 모른다는 생각을 극구 부인했다.) 그들은 완전히 한 몸이었다. 이러한 관계는 어떻게 보면 가이아와 유사하다고도 말할 수 있었다(갑자기 이런 생각이 그의 머리를 스쳤다.).

트레비스는 머리를 가로저었다. 아니야! 이 컴퓨터와의 관계에서 트레비스의 행동을 지배하는 것은 전적으로 트레비스 자신이었다. 컴퓨터는 그의 말에 충실히 복종하는 기계에 불과할 뿐이었다.

그는 자리에서 일어나 작은 요리실이 갖춰진 식당으로 향했다. 거기에는 온갖 종류의 음식이 잘 냉동된 상태로 충분히 저장되어 있어, 원할 때는 언제라도 데워 먹기만 하면 되었다. 그는 자기 방에 필름책이 질서정연하게 배치되어 있다는 것을 확인하였고, 페롤랫 역시 개인 도서관을 안전하게 보관하고 있을 것이라고 확신했다. 그렇지 않다면 페롤랫이 지금쯤 자기에게 뭐라고 얘기했을 테니까.

페롤랫! 갑자기 그의 얼굴이 떠올랐다. 트레비스는 페롤랫의 방으로 들어서며 말했다.

"블리스가 쓸 방도 있나요, 페롤랫 교수님?"

"음, 물론이지."

"다른 방으로 그녀의 침실로 개조할 수도 있어요."

트레비스가 말했다.

블리스가 눈을 동그랗게 뜨고 트레비스를 쳐다보며 말했다.

"난 따로 침실이 필요하지 않아요. 펠과 함께 있는 편이 좋아요. 하지만 만일 꼭 따로 방을 써야 한다면 다른 방을 쓸 수도 있죠. 예를 들면 체육관이라든가……."

"물론이죠. 내가 쓰는 방만을 제외하고는 어떤 방이든 괜찮죠."

"좋아요. 제가 방 배치를 했더라도 그렇게 했을 거예요. 당신은 당연히 우리와는 떨어져서 생활할 작정일 테니까요."

트레비스는 자신이 문턱을 밟고 있는 것을 깨닫고 발을 반 보 정도 뒤로 뺐다. 그러고는 단호한 목소리로 말했다.

"물론 알고 계시겠지만 여기가 신혼부부를 위한 살림방이 아니라는 사실을 명심하세요!"

트레비스는 웃음이 나오려는 걸 꾹 참으면서 계속 놀려 댔다.

"어쨌든 사이좋게 지내셔야 할 겁니다."

페롤랫은 그 대화의 주제가 좀 거북스럽다는 듯한 어조로 말했다.

"물론 그래야겠지. 하지만 바라건대 방 문제는 우리에게 맡겨 주었으면 하네."

트레비스가 천천히 말했다.

"죄송하지만 그럴 수는 없어요. 여기가 신혼부부를 위한 숙소가 아니라는 점을 분명히 밝혀 두고 싶군요. 교수님과 블리스가 서로 합의하에 하는 일에는 반대하지 않겠어요. 하지만 사생활의 보장은 장담할 수 없어요. 블리스도 이 점을 이해해 주길 바라요."

블리스가 대꾸했다.

"여기 방문이 있잖아요? 문이 잠겨 있을 때는 우리 사생활을 침해 하지 않을 거라고 믿겠어요. 정말 비상시가 아닌 한 말이에요."

"물론 사생활을 간섭하지는 않을 겁니다. 하지만 이 방엔 방음장치가 없다는 사실을 명심하는 게 좋을 겁니다."

블리스가 물었다.

"트레비스, 당신 얘기는 우리가 이 방에서 나누는 어떤 대화나 우리가 침대에서 내는 소리까지도 모두 세세하게 들린다는 뜻인가요?"

"그래요. 바로 그 점이죠. 이 점을 염두에 두고 행동을 자제하실 것이라고 믿습니다. 이 점 때문에 불편할 수도 있겠지만 이곳의 상황이 그렇다는 것을 이해하시기 바랍니다."

페롤랫이 목청을 가다듬고는 온화하게 말했다.

"사실은 말일세, 트레비스. 내게는 전혀 새로운 얘기가 아니라네. 블리스가 나와 함께 있는 동안 경험하는 어떤 감정이든 결국 가이아 전체에 의해 공유된다는 사실을 자네도 알고 있지 않나."

"저도 같은 생각을 하고 있었어요, 페롤랫 교수님. 그 부분은 언급하고 싶지 않았어요. 교수님이 그런 생각을 전혀 하지 않고 있었을지도 모르니까 말입니다."

블리스가 말했다.

"너무 심각하게 받아들이지 마세요, 트레비스. 이 순간에도 가이아에서는 수천 명의 사람들이 침대 속에서 사랑을 나누고 있고 수백만 명이 먹고 마시거나 기쁨을 느끼는 무엇인가를 하고 있어요. 이 모든 행위들은 가이아의 모든 부분들에게 공통적인 즐거움을 선사하지요.

하등 동물, 식물 그리고 광물들의 경우에는 이보다는 덜 강렬한 쾌락을 누리는데, 이것 역시 가이아의 어느 부분이나 느낄 수 있도록 일반화된 쾌락으로 변화해요. 하지만 이러한 것들은 가이아 이외의 세계에서는 느낄 수 없는 것들이지요."

트레비스가 말했다.

"우리에게도 우리만의 독특한 쾌락이 있죠. 우리도 원하는 경우에는 이런 쾌락을 어느 정도는 남들과 함께 나눌 수도 있으며 때로는 혼자만이 누릴 수도 있어요."

"만일 우리가 누리는 쾌락이 어떤 것인지를 일단 알고 나면, 당신이 말하는 쾌락이라는 것이 얼마나 보잘것없는 것인지 알게 될 거예요."

"당신은 '우리'가 느끼는 즐거움이란 것을 어떻게 알 수 있지요?"

"설령 알지 못한다 해도 온 세상이 공통적으로 경험하는 쾌락이란 것이 독립적인 한 개인이 경험할 수 있는 것보다는 훨씬 더 클 것이라는 주장은 여전히 타당하다고 생각해요."

"어쩌면 그럴 수도 있겠죠. 하지만 나의 쾌락이란 것이 정말 하찮은 것이라고 해도 나는 나 자신만의 기쁨과 슬픔을 소중히 여기며 또 그것으로 만족하겠어요. 나는 바로 '나 자신'이고 싶으니까."

블리스가 신경질적으로 말했다.

"날 비웃는 거예요? 당신은 당신의 뼈와 치아를 구성하는 모든 광물질을 소중히 여기며 또 그것들이 손상되지 않도록 애를 쓰지 않나요? 비록 그것들이 같은 크기의 돌과 다를 바 없이 아무런 의식도 지니고 있지 않아도 말이에요."

트레비스가 마지못해 대답했다.

"그건 사실이죠. 얘기가 주제를 벗어난 것 같은데……. 어쨌든 나는 가이아 전체가 당신의 쾌락을 공유할 수 있다는 사실에는 관심이 없어요, 블리스. 게다가 그런 쾌락을 나누고 싶지도 않고, 이 우주선에서 우리 방이 서로 가깝게 배치되어 있긴 하지만 나는 간접적으로라도 당신들 사생활을 침해하고 싶진 않아요."

페롤랫이 말했다.

"여보게, 아무것도 아닌 일을 가지고 입씨름하고 있을 건가? 나도 자네와 마찬가지로 남의 사생활을 침해하고 싶지 않네. 내 사생활이 침해받는 것도 물론 원하지 않고 말이야. 그 문제에 대해서만큼 블리스와 내가 조심하도록 하지. 안 그래, 블리스?"

"나는 그저 당신 생각에 따를 뿐이에요, 펠."

"당신들이 가이아에서 어떤 행동을 했던지 개의치 않습니다. 하지만 이 우주선에서는 제가 주인입니다."

트레비스는 분명한 어조로 못을 박았다.

"그건 부인할 수 없는 사실일세."

페롤랫이 말했다.

"자, 이제 제 얘기는 충분히 한 것 같으니 바로 출발하죠!"

페롤랫이 손을 뻗어 트레비스의 소매를 잡았다.

"잠깐만, 어디로 떠난다는 말인가? 자네는 지구가 어디에 있는지 모르지 않나? 물론 나나 블리스도 마찬가지란 말일세. 자네의 컴퓨터에도 지구에 관한 정보는 전혀 없다고 하지 않았나. 그렇다면 지금 어떻게 할 작정인가? 무작정 우주 공간을 떠돌 수는 없지 않은가?"

페롤랫의 말에 트레비스는 무척 기쁜 듯이 미소를 지었다. 그가 가이아의 손아귀에 들어간 이후 처음으로 자신의 의지에 따라 스스로의 운명을 좌지우지할 수 있게 됐다는 기분 탓인 듯했다. 그가 말했다.

"분명히 밝히지만 저는 결코 무작정 떠돌지는 않을 거예요, 페롤랫 교수님. 제가 갈 곳은 정확히 알고 있어요."

3

페롤랫은 조종실 문을 노크한 뒤에도 한참 동안 아무런 응답이 없자 조종실로 조용히 들어갔다. 뷰 스크린에 비친 별들의 무리를 뚫어지게 응시하고 있는 트레비스가 눈에 띄었다.

"트레비스……."

그는 이렇게 부르고는 잠시 기다렸다.

트레비스가 그를 올려다봤다.

"교수님, 이리 앉으세요. 블리스는 어디 있지요?"

"자고 있어. 이제 보니 우리가 벌써 우주 공간으로 빠져나왔군그래."

"제대로 맞히셨어요."

트레비스는 페롤랫의 감탄이 그리 놀랍지도 않았다. 이 신형 중력 우주선 안에서는 이륙을 감지할 수 없고, 운항 중에도 관성이나 가속 추진, 그리고 소음이나 진동 같은 것을 전혀 느낄 수가 없다.

파스타호는 외부 중력의 영향에서 완전히 벗어날 수 있는 기능을 갖추고 있어서 마치 고무공이 바다의 수면으로 떠오르듯 행성 표면으로부터 수직으로 상승했다. 그동안 우주선 안에서 느껴진 중력은 이상하게도 평상시와 전혀 다를 바가 없었다.

물론 우주선이 대기권을 통과하는 동안에는 가속 추진을 할 필요가 없기 때문에 공기를 가르면서 고속으로 비행할 때와 같은 소음이나 진동은 느껴지지 않는다. 하지만 대기권을 지난 뒤에 빠른 속도로 가속 추진을 할 때도 우주선의 탑승자들은 아무런 느낌을 받지 않았다.

극히 편안한 상태였다. 인류가 주위의 강력한 중력장의 영향을 받지 않고, 또 우주선 없이도 초공간 여행을 자유롭게 할 수 있는 기술을 개발해 내려면 우주비행술이 어느 정도까지 향상되어야 하는지 트레비스는 도저히 예측할 수 없었다. 지금의 기술 수준으로는, 비록 파스타호라 하더라도 도약을 시도하기 위해선 가이아에서 며칠 이상 비행하여 중력의 강도를 충분히 줄여야만 했다.

페롤랫이 말했다.

"트레비스, 자네 바쁘지 않다면 나와 잠깐 얘기 좀 나눌 수 있겠나?"

트레비스는 애정이 듬뿍 담긴 손길로 컴퓨터를 쓰다듬으면서 말했다.

"전혀 바쁘지 않아요. 제가 일단 지시를 내려놓으면 나머지는 컴퓨터가 알아서 조종하니까요. 지시가 없어도 컴퓨터가 미리 알아서 처리하는 경우도 있고요."

"트레비스, 만난 지 얼마 안 됐어도 우리가 무척 친해졌다고 생각하네. 물론 나로서는 그 시간들이 그렇게 짧게 느껴지지는 않지만 말일세. 그동안 참으로 많은 일들이 있었지. 나는 지난 수개월 동안 평생 겪었던 사건들의 절반가량을 경험했네. 뭐, 아무튼 그런 것 같아. 난……"

페롤랫의 말에 트레비스는 손을 내저으며 말했다.

"페롤랫 교수님, 지금 본론에서 벗어나고 계시군요. 우리가 짧은 시간에 매우 가까운 친구가 됐다고 말씀하셨죠? 그건 사실입니다. 지금도 좋은 친구지요. 하지만 그렇게 따지면 교수님과 블리스는 더 짧은 시간에 우리 사이보다 훨씬 더 가까워지지 않았습니까?"

페롤랫이 다소 당황한 듯 목청을 가다듬으며 말했다.

"그 경우는 얘기가 좀 다르네."

"알았어요. 한데 짧지만 가까운 우리 우정이 어쨌다는 거지요?"

"자네가 조금 전에 말했듯이 우리가 여전히 친구라면 블리스 얘기를 좀 해야겠네. 그녀는 내게 정말 소중한 여자라네."

"압니다. 무슨 문제라도 있어요?"

"자네가 블리스를 좋아하지 않는다는 것은 나도 알고 있어. 하지만 나를 위해서라도……."

트레비스가 손을 들어 그의 말을 막았다.

"잠깐만요, 교수님. 전 블리스에게 그다지 관심도 없거니와 반감을 가질 이유도 전혀 없어요. 분명히 밝혀 두지만 블리스에게 어떤 적의도 품고 있지 않아요. 그녀는 매력적인 여성이지요. 설령 그렇지 않더라도 교수님을 생각해서 그녀에게서 매력을 찾으려고 했을 겁니다. 제가 싫어하는 것은 단지 가이아일 뿐입니다."

"하지만 블리스가 또한 가이아라는 사실을 잊었나?"

"물론 알고 있지요. 사실 그게 일을 복잡하게 만들고 있는 부분이지만요. 하지만 내가 블리스를 한 개인으로 생각하는 한 아무런 문제도 없어요. 문제는 내가 그녀를 가이아라고 생각할 때이지요."

"하지만 자네는 블리스에게 기회를 단 한 차례도 주지 않았어. 트레비스, 내 말 좀 들어 보겠나? 블리스와 섹스를 할 때, 그녀는 1분이나 2분에 불과한 짧은 순간이지만 가끔 내게 자신의 정신 세계를 나눠 준다네. 그 이상의 시간 동안 적응해 내기에는 내 나이가 너무 많다고 말하더군. 트레비스, 비웃지 말게. 자네도 그녀와 정신 세계를 나누기에는 너무 나이가 많다네. 자네와 나 같은 고립자가 가이아의 일부가 된 상태에서 1~2분 이상을 넘기게 되면 뇌에 손상을 입게 되고, 만일 그런 상태가 5분에서 10분간 지속되면 뇌손상은 회복이 불가능할 정도가 되어 버린다네. 하긴 이것도 가이아와 정신을 공유하는 일이 가능하다는 가정 하에서 하는 말이네만……."

"뭐라고요? 회복 불능의 뇌손상이라고요? 전 사양하겠어요……."

"트레비스, 일부러 내 얘기를 이해하지 못하는 척하는군. 나는 단지 아주 짧은 시간 동안의 정신적인 결합을 말하고 있는 걸세. 그 경우엔 뇌손상이 거의 없네. 단지 짜릿한 쾌감만이 있을 뿐이지. 그 쾌감이란 것은 자네가 목이 타 죽을 지경일 때, 물 한 모금이 자네의 목을 적셔 줄 때 느끼는 그런 기분일세. 사실 그 기분을 어떻게 설명해야 할지를 모르겠네. 자네는 인간이라면 누구나 경험하는 그런 종류의 쾌락은 알고 있겠지. 하지만 그것은 일시적인 쾌락에 지나지 않네. 하지만 이건 달라. 우리가 개별적으로 경험할 수 있는 느낌과는 전혀 다른 차원인 걸세. 막상 그 시간이 끝나면 나는 너무 아쉬워 눈물이 날 지경이라네."

트레비스는 머리를 가로저었다.

"대단히 설득력 있는 얘기군요. 하지만 교수님 말씀은 마치 마약에 취한 상태에서 느끼는 쾌감을 설명하고 있는 듯이 들려요. 하지만 마약은 그것이 주는 쾌감에 비해 훨씬 오랜 기간 동안 처절한 대가를 요구하지 않나요? 어쨌든 저는 잠깐 쾌락을 위해 개체로서의 제 독립성을 팔아 버릴 생각은 전혀 없어요."

"트레비스, 내게서 개별성이 사라진 것은 아니야."

"하지만 얼마나 더 오랫동안 자신의 개별성을 유지할 수 있다고 생각하지요, 페롤랫 교수님? 교수님은 점점 더 많은 마약을 구걸하게 될 것이고, 마침내는 치명적인 뇌손상을 입게 될 겁니다. 블리스가 더 이상 그런 짓을 하지 못하도록 하세요. 아니, 제가 직접 얘기하는 것이 나을지도 모르지……."

"안 돼! 그러지 말게. 그녀의 기분을 상하게 하고 싶지는 않아. 또 그 점에서 그녀 역시 내게 쏟는 배려가 자네가 생각하는 것 이상이라는 점을 분명히 말할 수 있네. 그녀는 내가 뇌손상을 입을 가능성에 대해 나보다도 더 염려하고 있어. 그러니 그 점은 안심해도 되네."

"그렇다면 분명히 말하겠는데, 이제부터는 그런 짓을 하지 말아야 합니다. 더 이상 비정상적인 쾌락에 탐닉하는 일은 중단하세요. 거기엔 반드시 대가가 따르기 마련입니다. 지금 당장은 아니라도 앞으로 살아가는 동안 언젠가는 말이에요."

페롤랫은 자기 신발 끝으로 시선을 내리깐 채 낮은 목소리로 말했다.

"무슨 얘기인지 알아듣겠네, 트레비스. 이런 걸 한번 가정해 보게. 만약 자네가 단세포 유기체라면……"

"무슨 얘기를 하시려는지 알겠어요, 교수님. 하지만 잊으세요. 그런 식의 비유는 이미 블리스와 제가 나눈 적이 있으니까요."

"그렇지. 하지만 잠깐만 다시 생각해 봐. 만일 인간의 의식과 사고력

정도의 수준을 갖춘 단세포 유기체가 있는데, 이 유기체가 어느 날 다세포 유기체로 될 수 있는 가능성에 직면하게 됐다고 가정해 보게. 이 경우 단세포 유기체들은 자신들의 개체성 상실을 슬퍼하겠지. 또 자신들이 곧 종합적 유기체의 작은 일부분으로 강제 편입된다는 사실을 비통하게 생각하지 않을까? 하지만 그건 얼마나 편협한 생각인지 자네도 알 거네. 단세포가 과연 인간의 두뇌가 지닌 힘을 상상이나 할 수 있겠는가 말일세."

트레비스는 고개를 세차게 저었다.

"아니에요, 페롤랫 교수님. 그건 잘못된 비유예요. 단세포 유기체는 의식도 어떤 사고력도 가질 수 없어요. 설령 가지고 있다 하더라도 그것은 너무 미미한 것이어서 거의 없다고 봐도 과언이 아닐 겁니다. 그런 생물체들이 다른 유기체에 편입되어 개체성을 상실한다는 것은 사실상 애초부터 거의 없던 것을 잃는 것이라고 보는 게 맞을 겁니다. 하지만 인간에겐 사고력이란 것이 있어요. 인간은 분명히 의식과 독립된 지성을 갖추고 있기 때문에 그 비유는 적절하지 않아요."

두 사람 사이에 잠시 침묵이 흘렀다. 페롤랫이 화제를 바꾸려는 듯 입을 떼었다.

"왜 그렇게 밖을 응시하고 있나?"

트레비스가 얼굴을 찌푸리며 말했다.

"그저 버릇이에요. 컴퓨터는 우리를 뒤쫓고 있는 가이아의 우주선이나 우리를 맞으러 오는 세이셸의 우주선이 없다는 것을 알려 주고 있어요. 컴퓨터의 감지장치가 제 눈보다 수백 배는 예민하고 정확한데도, 제 눈으로 직접 확인해야만 마음이 놓이기 때문에 이렇게 직접 살피고 있는 겁니다. 게다가 이 컴퓨터는 어떤 상황에서도 저로서는 전혀 느낄 수 없는 우주의 특성을 매우 세밀하게 감지해 내는 능력도 있어요. 그런 사실을 잘 알면서도 여전히 밖을 응시하는 버릇을 버리지 못하고 있어요."

페롤랫이 말했다.

"트레비스, 우리가 정말 친구라면……"

"좋아요! 블리스를 괴롭히지 않겠다고 분명히 약속하지요."

"고맙네. 그러면 다음 얘기로 넘어가세. 자네는 우리가 어디로 향하고 있는지 아직까지도 내게 숨기고 있네. 마치 나를 못 믿겠다는 듯 말이야. 도대체 우리의 행선지는 어딘가? 자네는 지구가 어디 있는지 알고 있나?"

트레비스는 눈썹을 치켜세우면서 페롤랫을 쳐다보았다.

"죄송하게 됐군요. 제가 정보를 너무 혼자서만 끌어안고 있었군요."

"그렇다네. 도대체 왜 그러나?"

트레비스가 대답했다.

"왜 그러냐고요? 솔직히 블리스와 관련된 이유라는 점을 부인하기는 어려울 것 같군요."

"블리스? 그녀가 알게 되는 것을 원하지 않았기 때문이라는 얘기인가? 여보게, 다시 한 번 밝혀 두지만 그녀는 정말 신뢰해도 좋다네."

"그게 아니에요. 제가 그녀를 믿지 않는다고 달라지는 것이 뭐가 있겠습니까? 추측하건대 블리스가 원하기만 하면 제 마음속에 간직하고 있는 비밀을 얼마든지 간파할 수 있을 텐데요. 교수님에게 행선지를 숨겨 온 이유는 그보다 더 유치한 것입니다. 솔직히 말해 교수님이 블리스에게만 관심을 기울이고 있어서 저라는 존재는 안중에도 없으신 것이 아닌가 하는 생각이 들었거든요."

페롤랫이 당혹스러운 표정을 지었다.

"그렇지 않네, 트레비스."

"알고 있어요. 하지만 제가 왜 그렇게 느끼는지 그 이유를 알고 싶어요. 교수님은 우리 우정에 대해 걱정하며 지금 저에게 오셨지요. 사실 저도 교수님과 같은 생각을 하고 있었어요. 하지만 블리스가 교수님을 가로채 갔다는 생각을 떨칠 수가 없어요. 아마 여러 가지 일을 교수님에게 숨김으로써 그에 대한 보복을 할 수 있을 거라는 어리석은 생각을 했던 것 같아요."

"트레비스!"

"누구나 가끔씩은 유치해지지 않나요? 어쨌든 우리는 친구예요. 내 마음속의 생각을 솔직하게 다 털어놓았으니 이제는 이런 장난질은 그만두겠어요. 페롤랫 교수님, 사실 지금 콤포렐론으로 향하고 있어요."

"콤포렐론?"

페롤랫이 기억이 나지 않는지 잠시 머뭇거렸다.

"제 친구 먼 리 콤포를 기억하시겠지요. 그 배반자 말입니다. 셋이서 세이셸에서 만났었지요."

페롤랫은 이제야 기억이 난다는 표정으로 말했다.

"아, 물론 기억하지. 콤포렐론은 그의 조상의 세계였다고 했지."

"사실인지는 모르겠지만요. 콤포렐론 사람들은 지구에 대해서 알고 있다고 콤포가 말한 적이 있었지요? 자, 어쨌든 콤포렐론으로 가서 지구에 대해 알아보기로 하죠. 비록 성과가 없을 수도 있겠지만 우리로서는 이제 시작하는 단계에 불과하니까 손해 볼 것도 없지 않아요?"

페롤랫이 목청을 가다듬고는 약간 의심스럽다는 투로 말했다.

"여보게, 자네 확신은 있는가?"

"지금으로서는 자신 있게 말할 수 있는 것은 아무것도 없어요. 이제 첫발을 내딛고 있는 것뿐이니까. 그것이 아무리 불확실한 일이라도 우선 시도해 보는 도리밖에 없지 않겠어요?"

"알겠네. 하지만 우리가 만일 콤포가 했던 얘기에 근거해서 행동하고 있는 것이라면 그가 해 준 얘기를 모두 신중히 검토해야 한다고 생각하네. 내가 그에게서 들은 얘기 중에서 가장 기억에 남는 것은 지구는 표면에서 방사능이 방출되고 있을 뿐만 아니라 완전히 생명을 상실했다는 것이었네. 만일 그의 말이 사실이라면 우리가 콤포렐론에 가 보았자 얻을 것이 전혀 없지 않겠나?"

3

세 사람은 식당에서 점심을 먹고 있었다. 사실 늘 그랬듯이 그저 배를 채우고 있다는 표현이 어울리는 정경이었다.

"이거 맛이 괜찮군. 이건 우리가 터미너스를 떠나올 때 가져온 건가?"

음식이 무척 맛있다는 듯 페롤랫이 말했다.

"천만에요, 그건 오래전에 이미 다 떨어졌어요. 이건 세이셸에서 구입한 겁니다. 가이아를 향해 출발하기 전에 말이에요. 맛이 좀 색다른 것 같지 않아요? 이것 말입니다. 이걸 양배추라고 생각하고 샀는데 지금 먹어 보니 맛이 전혀 다르군요."

블리스는 묵묵히 듣기만 할 뿐 아무 말이 없었다. 그저 조심조심 포크만 놀리고 있을 뿐이었다.

페롤랫이 부드럽게 말했다.

"블리스, 좀 먹어 두지그래."

"먹고 있어요. 펠."

그러자 트레비스가 참지 못하고 말했다.

"블리스, 창고에 가이아인을 위한 음식도 있어요."

"나도 알고 있어요. 하지만 그건 좀 아껴 두는 편이 나을 것 같아요. 우리 여행이 얼마나 걸릴지 알 수 없는 일이니까요. 그러니 고립자들의 음식도 먹을 줄 알아야 하지 않겠어요?"

"이게 그렇게 맛이 없어요? 아니면 가이아인은 가이아 것만을 먹어야 하는 건가요?"

블리스가 한숨을 내쉬었다.

"가이아에는 이런 속담이 있지요. '가이아가 가이아 것만 먹는 경우에는 얻는 것도 잃는 것도 없다.' 의식이 계층의 계단을 따라 위아래로 이동할 뿐이라는 뜻이에요. 우리가 가이아에서 먹는 것은 무엇이나 가이아예요. 먹는 음식의 대부분은 몸 안에서 동화작용을 거쳐 내 몸의 일부가 되는데 그것도 여전히 가이아예요. 소화과정을 통해 내가 먹은 음식 일부는 보다 높은 밀도를 지닌 고등 의식에 참여할 수 있는 기회를 가지게 되지요. 물론 나머지 부분은 이런저런 종류의 배설물이 돼서 저급한 의식으로 내려가게 되죠."

그녀가 갑자기 음식을 한 입 넣더니 힘차게 씹어 넘기고는 말했다.

"이 과정은 일종의 대순환이라고 말할 수 있어요. 식물은 자라서 동물의 밥이 되고 그 동물은 또 다른 동물에 의해서 먹히게 되죠. 모든 유기체는 죽게 되면 곰팡이나 부패, 박테리아 등에 의해 흡수되지만 여전히 가이아예요. 이러한 의식의 거대한 순환에는 비유기체적인 물질조차 참여할 뿐 아니라 그러한 순환 과정에 포함되는 모든 것들이 고밀도 의식에 참여할 기회를 주기적으로 갖게 되지요."

트레비스가 입을 열었다.

"그러한 순환이란 것은 어느 세계에서나 마찬가지로 일어나는 겁니다. 내 몸을 구성하는 모든 원자들도 오랜 역사를 지니고 있어요. 즉 그동안 인간을 포함해서 많은 생물체들의 일부이기도 했을 것이고, 어쩌면 바다의 일부이거나 석탄 덩어리로, 또는 우리에게 불어오는 바람의 일부로써 오랜 기간을 보냈는지도 모를 일이지요."

"하지만 가이아에서는 모든 물질의 원자들이 언제나 행성의식의 일부인걸요."

"음. 그렇다면 지금 먹고 있는 세이셸에서 가져온 이 채소들이 당신 몸속에 들어가면 어떻게 됩니까? 그것들도 가이아의 일부가 되나요?"

"느린 속도이긴 하지만 그것들도 가이아의 일부로 변해요. 그리고 배설물은 비슷한 속도로 비(非)가이아화가 되죠. 결국 내게서 떨어져 나간 것은 가이아와의 접촉 관계를 완전히 상실하게 되는 거예요. 내가 초공간을 사이에 두고서도 가이아로서 자신을 유지할 수 있는 것은 오로지 높은 밀도를 가진 내 의식 덕택이지요. 가이아의 식품은 아니더라도 내가 일단 먹기만 하면 그 진행 속도가 느리긴 하지만 결국 가이아의 일부가 되는 것은 바로 이러한 초공간적인 접촉 때문에 가능한 거예요."

"우리 창고에 있는 가이아의 식품은 어떻게 되죠? 비가이아화되는 것 아닙니까? 그렇다면 가능한 한 빨리 먹어 치우는 편이 낫지 않아요?"

"그런 염려는 하지 않아도 돼요. 우리 가이아의 식품은 상당히 오랫동안 가이아의 성질을 유지하도록 처리가 돼 있으니까요."

페롤랫이 갑자기 입을 열었다.

"하지만 우리가 가이아의 식품을 먹게 될 경우엔 어떻게 되지? 다시 말해서 우리가 가이아에 있을 때 가이아의 식품을 먹는다면 말이야. 우리 자신도 서서히 가이아로 변하는 건가?"

블리스가 머리를 가로저었다. 순간 당혹스러운 표정이 그녀의 얼굴에 스쳤다.

"당신들이 먹는 것은 우리에게는 상실되는 부분이에요. 또는 당신들의 몸속에서 신진대사를 통해 신체의 일부가 되는 부분만큼을 우리가 잃는 것이라고 말할 수도 있지요. 당신들이 배설하는 것은 그 자체가 가이아의 일부일 수도 있고 아니면 다시 서서히 가이아화되기 때문에 결국 균형이 유지됩니다. 당신들이 가이아를 방문한 결과로 가이아의 수많은 원자들이 비가이아화되긴 했지요."

"그건 참 유감스러운 일이군요. 그런데 비가이아 식품이 당신에게 해로운 것은 아니겠죠?"

트레비스의 말에 블리스가 강하게 부정했다.

"그렇지는 않아요. 당신들이 먹을 수 있는 것이면 나도 먹을 수 있어요. 단지 당신들과는 달리 내게는 그러한 음식들을 가이아나 내 근육조직의 일부로 동화시켜야 하는 노력이 추가적으로 필요할 뿐이에요. 이러한 사실 때문에 나는 음식을 빨리, 그리고 맛있게 먹지 못하고 천천히 먹고 있는 거지요. 하지만 시간이 지나면 점차 나아질 거예요."

그러자 페롤랫이 놀란 목소리로 말했다.

"감염 가능성은 어떻지? 내가 왜 이 생각을 진즉에 하지 못했는지 이해할 수가 없군. 블리스! 당신이 앞으로 발을 딛게 될 세계가 어떤 곳이 됐든 간에 당신에게는 면역 기능이 없는 미생물이 반드시 있을 거야. 다시 말해서 당신은 경미한 전염병에 걸리더라도 죽을 수가 있다는 얘기야. 트레비스, 아무래도 우린 돌아가야만 하겠네."

블리스가 웃으면서 말했다.

"그렇게 당황하지 마요, 펠. 미생물들도 내가 섭취하거나 어떤 경로로든 내 몸 안으로 들어오게 되면 가이아의 일부로 동화되지요. 만약 그 미생물이 해로운 작용을 할 듯하면 보다 빨리 동화돼요. 그리고 일단 그것들도 가이아화되면 더 이상 해롭지 않게 돼요."

식사가 끝나자 페롤랫은 향료를 곁들여 따뜻하게 데운 과일주스를 홀짝홀짝 마시며 말했다.

"이런! 이젠 화제를 좀 바꾸지. 내가 이 우주선에서 맡은 일이란 게 그저 화제를 바꾸는 일뿐이로군. 내가 꼭 이래야만 하는 건가?"

트레비스가 진지한 표정으로 말했다.

"블리스와 저는 한번 얘기를 시작했다면 끝장을 봐야 직성이 풀리나 봅니다. 온전한 정신을 잃지 않는 사람은 오직 교수님뿐이지요. 이젠 무엇에 관해 얘기를 하지요?"

"콤포렐론에 관해 내가 가지고 있는 자료들을 훑어봤는데 말일세. 온통 각 시대의 전설들뿐이더군. 그 전설에 의하면 콤포렐론 사람들은 정말 오래전에, 그러니까 초공간 여행이 시작된 직후 1000년 동안 그곳에 정착한 것으로 나타나 있네. 콤포렐론에서는 그 행성 세계를 건설한 전설적인 인물로 벤벌리를 입에 자주 올리고 있지만 그가 어디에서 왔는지는 아무도 모르고 있다네. 그들은 자신들이 살고 있는 행성의 본래 이름이 '벤벌리 세계'라고만 알고 있네."

"그런 전설에 어느 정도의 진실이 담겨 있을 것이라고 생각하세요, 페롤랫 교수님?"

"우리가 간과해서는 안 될 아주 중요한 사실이 포함돼 있다고 생각하네. 하지만 그중 어떤 것인지 도대체 무슨 수로 알 수 있겠나?"

“역사상의 인물 중 벤벨리라는 이름은 들어 본 적이 없어요. 혹시 들어 보신 적이 있어요?”

“아니, 나도 들어 본 기억이 없네. 그러나 자네도 알다시피 제국시대 말기에는 제국 이전 시대의 역사를 은폐하는 데 혈안이 돼 있지 않았나? 제국의 혼미했던 마지막 수 세기 동안 황제들은 각 지방 정부에 대한 백성들의 충성심을 약화시키고 싶어 했지. 왜냐하면 지방 정부에 대한 백성들의 충성은 결과적으로 황제의 영향력이 제국 내의 구석구석까지 미치지 않게 하는 결과를 초래할 것이라고 믿었던 거야. 따라서 구체적인 기록과 정확한 연대기 등 신뢰할 수 있는 사료는 트랜터 행성의 영향력이 확대된 이후부터 비로소 존재한다고 말할 수 있네.”

“역사 기록이란 것이 그렇게 쉽사리 소멸시킬 수 있는 성질의 것이라고 생각지는 않는데요.”

“물론이지. 하지만 단호하고 강력한 정부라면 그것을 상당히 약화시킬 수 있을 걸세. 만일 그것이 충분히 약화된다면 초기의 역사라는 것은 여기저기에 산재하는 자료들에 의존해야만 겨우 파악할 수 있는 것이고, 그것은 결국 전설 등과 같은 퇴보된 형태로 전래될 수밖에 없는 거라네. 게다가 이런 전설들에는 터무니없는 과장이 섞이게 마련이고, 또 실제보다 훨씬 오래전에 있었던 일처럼 생각되게 마련이네. 그리고 어떤 전설이 도저히 납득할 수 없을 만큼 황당한 내용을 담고 있다 하더라도 그걸 믿고 안 믿고는 지방 백성들의 애국심에 달린 문제가 되지. 어쨌든 은하계에 회자되고 있는 대부분의 전설에 따르면 지구에서 최초로 은하계에 이주해 왔다는 것이네. 비록 그 모행성을 한결같이 지구라고 부르고 있지는 않지만 말일세.”

“다른 이름이라면 뭐가 또 있어요?”

"무척 다양하다네. 예를 들면 '유일 행성(The Only)'이라고 불리기도 하고, 때로는 '가장 오래된 행성(The Oldest)'이라고 부르기도 하네. 그 외에도 '버려진 세계(Marooned World)'라는 이름도 있지."

"이제 그만하세요. 그 많은 이름들을 일일이 나열할 필요는 없죠. 어쨌든 이런 전설이 은하계 어디에나 퍼져 있다는 얘기죠?"

"바로 그걸세. 그런 전설들을 살펴보면 한 가지 사실에 살을 붙여 과장하고, 거짓을 덧붙이고 있다는 것을 알게 될 걸세. 마치 조개가 작은 모래알을 품고 또 품어서 진주를 만들어 내는 것과 같다고나 할까."

"이제 그 얘기는 됐어요, 교수님. 그리고 혹시 콤포렐론의 전설에서 다른 행성의 전설들과 다른 점을 발견할 수 없었나요?"

페롤랫이 잠시 트레비스의 얼굴을 멍하니 쳐다봤다.

"아! 다른 점? 글쎄. 그들은 지구가 비교적 가까이 있다고 말하고 있긴 하지. 그게 다른 전설에서는 찾아볼 수 없는 드문 점이라고 할 수 있지. 다른 행성에서는 지구에 대해서 얘기할 때는, 물론 모두가 같은 이름으로 칭하지는 않지만, 대개 위치는 모르는 것 같아. 그저 막연히 멀리 떨어진 곳에 있다고도 하고 혹자는 그저 상상의 세계라고도 하지."

"그렇군요. 마치 세이셸 사람들이 가이아는 초공간에 존재하고 있다고 말했던 것처럼 말이에요."

그러자 블리스가 웃음을 터뜨렸다.

트레비스가 블리스를 힐끗 쳐다보더니 말했다.

"정말입니다. 그들은 분명 그렇게 말했었죠."

"그 얘길 안 믿는 건 아니에요. 하지만 어쨌든 재미있는 얘기예요. 물론 그들이 계속 그렇게 생각하고 있기를 바라요. 우리 가이아도 현재로서는 외부 세계로부터 고립돼 있기를 원하거든요. 그리고 초공간처럼 안전한 곳이 또 어디 있겠어요? 물론 가이아가 초공간에 있는 것은 아니지만 만일 사람들이 그렇게 믿는 한 가이아는 초공간에 있는 것과 다를 바가 없죠."

트레비스가 무뚝뚝하게 말했다.

"그렇군요. 마치 사람들이 지구가 아예 존재하지도 않거나, 아득히 멀리 있거나, 방사능으로 오염돼 있다고 믿는 것과 마찬가지로 말입니다."

"콤포렐론의 사람들만은 지구가 비교적 가까이 있는 것으로 믿고 있다는 점은 제외하고 말일세."

"하지만 그것이 방사능으로 덮여 있든 그렇지 않든 간에 지구에 대한 전설을 알고 있는 사람들은 누구나 지구에는 접근할 수 없는 것으로 믿고 있잖아요?"

"바로 봤네."

"세이셸의 많은 사람들은 가이아가 아주 가까운 곳에 있다고 믿고 있었고, 심지어 어떤 이는 가이아의 태양 위치까지 정확히 알고 있었어요. 하지만 모두가 한결같이 가이아에 접근할 수는 없다고 생각하고 있었습니다. 콤포렐론에도 지구는 방사능 물질이며 이미 죽은 세계라고 주장하지만 혹 지구의 태양 위치를 알고 있는 사람이 있을지도 모르지요. 위치만 알게 되면 다음 단계는 우리가 지구로 접근하는 일만 남게 되지요. 설령 그들은 그게 불가능하다고 믿는다고 할지라도 말입니다. 가이아로 접근할 때와 상황이 똑같지 않아요?"

블리스가 말했다.

"가이아는 당신들을 기꺼이 받아들였죠, 트레비스. 당신들은 우리 수중에서는 정말 무력한 존재에 불과했어요. 하지만 당시 우리가 당신들을 해칠 생각을 전혀 가지고 있지 않다는 점을 명심해야 할 거예요. 하지만 지구가 만약 가이아와 마찬가지로 강력한 힘을 가지고 있으면서 우리에게 호의적이지 않을 경우에는 어떻게 할 거예요?"

"나는 어떤 경우에도 지구에 가려는 시도를 할 겁니다. 그에 따른 대가는 어떤 것이든 순순히 받아들일 거고요. 그게 바로 내 임무니까……. 일단 지구의 위치를 알아내기만 하면 거기로 향할 텐데, 당신들은 지금이라도 생각을 바꿔도 됩니다. 콤포렐론에서 가장 가까운 파운데이션 세계에 내려 드릴 수도 있고 원한다면 가이아로 되돌아갈 수도 있습니다. 그런 뒤 나 홀로 지구로 가겠습니다."

"여보게, 그런 소리 말게. 나는 자네와 떨어진다는 생각을 해 본 적이 없네."

페롤랫이 화난 듯 말했다.

"나는 펠과 떨어진다는 생각을 해 본 적이 없고요."

블리스가 손을 뻗어 페롤랫의 뺨을 쓰다듬으며 말했다.

"그럼 좋습니다. 자, 이제는 콤포렐론으로 도약할 준비를 합시다. 이번에는 정말 지구를 찾게 되길 기원하면서……."

제2부

콤포렐론

3장

입국 정거장

1

블리스가 방으로 들어가면서 페롤랫에게 물었다.

"초공간을 비행하기 위해 곧 '도약'할 거라고 했죠?"

"조금 전에 들었는데, 앞으로 30분 내에 도약을 하게 될 거래."

"도약이란 말만 들어도 속이 거북해요, 펠. 나는 그걸 좋아하지 않거든요."

블리스의 말을 듣고 페롤랫은 다소 놀란 듯했다.

"당신이 우주 여행을 해 봤을 거라곤 생각지도 않았는데……. 어떻게……?"

"특별히 여행이라고 할 것까진 없어요. 그렇다고 가이아의 일부로서 경험한 것만 가지고 그렇게 말하는 것도 아니에요. 가이아 자체는 우주 여행을 하는 경우가 없죠. 본래 나-우리-가이아는 여행이나 무역, 탐사 같은 것은 하지 않아요. 하지만 가이아로 들어오는 우주 정거장에는 누군가가 나와 있어야만 해요. 우주 정거장까지 나오기 위한 여행은 필요한 거죠."

"우리가 만났을 때처럼 말이군."

그녀는 더없이 다정한 얼굴로 그를 바라보면서 말했다.

"그래요, 펠. 하지만 여러 가지 이유로, 세이셸이나 다른 별들로 여행하는 경우가 없는 것은 아니에요. 보통은 은밀하게 이뤄지지만, 은밀한 것이든 아니든 그런 여행을 할 경우에는 항상 도약을 해요. 물론 가이아의 어느 한 부분이 도약을 하게 될 경우 반드시 가이아 전체가 같은 경험을 하게 되죠."

"그거 별로 달가운 일은 아니겠군."

"가이아의 대부분은 도약을 직접 경험하는 것이 아니기 때문에, 도약에 따른 영향은 크게 희석되게 마련이에요. 하지만 나는 가이아의 어떤 부분보다도 그것을 민감하게 느끼는 것 같아요. 트레비스에게도 납득시키려 했던 것이지만, 비록 가이아에 속해 있는 모든 것이 곧 가이아이긴 하지만 각 개체가 모두 동일한 것은 아니거든요. 우리끼리도 서로 차이점이 있어요. 내 경우는 특히 도약을 민감하게 느끼죠."

페롤랫이 갑자기 무언인가를 생각해 낸 듯 소리쳤다.

"잠깐! 트레비스가 언젠가 내게 설명해 줬던 것인데, 도약할 때 탑승자들이 불쾌한 느낌을 가지는 것은 보통 우주선으로 여행을 할 경우에만 그렇다더군. 보통 우주선은 초공간으로 진입하기에 앞서 은하계의 중력장을 벗어나야 하고, 반대로 일반 우주 공간으로 진입하기 위해서는 다시 중력장 안으로 들어와야 한다는 거야. 불쾌한 느낌을 받는 것은 바로 우주선이 중력장을 드나들 때라는 설명이었지. 하지만 파스타호는 중력 우주선이기 때문에 중력의 영향을 전혀 받지 않아. 그러니 아무런 느낌도 없을 거야. 그 점은 내가 직접 경험한 것이라 자신 있게 말할 수 있어."

"정말 놀라운 일이군요! 이 얘기를 진작 꺼낼걸 그랬어요. 그랬다면 처음부터 아무런 걱정도 하지 않았을 것 아니에요?"

"나도 그 생각은 전혀 못하고 있었어."

페롤랫은 이렇게 우주 여행에 관한 설명을 블리스에게 하고 있는 자신이 무척 대견스러운 눈치였다. 그의 설명은 계속되었다.

"보통 우주선이 초공간으로 도약을 하려면, 먼저 일반 우주 공간을 통해 항성들과 같이 엄청난 중량을 지닌 물체로부터 아주 멀리 떨어져야만 하지. 그 이유 중의 하나는 우주선이 항성에 가까이 있을수록 우주선에 미치는 중력이 강해지기 마련이고, 또 중력이 강할수록 도약할 때 겪게 되는 불쾌한 느낌도 더 커지기 때문이야. 또 다른 이유는, 중력이 강할수록 도약을 통해 원하는 곳에 안전하게 도착하기 위해서 풀어야 하는 비행 방정식이 복잡해진다는 점이야.

하지만 중력 우주선에서는 이렇다 할 느낌이란 게 없지. 게다가 이 우주선에 내장된 컴퓨터는 보통 컴퓨터보다 훨씬 진보된 것이어서, 상상하기 어려울 정도로 능숙하고 빠르게 방정식을 처리할 수 있어. 그렇기 때문에 다른 우주선들이 안전하게 도약하려면 수 주 동안을 비행하여 항성에서 멀어져야 하는 반면, 파스타호는 도약을 위해 단지 2~3일간만 비행해도 된다는 거야. 게다가 중력의 영향을 받지 않기 때문에 관성 효과라는 것도 있을 수 없지. 나도 물론 다 이해하고 있는 것은 아니지만, 트레비스의 설명에 따르면 파스타호는 다른 우주선보다 훨씬 빠르게 가속을 할 수 있다더군."

"당신 설명을 듣고 나니 정말 마음이 놓여요. 그리고 트레브가 이런 멋진 우주선을 조종할 수 있다는 사실도 기쁘고요."

페롤랫이 얼굴을 찌푸렸다.

"블리스, 제발 '트레비스'라고 불렀으면 좋겠어."

"그러죠. 하지만 그가 없는 곳에서는 내키는 대로 부르고 싶어요."

"안 돼, 블리스. 그 친구는 자신의 호칭에 대해 상당히 민감하단 말이야."

"그가 정작 민감하게 받아들이는 부분은 그게 아닐걸요. 그는 바로 나에 대해서 상당히 민감한 것 같아요. 그는 나를 좋아하지 않아요."

페롤랫이 진지하게 말했다.

"그렇지 않아. 내가 직접 물어보기까지 했으니까 믿어도 돼. 나도 눈치가 없는 편은 아니야. 트레비스는 당신을 싫어하는 게 아니라고 분명히 말했어. 그는 단지 가이아에 대해 회의를 품고 있기 때문에 인류가 지향해야 할 이상향으로 가이아를 선택한 자신의 결정에 대해 불만족스러워하고 있을 뿐이야. 우리도 그 점은 이해해야 한다고 생각해. 하지만 시간이 지나면 가이아의 진면목을 차츰 깨닫게 되겠지."

"나도 그랬으면 해요. 하지만 나로서는 당신 말을 그대로 믿을 수 없어요. 펠, 그가 당신에게 무슨 말을 하든지 이 점을 기억해 두세요. 그는 당신을 좋아하고 있기 때문에 당신의 기분을 상하게 할 얘기는 하지 않을 거라는 점을요. 그는 개인적으로 나를 싫어하고 있음이 틀림없어요."

"그럴 리가 없어, 블리스."

"당신이 나를 좋아한다고 해서 모두에게 나를 좋아하도록 강요할 수는 없는 일 아니에요? 좋아요. 솔직히 말하죠. 트레비스는 내가 로봇일지도 모른다고 생각하고 있어요."

늘 어눌한 표정이던 페롤랫의 얼굴이 놀란 듯 상기되었다.

"그 친구는 결코 당신을 인조인간이라고 생각지 않아."

"그게 그렇게도 놀라운 일인가요? 가이아는 로봇의 도움으로 건설되었어요. 그건 누구나 다 아는 숨길 수 없는 사실이에요."

"물론 기계처럼 로봇도 인간을 도울 수는 있지. 하지만 어디까지나 가이아의 건설 주체는 인간이야. 지구에서 온 인간들 말이야. 트레비스나 나나 이 점에 관해서는 같은 생각이야."

"당신과 트레비스에게 말했던 대로 가이아의 기억 속에는 지구에 관한 것이 전혀 없어요. 그러나 우리의 가장 오래된 기억 속에는 로봇이 등장하고 있어요. 그리고 이후로 3000년에 걸쳐 가이아의 건설에 동원되었지요. 우리도 물론 그 당시부터 가이아를 행성의식화하는 일에 참여하고 있었는데 그 일에 많은 시간이 걸렸지요. 펠, 가이아 초기에 대한 우리의 기억이 희미한 것도 바로 그런 이유 때문이에요. 아마 지구인들에게는 이러한 가이아 건설에 대한 기억들을 제거하는 일은 중요한 게 아니었을 거고요."

"알겠어, 블리스. 그런데 그 로봇들은 어떻게 됐지?"

페롤랫이 걱정스러운 듯 말했다.

"음……. 가이아 건설이 완성된 뒤 로봇들은 떠났어요. 우리는 가이아 세계에 로봇이 포함되는 것을 바라지 않았거든요. 그 이유를 들자면 우리는 로봇이 장기적으로 볼 때 인간 사회에 해로울 것이라고 생각했기 때문이죠. 지금도 그러한 생각에는 변함이 없어요. 우리가 왜 그런 결정을 내리게 된 것인지는 나도 몰라요. 하지만 그것이 은하제국의 역사상 아주 초기에 있었던 어떤 사건 때문이 아닐까 생각해요. 그래서 가이아의 기억도 그 이전으로는 거슬러 올라가지 못하고 있는 거예요."

"만일 그 로봇들이 가이아를 떠났다면……."

"떠났죠. 하지만 만일 그중에 일부라도 떠나지 않고 가이아에 남아 있다면, 혹시 내가 그중의 하나일지도 모른다고 생각하는 거죠. 트레비스는 바로 그 점을 의심하고 있는 거예요."

페롤랫은 천천히 고개를 저었다.

"하지만 당신은 아니야!"

"확신할 수 있나요?"

"물론이지. 당신은 절대로 아니야."

"어떻게 그걸 알 수가 있죠?"

"당연하지, 블리스, 당신은 인조인간과는 전혀 다른 모습을 하고 있잖아. 다른 사람들도 그렇게 생각할 거야."

"내가 워낙 정밀하게 만들어진 인조인간이라서 진짜 사람과 전혀 구별하지 못할 수도 있죠. 만일 그렇다면 당신은 로봇과 진짜 사람을 어떻게 구분할 수 있겠어요?"

"나는 로봇이 인간과 구별할 수 없을 정도로 완벽할 수는 없다고 생각해."

"그렇게 생각하고 있음에도 불구하고 그게 가능하다면 어떻게 하죠?"

"믿을 수 없어!"

"그냥 그렇다고 가정해 보세요. 만일 내가 정말 인간과 구별되지 않는 로봇이라고 한다면 당신은 어떤 느낌을 가질 것 같아요?"

"글쎄, 나는……."

"분명하게 말해 보세요. 로봇과의 섹스는 어떤 느낌일 것 같아요?"

"당신도 알고 있겠지만 인조인간 남자와 사랑에 빠진 여인들에 관한 전설도 있잖아. 그 반대의 경우도 물론 있지. 나는 그런 일은 소설 속에서나 가능한 일이지 현실에서는 있을 수 없는 것이라고 생각해 왔어.

물론 트레비스와 내가 로봇이라는 단어를 처음 듣게 된 것도 사실은 세이셸에 온 이후였지. 그러나 지금 생각해 보니 그런 인조인간 남자나 여자들을 로봇이라고 불렀을 것 같아. 분명히 그런 로봇들이 제국의 역사 초기에 존재했음이 틀림없어. 결국 그러한 전설들을 다시 한 번 곰곰이 생각해 볼 필요가 있다는 생각이 드는군."

그는 갑자기 말을 멈추고 생각에 깊이 빠졌다. 그리고 블리스가 잠자코 기다리다가 갑자기 손뼉을 치자 페롤랫은 깜짝 놀라 벌떡 일어섰다.

"펠, 당신은 그런 전설 따위를 끄집어 내서 내 질문을 회피하고 있군요. 다시 한 번 묻겠어요. 로봇과 섹스를 한다면 당신은 어떤 느낌이 들 것 같아요?"

그는 이 질문에 대답하기가 무척 난처한 듯 그녀를 물끄러미 쳐다봤다.

"정말 도저히 인간과 구별할 수 없는 로봇 말인가?"

"그래요."

"도저히 인간과 구별할 수 없는 로봇은 인간이라고 믿는 도리밖에 없어. 설사 당신이 그런 로봇이라 해도 내겐 단지 인간일 뿐이야."

"그게 바로 내가 원하던 대답이에요, 펠."

페롤랫이 잠시 기다렸다가 말했다.

"원하는 대답을 들었으니 이젠 진짜 인간이라고 말해 주겠어?"

"그런 말은 하지 않겠어요. 당신은 진짜 인간의 모든 속성을 지닌 물체는 모두 인간이라는 식의 정의를 내렸어요. 그리고 내가 그런 속성을 완전히 갖추고 있다고 당신이 생각하고 있는 한, 더 이상 논쟁을 계속할 필요가 없어요. 이제 인간의 정의가 내려졌으니 또 뭐가 필요하죠? 당신은 자신이 인간과 도저히 구별할 수 없는 완벽한 로봇이 아니라는 사실을 어떻게 증명하죠?"

"나는 로봇이 아니니까……."

"그럴까요? 만일 당신이 인간과 구별할 수 없는 로봇이라면 당신은 언제 어디서나 자신이 보통 인간이라고 말하도록 되어 있을 거예요. 어쩌면 당신조차도 그렇게 믿도록 만들어졌는지도 모르잖아요. 우리에게 있는 기준은 정의뿐이에요. 그것밖에 없다고요."

그녀는 갑자기 팔을 뻗어 페롤랫의 목을 휘감더니 키스를 퍼부었다. 입맞춤이 점차 열정적이 되자 페롤랫은 불명확한 신음 소리로 말했다.

"우린 이번 여행에서 신혼부부처럼 행동하지 않기로 트레비스와 약속……"

블리스는 고혹적인 콧소리를 냈다.

"잠깐 기분을 좀 내자는 것뿐이에요. 그와의 약속을 항상 기억하고 있을 필요는 없어요."

"하지만 그럴 수 없어. 내 이런 태도가 당신을 언짢게 하겠지만 블리스, 나는 그와의 약속을 항상 명심하고 있을 뿐만 아니라 본래 감정에 잘 휩쓸리지 않는 성격이야. 이건 지금까지 일평생을 살아오면서 생긴 버릇인데, 주위 사람들은 이런 내 성격을 무척 불쾌하게 여기고 있는지도 몰라. 사실 지금껏 나와 결혼했던 여자들은 누구나 얼마 지나지 않아서 이런 점을 못마땅하게 생각했었지. 내 첫 번째 아내는……, 하지만 지금 이런 얘기를 꺼내서 기분을 망치고 싶지는 않군."

"별로 유쾌하지 않은 얘기로군요. 하지만 그렇다고 충격적인 건 아니에요. 사실 내게도 당신이 첫 번째 남자는 아니니까요."

"오!"

페롤랫이 다소 당황한 듯 내뱉었다. 그러나 블리스의 웃는 얼굴을 보면서 아무렇지도 않다는 듯 말을 이었다.

"물론 아니겠지. 나도 그럴 거라는 생각을 해 본 적은 없어. 어쨌든 첫 번째 아내는 내 성격을 좋아하지 않았지."

"하지만 나는 당신의 그런 점을 좋아해요. 끊임없이 생각에 잠기는 당신 모습에서 정말 매력을 느껴요."

"믿을 수가 없는 말이군. 당신이 로봇이든 인간이든 간에 그게 중요한 건 아니야. 하지만 내가 고립자라는 사실은 당신도 잘 알고 있지. 즉 나는 가이아가 아니기 때문에, 당신이 나와 잠자리를 함께 할 경우에 당신이 느끼는 쾌락의 정도라는 것이 가이아가 또 다른 가이아와 잠자리를 함께 할 때 경험하는 것과는 같을 수 없다고 생각해."

블리스가 말했다.

"당신을 사랑하는 것 자체만도 내게는 커다란 기쁨이에요, 펠. 그 이상의 것은 바라지 않아요."

"그러나 이건 당신이 나를 사랑한다고 해서 끝나는 문제가 아니잖아? 만일 가이아가 우리의 관계를 일종의 성적 변태 행위라고 받아들인다면 어떻게 하지?"

"정말 가이아가 그렇게 생각하는지는 내가 금방 알 수 있죠. 내가 바로 가이아니까 말이에요. 그리고 내가 당신을 통해 기쁨을 얻는다면 가이아도 마찬가지예요. 우리가 섹스에서 느끼는 쾌락은 정도의 차이는 있을지 모르나 가이아 전체가 함께 누려요. 내가 당신을 사랑한다고 말하는 것은 가이아가 당신을 사랑한다는 의미거든요. 비록 당신을 사랑하는 직접적인 역할이 내 것이긴 하지만요. 좀 혼란스러운가요?"

"나는 고립자이기 때문에 당신 말뜻을 도무지 이해할 순 없어."

"그러면 비유를 하나 들지요. 자, 당신이 어떤 가락을 휘파람으로 연주한다고 하면, 당신의 몸 전체가 휘파람을 불기를 희망하겠지요. 하지만 결국 휘파람을 부는 행위 자체는 당신의 입술과 혀와 그리고 폐에 맡겨져 있지요. 당신의 오른쪽 발가락은 아무런 역할도 할 수 없지요."

"박자를 맞출 수는 있겠지……."

"하지만 그것은 휘파람을 부는 행위에 필요한 것은 아니에요. 즉 발가락으로 박자를 맞추는 것은 휘파람을 부는 행위 자체가 아니라 단지 휘파람에 적절히 반응하는 것이죠. 그러니까 가이아의 모든 부분들이 내 감정에 이런저런 반응을 보이는 것은 당연한 일이지요. 내가 그들의 감정에 반응을 보이듯 말이에요."

"그렇다면 그 점에 대해 걱정할 필요는 없겠군."

"물론이에요."

"하지만 그 사실을 알고 나니 일종의 책임감이 드는군. 내가 당신을 기쁘게 하려 한다면 결국 가이아의 아주 미세한 부분까지도 그렇게 느끼도록 신경을 써야 할 테니 말이야."

"지금까지 잘해 왔어요. 당신은 내가 당신에게 조금씩 나눠 줬던 그런 공동체적인 즐거움을 증가시키고 있어요. 물론 당신이 기여한 것은 워낙 작은 것이라서 쉽게 측정할 수 있는 것은 아니지만, 그것은 분명히 존재하며 당신의 기쁨까지도 배가시키지요."

"트레비스가 초공간을 비행하느라 정신을 못 차릴 정도로 바빴으면 좋겠군. 오랫동안 조종실을 떠날 수 없도록 말이야."

"빨리 침대에 들고 싶은 거죠?"

"물론!"

"그러면 종이를 한 장 꺼내서 '신혼부부의 안식처'라고 적으세요. 그리고 방문 밖에 붙여 놓아요. 만일 그래도 우리 방으로 들어오려 한다면 그건 그의 책임이에요."

그는 블리스의 말대로 했다. 그런데 그 순간 바로 파스타호가 도약을 위한 마지막 단계에 접어들었다. 페롤랫이나 블리스 그 누구도 이를 감지하지 못했다. 사실, 주의를 기울였다 해도 눈치 채지 못했을 것이다.

2

페롤랫이 트레비스를 만나 처음으로 터미너스를 떠난 것은 불과 지난 몇 달 전의 일이었다. 페롤랫은 그때까지 (은하 표준으로) 50년 이상을 그저 터미너스 행성에서만 살아왔다.

그는 마음속으로 이제는 자신도 꽤 경험 있는 우주 여행가가 됐다고 생각하고 있었다. 그동안 자신이 살고 있던 터미너스 행성을 비롯해 세이셸, 가이아란 세 행성을 우주 공간에서 내려다볼 기회를 가질 수 있었으니까. 그리고 이제는 비록 컴퓨터로 제어되는 망원경을 통해서이긴 하지만 바로 네 번째 행성인 콤포렐론을 내려다보고 있는 것이다.

그러나 그는 이번에도 또다시 실망했다. 그는 우주 공간에서 새로운 행성을 내려다볼 때는 으레 바다에 둘러싸인 육지를 찾는 데만 몰두하곤 했다. 만일 그 행성이 건조한 곳이라면 육지에 둘러싸인 호수를 찾는 일에 열중했다.

그렇지만 그가 지금까지 그런 행성을 발견한 적은 단 한 번도 없었다.

만일 어떤 세계가 인간이 거주할 수 있는 곳이라면, 거기에는 바다나 강뿐만 아니라 대기권도 존재한다. 만일 그곳에 공기와 물이 모두 있다면 구름도 있을 것이고, 구름이 있으면 행성의 모습이 뚜렷하게 보이지 않을 것이다. 다시 한 번 페롤랫은 눈 아래로 푸른색과 연한 갈색을 언뜻언뜻 드러내는 흰색 소용돌이를 바라보았다.

어떤 행성이든지 30만 킬로미터라는 먼 거리에서 관찰해서는 그곳이 어떤 곳인지 규명해 내기란 불가능한 일이라고 그는 생각했다. 누가 과연 구름 소용돌이 속에서 다른 것을 명확히 가려낼 수 있을까?

블리스는 약간 염려스러운 표정으로 페롤랫을 쳐다보았다.

"왜 그래요, 펠? 왠지 안색이 안 좋아 보여요."

"내겐 모든 행성이 우주에서는 다 똑같아 보여."

트레비스가 말했다.

"그게 어쨌다는 거지요, 교수님? 교수님이 어떤 특정한 산봉우리나 특이한 모습의 섬을 찾고 있는 것이 아니라면 터미너스도 외양상으로는 다른 행성과 다를 바 없어요."

페롤랫은 불만스러운 듯 말했다.

"주제넘은 말인지도 모르겠네만, 자네는 도대체 저 소용돌이치는 구름 덩어리 속에서 무엇을 찾아내겠다는 건가? 자네가 뭘 찾을 것인지를 결정하기도 전에 우리는 저 어둠 속으로 빨려들고 말걸."

"좀 더 자세히 관찰해 보세요, 페롤랫 교수님. 잘 살펴보면 어떤 일정한 패턴으로 행성 주위를 에워싸고 있다는 사실을 발견할 수 있을 겁니다. 그리고 한 지점을 중심으로 돌고 있다는 것도 말이에요. 그 중심 지점은 대체로 저 행성의 극 지점과 일치하지요."

"어떤 극을 말하는 건가요?"

블리스가 흥미로운 듯 물었다.

"여기서 볼 때 저 행성은 시계 방향으로 돌고 있으니까 지금 우리는 바로 저 행성의 남극 부분을 내려다보고 있지요. 아까 말한 중심 지점의 위상이 명암한계선에서 15도이고 자전축은 공전면의 직각을 기준으로 21도 기울어져 있는 걸 보니, 우리가 있는 쪽은 한봄이나 한여름이 되는 거예요. 남극이 명암경계선의 어느 방면에 있느냐에 따라서요. 컴퓨터에 물어보면 궤도를 계산해서 즉시 답이 나올 겁니다. 이 행성의 수도는 적도 위쪽에 위치하고 있어요. 컴퓨터가 계산한 바에 따르면 현재 수도의 계절은 한가을이나 한겨울일 겁니다."

페롤랫은 얼굴을 찡그렸다.

"그걸 다 알 수 있다고?"

페롤랫은 마치 자신도 쳐다보면 알기라도 할 것처럼 구름층을 응시했지만, 역시 아무것도 알 수 없었다.

"그것만이 아니에요. 저 극지방을 살펴보세요. 언뜻 보면 극지방을 덮고 있는 저 구름층에는 균열된 부분이 없는 듯 보이지요. 하지만 사실은 여기저기에 균열이 있어요. 그 틈으로 보이는 것이 바로 얼음입니다. 모두가 흰색이라서 구별이 어려울 뿐이지요."

"원 세상에! 자네는 그걸 어떻게 알 수 있나?"

"생명체가 있는 곳이라면 당연히 그럴 수밖에 없지요. 생명체가 없는 행성은 구름이나 얼음이 물로 이뤄진 게 아니라는 걸 알려 주는 어떤 뚜렷한 징후를 보이기 마련이거든요. 그런데 저 행성에서는 그런 징후를 찾아보기가 어려워요. 그래서 저는 우리 눈에 보이는 것들은 수분이 뭉쳐져 형성된 구름이나 얼음이라는 것을 알 수 있었던 거죠.

그리고 또 하나 우리가 주목해야 할 것은 태양빛을 받고 있는 곳에 나타나는, 균열이 전혀 없는 흰색 지역이에요. 약간의 전문 지식을 가진 사람이라면 대번에 그 흰색 지역이 보통보다 크다는 점을 알 수 있지요. 게다가 행성이 반사시키고 있는 빛 중에서 희미하긴 하지만 오렌지빛 섬광을 발견할 수 있어요. 이는 곧 콤포렐론의 태양이 터미너스의 태양보다는 다소 온도가 낮다는 것을 말하지요. 비록 터미너스의 태양에 비해 콤포렐론이 저 태양에 가까이 있긴 하지만 태양의 낮은 온도를 커버할 만큼은 아니지요. 그래서 콤포렐론은 생명체가 사는 여타 행성에 비해 상당히 추운 곳이라는 사실을 알 수 있는 겁니다."

페롤랫이 감탄했다.

"자네는 마치 손바닥을 들여다보듯이 훤하게 알고 있구먼."

트레비스가 애정 어린 미소로 말했다.

"그렇게 감탄할 필요는 없어요. 컴퓨터가 제게 필요한 정보를 모두 제공하고 있으니까요. 이 행성이 다소 낮은 평균 온도를 가지고 있다는 사실을 비롯해서 모든 정보를 말입니다. 우리가 이미 알고 있는 것을 추론해 내는 것은 그다지 어려운 일이 아니에요. 사실 콤포렐론은 현재 빙하기에 다가가고 있어요. 만일 대륙의 배치 형태가 빙하기를 출현시킬 만한 조건에 보다 잘 부합된다면 보다 일찍 빙하기가 올지도 모르는 일이지요."

블리스가 아랫입술을 깨물면서 말했다.

"나는 추운 세계는 별로 좋아하지 않는데……."

"우리에겐 겨울옷도 준비되어 있습니다."

"그런 문제가 아니죠. 인간은 차가운 날씨에 적응되어 있지 않아요. 우린 털이나 깃털로 덮여 있지도 않고 두꺼운 피하지방이 있는 것도 아니잖아요. 어떤 세계의 날씨가 차갑다는 것은 그 세계가 자체의 복지에 대해서는 관심이 없다는 얘기 아닌가요?"

"그러면 가이아는 어디나 기후가 온화해요?"

"대부분 지역이 그래요. 물론 한대성 동식물을 위한 한대지역도 있고 고온에서 자라기 적합한 동식물을 위한 열대지역도 있습니다. 하지만 대부분 지역이 언제나 온화한 날씨만을 유지하고 있지요. 물론 인간은 한대와 열대지역 사이에 살고 있고요."

"물론 그렇겠지요. 그렇게 본다면 가이아의 모든 부분은 평등한 대접을 받고 있다고 볼 수 있겠네요. 하지만 인간이 다른 부분보다 특혜를 받고 있는 것도 사실 아닌가요?"

그러자 블리스가 새침하게 대답했다.

"그렇게 조롱하지 마세요. 의식이나 인식의 수준과 정도는 중요해요. 인간이 같은 무게의 돌보다 유용하다는 것은 부인할 수 없어요. 게다가 전체적인 가이아의 속성과 기능으로 인해 어쩔 수 없이 인간 쪽에 비중이 더 두어지고 있는 건 사실이지요. 하지만 당신과 같은 고립자들의 세계만큼 인간 위주로 돌아가지는 않아요. 때론 인간이 아닌 다른 쪽에 더 많은 비중이 두어지는 경우도 있어요. 가이아 전체를 위해 필요하다면 말이에요. 정말 드문 경우이지만 암반 내부에 특별히 관심을 기울여야 하는 경우도 있고요. 그렇지 않으면 가이아 전체가 고통을 받게 되죠. 우리는 불필요한 화산 분출을 원하지 않으니까요. 안 그런가요?"

"물론 원하지 않겠죠. 필요하지 않은 것이라면……."

"내 얘기에 별로 수긍하는 것 같지가 않군요."

"글쎄요. 우리가 살고 있는 곳에는 평균 기온보다 낮은 지역도 있고 높은 지역도 있지요. 또한 광범위한 지역에 걸쳐 열대우림이 우거져 있기도 하고 어떤 곳은 황량한 사바나 기후로 뒤덮여 있기도 하고요. 어디나 각각 독특한 기후를 보이고 있어요. 어떤 지역에 살고 있는 생명체든지 그 독특한 기후에 적응하며 살아갑니다. 나도 터미너스의 비교적 온화한 기후에 익숙해져 있는 상태였습니다. 하지만 잠시 동안만이라도 어딘가 다른 곳으로 벗어나고 싶은 생각이 들 때도 있지요. 가이아에는 없지만 우리에게 있는 것이 바로 그런 다양성입니다. 그런데 만일 가이아가 갤럭시아로 확대 · 발전할 경우, 갤럭시아의 속한 모든 세계가 가이아와 같이 늘 온화한 기후만을 가지게 되는 겁니까? 어느 곳이나 똑같다는 것은 견딜 수 없는 일인데요."

"그러한 다양성이 바람직한 것이라면 그것은 계속 유지될 거예요."

트레비스가 냉랭하게 말했다.

"말하자면 중앙 위원회가 주는 혜택으로 말입니까? 그것도 최소한의 범위에 국한된 일이겠죠. 나라면 자연이 알아서 하게 내버려 둘 겁니다."

"하지만 그렇게 해 오지 않았잖아요. 아시는 바와 같이 은하계의 모든 세계는 인류가 생활하기에 알맞도록 변화되어 왔어요. 은하계의 모든 행성이 발견 당시에는 인류가 생활하기에 너무 불편한 기후를 가지고 있지만 인류는 그곳을 점차 살 만한 기후로 바꾸기 위해 끊임없이 노력했지요. 만일 콤포렐론이 추운 날씨를 가지고 있다면 그건 이곳을 좀 더 따뜻한 기후로 변화시키는 데 드는 비용이, 감당할 수 없을 만큼 엄청나기 때문일 거예요. 설사 그렇다 하더라도 이곳 주민들은 자신들이 거주하는 지역만큼은 온화한 기후로 변화시켰을 것이라고 저는 확신해요. 그러니 자연이 알아서 할 거라며 고상하게 생각할 일은 아니에요."

"당신은 가이아를 대변하고 있군요."

"난 언제나 가이아를 대변하죠. 내가 바로 가이아이기도 하니까요."

"가이아가 모든 면에서 그렇게 우월하다고 확신한다면 어째서 내 결정에 의존합니까? 왜 나보다 먼저 스스로 지구를 찾으려 하지 않았죠?"

블리스는 생각을 끌어 모으려는 듯 잠시 침묵했다.

"자기 자신을 과신하는 것은 현명치 못한 일이기 때문이에요. 우리가 착수하려는 일은 반드시 확실해야만 합니다. 우리에게 확실해 보이는 정도로는 부족하고, 객관적으로 봤을 때도 확실하고 옳은 일을 하고자 했던 거예요. 그러던 중 우리가 찾아낼 수 있었던 사람 중에서는, 당신이 객관적으로 가장 올바른 결정을 내린다는 것으로 판단됐고, 따라서 우리는 당신의 안내를 받고 있는 거지요."

"하지만 난 아직 스스로의 결정조차 이해하지 못하고 있다는 점을 털어놓지 않을 수 없군요. 내 결정이 어째서 타당하다는 겁니까?"

"곧 알게 될 거예요."

"나도 그랬으면 좋겠군요."

페롤랫이 끼어들었다.

"이번 말싸움에서는 블리스가 다소 쉽게 이긴 것 같군. 블리스가 주장하는 내용을 들어보면 가이아를 인류가 지향해야 할 미래의 세계로 선택한 자네의 결정이 옳다는 것을 알 수 있지 않은가? 왜 자네는 그걸 인정하지 않는 거지?"

트레비스는 화라도 난 듯 대답했다.

"그거야……, 그 결정을 내릴 때까지만 해도 그런 얘기를 들어 본 적이 없었기 때문이죠. 가이아에 대한 세부적인 사항도 전혀 알지 못했고, 또 가이아의 구체적인 상황보다 더욱 근본적인 어떤 것이, 제가 전혀 의식하지 못하는 중에 어떤 영향을 미쳤을 겁니다. 그래서 저는 바로 그 근본적인 것이 무엇인지를 찾고 있는 거고요."

페롤랫이 손을 들어 달래듯 말했다.

"미안하네, 트레비스."

"지금 제가 화가 난 건 아니에요. 단지 좀 참기 어려운 감정이 갑자기 치밀었을 뿐이지요. 전 은하계에서 관심의 대상이 되고 싶지 않아요."

"나도 그 점에 대해서는 당신을 탓하지 않겠어요. 그리고 당신이 내린 결정으로 인해 당신이 그런 짐을 져야만 한다는 점에 대해 동정이 가요. 트레비스, 우리는 언제 콤포렐론에 착륙하게 되죠?"

"사흘 정도면 될 겁니다. 콤포렐론 주위 궤도를 돌고 있는 입국 우주 정거장에 들어서기만 하면 바로 착륙할 겁니다."

페롤랫이 입을 열었다.

"거기서는 별일 없겠지? 안 그런가?"

트레비스가 어깨를 으쓱하며 말했다.

"글쎄요. 그건 콤포렐론에 착륙하려는 우주선이 몇 대나 되는지 또 우주 정거장은 몇 개인지, 그리고 무엇보다도 중요한 건 이 행성의 입국 규정에 달려 있지요. 게다가 그 규정이란 것이 때때로 바뀌기도 하니까……."

페롤랫이 이해할 수 없다는 표정으로 말했다.

"입국을 거부할 수도 있다는 뜻인가? 그들이 어떻게 파운데이션 시민이 입국하는 것을 거부할 수 있다는 건가? 콤포렐론은 파운데이션의 관할권에 속해 있지 않은가?"

"그렇게 볼 수도 있고 아니라고 볼 수도 있지요. 여기엔 상당히 미묘한 법적인 문제가 관련되어 있어요. 콤포렐론에서 그것을 어떻게 해석할지는 저도 자신 있게 말할 수는 없어요. 그래서 거부당할 수도 있다는 겁니다. 물론 그 가능성이 크진 않을 것 같지만요."

"만일 입국이 거부된다면 우리는 어떻게 되는 거지?"

"저도 확실하게 모르겠어요. 우선은 기다려 보는 수밖에 다른 도리가 없겠지요. 그에 대한 대책은 나중에 가서 세우기로 합시다."

3

파스타호는 이제 육안으로도 뚜렷하게 볼 수 있을 만큼 콤포렐론에 가까이 접근해 있었다. 망원경을 사용하면 그 행성 주위를 돌고 있는 입국 정거장도 볼 수 있을 정도였다. 이 입국 정거장들은 행성 주위를 돌고 있는 다른 구조물들보다도 훨씬 더 외곽에 위치해 있었고 매우 밝은 빛을 띠고 있었다.

파스타호가 행성 남극 쪽을 향해 접근하는 동안, 우주선이 있는 지역은 태양이 비추는 낮이었다. 그리고 태양빛이 없는 어두운 지역에서 돌고 있는 우주 정거장들도 스스로 발하고 있는 밝은 빛 때문에 쉽게 식별되었다. 모든 정거장들은 서로 일정한 간격을 두고 똑같은 속도로 행성 주위를 돌고 있었다. 정거장은 총 열두 개로 절반은 태양빛을 받는 쪽을, 나머지 절반은 어두운 지역을 돌고 있었다.

이 광경을 바라보고 있던 페롤랫은 입을 살짝 벌린 채 말했다.

"그런데 저기 행성에 좀 더 가까이 있는 저 발광체는 뭘까?"

"저도 이 행성에 대해서 자세히는 몰라요. 아마 우주공장이나 우주 실험실이 아닌가 싶은데……, 어떤 것은 우주 공간에 있는 도시일 수도 있겠지요."

"그런데 우리는 어느 정거장으로 들어가야 하나, 트레비스?"

"그것은 저들에게 달려 있어요. 콤포렐론에 착륙하겠다는 신호를 이미 보냈으니까 곧 저쪽에서 우리가 어느 정거장으로 언제 진입해야 할지를 알려 올 겁니다. 다시 말하지만 우리가 언제 어디로 진입해야 할지는 현재 콤포렐론에 진입하고자 하는 우주선의 수에 달려 있어요. 만일 모든 우주 정거장에 각각 수십 대의 우주선이 대기하고 있다면, 우리도 기다리는 도리밖에 없겠지요."

블리스가 말했다.

"전에도 두 번인가 가이아에서 초공간 여행을 한 적이 있었어요. 두 번 다 세이셸 부근이었지요. 하지만 이렇게 멀리까지 오기는 이번이 처음이에요."

트레비스는 그녀를 날카롭게 응시했다.

"그게 무슨 상관이죠? 당신은 여전히 가이아잖아요?"

잠시 블리스는 당황한 듯한 표정을 짓더니 이내 킥킥거리며 말했다.

"이번엔 당신이 날 꼼짝 못하게 만들고 말았군요. 사실 가이아란 어휘는 두 가지의 뜻으로 쓰여요. 물리적인 의미로는 우주에 존재하는 행성을 가리키지만, 그 행성을 포함하여 그곳에 있는 생명체를 가리키기도 하죠. 사실 각각 다른 개념에는 당연히 두 가지 어휘가 존재해야 하겠죠. 하지만 가이아인들은 언제나 문맥을 보고 '가이아'란 단어의 뜻을 유추해 내지요. 물론 고립자들은 이 어휘에 대해 혼란을 느낄 때가 많을 거예요."

"그렇다면 당신이 행성 가이아에서 수천 파섹 떨어져 있다 해도 여전히 유기체로서의 가이아임에는 틀림이 없겠군요."

"가이아를 유기체라는 관점에서 보면 물론 나는 여전히 가이아죠."

"가이아로서의 특질이 약화되지는 않습니까?"

"본질적인 차원에서는 아무런 변화가 없죠. 전에도 분명히 밝혔던 것처럼 가이아로부터 초공간적으로 떨어져 있지만, 나는 여전히 가이아예요. 물론 설명이 좀 복잡해지기는 하지만……."

"당신은 가이아를 은하계의 크라켄이라고 생각해 본 적은 없습니까? 이 세상 어디라도 촉수가 미치지 않는 곳이 없다는 그 괴물 말입니다. 다시 말해서 인간이 거주하는 어느 세계든지 가이아인 몇 명만 배치해 두면 사실상 바로 그곳이 갤럭시아가 아닌가요? 당신과 같은 가이아인들은 어디어디에 파견되어 있죠? 아마 모르긴 몰라도 터미너스나 트랜터에도 한 명 이상씩 있겠지요. 그런 식으로 도대체 얼마나 멀리까지 진출해 있습니까?"

블리스는 심기가 무척 불편해졌다.

"이미 분명히 밝혔지만 난 거짓말은 하지 않아요. 트레비스. 하지만 그렇다고 당신에게 모든 진실을 밝혀야 할 의무가 있다는 뜻은 아니에요. 당신이 알 필요가 없는 것도 있어요. 가이아의 개별 개체의 위치나 정체 같은 것이 여기에 포함되죠."

"그러한 촉수들이 어디에 있는지도 모르는 마당에 가이아 개체의 존재 이유까지 궁금해할 거라 생각해요?"

"가이아는 그렇지 않다고 생각해요."

"하지만 나도 추측은 할 수 있습니다. 당신네들은 자신을 은하계의 수호자라고 믿고 있는 게 틀림없겠지요."

"우리는 은하계가 안전하고 평화롭게 번영하길 바랍니다. 해리 셀던이 처음 입안한 '셀던 프로젝트'는 제1은하제국보다 안전하고 고도로 발전된 제2은하제국의 건설을 목표로 하고 있어요. 이 프로젝트는 그 이후로도 제2파운데이션 사람들에 의해 계속 수정 · 보완되어 지금까지는 별 무리 없이 잘 진행되고 있지요."

"하지만 가이아가 그런 고전적 의미의 제2은하제국 건설을 희망하는 것은 아니잖습니까? 당신들은 이른바 살아 있는 은하계, 즉 갤럭시아의 실현을 바라고 있는 거잖아요."

"당신이 그걸 인정하니까 하는 얘기지만, 사실 우리도 결국에는 갤럭시아의 건설을 바라고 있어요. 만일 당신이 우리 소망을 인정하지 않았다면 우리는 당초 셀던 프로젝트로 제2은하제국의 건설을 위해, 그리고 차후에는 그곳을 보다 안전한 세상으로 만드는 데 전념했을 거예요."

"하지만 셀던 프로젝트에 잘못된 것이라도……."

그때 갑자기 윙윙거리는 신호음이 들려왔다.

"컴퓨터가 날 부르고 있군요. 컴퓨터가 입국 정거장으로부터의 지시를 수신하고 있는 게 아닌가 싶은데……, 잠깐 실례하겠어요."

그는 조종실로 들어가 컴퓨터 데스크 위에 나타난 손바닥 형상에 손을 올려놓았다. 스크린에 파스타호가 착륙할 입국 정거장을 향한 비행 궤도가 나타났다. 트레비스는 이 지시를 수신했다는 신호를 보냈다. 그리고 의자 깊숙이 몸을 파묻고는 사색에 빠져들었다.

셀던 프로젝트! 얼마나 오랜만에 들어보는 말인가? 정말 오랫동안 그가 잊고 있었던 단어였다. 셀던의 예언대로 제1은하제국은 멸망했고, 500년 동안 파운데이션은 발전에 발전을 거듭해 왔다.

하지만 지금까지의 과정에서 한때는 뮬의 공격을 받아 셀던 프로젝트 자체가 무산될 뻔한 적도 있었다. 그러나 파운데이션은 역경을 극복해 냈다. 필경 어디엔가 숨어 있을 제2파운데이션의 도움을 받았기 때문이거나, 아니면 그보다 더 은밀히 숨어 있는 가이아의 도움 때문에 가능했는지도 모를 일이었다.

그런 셀던 프로젝트가 지금 뮬보다도 더욱 심각한 무엇인가에 의해 위협을 받고 있는 것이다. 셀던 프로젝트가 애초에 목표로 했던 것은 제국의 쇄신과 발전이었지만 지금에 와서는 그 목표가 바뀌어 가고 있다. 역사상 존재했던 세계와는 전혀 다른 성격을 띤 '갤럭시아'라는 세계의 건설을 추구하고 있는 것이다. 사실 트레비스도 이미 이에 대해 동의한 터였다.

그러나 왜 그랬을까? 셀던 프로젝트에 어떤 결함이라도 있었던 것인가? 아주 근본적인 결함이…….

트레비스의 머릿속에는 언뜻 셀던 프로젝트에 무언가 결함이 있을 것이며, 또 자신이 그런 결단(셀던 프로젝트를 무시하고 갤럭시아 건설에 동의한 것)을 내릴 때만 해도 그것을 알고 있었을 것이라는 생각이 들었다. 그러나 그가 알고 있다고 생각한 근거는 처음 떠오를 때처럼 순식간에 사라지고 이젠 아무것도 머릿속에 남아 있지 않았다.

아마도 그것 모두가 환상이었는지도 모른다. 그가 결단을 내릴 때 알고 있던 것, 그리고 지금 알고 있다고 생각한 것 모두가 말이다. 결국 그는 심리역사학의 근거가 되는 몇 가지 기본적인 가정을 제외하곤 아무것도 몰랐다. 그 이상의 구체적인 내용은 고사하고 셀던 프로젝트의 바탕이 되는 수학적 개념의 기본조차도…….

그는 눈을 감고 생각에 잠겼다.

아무것도 머릿속에 떠오르지 않았다.

아마 그건 컴퓨터가 자신의 능력을 증폭시켜 주었기 때문일지도 몰랐다. 그는 다시 컴퓨터에 데스크 위에 손을 올려놓고 컴퓨터의 따뜻한 감촉을 느끼고자 했다. 그러고는 눈을 감고 다시 한 번 무엇인가를 생각해 내려고 애를 써 보았다.

그의 머릿속에는 여전히 아무것도 떠오르지 않았다.

4

파스타호에 올라온 콤포렐론인은 홀로그래피로 된 신분증을 착용하고 있었다. 신분증 사진에 있는 얼굴은 통통했고 듬성듬성 턱수염이 나 있었다. 사진 바로 밑에는 그의 이름인 듯 '켄드레이'라는 글씨가 적혀 있었다.

그는 다소 키가 작았으나 몸집은 얼굴처럼 뚱뚱했고, 남을 편하게 해 주는 인상이었다. 그는 꽤 놀란 듯한 표정으로 우주선의 내부를 두리번거리면서 입을 열었다.

"어떻게 이처럼 빨리 정거장에 도착할 수 있었지요? 우리는 최소한 두 시간은 지나야 정거장에 진입할 것으로 계산하고 있었습니다."

"이 우주선은 신형이거든요."

트레비스가 말했다.

켄드레이는 인상처럼 순진한 젊은이는 아니었다. 그는 조종실로 들어서자마자 물었다.

"중력식인가요?"

트레비스는 어차피 뻔한 것을 부정해 봤자 소용없다는 생각에 단순하게 그렇다고 대답했다.

"매우 흥미롭군요. 중력식 우주선에 대해 들어 본 적이 있어도 직접 본 일은 없거든요. 동체에 엔진이 달려 있겠지요?"

"네. 사실 직접 본 적은 없지만 그렇다고 들었습니다."

"아, 그런가요? 어쨌든 제가 알아야 할 것은 이 우주선에 대한 몇 가지 사항뿐입니다. 엔진 번호, 생산지, 등록번호 등등……. 물론 이러한 자료는 모두 컴퓨터에 입력되어 있겠죠? 이런 사항이 적힌 카드를 컴퓨터에서 출력하는 데 몇 초 안 걸리겠죠?"

그의 말이 끝나기 무섭게 컴퓨터에서 카드가 출력되었다. 켄드레이는 카드를 살펴보며 말했다.

"이 우주선에 탑승한 사람은 당신들 세 사람뿐이군요."

"그렇습니다."

"이 우주선에 동식물을 싣고 오지는 않았죠? 그리고 건강은요?"

"우리 외에 동식물 같은 것은 없고, 건강은 모두 좋습니다."

트레비스가 시원스럽게 대답했다.

"음, 여기에 손을 올려 주시겠습니까? 오른손을요."

켄드레이가 열심히 받아 적으면서 말했다.

트레비스는 내키지 않는다는 표정으로 그가 꺼낸 기구를 살펴봤다. 이 정밀탐지기는 큰 폭으로 사용이 확대되어 왔고 기술 역시 빠른 속도로 정교하게 발전해 왔는데, 이 기구의 수준이 행성 전체의 수준을 대변한다고 해도 과언이 아니었다. 이제 이것을 한 대도 가지고 있지 않은 행성은 거의 찾아볼 수 없을 정도였다. 제1은하제국이 쇠락할 무렵 외계 미생물과 질병에 대한 불안이 이 기구의 발명을 불러왔다.

"이게 뭐죠?"

블리스도 목을 길게 빼고 이리저리 살피면서 나지막하게 물었다.

페롤랫이 말했다.

"정밀탐지기……, 아마 그 이름이 맞을 거야."

트레비스가 덧붙여 말했다.

"이건 전혀 이상하게 생각할 게 없는 기구예요. 우리 몸 각 부위를 자동 진단해서 병원균이 있는지 알아내는 기구니까요."

켄드레이가 다소 우쭐거리며 덧붙였다.

"병원균을 종류별로 분류할 수도 있지요. 이건 우리 콤포렐론에서 발명된 겁니다. 트레비스 씨, 오른손을 좀 내주시겠습니까?"

트레비스가 마지못해 오른손을 기구 속으로 찔러 넣었다. 그러자 미세한 붉은 점이 기구 표면의 스크린 위를 일정한 곡선을 그리며 지나갔다. 이어 켄드레이가 어떤 단추를 누르자 즉각 컬러팩시밀리가 튀어나왔다.

"여기에 서명을 해 주시겠습니까, 선생님?"

트레비스가 서명을 하고 나서 물었다.

"어떻습니까. 제 몸에서 어떤 이상이라도 발견됐습니까?"

"저는 의사가 아니기 때문에 자세한 것은 모릅니다. 하지만 이 계기상에는 당신의 입국을 거부하거나 당신을 격리해야 한다는 등의 지시는 나타나지 않았습니다. 제가 알아야 하는 것도 그게 전부입니다."

"다행이군요."

트레비스는 살짝 얼얼한 감각을 떨치려고 손을 털며 건조하게 대답했다.

"다음은 당신 차례입니다."

페롤랫이 잠시 망설이더니 곧바로 손을 기구에 집어넣었고 팩시밀리에 서명을 했다.

"다음은 아가씨 차례입니다."

그는 팩시밀리에 나타난 결과를 뚫어지게 응시하더니 말했다.

"이런 결과가 나온 것은 처음인데……?"

그는 도저히 믿기 어렵다는 표정으로 블리스를 쳐다보았다.

"당신은 온통 음성 반응뿐입니다."

블리스가 애교스럽게 웃었다.

"정말 잘됐네요."

"그렇습니다, 아가씨. 저도 당신이 부럽습니다."

그는 다시 트레비스의 팩시밀리를 내려다보며 말했다.

"신분증을 보여 주시겠습니까, 트레비스?"

트레비스가 신분증을 제시했다. 켄드레이는 그의 신분증을 받아 보더니 놀란 표정으로 트레비스를 쳐다보았다.

"터미너스 시 의회 의원이십니까?"

"그렇습니다."

"파운데이션에서 한자리하시는 분이군요."

그러자 트레비스가 싸늘하게 대꾸했다.

"그래요. 그러니 이것 좀 빨리 넘어가죠?"

"이 우주선의 주인이시고요."

"그렇습니다."

"방문 목적은요?"

"파운데이션의 기밀 사항입니다. 또 그게 내가 말할 수 있는 전부이고요. 이해하시겠습니까?"

"알겠습니다, 의원님. 얼마나 머무실 예정입니까?"

"확실히는 알 수 없지만 대략 1주일 정도가 되지 않을까 싶습니다."

"알겠습니다. 다른 분의 일정은 어떻습니까?"

"이분은 페롤랫 박사님입니다. 이미 이분의 서명도 받지 않았습니까? 그리고 내가 보증하지요. 이분은 터미너스의 학자이며 이번 콤포렐론 방문 기간 중 나를 도울 사람입니다."

"잘 알겠습니다. 하지만 신분증을 확인해야만 합니다, 의원님. 죄송하지만 규정은 규정이거든요. 불쾌하게 생각지 마세요."

페롤랫이 신분증을 제시하자 켄드레이가 고개를 끄덕였다.

"아가씨, 당신도요."

트레비스가 조용히 말했다.

"아가씨를 성가시게 할 것까지는 없잖습니까. 내가 그녀의 신분도 보증하겠습니다."

"네. 하지만 전 이 아가씨의 신분증을 확인하지 않으면 안 됩니다."

블리스가 말했다.

"유감스럽게도 나는 신분증을 가지고 있지 않아요."

켄드레이가 눈살을 찌푸리며 말했다.

"뭐라고 하셨죠?"

트레비스가 말했다.

"그 젊은 아가씨는 아무것도 가지고 있지 않습니다. 하지만 척 보면 별문제 될 게 없다는 것을 한눈에 알 수 있지 않습니까? 그리고 모든 일은 내가 책임지겠다는데……."

"저도 의원님 말씀대로 따르고 싶습니다만 그렇게 할 수가 없습니다. 제 임무니까요. 그러니 그리 대단한 건 아닙니다만 어쨌든 신분증 사본을 얻는 일이 어려운 게 아니지 않습니까? 제가 보기엔 아가씨도 터미너스에서 온 것 같은데요?"

"아니요, 그렇지 않아요."

"그러면 파운데이션의 어디에선가 왔겠군요."

"사실은 그것도 아닙니다."

그는 블리스를 뚫어지게 응시하더니 눈길을 트레비스에게 돌렸다.

"일이 복잡해지는군요, 의원님. 파운데이션 이외의 세계에서 왔다면 신분증 사본을 얻기까지 좀 더 많은 시간이 걸릴 겁니다. 블리스 양, 당신은 파운데이션 시민이 아니기 때문에 저는 당신의 생년월일, 그리고 당신이 속한 세계가 어디인지 알아야 합니다. 신분증 사본이 도착할 때까지 여기에 대기하셔야 하겠습니다."

트레비스가 말했다.

"이것 보세요, 켄드레이 씨. 우리가 여기서 이렇게 지체해야 하는 이유를 모르겠습니다. 나는 파운데이션 정부의 고위관리이고, 매우 중요한 임무를 띠고 여기에 왔습니다. 이런 사소한 서류 절차로 인해 시간을 낭비하고 싶지는 않단 말입니다."

"그건 제 재량을 벗어나는 문제입니다, 의원님. 제게 그러한 권한이 있다면 이미 의원님 일행을 콤포렐론에 착륙시켰을 겁니다. 그렇지만 저는 제 두꺼운 근무 수칙서에 담긴 규정에 따라야 합니다. 그렇지 않으면 제가 처벌을 받게 됩니다. 아마도 콤포렐론 정부 요인이 의원님을 기다리고 있을 것이라고 생각됩니다만, 그 정부 요인이 누구인지 말씀해 주시면 연락을 취하겠습니다. 의원님을 그대로 통과시키라는 지시를 받게 되면 그렇게 해 드리겠습니다."

트레비스는 잠시 망설이며 말했다.

"그건 별로 현명한 일이 못 되는 것 같군요, 켄드레이 씨. 그 대신 당신 직속 상관과 얘기를 나눴으면 합니다."

"물론 가능합니다. 지금 당장은 어렵겠지만……"

"파운데이션의 관리가 찾고 있다는 것을 알면 즉시 달려올 텐데요."

"사실은……, 우리끼리 얘긴데 그렇게 되면 오히려 일이 복잡해지리라 생각합니다. 아시겠지만 우리는 파운데이션 연방의 통제를 받지 않습니다. 우리는 연합세력의 휘하에 있으며 이 사실을 분명히 받아들이고 있습니다. 이곳 사람들은 누구에게든 자신들이 파운데이션의 꼭두

각시가 아니라는 점을 확인시키려고 상당히 애를 쓰고 있습니다. 그래서 자신이 누구의 지시도 받지 않고 독립적으로 일을 수행하고 있다는 것을 보이기 위해 일부러 뻗대기도 하지요. 물론 의원님도 이해하시겠지만 제 말은 이곳 사람들의 일반적인 분위기를 그대로 전달하고 있는 겁니다. 하지만 제 상관은 파운데이션의 고관에 대한 특혜를 거절함으로써 상부로부터 좋은 점수를 따려고 할 것입니다."

트레비스의 표정이 어두워졌다.

"당신도 그 점에서 마찬가지인가요?"

켄드레이는 머리를 가로저었다.

"제 직위는 상부에 잘 보여 봤자 크게 달라질 것이 없습니다. 다만 징계라면 쉽게 받을 수 있죠. 그걸 피하고 싶은 겁니다."

"내 지위라면 당신을 잘 봐줄 수도 있을 겁니다."

"아닙니다, 의원님. 불쾌하게 받아들이실지는 모르지만 의원님께 그런 능력이 있다고는 생각지 않습니다. 감히 말씀드리지만 제게 어떤 값나가는 물건을 주실 생각일랑 마십시오. 발각되는 것은 시간문제에다 본보기로 처벌을 받을 테니까요."

"뇌물을 주려는 게 아닙니다. 나는 단지 당신이 내 임무 수행을 도울 경우 터미너스 시장이 당신에게 베풀 특혜에 대해서 생각해 봤을 뿐입니다."

"의원님, 규정에 따라 행동하는 한 저는 언제나 안전합니다. 콤포렐론의 윗선이 파운데이션 측에서 무슨 얘기를 듣건, 제 문제는 아니지요. 괜찮으시다면 의원님과 페롤랫 박사는 콤포렐론에 내릴 수 있도록 해드리겠습니다. 하지만 블리스 양은 제가 잠시 보호하고 있다가 서류 절차가 마무리되는 대로 콤포렐론에 내려 드리겠습니다. 만일 사정이 있어서 서류가 도착하지 않게 되면 다른 교통수단을 이용해서 아가씨를 왔던 곳으로 돌려보내겠습니다. 그럴 경우에는 죄송하지만 누군가 비용을 부담하셔야겠군요."

페롤랫이 눈짓을 보내자 트레비스는 켄드레이에게 말했다.

"켄드레이 씨, 조종실에 가서 나와 잠깐 얘기 좀 나눌 수 있겠습니까?"

"좋습니다. 하지만 오랫동안 머물 순 없습니다. 그랬다간 문책을 당할 테니까요."

"잠깐이면 됩니다."

조종실에 들어서자 트레비스는 일부러 문을 꽉 닫는 시늉을 했다. 그러고는 낮은 목소리로 말했다.

"그동안 꽤 많은 세계를 방문했지만 이곳처럼 입국 절차가 까다로운 곳은 본 적이 없군요, 켄드레이 씨. 특히 파운데이션 사람이나 관리에게 말입니다."

"하지만 저 젊은 여성분은 파운데이션 사람이 아니잖습니까?"

"설령 그렇더라도 마찬가지죠."

"이런 일들은 순리대로 처리하게 마련입니다. 그동안 여러 차례 이런 문제로 물의를 빚은 적이 있었기 때문에 요즈음은 상당히 엄격한 편입니다. 의원님께서 내년에 다시 오신다면 아무런 문제가 없을 수도 있습니다. 하지만 지금 저로서는 특별히 배려해 드릴 만한 것이 없습니다."

"한번 시도라도 해 봐야 할 것 아닙니까?"

트레비스는 한층 부드러워진 목소리로 말을 이었다.

"당신의 배려에 모든 것이 달려 있습니다. 정말 사나이 대 사나이로서 당신에게 부탁하겠습니다. 페롤랫 교수와 나는 무척 오랫동안 이 임무에 매달려 왔어요. 교수와 내가요. 우리 두 사람만 말입니다. 우리는 정말 절친한 친구 사이지요. 내 얘기를 이해할 수 있을지 모르겠지만, 얼마 전부터 페롤랫 교수와의 관계에서 뭔가 허전하다는 느낌을 지울 수가 없었습니다. 교수에게 바로 저 여자가 생겼던 것이죠. 그동안 어떤 일이 있었는지 일일이 설명할 필요는 없을 것 같습니다. 어쨌든 우리는 이번 임무에 저 여자를 함께 데려가기로 결정을 내렸고, 가끔 저 여자가 주는 영향 덕에 활기 넘치는 생활을 유지하고 있지요.

문제는 터미너스에 있는 페롤랫 교수의 가정입니다. 나나 당신이나 알다시피 페롤랫 교수는 나이가 많지요. 그는 이제라도 젊음을 되찾고 싶은 겁니다. 그래서 그로서는 그녀를 포기한다는 것은 생각할 수도 없는 일이고, 또 그가 터미너스로 돌아간 뒤 블리스와의 관계가 그곳 사람들에게 알려지기라도 하는 날에는 불행밖에 없단 말입니다.

그리고 당신도 알겠지만 우리가 어떤 해로운 일을 할 사람들은 아니잖습니까. 블리스 양은 '희열'을 의미하는 이름대로 그런 역할에 만족하고 있죠. 꼭 영리한 여자라고 말할 수는 없지만, 우리는 그런 걸 바라지도 않습니다. 꼭 그녀의 이름을 기입해야만 하겠습니까? 그러지 말고 이 우주선엔 탑승자가 단지 나와 페롤랫 교수뿐이라고 해 두면 안 되겠습니까? 터미너스를 떠나올 때는 우리 둘만이었으니 블리스에 대해 공식적인 기록을 남길 필요는 없잖습니까. 그녀에게 질병이 없다는 사실도 당신이 직접 확인했으니깐 말입니다."

켄드레이가 얼굴을 찡그렸다.

"저로서는 정말 여러분께 불편을 끼치고 싶은 마음은 없습니다. 여러분 사정도 충분히 이해하고요. 들어 보십쇼, 몇 달간 이 정거장의 담당을 맡는 것은 결코 즐거운 일이 아닙니다. 정거장엔 여자도 없어요. 콤포렐론에서는 그게 원칙이죠."

그는 고개를 젓고 말을 이었다.

"저도 아내가 있는 사람입니다. 하지만 이걸 한번 생각해 보십시오. 제가 여러분들을 그냥 이대로 통과시켰다 하더라도 콤포렐론 관리들은 곧 블리스 양이 입국 서류도 갖추지 않았다는 사실을 발견할 것이고 그 즉시 그녀는 감금될 것입니다. 그리고 의원님과 페롤랫 박사님도 터미너스로 추방되는 낭패를 당할 수도 있고요. 물론 저는 일자리를 잃게 되고……."

"켄드레이 씨, 이 점만은 믿어도 좋습니다. 일단 콤포렐론에 들어가게 되면 나는 어떤 경우에도 안전할 것이라는 사실 말입니다. 나는 내 임무를 콤포렐론 당국의 관계자들에게 설명할 것이며 그렇게 되면 아무것도 문제될 것이 없을 것입니다. 그리고 이곳에서 있었던 일에 대해서는 어떤 경우에도 전적으로 내가 책임지겠습니다. 그리고 당신의 승진 문제도 상부에 권고해 볼 작정이에요. 터미너스는 도움을 줄 생각이 있는 사람들을 위해서는 뭐든 해 주려고 노력하니까요. 그리고 우린 페롤랫 교수의 시름도 덜어 주게 될 겁니다."

켄드레이가 잠시 머뭇거리더니 말했다.

"좋습니다. 여러분을 통과시켜 드리겠습니다. 하지만 이건 명심하십시오. 지금 이 순간부터 제게 닥칠지 모를 불이익을 모면하기 위해 제 나름대로 방책을 강구할 것입니다. 그리고 여러분들을 위해 더 이상 힘써 줄 만한 것은 없다고 생각하는 게 현명할 겁니다. 의원님은 모르시겠지만 콤포렐론에서는 일이 호락호락하지 않을 겁니다. 콤포렐론은 정도를 벗어난 사람들에게는 만만한 행성이 아니거든요."

"고맙습니다, 켄드레이 씨. 아무런 문제도 없을 거예요. 장담할 수 있습니다!"

4장

콤포렐론에서

1

모든 조사가 끝났다. 그들은 삽시간에 희미해지는 입국 정거장을 뒤로 하며 두 시간 만에 두터운 구름층을 가로지르게 되었다.

트레비스는 오랜 시간을 천천히 나선형으로 비행했기 때문에 속도를 줄일 필요는 없었다. 속도를 줄인다고 해서 아주 빠르게 급강하할 수 있는 것은 아니다. 비록 이들이 타고 있는 우주선이 중력의 영향을 안 받는다 하더라도 공기 저항은 받기 때문이었다. 트레비스는 직진 하강 비행을 하면서 우주선이 너무 빠른 속도로 가속하지 않도록 주의해야 했다.

"우린 어디로 가는 건가? 구름 때문에 어디가 어딘지 구분할 수 없네."

페롤랫이 어리둥절한 얼굴로 물었다.

트레비스가 대답했다.

"저도 마찬가지예요. 하지만 콤포렐론 홀로그램 지도에 육지의 고도와 해양의 깊이가 표시된 모형과 지표면의 형상이 나와 있지요. 정치

분계선도 나타나 있어요. 컴퓨터에 입력되어 있는 그 지도만 보면 충분히 알 수 있을 겁니다. 컴퓨터가 그 지도를 참고로 이 행성의 육지와 해양 분포도를 적절하게 파악하면서 알아서 운전할 테니, 우주선은 사이클로이드 곡선을 그리며 수도에 도착하게 될 겁니다."

"수도로 간다면 우린 즉각 정치적 소용돌이에 말려들게 될지도 몰라. 입국 정거장 관리가 취한 태도로 보건대 이 행성은 파운데이션에 대해 적대적인 감정을 가지고 있는 것 같네. 만약 그렇다면 우리는 화약을 지고 불에 뛰어드는 꼴 아닌가!"

"그렇다 하더라도 모든 정보는 수도에 모여 있을 테니 우리가 바라는 정보를 구하려면 어쩔 수 없지 않습니까? 그리고 파운데이션에 대해 적대적이라 하더라도 노골적으로 나오지는 못할 겁니다. 우리 시장이 저를 별로 좋아하지 않는다 하더라도 의원이 학대당하는 것을 묵과하지 않을 테니 말입니다. 시장은 그런 선례가 생기는 것을 좋아하지 않거든요."

블리스가 화장실에서 나왔다. 두 손에는 아직 물기가 있었다. 그녀는 주변의 시선에는 아랑곳하지 않고 속옷을 추스르며 말했다.

"이곳은 배설물이 철저하게 재생돼서 활용되는 것 같은데요?"

트레비스가 대답했다.

"어쩔 수 없잖아요. 배설물을 재생해서 활용하지 않으면 식수 공급 자체가 어려울 테니 말입니다. 게다가 향료 원료인 효모 덩어리도 배설물을 비료로 하여 재배되지요. 다양한 맛의 냉동 식품이 있는 것도 그 덕택이지요. 하지만 내가 이런 얘기를 했다고 해서 식욕이 떨어지는 것은 아니겠지, 친애하는 만능박사 블리스 양?"

"그런 건 걱정하지 마세요. 가이아를 비롯한 거의 모든 행성이 터미너스와 마찬가지로 배설물을 활용해서 음료수와 식물을 만들어 내고 있으니까요."

트레비스가 놀라듯 말했다.

"가이아에서는 배설물에도 당신과 마찬가지로 생명이 있지요?"

"생명이 아니라 의식이죠. 이 두 가지에는 차이가 있어요. 게다가 의식 수준도 아주 낮고요."

트레비스는 경멸스럽다는 표정으로 콧방귀를 뀌더니 아무 대꾸도 없이 말을 돌렸다.

"조종실에서 컴퓨터나 지켜봐야겠군요. 특별히 할 일도 없으니."

페롤랫이 물어보았다.

"우리도 들어가면 안 될까? 컴퓨터가 스스로 다른 우주선이나 폭풍 등을 파악하여 혼자 알아서 비행한다는 게 미덥지 않아서 그래."

트레비스가 활짝 웃으며 대답했다.

"염려 마세요, 교수님. 이 우주선은 제가 조종하는 것보다 컴퓨터가 조종하는 게 훨씬 안전하니까요. 어쨌든 궁금하다면 따라오시죠. 직접 살펴보면 이해가 될 테니까."

트레비스는 컴퓨터가 어두운 곳보다 밝은 곳에서 더 쉽게 지도와 실제 상황을 비교할 수 있기 때문에, 우주선은 현재 이 행성의 밝은 지역을 비행하고 있는 것이라고 설명했다.

"그거야 당연하지 않은가?"

페롤랫이 반문했다.

"그렇게 간단하게 결론을 내리지는 마세요. 이 컴퓨터는 어두운 곳에서도 지표면에서 발산하는 적외선을 감지해서 재빠르게 주변 상황을 판단할 수 있거든요. 하지만 긴 적외선 파장을 감지하는 것보다는 밝은 빛을 보고 판단하는 게 더 쉽지요. 다시 말해 이 컴퓨터는 적외선을 감지해 판단할 경우 아주 정확하고 신속하게 판단하는 게 조금 어렵기 때문에, 가능하면 컴퓨터가 쉽게 작업할 수 있도록 해 주기 위해서 밝은 쪽을 비행하도록 한 것입니다."

"만약 수도가 어두운 지역에 있으면 어떻게 하지?"

"어차피 가능성은 반반이죠. 하지만 그렇다 하더라도 밝은 빛 아래에서 지도로 실제 상황을 한번 검토하면 어둠 속에서도 별 어려움 없이 수도를 향해 비행할 수 있어요. 그래서 수도 근방에 도착하면 가장 적당한 우주 공항을 지정받기 위해 극초단파를 발산하게 되지요. 그러니 전혀 걱정할 게 없어요."

블리스가 끼어들었다.

"그래도 문제의 소지는 남아 있어요. 나는 이곳 사람들이 인정할 만한 서류도 없고 그럴싸한 국적도 없어요. 나는 어떠한 경우라도 가이아에 대해 언급할 수 없어요. 그러니 착륙한 다음 이곳 관리들이 나에 관한 증빙 서류를 요구하면 어떻게 하죠?"

"그런 일은 일어나지 않을 겁니다. 입국 정거장에서 이미 모든 심사를 받았다고 생각할 테니까."

"그래도 물어보면……."

"그런 일이 벌어지면 그때 가서 생각하기로 합시다. 괜한 문제로 골치를 썩일 필요는 없어요."

"일단 문제가 발생하면 적절하게 대처할 만한 시간적인 여유가 없잖아요?"

"그런 일은 발생하지 않게 할 능력이 있으니 염려 마세요."

"능력이란 말이 나왔으니 말인데, 어떻게 입국 정거장을 무사히 통과할 수 있었죠?"

트레비스는 개구쟁이 같은 얼굴로 활짝 웃으면서 말했다.

"머리를 좀 썼죠."

"이보게, 어떻게 했는데?"

"얼마만큼 적절한 방식으로 그에게 호소하는가 하는 게 문제의 초점이었지요. 협박도 하고 뇌물 공세도 하고 그의 이성과 그가 파운데이션에 대해 가지고 있는 동경심에 호소하기도 했죠. 그러나 아무 소용이 없었어요. 그래서 마지막 수단을 사용했지요. 교수님이 부인 몰래 바람을 피우고 있다고 말했어요."

"부인이라고? 하지만 이 친구야, 나는 이제 부인이 없어!"

"물론 저도 잘 알아요. 하지만 그는 그런 사실을 모르잖아요."

블리스가 물었다.

"'부인'이라면 남자들이 가까운 애인으로 사귀는 한 여성을 말하는 것인가요?"

"그 이상이죠, 블리스. '부인'에게는 남편이 다른 이와 애인 이상으로 상호 교제하는 것을 강제하는 여러 권리가 법적으로 규정되어 있으니까."

페롤랫이 안달이 나서 말했다.

"블리스, 나는 부인이 없어. 과거에 몇 번 결혼하긴 했지만 오랫동안 혼자 살아왔다고. 블리스, 만약 당신이 법적 절차를 밟고 싶다면……."

블리스가 오른손을 휘저으며 대답했다.

"어머나, 펠! 나는 그런 문제엔 관심 없어요. 나에게는 모든 것을 공유하는 아주 절친한 애인과 친구가 수없이 많아요. 소외감에 시달리는 고립자들만이 진정한 교제 관계를 구하기 위해 어설프게도 인위적인 관습을 이용할 뿐이죠."

"하지만 나도 고립자라고, 블리스."

"이젠 절대적인 고립자는 아니에요, 펠. 물론 완전한 가이아도 아니지만 이제 당신은 고립감에서 벗어나 수많은 애인과 친구들을 사귀게 될 거예요."

"나는 당신만을 원해, 블리스."

"그건 당신이 잘 몰라서 그래요. 어쨌든 앞으로 차차 깨닫게 되겠죠."

트레비스는 두 사람이 대화하는 동안 인내심을 발휘하면서 뷰 스크린을 응시했다. 구름층이 다가오더니 갑자기 사방이 회색 구름으로 변했다.

그는 컴퓨터가 모든 시스템을 즉각 레이더 반사파 탐지시스템으로 전환시키면서 극초단파 영상을 띄우고 있다고 생각했다. 구름층이 사라지고 콤포렐론 지표면이 적외선 영상으로 나타났다. 구역 간의 경계선이 약간 흔들리며 흐리게 나타나고 있었다.

"이제부터는 저런 식으로 화면이 나오나요?"

블리스가 놀랍다는 표정으로 물어보았다.

"구름층을 완전히 벗어날 때까지는 저렇게 보이지요. 그러나 구름층을 벗어나면 정상적으로 나오게 될 겁니다."

트레비스가 말을 마치자마자 햇빛이 비치더니 스크린은 정상적인 영상으로 되돌아왔다.

블리스는 갑자기 트레비스를 쳐다보면서 물어보았다.

"그렇군요. 그런데 펠이 부인을 속이거나 속이지 않는 것이 입국 정거장 관리와 어떤 관계가 있다는 거지요?"

트레비스는 방긋이 웃으며 말했다.

"만약 켄드레이라는 관리가 당신을 억류하면 그 소식이 터미너스에도 알려져 결국 교수님의 부인도 알게 될 거라고 말했지요. 교수님이 당할 고통에 대해서 상세하게 말하지는 않았지만 어쨌든 매우 험악하게 될 것처럼 말했어요. 남성들 사이에는 서로 암암리에 양해해 주는 게 조금씩 있지요. 남자는 남자의 비밀을 지켜 주거든요. 필요한 경우에는 직접 도와주기까지 한답니다. 추측컨대 자기 자신도 언제 그런 일을 당할지 모르니까 그러는 것 같아요."

트레비스는 약간 엄숙해진 얼굴로 덧붙였다.

"여성들 사이에도 이와 유사한 경우가 있는 것으로 알고 있지만 내가 여성이 아니기 때문에 자세히는 모르지요."

블리스의 얼굴에 노기가 서렸다.

"농담인가요?"

"아니요, 진담입니다. 물론 켄드레이라는 관리가 우리를 무사히 통과시켜 준 이유가 교수님의 부인이 화내지 않도록 도와주기 위해서만은 아니겠지요. 하지만 여러 가지 협박과 뇌물 공세에 이어 마지막으로 남성의 비밀에 호소하니까 무사 통과를 시켜 줬어요."

"그래도 아주 끔찍하군요. 사회 전체를 하나로 유지시켜 주는 게 규칙일 텐데 그같이 사소한 이유 때문에 규칙을 어길 수가 있나요?"

트레비스는 즉각 방어적인 자세를 취하며 대답했다.

"그 이유는 이래요. 여러 규칙들 가운데 사소한 규칙도 일부 있거든요. 게다가 파운데이션 덕분에, 현재처럼 평화스럽게 무역이 번창하는 시대에는 드나드는 여행객들을 아주 까다롭게 조사하는 행성들이 별로 없지요. 콤포렐론은 아마 정치적 내분 때문에 시대에 뒤떨어져서 그럴 겁니다. 어쨌든 우리가 그런 문제로 왈가왈부할 이유는 없다고 생각해요."

"그건 본론에서 벗어난 대답이에요. 모든 사람이 공정하고 이성적이라고 생각하는 규칙이란 없기 때문이겠죠. 만약 사회 구성원 모두가 스스로 판단해서 공정하고 이성적이라고 생각되는 원칙만 지킨다면 어떤 규제도 존재할 필요가 없을 거예요. 따라서 아까처럼 각자가 개인적인 이익을 추구하면, 거치적거리는 규칙에 부딪칠 때마다 결국 그 규칙이 불공평하고 비이성적이라고 생각하며 이리저리 핑곗거리를 만들게 되겠지요. 그러면 결국 약삭빠른 범죄 행위로 인해 무정부 상태와 재난만 초래하게 되어 그 사회는 마침내 붕괴되고 약삭빠른 범죄자조차 그 재난을 피할 수 없게 될 거예요."

트레비스가 반론을 전개했다.

"사회는 그렇게 쉽게 붕괴하지 않아요. 당신은 가이아로서 얘기하는데, 가이아는 자유로운 각 개인이 모여 사는 사회를 이해할 수 없어요. 이성과 정의에 근거해 확립된 규칙이 사회와 시대가 변하면서 그 유용성이 사라졌는데도 관성적으로 존속하는 경우가 많거든요. 그런 경우에는 그 규칙이 무용하게 되었다거나 심지어 해롭게 변했다는 사실을 널리 알리기 위해서라도 그런 규칙을 위반하는 것 자체가 정당할 뿐 아니라 유용할 수 있어요."

"그렇다면 물건을 훔친 도둑이나 사람을 죽인 살인자도 인류 발전에 이바지했다고 주장할 수 있다는 건가요?"

"너무 극단적으로 해석하는군요. 가이아라는 초유기체에서는 사회규칙에 대해 자동적으로 일체감이 형성되어 있기 때문에 어느 누구도 규칙을 위반하지 않겠지요. 하지만 가이아가 화석화되어 무미건조하다고 주장할 사람도 많이 있을 겁니다. 물론 일반 행성에는 질서를 어기는 사람이 많이 있어요. 하지만 그것은 사회를 더욱 변화 · 발전시키기 위해 지불할 수밖에 없는 대가지요. 그것도 대부분 견뎌 낼 만하고요."

"만약 가이아가 화석화되어 무미건조하다고 생각한다면 그건 당신이 잘못 안 거예요. 우리의 행위와 우리의 규범, 그리고 우리의 견해는 항상 재조명되고 있지요. 근거를 잃은 채 관성에 의해 지속되는 규칙은 없답니다. 가이아는 여러 가지 경험과 생각을 통해 많은 것을 깨닫기 때문에 필요하다면 변화를 모색하게 된답니다."

"당신 말대로라고 해도 가이아는 가이아에 근거할 수밖에 없기 때문에 재조명과 깨달음 자체가 시기적으로 늦을 겁니다. 그러나 자유가 있는 사회에서는 대다수가 동의한다 하더라도 동의하지 않는 소수가 항상 존재할 뿐 아니라 때때로 소수 의견이 옳을 때도 있어서, 그 소수가 현명하고 열정적인 확신만 가지고 있다면 결국 자신들의 의견을 관철시켜 미래에는 영웅으로 받들어지는 겁니다. 심리역사학을 완성시킨 해리 셀던도 은하제국 전체에 대항해 자신의 의견을 내세워 결국 관철시킨 것 아닌가요?"

"지금까진 그의 견해가 관철되었지요, 트레비스. 하지만 그가 계획한 제2제국은 실현되지 않을 거예요. 그 대신 갤럭시아가 건설될 거예요."

"과연 그럴까요?"

트레비스가 우울한 목소리로 반문했다.

"그건 당신이 내린 결론이에요. 그러니 당신이 범죄가 가득한 어처구니없는 고립자 사회와 이들이 누리는 자유를 아무리 변호한다 할지라도 결국 결정을 내려야 할 때가 되면 당신의 마음속 깊은 곳에는 다른 견해가 숨어 있어, 나-우리-가이아에 동의할 수밖에 없게 할 거예요."

트레비스는 더욱 우울한 목소리로 말했다.

"지금 내 마음 깊숙한 곳에 들어 있는 것은 내 눈에 띄는 광경입니다. 자, 이제 나타나는군요."

그는 홀로그램을 가리켰다. 가끔 높은 건물이 있을 뿐 대부분은 아주 낮은 건물들이 모여 있는 거대한 도시와 엷은 얼음으로 뒤덮여 갈색을 띤 채 도시를 감싸고 있는 평야가 스크린 위에 펼쳐졌다.

페롤랫은 머리를 가로저으며 안타까워했다.

"이런! 처음에 나타나는 광경을 꼭 보려고 했는데 두 사람의 논쟁에 정신이 팔려 버리고 말았군!"

트레비스가 위로했다.

"너무 상심 마세요. 떠날 때 또 볼 수 있을 겁니다. 블리스만 입을 꼭 다물고 있도록 설득한다면 저도 입을 꼭 다물겠다고 약속하죠."

파스타호는 공항에 착륙하기 위해 극초단파 신호를 내보냈다.

2

켄드레이는 입국 정거장으로 돌아와서 우울한 표정을 지으며 파스타호가 지나가는 모습을 지켜보았다. 그는 교대 시간이 될 때까지 계속 우울한 기분에 휩싸여 있었다. 그가 그날 저녁 식사를 하려고 식탁에 앉아 있을 때, 숱이 적은 머리칼과 커다란 두 눈에 눈썹이 너무나 노란색이라 눈에 잘 안 띄는, 호리호리한 체격의 동료 한 명이 옆자리에 와서 앉았다.

"뭐 좋지 않은 일이라도 있었나, 켄?"

켄드레이는 입술을 찡그리며 대답했다.

"지금 막 지나간 우주선이 중력 우주선이야, 게티스."

"괴상한 모양에 방사능이 전혀 검출되지 않는 그 우주선 말인가?"

"아무 연료도 사용하지 않고 중력만 사용하기 때문에 방사능이 검출되지 않는 거야."

게티스는 고개를 끄덕이며 물어보았다.

"상부에서 철저히 조사하라고 한 우주선이라 이거지, 그렇지?"

"그래."

"자네 순번에 그 우주선이 나타나다니 자네는 행운아로군."

"그렇지 않아. 그 우주선에 증명서가 없는 여자가 한 명 있더라고. 그런데 그 여자에 대해선 보고하지 않았네."

"뭐라고? 이봐, 더 이상 얘기하지 말게. 나는 모르는 일이네. 나는 한 마디도 못 들은 걸로 해 두겠네. 자네가 동료일지라도 난 그 일에 연루되고 싶진 않아."

"내가 걱정하는 것은 그런 게 아니야. 그런 것은 전혀 걱정하지 않아. 어떻게 해서든 그 우주선을 착륙시키는 게 내 임무니까 말이야. 상부에서 중력 우주선을 탐내고 있다는 사실은 자네도 잘 알고 있지 않은가?"

"물론이지. 하나 그 여자에 대해서도 보고해야 하는 것 아닌가?"

"그러고 싶지 않았네. 그녀는 미혼이고 단지 그들이 즐기기 위한 대상으로 그 우주선에 태우고 다닐 뿐이야."

"남자는 몇 명이 타고 있었는데?"

"두 명."

"두 남자가……, 단지 즐기기 위해 여자를 우주선에 태우고 다닌다고? 그렇다면 그 두 사람은 틀림없이 터미너스 출신이겠구먼."

"그렇다네."

"터미너스에서는 별 추잡한 일들이 다 일어난다니까!"

"그래, 맞아!"

"진짜 구역질 나. 다른 행성을 방문하면서까지 그러다니……."

"두 사람 가운데 한 사람은 유부남인데, 부인 몰래 바람을 피우는 것 같더군, 만약 내가 보고한다면 그 사람의 부인도 알게 될 거야."

"부인은 터미너스에 있을 텐데 어떻게 알겠어?"

"그래도 결국은 알게 될 거야."

"부인이 알아채면 그 사람 꼴좋게 되겠군!"

"그렇겠지. 하지만 나 때문에 들통 나는 건 바라지 않네."

"어쨌든 그 보고를 하지 않았다고 상부에서 불호령이 떨어질 거야. 그 남자가 곤경에 처하지 않게 하기 위해 그랬다는 건 변명거리가 안 돼."

"자네라면 보고했겠나?"

"물론 보고했겠지."

"아니야, 자네도 보고하지 못했을 거야. 정부는 그 우주선을 원하고 있어. 만약 그 여자에 대해 보고하겠다고 계속 고집 피웠다면 두 남자가 이곳에 착륙하겠다는 마음을 바꾸고 다른 행성으로 가 버렸을지도 모르거든. 물론 정부는 그런 일이 생기는 걸 바라지 않지."

"그 사람들이 자네를 믿던가?"

"그런 것 같아. 아주 귀엽게 생긴 여자도 믿는 것 같았어. 그처럼 귀여운 여인이 음흉한 두 유부남과 함께 기꺼운 마음으로 여행하고 있는 모습을 상상해 보게. 얼마나 유혹적인가!"

"설마 그 여자에게 그런 식으로 말한 건 아니겠지?"

켄드레이가 퉁명스러운 목소리로 반문했다.

"그녀에게 그런 말을 어떻게 하나? 자네라면 말하겠어?"

게티스는 화난 듯한 표정을 재빨리 풀며 말했다.

"화내지 말게. 내 말뜻이 그게 아니란 걸 잘 알고 있잖아. 자네가 그 사람들을 그냥 보내 주었다 하더라도 그들은 결국 곤경에 처할 거야."

"그렇겠지……."

"지상 근무 요원들이 금방 그 사실을 알아내겠지. 지상 요원들은 자네와 달리 그 사실을 묵과하지 않을 거야."

"그럴 테지. 어쨌든 그 사람들이 안됐어. 우주선으로 인한 어려움에 비하면 그 여자 때문에 생기는 곤경은 사실 아무것도 아닐 테니 말이야. 선장이 몇 마디 하더군."

켄드레이가 말을 멈추자 게티스가 성급히 물었다.

"어떤 말을 했는데?"

"그만두세. 만약 그 말이 퍼지면 나한테 문책이 떨어질 테니."

"절대 남에게 말하지 않겠네."

"절대로 말 안 해. 어쨌든 터미너스에서 온 두 사람이 안됐어!"

3

색다른 풍경이 전혀 없는 아주 따분한 우주 여행을 경험한 사람들은 새로운 행성에 착륙할 때 가장 커다란 기쁨을 느낀다. 낙하 속도가 줄어들면 발밑으로 육지와 해상이 펼쳐져 평야와 도로를 나타내는 기하학적 지역과 여러 가지 곡선 · 직선이 눈에 들어온다. 이윽고 푸른 식물과 회색빛 콘크리트, 갈색의 대지, 순백색의 눈 등이 차례로 눈에 들어온다. 하지만 뭐니 뭐니 해도 각 행성마다 독특한 형태로 건물들이 들어선 도시와 같이 사람들이 모여 사는 거대한 건물 군락을 발견했을 때의 환희와 비교될 만한 것은 아무것도 없다.

일반 우주선에서는 지표면에 닿아 활주로를 달리는 쾌감도 맛볼 수 있다. 하지만 파스타호는 달랐다. 파스타호는 공중에 떠서 공기 저항과 중력을 교묘하게 조화시켜 속도를 줄이면서 우주 공항 위에서 착륙 준비를 완료했다. 바람이 매섭게 불어 착륙하는 게 의외로 어려웠다. 파스타호는 중력이 끌어당기는 힘에 별로 반응하지 않도록 조정되어 있기 때문에 비정상적으로 가벼운 무게와 질량을 가지고 있었다. 만약 질량이 너무 없어서 제로에 가깝게 된다면 바람에 날려가 버리게 된다. 따라서 중력 반응력을 끌어올리고 제트 분사력을 교묘하게 사용해서, 행성이 끌어당기는 힘과 바람이 밀어붙이는 힘에 대항하면서 바람이 부는 강약 정도에 따라 적응하도록 조종해야 했다. 정교한 컴퓨터가 없다면 불가능한 작업이었다.

우주선은 이리저리 흔들리면서 계속 밑으로 내려가더니 마침내 공항에서 지정한 위치에 안착했다.

파스타호가 착륙하자 옅은 푸른색을 띠고 있던 하늘에 순백색의 눈이 어우러졌다. 바람이 거세게 불어 착륙 과정에서도 고생했지만, 착륙해서 지상에 내린 다음에도 계속 바람이 매섭게 불어와 트레비스는 몸을 움츠렸다. 트레비스는 자신들의 옷차림이 콤포렐론의 기후에 전혀 맞지 않는다는 사실을 즉각 알 수 있었다.

그러나 페롤랫은 아주 기쁜 표정으로 매서운 추위를 반기며 맛있다는 듯 숨을 깊이 들이마셨다. 그는 가슴으로 바람을 느끼기 위해 일부러 코트를 풀어 젖히기도 했다. 물론 그는 잠시 후 코트를 여미고 스카프를 써야 한다는 사실을 잘 알고 있었지만, 지금 당장은 대기를 만끽하고 싶었다. 우주선에는 그런 게 없었기 때문에…….

블리스는 코트로 온몸을 감싼 후 두 귀를 가리기 위해 장갑을 낀 양

손으로 모자를 내리눌렀다. 그녀의 얼굴은 고통으로 일그러져 금방이라도 눈물이 흘러나올 것 같았다.

그녀는 중얼거렸다.

"진짜 지옥이에요! 여긴 마치 복수라도 하듯 우릴 고문하는군요."

페롤랫이 진지한 목소리로 말했다.

"그렇지 않아, 사랑하는 블리스. 이곳 사람들은 이 행성을 좋아할 거야. 가이아식으로 말한다면 이 행성도 이곳에 사는 사람들을 좋아할 거야. 어쨌든 이제 곧 실내로 들어가서 몸을 녹일 수 있을 거야."

페롤랫은 뒤늦게나마 코트 한쪽을 펼치더니 블리스의 몸을 감싸 주었다. 블리스는 페롤랫의 가슴에 착 달라붙었다.

트레비스는 추위를 이기려고 최선을 다했다. 그는 공항 당국자에게 자력 카드를 받아 통로와 격납고 번호, 우주선 이름과 엔진 번호 등 필요한 내용이 상세하게 기재되었나 확인하기 위해 호주머니용 컴퓨터로 그 카드를 검색해 보았다. 그는 우주선을 엄중하게 보호해 달라고 다시 한 번 확인하고, 만약의 사태에 대비해서 보상금이 가장 많은 보험에 들었다. (하지만 콤포렐론의 기술 수준으로는 파스타호를 꿈쩍도 할 수 없거니와, 만일 그런 기술이 있어서 불행한 사태가 벌어졌을 경우에는 아무리 많은 보상을 받는다 하더라도 소용없기 때문에 사실 보험까지 들 필요는 없었다.)

트레비스는 택시 정거장을 찾기 위해 주변을 둘러보았다. (배치 구도와 외양, 사용 방법 등 여러 가지 공항 시설이 표준화되어 있었다. 다양한 행성에서 몰려드는 여행객들의 편의를 돕기 위해서는 그렇게 만들어야만 했다.)

트레비스는 택시 정거장을 찾아 목적지를 기재하는 부분에 '시내'라는 글자를 쳐서 택시를 호출했다.

잠시 후 반자성체 스키가 달려 있는 택시 한 대가 미끄러져 들어왔다. 택시는 시끄럽게 돌아가는 엔진 때문에 차체가 떨리기도 했지만 심한 바람 때문에 약간씩 흔들리기도 했다. 차체는 짙은 회색을 띠고 있었으며 뒷문에는 하얀 택시 표지판이 붙어 있었다. 택시 기사는 검은색 코트에 하얀색 털모자를 쓰고 있었다.

페롤랫은 새삼스럽다는 듯이 부드러운 목소리로 말했다.

"이 행성에는 검은색과 하얀색만 있는 것 같군."

트레비스가 말을 받았다.

"시내로 들어가면 다른 색깔도 많이 있겠죠."

운전사는 창문을 열지 않고 조그만 마이크로 물어보았다.

"시내로 들어가십니까, 손님?"

콤포렐론 사투리는 억양이 단조롭고 유순하게 들렸으나 매우 매력적이었다. 트레비스는 그가 무엇을 물어보는지 일부러 귀 기울이지는 않았다. 어느 행성이고 똑같기 때문이었다. 트레비스가 "그래요." 하고 말하자 뒷문이 스르르 열렸다.

블리스가 먼저 타고 다음에는 페롤랫이, 마지막으로 트레비스가 탔다. 문이 닫히자 천장에서 따뜻한 바람이 뿜어져 나왔다.

블리스는 두 손을 문지르며 깊은 안도의 한숨을 내쉬었다.

운전사는 택시를 천천히 움직이면서 물어보았다.

"손님들이 타고 오신 우주선은 중력 우주선이죠, 그렇죠?"

트레비스가 퉁명스럽게 반문했다.

"착륙 방식을 보면 모르겠습니까?"

운전사가 재차 물었다.

"그러면 터미너스에서 만든 겁니까?"

트레비스가 반문했다.

"터미너스 외의 다른 행성에서 저런 우주선을 만들 수 있겠습니까?"

운전사는 자세히 새겨듣고 택시를 더 빠른 속도로 몰면서 물었다.

"손님은 항상 질문을 받으면 질문으로 대답하십니까?"

트레비스가 짜증 섞인 억양으로 대답했다.

"안 될 거라도 있습니까?"

"그렇다면 당신이 골란 트레비스냐고 물어보면 어떻게 대답하죠?"

"왜 물어보느냐고 대답하겠죠."

운전사는 우주 공항 외곽에서 택시를 세우고 물어보았다.

"호기심 때문이죠! 다시 한 번 묻겠는데 당신이 골란 트레비스입니까?"

트레비스는 호전적으로 딱딱하게 물어보았다.

"그게 당신과 무슨 상관입니까?"

운전사가 말했다.

"내 질문에 대답하기 전에는 택시를 운전하지 않겠습니다. 2초 이내에 그렇다거나 아니라고 명확하게 대답하지 않으면 승객 칸에 있는 히터를 끄고 당신이 말할 때까지 기다리겠습니다. 당신은 터미너스 의원인 골란 트레비스지요? 아니라면 증명서를 봅시다."

"그래요, 내가 골란 트레비스입니다. 파운데이션 의원으로서 내 지위에 합당하게 정중한 대우를 받고 싶군요. 당신이 이처럼 소홀하게 대하면 결국 당신은 곤경에 처하게 될 테니까. 자, 이제 어떻게 할 거죠?"

"이제 훨씬 더 가벼운 마음으로 택시를 몰겠습니다."

택시가 다시 움직이기 시작했다.

"남자 두 명만 태우게 될 것으로 예상하고 기다리고 있었는데, 여성 한 분이 같이 있어서 깜짝 놀라 실수할 뻔했습니다. 하지만 다행히 이렇게 성공했으니 목적지에 도착하면 저 여성에 대해 설명해야 할 겁니다."

"내 목적지가 어딘지 모르잖습니까?"

"다행히도 잘 알고 있지요. 당신은 교통부로 가고 있습니다."

"내가 가고자 하는 곳은 그곳이 아닙니다!"

"당신이 어디를 가고 싶어 하는가는 문제가 되지 않습니다. 의원님, 만약 내가 택시 운전사라면 당신이 가고자 하는 곳으로 모셔야 하겠지만 택시 운전사가 아니기 때문에 내가 가고자 하는 곳으로 모시고자 합니다."

페롤랫이 고개를 앞으로 숙이며 말했다.

"실례가 될지 모르겠지만 당신은 분명히 택시 운전사 같소만? 당신은 택시를 운전하고 있잖소."

"누구라도 택시를 운전할 수 있습니다. 하지만 운전한다고 해서 모두 다 택시 영업을 허가받은 것은 아닙니다. 또한 택시처럼 보이는 차라고 해서 모두 다 택시는 아닙니다."

트레비스가 말했다.

"이제 장난은 그만 칩시다. 당신은 누구죠? 목적이 뭡니까? 이런 무례한 행위에 대해 파운데이션이 당신을 엄중하게 추궁할 것이라는 사실을 명심해요."

운전사가 대답했다.

"내가 아니라 아마 우리 상관을 추궁하겠지요. 나는 콤포렐론 보안대 소속 기관원입니다. 당신을 지위에 합당하게 정중한 태도로 모시고 오라는 명령을 받았습니다. 이 차는 무장되어 있습니다. 상대편이 공격하면 나 자신을 보호하라는 명령을 받았으니 조심스럽게 행동하시는 편이 몸에 이로울 겁니다."

4

정상 주행 속도에 도달하자 자동차는 아주 쾌적하고 조용하게 앞으로 나아갔다. 트레비스는 얼어붙은 듯 조용히 앉아 있었다. 그는 직접 쳐다보지 않아도 페롤랫이 얼굴에 불안한 표정을 지은 채 '이제 어떻게 하지? 말 좀 해 보게.' 하는 눈치를 주며 이따금 자신을 쳐다본다는 사실을 잘 알 수 있었다.

힐끔 쳐다보니 블리스는 전혀 관심 없다는 듯 조용히 앉아 있었다.

물론 그녀 자신은 행성 전체였다. 은하계 저편에 떨어져 있다 하더라도 가이아 전체가 그녀의 몸 안에 있다. 진짜 위기가 닥쳤을 때 도움을 요청 할 수 있는 것이다.

하지만 그랬다가 대체 어떤 일이 일어날까?

입국 정거장 관리가 자신들에 관해서는 규칙대로 보고했지만 블리스에 대해서는 언급하지 않았기 때문에, 보안대에서 특별한 관심을 가지게 되었음이 분명하다. 하지만 왜 교통부로 간단 말인가?

현재는 평화 시기로서 콤포렐론과 파운데이션 사이에는 아무런 적대 관계가 없다는 것을 트레비스는 잘 알고 있었다. 게다가 트레비스 자신은 파운데이션의 고위층 인사가 아닌가?

잠시 콤포렐론 정부와 협의해야 할 중요한 업무가 있어 방문했다고 이미 입국 정거장 관리 켄드레이에게 말하지 않았던가? 무사통과하기 위해 허풍을 좀 떨었을 뿐인데, 켄드레이가 그 내용도 보고했기 때문에 여러 군데에서 관심을 보이는 게 틀림없었다.

미리 그런 상황에 대해 예측하고 피해야 했는데, 그러지 못했으니 안타까운 노릇이었다.

그건 그렇더라도 자신이 천부적으로 타고났다는 판단력은 어디로 간 것일까? 가이아가 생각한 것처럼, 최소한 가이아가 말한 것처럼 자신은 블랙박스가 아니었던가? 자신이 미신에 근거한 내용을 과도하게 신봉한 탓에 진흙 구덩이로 빠지게 된 것 아닐까?

어떻게 이런 어처구니없는 함정에 빠지게 되었단 말인가? 트레비스는 자문해 보았다. 과연 지금까지 살아오면서 실수한 적이 한 번도 없었나? 대답은 모두 부정적으로 나왔다. 결국 자신의 판단이 항상 올바르다는 것 자체가 근거 없는 엉뚱한 억측에 불과하지 않은가? 뭐가 어떻게 되어가는 건지 트레비스는 도무지 판단할 수가 없었다.

그런 건 잊어버리자! 어쨌든 자신이 중요한 국가 업무 때문에 왔다고 허풍 떤 사실 때문에……, 아니, '파운데이션 기밀 사항'이라고 말했었다.

그렇다면 파운데이션의 극비 임무를 수행하기 위해서 이곳을 비공식적으로 비밀리에 방문했다고 허풍을 떨었기 때문에 이들이 관심을 보이는 건 아닐까. 아마 틀림없을 것이다. 하지만 그 내용이 무엇인지 자세히 파악하기 전까지 이들은 아주 신중하게 행동할 것이다. 이들은 트레비스의 고위 직책에 상응하는 예의 바른 태도로 그를 대접할 것이다. 설마하니 납치하여 협박하자는 것은 아니리라.

하지만 지금까지 협박하는 듯한 자세로 나오고 있지 않은가? 도대체 이유가 무엇일까?

이들은 무엇을 믿고 터미너스의 의원을 이같이 다루는가?

혹시 이곳이 지구는 아닐까? 인류 기원 행성을 효과적으로 숨겨 놓아 제2파운데이션의 위대한 정신능력자들도 찾지 못하게 했고 그 세력이 자신의 지구 탐색 작업을 첫 단계부터 방해하고자 미리 선수를 치고 있는 것은 아닐까? 그 정도로 지구가 전지전능하단 말인가?

트레비스는 고개를 저었다. 이런 생각은 피해망상증에 불과했다. 모든 결과를 지구에게로 귀착시킬 순 없었다. 괴상망측한 행위가 나타날 때마다, 앞길이 막힐 때마다, 주변 상황이 꼬일 때마다 지구가 펼친 음모 때문이라고 핑계를 댈 순 없지 않겠는가? 그런 생각이 머리에 떠오르자 트레비스는 자신의 논리가 아주 황당하다는 것을 깨달았다.

바로 이때 자동차가 속도를 늦추고 있음을 느낄 수 있었다. 트레비스는 단숨에 현실 세계로 돌아왔다.

트레비스는 자신이 차창 밖을 스쳐 지나가는 도시 풍경에 전혀 관심을 기울이지 않았다는 사실에 새삼스레 깨닫곤 이리저리 고개를 돌리며 살펴보기 시작했다. 모든 건물들이 낮았다. 하지만 이곳은 추운 행성이기 때문에 아마 건물 대부분이 지하에 세워져 있을 것이었다.

인간의 본성에 어울리지 않게 주변의 색조가 아주 단조롭게 꾸며져 있었다.

옷을 두껍게 껴입은 행인들이 가끔 눈에 들어왔다. 하지만 아마 대부분은 지하 건물에서 활동하고 있을 것이다.

높이는 낮지만 규모가 거대해 보이는 우중충한 건물 앞에서 택시가 멈추었다. 트레비스는 그 건물이 지하 몇 층짜리인지 도무지 짐작할 수가 없었다. 운전사는 상당 시간 동안 택시를 그 자리에 세워 둔 채 꼼짝도 하지 않았다. 운전사가 쓰고 있는 하얀 모자는 너무 길쭉해서 자동차 천장에 닿을 정도였다.

저 모자를 쓴 채로 어떻게 자동차에 타고 내릴 수 있을까 하고 무심코 생각하다가, 트레비스는 아주 무례한 관리가 화를 억누르면서 말하는 듯한 태도로 다그쳤다.

"아니 운전사, 지금 뭐하는 겁니까?"

운전석과 승객 좌석을 가로막고 있는 투명 유리는 콤포렐론 기술로 개발된 최신식 유리로서 음파를 통과시켜 주었다. 하지만 웬만한 힘으로는 파괴할 수 없을 거라는 사실을 트레비스는 잘 알고 있었다.

운전사가 대답했다.

"당신들을 모셔 갈 사람이 올라올 테니 편안히 앉아서 쉬고 계세요."

운전사가 말을 마치자마자 건물 지하에서 사람 머리 셋이 보이기 시작하더니 이윽고 몸체도 보이기 시작했다. 이 사람들은 에스컬레이터와 비슷한 장치를 타고 올라오는 것 같았는데, 트레비스는 자동차 좌석에 앉아 있었기 때문에 자세히 살펴볼 수 없었다.

세 사람이 다가오자 택시 뒷문이 열렸다. 차가운 공기가 실내로 물밀듯이 몰려왔다.

트레비스가 먼저 내리면서 코트로 온몸을 감쌌다. 페롤랫과 블리스도 뒤따라 내렸다. 블리스는 냉기에 몸서리치고 있었다.

새로 나타난 콤포렐론인 세 명은 겉은 풍선처럼 불어나고 내부에는 열선이 흐르는 옷을 입어서 신체 윤곽이 드러나지 않았다. 트레비스는 경멸감이 일었다. 터미너스에서는 그런 옷이 필요하지 않았었다. 언젠가 아나크레온 행성을 방문했는데, 겨울이라서 히터 코트를 빌려 입은 적이 있는데, 옷이 조금씩 따뜻하게 변해서 그런 사실을 깨달을 즈음에는 벌써 너무 더워서 땀깨나 흘리는 곤욕을 치러야했다.

그들이 가까이 다가왔다. 트레비스는 그들이 무장하고 있다는 사실을 알아채곤 분노의 표정으로 그들을 노려보았다. 그들은 무기를 숨기려고 하지 않았다. 오히려 정반대였다. 그들은 겉옷에 우주총이 들어 있는 권총집을 차고 있었다.

그 가운데 한 명이 트레비스 앞으로 걸어오더니 퉁명스럽게 "실례합니다, 의원님." 하는 말과 동시에 거친 몸짓으로 트레비스가 입고 있는 코트를 열어젖혔다. 그 사람은 두 손을 이리저리 옮기며 트레비스의 옆구리와 등, 가슴과 넓적다리를 더듬었다. 심지어 코트를 뒤집어 보기까지 했다. 트레비스는 너무 어이가 없어 검색이 다 끝난 다음에야 비로소 상대편의 행위를 알아차릴 수 있었다.

두 번째 사나이가 오더니 의기소침한 표정을 지으며 얼굴을 찡그리고 있는 페롤랫을 무례한 태도로 검색했다.

세 번째 남자는 블리스를 향해 다가가자 그 사나이의 의도를 파악한 블리스는 그가 몸에 손대기 전에 스스로 코트를 벗어젖히고 잠시 얇은 옷차림으로 매서운 바람을 맞았다.

블리스는 추위만큼이나 냉랭한 어조로 말했다.

"내가 무장하지 않았다는 사실을 충분히 알 수 있겠지요?"

물론 당연한 일이었다. 블리스를 향해 다가간 사나이는 코트를 이리저리 흔들어 보이면서 무기가 들어 있지 않나 검색하더니 뒤로 물러났다.

블리스는 서둘러 코트를 입고는 온몸을 감쌌다. 트레비스는 블리스의 태도를 보고 존경심을 느꼈다. 트레비스는 블리스가 추위를 얼마나 많이 타는지 잘 알고 있었다. 하지만 블리스는 얇은 블라우스와 바지만 입고 찬바람을 맞으면서 조금도 몸을 떨지 않았던 것이다. 그 와중에도 트레비스에게는 그녀가 급한 나머지 가이아에서 온기를 끌어왔을지도 모르겠다는 생각이 문득 떠올랐다.

그들 가운데 한 명이 지시하자 트레비스 일행은 그 지시에 따라 움직였다. 이들 가운데 두 명은 뒤에서 따라오며 트레비스 일행을 감시했다. 거리를 걷고 있던 한두 명의 행인들은 그곳에서 벌어지고 있는 광경에 대해 무관심한 것 같았다. 그런 광경에 아주 익숙해 있거나, 아니면 가능한 한 빨리 목적지에 도착해서 몸을 녹이려는 마음밖에 없는 것 같았다.

트레비스는 세 사람이 타고 올라온 장치가 움직이는 경사로라는 사실을 확인할 수 있었다. 이제 여섯 명은 그 장치를 타고 우주선에 있는 장치만큼이나 정교한 폐쇄장치를 지나 밑으로 내려갔다. 우주선에 있는 장치가 공기 유출을 막기 위한 것이라면 이곳에 있는 것은 내부에 있는 열이 유출되는 것을 막기 위해서일 것이다.

이윽고 그들은 거대한 건물 안으로 사라졌다.

5장

우주선에 대한 암투

1

트레비스가 받은 첫인상은 홀로그램 드라마, 그중에서도 특히 제국시대 역사물을 찍기 위해 무대 위에 올라와 있는 듯하다는 것이었다. 행성 전체가 거대한 천장으로 덮인 채 전성기를 누렸던 어마어마한 행성도시 트랜터를 묘사하기 위해, 홀로그램 드라마 연출가들이 즐겨 사용하는 배경과 매우 흡사했다.

바삐 돌아다니는 행인들과 지정된 차선을 따라 빠르게 달리는 조그만 자동차들이 커다란 공간 속에서 어우러져 있었다.

트레비스는 고개를 들어 어슴푸레한 아치형의 통로로 들어가려는 비행택시를 찾아보았다. 하지만 그런 것은 없었다. 놀란 마음을 가라앉히고 다시 쳐다보니 그곳은 트랜터와 비교가 안 될 정도로 조그만 건물 내부에 불과했다. 사방팔방으로 수천 킬로미터씩 뻗어 나간 행성도시가 아닌 단일 건물에 불과했다.

색깔도 달랐다. 홀로그램 드라마에 등장하는 트랜터는 형형색색으로 너무나 화려하게 묘사되어 있었다. 등장인물들이 입고 있는 의상도 도저히 말로 설명할 수 없을 정도로 화려한 모습이었다. 그러나 그 모든 화려한 색깔과 장식은 은하제국이, 그 가운데서도 특히 트랜터가 타락했음을 나타내는 상징으로 작용했다. (오늘날 모든 사람들은 그러한 상징을 당연하게 받아들이고 있었다.)

만약 그러한 견해가 올바르다면, 콤포렐론은 타락과 가장 거리가 먼 행성인 셈이다. 페롤랫이 우주 공항에서 말한 대로 콤포렐론은 단조로운 색깔만 사용하고 있었기 때문이다.

벽은 회색으로 칠해졌으며 천장은 하얀색이었다. 사람들이 입고 다니는 의상은 검정색과 회색과 흰색으로 한정되었다. 때때로 위아래로 온통 검은 의상을 입고 다니거나 모두 회색인 의상을 입고 다니는 사람이 눈에 띄었다. 이곳 사람들은 여러 색깔을 사용하지 않는 대신 아주 독특한 디자인으로 옷을 만들어 자신의 개성을 강조하고 있었다.

모든 사람이 무표정하거나 침울한 표정을 하고 있었다. 여성은 짧은 머리를 하고 있는 반면, 남성은 긴 머리를 뒤로 넘겨서 땋아 내린 모습이었다. 사람들은 거리에서 마주치는 사람들에게 아무런 관심도 나타내지 않았다. 모두들 너무나 중요한 업무가 있어서 다른 것은 생각할 여유도 없다는 듯한 표정이었다. 남성과 여성 모두가 동일한 의상을 입고 있었기 때문에, 머리 길이와 가슴 높이, 엉덩이 크기로 성을 구분해야 했다.

세 사람은 지하 5층에서 승강기에서 내려, 회색 바탕에 흰색으로 '미차 리잘로 교통부 장관'이라는 명패가 붙어 있는 문 앞으로 인도되었다.

맨 앞의 콤포렐로인이 그 명패를 만지자 명패에서 빛이 발산되었다. 이윽고 문이 열리자 일행은 모두 그 안으로 들어갔다.

그곳은 의도적으로 사무기기를 설치하지 않아서 텅 빈 듯이 보이는 커다란 사무실로, 사무실 주인의 권력을 과시하기에 충분했다.

보초 두 명이 벽 끝에 무표정한 얼굴로 부동자세로 선 채, 들어오는 사람들을 응시하고 있었다. 커다란 책상이 사무실 중앙에 자리 잡고 있었는데 그 책상을 차지하고 있는 사람이 미차 리잘로인 것 같았다. 그 사람은 커다란 체구에 부드러운 얼굴과 검은 눈동자를 가지고 있었다. 강해 보이는 두 손이 책상 위에 놓여 있었고 손가락은 길었으나 끝이 뭉툭했다.

교통부 장관이 입고 있는 상의는 회색 바탕에 넓고 눈부시도록 흰 칼라를 하고 있었다. 칼라 밑으로 하얀 선이 비스듬하게 엇갈려 가슴 한가운데를 지나 상의를 가로지르고 있었다. 트레비스는 그 옷이 비록 봉긋한 여성의 가슴을 강조하지 않도록 특별히 재단되었음에도 불구하고, 가슴을 가로지는 하얀 X선이 유난히 가슴으로 시선을 모은다고 생각했다.

장관은 여성임이 분명했다. 가슴은 차치하고라도 짧은 머리가 그 사실을 말해 주고 있었다. 게다가 화장하지 않은 얼굴인데도 여성적인 이목구비를 뚜렷이 느낄 수 있었다.

목소리 또한 성량이 풍부한 콘트랄토여서 여자 목소리임이 틀림없었다.

"안녕하십니까? 영광스럽게도 터미너스 시민이 방문해 주시다니 흔치 않은 일이군요. 게다가 보고서에도 없는 여성도 있고 말입니다."

그녀는 한 사람 한 사람을 천천히 훑어보더니 얼굴을 찌푸린 채 뻣뻣하게 서 있는 트레비스에게 시선을 고정시키고 말했다.

"그리고 시의회 의원도 계시고요."

트레비스는 쨍쨍한 목소리로 말했다.

"파운데이션에서 특별 임무를 띠고 방문한 골란 트레비스입니다."

"특별 임무요?"

장관은 눈썹을 치켜뜨며 반문했다.

트레비스가 반복했다.

"그렇습니다, 특별 임무요. 그런데 우리를 범죄자처럼 다루는 이유가 뭡니까? 무장한 기관원이 우리를 체포해서 죄수 다루듯 이곳으로 데리고 온 이유가 대체 뭡니까? 파운데이션 의회가 이 사실을 알게 되면 좋아하지 않을 거란 사실을 명심하길 바라겠습니다."

블리스도 나이 든 장관과 비교하여 날카로운 목소리로 항의했다.

"우리를 무한정 세워 둘 작정인가요?"

장관은 냉랭한 시선으로 오랫동안 블리스를 쳐다보더니 팔을 들며 소리쳤다.

"의자 세 개, 빨리!"

문이 열리며 검소한 콤포렐론식 의상을 입고 있는 남자 세 명이 종종걸음으로 의자 세 개를 가지고 들어왔다. 책상 앞에 서 있던 세 사람은 각자 의자에 앉았다.

"자, 이제 편안하신가요?"

장관은 차갑게 웃으며 물었다.

트레비스는 편안하지 않았다. 의자는 딱딱할 뿐 아니라 차가웠고, 바닥과 등받이가 평평해서 신체 굴곡에 적합하지 않았다. 트레비스가 물었다.

"우리를 이곳에 데리고 온 이유가 뭡니까?"

장관은 책상 위에 놓여 있는 서류를 훑어보며 말했다.

"먼저 몇 가지 사실을 확인하고 나서 말해 주지요. 당신이 타고 온 우주선이 터미너스에서 만든 파스타호지요. 맞습니까, 의원?"

"그렇습니다."

장관이 트레비스를 쳐다보면서 말했다.

"내가 당신의 직함을 불렀으니 당신도 내 직함으로 불러 주는 게 예의 아닙니까, 의원."

"'장관 여사'라고 부르면 되겠습니까? 아니면 존칭이 따로 있는 겁니까?"

"존칭은 없습니다. 그리고 호칭을 중복할 필요도 없어요. '장관'이나 '여사' 가운데 마음에 내키는 대로 부르면 됩니다."

"좋습니다. 그러면 정정해서 대답하지요. 맞습니다, 장관."

"선장은 파운데이션 시민이자 터미너스 의원인 골란 트레비스군요. 아! 의원이 된 지 얼마 안 됐군요. 내 말이 모두 사실입니까, 의원?"

"그렇습니다, 장관. 나는 파운데이션 시민으로서……"

"아직 내 말은 끝나지 않았습니다, 의원. 내 말이 끝난 후에 이의를 제기하세요. 당신과 함께 온 사람은 파운데이션 시민으로서 역사학자인 야노브 페롤랫이시군요. 당신이지요, 페롤랫 박사님?"

장관이 갑자기 시선을 돌려 자신을 날카롭게 응시하자 페롤랫은 깜짝 놀라며 대답했다.

"그렇습니다……."

페롤랫은 잠시 말을 멈추더니 다시 대답했다.

"그렇습니다, 장관."

장관은 두 손을 꽉 쥐면서 물었다.

"내게 제출된 보고서에는 여성에 대한 내용이 없었는데, 저 여성도 당신이 데리고 온 승무원입니까?"

"그렇습니다, 장관."

트레비스가 대답했다.

"그러면 저분에게 직접 물어봐야 하겠군요. 이름은?"

블리스는 꼿꼿하게 앉아서 또렷한 목소리로 조용하게 대답했다.

"남들이 블리스라고 하더군요. 하지만 정식 이름은 훨씬 길어요. 모두 다 말할까요?"

"지금 당장 블리스라는 것만 알면 충분합니다. 당신도 파운데이션 시민입니까? 블리스?"

"아닙니다, 장관님."

"그러면 어느 행성 시민입니까, 블리스?"

"내겐 시민권을 증명할 만한 서류가 없습니다."

"서류가 없다고요, 블리스?"

장관은 앞에 놓여 있는 서류에 표시하고 나서 말했다.

"그 사실을 기록했습니다. 우주선에서 맡은 역할은 무엇이죠?"

"나는 단지 승객에 불과해요, 장관님."

"트레비스 의원이나 페롤랫 박사가 승선하기 전에 당신 서류를 보자고 하지 않던가요, 블리스?"

"그러지 않았습니다."

"당신은 신원을 증명할 서류가 없다는 것을 두 사람에게 말했나요?"

"말하지 않았어요."

"그러면 우주선에 승선한 이유가 뭐죠, 블리스? 당신 이름과 비슷한 역할을 위해선가요?"

블리스는 떳떳한 어조로 대답했다.

"나는 승객에 불과할 뿐 어떤 특별한 역할도 맡지 않았습니다."

트레비스가 끼어들었다.

"이 사람을 심문하는 이유가 뭡니까, 장관? 무슨 법을 위반했다고요?"

장관은 블리스에게 눈길을 돌려 트레비스를 바라보며 말했다.

"의원, 당신은 외계인이기 때문에 우리 법률을 잘 모르겠지요. 하지만 우리 행성을 방문한 이상 우리 법에 따라야 합니다. 이곳에서 당신의 법을 따를 순 없으니까요. 그것이 은하계 일반 규칙 아닙니까?"

"물론입니다, 장관. 그럼 저 사람이 어떤 법을 위반했는지 말해 보시죠."

"한 행성에서 다른 행성을 방문하는 경우 신분 증명서를 지참하는 것이 은하계 일반 규칙입니다, 의원. 다른 많은 행성에서는 관광 사업을 중시하느라고 그런 규칙을 소홀히 하거나 무시해 버리지만, 우리 콤포렐론은 그렇지 않습니다. 우리 콤포렐론은 법치 행성으로서 법을 엄격하게 적용합니다. 저 여자는 무국적자로서 아무 신분 증명서도 지참하지 않음으로써 우리 법을 어겼습니다."

트레비스가 변호했다.

"그 문제에 관한 한 이 사람은 어쩔 수 없었습니다. 내가 우주선을 조종해서 콤포렐론에 착륙했기 때문에 우리와 함께 내린 것뿐이니까. 이 사람만 우주에 남겨 둘 순 없는 일 아닙니까, 장관?"

"그래서 당신도 우리 법을 어긴 겁니다, 의원."

"아니요. 그렇지 않습니다, 장관. 나는 외계인이 아닙니다. 나는 파운데이션 시민입니다. 콤포렐론을 비롯한 많은 행성이 파운데이션의 지도를 받는 연합세력을 형성하고 있으니, 나는 파운데이션 시민으로서 이곳을 자유롭게 여행할 권리가 있습니다."

"물론 당신이 파운데이션 시민이라는 사실을 입증할 만한 증명 서류가 있는 한 당신 말이 맞습니다, 의원."

"물론 증명 서류가 있습니다, 장관."

"하지만 파운데이션 시민이라 하더라도 무국적자를 데리고 와서 우리 헌법을 위반할 권리는 없습니다."

트레비스는 잠시 망설였다. 입국 정거장 관리 켄드레이가 여성에 대해서 보고하지 않겠다고 한 약속을 어겼음이 확실했기 때문에 그 사람을 보호하기 위해 말을 조심할 필요가 없다고 생각하며 말문을 열었다.

"입국 정거장에서 우리를 제지하지 않았기 때문에 이 여성을 데리고 착륙해도 괜찮다고 생각했습니다, 장관."

"당신을 제지하지 않았다는 것은 사실입니다, 의원. 출입국 관리가 이 여성에 대해 보고하지 않고 통과시켰다는 것 또한 사실입니다. 그러나 출입국 관리는 무국적자를 가지고 왈가왈부하는 것보다는 당신의 우주선을 지상에 착륙시키는 것이 더 중요하다고 판단했음이 확실합니다. 그 판단은 적절했습니다. 엄밀하게 말해서 그 행위 자체도 규칙 위반이기 때문에 그 역시 적절한 절차를 거쳐 재판을 받아야 할 겁니다. 하지만 정당하게 행동했다는 판결이 나올 것으로 생각합니다. 비록 우리가 법을 엄격하게 적용한다 해도 이성적인 것 자체를 무시하지는 않으니까요."

트레비스가 즉각 말을 받았다.

"그러면 나도 이성에 근거해서 이렇게 나오시는 이유를 반박해 보겠습니다, 장관. 출입국 관리가 당신에게 보낸 보고서에 무국적자가 승선해 있다는 사실이 포함되어 있지 않았다면, 우리가 착륙할 당시에 우리가 당신네 법을 어겼다는 사실 자체를 당신이 알 리가 없습니다. 당신들은 우리가 착륙하자마자 즉각 체포하기 위해 준비했음이 분명합니다. 실제로 그렇게 했고. 당신네 법을 어겼다고 생각할 특별할 이유가 없던 그 당시에 그렇게 조치한 이유가 무엇입니까?"

장관이 웃으며 대답했다.

"당신이 혼동하는 것도 무리는 아닙니다. 당신 우주선에 무국적자가 탔다는 사실을 우리가 알고 있었든 모르고 있었든 그것은 당신을 체포한 것과 아무 상관이 없습니다, 의원. 우리는 파운데이션을 대신해서 당신을 체포한 것입니다. 당신이 말한 대로 우리는 연합세력이니까요."

트레비스는 장관을 응시하며 말했다.

"그건 절대 불가능합니다, 장관. 아니, 더 심하군요. 진짜 말도 안 되는 소리라고요."

장관은 달콤한 미소를 지으며 말했다.

"의원께서 절대 불가능하다는 말보다 말도 안 된다는 말을 더 강한 부정으로 사용하다니 재미있군요. 물론 그런 의견에 공감합니다. 하지만 불행하게도 그 어느 쪽도 아닙니다. 충분히 그럴 수도 있지요."

"나는 파운데이션 정부의 고위 관리로서 중요한 임무를 부여받고 이곳에 왔는데 정부에서 나를 체포하려 한다니, 절대 있을 수 없는 일입니다. 게다가 나에게는 면책특권이 있기 때문에 정부로서는 나를 체포할 권한도 없어요."

"아! 드디어 내 호칭을 빠뜨리시는군요. 하지만 충격이 너무 커서 그랬을 테니 용서하겠습니다. 물론 당신을 체포해 달라고 부탁받은 것은 아닙니다. 하지만 우리는 파운데이션 정부로부터 부탁받은 일을 수행하기 위해 당신을 체포했을 뿐입니다, 의원."

"그게 뭡니까, 장관?"

트레비스는 만만치 않은 이 여자 앞에서 냉정함을 잃지 않으려고 노력하며 물었다.

"당신의 우주선을 억류하여 파운데이션으로 보내 달라는 부탁입니다, 의원."

"뭐라고요?"

"의원께서 또다시 내 호칭을 빠뜨리시는군요. 당신은 진짜 부주의한 사람인가 보군요. 어쨌든 그 우주선은 당신의 소유가 아닌 것으로 알고 있는데요. 그 우주선을 당신이 설계했나요? 아니면 당신이 제작했나요? 그것도 아니면 당신이 자금을 지원했나요?"

"물론 그런 것은 아닙니다, 장관. 하지만 파운데이션 정부가 나에게 배당해 주었습니다."

"그렇다면 파운데이션 정부는 배당 자체를 취소할 권리도 가지고 있겠군요, 의원. 내가 보기에도 아주 귀한 우주선이던데요."

트레비스는 대답하지 않았다. 장관은 이야기를 계속했다.

"중력 우주선이지요, 의원? 그런 우주선은 아주 귀중해서 파운데이션에도 몇 대 없을 겁니다. 파운데이션 정부에선 그렇게 귀한 우주선을 당신에게 할당해 준 뒤에 그것을 후회하고 있는 게 틀림없어요. 파운데이션 정부를 설득하면 다시 적절한 우주선을 할당받을 수 있겠지요. 우리로선 그 우주선을 파운데이션으로 돌려보낼 수밖에 없군요."

"장관, 그건 안 됩니다. 내 우주선을 양보할 수 없습니다. 파운데이션이 부탁했다는 사실도 믿을 수 없어요."

장관이 웃으며 대답했다.

"나에게만 부탁한 게 아닙니다, 의원. 콤포렐론에만 부탁한 게 아니에요. 파운데이션이 지배하거나 협정을 체결한 모든 행성과 지역에 그런 공문을 발송했다는 증거가 있으니까요. 이 사실에 근거해서 판단하면, 파운데이션은 당신이 어디에 있는지 모르기 때문에 총력을 기울여 당신을 찾고 있다고 볼 수 있겠지요. 더 나아가 당신이 파운데이션을 대표해 우리 정부와 협의하기 위한 임무를 띠고 이곳을 방문한 게 아니란 사실도 추론할 수 있습니다. 당신이 중요한 임무를 띠고 이곳에 왔다면, 당신이 어디에서 무엇을 하는지 파운데이션 정부가 모를 리 없을 테니까요. 한마디로 말해서 당신은 우리에게 계속 거짓말을 한 겁니다."

트레비스는 힘겨운 목소리로 말했다.

"장관, 파운데이션 정부로부터 받았다는 서류를 보고 싶군요. 나에게는 그럴 권리가 있다고 생각합니다."

"물론이지요, 법정에까지 간다면 말입니다. 우리는 재판 절차를 중요하게 여기고 있으니, 법정에서 당신의 권리가 충분히 보장될 것을 약속드립니다, 의원님. 하지만 재판을 질질 끌면서 여론을 들쑤시는 것보다 여기에서 조용히 타협을 보는 게 당신으로선 더 편하고 더 이익일 겁니다. 우리도 그편이 더 좋아요. 파운데이션 측도 마찬가지일 겁니다. 의회 의원이 도망 중이라는 사실 자체가 은하계에 널리 알려지기를 바라진 않을 테니 말입니다. 그런 소문이 나면 파운데이션의 위신이 땅에 떨어져 '절대 불가능한 것' 이상으로 상황이 악화되지 않겠습니까?"

트레비스는 계속 침묵을 지키고 있었다. 장관은 잠시 기다리더니 태연하게 말을 이어갔다.

"비공식 협정을 맺든 공식 재판을 하든 결국 우리는 그 우주선을 압수하고 말 겁니다, 의원. 무국적자를 데리고 온 것에 대한 처벌은 당신이 어느 쪽을 선택하는가에 달려 있습니다. 재판을 선택한다면 저 여자로 인해 죄목이 추가되어 당신에게 중형이 선고되겠지요. 결코 가벼운 형벌은 아닐 겁니다. 그러나 협정을 택한다면 상업용 우주선에 태워서 당신 승객이 원하는 곳으로 보내 주겠습니다. 원한다면 당신 두 사람도 함께 갈 수 있고요. 게다가 파운데이션이 허락한다면 당신에게 아주 뛰어난 우주선 한 대를 제공할 용의도 있습니다. 물론 파운데이션이 추후에 거기에 상응하는 우주선을 보상한다고 약속한다면 말입니다. 혹시 어떤 이유 때문에 파운데이션이 통치하는 지역으로 가고 싶어 하지 않는다면 우리가 이곳에 피난처를 제공할 용의도 있습니다. 영주 시민권도 발급해 주겠어요. 당신도 알다시피 우호적으로 약정서에 서명한다면 당신은 많은 이익을 얻을 수 있죠. 하지만 법적 권리를 고집한다면 아무것도 좋을 게 없어요."

"장관께서는 꽤나 허풍이 심하시군요. 불가능한 일도 쉽게 장담하시고. 파운데이션에서 나를 인도해 달라고 요구하는 경우에 피난처를 제공할 수 있다는 겁니까?"

"의원, 나는 지킬 수 없는 약속은 하지 않습니다. 파운데이션은 우주선만 요구했습니다. 당신 개인이나 당신 동료에 관한 요구는 없었어요. 그들은 우주선에 대한 관심만 표명했습니다."

트레비스는 블리스를 힐끔 쳐다보고 나서 말했다.

"동료들과 잠시 협의할 수 있도록 허락해 주시겠습니까, 장관?"

"물론이지요, 의원. 15분을 허락하겠습니다."

"주위에 아무도 없었으면 하는데요, 장관."

"조용한 방으로 안내해 드리지요. 그러나 15분이 지나면 모시러 가겠습니다. 당신들이 협의하는 동안 아무도 방해하지 않을 것이며 대화 내용도 도청하지 않을 겁니다. 나는 약속을 꼭 지키니까 믿으세요. 그렇다고 감시를 푸는 것은 아니니 행여 탈출하겠다는 어리석은 생각은 하지 않는 게 좋을 겁니다."

"알겠습니다, 장관."

트레비스는 분노를 억누르며 대답했다. 분노를 표출해서는 이로울 게 없었기 때문이었다.

2

이들은 조그만 방으로 안내되었다. 그 방의 조명은 밝았고 소파 하나와 의자 두 개가 있었다. 어디에선가 환풍기 돌아가는 소리가 조그맣게 들렸다. 그 방은 커다랗고 단조로운 장관의 사무실보다 훨씬 아늑했다.

그곳으로 안내한 경비원은 엄격한 얼굴을 한 키가 큰 사람이었는데, 한 손을 항상 권총집이 달려 있는 허리 주변에 얹고 있었다. 세 사람이 방으로 들어가자 경비원은 문가에서 멈추더니 굵직한 목소리로 말했다.

"15분 안에 끝내십시오."

그 말이 끝나자마자 쾅 소리를 내며 문이 닫혔다.

트레비스가 말했다.

"도청당하지 않기만을 바랄 뿐입니다."

"장관이 맹세했으니 걱정하지 말게, 트레비스."

"모든 사람이 다 교수님 같은 줄 아세요? 그 여자가 한 소위 '맹세'라는 것은 믿을 게 못 돼요. 마음만 먹는다면 언제라도 깨뜨릴 수 있는 맹세니까 말입니다."

블리스가 말했다.

"걱정하지 않아도 돼요. 내가 도청을 방지할 수 있으니까요."

"도청 방지기를 가지고 있나?"

페롤랫의 물음에 블리스가 하얀 이를 드러내며 웃었다.

"가이아의 마음이 도청 방지기예요, 펠. 무척 다재다능한 마음이죠."

트레비스가 화난 표정으로 말했다.

"바로 그 다재다능한 마음이 가진 한계 때문에 우리가 이곳에 끌려오게 된 거라고요."

"그게 무슨 뜻이지요?"

블리스가 물었다.

"가이아 부근 우주 공간에서 삼각 대치가 깨질 때, 당신이 시장의 마음과 제2파운데이션인인 젠디발의 마음에서 나를 지워 버렸기 때문에 그 두 사람이 더 이상 나에 대해선 관심이 없게 된 것이란 말입니다. 나에 대해 무관심하고 냉담해진 덕분에 이렇게 고립되었고요!"

"어쩔 수 없었어요. 당신은 우리에게 가장 소중한 자원이니까요."

"그렇겠죠. 언제나 '골란 트레비스는 옳으니까'……. 그렇지만 당신은 그들의 마음에서 내 우주선은 지우지 않았어요. 브라노 시장은 나에겐 전혀 관심도 보이지 않은 채 우주선만 요구했단 말입니다. 말하자면 시장은 그 우주선을 잊어버리지 않았다고요."

블리스가 얼굴을 찌푸렸다. 트레비스는 아랑곳하지 않고 이야기를 계속했다.

"한번 생각해 보세요. 가이아는 내 속에 우주선이 포함되어 있다고 생각했을 겁니다. 나와 우주선이 하나라고 착각한 거지요. 그래서 브라노 시장이 나에 대해 생각하지 않으면 우주선에 대해서도 생각하지 않을 거라고 말이죠. 문제는 가이아가 각 사물의 개별성을 이해하지 못한다는 데 있어요. 나와 우주선이 단일 유기체라고 생각한 거예요. 내 얘기는 그런 생각 자체가 틀렸단 말입니다."

블리스가 부드럽게 말했다.

"그럴 수도 있겠네요……."

트레비스가 퉁명스럽게 말했다.

"그렇다면 그 실수를 만회할 책임은 당신한테 있습니다. 나는 도저히 내 우주선과 내 컴퓨터를 포기할 수 없어요. 그것들을 대체할 만한 것은 아무것도 없으니까. 그러니 내가 그 우주선을 잃지 않도록 보장해요, 블리스. 당신은 다른 사람들의 마음을 조종할 수 있지 않습니까?"

"물론이에요, 트레비스. 하지만 그 힘을 가볍게 사용할 수는 없답니다. 과거에 삼각 대치 상태를 하게 만든 것도 얼마나 오랫동안 치밀한 준비를 거친 것인지 아세요? 얼마나 오랫동안 계산하고 숙고했는지 아세요? 솔직히 말해서 여러 해가 걸렸답니다. 단지 필요하다고 해서 어떤 사람에게든 마음대로 그 마음을 조종하는 게 아니라고요."

"이 상황에서는……"

그러자 블리스가 강하게 말을 이었다.

"아까 내가 그런 조치를 취했다면 결과가 어떻게 되었을까요? 입국 정거장에서 관리의 마음을 조종해서 무사통과하고, 자동차에서 기관원의 마음을 움직여 다른 데로 갔더라면……."

"당신이 말을 꺼냈으니 하는 말인데, 왜 그렇게 하지 않았어요?"

"결과가 어떻게 될지 모르기 때문이에요. 부작용이 생겨서 상황이 더 악화될 수도 있어요. 만약 내가 지금 장관의 마음을 조종한다면 그녀가 다른 사람과 접촉하는 데 영향을 미치겠지요. 게다가 그녀는 이 정부에서 고위직에 있기 때문에, 그 파문이 행성간의 관계로 확산될 염려도 있지요. 사태 해결 가능성이 남아 있는 지금 같은 경우 그녀의 마음을 조종하지 않는 편이 더 나아요."

"그러면 우리를 따라온 이유가 도대체 뭐죠?"

"당신의 생명이 위험에 빠질 때를 대비해서 따라온 거죠. 나는 어떤 대가를 치르더라도, 심지어 사랑하는 펠과 나 자신의 생명을 바치더라도 당신의 생명을 보호해야 해요. 당신은 입국 정거장에서 생명의 위험을 받은 건 아니지요. 물론 지금도 마찬가지고요. 이런 상황은 당신 스스로 풀어야 해요. 최소한 가이아가 그런 조치에 대한 결과를 계산해서 행동을 취하기 전까지는 그렇게 해야 한다고요."

트레비스는 잠시 생각에 잠기는 듯하더니 말했다.

"그렇다면 내가 수단을 강구해야 하겠군요. 실패할 수도 있지만."

닫힐 때와 마찬가지로 시끄러운 소리를 내며 문이 열렸다.

경비병이 소리쳤다.

"나오십시오!"

나오면서 페롤랫이 속삭였다.

"어떻게 할 작정인가, 트레비스?"

트레비스는 고개를 저으며 속삭였다.

"저도 잘 모르겠어요. 임기응변에 맡길 수밖에……."

3

그들이 집무실로 돌아올 때까지 리잘로 장관은 계속 책상에 앉아 있었다. 그들이 들어오자 그녀는 긴장감이 감도는 웃음을 띠었다.

"자, 트레비스 의원. 충분히 협의했을 테니 이제 당신이 타고 온 파운데이션 우주선을 양보하겠다고 말씀하시지요."

트레비스는 차분한 목소리로 말했다.

“장관과 몇 가지 조건에 대해 논의하고 싶습니다.”

“조건을 논의할 여지가 없어요, 의원. 만약 당신이 계속 고집을 피운다면 재빨리 재판을 준비시켜 아주 신속하게 모든 일을 마무리 짓겠어요. 무국적자를 데리고 온 범죄 행위 자체는 너무나 분명하기 때문에 누구도 부정할 수 없을 것이고, 그렇다면 아무리 공정하게 재판을 받는다 하더라도 유죄 판결을 피할 수 없을 겁니다. 그렇게 되면 당신들 세 명에게 중형을 내린 후에 합법적으로 우주선을 압류할 수 있겠지요. 단지 하루 정도를 질질 끌기 위해서 그런 형벌을 감수할 필요가 있을까요?”

“그래도 논의해야 할 조건이 있습니다, 장관. 당신이 아무리 빨리 나에게 유죄 판결을 안겨 준다고 해도 내 허락 없이 우주선을 압류할 수는 없을 테니까. 내 도움 없이 우주선에 들어가려고 하면 그 우주선은 폭파되기 때문에 우주 공항도 파괴되고 그곳에 있는 모든 사람들은 사망하게 될 겁니다. 그렇게 되면 파운데이션이 가만히 있지 않을 테니 당신은 곤경에 처하게 되겠죠. 물론 우주선에 들어가기 위해 우리를 협박하거나 가혹 행위를 하는 것은 콤포렐론 법이 금지할 테고. 그래도 당신이 자포자기하여 법을 어기면서까지 우리를 고문하거나 오랜 기간 불법 감금을 한다면, 추후에 파운데이션이 그 사실을 알고 더욱 분노하겠죠. 우주선이 아무리 필요하다 하더라도 파운데이션 시민이 학대당한 사실을 묵과했다는 선례를 남길 수 없을 테니까. 자, 이제 조건을 논의해 보겠습니까?”

장관은 얼굴을 찌푸리며 말했다.

“정말 말도 안 되는 소리를 하고 있군요. 필요하다면 파운데이션에 직접 연락하겠어요. 자신들이 제작한 우주선이니까 열 수 있을 테죠. 그들이 직접 당신에게 열라고 명령할 수도 있겠지요."

트레비스가 말을 받았다.

"장관께서도 내 호칭을 부르지 않으시는군요. 하지만 감정상의 동요 때문에 그런 것 같으니 용서하겠습니다. 장관께선 애초부터 우주선을 파운데이션에 넘겨줄 의도가 없으니까 무슨 일이 있더라도 파운데이션에는 연락하지 않을 겁니다."

장관의 얼굴에서 미소가 사라졌다.

"도대체 무슨 소리를 하고 있는 겁니까, 의원?"

"다른 사람들이 들으면 안 되는 소리를 하고 있는 겁니다, 장관. 내 친구와 저 여자를 안락한 호텔로 보내서 쉬게 해 주십시오. 경비원들도 물리고. 경비원들이야 문 밖에서 기다려도 될 테니까. 걱정이 된다면 우주총을 한 자루 소지하시고요. 당신은 연약한 여인이 아니니까 우주총이 있으면 나를 두려워할 필요가 없겠죠. 내게는 무기가 없지 않습니까."

장관이 책상 앞으로 몸을 기울이며 말했다.

"결코 당신을 두려워하지 않아요."

그녀가 뒤도 돌아보지 않은 채 경비원 가운데 한 명에게 손짓하자 그 경비원은 재빨리 다가와 그녀 옆에 부동자세로 섰다.

"경비원, 저 사람과 저 사람을 5호실로 데리고 가도록. 저 사람들이 머무르는 동안 편안하게 쉴 수 있도록 해 주고 감시도 철저히 해. 저 사람들에게 불편한 일이 일어나거나 보안에 하자가 생긴다면 자네에게 책임을 묻겠어."

그녀가 일어서자, 냉정함을 견지하고자 마음을 단단히 먹고 있던 트레비스조차 약간 움찔할 수밖에 없었다. 그녀는 키가 컸다. 185센티미터나 되는 트레비스보다 오히려 1~2센티미터 정도 더 커 보였다. 몸매도 날씬했는데, 가슴을 가로지르는 하얀 두 선이 쭉 뻗어 나와 허리에서 원을 그리며 합쳐졌기 때문에 그녀의 허리는 더욱 날씬해 보였다. 트레비스는 자신을 전혀 두려워할 필요가 없다는 그녀의 말이 허풍이 아니라고 씁쓸하게 생각했다. 격투를 하게 된다면 그녀는 어렵지 않게 자신의 어깨를 잡아 바닥에 내동댕이칠 수 있을 것 같았다.

"이리 오세요, 의원. 당신이 말도 안 되는 소리를 하시니 듣는 사람이 적을수록 당신 체면에 좋을 것 같군요."

그녀가 힘찬 걸음을 내딛으며 길을 인도하자 트레비스는 그녀가 만드는 커다란 그림자를 따라가며 위축감을 느꼈다. 과거에는 어떤 여성에게도 느끼지 못했던 느낌이었다.

두 사람이 승강기를 올라탄 후 문이 닫히자 그녀가 말했다.

"우리 둘밖에 없다고 해서 어떤 목적을 위해 나에게 무력을 쓰겠다는 환상은 버리세요, 의원."

어느덧 장관의 단조로운 목소리가 억양이 풍부하고 명랑한 목소리로 바뀌었다.

"당신은 아주 건강한 남성인 것 같군요. 하지만 나에겐 언제라도 별로 어렵지 않게 당신의 팔이나 척추를 부러뜨릴 만한 능력이 있다는 사실을 명심하세요. 무기도 가지고 있지만 그런 걸 사용할 필요는 없을 거예요."

트레비스는 그녀를 위아래로 훑어보며 말했다.

"장관, 나는 몸무게가 비슷한 남자와는 언제라도 레슬링 시합을 벌일 용의가 있습니다. 하지만 당신과의 시합은 기권하기로 일찌감치 마음먹었습니다. 나는 상대도 안 될 것 같군요."

"다행이에요."

장관은 만족한 표정으로 말했다.

"장관, 어디로 가는 겁니까?"

"밑으로! 지하로 깊숙이 내려갑니다. 그러나 걱정하진 마세요. 3차원 드라마엔 이런 과정을 거쳐서 동굴로 데려가지만, 이곳 콤포렐론에는 감옥이 있을 뿐 동굴은 없으니까요. 지금 내 사저로 가는 겁니다. 과거 제국시대에 있었던 동굴처럼 낭만적이지는 않지만 훨씬 안락한 곳이지요."

트레비스가 추측하기에 지상에서 50미터 정도 내려온 곳에서 승강기가 멈추었다. 문이 한쪽으로 열리자 두 사람은 승강기에서 내렸다.

4

트레비스는 대단히 놀랍다는 표정을 지으며 아파트를 둘러보았다.

장관이 자랑스러운 표정으로 말했다.

"누추하지요, 의원?"

"아니 절대 그렇지 않습니다, 장관. 너무나 놀랍군요. 전혀 뜻밖이에요. 지금까지 보고 들은 바에 의하면 당신네 행성은 검소한 곳으로써 불필요한 사치를 지양한다고 생각해 왔는데……."

"그 말이 맞습니다, 의원. 우리가 가진 자원은 한정되어 있어서 우리 생활도 날씨만큼이나 혹독할 수밖에 없습니다."

"하지만 이곳은……!"

트레비스는 이 행성에 와서 처음으로 구경하는 화려한 광경에 잠시 말을 잊었다. 여러 가지 색깔이 펼쳐져 있고, 푹신푹신한 소파가 있고,

부드러운 빛이 나오는 벽과 발걸음을 옮겨도 아무 소리도 나지 않는 최고급 양탄자가 깔린 바닥……. 이윽고 그는 화려하게 치장된 그 방을 껴안기라도 하려는 듯 두 팔을 벌리며 말했다.

"하지만 이곳은 대단히 호화스럽군요."

"사실 우리는 불필요한 사치와 남에게 과시하기 위한 사치, 과소비를 부추기는 사치를 지양하지요. 하지만 이러한 개인적 사치는 이유가 뚜렷하지요. 나는 너무나 많은 책임을 두 어깨에 짊어지고 열심히 일합니다. 따라서 잠시라도 내 직무를 잊고 편히 쉴 곳이 필요하지요."

"그렇다면 모든 콤포렐론 사람들도 다른 사람의 눈에 띄지 않는 곳에서 이렇게 산다는 말입니까, 장관?"

"얼마나 중요한 일과 책임을 지고 있는가에 달려 있겠지요. 하지만 이만한 생활을 누릴 만큼 충분한 자격을 가지고 있는 사람은 별로 없습니다. 우리 윤리강령 덕택에 이런 생활을 바라는 사람도 별로 없고요."

"그렇다면 장관에게는 이만한 생활을 누릴 만한 자격이 있다는 뜻입니까? 당신만이 이런 생활을 바라고 있는 건 아니고요?"

"직책에는 여러 가지 의무가 따르지만 또 여러 특권도 따르지요. 자, 이제 자리에 앉아서 당신의 엉뚱한 소리나 들어 봅시다, 의원."

그녀는 푹신푹신한 소파에 육중한 체구를 싣고는 맞은편의 푹신해 보이는 소파를 가리켰다. 그 소파는 장관을 마주 보며 대화할 수 있는 위치에 놓여 있었다.

트레비스는 소파에 앉으며 반문했다.

"엉뚱한 소리라니요, 장관?"

장관은 팔걸이에 오른팔을 얹어 아주 편안한 자세를 취했다.

"사적인 자리에서는 그렇게 딱딱하게 말하지 않아도 됩니다. 앞으로 당신을 트레비스라고 부를 테니 나를 리잘로라고 부르세요. 자, 트레비스. 당신 마음속 생각을 털어놓으세요. 어디 한번 들어 봅시다."

트레비스는 다리를 꼬고 소파에 몸을 깊숙이 묻으며 말했다.

"리잘로, 당신은 나에게 자발적으로 우주선을 포기하겠느냐, 아니면 공식 재판을 받겠느냐, 둘 중 하나를 선택하라고 강요했습니다. 내가 어느 쪽을 택하든 우주선은 당신이 압류했겠죠. 하지만 당신은 나로 하여금 전자를 선택하도록 계속 권했습니다. 내 우주선을 압류하는 대신 다른 우주선을 줄 테니 나와 내 동료가 가고 싶은 곳으로 가라고 하면서 말이에요. 이곳에 있고 싶으면 영주 시민권도 제공해 줄 수 있다고 유혹했죠. 사소한 일이지만 우리들이 논의할 수 있도록 15분을 허락해 주기도 했고. 내 동료들이 쉴 수 있는 편안한 공간도 제공하고 심지어 나를 당신의 사택까지 데려왔습니다. 한마디로 말해서 당신은 정식 재판 절차를 거치지 않고 우주선을 압류하기 위해 나를 매수하고 있는 겁니다."

"아니, 당신은 내 인간적인 호의를 부정하는 거예요?"

"그래요."

"그렇다면 자발적으로 포기하는 게 재판을 거치는 것보다 손쉽고 바람직하다는 생각도 부정합니까?"

"그래요. 그래서 나는 다른 제안을 한 가지 하려는 겁니다."

"어떤 제안이죠?"

"재판 절차는 많은 사람에게 알려질 수밖에 없기 때문에 바람직하지 않아요. 당신이 수차에 걸쳐 말했듯이 이 행성의 사법 제도가 정말 엄격하다면 재판 진행 과정에서 모든 사실이 기록되겠지요. 그러면 파운데이션에서도 재판 사실을 충분히 알 수 있게 되기 때문에 결국 당신은 재판이 끝나는 대로 즉각 그 우주선을 파운데이션 측에 넘겨주어야 할 겁니다."

리잘로는 무표정한 얼굴로 대답했다.

"물론이죠. 파운데이션이 우주선 주인이니까요."

"하지만 비밀리에 약정서를 작성하면 공식 기록에 올릴 필요가 없으니 당신이 우주선을 소유할 수 있겠죠. 파운데이션으로선 그 문제에 대해서 알 수도 없고, 심지어 우리가 콤포렐론에 있다는 사실도 모를 테니 콤포렐론이 우주선을 압류해도 별 탈이 없겠고요. 당신이 의도하는 바는 그것 아닙니까?"

그녀는 계속 무표정한 얼굴로 말했다.

"어떻게 그런 마음을 먹겠어요? 우린 파운데이션과 동맹입니다."

"그렇지 않잖아요. 콤포렐론은 연합세력일 뿐이죠. 파운데이션 연방에 속한 행성은 은하계 지도에 빨간색으로 표시된 반면, 콤포렐론을 위시한 식민 행성은 엷은 핑크색 반점으로 표시되어 있죠."

"그래도 우린 연합세력으로서 파운데이션에 확실히 협력할 거예요."

"과연 그럴까요? 혹시 콤포렐론은 완전한 독립을 꿈꾸고 있지 않습니까? 나아가서 은하계의 맹주 행성을 꿈꾸고 있는 것은 아니냐는 말입니다. 콤포렐론은 전통이 깊습니다. 대부분의 행성들이 실제보다 더 오랜 전통을 가지고 있다고 주장하긴 하지만 콤포렐론이 오랜 전통을 가지고 있다는 사실은 의심의 여지가 없습니다."

리잘로 장관은 차가운 미소를 띠며 말했다.

"물론 열렬한 애국자들은 우리 행성의 역사가 가장 깊다고 주장하죠."

"콤포렐론이 일부 행성 그룹을 지배하던 시절도 있지 않았습니까? 혹 잃어버린 지배력을 되찾겠다고 꿈꾸고 있는 건 아닙니까?"

"우리가 그처럼 실현 불가능한 목표를 가지고 있다고 생각하나요? 내가 당신 얘기를 듣기 전에 먼저 당신의 엉뚱한 소리 한번 들어 보자고 했는데, 진짜 엉뚱한 말만 하는군요."

"아무리 실현 불가능한 꿈이라 하더라도 마음속으로 가꿔 나갈 수는 있으니까요. 은하계 변방에 위치했을 뿐 아니라 건국된 지도 다른 어떤 행성보다 짧은 터미너스가 실질적으로 은하계를 통치하고 있습니다. 그런데 콤포렐론이 그러지 못할 게 뭡니까? 안 그래요?"

리잘로는 엄숙한 얼굴로 말을 받았다.

"우리가 들은 바에 의하면 터미너스는 해리 셀던의 프로젝트 덕택에 그런 위치에 도달했다고 하더군요."

"그것은 터미너스의 우수성을 뒷받침해 주는 심리적 근거로서 사람들이 그 사실을 믿는 한 지속될 겁니다. 콤포렐론 정부로선 믿지 않을지 모르나 터미너스가 우수하다는 사실을 증명하는 기술적 근거도 있어요. 사실 터미너스가 은하계 전반을 지배하게 된 근거는 바로 우수한 기술력에 있어요. 당신이 그렇게 탐내는 중력 우주선이 좋은 예죠. 터미너스 이외에 어떠한 행성에서도 그런 우주선을 만들 수 없습니다. 만약 콤포렐론이 중력 우주선 한 대를 구해서 세세한 기술을 연구하더라도 대단한 기술적 진보를 얻어 터미너스를 능가할 수는 없을 것이라고 생각하지만 당신네 정부는 생각이 다를 수도 있겠죠."

"진담은 아니시겠죠? 파운데이션이 그 우주선을 그렇게 열심히 찾고 있는데 다른 정부가 가로챈다면 파운데이션이 분노할 거예요. 파운데이션이 분노하면 어떤 결과가 나타나는지는 역사가 말해 주잖아요."

"파운데이션은 정당한 이유가 있을 때만 분노를 표출합니다."

"만약 당신의 상황 판단이 엉뚱한 게 아니라면 그 우주선을 우리에게 양도하고 그 대가를 톡톡히 받아 내는 게 당신으로선 더 이익이 아닌가요, 트레비스? 당신 말처럼 별문제 없이 우리가 그 우주선을 가질 수 있도록 당신이 도와준다면 우리는 막대한 대가를 지불할 텐데요."

"내가 파운데이션에 그 사실을 보고하지 않을 거라고 확신할 수 있습니까?"

"물론이죠. 당신의 비리도 드러나게 될 테니까요."

"협박을 받아서 그렇게 했다고 보고할 수도 있어요."

"그럴 수도 있겠죠. 당신의 판단력이 흐려져서 당신네 시장이 그 사실을 믿을 거라고 오판한다면 말입니다. 자, 이제 거래를 성사시켜 볼까요?"

트레비스는 고개를 흔들며 대답했다.

"거래는 하지 않겠습니다, 리잘로 여사. 그 우주선은 내 겁니다. 절대 포기할 수 없어요. 아까도 말했듯이, 억지로 그 안으로 들어가려고 한다면 그 우주선은 막대한 에너지를 내뿜으면서 폭발할 겁니다. 내 말을 허풍으로 생각하고 모험을 하다가는 크게 낭패를 당할 거예요."

"당신이 우주선을 열어서 컴퓨터에 입력된 내용을 수정하면 되잖아요."

"물론입니다. 하지만 그럴 수 없어요."

리잘로는 한숨을 내쉬며 말했다.

"우리가 당신의 마음을 바꿀 수 있다는 사실을 잘 알고 계시겠죠. 이런 방식으로 안 된다면 당신과 당신 친구들에게 동원할 수 있는 수단은 한정될 수밖에 없지요."

"고문을 뜻하는 겁니까, 장관? 그게 당신네 법이라고요?"

"아니에요, 의원. 그렇게 끔찍한 짓은 하지 않아도 돼요. 정신 탐침법이란 것이 있으니까요."

트레비스는 장관의 사저에 온 이래 처음으로 섬뜩함을 느꼈다.

"그 방법은 동원할 수 없을 겁니다. 의학적 용도가 아닌 다른 목적으로 정신 탐침법을 사용하는 것은 은하계 전체에서 금지하고 있으니까."

"하지만 우리를 자포자기 상태로 몰고 간다면……."

트레비스가 차분하게 대답했다.

"그래도 소용없을 테니 한번 시험해 보시죠. 나는 우주선을 절대 포기하지 않겠다고 확고하게 마음먹고 있기 때문에, 설령 정신 탐침법을 동원한다 하더라도 내 마음을 파괴할 수 있을지언정 바꾸진 못할 겁니다. (트레비스는 자신이 너무 허풍을 떨고 있는 것은 아닌지 조바심이 났다.) 설사 당신네 기술이 뛰어나 내 마음을 파괴하지 않고도 바꿀 수 있어서, 내가 우주선 입구를 열어 위험장치를 제거한 후 우주선을 당신에게 양도한다 하더라도 아무 소용없을 겁니다. 그 우주선을 관리하는 컴퓨터는 그 우주선보다 훨씬 정교한 기술로 만들어진 것으로서, 내가 명령할 때에만 충분한 능력을 발휘하니까."

"그 우주선을 계속 조종할 수 있도록 해 준다면 영광스러운 콤포렐론 시민 자격으로서 우리를 위해 봉사하겠습니까? 물론 당신과 당신 친구들에게 상당한 향락과 많은 월급을 보장할 것을 약속하지요."

"싫습니다!"

"그렇다면 당신이 바라는 게 뭐죠? 우리더러 두 눈 멀뚱히 뜨고 당신들이 우주선을 타고 은하계로 사라지도록 구경만 하라는 거예요? 당신에게 경고하건대 그렇게 하느니 차라리 당신과 우주선이 여기에 있다는 사실을 파운데이션에게 알려서 모두 다 넘겨주는 게 낫지요."

"결국 우주선을 포기하고?"

"포기해야 한다면 뻔뻔한 외계인에게 양보하는 것보다 파운데이션에게 양보하는 편을 택하지요."

"그러면 내가 절충안을 제시할 테니 한번 들어 보시죠."

"절충안이요? 좋아요. 말해 보세요."

트레비스는 조심스레 입을 열었다.

"나는 중요한 임무를 수행하고 있는 중입니다. 처음에는 파운데이션의 후원 속에서 출발했으나 중도에 그 후원이 끊겼어요. 하지만 내 임무가 가진 중요성에는 변함이 없습니다. 그러니 파운데이션 대신 콤포렐론이 후원해 주시죠. 임무가 성공리에 끝난다면 콤포렐론에겐 큰 이익이 돌아갈 겁니다."

리잘로는 의심스럽다는 표정으로 물었다.

"우주선을 파운데이션에 돌려줄 생각이 아닌가요?"

"그럴 생각은 처음부터 없었습니다. 내가 순순히 우주선을 돌려줄 거라고 생각했다면 파운데이션이 그렇게 결사적으로 우주선을 찾지는 않았겠죠."

"하지만 우리에게 우주선을 양보하겠다는 얘기는 아니잖아요?"

"일단 임무를 완료하면 더 이상 그 우주선은 필요 없게 될 겁니다. 따라서 콤포렐론이 우주선을 차지하는 것에 반대할 필요도 없게 되겠죠."

"우주선이 '필요 없게 될 것'이란 조건을 다니 믿을 수가 없군요."

"내가 함부로 약속하는 게 아니잖습니까? 최소한 조심스럽게 제한적으로 약속한다는 그 자체가 약속의 진지함을 말해 주지 않나요?"

"말은 그럴싸한데……."

리잘로가 고개를 끄덕이며 말했다.

"좋아요! 당신의 태도가 마음에 드는군요. 그런데 당신의 임무가 도대체 뭔데 콤포렐론에게 이익을 준다는 거죠?"

"그 대답을 듣고 싶다면 먼저 확답을 하시죠. 그 임무가 콤포렐론에게 중요하다는 사실을 입증하면 후원해 줄 건지……."

리잘로는 갑자기 소파에서 일어나 압도적인 체격을 과시하며 말했다.

"시장하군요, 트레비스 의원. 속이 비어서 더 이상 대화할 수가 없네요. 약소하나마 식사를 좀 하죠. 식사 후에 그 문제를 종결짓기로 해요."

그 순간 뭔가 기대하는 듯한 탐욕스러운 표정이 리잘로의 얼굴을 스치고 지나갔다. 왠지 불안한 마음에 트레비스는 입술을 꼭 깨물었다.

5

콤포렐론의 음식은 영양가는 많을지 몰라도 혀를 즐겁게 해 주는 맛은 없었다. 끓인 쇠고기에 겨자 소스를 쳐서 뭔지 모를 이파리 식물을 얹어 놓은 것이 주식으로 나왔다. 이파리 식물의 이름도 모르거니와 너무 짜서 입맛에 맞지 않았다. 그 식물이 해초 종류라는 사실을 나중에 알았다.

식사를 마치자 배와 교배한 사과 같은 과일 조각과 검은색의 뜨거운 음료수가 후식으로 나왔다. 과일은 먹을 만했으나 음료수는 너무 써서 트레비스는 반만 마시고 냉수를 부탁했다. 식사는 조금 부족했으나 상황이 상황인지라 트레비스는 이만 식사를 마치기로 했다.

주변에 하인이라곤 한 명도 눈에 띄지 않았다. 장관이 직접 요리하고 음식을 날랐으며 식사를 마친 후에도 직접 설거지를 했다.

"음식이 마음에 드셨는지 모르겠군요."

리잘로가 식당을 나오면서 물었다.

"아주 좋았습니다."

트레비스는 뒤따라 나오며 무미건조한 목소리로 말했다.

장관은 다시 소파에 앉으며 말했다.

"그럼 원래의 주제로 돌아갑시다. 당신은 파운데이션이 기술적 우위를 점한 채 은하계를 지배하고 있다는 사실에 대해 우리 콤포렐론이 불쾌하게 여길지도 모른다고 말했어요. 부분적으로 그건 사실이에요. 하지만 그런 것에 대해 불만을 품고 있는 사람은 행성간의 역학 관계에 관심을 가지고 있는 극소수에 불과해요. 하지만 우리 국민 대다수는 파운데이션이 극히 비도덕적이라는 사실에 대해 많은 불만을 품고 있답니다. 어떤 행성을 막론하고 부도덕한 작태를 벌이고 있기는 마찬가지지만, 그중에서도 터미너스가 가장 심한 것 같아요. 단언컨대 우리 콤포렐론에 존재하는 반터미너스주의는, 당신이 말한 추상적인 요인보다도 터미너스가 가진 부도덕성에 근거하고 있다고 말하는 편이 더 정확할 거예요."

트레비스는 어리둥절한 표정으로 반문했다.

"부도덕성? 파운데이션에 아무리 문제가 많다고 하더라도, 최소한 경제 정의는 실천되고 있으며, 게다가 상당히 효율적으로 파운데이션이 장악한 은하계 일부를 경영하고 있다는 사실은 인정해야 하지 않습니까? 대체적으로 인권도 보장되고……"

"트레비스 의원, 나는 성적 부도덕을 말하고 있는 거예요."

"그렇다면 더욱 이해할 수 없군요. 성적으로 말하자면 우리 사회에는 대단한 도덕성이 유지되고 있어요. 여성들의 참정권이 사회 각 분야에서 충분히 보장되고 있으니까. 우리 시장도 여성일 뿐 아니라 의회도 거의 절반을……"

장관은 즉각 분노의 표정을 띠며 말했다.

"의원은 지금 나를 놀리고 있는 겁니까? 성적 부도덕성이란 말이 무슨 뜻인지 진짜 모른단 말입니까? 구체적으로 이야기해 봅시다. 터미너스에선 결혼을 성스럽게 여기고 있나요?"

"성스럽게 여기다니, 그게 무슨 뜻입니까?"

"남녀가 서로 결합하려면 공식적으로 결혼식을 올리느냐는 말입니다."

"서로 원한다면 올립니다. 결혼식을 올리면 세금 문제와 유산 상속 문제가 간단해지니까."

"그렇지만 이혼하기도 하잖아요."

"물론이죠. 서로 원하지 않음에도 불구하고 헤어지지 못하게 강제하는 것이야말로 성적으로 부도덕한 행위가 아니겠습니까?"

"종교적 규제는 없나요?"

"종교? 고대 미신을 연구해서 나름대로 이론을 정립하는 사람들은 있지만 그게 결혼과 무슨 상관입니까?"

"의원, 우리 콤포렐론에서는 섹스에 관한 한 모든 부분을 엄밀하게 통제하고 있어요. 혼전 섹스는 절대 허용되지 않아요. 심지어 부부간의 섹스도 제한하니까요. 그런데 터미너스를 필두로 한 여러 행성에서는 섹스를 종교적 의미와 상관없이 단순한 사회적 쾌락으로 여기면서 마음 내키는 대로 아무 때나 그리고 상대를 불문하고 관계를 맺고 있지요? 그 때문에 우리는 대단히 분노하고 있는 겁니다."

트레비스는 어깨를 으쓱했다.

"나에겐 은하계는 고사하고 터미너스조차 개조할 능력이 없으니 거기에 대해선 뭐라고 할 말이 없군요. 그런데 그게 내 우주선과 무슨 관계가 있는 겁니까?"

"당신 우주선을 둘러싸고 여론이 분분하게 일어날 텐데, 그렇게 되면 내 권한으로도 어쩔 수 없다는 사실을 얘기하고 있는 거예요. 당신과 당신 친구가 젊고 아름다운 여성을 우주선에 태우고 다니면서 음탕한 욕구를 충족시켰다는 사실이 알려진다면 우리 콤포렐론 국민들은 대단히 흥분할 겁니다. 그렇게 되면 당신들에 대한 안전을 보장할 수 없기 때문에 공식 재판을 피하고 비밀 협정을 맺자고 계속 당신을 설득해 온 거예요."

트레비스가 반문했다.

"이제 보니 새로운 협박 내용을 생각해 내기 위해서 식사를 하자고 한 거군요. 그래서 이제는 내가 대중의 폭동을 염려해야 된다는 겁니까?"

"나는 단지 위험성을 지적했을 뿐이에요. 성적 쾌락이 아닌 다른 이유 때문에 그 여성을 우주선에 태운 거라고 주장할 수 있겠어요?"

"물론이죠. 블리스는 내 친구인 페롤랫 박사의 애인입니다. 그에겐 다른 애인이 없어요. 당신은 그들이 부부관계가 아니라고 주장할지 모르지만 난 박사와 그 여성이 서로를 부부로 여긴다고 확신합니다."

"그러면 당신은 그 여성과 육체적인 관계를 맺지 않았단 말인가요?"

"당연하죠! 도대체 나를 어떻게 생각하기에 그런 말을 하는 겁니까?"

트레비스는 짜증스럽게 내뱉었다.

"아직은 잘 모르겠어요. 당신의 도덕적 품성이 어떤지를……."

"내가 도덕적으로 어느 정도 타락했는지는 잘 모르겠지만, 최소한 친구의 소유물이나 애인들에게 손대진 않아요!"

"유혹도 느끼지 않나요?"

"유혹을 느끼는 거야 어쩔 수 없지만 절대 유혹에 굴복하진 않죠."

"절대로? 여자에 대해서 별 관심이 없나 보죠?"

"별 이상한 얘길 다 하시는군요. 관심이야 누구나 있죠."

"여자와 마지막으로 자 본 게 언제죠?"

"벌써 여러 달이 지났습니다. 터미너스를 떠난 이래 한 번도 여자를 안아 보지 못했으니까."

"그런 걸 좋아하지 않는가 보죠?"

"그런 건 아닙니다. 선택의 여지가 없었을 뿐이지."

"페롤랫 박사가 적적해하는 당신에게 자기 애인과 잠자리를 하라고 권하지도 않았단 말인가요?"

"내 친구에겐 그런 욕구를 전혀 나타내지 않았습니다. 설사 눈치 챘다 하더라도 블리스와 함께 자라고 하지 않았을 겁니다. 물론 블리스도 거부할 거고. 그 여자는 나에겐 별로 관심이 없거든요."

"경험담입니까?"

"경험담은 아니에요. 그 정도는 경험하지 않아도 판단할 수 있어요. 게다가 나도 그 여자가 마음에 들지 않거든요."

"말도 안 돼! 남자들은 그런 여성에게 매력을 느끼잖아요."

"물론 육체적으로야 매력적이죠. 하지만 나는 별로 내키지 않아요. 다른 무엇보다도 너무 젊으니까 어떤 때는 어린애처럼 느껴질 정도라고요."

"그렇다면 당신은 성숙한 여성들을 좋아하나요?"

트레비스는 선뜻 대답하지 않았다. 함정이 숨어 있을 수도 있기 때문이었다. 트레비스는 조심스레 대답했다.

"나이가 나이라서 그런지 성숙한 여성이 더 좋더군요. 그런데 그게 내 우주선과 무슨 상관입니까?"

"당신 우주선 얘기는 나중에 합시다. 내 나이 벌써 마흔여섯 살이지만 나는 아직 미혼이에요. 너무 바빠서 결혼할 여유가 없었지요."

"그러면 콤포렐론 사회의 규범에 따라 당신은 지금까지 처녀성을 지켜 왔겠군요. 그래서 마지막으로 여자와 자 본 게 언제냐고 내게 물어본 겁니까? 그 문제에 대해 조언을 얻고 싶어서? 좋아요, 말씀드리죠. 섹스 없이 산다는 게 불편하긴 하지만 음식이나 음료수가 아니니까 견딜만 해요. 그러니 걱정하지 마십시오."

장관의 웃음 띤 눈가에 또다시 탐욕스러운 빛이 흘렀다.

"나를 잘못 판단하고 있군요, 트레비스. 높은 직책은 그 자체가 특권이기 때문에 분별력만 갖추고 있다면 어느 정도 예외가 가능하답니다. 게다가 나는 금욕주의자가 아니거든요. 하지만 콤포렐론 남자들은 나를 만족시키지 못해요. 물론 나는 도덕성 자체가 절대선이라고 생각하고 있기는 해요. 하지만 그것은 콤포렐론 남성들에게 죄의식을 심어 주는 측면도 있기 때문에……. 이곳 남성들은 모험심도 없고 진취적이지도 못할 뿐 아니라 시작은 늦고 끝은 빨라요. 일반적으로 테크닉도 없고 말이에요."

트레비스는 그 말에 아주 신중하게 대답했다.

"그 문제에 관한 한, 난 할 말이 없군요."

"잘못이 내게 있다는 뜻인가요? 내게 성적 매력이 없어서?"

트레비스는 손을 저으며 변명했다.

"전혀 그런 뜻은 아닙니다."

"그렇다면……, 당신에게 그런 기회가 온다면 어떻게 하겠어요? 당신은 부도덕한 행성에서 온갖 유형의 섹스를 수없이 경험했을 텐데, 주변에 젊고 매력적인 여성이 있었음에도 불구하고 수개월 동안 금욕 생활을 강요당해 왔잖아요. 그러니 나 같은 여자가 유혹한다면 당신은 어떻게 하겠어요? 특히 나같이 성숙한 여인을 좋아한다니……."

트레비스가 조심스럽게 대답했다.

"당신의 지위와 역할에 합당한 존경과 예의로 대하겠습니다."

"바보 같은 말 마요!"

장관은 오른손을 허리에 갖다 대었다. 허리를 둘러싼 하얀 선이 느슨해지면서 가슴과 목 부분까지 풀렸다.

트레비스는 얼어붙은 듯 앉아 있었다. 언제부터 이 여자는 이런 생각을 품고 있었을까? 아무리 협박해도 안 되니까 전술을 바꿔 육탄 공세를 벌여서라도 목적을 달성하겠다는 것인가?

띠가 흘러내리고 가슴을 단단히 동여맨 천도 흘러내렸다. 장관은 오만한 얼굴로 실오라기 하나 걸치지 않은 상체를 드러낸 채 트레비스의 눈앞에 앉아 있었다. 체구를 닮아 그녀의 가슴은 거대하고 단단하고 압도적인 느낌을 주었다.

"어때요?"

그녀가 물었다.

트레비스는 솔직하게 말했다.

"놀랍군요!"

"나를 어떻게 하겠어요?"

"콤포렐론의 성인군자라면 이럴 때 어떻게 하죠, 리잘로 여사?"

"터미너스의 남성들은 이럴 때 어떻게 하죠? 당신네 성인군자들은요? 한번 시작해 봐요. 차가운 내 가슴을 따뜻하게 해 보라고요."

트레비스는 자리에서 일어나 옷을 벗기 시작했다.

6장

지구에 대한 이야기

1

트레비스는 어지러움을 느꼈다. 얼마나 많은 시간이 흘렀는지 궁금했다. 옆에는 미차 리잘로 교통부 장관이 누워 있었다.

그녀는 길게 엎드려 고개를 한쪽으로 젖히고 입을 벌린 채 코를 심하게 골고 있었다. 그녀가 잠들었다는 사실에 트레비스는 안도의 한숨을 내쉬었다. 잠에서 깨어났을 때 그녀가 먼저 잠들었다는 사실을 명확히 인식시킬 필요가 있었다.

트레비스 역시 잠에 빠져들고 싶은 마음이 굴뚝같았으나 잠들면 안 된다고 생각했다. 그녀에게 자고 있는 모습을 보여 주면 안 되었다. 트레비스가 별 어려움 없이 그녀를 무아지경으로 이끌 수 있음을 느끼게 해 주어야 했다. 파운데이션에서 자라난 난봉꾼에게 그 정도의 정력은 기대했으리라. 어려운 국면을 돌파하기 위해서는 그녀를 만족시켜야 했다.

나름대로 관문은 훌륭하게 통과한 것 같았다. 막강한 체구와 체력의 소유자로서 막강한 권력까지 휘두르는 리잘로가 자신이 상대했던 콤포렐론 남성들을 조소하면서, 동시에 터미너스 난봉꾼들이 벌이는 성적 유희(트레비스는 그녀가 어떤 이야기를 들었는지 궁금했다.)를 두려움과 황홀함에 떨며 기대하고 있었을 게 틀림없다는 그의 판단은 아주 정확했다. 비록 무엇을 바라고 있는지 표현하지는 않았지만 당연히 성적으로 압도당하기를 바라고 있었음이 확실했다.

한차례의 폭풍이 지나간 후 트레비스는 다행히도 자신의 판단이 옳았음을 확인할 수 있었다. (언제나 옳은 판단을 한다고, 그는 스스로 조소했다.) 비교적 냉정을 유지하면서 그녀를 무아지경으로 끌고 가는 데 그는 조금도 부족함이 없었다.

물론 쉬운 일은 아니었다. 그녀는(마흔여섯이라는 나이에도 불구하고 스물다섯 살의 혈기왕성한 여성도 부러워할 만한) 놀라운 육체를 가지고 있었다. 게다가 정력으로 말하자면 콤포렐론 남성들은 도저히 감당하기 어려운 여자였다.

사실 그녀가 적절한 테크닉을 가지고 있거나, 섹스를 통해서 점차 자신이 가지고 있는 능력에 눈을 뜨게 된다면(자신이 그런 능력을 계발해 준다면?), 아니 최소한 트레비스가 가진 능력에 호흡을 맞출 수만 있다면 아주 즐거운 관계를 가질 수 있었을 텐데…….

갑자기 코 고는 소리가 멈추면서 그녀가 몸을 뒤척거렸다. 트레비스가 어깨를 가볍게 두드리자 그녀는 눈을 떴다. 트레비스는 그녀에게 팔베개를 해 주면서, 자신은 전혀 지치지 않았을 뿐 아니라 아직도 원기왕성하다는 듯한 태도를 보이기 위해 노력했다.

"잠든 모습이 보기 좋군요, 여사. 좀 무리를 한 건 아닙니까?"

리잘로는 잠이 덜 깬 눈으로 트레비스를 쳐다보며 미소 지었다. 트레비스는 그녀가 한 번 더 요구할까 봐 잠시 걱정을 했으나 그녀는 별다른 주문 없이 반듯이 누워 그저 휴식을 취할 뿐이었다. 그녀가 만족에 겨운 콧소리로 말했다.

"내가 애초에 사람을 잘 골랐어요. 당신은 섹스의 황제예요."

트레비스는 짐짓 여유 있게 말했다.

"적당하게 해야 했는데……."

"아니에요. 아주 적절했어요. 나는 당신이 그동안 젊은 그 여자와 관계를 맺어서 체력이 소모되지나 않았을까 걱정했답니다. 하지만 그런 일이 없었다고 했지요. 사실인가요?"

"어느 정도 만족한 사람이었다면 그렇게 달려들었을까요?"

"아뇨, 안 그랬겠죠."

그녀는 흐뭇한 웃음을 지을 뿐이었다.

"아직도 정신 탐침법을 쓰려고 생각하고 있어요?"

그녀가 다시 웃음을 터뜨렸다.

"당신 미쳤어요? 이제 나는 당신 없이 살 수 없어요."

"그래도 잠시 따로 사는 게 좋을 것 같군요."

"뭐라고요!"

그녀는 얼굴을 찌푸렸다.

"만약 내가 계속 이곳에 머무른다면 얼마 안 가서 소문이 퍼지게 될 거예요. 그러나 임무를 계속 수행한다면 보고한다는 명분이 생기니까, 정기적으로 여기에 와서 즐거운 시간을 가진다 해도 의심받을 일이 없지 않겠어요, 내……, 내 사랑! 게다가 내가 맡은 임무도 중요하거든요."

그녀는 트레비스의 오른쪽 엉덩이를 슬슬 어루만지며 잠시 생각했다.

"당신 말이 옳은 것 같아요. 헤어져야 한다는 건 생각하기도 싫지만……, 어쩔 수 없네요."

"행여나 내가 돌아오지 않을까 염려하지 말아요. 이곳에서 기다리고 있는 달콤한 시간을 잊어버릴 만큼 건망증이 심하지는 않으니까."

리잘로는 다시 밝게 웃으며 두 손으로 트레비스의 뺨을 감싸 쥐고 그의 눈을 응시하면서 속삭였다.

"정말 즐거웠나요?"

"뭐라고 말로 표현할 수 없는 멋진 시간이었소, 여사."

"하지만 당신은 파운데이션 사람이에요. 그 중에서도 터미너스 출신으로서 인생의 황금기를 누리고 있는 남성이죠. 당신은 별별 여자들과 온갖 기교를 다 경험해 봤겠죠?"

"그래도 당신처럼 정력적인 여성은 내 생전 처음입니다."

트레비스의 진지한 듯한 태도는 그녀의 마음을 잡기에는 충분한 것이었다. 하지만 리잘로는 약간 앙탈 섞인 목소리를 냈다.

"뭐, 그럴 수도 있겠지요. 그래도 오랜 습관은 쉽게 없어지지 않으니 확실한 담보 없이 당신 말을 믿기는 어려울 것 같군요. 일단 당신의 계획을 얘기해 보세요. 설명을 들어 본 후 우리가 할 수 있다면 도와 드리지요. 하지만 젊은 여자는 이곳에 남겨 두세요. 물론 대접은 융숭하게 할 테니 걱정은 안 해도 될 거예요. 그래야 페롤랫 박사가 그녀 생각이 나서 콤포렐론에 자주 들르자고 조를 테니, 설사 당신이 열정적으로 임무를 수행하느라고 오랫동안 이곳을 잊고 지내더라도 내가 당신을 만날 수 있지 않겠어요?"

"하지만 리잘로, 그럴 수는 없어요."

"정말로? 왜요? 도대체 그 여자가 왜 필요한 거죠?"

"섹스 때문에 그런 게 아니라고 누차 얘기했잖아요. 진심이에요. 그녀는 페롤랫의 애인이고 난 그녀에게 관심이 없어요. 게다가 그녀가 당신처럼 황홀한 잠자리를 만들려고 흉내 내다간 몸이 망가지고 말걸요."

리잘로는 웃음을 터뜨릴 뻔하다가 억지로 참으며 물었다.

"그러면 도대체 왜 그 여자가 당신과 함께 가야 한다는 거죠?"

"우리의 임무를 수행해 내는 데 필요하기 때문이에요."

"그래요? 당신 임무가 뭔데요? 어디 한번 들어 보죠."

트레비스는 잠시 망설였다. 효과적인 거짓말이 금방 떠오르지 않았다. 진실을 얘기해야 할까? 트레비스는 잠시 생각하다가 입을 열었다.

"좋아요. 콤포렐론은 오래된 행성 가운데서도 아주 오래된 행성일 수도 있어요. 하지만 가장 오래된 행성은 아니에요. 이곳에서 인류가 발생한 것은 아니니까. 이 행성의 선조는 어떤 다른 행성에서 이주해 왔겠죠. 그렇다고 해서 그 행성에서 인류가 최초로 발생한 것도 아니에요. 또 다른 더 오래된 행성에서 이주해 온 거죠. 하지만 계속 거슬러 올라가다 보면 결국 끝나는 데가 있을 거예요. 그래서 마침내 최초의 유인 행성, 인류의 기원 행성에 도달하게 되겠죠. 나는 그 행성, 즉 지구를 찾고 있어요."

리잘로의 표정이 갑자기 어둡게 변하자 트레비스는 깜짝 놀랐다.

그녀는 두 눈을 동그랗게 뜬 채 갑자기 가쁜 숨을 쉬기 시작했다. 굳어 버린 듯 꼼짝도 않던 그녀는 두 팔을 경건하게 위로 펼치더니 양손에 있는 엄지와 검지를 겹쳐 불행을 물리치는 동작을 취했다.

"그 이름을 들을 줄이야!"

그녀는 쉰 목소리로 낮게 속삭였다.

2

그녀는 계속 아무런 말도 하지 않았고 트레비스에게 눈길도 주지 않았다. 그녀는 두 팔을 천천히 내리더니 침대에서 일어나 등을 돌리고 앉았다. 트레비스는 꼼짝도 않고 침대에 누워 있었다.

그는 세이셸에 있는 텅 빈 여행자 센터에서 먼 리 콤포가 한 말을 회상했다. 그 당시 먼 리 콤포는 자기네 선조가 살던 행성, 즉 현재 트레비스가 있는 이 행성에 대해 설명하면서 "그들은 그것을 미신적으로 생각한답니다. 그 단어를 들을 때마다 그들은 불행을 물리치기 위해 두 손을 들어 올려 엄지와 검지를 겹치지요." 하고 말했다.

하지만 이미 일이 벌어지고 말았는데 이제야 그 내용이 기억나 봤자 무슨 소용이 있단 말인가!

"내가 말을 잘못한 것 같군요, 미차."

트레비스는 기어들어 가는 목소리로 말했다.

그녀는 약간 고개를 저어 보이며 성큼성큼 걸어가 욕실 문을 열고 안으로 들어간 후 문을 닫았다. 잠시 후 물소리가 들렸다.

트레비스는 뒤따라 들어가 함께 샤워를 할까 망설이다가 참는 게 좋겠다고 판단하고는 발가벗은 채 볼품없이 앉아 있었다. 그러다가 오랫동안 샤워를 하지 못했다는 사실을 떠올리자 갑자기 샤워하고 싶은 생각에 견딜 수가 없었다.

곧 그녀가 나와 말없이 옷을 입기 시작했다.

"나도 좀……."

그녀는 트레비스의 말에 아무런 대꾸도 하지 않았다. 트레비스는 침묵을 허락으로 받아들였다. 그는 남자다운 힘찬 걸음으로 샤워실로 들어갔다. 하지만 자신이 나쁜 일을 저질렀는데도 어머니가 아무 책망도 없이 본척만척하셔서 오히려 더 몸 둘 바를 모르던 어린 시절의 경험처럼 기분이 묘했다.

그는 아무런 시설도 없는 매끄러운 벽이 사방을 둘러싼 조그만 실내를 둘러보았다. 정말 아무런 장치도 없었다. 그는 더욱 자세히 살펴봤지만 역시 아무것도 없었다.

그는 문을 열고 머리만 내민 채 물었다.

"미차, 샤워기를 어떻게 틀죠?"

그녀는 탈취제로 보이는 도구를 끄고 샤워실로 걸어와 트레비스에겐 눈길도 주지 않은 채 손가락으로 벽을 가리켰다. 손가락이 가리키고 있는 곳을 쳐다보니 벽 위에 동그란 버튼이 붙어 있었다. 그 엷은 핑크색 버튼은 순백색이 칠해진 사방을 훼손시키지 않으면서 그 기능을 암시하도록 하기 위해 특별히 디자인된 것 같았다.

트레비스는 벽에 기댄 채 그 버튼을 눌렀다. 작동 기구라곤 그것뿐이니 누르는 게 당연하지 않겠는가. 그러자 갑자기 사방에서 찬물이 홍수처럼 뿜어져 나오기 시작했다. 트레비스는 숨이 막혀 헐떡이며 다시 그 버튼을 눌렀다. 그러자 물줄기가 멈췄다. 트레비스는 물에 빠진 생쥐 꼴이 되어 와들와들 떨면서 창피를 무릅쓰고 문을 열었다. 그는 잠긴 목소리로 물었다.

"뜨거운 물을 어떻게 틀죠?"

비로소 그녀가 트레비스를 쳐다보았다. 그녀는 숨죽여 웃더니 갑자기 폭소를 터뜨리기 시작했다. 물에 빠진 생쥐 꼴이, 증오심인지 두려움인지 잘 모를 그녀의 감정을 누그러뜨린 것 같았다.

"뜨거운 물요? 아니, 우리가 목욕물을 데우느라고 에너지를 낭비할 것 같아요? 그 정도면 냉기는 가셔서 미지근할 텐데 더 이상 무엇을 바라는 거예요? 속 편한 터미너스 난봉꾼 같으니라고! 얼른 가서 씻기나 해요!"

트레비스는 잠시 주저했으나 어쩔 수 없었다. 선택의 여지가 없었다.

트레비스는 각오를 단단히 하고 다시 핑크색 버튼을 눌렀다. 냉수가 쏟아져 나왔다. '미지근한 물이라고?' 몸에서 저절로 거품이 일어나는 것을 발견하고 트레비스는 서둘러 여기저기 샅샅이 문질러 댔다.

곧 마지막 단계가 시작되었다. 아, 따뜻하다! 그렇다고 진짜 따뜻한 건 아니지만 그다지 차갑지도 않았다. 하지만 몸이 얼음장이 되었으니 차가운 물도 따뜻하달 수밖에……. 수건이나 수건 대용품이 전혀 없는데, 리잘로는 어떻게 물기 없는 몸으로 나왔을까 궁금하게 여기면서 그가 물을 끄기 위해 버튼을 누르려고 할 즈음 갑자기 물이 그치면서 거센 바람이 사방에서 불어왔다.

바람은 뜨거웠다. 견디기 어려울 정도였다. 공기를 덥히는 게 물을 데우는 것보다 에너지가 훨씬 적게 든다는 사실을 트레비스도 잘 알고 있었다. 뜨거운 바람은 몸에 남아 있는 물기를 증발시켰다. 몇 분이 지나자 트레비스는 목욕하기 전과 똑같은 건조한 몸으로 목욕탕을 나올 수 있었다.

리잘로는 평온을 완전히 되찾은 듯했다.

"기분 좋아요?"

"아주 좋은데요!"

사실 트레비스는 날아갈 것만큼 상쾌한 기분이었다.

"단지 온도 변화가 너무 심하던데 당신은 아무 말도……"

"이 속 편한 양반!"

리잘로의 핀잔이 트레비스의 입을 막았다.

트레비스는 탈취제를 빌려 쓴 후 옷을 입었다. 그녀가 입고 있는 깨끗한 속옷에 비해 자기 속옷은 너무 더럽다는 사실에 신경이 쓰였다.

"당신은 그 이름을 싫어하는 것 같군요. 그러면 여기선 그 행성을 뭐라고 불러야 하죠?"

"'가장 오래된 행성'이라고 부르지요."

"그 단어를 사용하면 안 된다는 사실을 몰랐어요. 어느 누구도 그런 주의를 주지 않았거든요."

"물어보기나 했어요?"

"물어봐야 한다는 사실을 내가 어떻게 알겠어요?"

"이제 알았으니 됐어요."

"건망증이 심해서……."

"잊지 않는 게 좋을 거예요."

"도대체 왜 그러는 겁니까? 그냥 단어 하나를 말한 것에 불과한데."

트레비스는 짜증스러운 목소리로 물었다.

리잘로의 목소리는 어두웠다.

"터부시되는 단어도 많이 있잖아요. 당신네 행성에서도 상황에 따라 말을 조심해야 할 경우가 있을 텐데요?"

"어떤 말은 저속하거나 적절하지 못해서 또 어떤 특정한 상황에선 해로워서 그런 경우가 있죠. 한데 내가 사용한 말은 어디에 속하는 겁니까?"

리잘로가 대답했다.

"슬픈 단어예요. 진중한 단어죠. 한때 우리 인류의 조상이 살았으나 지금은 존재하지 않는 행성을 나타내니까요. 그건 비극이에요. 우리는 그것을 피부로 느낄 수 있답니다. 우리는 그 행성에 관해 이야기하지 않아요. 하지만 굳이 해야 하더라도 그 단어는 사용하지 않지요."

"그러면 손가락을 겹친 것은 무슨 뜻이죠? 그렇게 하면 고통과 슬픔이 줄어듭니까?"

리잘로는 얼굴을 붉히며 대답했다.

"그건 무의식적인 반응이에요. 당신이 원망스럽군요. 그 단어를 듣거나 그 행성에 대해 생각만 해도 불행하게 된다고 믿는 사람들이 많답니다. 물론 그 불행을 물리치기 위해 그렇게 하지요."

"당신은 정말 손가락을 겹치면 불행을 물리칠 수 있다고 믿어요?"

"글쎄……, 뭐, 믿는다고 할 수도 있겠지요. 그렇게 하지 않으면 마음이 불안하니까요."

그녀는 트레비스로부터 눈길을 돌린 채 대답했다. 그러다가 주제를 바꾸고 싶은 듯 재빨리 말문을 돌렸다.

"그런데 그 행성을 찾는 일에 검은 머리 여자가 왜 필요한 거죠?"

"왜 '가장 오래된 행성'이라고 하지 않죠? 그 말조차 하기 싫은 거예요?"

"이제 그건 더 이상 얘기하고 싶지 않아요. 내 질문에나 대답하세요."

"그녀의 선조가 가장 오래된 행성에서 이주해 온 사람들이라고 해서요."

"우리와 같군요."

리잘로가 자랑스럽게 말했다.

"하지만 그 여자의 말에 의하면 자기 민족에게는 오랫동안 전해 온 일종의 전설이 있는데 그건 가장 오래된 행성을 파악하는 데 아주 중요한 자료라고 하더군요. 그런데 그 행성에 도착해야만 그 자료들을 검토할 수 있다고 했어요."

"그건 거짓말이에요!"

"그럴 수도 있죠. 그래도 확인은 해야 하지 않겠습니까?"

"그 여자와 함께, 문제의 소지가 많은 정보를 가지고 가장 오래된 행성을 찾고자 했다면 굳이 콤포렐론까지 올 필요가 없었을 텐데요?"

"그 행성의 소재를 파악하기 위해서 온 거예요. 파운데이션 태생으로서, 선조가 콤포렐론 출신인 친구가 한 명이 있었는데, 그 친구가 말하길 콤포렐론에는 가장 오래된 행성에 관한 정보가 많다고 했습니다."

"그래요? 그 친구라는 분으로부터 들은 정보가 있나요?"

트레비스는 다시 진실의 영역으로 돌아와서 이야기했다.

"그래요. 그 친구의 말에 따르면 가장 오래된 행성은 방사능에 뒤덮여 생물이 살 수 없다고 하더군요. 왜 그렇게 됐는지는 그 친구도 잘 모르고 있었습니다. 핵폭발 때문에 그런 게 아닌가 추측하던데……, 전쟁이 벌어져서 말이에요."

"아니에요!"

리잘로가 강하게 부인했다.

"그러면 전쟁이 없었다는 말입니까? 아니면 그 행성이 방사능으로 뒤덮이지 않았다는 뜻인가요?"

"방사능에 뒤덮이긴 했지만 전쟁 때문에 그런 건 아니에요."

"그러면 왜 방사능에 뒤덮이게 됐죠? 인류가 살고 있었으니 애초부터 그런 건 아닐 테고……, 처음부터 방사능에 오염되었다면 애초에 아무 생물도 살 수 없었을 테니까요."

리잘로는 잠시 주저했다. 그녀는 몸을 꼿꼿이 편 채 일어서서 가슴이 터질 정도로 깊숙이 숨을 들이쉬고 나서 말문을 열었다.

"천벌이었어요. 로봇을 사용했거든요. 로봇이 뭔지 아세요?"

"물론이죠."

"로봇을 사용했기 때문에 천벌을 받은 거예요. 어떤 행성이든 로봇을 사용한 행성은 천벌을 받아서 멸망했어요."

"누가 천벌을 가했다는 겁니까, 리잘로?"

"응징자……, 역사의 교훈……, 실은 나도 잘 모르겠어요."

그녀는 불안한 듯 시선을 다른 데로 돌리곤 낮은 목소리로 말을 이었다.

"다른 사람에게 물어보세요."

"나도 그러면 좋겠는데 물어볼 사람이 있어야죠. 이곳에 원시 역사를 연구하는 학자가 있습니까?"

"물론이죠. 일반 국민들은 그 분야에 전혀 관심이 없죠. 당신네 파운데이션 측이 소위 지적 자유라는 것을 고집하는 덕택으로 말이에요."

"별로 나쁜 고집 같지 않군요."

"외부에서 강요한 건 모두 나빠요."

리잘로가 부정하자, 트레비스는 어깨를 으쓱했다. 그 문제에 관해 더 논쟁할 필요가 없었기 때문에 말문을 돌렸다.

"내 친구 페롤랫 박사도 원시 역사를 연구하는 학자이니 이곳에서 원시 역사를 연구하는 학자가 있다면 만나 보고 싶어 할 겁니다. 당신이 주선해 줄 수 있나요, 리잘로?"

리잘로가 고개를 끄덕이며 대답했다.

"바질 데니아도라는 역사학자가 있는데 이곳에 있는 대학에 소속되어 있지요. 그 사람은 맡은 강의가 없어요. 그래도 당신들이 궁금해 하는 것은 도와줄 수 있을 거예요."

"그 사람은 왜 강의하지 않죠?"

"우리가 금지해서 그런 건 아니에요. 단지 학생들이 그 사람의 강의를 신청하지 않을 뿐이죠."

"학생들은 그 강의는 신청하지 말라는 얘기를 미리 들었나 보군요."

트레비스가 지나가는 말로 물어보았다.

"그러지 않았다 해도 그 사람 강의를 들을 학생은 없을 거예요. 그 사람은 회의론자예요. 어디에나 그런 사람이 있지요. 자기만 옳고 다른 사람은 모두 틀렸다고 생각하면서 일반적인 사고의 규범을 비난하는 건방진 사람들은 어디나 있기 마련이니까요."

"그 사람들의 주장이 맞는 경우도 많지 않습니까?"

"절대 그렇지 않아요!"

리잘로가 큰 소리로 말했다. 그 문제에 관한 한 더 이상 토론할 가치도 없다는 단호함이 뚜렷하게 느껴졌다.

"하지만 그 사람이 아무리 회의론자라 하더라도 당신이 묻는 말에는 결국 다른 콤포렐론 사람들과 똑같이 대답할 수밖에 없을 거예요."

"그게 뭐죠?"

"당신이 가장 오래된 행성을 아무리 열심히 찾는다 하더라도 절대 찾을 수 없다는 것이죠."

3

자신들에게 배정된 숙소에서 페롤랫은 트레비스가 하는 말을 계속 진지한 표정으로 주의 깊게 듣고 나서 반문했다.

"바질 데니아도라고? 그런 이름은 기억이 없는데……. 하지만 우주선에 있는 내 자료를 뒤져 보면 그 사람이 쓴 논문이 있을 거야."

"그 이름을 들은 적이 없다는 게 확실해요? 잘 생각해 보세요!"

트레비스가 조급하게 굴자, 페롤랫이 조심스럽게 말했다.

"지금 당장은 이름을 기억할 수 없네. 하지만 은하계에는 내가 전혀 모르는 학자들이 많지 않겠나? 설사 들었다 하더라도 기억나지 않는 학자들도 아주 많을 거야."

"교수님이 기억하지 못하는 걸 보니 그는 일류학자는 아닌가 보군요."

"지구에 대한 연구는……"

"'가장 오래된 행성'이란 단어에 익숙해지셔야 해요, 교수님. 안 그러면 일이 좀 복잡해지거든요."

"가장 오래된 행성에 대한 연구 자체가 학문 분야에서 별로 주목받는 영역이 아니기 때문에 설사 원시 역사학을 전공한다 하더라도 일류 학자라면 그 부분에 몰두하려고 하지 않을 거야. 역으로 이미 그 부문을 집중적으로 탐구한 학자라면 설사 진짜 일류라 하더라도 관심 없어 하는 현실 세계에서 일류로 인정받기 위해 노력하지도 않을 테고 말이야. 나 역시 다른 사람들에겐 일류가 아니지."

블리스가 부드럽게 말했다.

"하지만 당신은 내겐 최고예요, 펠."

페롤랫이 빙긋이 웃으며 말했다.

"그래, 당신에겐 그렇겠지, 내 사랑. 하지만 당신은 학자로서의 내가 어느 정도 능력을 가지고 있는지도 모르잖아."

시간을 보니 어느덧 저녁이었다. 트레비스는 점차 초조해졌다. 트레비스는 블리스와 페롤랫이 사랑을 속삭일 때마다 그런 기분을 느꼈다.

트레비스가 말했다.

"어쨌든 내일 데니아도라는 사람을 만날 수 있도록 준비하겠지만, 만약 그 문제에 관하여 그 사람 역시 장관이 알고 있는 정도밖에 모른다면 괜히 시간만 낭비하는 셈이 될 겁니다."

페롤랫이 말을 받았다.

"그렇더라도 도움이 될 만한 다른 사람을 소개해 줄지도 모르잖아."

"과연 그럴까요? 이 행성에서는 지구를……. 아니 나도 이 단어를 잊는 훈련을 더 해야 하겠군요. 이 행성에서 가장 오래된 행성을 대하는 태도 자체가 아주 바보스럽고 미신적이어서 말입니다."

트레비스는 등을 돌린 채 계속 얘기했다.

"어쨌든 진짜 힘든 하루를 보냈어요. 입맛에 안 맞더라도 이제 저녁 식사를 해야겠어요. 그리고 잠도 자야 겠네요. 아참, 두 사람은 샤워기 사용법을 배웠나요?"

페롤랫이 대답했다.

"사람들은 우리에게 매우 친절했다네. 사용법이란 사용법은 물론 다 배웠지. 대부분은 필요가 없겠지만 말이야."

블리스가 끼어들었다.

"잠깐, 트레비스. 우주선 문제는 어떻게 됐나요?"

"우주선 문제라니요?"

"콤포렐론 정부가 우주선을 압류할 건가요?"

"아니, 그러진 않을 겁니다."

"그래요? 아주 잘됐군요. 그런데 어떻게 그렇게 됐어요?"

"장관을 설득해서 마음을 바꿔 놓았기 때문입니다."

페롤랫이 감탄했다.

"야, 놀랍군! 그 여자는 전혀 설득당하지 않을 사람 같던데……."

블리스가 말했다.

"그녀의 심리 구조를 살펴보니 트레비스에게 많은 호감을 가지고 있긴 하던데, 어떻게 설득할 수 있었는지 궁금하군요."

갑자기 트레비스는 화난 표정으로 블리스를 쳐다봤다.

"블리스, 당신이 그런 겁니까?"

"무얼 말이에요, 트레비스?"

"내 말은 당신이 정신력을 사용해서 그녀를……"

"아니에요. 난 단지 그 여자가 당신에게 호감이 있다는 것을 발견하곤 망설이는 마음을 한두 개 제거했을 뿐이에요. 그건 간단한 일이죠. 결국 그런 망설임이야 사라질 수밖에 없을 거고, 그녀가 당신에게 호감을 가지면 문제를 해결하는 데 많은 도움이 될 테고 말이에요."

"호감? 절대 그 정도가 아니었어요! 그래요, 부드러워지긴 했지요. 함께 침대에서 뒹굴고 난 후에 말이에요."

페롤랫이 물었다.

"설마 자네, 그 여자와……."

트레비스가 퉁명스럽게 받았다.

"그러면 안 될 이유라도 있나요? 그 여자, 테크닉이 훌륭하더군요. 물론 내가 첫 남자는 아니었어요. 나도 괜히 신사인 척해서 그녀를 실망시키고 싶지 않았고요. 블리스가 그녀의 망설임을 제거해 준 덕분에 그녀가 먼저 요구했지요. 설사 마음이 내키지 않더라도 거절할 처지도 아니었지만……. 교수님, 금욕주의자 같은 표정으로 쳐다보지 마세요. 저는 몇 개월 동안 여자를 가까이 할 기회가 전혀 없었지만 교수님은……."

트레비스는 손으로 블리스를 가리키며 말꼬리를 흐렸다.

페롤랫이 당황하며 말을 받았다.

"그게 아니야, 트레비스. 금욕주의자 같은 표정으로 자네를 쳐다보았다니, 그건 오해일세. 나는 전혀 나쁘다고 생각하지 않아."

블리스가 끼어들었다.

"하지만 그녀는 금욕주의자잖아요. 난 단지 그녀가 당신에게 호감을 갖도록 했을 뿐이에요. 성적으로 흥분한다고는 전혀 생각 못했어요."

트레비스가 말했다.

"하지만 당신이 의도한 바가 결과적으론 그렇게 됐어요, 간섭쟁이 아가씨. 장관으로서 공식 석상에선 금욕적인 체할 필요가 있었겠죠. 하지만 가슴속에선 그만큼 뜨거운 열정이 불붙고 있었던 모양이더군요."

"그렇다 하더라도 당신의 뜻에 따른다면 결국 파운데이션을 배반할 수밖에 없을 텐데……."

"어떤 결과이든 그녀는 그렇게 했을 거예요. 그녀는 우주선을……."

트레비스는 갑자기 말을 끊더니 조그맣게 물었다.

"혹시 도청당하는 것 아닐까?"

블리스가 대답했다.

"염려하지 마세요."

"확실합니까?"

"물론이에요. 어떤 형태로 도청하든 가이아의 마음을 침범하면 모두 다 발견되어 버리죠."

"그럼 말해도 되겠군요. 콤포렐론 스스로 우주선을 압류하려고 한 겁니다. 자신들의 함대를 강화시키기 위해서 말이죠."

"그래요? 파운데이션이 묵과하지 않을 텐데요?"

"애초부터 그녀에겐 파운데이션 측에 알릴 의도가 없었어요."

블리스가 한숨을 내쉬며 말했다.

"당신네 고립자들이란 하나같이……. 장관이라는 사람이 콤포렐론의 이익을 위해 파운데이션을 배신하려 하고, 섹스를 즐긴 대가로 이젠 자기 나라까지 배신하려 하다니……. 트레비스 당신 역시 자신의 이익을 위해 육탄 공세도 마다하지 않았군요. 당신네 은하 세계는 진짜 무질서해요! 진짜 혼란스러워요!"

트레비스가 냉담한 목소리로 말했다.

"그렇지 않습니다, 젊은 아가씨."

"뭐가 그렇지 않다는 건가요? 그리고 나는 젊은 아가씨가 아니라 가이아예요. 가이아 전체란 말이에요!"

"그럼 다시 말하죠. 가이아, 나는 육탄 공세를 한 게 아닙니다. 나도 여자가 필요했고 우린 그저 서로 즐긴 겁니다. 그것 때문에 피해 본 사람은 아무도 없어요. 내 관점에서 바라볼 때 결과도 바람직하니 문제될 것도 없고요. 그리고 콤포렐론이 자국의 이익을 위해 우주선을 압류하려 했던 문제에 관해서는 어느 쪽 편을 드는 게 옳은지 아무도 단언할 수 없어요. 비록 그 우주선은 파운데이션 소유지만 지구 탐색용으로 나에게 배당되었고 따라서 내가 탐색 작업을 마칠 때까진 내 소유입니다. 게다가 파운데이션 측으로선 협약을 취소할 권리가 없다고 생각해요. 콤포렐론에 관해 말하자면, 이 행성은 파운데이션이 은하계에서 주도권을 잡고 있는 걸 좋아하지 않더군요. 독립을 희망하고 있어요. 따라서 이곳 사람으로선 이를 위해 파운데이션을 속이는 게 당연하지요. 이들에겐 그게 반역 행위가 아닌 애국 행위일 테니까요. 그거야 아무도 모르는 일 아닙니까?"

"그래요, 아무도 모르겠지요. 무정부적인 은하계에서 이성적 행위와 비이성적 행위를 구분하는 게 과연 가능할까요? 옳고 그름, 선과 악, 정의와 부정, 유용함과 무용함……. 도대체 어떻게 구분할 수 있겠어요? 장관이 당신의 우주선을 포기함으로써 자신이 속한 정부를 배반하는 것에 대해선 어떻게 설명할 수 있나요? 장관은 억압적인 정부로부터 벗어나길 갈망해 오던 사람인가요? 그렇다면 그 여자는 반역자인가요, 아니면 스스로 애국자인 체하는 사람인가요?"

"단지 내가 그녀를 만족시켜 줬기 때문에 그 대가로 내 우주선을 포기한 것 같진 않아요. 내가 가장 오래된 행성을 탐색한다고 이야기하자 비로소 결정을 내린 것 같았거든요. 그녀는 그곳을 저주에 휩싸인 행성으로 여기는 걸 봐선 우리와 우리 우주선도 그 행성을 탐색하는 일 때문에 저주를 받게 되었다고 생각하는 것 같았죠. 그녀는 우리 우주선을 압류하려고 시도하는 것이 자신과 자신의 조국에 저주를 불러올지 모른다고 생각했을지도 모릅니다. 아마 지금쯤 공포감에 휩싸여 후회하고 있을 거예요. 어쩌면 우리와 우리 우주선이 이곳을 떠나 우리 임무를 수행토록 하는 게 콤포렐론에 내릴 저주를 해소하는 애국 행위라고 생각하고 있을지도 모르죠."

"신빙성은 없지만 당신 말대로라면 결국 미신이 동기가 됐군요. 트레비스, 당신은 미신을 믿나요?"

"숭배하지도 경멸하지도 않아요. 지식이 모자라는 경우엔 항상 미신이 그 동기가 되는 법이죠. 파운데이션만 하더라도 셀던 프로젝트를 추종하지만 현재 그것을 적절하게 이해함으로써 현실에 적용하거나 미래를 예견하는 데 활용할 수 있는 사람은 아무도 없지요. 우리들 모두가 아무런 지식 없이 무지와 신념만 가지고 맹목적으로 추종하고 있을 뿐입니다. 바로 그런 게 미신 아닌가요?"

"그럴 수도 있겠죠."

"그건 가이아도 마찬가지입니다. 당신들은 내가 올바른 판단으로, 가이아가 은하계 전체를 흡수해 하나의 거대한 유기체로 만들어야 한다고 결론지을 것으로 믿고 있어요. 하지만 당신네들은 내가 왜 옳을 수밖에 없는지, 내가 내린 결론을 따르는 게 당신들에게 바람직할지 어떨지 전혀 모르고 있어요. 별다른 근거도 없이 무지와 신념만 가지고 열심히 나아가고 있다고요. 게다가 내가 나름대로 근거를 찾아 그러한 무지를 타파하고 신념을 깨뜨리고자 하는 데 대해 신경질적인 반응조차 보이기도 하고요. 그런 건 미신이 아닙니까?"

"트레비스가 이긴 것 같군, 블리스."

페롤랫이 끼어들었다.

"아직은 아니에요. 이번의 탐색 작업을 통해서 뭔가 새로운 내용을 찾는다면 원래의 결론이 옳다는 것을 확인시켜 주는 것밖에 없거나, 아니면 아무것도 발견하지 못하거나 둘 중 하나일 테니까요."

"당신은 무지와 신념에 근거해서 그렇게 확신하고 있어요. 그 자체가 미신입니다!"

4

바질 데니아도는 고개를 들지 않고 눈을 치켜뜨고서 쳐다보는 게 이상할 뿐 별다른 특색이 없는 조그만 사내였다. 그런 그의 태도는 가끔 보이는 짧은 웃음과 합쳐져 말없이 세상을 비웃는 듯한 인상을 주었다.

좁고 길이가 길쭉한 그의 연구실은 무질서하게 널린 듯한 테이프들로 가득 차 있었다. 그렇다고 해서 테이프가 진짜 여기저기 널려 있는 것은 아니었다. 단지 제자리에 고르게 꽂혀 있지 않고 울퉁불퉁하게 보이기 때문에 그런 인상을 주었던 것이다. 방문객에게 제공된 의자 세 개는 낡은 것으로 최근에 먼지를 대충 닦아 낸 흔적이 역력했다.

그가 말했다.

"야노브 페롤랫 박사님, 골란 트레비스 씨, 그리고 블리스 씨……, 당신 성은 뭐죠, 아가씨?"

"블리스가 내 이름의 전부예요."

블리스는 대답하고 나서 의자에 앉았다.

"그걸로 됐습니다. 당신은 아주 매력적인 여성이니까 설사 이름이 아주 없다고 해도 탓할 사람이 없을 겁니다."

데니아도는 블리스에게 환한 웃음을 지어 보였다. 사람들이 모두 의자에 앉자 데니아도는 이야기를 계속했다.

"뵌 적은 없지만 명성은 익히 들었습니다, 페롤랫 박사님. 당신은 파운데이션 사람일 텐데, 터미너스 출신인가요?"

"그렇습니다, 데니아도 교수님."

"그리고 트레비스 의원님, 당신은 최근에 의회에서 제명된 후 추방됐다고 들었는데, 왜 그렇게 됐는지 궁금하군요."

"제명된 게 아닙니다, 교수님. 언제 복귀할지는 모르지만 아직도 의원 신분은 유지하고 있죠. 또 추방된 것도 아닙니다. 임무를 부여받았는데 사실 그 일 때문에 조언을 얻고자 박사님을 찾아왔습니다."

"도움이 되면 좋겠군요. 이 희열에 차 보이는 아가씨도 터미너스 출신인가요?"

트레비스가 재빨리 말을 가로챘다.

"이 사람은 다른 행성 출신입니다, 교수님."

"아, '다른 행성'이라면 처음 듣는 행성이군. 가장 존귀한 인류는 그런 곳 출신인 법이지요. 하지만 당신 두 분은 파운데이션의 수도 터미너스에서 오셨고, 한 분은 젊고 매력적인 여성이니까 미차 리잘로가 가장 싫어하는 사람들인데, 그 양반이 나에게 당신들을 잘 대접해 주라고 그렇게 간곡히 부탁한 이유가 뭘까요?"

트레비스가 대답했다.

"우리를 빨리 내쫓기 위해서지요. 교수님이 우리를 빨리 도와주시면 빨리 도와주실수록 우리가 이곳을 빨리 떠날 테니까요."

데니아도는 관심 섞인 미소를 보였다.

"물론 당신처럼 젊고 박력 있는 남성이라면 출신 지역에 상관없이 그녀의 환심을 살 수 있을 겁니다. 그녀는 순결한 처녀처럼 행동하지만 사실 그렇지도 않지요."

"그 점에 관해선 전혀 모르겠습니다."

트레비스가 퉁명스럽게 대답했다.

"물론 모르는 게 좋을 겁니다. 최소한 공식 석상에선 말입니다. 하지만 나는 회의론자이기 때문에 표면적으로 나타난 것을 의심하는 버릇이 있지요. 어쨌든 좋습니다. 자, 의원님. 당신 임무가 뭐지요? 내가 도와줄 수 있는 건지 한번 들어 봅시다."

"그 문제에 관한 한 페롤랫 교수님이 설명하시는 게 좋을 것 같군요."

"좋습니다. 페롤랫 박사님, 말씀해 보시죠."

"간단하게 말하지요. 나는 성인이 된 이래 계속해서 인류가 발생한 행성에 관해 연구해 왔습니다. 그래서 당시엔 몰랐지만 결국 좋은 친구가 된 골란 트레비스와 함께 당신들이 가장 오래된 행성이라고 부르는 곳을 탐색하도록 파견된 거지요."

"가장 오래된 행성이라고요? 지구를 말씀하시는 건가요?"

페롤랫은 깜짝 놀라 입을 딱 벌린 채 말을 약간 더듬었다.

"내가 알기에, 아니, 다른 사람이 말하기엔 그 단어를 쓰면……."

페롤랫은 아주 궁색한 표정으로 트레비스를 쳐다보았다.

트레비스가 대답했다.

"리잘로 장관은 콤포렐론에선 그 단어를 쓰지 말라고 하던데……."

"그러면 그 여자가 이렇게 했다는 얘기인가요?"

데니아도는 입술을 밑으로 쭉 내밀고 코를 찡그린 채 두 팔을 곧장 앞으로 내밀더니 엄지와 검지를 겹치며 물었다.

"네, 그렇게 하더군요."

트레비스가 대답했다.

데니아도는 표정을 풀고 웃으며 말했다.

"신경 쓸 것 없어요, 신사분들. 그건 습관에 불과하니까요. 물론 오지에 있는 사람들은 그걸 아주 중시하지만 그 외 사람들은 별로 신경 쓰지 않아요. 우리 국민 대부분이 화가 나거나 깜짝 놀랐을 때 '맙소사!'라는 뜻으로 '지구'라는 단어를 쓴답니다. 이곳에서 가장 흔하게 쓰이는 비속어 가운데 하나죠."

"비속어요?"

페롤랫이 작은 목소리로 물었다.

"욕설이라고 해도 괜찮겠지요."

트레비스가 말했다.

"하지만 내가 그 단어를 쓰자 장관은 크게 동요하는 것 같던데요?"

"그건 그 여자가 산골 출신이라서 그래요."

"그게 무슨 뜻입니까, 교수님?"

"말 그대로지요. 미차 리잘로는 중부 산악지대 출신이지요. 그곳에서는 소위 '과거의 훌륭한 방식'대로 아이들을 기르지요. 그곳 사람들은 아무리 높은 교육을 받더라도 손가락을 겹치는 행위를 아주 중요시하지요."

"그럼 교수님은 지구라는 단어를 들어도 아무렇지 않아요?"

블리스가 물었다.

"물론이지요, 사랑스러운 아가씨. 나는 회의론자거든요."

그러자 트레비스가 다시 물었다.

"은하계 일반에서 사용하는 회의론자라면 무슨 뜻인지 알겠습니다만 교수님은 그 단어를 어떤 의미로 사용하는지 궁금하군요."

"의원님께서 알고 있는 뜻 그대로입니다. 나는 이성적으로 타당한 근거가 있어서 믿을 수밖에 없는 내용이라 하더라도 또 다른 근거가 제시되기 전까진 완전히 믿지 않아요. 그래서 우리 같은 사람들은 별로 인기가 없지요."

"왜죠?"

"우리 같은 사람은 어디에서도 환영받지 못해요. 어떤 행성에서나 대부분의 사람들은 언제 몰아닥칠지 모르는 매서운 바람보다는 비록 비논리적일지라도 무사안일하고 남의 눈총도 안 받는 믿음을 선호하니까요. 당신네 국민들이 뚜렷한 근거도 없이 셀던 프로젝트를 얼마나 신봉하고 있는지를 생각해 보세요."

트레비스는 손가락 끝을 만지작거리며 대답했다.

"그렇군요, 나도 어제 그런 얘기를 했지요."

페롤랫이 끼어들었다.

"다시 본론으로 돌아갈까요, 교수님? 회의론자로서 지구에 대해 아시는 대로 말씀해 주세요."

데니아도가 대답했다.

"잘 모르겠어요. 하지만 인류가 단일 행성에서 태동했다고 추측할 순 있겠지요. 상호 교배가 가능한 동일한 종이 두 개 이상의 행성에서 독자적으로 태동할 가능성은 거의 전무하니까요. 우리는 인류가 태동한 그 행성을 지구라고 부를 수 있겠지요. 이곳 사람들은 지구가 이 근처에 있다고 믿고 있어요. 지구인들은 지구에서 가까운 행성부터 개발해 나갔을 텐데, 이 근처에 있는 유인 행성은 대부분 아주 오래된 역사를 가지고 있거든요."

"인류가 태동했다는 특징 이외에 다른 독특한 특징들은 없습니까?"

페롤랫이 눈을 반짝였다.

"마음속에 떠오르는 거라도 있습니까?"

데니아도는 슬며시 웃으며 반문했다.

"달이라고 불리는 위성이 떠올라서요. 그런 위성이 있다는 것도 독특하지 않습니까?"

"유도성 질문이군요, 페롤랫 박사님. 내 마음을 헤아리는 것 같군요."

"달이 왜 독특한지는 말하지 않았습니다."

"물론 그 크기 때문이겠죠, 맞습니까? 네, 맞는 것 같군요. 지구에 대한 전설을 살펴보면 지구에는 수없이 많은 종이 살고 있으며 거대한 위성을 거느리고 있다고 하지요. 수없이 많은 종이 살고 있었다는 얘기는 타당성이 있어요. 우리가 알고 있는 진화 법칙이 옳다고 전제한다면, 오랫동안 생물학적 진화를 통해 자연스레 이루어질 수 있는 현상이니까요. 하지만 위성이 있었다는 주장은 받아들이기 어려워요. 은하계 어떤 유인 행성에도 그런 위성은 없거든요. 단지 무인 행성이나 인간이 거주할 수 없는 가스 행성에만 여러 형태의 위성이 있을 뿐이지요. 따라서 회의론자로서 나는 달의 존재를 인정하지 않습니다."

페롤랫이 반론을 전개했다.

"하지만 지구에만 독특하게 수많은 종이 있는 것처럼 지구에만 유일하게 거대한 위성이 있을 수 있잖습니까? 한 가지가 독특하면 다른 것도 독특할 수 있지 않을까요?"

데니아도가 웃으며 말했다.

"지구에 수없이 많은 종이 있었다는 사실이 어떻게 거대한 위성으로 연결되는지 모르겠군요."

"역순서는 가능하잖아요. 거대한 위성이 있었기 때문에 수없이 많은 종이 생기게 되었다는 식으로 말입니다."

"그 연관성도 증명할 수 없어요."

트레비스가 물었다.

"지구가 방사능에 덮여 있다는 얘기에 대해선 어떻게 생각하세요?"

"그게 통설이지요. 모든 사람이 그렇게 믿고 있어요."

트레비스가 다시 물었다.

"하지만 수십억 년 동안 생물체가 살았을 테니 그 기간 중에는 방사능에 오염되지 않았을 것 아닙니까? 그런데 갑자기 왜 오염되었지요? 핵전쟁이라도 있었나요?"

"일반적으로 그렇게 믿고 있지요, 트레비스 의원님."

"말씀하시는 투를 보아 교수님 생각은 다른 것 같군요."

"그런 전쟁이 벌어졌다는 근거가 없어요. 아무리 많은 사람이 믿는다고 하더라도 통설 그 자체가 근거일 순 없으니까요."

"그렇다면 대체 무슨 일이 일어난 거죠?"

"특별히 어떤 일이 일어났다는 근거는 없어요. 방사능에 오염되었다는 이야기도 거대한 위성이 있었다는 이야기와 마찬가지로 완전히 조작된 것일지도 모르지요."

페롤랫이 말했다.

"그러면 지구 역사에 대해 믿을 만한 내용이 있습니까? 내가 교직에 있는 동안 초창기 전설을 여러 가지 수집했는데, 대부분은 지구 또는 그와 유사한 이름을 가진 행성에 관계된 이야기였습니다. 하지만 콤포렐론 전설에 관한 한 우연히 만난 사람으로부터 벤벌리에 대해 대강 들은 것 이외에는 전혀 없었어요."

"당연합니다. 우리 국민들은 다른 행성 사람들에게 우리 전설에 대해 말하지 않으니까요. 물론 미신 때문이지요. 그런데 대충이나마 벤벌리에 대해 들었다니 놀랍군요."

"그렇다면 교수님은 미신을 믿지 않으실 테니 그 얘길 꺼리지 않겠군요, 그렇죠?"

작은 체구의 역사학자는 눈동자를 치켜뜨더니 말을 이었다.

"그럼요. 하지만 나한테 들었다는 이야기가 퍼진다면 사람들은 나를 더 싫어하게 될 겁니다. 어쩌면 위험에 빠질 수도 있겠죠. 그러나 세 분께선 금방 콤포렐론을 떠나실 테고 이야기 출처에 대해서도 밝히지 않으실 것으로 생각합니다만……."

"그 점에 관해선 맹세할 수 있습니다."

페롤랫이 재빨리 대답했다.

"그러면 무슨 일이 일어났는가 요약해 드리겠습니다. 초자연주의적 요소나 도덕주의적 요소는 빼고 말입니다. 인류는 지구에서 굉장히 오랫동안 살았습니다. 그러던 중 약 2만 년에서 2만 5000년 전, 인류는 초공간 도약 방식으로 우주 여행을 할 수 있게 됨으로써 일단 행성을 개발하기 시작했습니다. 개척민들은 로봇을 사용해서 행성을 개척했지요. 로봇은 초공간 도약 방식을 발명하기 오래전에 발명되었지요. 참, 로봇이 뭔지는 알고 있습니까?"

"그런 질문을 많이 하더군요. 네, 물론 로봇에 대해 알지요."

트레비스가 대답했다.

"사회를 철저하게 로봇화시킨 개척민들은 기술을 고도로 발전시키고 굉장히 긴 수명을 누리게 되면서, 점차 모(母)행성을 경멸하기 시작했어요. 일부 극적 효과를 강조한 전설에서는 이들이 모행성을 침략하여 만행을 저지르기도 했다고 하지요.

그래서 지구인들은 그 이후부터 정착민 그룹을 파견하면서 로봇 사용을 금지시켰어요. 콤포렐론은 이 당시 초창기에 개발된 행성에 속하지요. 국수주의자들은 우리 행성이 가장 먼저 개발되었다고 주장하지만 회의론자로서 그렇다고 인정할 만한 근거는 없어요. 결국 최초로 파견된 정착민 그룹이 사멸하고……"

트레비스가 물었다.

"그들이 왜 사멸했나요, 데니아도 교수님?"

"왜냐고요? 낭만주의자들은 대체적으로 그들이 죄를 저질러 응징자에게 벌을 받았다고 추측하지요. 그러나 이들은 응징자가 왜 그렇게 오랜 시간이 지난 후에 벌을 주었는지에 대해선 언급하지 않아요. 이처럼 뜬구름 잡는 이야기는 믿을 수 없어요. 오히려 모든 분야를 로봇에 의지함으로써 사회가 나약해지고 퇴폐적으로 되면서, 아주 따분해지거나 혹은 사람들이 살려는 의지 자체를 잃어버리게 되어 발전이 정체되다가 마침내는 사멸했다는 주장이 더 설득력이 있지요.

두 번째로 파견된 무수히 많은 사람들은 오랜 세월 동안 로봇 없이 살아가면서 은하계 전체를 개발했지만, 지구에는 방사능 오염이 심해지면서 점차 생물이 살 수 없는 행성으로 변질되어 갔지요. 첫 번째로 파견된 그룹에게 영향을 받은 이후 지구에도 로봇화가 추진되어 그렇게 되었다는 게 통설이지요."

아주 답답하다는 표정으로 듣고 있던 블리스가 급히 물었다.

"참! 데니아도 교수님. 지구가 방사능에 오염되었든 아니든 또 많은 사람들이 파견되었는지 아닌지 궁금한 건 그게 아니에요. 우리가 알고자 하는 것은 지구가 도대체 어디 있느냐는 거예요. 그 위치가 어딘지 아세요?"

"그건 잘 모르겠다고 대답할 수밖에 없군요. 아니, 벌써 점심시간이 되었군요. 내가 식사를 주문할 테니 먹으면서 대화합시다. 시간이 좀먹지 않을 테니까요."

"모른다고요?"

트레비스가 깜짝 놀란 목소리를 냈다.

"내가 아는 한 그건 아무도 몰라요."

"하지만 그럴 리가 있습니까?"

데니아도는 가볍게 한숨을 쉬며 말했다.

"진실을 부인하는 건 당신 자유입니다. 하지만 그런다고 해서 상황이 변하는 건 아닙니다, 의원님."

7장

콤포렐론을 떠나다

1

다양한 내용물을 버무려서 부드럽거나 질긴 공 안에 집어넣은 주물럭이 나왔다. 한 무더기 쌓여 있는 공들은 여러 가지 색깔을 띠고 있었다.

데니아도는 식탁 위에 놓여 있는 투명한 장갑 한 켤레를 집어 손에 끼었다. 세 사람도 따라서 했다.

블리스가 물었다.

"이 안에 뭐가 들었죠?"

"분홍색 공에는 양념에 비빈 생선 요리가 들어 있는데, 이건 우리가 자랑하는 별미죠. 이 노란 공에는 아주 부드러운 치즈가 들어 있어요. 녹색 공에는 채소 샐러드가 들어 있고요. 자, 식기 전에 드세요. 식사가 끝나면 뜨거운 아몬드 파이와 음료수가 나올 겁니다. 음료수로는 뜨거운 사이다를 드리죠. 이곳은 추운 지방이기 때문에 후식을 포함한 모든 음식물을 주로 데워서 먹지요."

"식사를 아주 잘하시나 봐요."

페롤랫이 말했다.

"실제론 안 그래요. 귀빈을 접대하려니 그런 거지요. 혼자 식사할 땐 아주 조금 먹는답니다. 여러분도 아시다시피 내 몸이 작으니 음식을 많이 먹을 필요가 없거든요."

트레비스도 분홍색 공을 입안에 집어넣고 깨물었다. 아주 심한 비린내와 함께 진한 양념 맛이 느껴졌다. 양념은 다행히도 입맛에 맞았지만 그 냄새는 비린내와 함께 오랫동안 입안에 남아 있을 것 같았다.

다 씹은 다음 입안에 남아 있는 것을 뱉어 내니 음식물을 감쌌던 표피가 전혀 손상되지 않은 채 그대로 나왔다. 터지지도 않았고 새는 데도 없었다. 트레비스는 장갑을 끼는 이유가 뭘까 하고 잠시 생각해 봤다. 장갑을 안 끼어도 손이 젖거나 끈적거리지 않을 것 같았다. 그래서 트레비스는 위생상의 문제 때문이라고 판단했다. 불편하게 손을 씻는 대신 장갑을 끼다가 점차 그게 관습이 되면서, 손을 씻고도 장갑을 끼게 된 것은 아닐까. (하지만 하루 전에 식사할 때 리잘로는 장갑을 끼지 않고 음식을 먹었다. 어쩌면 산골 여자이기 때문에 그런지도 몰랐다.)

트레비스가 물었다.

"식사하면서 관심사를 토론하는 것은 예절에 어긋납니까?"

"이곳 기준에 따르면 그렇지요, 의원님. 하지만 여러분은 손님이니까 여러분의 기준에 따르도록 합시다. 토론 때문에 식사하는 즐거움이 줄어들지 않는다면 아무리 진지한 이야기라도 괜찮으니 마음대로 하세요. 기꺼이 동참하죠."

"고맙습니다, 교수님. 리잘로 장관이 암시하길, 아니 쌀쌀맞게 얘기하길 이곳에서는 회의론자들이 인기가 없다던데요. 맞습니까?"

데니아도는 아주 유쾌한 듯 대답했다.

"물론입니다. 우리가 인기 있다면 그건 정말 피곤한 일이죠. 당신도 아시다시피 이곳 사람들은 욕구불만에 가득 차 있죠. 사람들은 아무런 근거도 없이 오래전, 즉 은하계가 별로 개발되지 않았을 때 콤포렐론이 지도자적인 위치에 있었다고 생각하지요. 그런 생각이 사람들의 뇌리에 깊숙이 박혀 있는데, 역사가 기록되기 시작한 이래로 계속 종속적인 위치에 머물고 있으니 사람들은 불만이 가득 차서 짜증만 낼 수밖에요.

하지만 뾰족한 방법이 없는 걸 어쩌겠어요? 제국 시절에는 황제의 신하일 수밖에 없었고, 지금은 파운데이션에 복종하는 연합세력에 불과한데요. 따라서 사람들은 회의론자들이 전설을 불신하고 미신을 비웃는다면서 우리를 증오하고 배척함으로써 위안을 삼는 거죠.

그렇다고 해서 우리가 물리적으로 박해를 받는 건 아닙니다. 과학기술을 통제하는 사람도 우리고, 대학 교수진을 구성하고 있는 사람들도 우리거든요. 물론 그 가운데서도 두드러지게 솔직한 사람에게는 강의를 맡기지 않아요. 나도 그중에 하나예요. 그러나 캠퍼스 밖에서 비공식적으로 학생들을 지도하고 있지요. 그렇다고 우리를 벼랑 끝까지 몰아내진 않습니다. 우리가 없으면 과학 문명이 마비되고 대학에 대한 은하계의 신뢰도 떨어질 테니까요. 지성인들이 없어지면 그처럼 끔찍한 일들이 벌어질 텐데 계속 우리를 증오하고 있다니 정말 바보 같은 사람들이지요. 그래도 파운데이션이 후원하고 있기 때문에, 우리를 노골적으로 비난하고 간섭하고 조소하면서도 물리적으로 박해하는 경우는 전혀 없어요."

트레비스가 다시 물었다.

"모든 국민이 반대하기 때문에 우리에게 지구 소재지를 말하지 못하는 겁니까? 아니면 아무리 든든한 배경이 있다 해도, 마지노선을 넘으면 회의론자 거부 운동이 거세게 일어날까 봐 두려워하는 겁니까?"

데니아도가 고개를 저으며 대답했다.

"둘 다 아닙니다. 지구 소재지는 아무도 몰라요. 두려움이나 그 밖의 다른 이유 때문에 숨기는 게 아니에요."

트레비스가 빠른 목소리로 반론을 전개했다.

"그건 말도 안 돼요. 이 근처에 있는 행성 중 생물이 생존할 수 있는 곳은 극히 한정되어 있어요. 따라서 사람들은 이미 생물이 생존 가능한 몇 안 되는 행성을 탐색했을 텐데, 그 행성들 중에서 오염된 행성을 찾는다는 건 그다지 어렵지 않을 거고요. 게다가 지구는 거대한 위성도 있고요. 이 두 가지 특징을 고려하면 지구는 쉽게 찾을 수 있을 게 아닙니까? 물론 어느 정도 시간은 걸리겠지만요."

"나는 회의론자로서 지구가 방사능에 오염되었다거나 거대한 위성을 가지고 있다는 이야기 자체가 전설에 불과하다고 생각합니다. 그런 특징으로 지구를 찾는다는 건 마치 바다에서 잉어를 잡겠다는 것과 똑같죠."

"그럴 수도 있겠지요. 그래도 콤포렐론 정부가 계속 탐색 작업을 했을 텐데요? 생물이 생존 가능한 정도로 방사능에 오염되어 있고 또 거대한 위성을 거느리고 있는 행성을 발견했다면 이곳의 전설에 신빙성을 더할 수 있을 테니까요."

데니아도가 웃으며 얘기했다.

"정부는 바로 그런 이유 때문에 탐색 작업을 하지 않았을 겁니다. 만약 찾지 못하거나 찾더라도 지구의 실제 모습이 전설과 다르다면, 정반대로 우리의 전설 자체가 웃음거리로 전락할 테니까요. 정부로선 괜한 위험을 감수할 필요가 없겠지요."

트레비스가 잠시 주저하더니 아주 진지하게 계속 반론을 전개했다.

"방사능과 거대한 위성이라는 두 개의 특징 이외에도 어느 전설에도 언급되지 않은 세 번째 특징이 있음이 틀림없어요. 지구에는 수없이 다양한 종류의 생물체가 살고 있거나 아니면 그 일부라도 남아 있을 겁니다. 그것도 아니라면 최소한 화석이라도 있겠죠."

"의원님, 비록 정부 차원에서 지구 탐험대를 조직한 적은 없지만 우주 여행을 하다가 도약이 완벽하지 않았든지 아니면 다른 이유 때문에 예정 항로에서 벗어나 여기저기를 떠돈 우주선들이 사건 경위서를 제출하는 경우가 종종 있지요. 하지만 전설상의 지구와 특징이 비슷한 행성이나 생물체가 많은 행성을 봤다는 내용은 하나도 없었어요. 어떤 우주선도 무인 행성으로 판단되는 행성에 착륙했을 때 승무원으로 하여금 화석을 찾게 하지도 않았고요. 수천 년 동안 그런 것을 발견했다는 기록이 전혀 없으니, 나로서는 이곳엔 지구가 없다고 생각할 수밖에요."

트레비스는 점점 좌절감을 느끼며 말했다.

"하지만 틀림없이 어딘가에, 인류를 비롯한 모든 생물체가 존재하는 행성이 있을 겁니다. 만약 지구가 이 부근에 없다면 다른 성계에라도 반드시 있을 겁니다."

"그럴 수도 있겠죠. 하지만 이렇게 오랜 세월이 흘렀는데 어느 곳에서도 지구는 발견되지 않았어요."

데니아도가 냉정하게 말했다.

"사람들이 진지하게 찾은 적이 없었으니까요."

"그래서 결국 당신이 찾아 나섰으니 행운을 바랄 뿐입니다. 하지만 성공할 순 없을 겁니다."

트레비스가 물었다.

"직접 탐사하지 않았다 해도 간접적인 방식으로나마 지구의 위치를 파악하려는 시도도 없었습니까?"

두 사람이 동시에 있었다고 대답했다. 데니아도는 또 다른 목소리의 주인공인 페롤랫에게 물었다.

"야리프 계획을 말하는 겁니까?"

"네, 그렇습니다."

"그러면 박사님이 의원께 설명해 주시죠. 의원께선 나보다 박사님을 더 믿을 테니까."

페롤랫이 설명하기 시작했다.

"제국 말기에 소위 '기원년 탐색'이라는 것에 많은 관심을 쏟던 시기가 있었네. 유쾌하지 못한 주변 현실로부터 도피하기 위해서였겠지. 자네도 알다시피 그 당시 이미 제국은 해체되기 시작했거든.

리비아 출신 역사학자 험블 야리프는 어느 날 자신이 연구한 학설을 발표하면서, 기원 행성이 부근의 행성부터 사람들을 파견해 은하계를 개발하기 시작했을 거라는 주장을 했네. 일반적으로 기원 행성에서 멀리 떨어진 행성일수록 나중에 개발되었다는 거지.

그러니까 은하계에 있는 모든 유인 행성이 개발된 연도를 확인해서, 오래된 행성끼리 선으로 연결시켜 보자는 거였지. 개발년도가 1만 년이 지난 행성끼리 연결하고, 1만 2000년이 지난 행성끼리 연결하고, 1만 5000년이 된 행성끼리 연결할 수 있겠지. 그러면 이론적으론 각 선이 울퉁불퉁한 원구를 형성하면서 불규칙한 동심을 형성하게 된다는 거야. 물론 오래된 행성을 연결한 원구일수록 직경이 짧겠지. 따라서 각 중심점을 연구해 보면 기원 행성인 지구가 있을 만한 곳을 상당히 협소한 우주 공간으로 압축할 수 있게 된다는 논리지."

페롤랫이 두 손을 겹쳐 원구 형태를 만들며 아주 진지하게 설명한 후 트레비스에게 물었다.

"내 설명이 이해되나, 트레비스?"

트레비스가 고개를 끄덕이며 대답했다.

"예. 하지만 결국 실패했을 것 같군요."

"이론적으론 성공할 수 있었다네. 하지만 각 행성이 주장한 기원년도가 모두 부정확했다는 게 문제였지. 모든 행성이 기원년도를 상당히 과장해서 주장하니 정확한 개발년도를 확인하는 것 자체가 불가능한 일이었지."

블리스가 의아한 표정으로 말했다.

"탄소14 측정법으로 오래된 나무를 시험해 보면……."

"물론 가능하겠지, 블리스. 하지만 그러기 위해선 각 행성에 협조를 얻어야 했는데 그 자체가 불가능했어. 과장해서 주장한 기원년도가 거짓인 것으로 밝혀지기를 바라는 행성은 하나도 없었거든. 게다가 그 당시 제국으로서도 그런 사소한 일에 참견하다가 괜히 지방 정부를 자극할까 봐 두려워했지. 다른 중요한 일도 많은데 말이야.

그래서 야리프는 신빙성 있는 기록물에 개척년도가 상세하게 기록된 행성만을 대상으로 삼을 수밖에 없었는데 그건 기록이 기껏해야 2000년에 불과한 행성들이었어. 그러니 숫자도 극히 한정될 수밖에. 어쨌든 그 행성들을 연결해 보니까 울퉁불퉁한 원구가 형성되었어. 그 중심에 제국의 수도인 트랜터가 있었는데 트랜터에서 개척한 행성들이었으니 당연하지.

물론 문제는 또 있었어. 사실 행성을 개척하기 위해서 지구에서만 사람들을 파견한 건 아니거든. 많은 세월이 지나면서 비교적 오래된 행성에서도 독자적으로 개척 탐험대를 신천지에 보내기 시작한 거지. 제국의 전성기 때는 트랜터에서도 아주 많은 사람들을 파견했으니까. 따라서 야리프는 웃음거리가 될 수밖에 없었어. 아주 억울한 일이었지. 물론 그의 학자로서의 명성도 땅에 떨어지고 말이야."

트레비스가 말했다.

"무슨 말인지 이해가 가는군요, 교수님. 데니아도 교수님, 그러면 교수님은 최소한의 가능성도 제시할 수 없다는 말인가요? 지구에 관해 정보가 있을 만한 다른 행성은 없습니까?"

데니아도는 잠시 생각에 잠겼다가 더듬거리며 말문을 열었다.

"음, 회의론자로서 나는 지구가 현재 존재한다거나 혹은 과거에 존재했었다고 장담할 순 없을 것 같군요. 그러나……."

그가 다시 침묵을 지키자 마침내 블리스가 입을 열었다.

"뭔가 아주 중요한 것을 생각하시는 것 같군요, 교수님?"

데니아도가 희미한 목소리로 대답했다.

"중요한 거요? 글쎄요……. 하지만 재미는 있겠지요. 사실 신비에 싸인 행성이 지구만 있는 건 아니에요. 처음으로 파견된 개척민 그룹이 개발한 행성들도 사정은 마찬가지죠. 우리 전설에서는 이들을 우주인이라고 부르지요. 이들이 사는 행성을 '우주인 행성'이라고 부르기도 하고 '금지된 행성'이라고 부르기도 하는데 지금은 일반적으로 후자로 통용돼요.

전설에 의하면, 우주인들은 한창 전성기를 구가할 때 수명이 수백 년에 달했으며 수명이 짧은 우리 조상들이 자기네 행성에 착륙하지 못하도록 했다더군요. 하지만 전쟁을 벌여서 우리가 그들을 패퇴시킨 후 상황은 역전됐지요. 우리는 그들과 교류하기 싫어했기 때문에, 그들을 멀리하면서 우리 우주선과 상인들이 그들과 왕래하는 것을 금지시켰지요. 그러던 중 응징자가 독자적으로 그들을 파멸시켰다는 전설이 생겨나게 됐는데 그건 확실한 것 같아요. 우리가 아는 한 최소한 수천 년 동안 은하계에 모습을 드러낸 우주인은 하나도 없으니까요."

"그럼 우주인들은 지구에 대해서 알고 있을까요?"

트레비스가 물었다.

"그럴 가능성이 높지요. 그들이 사는 행성들은 우리 행성들보다 훨씬 오래됐으니까요. 만약 우주인들이 살아 있다면 말이에요. 하지만 그럴 가능성은 거의 없을 겁니다."

"설사 그들이 멸망했다 하더라도 그들이 살던 행성에는 기록물이라도 남아 있겠죠."

"물론! 그 행성들을 찾을 수만 있다면."

트레비스가 화난 표정으로 물었다.

"그러면 위치 불명의 지구를 찾는 열쇠는 우주인들의 행성을 찾는 건데, 결국 그 위치도 모른다는 겁니까?"

데니아도가 어깨를 으쓱하며 대답했다.

"지난 2만 년 동안 우리는 그들과 전혀 교류하지 않았어요. 전혀 생각도 안 했죠. 그들도 지구와 마찬가지로 안개 속으로 사라졌어요."

"우주인들이 사는 행성이 몇 개나 되는데요?"

"전설에서는 50개라고 하더군요. 아마 상당히 부풀린 숫자겠죠. 실제로는 훨씬 적을 겁니다."

"그러면 교수님은 50개 가운데 하나도 모른단 말씀이세요?"

"지금 우려하는 건……."

"도대체 우려하는 게 뭔데요?"

데니아도가 말했다.

"나도 페롤랫 박사님과 마찬가지로 전공이 원시 역사학이기 때문에 아주 오래된 역사를 조사하기 위해서 오래된 기록물을 뒤져 보는 경우가 종종 있지요. 그중에는 전설보다 오래된 내용도 있어요. 작년에는 아주 오래된 우주선에서 작성한 기록물을 우연히 발견했는데 내용을 거의 판독할 수 없을 정도였어요. 그 기록물은 우리 행성이 콤포렐론이라고 명명되기도 전인, 아주 오래전에 기록된 겁니다. 그 기록물에서 사용한 '베일리 행성'이라는 명칭은 전설에 등장하는 '벤벌리 행성'이라는 명칭 이전에 사용되었던 것 같아요."

페롤랫이 흥분한 어투로 물었다.

"그 기록물이 발표됐습니까?"

"아니요. 속담에도 나오듯이 풀장에 물이 찼는지 확인하기도 전에 다이빙할 수는 없잖아요. 그 기록물에는 우주선 선장이 우주인 행성을 방문해서 우주인 여성을 데리고 왔다고 쓰여 있어요."

블리스가 물었다.

"교수님께선 아까 우주인이 일반 사람의 방문을 허용하지 않았다고 말씀하셨잖아요?"

"그랬죠. 바로 그것 때문에 그 자료를 발표하지 않았어요. 신빙성이 없거든요. 거기에는 우주인과 우리 조상인 정착민들이 전쟁을 벌인 사건을 묘사한 것으로 보이는 이야기들이 있어요. 이 이야기들은 콤포렐론을 비롯한 여러 행성에서 다양한 형태로 전해져 내려오는데 모든 이야기가 한 가지 점에서는 완전히 일치합니다. 우주인 그룹과 정착민 그룹은 서로 교제하지 않는다는 점이지요. 성적 접촉은 고사하고 일반적인 접촉도 없었지요. 그러나 선장과 우주인 여성은 사랑으로 맺어진 게 확실했어요. 이 이야기는 너무나 황당무계해서 나로선 로맨틱한 공상 역사 소설이라고 생각할 수밖에 없어요."

트레비스가 실망스러운 표정으로 물었다.

"그게 전부인가요?"

"아닙니다, 의원님. 하나 더 있어요. 그 우주선 기둥에 새겨져 있는 숫자를 발견했는데 그건 공간 좌표를 나타내는 것 같습니다. 물론 아닐 수도 있지요. 하지만 공간 좌표가 맞다면, 여러 가지 근거를 추정해 보건대 우주인 행성 3개의 공간 좌표일 가능성이 높아요. 선장은 그중 한 곳에 착륙해서 우주인 연인을 만났겠지요."

트레비스가 물었다.

"그렇다면 설사 기록물에 있는 이야기가 허구라 할지라도 그 좌표는 진짜일 가능성이 많겠군요?"

"그럴 수도 있겠죠. 그 좌표를 드릴 테니 맘대로 하세요. 하지만 결국 아무것도 찾지 못할 겁니다. 하지만 재미있는 가능성을 설정해 볼 수도 있겠지요."

데니아도가 짧게 웃으며 말했다.

"그게 뭔데요?"

트레비스가 물었다.

"어쩌면 좌표에 나타난 행성 가운데 지구가 있을지도 모른다는 거죠."

2

콤포렐론을 비추는 태양은 오렌지색으로, 터미너스의 태양보다 크고 높이도 낮았으나 발산하는 열이 그리 많지 않았다. 차가운 바람이 트레비스의 뺨을 살짝 스치고 지나갔다.

트레비스는 미차 리잘로에게 선물로 받은 열선 코트 속으로 몸을 깊숙이 파묻었다. 옆에는 리잘로가 서 있었다. 트레비스가 입을 열었다.

"시간이 지나면 따뜻해지겠죠, 미차."

리잘로는 텅 빈 우주 공항에 서 있어도 전혀 춥지 않다는 기색으로 얼핏 태양을 쳐다보았다. 트레비스보다 얇은 코트를 입고 있는 당당한 체구의 리잘로는 설사 좀 춥다 하더라도 일부러 무시하는 것 같았다.

"이곳의 여름은 정말 아름다워요. 기간은 비록 짧지만요. 그래도 이곳 곡식은 이 기후에 알맞게 여러 품종이 세심하게 개량되었기 때문에 태양이 비치는 짧은 기간 동안 빨리 성장할 뿐 아니라 갑자기 몰아닥친 한파에도 잘 견디지요. 또 우리가 기르는 가축은 털이 풍부하기 때문에, 이곳에서 생산하는 양모는 은하계 최상품으로 인정받는답니다. 게다가 적도 궤도상에서는 열대성 과일을 재배하는 농장도 있어요. 실제로 아주 맛좋은 파인애플 통조림을 수출하기도 하지요. 이곳을 추운 행성으로 알고 있는 사람들 대부분이 그런 사실을 잘 몰라요."

"이렇게 마중 나와줘서 고마워요, 미차. 우리가 무사히 떠날 수 있도록 배려해 준 것도 고맙고 말이에요. 하지만 우리를 그냥 놓아준 것 때문에 당신에게 문제가 생길까 봐 걱정되는군요."

리잘로가 자랑스레 고개를 저으며 말했다.

"괜찮을 테니 아무 걱정하지 마세요. 나를 가지고 문제 삼을 사람은 아무도 없어요. 난 교통부 장관으로서 이곳을 비롯한 모든 우주 공항과 입국 정거장, 입출국 하는 우주선 모두를 관장하죠. 수상께선 내가 전적으로 처리하니까 자신이 세세하게 신경 쓰지 않아도 된다면서 좋아하시죠. 게다가 설사 문제가 제기된다 해도 사실대로 말하면 돼요. 오히려 각료들은 저 우주선을 파운데이션 측에 넘기지 않았다고 기뻐할 거예요. 또 파운데이션만 모른다면 일반 국민들이 알더라도 마찬가지일 거고요."

트레비스가 물었다.

"당신 정부로선 파운데이션에 넘기지 않는 거야 문제 삼지 않겠지만, 우리가 우주선을 가져가도록 한 것에 대해선 다르지 않겠습니까?"

리잘로가 웃으며 대답했다.

"당신은 정말 좋은 사람이에요. 우주선을 지키기 위해 그렇게 완강히 싸우더니 그 문제가 해결되니까 이젠 내 문제까지 염려해 주는군요."

리잘로는 트레비스를 껴안고 싶은 충동에 몸을 가까이 하다가 간신히 참은 듯 자세를 바로잡았다.

"정부가 내 판단을 문제 삼으면 당신이 애초부터 가장 오래된 행성을 탐색해 왔으며 현재도 마찬가지라고 사실대로 말할 수밖에 없겠지요. 그러면 모든 각료들은 하나같이 당신과 우주선을 재빨리 몰아내서 천만다행이라고 찬사를 늘어놓겠죠. 그다음엔 미처 당신들의 목적도 모르고 이곳에 착륙하도록 놔둔 내 실책에 대해 속죄하는 의식을 행할지도 모르죠."

"내가 이곳에 온 것 때문에 당신과 당신의 행성에 저주가 내릴 것으로 정말 생각합니까?"

리잘로는 새침하게 대답했다.

"당신을 알았으니 이젠 이곳 남자들은 모두 시시하게만 보일 텐데, 그 자체로 이미 내겐 저주가 내린 거예요. 나는 이제부터 기약 없는 그리움에 괴로워하겠죠. 응징자는 벌써 이 모든 상황을 직시했을 거예요."

트레비스가 잠시 망설이더니 입을 열었다.

"난 당신이 마음을 바꾸는 걸 원치 않아요. 그렇다고 해서 당신이 괜히 쓸데없이 걱정하며 괴로워하는 것도 원치 않고. 내가 당신과 당신의 행성에 불행을 가져온다는 것은 미신에 불과해요."

"그 회의론자가 그렇게 말하던가요?"

"그 사람이 말하기 전부터 그런 생각을 하고 있었어요."

리잘로가 얼굴을 붉히더니 눈썹을 약간 찌푸리며 말했다.

"그런 걸 미신이라고 생각하는 사람이 있다는 건 나도 알아요. 하지만 가장 오래된 행성이 저주를 내린다는 건 사실이에요. 그런 사례는 수없이 많아요. 그런데 똑똑한 척하는 회의론자들은 계속 떠벌리기만 할 뿐 진실을 외면하고 있어요."

리잘로는 갑자기 말하다 말고 손을 내밀었다.

"그만 가 보세요. 차가운 바람에 연약한 터미너스 피부가 얼어 터지겠어요. 빨리 당신 동료가 있는 우주선에 올라타는 게 좋겠어요."

"잘 있어요, 미차. 다시 만나길 바라겠어요."

"그래요. 다시 온다고 약속했으니 당신 말을 믿도록 노력하겠어요. 당신이 온다는 기별을 받으면 우주로 마중 나가서 당신의 우주선에서 해후해야겠다는 생각도 해 봤죠. 그러면 저주가 나한테만 떨어질 뿐 우리 행성은 괜찮을 테니까요. 하지만 당신은 결코 돌아오지 않을 거예요."

"아닙니다! 꼭 돌아오겠어요! 당신과 누린 즐거운 시간들을, 그리고 당신을 그렇게 쉽게 포기할 수 없어요."

그 순간 트레비스는 그게 자신의 진심이라는 것을 강하게 느꼈다.

"당신의 마음을 의심하는 건 아니에요. 하지만 가장 오래된 행성을 찾아 저 밖으로 탐험을 간 사람은 아무도 돌아오지 않았어요. 어디에도요. 난 그걸 알아요."

트레비스는 추위 때문에 이가 떨리는 것을 참으려 했다. 리잘로가 그것이 공포 때문이라고 생각하게 하고 싶지 않았다.

"그것도 미신입니다."

"그래도 사실이에요."

3

파스타호 내부의 조종실로 돌아오니 고향으로 돌아온 것 같았다. 너무 협소해서 마치 무한한 우주 공간에 떠 있는 비누거품 속에 갇혀 있는 것 같았지만 정겹고 익숙하고 따뜻한 곳이었다.

블리스가 먼저 입을 열었다.

"마침내 승선했으니 다행이에요. 장관이랑 너무 오래 있을까 봐 걱정하고 있었거든요."

"추워서 오래 있을 수가 없었어요."

블리스가 다시 말했다.

"당신이 지구 탐사를 유보하고 그녀와 함께 있겠다고 할까 봐 약간 걱정했어요. 당신의 마음속을 들여다보고 싶진 않았으나 그런 유혹을 느끼면서 갈등하고 있는 게 너무 확연하게 드러났거든요."

"당신 말이 맞아요. 최소한 한순간이나마 그런 유혹을 느낀 게 사실입니다. 장관은 놀라운 여성이에요. 지금까지 그런 여자는 한 번도 만난 적이 없어요. 그래서 당신이 내 저항력을 강화시켰나요, 블리스?"

"누차 말했지만 어떤 형태로든 당신의 마음을 조절할 수도 없고 조절하지도 않을 거예요, 트레비스. 당신은 의무감이 강하니까 이 정도의 유혹은 극복할 거라고 생각했어요."

트레비스가 쓴웃음을 지으며 대답했다.

"아니, 그런 것 같진 않아요. 나는 그렇게 고상하지 않아요. 내 저항력이 강해진 이유는 단지 두 가지였어요. 하나는 춥다는 거였고 또 하나는 그녀와 몇 번 더 관계를 하다간 죽을지도 모른다는 생각이 들었기 때문이었죠. 그 여자 정말 대단해요!"

페롤랫이 끼어들었다.

"자, 어쨌든 별 탈 없이 승선했으니 앞으로 할 일을 생각해야지?"

"도약하려면 콤포렐론의 태양에서 멀리 벗어나야 하니까 지금은 빠른 속도로 이 성계를 벗어나야겠지요."

"우리를 출발하지 못하게 하거나 추적하지는 않을까?"

"그런 일은 없을 겁니다. 장관은 가능한 한 빨리 우리가 이곳을 떠나주기만 애타게 기대하고 있으니까요. 응징자의 분노가 이 행성에 떨어질까 봐 두려워하는 거지요. 사실……."

"사실?"

"그녀는 우리에게 틀림없이 저주가 내릴 거라고 믿고 있어요. 그래서 우리가 결코 귀환할 수 없을 거라고 강하게 확신하고 있지요. 미리 말해 두지만 내가 배신할 가능성이 있다고 생각해서 그렇게 말한 것은 아닙니다. 그녀로선 그런 가능성은 생각할 필요도 없었지요. 그녀가 말하고자 한 것은, 지구가 아주 끔찍한 저주에 싸여 있기 때문에 지구를 찾는 사람들은 중간에 틀림없이 죽게 된다는 거니까요."

블리스가 물었다.

"콤포렐론에서 얼마나 많은 사람들이 지구 탐색에 나섰기에 그렇게 확신하죠?"

"콤포렐론 사람이 지구 탐색을 나선 적은 한 번도 없을 겁니다. 그래서 그녀가 염려하는 것은 미신에 불과하다고 얘기했지요."

"진짜 그렇게 생각하고 있다고 자신할 수 있나요? 혹시 그녀가 한 말에 마음이 흔들린 건 아니에요?"

"물론 그녀가 말하는 거 자체는 완전히 미신이라고 생각해요. 하지만 그녀가 두려워하는 것에는 어떤 근거가 있을지도 모릅니다."

"그곳에 착륙하려다가 방사능에 오염돼서 죽을지도 모른다는 뜻이에요?"

"나는 지구가 방사능에 오염되어 있다고 생각하진 않아요. 그것보다는 오히려 지구가 스스로를 방어하고 있는 게 아닌가 싶습니다. 트랜터 국립 도서관에서 지구에 대한 모든 자료가 없어진 사실을 상기해 보세요. 또 표면에 있는 암석층에서부터 땅 밑 깊숙한 곳에 있는 용암에 이르기까지 행성 전체가 저장소인 가이아의 놀라운 기억장치도 지구에 관해서는 아무런 정보도 제공하지 못하는 걸 생각해 보시라고요.

만약 그런 일을 할 만큼 지구가 강력한 능력을 가지고 있다면 사람들로 하여금 지구가 방사능에 오염되어 있으니 탐색할 필요가 없다고 믿도록 사람들의 마음을 조작할 수도 있지 않을까요? 어쩌면 콤포렐론이 너무 가까이에 있어서 지구에게 위협이 되자 지구에 대한 신비감을 더욱 심화시켜 공포심을 강하게 심어 놨는지도 모르죠. 회의론자이자 과학자인 데니아도조차 지구 탐색은 불가능하다고 절대적으로 확신하고 있었어요. 만약 내 가정이 맞는다면 장관이 그처럼 두려워하는 미신도 설명할 수 있지요. 따라서 지구가 자신을 숨기려 한다면, 우리가 찾지 못하게 하기 위해서 우리를 죽이거나 생각을 왜곡시키려 할 거예요."

블리스가 얼굴을 찌푸리며 말을 받았다.

"그러나 가이아가……"

트레비스가 재빨리 말을 가로챘다.

"가이아가 우리를 보호할 거라는 말은 하지 마세요. 지구가 지구에 대한 가이아의 기억력을 파괴할 수 있었으니, 가이아와 지구가 맞붙으면 틀림없이 지구가 이길 거예요."

블리스가 냉담하게 반박했다.

"우리가 기억을 빼앗겼다고 장담하는 근거가 뭐죠? 가이아로선 행성 기억 체계를 개발하는 데 오랜 시간이 걸렸기 때문에, 개발이 완료되기 이전의 정보는 기억되지 않은 것뿐이에요. 설사 지구에 대한 기억을 제거당했다 하더라도 지구가 그렇게 했다고 어떻게 장담하죠?"

"나도 모르겠어요. 내 생각을 제시한 것뿐입니다."

페롤랫이 소심한 표정으로 끼어들었다.

"만약 지구가 그처럼 강하다면, 그리고 자신이 정체를 밝히려 하지 않는다면 우리가 아무리 찾아봐야 아무 소용도 없지 않겠나? 자네는 지구가 스스로를 숨기기 위해 필요하다면 우리를 죽일 거라고 생각하는 모양인데, 그렇다면 계획 자체를 포기하는 게 현명하지 않을까?"

"포기하는 게 현명하다는 데에는 동의해요. 하지만 나는 반드시 지구가 존재하며, 따라서 찾아야만 하고, 결국 찾을 거라고 강력한 확신을 가지고 있어요. 가이아가 말하길 내가 강력한 확신을 가지고 있으면 그 확신은 항상 옳다고 하더군요."

"하지만 설사 발견한다 해도 생명을 보장할 수는 없을 것 아닌가?"

트레비스는 짐짓 명랑한 태도로 얘기했다.

"지구 역시 제 특이성을 인정해서 묵과해 줄지도 모르지요. 그러나 제가 최종적으로 내린 결론에 의하면 당신 두 사람도 살아남을 거라고는 확신할 수 없어요. 걱정이 되는 것은 바로 그 점입니다. 위험성은 항상 존재했지만 현재 더욱 가중되고 있으니, 두 사람을 가이아로 보내고 나서 나 혼자 계획을 추진하는 게 좋을 것 같아요. 지구의 탐색과 중요성을 말한 사람도 저였고 조종사도 저였지 두 사람은 아니잖습니까? 그러니 위험은 저 혼자 부담하는 것으로 충분해요. 두 사람까지 위험에 처할 필요는 없지요. 앞으로 혼자 탐색을 계속해야겠어요. 교수님 생각은 어때요?"

페롤랫은 턱을 목 쪽으로 끌어들여 기다란 얼굴을 더욱 길게 보이도록 하면서 대답했다.

"두렵다는 걸 숨기진 않겠네, 트레비스. 하지만 자네 혼자 가게 놔둘 순 없어. 만약 그랬다간 영원히 나 자신을 경멸하게 될 거야."

"블리스, 당신은?"

"가이아는 어떤 경우든 당신이 위험에 빠지는 걸 방관할 수 없어요, 트레비스. 만약 지구가 우리를 공격한다면 가이아는 가능한 모든 수단을 동원해서 당신을 보호할 거예요. 게다가 나는 펠을 보호해야 해요. 만약 펠이 당신과 함께 간다면 나도 펠과 함께 갈 거예요."

트레비스가 비장하게 결론을 내렸다.

"그럼 좋소. 두 분이 원한다면 함께 갑시다!"

"좋아요, 우리 모두요."

블리스가 맞장구쳤다.

페롤랫이 트레비스의 어깨를 잡고 살짝 웃으며 속삭였다.

"언제나 함께!"

4

블리스가 탄성을 질렀다.

“저것 좀 봐요! 펠.”

블리스는 페롤랫이 지구의 전설에 대해 모아 놓은 자료를 보다가 잠시 쉬던 중 별생각 없이 우주선에 달려 있는 망원경을 돌려 보고 있었다.

페롤랫이 가까이 다가와 블리스의 어깨에 팔을 올려놓곤 뷰 스크린을 들여다보았다. 콤포렐론 행성계에 속해 있는 거대한 가스 행성 하나가 실물 크기로 확대되어 시야에 들어왔다.

옅은 초록색을 띠고 있는 그 행성에는 얇은 줄무늬가 쳐져 있었다. 태양에서 더 떨어진 곳으로 이동해서 행성을 정면에서 쳐다보면 그 줄무늬는 빛으로 형성된 원으로 보일 터였다.

“아름답군!”

“가운데를 지나는 띠가 행성 뒤편까지 연결되나 봐요, 펠.”

페롤랫이 이마를 긁적거리며 말했다.

“그런 것 같군, 블리스.”

“혹시 시각적으로 착각을 일으킨 게 아닐까요?”

“글쎄, 나도 당신과 마찬가지로 우주에 관해선 초보자거든. 이보게, 트레비스!”

트레비스가 힘없는 목소리로 “무슨 일이세요?” 하며 조종실로 들어왔다. 마치 옷 입은 채로 침실에서 낮잠을 즐긴 사람처럼 옷자락이 구겨져 있었다. 사실 그는 낮잠을 즐기고 있던 중이었다. 그는 갑자기 아주 신경질적으로 소리쳤다.

“제발 그러지 말아요! 장비에 손대지 말라고요!”

“망원경인데 어때, 저것 좀 보게!”

트레비스는 뷰 스크린을 쳐다보았다.

“저건 내가 받은 정보에 의하면 갈리아라는 가스 행성이에요.”

“자넨 한 번 보고 어떻게 알 수 있나?”

“운행 행로를 짜려고 여러 행성의 규모와 좌표를 연구했기 때문이지요. 태양에서 이 정도 떨어진 거리에서 이 시간에 저 정도로 확대할 수 있는 건 저 행성뿐이죠. 게다가 저기에는 고리도 있어요.”

“고리요?”

블리스가 어리둥절해하며 물었다.

“지금 우리가 옆쪽에서 쳐다보기 때문에 가늘고 얇은 모양으로 보이는 거예요. 행성면에서 좀 벗어난 뒤 초점을 당기면 잘 보일 텐데……. 볼래요?”

“자네가 힘들여 산출한 좌표와 행로를 다시 계산하게 만들고 싶진 않네, 트레비스.”

“걱정할 필요 없어요. 컴퓨터가 내 대신 계산할 테니까.”

트레비스는 컴퓨터 앞에 앉아서 신호를 받아들이는 곳에 두 손을 얹었다. 컴퓨터는 트레비스의 마음을 읽고 명령을 수행했다.

연료도 안 들고 속도나 방향을 전환해도 흔들리지 않는 파스타호는 재빨리 속도를 더하며 앞으로 나아갔다. 트레비스는 마치 우주선에게 동력을 제공하고 방향을 잡아 주는 게 자기 생각 그 자체인 듯, 마치 자신의 의지가 유형화되어 강력한 힘을 발휘하도록 만들고 자신의 마음을 충실하게 따르는 컴퓨터와 우주선에 대해 또다시 무한한 사랑을 느꼈다.

파운데이션이 이 우주선을 돌려받으려 한 건 너무나 당연했다. 콤포렐론이 이 우주선을 탐낸 것도 이상할 게 없었다. 미신으로 인한 두려움이 콤포렐론으로 하여금 이처럼 훌륭한 우주선을 포기하게 만든 것이 오히려 이상할 뿐이었다.

적절한 화력만 갖춘다면 은하계에 있는 어떠한 우주선이나 함대라도 패퇴시킬 수 있었다. 이와 똑같은 우주선만 아니라면 말이다.

물론 이 우주선은 화력을 갖추고 있지 않았다. 이 우주선을 트레비스에게 할당해 준 브라노 시장의 명령에 따라 그렇게 된 것이었다. 확실히 브라노 시장은 신중한 사람이었다.

페롤랫과 블리스는 행성이 조금씩 기우뚱거리며 다가오는 모습을 열심히 쳐다보았다. 상부 극점(으로 생각되는 것)이 그 주변에 형성되어 있는 거대한 원형 안에서 소용돌이치며 모습을 나타냈다. 하지만 하부 극점은 동그란 원구에 가려져서 보이지 않았다.

오렌지빛을 띠고 있는 행성의 제일 위쪽에 그림자가 드리워져 있었다. 아름다운 원이 크게 기울어진 모습으로 나타나기 시작했다.

중앙을 지나는 얇은 고리가 직선 형태에서 점차 곡선 형태로 그 모습을 바꾸고 있었다. 위에 있는 고리와 밑에 있는 고리도 마찬가지였다. 하지만 중앙에 있는 고리가 특히 두드러졌다. 정말 장관이었다!

이제 중앙에 있는 고리가 귀퉁이를 지나며 양쪽에 각각 조그만 둥근 모양을 형성하면서 행성 뒷부분으로 연결된다는 사실을 분명하게 드러냈다. 시각적인 착각이 아닌 실질적인 자연 현상이었다. 그것은 물질로 이루어진 고리로서, 행성 주위에 둥그렇게 형성되어 있었다. 물론 행성 뒷부분은 볼 수 없었다.

"이제 충분히 아시겠어요, 교수님? 행성 위로 가면 행성을 중심으로 원형을 그리고 있는 고리를 볼 수 있을 거예요. 아마 동심원을 이루고 있는 동그란 고리가 여러 개 모여 있겠지요."

페롤랫이 멍한 표정을 지으며 말했다.

"저런 게 있을 거라곤 생각도 못했어. 어떻게 우주 공간에서 저런 형태를 유지할 수 있을까?"

"우주 공간에서 위성이 돌고 있는 것과 마찬가지 원리겠지요. 저 둥그런 고리는 조그만 미립자들로 이루어져 있는데, 하나하나가 행성 궤도를 순환하고 있어요. 행성에 아주 가까이 있어서 조석 효과를 야기하기 때문에 미립자들이 하나로 뭉쳐지지 않지요."

페롤랫이 머리를 가로저었다.

"정말 끔찍한 생각이 드는구먼. 지금까지 전 생애를 학문에 바쳐 온 내가 천문학에 대해선 하나도 모르고 있었다니 말이야."

"대신 저는 인류 역사에 대해선 하나도 모르잖아요. 어느 누구도 모든 학문에 정통할 수는 없지 않겠어요? 저런 현상은 희귀한 게 아니에요. 비록 먼지가 모여서 형성된 것에 불과하지만 모든 가스 행성에는 저런 게 달려 있어요. 터미너스의 태양 주변에는 가스 행성이라고 할 만한 게 없기 때문에, 터미너스 출신은 우주를 많이 여행하거나 대학에서 천문학 강좌를 들어 보지 않은 경우엔 행성 주변을 도는 고리에 대해서 잘 알 수가 없겠지요. 하지만 저 정도의 크기에 저렇게 두드러질 정도로 많은 빛을 반사하는 고리는 드뭅니다. 정말 아름다워요. 직경이 최소한 200킬로미터는 될 거예요."

바로 이때 페롤랫이 손가락을 튕기며 소리쳤다.

"그래, 바로 그런 뜻이야!"

블리스가 깜짝 놀란 표정으로 물었다.

"뭐가요, 펠?"

페롤랫이 말했다.

"언젠가 우연히 고시 한 구절을 발견했는데, 해독하기 어려운 고대 은하어로 쓰여 있었네. 굉장히 오래된 기록이라는 걸 말해 주는 좋은 증거지. 게다가 나한테는 고어가 문제되지 않거든. 전공이 전공이니 만큼 여러 가지 고대어에 대한 전문가가 되었으니까 말이야. 어떤 때는 전공과 전혀 상관없이 고대어 연구 그 자체에 빠지기도 했으니까……, 가만! 내가 무슨 말을 하려고 했지?"

블리스가 말해 주었다.

"고시 한 구절에 대해서요, 펠."

"맞아! 고마워, 블리스. 어쨌든 그 시는 지구가 있는 행성계를 묘사하려고 한 것 같네. 왜 그런 주제를 다루었는지는 시 구절이 일부만 남아 있었기 때문에 잘 모르겠어. 나머지 부분은 전혀 못 찾겠더라고. 천문학에 관한 내용을 다루었기 때문에 그 부분만 전해져 온 건지도 모르겠어. 어쨌든 그 구절에는 여섯 번째 행성 주변에 동그랗게 형성되어 있는 고리 세 개가 빛나는 모습을 보고 '넓고 거대하니 행성이 작아 보이누나'라고 묘사되어 있었지. 다행히 아직 잊어버리지 않았군. 행성 주위를 도는 고리가 무언지 그 당시에는 전혀 이해할 수가 없었지. 너무 황당무계하게 들렸기 때문에 굳이 자료로 보관하지도 않았네. 지금 참조할 수 없다니 정말 안타깝군."

페롤랫은 머리를 가로저으며 말을 이었다.

"오늘날 은하계에서 신화를 연구한다는 것 자체가 외로운 작업이기 때문에, 의문을 가지는 것이 주는 장점을 쉽게 망각하곤 한다네."

트레비스가 위로하는 투로 말했다.

"무시해 버린 게 나았을지도 몰라요, 교수님. 그 시 구절을 그대로 받아들이다간 실수할 테니깐 말입니다."

페롤랫이 손가락을 가리키며 반박했다.

"하지만 저기 증거가 있잖아. 시에서 말한 게 바로 저런 거야. 행성보다 넓은 크기에 동심원을 이루는 세 개의 거대한 고리 말이야."

트레비스가 대꾸했다.

"그런 얘긴 한 번도 듣지 못했어요. 그렇게 넓은 고리는 없다고 생각해요. 어떤 고리든지 동심을 형성하는 행성에 비하면 아주 좁으니까요."

페롤랫이 계속 반론을 폈다.

"거주 가능한 행성 가운데 거대한 위성이 돌고 있다는 얘기도 들어본 적이 없었네. 물론 표면에 방사능이 덮여 있다는 얘기도 말이야. 시에서 얘기한 게 바로 지구의 세 번째 특징이야. 만약 방사능이 없는 거주할 수 있는 행성에 거대한 위성이 돌고 있고 그리고 동일 행성계 내에 거대한 띠를 달고 있는 행성이 있다면, 만약 그런 행성만 찾아낸다면 우리는 지구를 찾아낸 거나 다름없어!"

트레비스가 웃으며 대답했다.

"동감이에요, 교수님. 만약 세 개의 특징을 가진 행성만 알아낸다면 지구를 찾는 거야 시간문제겠지요."

"언제나 '만약'이군요!"

블리스가 한숨을 내쉬며 중얼거렸다.

5

이들은 외곽에 위치한 두 개의 행성을 뒤로 하면서 콤포렐론 행성계에 있는 주요 행성들을 모두 지나쳤다. 이제 150억 킬로미터 전방 이내에 큰 물체는 없었다. 중력이 약한 방대한 혜성운만이 있었다.

파스타호는 광속의 10분의 1까지 속도를 올렸다. 트레비스는 이론적으로 이 우주선이 광속에 가까운 속도까지 올릴 수 있다는 사실을 잘 알고 있었다. 하지만 현실적으로는 0.1광속이 한계라는 사실 또한 잘 알고 있었다.

더 빠른 속도로 나아가면, 설사 질량을 가진 모든 물체를 피할 수 있다하더라도 우주 공간에 떠 있는 무수한 미립자들과 천지에 깔려 있는 원자와 분자 하나하나까지 피할 방법은 없었다. 빠른 속도로 비행하면 아무리 조그만 입자라도 우주선에 부딪히면서 선체를 갉아먹기 때문에 아주 위험했다. 더욱 광속에 가까운 속도로 비행하면 선체 안으로 파고들어 오는 원자 하나하나가 우주광선 입자의 성질을 띠게 되기 때문에 그 우주선을 타고 있는 사람들은 방사능에 오염되어 수명이 짧아지게 될 터였다.

먼 거리에 있는 별들은 전혀 움직이지 않는 모습으로 뷰 스크린에 떠 있었다. 우주선이 초당 3만 킬로미터 속도로 나아가고 있음에도 불구하고 모든 별들은 정지한 상태로 보였다.

컴퓨터는 진로에 피해야 할 물체가 있는지 확인하기 위해 굉장히 먼 전방까지 검색했으며 우주선은 그런 물체를 부드럽게 피해 갔다. 하지만 그런 일 자체가 일어나고 있는지조차 전혀 느낄 수가 없었다. 전방에 있는 아무리 조그만 물체라도 검색되면 속도의 변화 없이 방향만 약간 전환해 나갔는데, 방향 전환으로 인한 흔들림조차 전혀 느낄 수 없었기 때문에 '위기일발' 같은 일이 일어났는지 어떤지는 전혀 파악할 수 없었다.

트레비스는 그런 일에 대해 전혀 걱정하거나 신경 쓰지 않았다. 그는 데니아도 교수에게서 받은 좌표 세 개에 모든 신경을 쏟았다. 그중에서도 자신들이 있는 곳에서 위치가 제일 가까운 좌표에 몰두했다.

"수치에 무슨 문제라도 있나?"

페롤랫이 염려스러운 표정으로 물었다.

"아직은 모르겠어요. 거리를 표시하는 방법이라든가 본초자오선에 해당하는 위치 등의 좌표들을 설정하는 데 사용한 규칙들과 원점에 대해 파악하지 못하는 한 이 좌표들은 아무 소용이 없거든요."

"그럼 그런 걸 어떻게 찾아내지?"

"터미너스 좌표와 기존에 많이 사용한 좌표 몇 가지를 선택해서 콤포렐론을 중심으로 다시 구했지요. 그것들을 컴퓨터에 입력시키면 터미너스와 여타 행성들의 위치를 정확히 파악해 어떤 규칙들을 사용했는가 계산해 낼 수 있을 겁니다. 내가 마음속으로 계획을 수립하면 컴퓨터가 모두 다 처리해 주지요. 일단 규칙들이 파악되면 '금지된 행성들'을 나타내는 좌표 수치가 파악될 가능성이 있어요."

"가능성에 불과한 것인가요?"

블리스가 물었다.

"그럴 수밖에 없을 겁니다. 이 좌표들은 굉장히 오래된 것들로서 아마 콤포렐론 시각에서 만들었겠죠. 하지만 아닐 가능성도 있어요. 만일 다른 규칙에 근거해서 만들어졌다면 어떻게 될 것 같아요?"

"그러면 어떻게 되죠?"

"그러면 저 좌표들은 아무 필요 없는 쓰레기가 되겠지요. 하지만 결과는 두고 봐야겠죠."

트레비스는 부드럽게 점멸하는 컴퓨터 입력장치 위에 두 손을 올려놓은 채 필요한 정보를 입력시켰다. 그 후 손 모양의 표시가 있는 책상 위에 두 손을 옮겨놓았다. 그는 컴퓨터가 잘 알려져 있는 좌표들을 검토해서 거기에 사용된 규칙들을 밝혀낸 다음 그 규칙들에 근거해서 가장 가까운 '금지된 행성'의 좌표를 해독하여, 마침내 기억장치에 저장되어 있는 은하계 지도 안에서 그 위치를 찾아낼 때까지 기다렸다.

위치를 바꾸며 분주하게 움직이는 무수한 별들이 스크린에 나타났다. 정지 상태에 이르자 화면이 확대되면서 몇 안 되는 별들만 남을 때까지 수많은 별들이 사방으로 퍼지며 화면에서 사라져 갔다. 그것은 너무 빠르게 변화했기에 눈에는 단지 얼룩덜룩한 형태로만 보일 뿐이었다. 스크린 아래쪽에 표시된 지표에 의하면 마침내 양쪽으로 10분의 1파섹에 달하는 우주 공간만 화면에 남게 되었다. 변화는 더 이상 없었다. 희미한 광채 여섯 줄기가 어두운 화면 속에서 빛을 발하고 있었다.

"어떤 게 '금지된 행성'이지?"

페롤랫이 조그맣게 물었다.

"저 가운데는 없어요. 저들 가운데 네 개는 적색 왜성이고 하나는 적색에 가까운 왜성이고 다른 하나는 백성 왜성이에요. 궤도 안에서 생물이 살 수 있는 행성은 저 가운덴 없어요."

트레비스가 대답했다.

"저게 적색 왜성인지 어떻게 아는가?"

"지금 보고 있는 건 진짜 행성이 아니에요. 우린 지금 컴퓨터 기억장치 안에 저장되어 있는 은하계 지도 일부를 보고 있는 겁니다. 저기에는 각각 표시가 되어 있지만 우리 눈엔 보이지 않지요. 하지만 전 이렇게 두 손으로 컴퓨터와 연결되어 있기 때문에 모든 별에 대해 상세한 자료를 파악할 수 있는 겁니다."

페롤랫이 수심이 가득 찬 목소리로 말했다.

"그러 저 좌표들도 쓰레기에 불과하군."

트레비스가 페롤랫을 올려다보며 말했다.

"아니에요, 교수님. 아직 끝난 건 아니에요. 아직 시간상의 차이를 해결하지 않았죠. '금지된 행성'을 기록한 좌표는 2만 년이나 지난 겁니다. 지난 2만 년 동안 그 행성과 콤포렐론 행성 모두 '은하중심'을 선회했을 겁니다. 아마 두 행성이 각각 경사각과 이심률이 다른 궤도를 유지하면서 다른 속도로 선회했겠지요. 따라서 그동안 두 행성간의 거리가 더 좁아졌을 수도 있고 더 멀어졌을 수도 있겠지요. 지난 2만 년 동안 저 '금지된 행성'은 1.5파섹에서 5파섹에 이르는 공간을 이동했을 가능성이 있습니다. 따라서 10분의 1파섹 정도의 공간에는 포함되지 않는 게 당연하지요."

"그럼 이제 어떻게 하지?"

"컴퓨터로 하여금 콤포렐론을 중심으로 은하계를 2만 년 전으로 되돌리도록 해야지요."

"그게 가능한가요?"

블리스가 도저히 믿을 수 없다는 얼굴로 물었다.

"물론이죠. 은하계 자체를 되돌리는 게 아니라 컴퓨터 메모리 내에 있는 지도만 되돌리는 거니까요."

블리스가 다시 물었다.

"무슨 일이 벌어지는지 우리도 구경할 수 있나요?"

"그럼요."

트레비스가 짧게 대답했다.

아주 천천히 별 여섯 개가 스크린에서 사라져갔다. 지금까지 보이지 않던 별 하나가 왼쪽 끝에서 나타나기 시작하자 페롤랫은 흥분했다.

"저거야, 저거!"

트레비스가 말했다.

"안타깝지만 저것도 적색 왜성이에요. 저런 건 흔해 빠진 거죠. 최소한 은하계에 있는 별 가운데 4분의 3이 적색 왜성일 겁니다."

스크린이 자리를 잡으면서 움직임이 멈추었다.

"뭐예요?"

블리스가 물었다.

"바로 저거요. 저게 2만 년 전의 지도죠. 만약 '금지된 행성'이 평균 속도로 선회했다면 스크린 중심에 그 행성이 있었을 겁니다."

"있었을 수도 있겠지요. 하지만 지금은 없잖아요."

블리스가 날카로운 목소리로 말했다. 그러나 트레비스가 아무렇지 않다는 목소리로 대답했다.

"그래요. 지금은 없어요."

페롤랫이 깊은 한숨을 내쉬며 위로했다.

"맙소사! 정말 안됐네, 트레비스."

"아니, 실망할 필요는 없어요. 애초부터 저기에 있을 거라곤 예상하지 않았으니까……."

"예상하지 않았다고?"

페롤랫이 깜짝 놀란 목소리로 반문했다.

"그래요. 저것은 은하계 그 자체가 아니라 컴퓨터에 입력되어 있는 은하계 지도에 불과하다고 처음부터 말했잖아요. 만약 어떤 별이 지도에 표기되어 있지 않다면 우리는 그 별을 발견할 수 없죠. 만약 우리가 찾는 행성에 '금지된'이란 형용사가 붙었다면, 그래서 지난 2만 년 동안 그런 이름으로 불려 왔다면, 그 행성은 지도에 표기되지 않았을 가능성이 많아요. 우리 눈에 띄지 않는 걸 보니 지도에 없는 게 확실해요."

블리스가 반박했다.

"존재하지 않기 때문에 안 보일 수도 있잖아요. 콤포렐론의 전설이 거짓이거나 좌표가 허위로 작성된 건지도 몰라요."

"그럴 가능성이 높죠. 그래도 이제 컴퓨터는 그 좌표가 현재 어떻게 바뀌었는지 계산할 수 있으며, 저렇게 2만 년 전에 있었을 위치까지 찾아 놓았잖아요. 이제 세월의 변화를 감안하여 만든 좌표를 이용해 성계 지도를 보충해서 은하계의 실제 지도를 구경할 수 있을 겁니다."

블리스가 계속 반론을 전개했다.

"하지만 당신은 '금지된 행성'이 평균 속도로 움직였을 거라고 가정했는데 만약 그렇지 않았으면 어떻게 하지요? 당신이 구한 좌표는 결국 틀릴 수밖에 없지 않아요?"

"맞는 얘기로군요. 하지만 평균 속도로 가정해서 수정한 좌표가 세월의 변화를 전혀 감안하지 않는 좌표보단 실제 상황에 훨씬 더 가깝겠죠."

블리스가 의심스러운 눈초리로 말했다.

"그건 희망사항이잖아요!"

"그래요. 희망사항이에요. 이제 진짜 은하계를 봅시다."

구경꾼 두 사람이 긴장 어린 눈으로 지켜보는 동안 트레비스는 자신의 긴장을 완화시키기 위해 결정적인 순간을 질질 끌면서, 마치 강의하는 듯한 태도로 얘기를 부드럽게 풀어 나갔다.

"현존하는 은하계를 관찰하는 건 아주 까다롭습니다. 컴퓨터에 내장되어 있는 지도는 불필요한 것을 제거하여 인위적으로 제작된 겁니다. 시야를 가리는 성운 같은 것은 제거되어 있지요. 사물의 각도가 지도 제작에 적절하지 않은 경우에는 각도를 바꾸었고요. 그 이외에도 여러 가지가 있어요. 그러나 현존하는 은하계는 있는 그대로 받아들여야 합니다. 만약 바꾸고 싶은 게 있으면 우주 공간에서 작업하여 물리적으로 바꾸어 놓아야 합니다. 하지만 그 일은 지도를 고치는 작업보다 훨씬 많은 시간과 노력을 필요로 하기 때문에 현실적으론 불가능한 설정이지요."

트레비스가 말하고 있는 동안에도 스크린에는 무수히 많은 별들이 나타났는데, 너무 밀집되어 있어서 마치 분말을 흩뿌려 놓은 것 같은 모습이었다.

트레비스가 설명했다.

"저건 은하수 전체를 조망한 모습입니다. 물론 전경이지요. 만약 전경을 확대하고자 하면 상대적으로 원경이 그만큼 사라지죠. 좌표의 위치가 콤포렐론과 가까이 있으니 지도를 스크린에 띄운 것 같은 형태가 될 때까지 전경을 확대시켜야 합니다. 이제 필요한 지시 사항을 입력시키겠습니다. 내가 착각을 일으키지 않기만 바랄 뿐입니다. 자, 시작합니다!"

은하수가 매우 빠른 속도로 확대되기 시작하자 무수한 별들이 사방으로 뻗어 나와서, 지켜보는 사람들은 마치 스크린에 빨려 들어가는 듯한 착각을 불러 일으켰다. 세 사람은 빨려 들어가지 않으려는 듯 무심결에 뒤쪽으로 물러났다.

처음에 나타났던 장면이 다시 나타났다. 지도를 볼 때처럼 화면이 어둡진 않았으나 똑같이 별이 여섯 개 등장했다. 그리고 화면 가운데쯤에는 다른 별들보다 훨씬 밝은 새 별이 있었다.

"저기 있군."

페롤랫이 경이롭다는 듯이 속삭였다.

“그럴 수도 있죠. 컴퓨터로 저 별의 스펙트럼을 분석해 봐야겠어요.”

한동안 침묵한 후에 트레비스가 입을 열었다.

“스펙트럼 등급이 G-4군요. 터미너스의 태양보다는 세 배 흐리고, 조그맣지만 콤포렐론의 태양보단 훨씬 밝겠어요. G등급의 별 가운데 컴퓨터에 있는 은하계 지도에 기록되지 않은 건 없는데 저 별은 빠져 있으니 저건 ‘금지된 행성’이 돌고 있는 태양일 가능성이 많아요.”

블리스가 물었다.

“저 별의 주변을 도는 행성 가운데 생물이 생존 가능한 행성이 없을 수도 있나요?”

“그럴 수도 있지요. 그렇게 되면 다른 두 개의 ‘금지된 행성’을 찾아 봐야겠죠.”

블리스가 끈질기게 질문했다.

“만약 다른 두 개도 허위로 작성된 거라면요?”

“그러면 다른 방법을 찾아야 하겠죠.”

“어떤 방법요?”

“나도 모르겠어요.”

트레비스가 우울한 얼굴로 대답했다.

제3부

오로라

8장

금지된 행성

1

"트레비스. 옆에서 자네의 작업을 지켜봐도 되겠나?"

페롤랫이 물었다.

"그럼요, 교수님."

"질문을 해도 되겠나?"

"물론이죠."

"그럼 지금 하는 게 뭔가?"

트레비스가 뷰 스크린에서 눈을 떼며 말했다.

"스크린에 나타난 저 별들이 '금지된 행성'과 각각 어느 정도 거리를 유지하고 있는지 파악하려는 겁니다. 각각의 중력장을 파악해야 하는데, 그러기 위해선 질량과 거리를 알아야 하거든요. 그래야 완벽한 도약을 할 수 있으니까 말이에요."

"그걸 어떻게 파악하지?"

"어렵지 않아요. 컴퓨터 기억장치 안에 각 별들에 대한 좌표가 들어 있는데, 그걸 콤포렐론 행성계에 대한 좌표로 변환시키는 거지요. 그래서 차례대로 콤포렐론의 태양을 기준으로 하여 파스타호의 실제 위치에 대비시키는 겁니다. 그러면 각 별들에 대한 거리를 파악할 수 있게 되지요. 스크린 상으로는 저 적색 왜성들이 금지된 행성과 아주 가까이 있는 것으로 나오지만 실제로는 훨씬 더 가까운 것도 있고 훨씬 더 먼 것도 있을 겁니다. 그래서 3차원 위치를 파악해야 하는 겁니다."

페롤랫이 고개를 끄덕이며 물었다.

"자네에겐 금지된 행성에 대한 좌표가 있지 않은가?"

"물론이지요. 하지만 그것으론 충분하지 않아요. 1퍼센트 오차 이내로 각 별들에 대한 실제 거리를 파악해야 해요. 금지된 행성 옆에 있는 별들은 중력 강도가 아주 약하기 때문에 약간 오차가 있더라도 별다른 문제는 없을 겁니다. 하지만 금지된 행성이 선회하고 있는 태양은 금지된 행성 주변에 아주 강력한 중력장을 형성하고 있기 때문에 다른 별들보다 천 배 이상 정확하게 실제 거리를 파악해야만 합니다. 그러니 좌표만 가지고는 안 되지요."

"그러면 어떻게 할 건가?"

"금지된 행성과 근처에 있는 별 세 개가 각각 얼마나 되는 거리를 유지하고 있는가를 계산해야 합니다. 저 별들은 빛이 아주 약하니 상당히 확대시켜야 파악할 수 있을 겁니다. 만약 저 별들이 모두 아주 멀리 있다면, 그중 가장 가까운 별을 스크린 중앙에 띄워 그 별과 금지된 행성을 직선으로 연결해서 그 선에 대한 직각 방향으로 10분의 1파섹가량 도약하는 겁니다. 다른 별들의 실제 거리를 전혀 모르더라도 안전하게 도약할 수 있는 거지요.

스크린 중앙에 배치한 별은 도약한 이후에도 계속 중앙에 있겠지요.

모든 별들이 각각 굉장히 멀리 떨어져 있다면 다른 별 두 개의 위치 변화도 그다지 크지는 않을 겁니다. 그러나 금지된 행성은 가까이 있으니 위치가 평행 이동이 되겠지요. 평행 이동한 간격을 계산하면 실제 거리를 파악할 수 있을 겁니다. 만약 더욱 정확을 기하려면 다른 별들에 대해서도 똑같이 반복하면 되겠지요."

"그 작업을 하는 데 얼마나 오래 걸리지?"

"별로 오래 걸리지는 않을 거예요. 힘든 일은 컴퓨터가 다 할 테니까 말입니다. 저는 명령만 입력하면 되지요. 시간이 많이 드는 일은 그 결과가 맞는지, 과연 제가 올바로 지시했는지를 검토하는 일입니다. 하지만 제가 아주 무모한 사람이어서 저 자신과 컴퓨터를 극단적으로 신뢰한다면 그건 몇 분 안에 모두 끝날 수도 있는 작업이지요."

"진짜 놀랍구먼! 그렇다면 지금까지 컴퓨터가 모든 일을 얼마나 정확하게 처리했는가를 생각해 보게."

"그런 건 항상 생각하고 있어요."

"그 도움이 없었다면 자네가 무슨 일을 할 수 있었겠나?"

"중력 우주선이 없었다면 제가 무슨 일을 할 수 있겠냐고요? 하지만 제가 우주비행 훈련을 받지 않았다면 컴퓨터가 무슨 일을 할 수 있겠어요? 또 지난 2만 년 동안 사용해 온 초공간 기술이 없었다면 제가 무슨 일을 할 수 있겠어요? 중요한 건 제가 지금 여기 이렇게 존재하고 있다는 겁니다. 가령 우리가 2만 년 후의 미래 사회에서 살고 있다고 가정해 보세요. 우리가 감탄할 정도로 기술이 발전되어 있을까요? 2만 년이 지난 미래에는 인류가 존재하지 않을 수도 있지 않을까요?"

"그럴 가능성은 없어. 틀림없이 계속 존재할 거야. 설사 인류가 갤럭시아의 일부가 되지 않는다 하더라도 인류의 앞길을 인도하는 심리역사학이 있을 테니까 말이야."

트레비스는 컴퓨터 입력장치에서 두 손을 떼더니 의자를 돌려 앉으며 기묘한 표정으로 페롤랫을 쳐다보았다.

"심리역사학이라고요! 아니, 교수님, 콤포렐론에서 그 주제가 두 번 나와 두 번 다 미신이라고 결론지었는데 아직도 모르시겠어요? 저와 데니아도 교수가 똑같이 말했잖아요. 아니, 심리역사학이 파운데이션의 미신이 아니라면 뭐라고 생각하시죠? 그건 증거도 없고 근거도 없는 확신에 불과한 것 아닌가요! 어디 교수님 생각 좀 들어 봅시다. 교수님의 연구 분야가 제 분야보다 거기에 더 가까울 테니……."

"왜 증거가 없는가, 트레비스? 해리 셀던의 영상이 수십 차례에 걸쳐 시간유품관에 나타나 그 당시의 관심사에 대한 방향을 제시하지 않았나? 만약 해리 셀던이 살아 있을 때 심리역사학에 근거해서 그 모든 것을 예견하지 않았다면 어떤 일이 일어날지 우리가 어떻게 알았겠나?"

트레비스가 고개를 끄덕이며 대답했다.

"아주 놀라운 일이지요. 비록 뮬에 대해선 예언하지 못했지만 그래도 놀라운 일이랄 수밖에요. 하지만 뭔가 꺼림칙한 생각이 들어요. 사실 어떤 마술사라도 눈속임은 할 수 있거든요."

"수백 년 앞의 미래를 예언할 수 있는 마술사는 한 명도 없네."

"교수님이 놀라워하는 마술도 알고 보면 눈속임에 불과해요."

"그러지 말게, 트레비스. 나는 500년 후에 어떤 일이 일어날지 예언하게 해 줄 정도의 트릭이 있다고는 생각지 않아."

"그러면 마술사는 무인 궤도 위성 내부의 유사 4차원 입방체 안에 숨겨져 있는 쪽지에 어떤 내용이 쓰여 있는지 밝혀 줄 트릭은 생각해 낼 수 있나요? 하지만 저는 제 눈으로 직접 그걸 보았지요. 똑같은 것 아닌가요? 교수님은 시간유품관과 해리 셀던의 환영이 정부의 속임수일지도 모른다는 생각은 안 해 보셨어요?"

페롤랫은 화가 난 표정으로 그 말에 반발했다.

"정부에서 그럴 리가 있겠어?"

트레비스가 불쌍하다는 표정을 지었다.

"물론 꼭 그랬다는 이야기는 아니에요. 그저 심리역사학이 어떻게 관철되는지에 대해서 우리는 잘 알지 못한다는 겁니다."

"나는 컴퓨터가 어떻게 작동되는지 전혀 모르네. 하지만 컴퓨터가 작동된다는 사실은 알고 있지."

"그건 다른 사람들이 작동 원리를 알고 있기 때문이지요. 그걸 아는 사람이 한 명도 없다면 어떻게 되겠어요? 만약 어떤 이유 때문에 고장이 난다면 고칠 사람이 없으니까 전혀 사용할 수 없게 되겠지요? 그와 마찬가지로 심리역사학이 어느 순간 관철되지 않게 된다면……"

"제2파운데이션 사람들이 심리역사학의 원리를 알고 있잖은가?"

"교수님이 그 사실을 어떻게 알지요?"

"모두 다 그렇게 얘기하니까 알지."

"말로야 무슨 얘기든 못하겠어요. 아, 컴퓨터가 금지된 행성에 대한 거리를 산출했군요. 정확해야 할 텐데……, 수치들을 검토해 봐야겠어요."

트레비스는 입술을 달싹거리며 오랫동안 수치들을 살펴보았다. 머릿속으로 대충 계산을 하고 있는 것 같았다. 트레비스는 눈길을 떼지 않은 채 입을 열었다.

"블리스는 무엇을 하고 있지요?"

"잠자고 있다네, 친구. 그녀에겐 수면이 필요해. 이렇게 멀리 떨어진 곳에서 자신을 계속 가이아의 일부로 유지하기 위해서 에너지를 많이 소모하고 있거든."

페롤랫이 블리스를 변호하듯 말했다.

"그럴 줄 알았어요."

트레비스는 눈길을 수치에서 다시 컴퓨터로 돌렸다. 그는 두 손을 책상 위에 올려놓고 중얼거렸다.

"여러 차례 도약을 하면서 매번 검토하게 해야겠군."

그는 다시 페롤랫을 돌아보았다.

"진심으로 물어보겠어요. 교수님, 심리역사학에 대해서 알고 있는 게 있나요?"

페롤랫이 주춤거렸다.

"전혀 몰라. 역사학자와 심리역사학자는 관심 분야가 전혀 다르거든. 물론 두 개의 기본 법칙은 알고 있지. 하지만 그걸 모르는 사람은 아무도 없을 거야."

"그건 저도 알아요. 제1 필요조건, 통계 방법이 적절한 것이 되도록 충분히 많은 인구를 대상으로 삼을 것. 그런데 어느 정도가 '충분히 많은 인구'지요?"

"최근의 추측에 의하면 은하계 인구가 1000조 정도 된다더군. 아마 실제로는 더 많을 거야. 그 정도면 충분히 많은 숫자겠지."

"어떻게 알지요?"

"심리역사학이 계속 관철되고 있기 때문이지. 자네가 아무리 의심하더라도 그건 분명하다네."

"제2 필요조건, 인간들이 심리역사학을 인식하지 못하게 함으로써 행동 양태를 바꾸지 못하도록 할 것. 하지만 제2파운데이션 사람들은 심리역사학을 알고 있지요."

"그들도 조금밖에 몰라. 그 정도는 괜찮아. 제2 필요조건은 사람들이 심리역사학의 예언 내용을 몰라야 한다는 거야. 실제로 사람들은 예언 내용을 몰라. 하지만 제2파운데이션 사람들은 특별히 그 내용을 알고 있을 거야. 하지만 그들은 예외니까……."

"그래서 그 두 가지 필요조건에 근거해서 심리역사학이 발전되어 왔다? 진짜 믿기 어렵군요."

"필요조건 두 개에만 근거하고 있는 건 아니야. 고등수학과 정교한 통계 방법도 사용되고 있지. 전설에 의하면 해리 셀던은 기체분자 역학 이론을 모델로 해서 심리역사학을 정립했다더군. 기체 내부의 원자와 분자가 제각기 따로 움직이기 때문에 각각의 위치와 속도를 파악할 수는 없지만 통계학을 이용하면 기체 전체의 변화를 통제하는 법칙들이 아주 정확하게 파악된다는 거야. 여기에 착안해서 셀던은 비록 인간 개개인의 변화에는 적용할 수 없지만 인류 사회 전체에는 적용할 수 있는 은하 사회의 발전 법칙을 발견하려 했던 거야."

"그럴 수도 있겠지요. 하지만 인간은 원자가 아니에요."

"맞아. 인간에게는 의식과 자유의지가 있어서 각각의 행위가 아주 복잡하게 전개되지. 셀던이 그 부분을 어떻게 처리했는지는 모르겠어. 설사 누군가 설명해 준다 해도 나로선 전혀 이해할 수 없을 거야. 그래도 셀던이 그 일을 해냈다는 건 확실해."

"그래서 내용도 모르는 무수한 사람들이 그걸 어떻게 취급했는가에 모든 일이 달려 있게 됐다……, 교수님에겐 그게 수학 방정식만 무수하게 쌓아 놓은 모래성으로 비치지는 않나요? 필요조건이 조금이라도 충족되지 않으면 모든 게 붕괴해 버리는 모래성 말입니다."

"하지만 지금까지 셀던 프로젝트가 붕괴하지 않고 있으니……."

"필요조건이 충족된다 하더라도 생각보다 내용이 빈약해서 심리역사학이 수백 년 동안 정확하게 관철되다가 어떤 중대한 위기를 만나 붕괴될 수도 있지요. 뮬이 공격하던 당시에 일시적으로 일어난 현상처럼 말이에요. 아니면 제3 필요조건이 있든지……."

"무슨 조건 말인가?"

페롤랫이 살짝 얼굴을 찌푸리며 반문했다.

"저도 모르겠어요. 아무리 논리정연한 이론이라도 가정(假定)이 전제될 수밖에 없을 테니까요. 어쩌면 제3 필요조건은 '모든 사람이 가정을 아주 당연하게 받아들여서 전혀 문제 삼지 않을 것'일지도 모르죠."

"가정이 아주 당연하게 받아들여지는 것은 그만큼 타당하기 때문이야. 그렇지 않으면 당연하게 받아들여지지도 않지."

트레비스가 콧방귀를 뀌었다.

"교수님이 전설사를 알고 있는 만큼 과학사를 아셨다면 스스로의 주장이 얼마나 잘못됐는지 알게 될 겁니다. 아, 벌써 금지된 행성의 태양 근처에 왔군요."

스크린 중앙에 아주 밝은 별이 있었다. 그 별은 너무나 밝았기 때문에 스크린이 자동적으로 빛을 일부 차단시켜 다른 모든 별들이 전혀 보이지 않게 할 정도였다.

2

파스타호 내부에 있는 목욕 시설과 화장실 시설은 아주 좁았다. 게다가 재생장치에 과부하가 걸리지 않도록 물 사용량은 항상 최소한으로 한정되어야 했다. 트레비스는 페롤랫과 블리스가 그 규칙을 어길 때마다 심한 잔소리를 했다.

그럼에도 불구하고 블리스는 항상 신선한 분위기를 연출하기 위해 노력하고 있었다. 긴 검은 머리에는 늘 윤기가 흘렀으며 손톱에는 광택이 반짝였다.

그녀가 조종실로 들어오면서 말했다.

"여기 있었군요."

트레비스가 쳐다보면서 말했다.

"당연하죠. 우리야 우주선을 빠져나갈 수 없으니까 당신이 초능력을 동원하지 않아도 30초만 선내를 둘러보면 눈에 띄게 되어 있지요."

"내가 한 말은 인사말에 불과해요. 다른 뜻이 없다는 걸 잘 알잖아요. 여기가 어디죠? 설마 '조종실'이라고 대답하는 건 아니겠죠?"

페롤랫이 한 팔을 내밀면서 말했다.

"오! 블리스. 이곳은 세 군데 중 가장 가까운 금지된 행성이 있는 행성계 외곽 지역이야."

그녀는 페롤랫의 어깨 위에 손을 살짝 얹자 페롤랫은 한 팔로 그녀의 허리를 감쌌다.

"별로 금지된 지역 같지는 않군요. 우릴 제지하는 것도 없잖아요?"

트레비스가 대답했다.

"이곳이 금지된 지역이 된 이유는 콤포렐론을 위시해 두 번째로 파견된 정착민 행성들이 임의로 그런 협약을 맺었기 때문이죠. 우리는 그런 협약에 따를 필요가 없으니 문제될 게 없지요."

"만약 우주인들이 생존해 있다면 이들도 임의적으로 정착민 행성들을 금지 구역으로 설정했을 거예요. 따라서 우리가 정착민 협약에 따르지 않는다면 우주인들이 우리 행동을 묵과하지 않을 거예요."

"그들이 생존해 있다면 그럴 테죠. 하지만 우리는 아직 그들의 행성이 있는지조차 파악하지 못했어요. 지금 우리 눈에 띄는 것은 평범한 가스 행성들에 불과해요. 최소한 저 두 개는……, 규모도 작고……."

페롤랫이 재빨리 반박했다.

"그렇다고 해서 우주인 행성이 없다고 단정할 수 없어. 생존 가능한 행성이라면 태양과 가까이 있을 뿐더러 크기도 훨씬 작을 텐데, 이렇게 먼 거리에서 그런 걸 정확히 확인한다는 건 불가능해. 자세히 검사하려면 단거리 도약을 해서 가까이 가야 할 거야."

페롤랫은 숙련된 우주 탐험가처럼 말하고는 자못 만족스러운 표정을 지었다. 블리스가 말했다.

"그렇다면 가까이 가 보죠."

"아직은 안 돼요. 가능한 한 철저하게 인공 시설이 없나 확인하고 있는 중이에요. 매순간 확인하면서 조금씩 다가갈 겁니다. 처음 가이아에 접근할 때처럼 함정에 빠지고 싶진 않아요. 기억나세요, 교수님?"

"그런 함정이라면 매일 빠진다 해도 괜찮네. 그것 때문에 블리스를 만날 수 있었으니까 말이야."

페롤랫이 사랑스러운 눈으로 블리스를 쳐다보며 말했다.

트레비스가 싱긋 웃으며 말했다.

"블리스 같은 여자를 하루에 한 명씩 매일 얻고 싶은가 보죠?"

페롤랫은 기분이 상한 것 같았다. 블리스도 불쾌한 표정으로 말했다.

"당신이 펠과 좋은 친구인지 아닌지는 모르겠네요. 어쨌든 더 빨리 다가가도 될 거예요. 내가 함께 있으니까 함정에 빠지진 않을 거예요."

"가이아의 능력으로?"

"의식을 가진 물체가 있는지 검사하는 거죠."

"과연 당신에게 그만한 능력이 있을까요, 블리스? 가이아 본체와 일체감을 유지하는 데 많은 에너지가 소모되기 때문에 숙면을 취해야 회복된다고 들었는데요. 이렇게 멀리 떨어져서 그만큼 축소된 능력을 어떻게 내가 믿을 수 있겠어요?"

블리스가 얼굴을 붉히며 대답했다.

"접속 에너지는 충분해요."

"마음 상해할 필요는 없어요. 그냥 물어본 것에 불과하니까요. 당신은 그게 가이아로 존재하기 때문에 생기는 단점이라고 생각해 보지는 않았어요? 나는 가이아가 아닌 완벽한 독립 개체죠. 따라서 내가 원하기만 하면 나는 나의 행성과 민족을 떠나 아무리 먼 곳이라도 골란 트레비스로서 여행할 수 있어요. 당신이 보시다시피 내가 어디를 가든지 내 능력은 변함없이 그대로 존재합니다. 설사 다른 사람들과 수 파섹이나 떨어진 우주 공간에 혼자 동떨어져서 통신이 완전히 두절된 상태로 살아야 한다 하더라도, 설사 하늘에 떠 있는 별빛조차 보지 못할지라도 나는 골란 트레비스로 존재하며 살아갈 거예요. 금방 죽을 수밖에 없다 하더라도 나는 골란 트레비스로서 죽을 거란 말입니다."

블리스가 반박했다.

"다른 사람들과 떨어져 우주에 혼자 있게 되면 그 사람들이 가지고 있는 재능이나 지식을 활용할 수 없게 될 거예요. 고립된 개체로서 혼자 동떨어져 존재하는 당신은 전체 사회의 일부로 존재할 때에 비해 능력이 현저하게 약화될 수밖에 없지요. 그건 당신도 잘 알고 있겠죠?"

"하지만 절대로 당신만큼 능력이 축소되지는 않을 겁니다. 당신과 가이아 사이에는 나와 우리 사회에 비해 훨씬 강력한 유대감이 형성되어 있기 때문에, 초공간을 사이에 두고 많은 에너지를 소모해야만 유대감을 유지할 수 있지요. 따라서 당신은 정신적으로 굉장한 피로를 겪게 되며, 그만큼 능력이 저하된 자신을 감수해야 하겠지요."

그 순간 블리스의 앳된 얼굴이 굳어지면서 더 이상 어려 보이지 않았다. 마치 트레비스의 주장을 반박하기 위해서인 양 나이를 구분할 수 없는 얼굴, 즉 블리스가 아닌 가이아가 강조되어 나타났다.

"골란 트레비스, 설사 당신 말이 옳다 해도 당신은 이익이 생긴 만큼 그 대가도 감수해야 한다고 생각지 않습니까? 물고기 같은 냉혈동물로 살아가는 것보다는 당신 같은 온혈동물로 살아가는 게 좋지 않은가요?"

페롤랫이 거들었다.

"거북이도 냉혈동물이지. 터미너스에는 없지만 다른 행성에는 있더군. 거북이는 등에 껍질이 달린 동물인데 아주 느리게 기어다니지만 생명은 아주 길어."

"좋아요, 그렇다면 체온이야 어떻든 거북이보다 빨리 움직이는 사람으로 사는 게 바람직하지 않아요? 힘차게 활동하면서 집중적이고도 지속적으로 사고하는 게 느릿느릿 기어다니면서 주변의 사물을 느릿느릿 애매하게 파악하는 것보다 낫지 않습니까? 그렇지요?"

블리스의 말에 트레비스가 되물었다.

"당연히 그렇겠죠. 그런데 그게 어쨌다는 거죠?"

"아니, 온혈동물로 존재하기 위해 손해를 감수해야 한다는 사실을 아직도 모르겠어요? 주변 환경보다 높은 체온을 유지하기 위해서 당신은 거북이에 비해 훨씬 많은 에너지를 소모해야 해요. 따라서 에너지를 재충전하기 위해서 당신은 끊임없이 음식물을 섭취해야만 하지요. 당신은 거북이보다 훨씬 빨리 굶주림을 느낄 것이며 훨씬 빨리 죽을 거예요. 그렇다고 거북이처럼 아주 느릿느릿 움직이면서 장수하고 싶으세요? 아니면 여러 가지 대가를 치러야 하지만 빨리 움직이고 빨리 인지하고 정확하게 사고하는 유기체로 살고 싶으세요?"

"그게 비슷한 비유라고 생각해요, 블리스?"

"아니요, 트레비스. 가이아로 하나가 되면 훨씬 더 좋으니까요. 우리가 함께 있는 경우 우리는 상당량의 에너지를 소모할 필요가 없어요. 가이아의 일부는 가이아 본체와 초공간 거리를 두고 있을 경우에만 에너지 소비량이 증가합니다. 하지만 당신이 선택한 것은 거대한 가이아 하나, 거대한 개체 행성 하나가 아니라는 사실을 명심하세요. 당신이 선택한 것은 방대한 행성 간 결합체인 갤럭시아입니다. 갤럭시아가 형성되면 은하계 어디를 가든지 당신은 갤럭시아의 일부로서 행성 간 원자부터 중앙 블랙홀에 이르는 모든 갤럭시아 일부에 밀접하게 둘러싸이게 되겠지요. 그러면 많은 에너지가 소모되는 일은 없을 거예요. 어떤 부분이든지 다른 부분과 멀리 떨어지는 경우가 절대 없을 테니까요. 당신이 선택한 건 그거예요, 트레비스. 설마 자신의 선택이 적절했는지에 대해 회의하는 건 아니겠죠?"

트레비스는 바닥을 보며 곰곰이 생각한 후 고개를 들면서 대답했다.

"선택은 적절했던 것 같지만 나에겐 확신이 필요해요. 내가 내리는 결정은 인류 역사상 가장 중요한 것이기 때문에 좋다는 판단 정도로는 불충분하죠. 내게는 그게 좋을 수밖에 없다는 확신이 필요하단 말입니다."

"내가 말해 준 것 이외에 무엇이 더 알고 싶으세요?"

"나도 잘 모르겠어요. 하지만 지구에서라면 찾을 수 있을 겁니다."

트레비스가 확신에 가득 찬 목소리로 대답했다.

페롤랫이 소리쳤다.

"트레비스, 별이 둥글게 보이는군!"

사실이었다. 열띤 토론과 상관없이 자신의 할 일만 열심히 하던 컴퓨터는 천천히 그 별에 접근해 마침내 트레비스가 설정해 준 지점에 도달했다. 그곳은 행성이 정면으로 보이는 외곽 지대였다. 컴퓨터는 화면을 세 부분으로 나누어 각각 조그만 내행성을 비추어주었다.

물이 얼지 않는 표면 온도에 산소층 대기권이 있는 행성은 가장 안쪽에 있었다. 트레비스는 그 행성의 궤도가 계산될 때까지 기다렸다. 결과를 보니 처음에 대충 계산했던 것이 맞는 것 같아서 컴퓨터로 하여금 계속 작업하도록 지시했다. 행성이 운동하는 형태를 오래 연구하면 할수록 궤도 내에 있는 여러 성분에 대해 더 정확하게 이해할 수 있기 때문이었다.

트레비스가 아주 조용한 목소리로 말했다.

"이제 생물이 생존 가능한 행성을 찾았군요. 가능성이 높아요."

"아!"

페롤랫은 근엄한 얼굴에 어울리지 않게 감탄을 연발했다.

"하지만 거대한 위성이 없는 것 같군요. 사실 지금까지 어떠한 위성도 발견되지 않았어요. 그러니 저건 지구가 아닙니다. 최소한 전설에 의하면 말입니다."

"걱정하지 말게, 트레비스. 저 가스 행성들에 거대한 고리가 없다는 것을 확인하자마자 지구가 여기 없을 거라고 이미 나는 생각했었네."

"그랬다니 다행이군요. 앞으로 해야 할 일은 저 안에 살고 있는 생물체의 특성을 밝혀내는 일이에요. 산소층 대기권이 있으니 저곳에 식물이 살고 있다는 사실은 틀림없어요, 하지만……"

블리스가 끼어들었다.

"동물들도 살고 있어요. 숫자도 아주 많아요."

트레비스가 고개를 돌리며 되물었다.

"뭐라고요?"

"느낌으로 알 수 있어요. 아직 거리가 멀기 때문에 자세히는 모르지만 저 행성에는 틀림없이 생물이 살고 있어요!"

3

파스타호는 한 바퀴 도는 데 엿새나 걸릴 정도로 충분한 거리를 유지하면서 금지된 행성 궤도의 외곽을 돌고 있었다. 트레비스는 궤도에 진입하고자 서두르지 않았다. 트레비스가 그 이유를 설명했다.

"저 행성에 동물체가 있다니 데니아도 교수에 의하면 맨 처음 우주 개발을 시작한 우주인들이 살았던 행성일지도 몰라요. 게다가 고도의 기술을 가지고 있었으니 어쩌면 아직도 고도의 과학기술을 유지하며 살고 있을 수도 있지요. 만약 그렇다면 자신들 뒤를 이어 두 번째로 파견된 우리 같은 정착민을 환영하지 않을 겁니다. 저들이 먼저 모습을 나타내면 좋겠군요. 그러면 저들에 대해 약간이나마 파악한 후에 착륙 여부를 결정할 수 있을 텐데……."

"저 사람들이 우리가 여기 있다는 걸 모를 수도 있잖은가?"

"입장을 바꿔 생각해 보세요. 우리라면 알았을걸요. 저곳에 사람이 산다면 우리와 접촉하려고 시도할 가능성이 많습니다. 어쩌면 여기까지 나와서 우리를 잡으려고 할 수도 있습니다."

"그렇다면 이곳까지 따라 나와서 우수한 기술력을 과시할지도 모르잖아. 그땐 도망치려고 해도 소용없겠지?"

트레비스가 반론을 폈다.

"저는 그렇게 생각하지 않아요. 기술적으로 우월하다고 해서 모든 영역에 걸쳐 그런 건 아니니까요. 물론 여러 분야에서 저들이 우리를 훨씬 능가할 수도 있겠지요. 하지만 분명 우주 여행 분야는 별로 연구하지 않았을 겁니다. 은하계를 개발한 쪽도 우리지 저들이 아니니까요. 게다가 제국 역사 전반에 걸쳐 저들이 자기네 행성을 떠나 우주 여행을 하는 장면을 본 정착민이 한 명도 없잖아요. 만약 저들이 계속 우주 여행을 하지 않았다면 우주 공학에 관한 한 우리를 앞지를 수 있겠어요? 제 가정이 맞다면 저들에게 중력 우주선 같은 건 없을 겁니다. 비록 우리 우주선에 무기는 없지만, 저들이 전투선을 앞세우고 우리를 추적한다 해도 우리를 잡을 수는 없을 테니 걱정할 필요는 없어요."

"저들은 초능력이 대단할지도 몰라. 혹 뮬이 우주인은 아니었을까?"

트레비스는 아주 짜증스럽다는 표정으로 어깨를 으쓱하며 반박했다.

"모든 가능성을 뮬과 연관 지을 수는 없어요. 가이아에선 그를 비정상적인 가이아인이라고 주장하고 있어요. 은하계 사람들은 아무런 근거 없이 그가 돌연변이체라고 생각하고 있고요."

"그건 그래. 물론 일반적으로 받아들여지진 않지만 일각에선 그를 인조인간이라고 추측하기도 하지. 로봇이라고 말이야."

"초능력자가 나타나는 기미가 보이면 블리스가 나서야 할 겁니다. 그 정도는 가능할 거예요. 그런데 블리스는 지금 자고 있어요?"

"계속 자고 있다가 내가 나올 때쯤 뒤척거리더군."

"뒤척거렸다고요? 하여튼 무슨 일이 벌어지기 시작하면 즉시 그녀를 깨워야 할 겁니다. 그 일은 교수님이 책임지세요."

"알았네, 트레비스."

트레비스가 컴퓨터로 눈을 돌리면서 말했다.

"한 가지 걱정되는 건 저기에 있는 입국 정거장이에요. 일반적으로 입국 정거장이 있다는 것은 그 행성에 고도의 과학기술을 가진 사람들이 살고 있다는 것을 의미하지요. 하지만 저것은……."

"뭐가 잘못된 게 있나, 트레비스?"

"몇 가지 있어요. 첫째, 저것은 굉장히 낡았다는 겁니다. 수천 년은 족히 된 것 같아요. 둘째, 열 방사선이 없다는 점이에요."

"그게 무언데?"

"열 방사선은 주변 환경보다 더 열을 내는 물체가 발산하는 물질이지요. 모든 물체는 열을 발산하는데, 온도에 따라 열을 발산하는 정도가 제각기 다르기 때문에 어떤 물체인가를 확인할 수 있게 해 주는 좋은 자료가 됩니다. 저게 입국 정거장에서 발산하는 방사선이에요. 만약 인조인간이 정거장에 탑승해 있다면 무열 무방향 방사선이 흘러나올 겁니다. 하지만 그런 것도 없고 열만 흘러나오니, 저 정거장은 텅 빈 채로 지난 수천 년 동안 아무도 없었거나 아니면 사람이 있되 기술이 대단히 발달되어 방사선을 전혀 발산하지 않거나 둘 중 하나일 겁니다."

"저 행성에 사는 사람들이 고급 기술을 누리고 살면서도 입국 정거장은 비워 두었을지도 모르는 일이네. 정착민들이 아주 오랫동안 저곳을 금지 구역으로 삼았기 때문에, 입국 희망자가 전혀 없을 것으로 판단하고 말이야."

"그럴지도 모르지요. 아니면 미끼거나……."

그때 트레비스는 블리스가 들어오는 모습을 보고는 짓궂게 말했다.

"우린 여기 있어요."

"그런 것 같군요. 게다가 아직 궤도 밖이고요. 그 정도는 알죠."

블리스도 만만찮게 응수하자 페롤랫이 서둘러 설명해 주었다.

"트레비스는 만전을 기하고 있는 거야, 블리스. 입국 정거장이 텅 빈 것 같은데 왜 그런지 몰라서 말이야."

블리스가 무관심하게 말했다.

"그런 건 걱정할 필요 없어요. 우리가 돌고 있는 저 행성에는 지적 생물체가 전혀 확인되지 않으니까요."

트레비스가 놀란 표정으로 블리스를 쳐다보며 물었다.

"도대체 무슨 말을 하는 거요? 당신은 전에……."

"저 행성에 동물체가 있다고 했지요. 그건 사실이에요. 하지만 생물체가 꼭 인간을 의미해야 하는 건 아니잖아요."

"처음 생물을 확인했을 때 그 얘기를 안 한 이유가 뭐죠?"

"거리가 너무 멀어서 자세히는 몰랐죠. 동물의 신경 조직이 움직이는 건 확실히 알겠는데, 그게 나비인지 인간인지는 분간하지 못한 거죠."

"그런데 지금은 어떻게?"

"훨씬 가까워졌기 때문이에요. 당신은 내가 자고 있다고 생각했겠지만 잠은 조금밖에 안 잤어요. 표현이 적절할지는 모르겠지만 나는 최선을 다해서 지적 생물체 수준에 다다를 정도로 복잡한 정신 활동을 보이는 것이 있나 확인하려고 열심히 귀를 기울이고 있었지요."

"그런데도 아무것도 느껴지지 않는단 말입니까?"

블리스가 갑자기 조심스레 대답했다.

"이 정도 거리에서 아무것도 느끼지 못했다면 지적 생물체가 있다 하더라도 수천 명도 안 될 거예요. 좀 더 가까이 가면 훨씬 더 정확하게 파악할 수 있어요."

"그러면 계획을 바꿀 수밖에 없겠군요."

트레비스가 혼란스러운 표정을 짓자 블리스는 졸음이 역력한 표정에 짜증 섞인 목소리로 말했다.

"이제 방사선을 분석하거나 연역하고 추론하는 쓸데없는 일은 안 해도 돼요. 가이아의 감각이 훨씬 더 효율적으로 확실하게 알아냈으니까요. 아마 이젠 고립자로 존재하기보다 가이아로서 하나가 되는 게 더 낫다는 말을 이해할 수 있게 될 거예요."

트레비스는 아무 말도 하지 않고 분노를 억누르려고 애썼다. 마침내 그는 아무렇지 않다는 듯 점잖은 목소리로 입을 열었다.

"정보를 알려 주어서 고맙군요. 감각이 뛰어나다면 편리한 일이야 무척 많겠지만, 그렇다 하더라도 인간성을 포기하고 사냥개가 되고 싶지는 않습니다."

4

구름층 밑으로 하강해 대기권으로 진입하자 비로소 금지된 행성을 관찰할 수 있게 되었다. 여기저기 좀먹은 듯한 괴상한 광경이 펼쳐졌다.

예상대로 극 지역은 얼음에 둘러싸여 있었으나 넓은 지역은 아니었다. 산악 지역 역시 간간이 빙하가 눈에 띄는 황무지로서 넓은 지역은 아니었다. 조그만 사막 지대가 여기저기 흩어져 있었다.

그러한 것을 빼놓으면 이곳에는 잠재적 아름다움이 있었다. 아주 드넓게 펼쳐져 있는 대륙에는 기다란 강이 굽이치며 흘러 기름진 옥토를 형성하고 있었고, 열대 수림과 온대 수림이 우거졌으며 그 주변에는 초원이 펼쳐져 있었다. 하지만 좀먹은 듯한 모습이 뚜렷하게 나타났고 수풀이 우거진 밀림 지대 여기저기에 그러한 황폐한 지역이 흩어져 있었으며 초원 여기저기에도 풀들이 말라비틀어진 황폐한 곳이 눈에 띄었다.

"무슨 병이 돌아서 저럴까?"

페롤랫이 안타깝다는 투로 말했다.

"아녜요. 그보다 더 나쁜 일이 장기적으로 진행되어서 그럴 거예요."

블리스가 천천히 말했다.

"많은 행성을 보았지만 이런 곳은 처음이군요."

트레비스가 중얼거리자 블리스가 말을 받았다.

"난 다른 행성들은 별로 보지 못했어요. 하지만 가이아의 기억력을 참고해 보니 인류가 사라진 행성에서 저런 현상이 일어나는 것 같아요."

"그 이유가 뭘까요?"

트레비스의 질문에 블리스가 날카로운 어조로 대답했다.

"생각해 보세요. 생태학적 균형이 완벽하게 이루어져 있는 유인 행성은 한 군데도 없어요. 아마 지구에만 생태학적 균형이 이루어져 있었겠죠. 그곳에서 인류가 진화했다고 하니까, 그 전에는 아주 오랜 기간 동안 인류를 비롯해서 고급 문명을 발전시켜 주변 환경을 개발할 수 있는 어떤 지적 생물체도 존재하지 않았던 것이 틀림없어요. 그것은 계속 변화하면서 자연적으로 생태계 균형이 이루어졌음을 의미해요. 그러나 다른 유인 행성들은 인간들이 동식물체를 번식시키는 등 인위적으로 주변 환경을 조심스레 가꾸면서 지구처럼 만들어 온 것이지요. 하지만 인간들이 인위적으로 조성한 생태계는 그 자체로 불균형을 이룰 수밖에 없어요. 인간들에게 필요한 생명체들만 퍼뜨렸을 테니까 그 종류가 극히 한정될 수밖에 없었겠죠."

페롤랫이 갑자기 끼어들었다.

"당신 말을 들으니 생각나는 게 있군! 말을 가로막아서 미안해, 블리스. 하지만 당신의 말과 너무 적절하게 맞아떨어지는 이야기니까 잊기 전에 지금 당장 얘기해야겠어. 언젠가 우연히 고대 창조 신화를 본 적이 있어. 거기에는 어떤 행성에서 생명체들이 창조되었는데, 인간에게 유용하고 기쁨을 주는 종류로만 한정되었다는 이야기가 쓰여 있었지. 그러다가 최초의 인간들이 뭔가 바보 같은 일을 저질러서 그 행성의 대지에 저주가 내리게 됐다네. 그게 어떤 일인지는 신경 쓸 필요가 없어. 고대 신화들은 상징적으로 쓰여 있는 게 일반적이기 때문에, 표현 그대로 이해하면 혼란만 가중될 뿐이니까 말이야. 저주 내용은 '가시와 엉겅퀴가 그대에게 영원하리라'라는 식으로 쓰여 있었지. 이 저주가 쓰여 있는 고대 은하어 그대로 소리 내서 읽으면 운율이 기막히다네. 어쨌든 내 말은 그 구절이 과연 진짜 저주를 담은 말인가 하는 거야. 가시와 엉겅퀴같이 인간에게 필요도 없고 환영받지도 못하는 생명체도 생태계 균형을 이루기 위해 필요할 수 있는데 말이야."

블리스가 웃으며 말했다.

"얘기를 들을 때마다 신화를 기억해 내서 그 의미를 아주 적절하게 부각시키다니 진짜 놀라워요, 펠! 인간들은 가시와 엉겅퀴 같은 것들은 모두 배제한 채 행성을 지구처럼 가꾸고 나서 생태계 균형을 유지하려고 중노동을 하죠. 가이아 같은 자립적 유기체가 아니기 때문이죠. 고립자들이 잡다하게 모인 집합체라고 하는 게 적절하겠죠. 하지만 그런 행성에는 고립자의 종류가 충분히 다양하게 집합해 있는 게 아니기 때문에 생태계의 균형이 영원히 지속될 수는 없어요. 만약 인간들이 사라져서 그것을 가꾸는 집단이 없어진다면 그 행성에 형성되었던 생태계는 파괴되기 시작하겠죠. 행성이 스스로 탈지구화 과정을 걷는 거예요."

트레비스가 고개를 갸우뚱거리며 말했다.

"설사 그렇게 된다 하더라도 빠른 속도로 진행되진 않아요. 이곳만 하더라도 2만 년 동안 인간 없이 방치되었을 텐데 아직 생태계가 무리 없이 유지되고 있잖아요."

"물론이에요. 그건 애초에 생태계 균형이 얼마나 잘 잡혀 있었는가에 달려 있으니까요. 처음 개발할 때 생태계 균형을 잘 잡아 놓았다면 인간이 사라진 이후에도 오랫동안 유지될 거예요. 그리고 2만 년이라고 해 봤자 인간의 관점에서 보면 아주 오랜 세월이지만 행성의 수명과 비교하면 하룻밤에 불과해요."

페롤랫이 주변 경관을 열심히 쳐다보면서 말했다.

"만약 이 행성에서 생태계가 파괴되고 있는 게 분명하다면 인간들이 사라진 게 확실하겠군."

"아직까지 인간 수준의 정신 활동은 발견하지 못했으니 이곳에 인간이 없다고 가정해도 될 것 같아요. 하지만 조류와 포유류 수준에 해당하는 낮은 의식이 윙윙거리며 계속 활동하고 있군요. 그렇다고 탈지구화 과정 자체가 인간이 없다는 증거가 될 수는 없죠. 어떤 행성에 형성되어 있는 인간 사회 전체가 비정상적으로 환경 보존의 필요성을 무시하고 있다면, 인간이 있다 하더라도 생태계는 파괴될 테니까요."

페롤랫이 말을 받았다.

"물론 그런 행성이 있다면 생태계가 빠른 속도로 파괴되겠지. 하지만 인간들이 자신들의 생명을 유지시켜 주는 기본 요소를 보존하는 게 얼마나 중요한지 모르고 있다는 것은 말도 안 돼."

블리스가 반론을 전개했다.

"나는 당신처럼 인간의 이성에 대해 낙천적으로 생각하고 있지 않아요, 펠. 나는 한 행성이 고립자들로만 이루어졌을 경우에 지역적 이기주의와 개인적 이기주의가 팽배해져서 행성 전체의 이익을 무시할 가능성이 아주 높다고 생각해요."

트레비스가 반박했다.

"그럴 가능성이 없다는 교수님의 견해에 동감합니다. 사실 유인 행성이 수백만 개에 달하지만 그 가운데 탈지구화 형태로 생태계가 파괴된 곳이 한 군데도 없잖아요. 고립자 행성에 대한 당신의 우려 자체가 너무 극단적인 것 같군요, 블리스."

우주선은 햇빛이 비치는 부분에서 어둠이 깔린 부분으로 이동하고 있었다. 황혼 빛이 급속하게 잦아들더니 갑자기 짙은 어둠이 시작되자 밤하늘에는 별빛만 반짝였다.

우주선은 대기권 압력과 중력강도를 정확하게 측정할 수 있을 정도의 고도를 유지하며 비행했다. 그 행성은 최근까지 조산운동이 일어나지 않은 단계에 있었기 때문에 높이 솟아난 단층지괴가 없어서 우주선이 충돌할 염려는 없었다. 하지만 컴퓨터는 여전히 단파감응기로 전파를 발사하며 전방을 파악해 나갔다.

트레비스는 부드럽게 깔린 어둠을 응시하면서 생각에 잠긴 듯한 목소리로 말했다.

"어두운 지역에 불빛이 전혀 없으니, 그 자체가 이곳이 무인 행성이라는 좋은 증거인 것 같군. 어둠 속에 파묻힌 문명 사회는 없을 테니까 말이야. 밝은 지역에 도달하는 즉시 착륙해야겠어요."

"그럴 필요가 있겠어? 착륙해 봤자 아무것도 없을 텐데 말이야."

페롤랫이 말했다.

"누가 아무것도 없다고 그랬어요?"

"블리스도 그랬고 자네도 그랬잖아."

"아니에요, 교수님. 전 과학적인 근거에서 방사선이 검출되지 않는다고 했고 블리스는 인간의 정신 활동을 발견하지 못했다고 했지요. 그러나 그 말이 저곳에 아무것도 없다는 뜻은 아니지요. 저 행성에 인간들이 살지 않는다 하더라도 일련의 유물들은 남아 있을 겁니다. 제가 필요한 건 정보니까 문명의 잔존물을 조사하면 도움이 될지도 몰라요."

"2만 년이나, 2만 년이나 지났는데 도대체 무엇이 남아 있겠나? 필름도 서류도 인쇄물도 하나 없을 거야. 금속은 녹슬고 목재는 썩고 플라스틱은 부서져 가루가 되었을 거야. 석재조차 부식되어 흙이 되었겠지."

페롤랫이 목청을 높여서 말했다.

"2만 년이 안 됐을지도 몰라요. 콤포렐론 전설에서 말하길 그 당시에 이 행성이 번영했다고 하니, 인간이 사라졌을 최대 수치로 2만 년을 제시했을 뿐이지요. 인간들이 사멸했는지 도피했는지 모르겠지만 결국 마지막으로 자취를 감춘 것은 1000년밖에 안 될 수도 있어요."

밤이 끝나는 지역을 지나자 새벽이 시작되면서 거의 동시에 햇빛이 밝게 비치기 시작했다. 파스타호는 천천히 하강하다가 지표면이 자세히 보이는 위치에서 멈추었다. 대륙을 가로지르며 흐르는 강 여기저기에 흩어져 있는 조그만 섬들이 명확하게 보였다. 대부분이 식물에 뒤덮여 초록색으로 보였다. 트레비스가 말했다.

"생태계 파괴가 심한 지역을 집중적으로 조사해야 할 겁니다. 인간들이 많이 모여 살았던 곳일수록 생태계 균형이 많이 파괴되었을 테니까 말이에요. 그런 지역부터 탈지구화 과정이 시작되었겠죠. 당신 생각은 어때요, 블리스?"

"그럴 가능성이 높아요. 하여튼 구체적으로 확인하려면 가까운 곳부터 살펴봐야 하겠죠. 초원 지대와 밀림 지대는 인간이 거주한 흔적을 덮어 버렸으니까 그런 곳은 살펴봤자 시간낭비에 불과하겠죠."

페롤랫이 말했다.

"갑자기 머릿속에 떠오르는 게 있어. 이 행성이 스스로 생태계 균형을 되찾으면서 새로운 종이 진화하게 되어서, 파괴가 심한 지역을 새로운 형태로 변화시키지는 않았을까?"

"그럴 수도 있겠죠, 펠. 하지만 그것은 애초에 이곳에 얼마만큼 생태계가 파괴되어 있었느냐에 따라 다를 거예요. 행성이 스스로 정화하면서 진화한다? 발전해 새로운 생태계 균형을 이루는 데는 2만 년으로 부족하거든요. 아마 수백만 년이 걸릴 거예요."

파스타호는 더 이상 공중을 선회하지 않고 히스와 바늘금작화가 곳곳에 피어 있고 이따금 나무덤불이 있는 500킬로미터에 달하는 지역을 천천히 가로질러 나갔다.

"저게 뭐지?"

트레비스가 갑자기 손가락을 들어 하늘을 가리키며 물었다. 우주선은 진행을 멈추고 공중에 머물렀다. 중력 엔진이 공중에서 계속적으로 웡 소리를 조그맣게 내며 행성의 중력장을 거의 중화시켰다.

트레비스가 가리킨 곳에는 특별한 게 없었다. 흙무더기와 말라비틀어진 풀들만 보였다.

"특별한 게 없는 것 같은데?"

페롤랫이 대답했다.

"저기 지저분한 쪽으로 직선이 그려져 있지요? 평행선 말이에요. 그리고 직각으로 연결된 희미한 선들이 보이지요? 설마 저게 자연적으로 그려진 것이라고 하지는 않으시겠죠. 저건 사람이 그린 거예요. 토대와 벽을 구획한 것이지요. 아직까지 선명한 저 모습은 마치 옛날의 영광을 과시하는 것 같군요."

"그렇더라도 저건 폐허에 불과해. 고고학적 탐사를 하려면 계속 파봐야 할 텐데 전문가들도 적절하게 파악하는 데 수년이 걸릴……."

"저도 알아요. 하지만 그렇게 많은 시간을 들여서 조사할 필요는 없어요. 저건 아마 고대 도시의 흔적일 겁니다. 아직 허물어지지 않은 건물이 있을지 모르죠. 저 선들이 끝나는 곳에 뭐가 있나 한번 보죠."

계속 따라가니 나무들이 무성하게 자라난 곳에 부분적으로 허물어진 벽이 서 있는 것이 보였다. 트레비스가 말했다.

"출발치곤 좋은 편이군. 자, 이제 착륙합시다."

9장

개들의 습격

1

파스타호는 전원적인 분위기가 풍기는 평평한 대지 위로 조그맣게 솟아 있는 언덕 밑에 안착했다. 트레비스는 본능적으로 사방 수 킬로미터 거리에서 우주선이 눈에 띄지 않도록 해야 한다고 생각했다.

"바깥 기온은 섭씨 24도, 바람은 서풍으로 시속 약11킬로, 부분적으로 구름이 끼었음……. 컴퓨터가 대기 순환 전체에 대해 충분히 파악하지 못했기 때문에 기상 일기까지 예보하지는 못하는군요. 하지만 습도가 40퍼센트 정도밖에 안 되니 비가 올 가능성은 별로 없어요. 대체적으로 적절한 계절과 위도를 선택한 것 같아요. 콤포렐론 날씨에 비하면 여긴 낙원이죠."

페롤랫이 말을 받았다.

"이 행성은 계속 탈지구화 과정을 거치고 있으니까 기후가 최악으로 변할지도 몰라."

블리스가 맞장구쳤다.

"내 생각도 그래요."

"마음대로 생각하세요. 하지만 수만 년이 지났는데도 아직 이렇게 쾌적함을 유지하고 있는 것을 보면 우리가 살아 있는 동안에는 그런 일이 안 일어날 것 같군요. 그러니 걱정은 관두시죠, 선생님들."

트레비스가 말을 마치고 허리에 넓은 허리띠를 둘러차자 블리스가 날카로운 목소리로 물었다.

"그게 뭐죠, 트레비스?"

"옛날에 우주군에서 훈련받은 대로 하는 거예요. 미지의 행성에 무장도 않고 내릴 수는 없으니까요."

"아니, 진짜 무기를 소지하고 내릴 생각이세요?"

"물론이죠. 여기 오른쪽에 있는 것은 우주총이고 여기 왼쪽에 있는 것은 신경채찍이에요."

트레비스는 구멍이 커다랗고 육중해 보이는 무기가 든 권총집과 주둥이가 가느다랗고 출구가 막혀 있는 조그만 무기를 차례대로 찰싹찰싹 두드리면서 말했다.

"살인 도구가 두 종류군요."

블리스가 경멸스럽다는 듯이 핀잔을 주었다.

"한 종류지요. 우주총으론 살생이 가능하지만 신경채찍은 아니거든요. 단지 신경만 자극해서 죽어 버리고 싶을 정도의 고통을 느끼게 할 뿐이죠. 다행히도 지금까지 이 무기들을 사용해야 했던 적은 없었어요."

"그런데 왜 소지하는 거죠?"

"말했잖아요. 이곳은 위험한 행성이라고요."

"트레비스, 이곳은 텅 빈 행성이에요."

"그럴까요? 설마 문명 사회가 없다 하더라도 선사시대 원시인들이라도 있으면 어떻게 하지요? 설사 그들에게 몽둥이와 돌밖에 없다 하더라도 그것 역시 살인 도구일 수 있어요."

블리스가 화난 표정을 억누르며 낮은 목소리로 타일렀다.

"인간의 정신이 활동한 흔적이 없잖아요, 트레비스. 선사시대 인간이든 뭐든 어떠한 인간도 여기엔 없어요."

트레비스가 대답했다.

"그러면 무기를 사용할 필요가 없겠군요. 하지만 소지한다고 해서 손해될 게 있습니까? 약간 무겁긴 하겠지만 지표면의 중력이 터미너스의 91퍼센트밖에 안 되니까 이 정도의 무게는 문제될 것도 없고요. 우주선에 장착된 무기는 없지만 손으로 사용하는 무기는 비치되어 있으니까 두 사람도 무기를 소지하는 게……"

"싫어요. 어떤 이유든지 생명을 살해하는 것은 절대 반대하겠어요. 고통을 가하는 것도 말예요."

"내 말은 살해하라는 게 아니라 살해당하지 말자는 겁니다."

"나는 나름대로 내 자신을 보호할 수 있어요."

"교수님, 어떻게 하실 거죠?"

페롤랫은 주저하더니 대답했다.

"콤포렐론에 내릴 때도 무기를 소지하지 않았잖아."

"이보세요, 교수님. 콤포렐론은 파운데이션에 협력하는 연합세력이었잖아요. 그런데도 우리는 체포됐었지요. 무기를 소지했더라도 즉각 압류되었을 거고요. 자, 우주총을 드릴까요?"

페롤랫은 고개를 저으며 말했다.

"나는 우주군에 복무한 적이 없네, 친구. 무기 사용법도 모를 뿐 아니라, 위기가 닥치면 무기가 있다는 생각도 하지 못하고 도망만 치다가 죽게 될 거야."

"그런 일은 없을 거예요, 펠. 가이아가 당신을 보호하니까요. 물론, 우주군 용사인 척하는 사람도 마찬가지고요."

블리스가 힘주어 말했다.

"다행이군요. 나를 보호해 준다니 고마울 뿐이에요. 하지만 나는 멋 내자고 이러는 건 아닙니다. 단지 더욱 확실하게 방어를 하자는 것뿐이라고요. 만약 이 무기들을 사용하지 않아도 된다면 진짜 기쁜 일이지요. 어쨌든 소지한다고 해서 손해 볼 건 없어요."

트레비스는 허리에 찬 무기들을 가볍게 두드리면서 말했다.

"자, 이제 수만 년 동안 사람이 전혀 밟지 않았던 지표면에 발걸음을 내딛어 봅시다."

2

페롤랫이 입을 열었다.

"태양이 중천에 떠 있으니 정오밖에 안 됐을 텐데 늦은 오후 같은 기분이 드는군."

트레비스가 고요한 주변 경관을 둘러보면서 대답했다.

"태양이 짙은 오렌지 빛깔을 띠고 있어서 그런 기분이 드는 겁니다. 실제로 늦은 오후가 돼서 황혼이 구름에 깔리기 시작하면 우리가 평소에 보았던 색깔보다 훨씬 짙게 깔리는 걸 볼 수 있었지요. 교수님이 그 광경을 보고 아름답다고 할지 우울하다고 할지 궁금하군요. 계속 실내에 있어서 보진 못했지만 콤포렐론의 황혼은 여기보다 더 짙었을 겁니다."

트레비스는 천천히 돌면서 주위를 살펴보았다. 특이한 빛깔과 함께 이상하고 독특한 냄새가 났다. 행성 전체에서 나는 냄새인지 아니면 이곳에서만 나는 냄새인지 파악할 수 없었다. 곰팡이 냄새 비슷했는데 불쾌할 정도는 아니었다.

근처에 있는 나무들은 중간 크기로 오래된 듯했다. 껍질에는 옹이가 박혔고 몸통은 약간 기울어져 있었다. 편서풍 때문에 그런 건지 토지가 척박해서 그런 건지 알 수 없었다. 이 행성이 뭔가 위험하게 느껴지는 건 저 나무들 때문인가 아니면 좀 더 형체가 흐릿한 다른 무엇 때문인가. 블리스가 물었다.

"지금 뭐하시는 거죠, 트레비스? 경치나 감상하려고 먼 거리를 달려온 건 아니잖아요?"

"지금 내가 할 일은 그것밖에 없는 것 같군요. 교수님, 저곳을 조사해 보는 게 좋겠어요. 저쪽으로 가면 폐허가 있는데 그곳에 있는 기록들을 제대로 파악할 수 있는 사람은 교수님밖에 없잖아요. 교수님은 고대 은하어로 적힌 필름이나 글씨들을 이해할 수 있겠지요? 블리스 당신도 교수님을 보호해야 하니까 함께 가세요. 난 이곳에서 보초나 서죠."

"아무것도 없는데 무슨 보초를 선다는 거죠? 몽둥이와 돌로 무장한 원시인들 때문인가요?"

"그럴 수도 있겠죠."

트레비스는 갑자기 정색을 하고 얘기했다.

"이상하게도 이곳은 왠지 불안해요, 블리스. 왠지 모르게……."

페롤랫이 말했다.

"이리 와, 블리스. 지금까지 나는 돌아다니면서 전설을 수집한 적이 별로 없기 때문에 고대 기록물을 직접 만져 본 적이 없었지. 한번 상상해 보라고. 만약 우리가 그런 걸 찾을 수 있다면……."

트레비스는 그들이 걸어가는 모습을 지켜보았다. 페허를 향해 걸어가면서 그의 목소리는 점차 멀어져 갔다. 블리스도 페롤랫 못지않게 힘차게 걸어가고 있었다.

트레비스는 멍하니 그들을 바라보다가 다시 주변을 관찰하기 시작했다. 도대체 자신을 엄습한 불안감의 정체는 무엇이었을까?

트레비스는 직접 무인 행성에 발을 디뎌 본 적이 한 번도 없었지만 우주 공간에서는 수없이 보아 왔다. 일반적으로 그런 행성들은 작고 물이나 공기도 없었지만, 우주군 기동 훈련 기간 중 집합 장소를 나타내는 표시나 긴급 수리 모의훈련 연습장으로는 훌륭했다. (트레비스가 태어나기 100년 전부터 전쟁은 한 번도 일어나지 않았으나 기동 훈련은 계속 진행되었다.) 트레비스가 탔던 우주선들이 그런 행성 주위를 돌거나 착륙한 적도 있었지만, 그는 한 번도 우주선 밖으로 나가지는 않았다. 처음으로 아무도 없는 행성을 밟게 되어서 그런가? 훈련 시절 이래 수없이 마주쳤던 공기조차 없는 조그만 무인 행성에서라면 이런 기분이 들었을까?

그는 고개를 저었다. 그렇진 않을 것이다. 지난날 우주복을 입고서 우주 공간으로 수없이 나갔지 않았던가. 우주복을 입고 우주 유영을 하는 것이야 친숙하니까, 설사 커다란 바위와 마주친다 해도 기분이 이상하지는 않을 것이다. 그건 확실하다!

물론 지금은 우주복을 착용하지 않았다.

자신은 지금 콤포렐론과는 상대도 안 될 정도로 아늑해서, 마치 터미너스에 있는 것 같은 포근한 느낌마저 주는, 생물이 살 수 있는 이 행성에 서 있다. 뺨에는 바람이 스치고 등에는 따사로운 햇살이 쏟아지고 귀에는 초목이 부스럭거리는 소리가 들려왔다. 인간이 살지 않는다는 것 이외에는 모든 것이 친숙했다.

그것 때문인가? 그것 때문에 이 행성이 섬뜩하게 느껴지는 걸까? 이곳이 단순한 무인 행성이 아니라 버림받은 행성이기 때문에?

트레비스는 버림받은 행성을 방문한 적은 한 번도 없었다. 버림받은 행성에 대해 들어 본 적도 없었다. 행성이 버림받을 수 있다는 생각도 전혀 해 보지 않았다. 현재까지 자신이 알고 있는 모든 행성은 인간에 의해 개발된 이래 계속 인간이 거주해 오고 있는 행성이었다.

그는 고개를 들어 하늘을 쳐다보았다. 모두가 그대로였다. 가끔 시야를 가로지르며 새들이 날아가는 모습은, 짙은 오렌지 빛깔을 띤 뭉게구름과 그 사이로 보이는 암청회색 하늘보다 더 자연스럽게 보였다. (트레비스는 이 행성 주변에서 며칠을 보내면서 흐린 색깔에 익숙해졌기 때문에 하늘색과 구름색도 점차 당연하게 받아들여진 것 같다고 생각했다.)

새들이 지저귀는 소리가 숲 속에서 들려왔다. 벌레들이 우는 정겨운 소리도 들려왔다. 블리스가 말한 나비들도 보였다. 여러 가지 화려한 색깔을 띤 나비들이 굉장히 많았다.

숲 주변에 형성되어 있는 야생초 덤불에서 가끔 부스럭 소리가 들리기도 했으나 무슨 소리인지 파악할 수가 없었다.

근처에 있는 생명체 가운데 두려움을 야기하는 것은 하나도 없었다. 블리스가 말한 대로 사람들은 애초에 위험한 동물을 뺀 상태에서 행성들을 개발했기 때문에 지구화된 행성에는 위험한 동물이 없었다. 어린 시절에 읽었던 동화와 10대 시절의 환상적인 영웅 소설은 천편일률적으로 지구 신화를 토대로 했음이 분명한, 전설적인 행성을 무대로 하고 있다. 하이퍼드라마 홀로스크린에는 사자, 일각수, 용, 고래, 뇌룡,

곰 등 다양한 괴물이 나왔다. 이 밖에도 이름이 기억나지 않는 괴물들이 많았으나 대부분은 가상적인 것들이었다. 어쩌면 전부 가공의 괴물일지도 몰랐다. 물거나 쏘는 조그만 동물도 있었고 몸에 닿으면 위험한 식물도 있었다는데 그건 전부 꾸며 낸 이야기일 뿐이었다. 원시 꿀벌이 침을 쏠 수 있다는 얘기도 들은 적이 있었다. 하지만 어떤 형태로든 인간에게 해를 끼치는 벌은 한 번도 보지 못했다.

트레비스는 언덕 경계선을 피해 오른쪽으로 걸어갔다. 무성한 풀들이 여기저기 흩어져 울창한 덤불을 이루며 자라고 있었다. 그는 나무들 가운데로 걸어갔다. 나무들도 무리를 지어 여기저기 흩어져서 자라고 있었다.

하품이 나왔다. 신경 쓸 일은 전혀 일어나지 않았다. 우주선으로 돌아가 낮잠이나 자는 게 어떨까. 하지만 그래선 안 된다. 그는 보초를 서야 했다.

행진용 전자봉으로 연출된 멋진 묘기와 함께 하나, 둘, 하나, 둘, 힘차게 걸으면서 보초 근무를 하면 어떨까? (행진용 전자봉은 300년 전부터 실전에 사용하지 않는 무기였지만 여전히 필수 훈련 과정에 포함되어 있었다. 그 이유는 아무도 설명하지 못했다.)

그런 생각이 들자 빙그레 웃음이 나왔다. 트레비스는 페롤랫과 블리스에게 합류하는 게 좋지 않을까 생각해 보았다. 내가 합류하면 도움이 될까?

어쩌면 페롤랫 교수가 무심코 지나친 자료를 그가 발견할 수 있지 않을까? 시간이야 넉넉하니 그것은 페롤랫이 돌아온 다음에 다시 조사해 봐도 충분하다. 어차피 쉽게 눈에 띄는 게 있다면 페롤랫이 발견하도록 놔두는 게 좋으리라.

혹시 두 사람이 곤경에 빠진 건 아닐까? 바보 같은 소리! 도대체 곤경에 빠뜨릴 만한 것이라곤 하나도 없지 않은가?

게다가 그들은 곤경에 처했다면 소리라도 지르지 않겠는가?

그는 걷기를 멈추고 귀를 기울였다. 아무 소리도 들리지 않았다.

그러자 다시 보초 근무에 대한 생각이 끈질기게 파고들면서, 저도 모르게 마치 어깨에 전자봉이 걸려 있는 양 그것을 내려서 빙글 돌리다가 앞으로 곧장 내뻗곤 다시 몇 차례 빙글 돌리다가 다시 다른 쪽 어깨에 걸치는 동작을 반복하면서 어느새 힘차게 행진했다. 그는 멋진 동작으로 '뒤로 돌아'를 하더니 앞에(꽤나 멀리 떨어져 있는) 우주선을 바라보았다.

그러다가 갑자기 몸이 얼어붙어 버렸다. 보초 근무 놀이를 하느라고 그런 것이 아니었다.

그 혼자 있는 게 아니었기 때문이다!

트레비스는 그때까지 초목과 벌레들 그리고 가끔 보이는 새 이외에 다른 어떠한 생명체도 발견하지 못했다. 그런데 지금 그와 우주선 사이에 어떤 동물이 버티고 서 있는 것이었다!

돌발적인 사건에 너무 놀라 트레비스는 잠시 눈앞에 등장한 동물이 무엇인지 알아차리지 못했다. 상당 시간이 흐른 뒤에야 비로소 눈앞에 있는 동물이 무엇인지 알아볼 수 있었다.

그건 개였다.

트레비스는 개를 좋아하지 않았다. 직접 기른 적도 없었고 어쩌다 마주친다 하더라도 별로 가까이하고 싶은 생각이 들지도 않았다. 이번에도 마찬가지였다. 트레비스는 저런 동물을 기르지 않는 행성은 없나 보다고 속단했다. 개들의 종류는 무수하게 많지만 각 행성은 최소한 한 종류 이상의 특산종을 가지고 있는 것 같았다. 어쨌든 애완용이든 작업용이든 그 용도와 상관없이 모든 품종의 개들에게 공통된 것은 인간을 믿고 따르도록 사육된다는 점이었다.

트레비스는 그렇게 믿고 따르는 게 아주 귀찮았다. 한때 개를 키우는 여성과 동거한 적이 있었는데, 트레비스는 그 당시 그 여성을 위해 개를 좋아하는 척했다. 그 개는 트레비스에 대한 깊은 숭배심을 가지고 트레비스가 가는 곳마다 쫓아다니며, (23킬로그램이나 되는 덩치를) 기대거나 갑자기 침과 털을 잔뜩 묻히곤 했다. 게다가 동거하는 여자와 섹스를 하려고 하면 어김없이 문밖에 쭈그리고 앉아 낑낑거렸다.

그 경험으로 트레비스는 개들이 뛰어난 후각으로 사람의 체취를 익히면 본능적으로 그 사람을 따르게 된다는 사실을 알게 되었다.

트레비스는 처음에 놀랐던 마음을 가라앉히고 스스럼없이 그 개를 살펴볼 수 있었다. 그 개는 덩치가 컸으며 달리기에 적절하도록 다리가 길고 날씬한 모습을 하고 있었다. 그러나 그 개의 눈초리는 별로 사람을 따르는 눈치가 아니었다. 입이 열려 있는 것을 보면 반가워서 웃는 것 같기도 했으나 그 안에 박혀 있는 이빨들은 아주 날카롭고 위협적이었다. 트레비스는 그 개가 시야에서 사라지는 편이 자신에겐 더 안전하겠다고 생각했다.

그러다가 이제까지 한 번도 인간을 본 적이 없는 개일지도 모르겠다는 생각이 들었다. 트레비스 자신이 개를 보고 놀란 것처럼 저 개도 한 번도 본 적이 없는 인간이 불쑥 등장해서 놀랐을지도 모르는 일 아닌가. 최소한 트레비스 자신은 여러 가지 사실을 감안해서 개라는 사실을 금방 알아차릴 수 있었지만 개에게는 그럴 만한 능력과 지식이 없을 테니 새로 등장한 생명체의 정체를 파악하지 못하고 잔뜩 경계심만 곤두세우고 있을지도 모른다.

분명 날카로운 이빨에 큰 덩치의 동물을 계속 긴장하게 하는 것은 확실히 현명하지 못했다. 당장 친해질 필요가 있겠다고 트레비스는 생각했다.

그는 서두르지 않고 (아주 천천히) 개에게 접근해 갔다. 개가 냄새를 맡을 수 있도록 손을 내밀곤 좀 어색하지만 "착하지, 오, 착하지." 하면서 친근감을 표시했다.

트레비스만 응시하던 그 개는 불신에 찬 모습으로 한두 발 물러서면서 콧잔등을 찌푸리며 으르렁거렸다. 트레비스는 개가 그처럼 행동하는 것을 한 번도 본 적이 없었지만 그 행동이 적대감을 나타내는 표시임은 알 수 있었다.

그때 옆에서 뭔가 움직이는 것 같아서 트레비스는 앞으로 나가기를 멈추고 그 자리에 서서 고개를 천천히 돌려보았다. 그 쪽에서 다른 개 두 마리가 다가오고 있었다. 그들도 처음에 나타난 개처럼 위협적으로 보였다.

위협적으로? 이 단어가 머릿속을 스치자 아주 정확한 표현이라는 생각과 함께 등골이 오싹해지기 시작했다.

갑자기 심장이 쿵쿵거리며 뛰었다. 우주선으로 도망가는 길은 봉쇄되었다. 무작정 도망갈 수도 없었다. 개들은 다리가 길었기 때문에 금방 자신을 따라잡을 것 같았다. 그 자리에서 우주총을 사용한다면 한 마리를 죽이는 동안 다른 두 마리가 달려들 것이다. 먼 곳에서 다른 개들이 다가오고 있는 모습이 보였다. 개들에게는 서로 의사소통하는 특별한 방법이 있는 게 아닐까? 이놈들은 무리를 이루어 사냥을 하나?

트레비스는 아직 개들이 오지 않는 왼쪽으로 천천히 움직였다. 천천히, 아주 천천히…….

개들도 트레비스를 따라 움직였다. 트레비스는 개들이 자기 같은 동물체를 전혀 본 적도 냄새 맡은 적도 없었기 때문에 즉각 공격하지 못한다는 사실을 잘 알고 있었다. 이런 경우가 처음이었기 때문에 그놈들도 신중을 기하는 것 같았다.

물론 트레비스가 성급하게 도망간다면 개들은 그게 뭘 의미하는지 금방 알아챌 것이다. 트레비스만 한 덩치의 생명체가 두려움을 느끼고 도망친다면 놈들은 서둘러 쫓아올 게 분명했다. 더 빠른 속도로 말이다.

그는 계속 나무를 향해 옆걸음질 쳤다. 그는 개들이 올라올 수 없는 높은 곳으로 올라가고 싶은 마음이 굴뚝같았다. 개들은 조금씩 으르렁거리며 점점 간격을 좁혀 왔다. 세 마리 모두 두 눈을 번득이며 트레비스만 응시했다. 이윽고 두 마리가 더 합류했고 먼 곳에서 계속 다른 개들이 다가오고 있는 게 보였다. 일정한 거리가 되면 즉각 돌진해야 한다. 너무 늦어도 안 되고 너무 일러도 안 된다. 조금이라도 실수하면 죽는다!

지금이다!

그는 생전 처음으로 그렇게 빨리 달려 보았다. 정말 아슬아슬했다. 발뒤꿈치에 입이 닿는 것을 느끼면서 날카로운 이빨이 신발 가죽을 파고들기 전에 재빨리 발을 옮겨야 했을 정도였다.

트레비스는 나무 타는 기술이 별로 없었다. 실력이 서툴러서 열 살 이후에는 나무에 올라간 적이 한 번도 없었다. 하지만 이 나무들은 줄기도 비스듬하고 껍질에 옹이가 박혀 있어 손잡이로 사용할 수 있었다. 게다가 죽느냐 사느냐 하는 위기일발에 처해 있으니 그 누구라도 놀라운 능력을 발휘할 수 있지 않겠는가?

트레비스는 어느새 지상에서 약 10미터 정도 떨어진 나무 위에 올라 앉아 있었다. 그는 손이 긁혀 피가 흐른다는 사실도 몰랐다. 나무 밑에는 다섯 마리의 개가 웅크리고 앉아 혀를 축 늘어뜨린 채 뭔가를 기대하면서 위만 쳐다보고 있었다.

이제 어떻게 해야 하는가?

3

트레비스는 자신이 처한 상황을 자세히 정리해 볼 수 있는 처지가 아니었다. 혼란스러운 생각만이 계속 머릿속에 떠올랐다. 그가 추후에 그 생각들을 정리한다면 다음과 같을 것이다.

블리스는 주장하기를 사람들은 행성을 개발하면서 생태계 불균형 상태를 만들었다고 했다. 예를 들어 어떤 개척민들도 커다란 육식 동물을 우주선에 실으려 하지 않았다는 것이다. 벌레들이나 쥐 같은 조그만 기생 생물들은 어쩔 수 없었지만 말이다.

전설과 문학에서 막연하게 언급되는 호랑이, 회색 큰 곰, 악어 등 인상적인 동물들은? 설사 필요성을 알고 있다 하더라도 어느 누가 그런 동물들을 행성에서 행성으로 운반하려 하겠는가? 이것은 그대로 놔두어도 너무 많이 번식하지 않는 동식물을 선별할 권한 자체가 인간에게 있었으며, 따라서 결국 인간이 가장 커다란 육식 동물이 되었음을 의미한다.

그러니 만약 인간들이 어떤 이유 때문에 사라졌다면 다른 육식 동물들이 인간을 대신할 것이다. 그러나 육식 동물이라고 해 봤자 빤하지 않은가? 인류가 받아들인 가장 커다란 육식 동물은 인류가 길들인 개와 고양이밖에 없으니 말이다.

만약 먹이를 주는 인간들이 없어진다면 그들은 어떻게 하겠는가? 그들 스스로 생존을 위해서 사냥해야 할 것이다. 사냥감들 역시 숫자가 너무 많아지면 육식 동물에게는 받는 피해보다 몇 백 배 더 심각한 피해가 오기 때문에 육식 동물들에게 먹힘으로써 숫자를 일정한 정도로 한정하는 것이 자신들을 유지하는 데 좋을 것이다.

그래서 개들은 덩치가 큰 놈은 야생 초식 동물 등 커다란 놈을 잡아먹고, 조그만 놈은 새와 쥐, 토끼 등을 잡아먹으며 다양한 형태로 진화할 것이다. 고양이들은 밤에 혼자 사냥하고, 개들은 낮에 무리를 이루어 사냥할 것이다.

어쩌면 변화된 환경에 적응해서 진화를 거듭해 나가다가 새로운 종류가 생겨났을지도 모른다. 어떤 개들은 물고기를 잡아먹기 위해 바다에서 생활하는 능력을 발달시켰을지도 모르며, 어떤 고양이들은 지상에서와 마찬가지로 공중에서도 느리게 나는 새들을 잡아먹기 위해 날아다니는 능력을 개발했을지도 모른다.

트레비스가 어떻게 해야 할 것인가 궁리하는 동안 틈틈이 이런 생각들이 그의 뇌리를 스치고 지나갔다.

개들은 숫자가 계속 늘어나고 있었다. 나무를 둘러싸고 있는 놈들만 하더라도 스물세 마리이며 새로 접근해 오는 개들도 점점 불어났다. 무리가 도대체 얼마나 될까? 아무러면 어떤가? 벌써 감당하기 힘든 숫자가 모였는데 말이다.

트레비스는 권총집에서 우주총을 뽑아들었다. 하지만 손에 묵직한 금속성만 느껴졌을 뿐 안도감은 들지 않았다. 이 안에 마지막으로 에너지통을 장착한 게 언제였지? 몇 발이나 쏠 수 있을까? 스물세 발은 확실히 불가능했다.

페롤랫과 블리스는 어떡하지? 만약 그들이 나타난다면 개들이 그들에게 관심을 돌릴까? 나타나지 않는다면 그들은 안전할까? 만약 그들이 폐허에 두 사람이 있다는 사실을 알아차린다면 즉각적으로 공격할 텐데, 그것을 어떻게 막아낼까? 폐허에는 개들을 막아 낼 문짝이나 울타리가 없을 텐데 괜찮을까?

블리스가 개들을 막아 낼 수 있을까? 그래서 몰아낼 수 있을까? 그러면 가이아로부터 필요한 만큼의 힘을 보급받을 수 있을까? 얼마나 오랫동안 버틸 수 있을까?

살려 달라고 소리를 지를까? 소리 지르면 그들이 뛰어나올까? 그러면 개들이 블리스의 눈빛을 보고 도망칠까? (눈빛일까 아니면 눈치 채이지 않도록 하는 정신적 행동일까?) 그들이 나타났다가 자신이 보는 앞에서 갈가리 찢기는 것은 아닐까? 언제까지 나무 위에 앉아서 구경만 해야 하나?

아니다. 우주총을 사용해야 한다. 만약 한 마리를 죽인다면 나머지 놈들이 놀라서 잠시라도 도망칠 것이다. 그때 나무 밑으로 재빨리 내려가 페롤랫과 블리스를 부르고 개들이 다시 돌아오려는 눈치가 보이면 한 마리를 더 죽인 후에 세 사람 모두 우주선으로 피하면 된다!

트레비스는 극초단파 광선의 강도를 4분의 3 지표에 맞추었다. 그 정도면 커다란 총성을 내며 충분히 개 한 마리를 죽일 수 있었다. 총소리가 크면 개들이 겁내고 도망칠 테니 에너지도 절약할 수 있을 것이다.

그는 무리 가운데 있는 개 한 마리를 조심스레 겨냥했다. (트레비스의 눈에는) 가장 사나워 보이는 그 개가 오히려 조용히 앉아 있어서 아주 냉정하게 사냥감에 눈독을 들이고 있는 듯한 인상을 주었기 때문이었다. 그 개는 이제 무기를 정면으로 응시하고 있었다. 마치 트레비스가 할 수 있는 최악의 행위를 비웃기라도 하는 듯…….

사실 인간에게 우주총을 발사한 적이 한 번도 없었으며 다른 사람이 인간에게 발사하는 광경도 전혀 본 적이 없다는 생각이 불현듯 그의 머릿속을 스치고 지나갔다. 훈련 기간 중에 가죽과 플라스틱에 물을 채워서 만든 꼭두각시를 향해 발사한 적은 있었다. 총에 맞자 껍데기가 산산조각나면서 물이 갑자기 비등점으로 끓어오르던 광경이 눈에 선했다.

하지만 전쟁도 없는데 인간에게 우주총을 발사할 일이 있었겠는가? 또 어떤 사람이 우주총을 쏠 수밖에 없는 상황에 직면했겠나. 하지만 인간들이 사라져 생태계가 이상하게 변해 버린 이곳만은…….

트레비스는 상황과 전혀 상관없는 것까지 고려하는 괴상한 사고방식에 따라, 태양이 구름에 가린 것을 신호로 방아쇠를 당겼다.

빛이 나와 총구에서 개에게 곧장 뻗어 나갔다. 구름이 태양을 가리지 않았다면 전혀 보이지 않았을 희미한 섬광이었다.

그 개는 빛이 번쩍이는 것을 보고 펄쩍 뛰려고 조금 움직이다가 폭파되었다. 피와 세포 조직 일부가 증발해 버렸다.

실망스럽게도 폭발하는 소리는 너무 작았다. 개의 외피가 사격 연습용 허수아비만큼 딱딱하지 않았기 때문이었다. 살과 가죽, 피, 뼈가 사방에 흩어졌다. 트레비스는 속이 뒤틀리는 것을 느꼈다.

개들이 뒤로 주춤거렸다. 살 조각에서 김이 모락모락 나자 상당수가 충격을 받은 것 같았다. 그러나 그건 순간적인 망설임에 불과했다. 그 놈들은 서로 밀치며 순식간에 달려들어 제공된 음식을 먹어치웠다. 트레비스는 참을 수 없이 비위가 상하는 것을 느꼈다. 트레비스는 그놈들에게 두려움을 심어주지 못했다. 그놈들에게 먹이를 준 것일 뿐이었다. 그 정도라면 그놈들은 결코 떠나지 않을 것이다. 오히려 신선한 피와 김이 모락모락 나는 고기의 냄새를 맡고 더 많은 놈들이 몰려오겠지. 어쩌면 다른 조그만 육식 동물까지 올지도 모른다. 블리스의 목소리가 들렸다.

"트레비스, 무슨 일……!"

트레비스는 바깥쪽을 쳐다보았다. 블리스와 페롤랫이 폐허에서 나오고 있었다. 블리스가 갑자기 멈추더니 팔을 뻗어 페롤랫을 자기 등 뒤로 밀었다.

트레비스가 소리쳤다.

"당신과 교수님 없이 나 혼자 저놈들을 몰아내려고 했어요! 저놈들을 물리칠 수 있겠어요?"

"어렵겠어요."

블리스가 크지 않은 목소리로 말했다. 마치 방음장치가 개들 위에 덮인 것처럼 개들의 으르렁거리는 소리가 조용해졌는데도 트레비스는 그녀의 말소리를 잘 알아듣지 못했다.

"숫자가 너무 많은 데다가 저런 형태의 정신을 다루어 본 적이 없거든요. 가이아에는 저런 사나운 동물이 없거든요."

"그건 터미너스도 마찬가집니다. 유인 행성이라면 어디나 마찬가지일 거예요. 가능한 한 많은 숫자를 쏘아 죽일 테니 당신이 나머지를 처리해요. 숫자가 적어지면 힘도 덜 들 테니."

"안 돼요, 트레비스. 저놈들을 쏘아 죽이면 다른 놈들이 더 모여들 거예요. 내 뒤에 있어요, 펠. 당신은 내가 보호하겠어요. 트레비스, 다른 무기를 쓰세요."

"신경채찍 말입니까?"

"네, 그걸로 고통을 가하세요. 출력을 낮춰서요. 낮은 출력으로요!"

"저놈들이 다칠까 봐 걱정되나요? 지금이 생명의 존엄성을 논할 만큼 한가로운 때입니까?"

트레비스는 화가 난 목소리로 외쳤다.

"펠과 내 생명이 걱정되어서 그래요. 내 말대로 하세요. 낮은 출력으로 한 마리를 맞히세요. 더 이상 저놈들을 막을 수 없겠어요."

개들은 어느새 나무 주변에서 물러나 블리스와 페롤랫을 둘러싸고 있었다. 두 사람은 허물어진 담벼락에 등을 기대고 서 있었다. 두 사람 가까이에 있는 개들은 막는 것도 없는데 앞으로 더 나아가지 못하는 이유가 무언지 밝혀내야 하겠다는 듯 낑낑대면서 더 가까이 다가오려고 서둘렀다. 일부는 벽으로 기어올라 와 등 뒤에서 공격하려 했다.

트레비스는 덜덜 떨면서 신경채찍을 낮은 출력으로 조정했다. 신경채찍은 에너지 소모량이 우주총보다 훨씬 적기 때문에 전력통 한 통만 장착하면 채찍질을 수백 번이나 할 수 있었다. 이 생각과 함께 트레비스는 전력통을 장착한 지가 얼마나 되는지 잘 모르겠다는 생각이 떠올라 걱정부터 앞섰다.

채찍질을 할 때 정확히 겨냥할 필요는 없었다. 에너지 소모가 많지 않기 때문에 개들이 모여 있는 곳을 향해 대충 휘두르는 식으로 가격해도 충분했다. 그건 위험하게 변할 징후가 있는 무리들에게 겁을 주는 오래된 방식이었다.

트레비스는 블리스가 한 제안에 따랐다. 그는 한 마리를 겨냥해 발사했다. 그 개는 홱 몸을 뒤집더니 네 다리에 경련을 일으키며 찢어질 듯 짖어 대기 시작했다.

그러자 다른 개들은 귀를 곤두세운 채 주춤거리며 물러서더니 차례로 도망치기 시작했다. 처음에는 천천히 물러섰지만 점차 속도를 빨리 해서 결국 전력 질주로 도망쳐 버렸다.

깽깽거리는 소리가 멀리 사라지자 블리스가 말했다.

"빨리 우주선에 올라타는 게 좋겠어요. 저놈들이 돌아오거나 아니면 다른 놈들이 몰려들 테니까요."

트레비스는 우주선 탑승 장치를 그렇게 빠르게 작동시킨 적은 한 번도 없었다. 아마 두 번 다시 그렇게 빨리 작동시킬 수는 없을 것이다.

4

트레비스가 마음을 진정시키기도 전에 밤이 되었다. 상처 위에 인조피부 조각을 붙여 육체적인 고통은 진정시켰으나 정신적으로 입은 상처는 진정시킬 수 없었다.

정신적인 상처는 단순히 위험에 빠졌기 때문에 생긴 게 아니었다. 트레비스는 어느 용감한 사람보다 훌륭하게 위험에 대처할 수 있었다. 문제는 위험이 전혀 뜻밖의 방향에서 다가왔으며 그만큼 자신이 어리석었다는 데 있었다. 자신이 으르렁거리는 개를 피해 나무 위로 도망쳤다는 소문이 퍼지면 어떻게 될 것인가? 카나리아의 날갯짓 소리에 놀라 도망친 꼴 아닌가!

그들은 개들이 다시 돌아와 컹컹거리면서 선체를 긁어 대는 소리를 여러 시간 동안 들어야만 했다.

페롤랫은 비교적 냉정을 유지하고 있었다.

"블리스가 사건을 처리했다는 건 분명하지만, 자네 솜씨도 훌륭했다는 사실 또한 인정하지 않을 수 없네, 친구."

트레비스는 어깨를 으쓱했다. 그 문제를 언급할 기분이 아니었다.

페롤랫이 자료를 집어 들었다. 그것은 그가 일생에 걸쳐 수집한 전설과 신화들이 들어 있는 콤팩트디스크 한 장이었다. 그는 그것을 가지고 소형 스캐너가 있는 침실로 갔다.

두 사람만 남게 되자 블리스가 아주 조심스러운 눈치로 물었다.

"충격이 심했던 것 같군요."

"물론이지요. 개를 보고 도망쳐야 할 줄은 미처 몰랐어요. 그것도 살기 위해서 말이에요."

트레비스가 우울하게 말했다.

"인간 없이 2만 년 동안 살았으니 그건 이미 개가 아니지요. 아마 이 행성에서 가장 무서운 육식 동물일 거예요."

트레비스가 고개를 끄덕거렸다.

"나도 사냥감이 되어 나뭇가지에 앉아 있으면서 그런 생각을 했어요. 생태계 불균형에 대한 당신의 주장은 확실히 옳았어요."

"인간의 관점에서 보면 확실히 불균형을 이룬 것이지요. 하지만 개들이 살아가는 모습을 보니 펠의 주장이 옳은 것 같기도 해요. 처음에 이 행성에 데려올 때 비교적 소수에 불과했던 동물들이 다양한 주변 환경에 적응하면서 다양하게 진화해서 결국 생태계 스스로 균형을 잡아 갈 것이라는 주장 말이에요."

"진짜 이상하군요. 나도 똑같은 생각을 했어요."

"불균형 상태가 심각하지 않다면 생태계 재조정도 그다지 오래 걸리지 않겠네요. 물론 그동안에도 생물들은 충분히 살아갈 수 있겠죠."

트레비스가 신음을 흘렸다.

블리스가 그를 보며 사려 깊게 말했다.

"용케 무장할 생각을 했네요."

"별로 소용이 없었잖아요? 당신이 초능력을 발휘해서……."

트레비스가 투덜거렸다.

"꼭 그런 건 아니에요. 당신의 무기가 아니었다면 아무 소용이 없었을걸요. 가이아 본체와는 초공간을 사이에 두고 멀리 떨어져 있는 데다가 익숙하지 못한 정신들이 너무 많았기 때문에 당신의 신경채찍이 없었다면 초능력만 가지곤 아무 일도 못했을 거예요."

"우주총은 아무 소용도 없었어요. 한번 쏘아 봤거든요."

"우주총은 쏘아 봤자 단지 개 한 마리가 없어지는 것에 불과해요. 나머지 개들도 놀라긴 하겠지만 겁먹진 않아요."

"그 이상이었어요. 그놈들은 죽은 개를 먹어 버렸어요. 계속 있어 달라고 뇌물을 바친 꼴이 되었지요."

"그래요. 그런 효과가 났을 거예요. 하지만 신경채찍은 달라요. 그건 고통을 가하기 때문에 채찍에 맞는 개는 다른 개들도 충분히 들을 수 있는 비명을 지르게 되잖아요. 그러면 다른 개들은 최소한 조건반사처럼 겁을 먹게 되지요. 내가 한 일은 이미 겁내기 시작한 개들을 약간 자극해서 도망가도록 만든 것에 불과해요."

"그래요. 하지만 당신은 채찍질이 우주총보다 효과적이라는 사실을 알았잖아요. 나는 몰랐어요."

"나는 정신들을 다루는 데 익숙해요. 그래서 출력을 낮추어 한 마리만 겨냥해서 맞히라고 한 거예요. 괜히 고통이 너무 강해서 개가 아무 비명도 안 지르고 죽어 버리거나 타격이 분산되어서 간신히 낑낑거리는 소리만 내게 되면 곤란하니까요. 한군데 집중해서 강력하게 고통을 가하는 게 중요했지요."

"당신이 옳았어요, 블리스. 가장 효과적인 방법이었어요. 당신에게 커다란 신세를 졌군요."

"우스꽝스러운 역할을 한 것 같아서 창피한가 보죠? 아녜요. 다시 말하지만 당신의 무기가 없었다면 나는 아무것도 못했을 거예요. 내가 궁금하게 여기는 건 우리가 우주선에서 내리기 전에 내가 이 행성에 인간이 없다고 자신했음에도 불구하고 무장해야겠다는 생각을 어떻게 하게 되었느냐는 거예요. 개들이 있다는 것을 미리 예견했나요?"

"아니요. 의식적인 것은 확실히 아니었어요. 물론 습관적으로 무장한 것도 아니었고요. 콤포렐론에선 무장해야겠다는 생각조차 못했으니까요. 하지만 여기선 뭔가 함정이 있을 거라는 생각이 들었다는 자체가 아주 신기하게 여겨져요. 그런 생각이 든 건 처음이거든요. 아마 우리가 생태계 불균형에 대해 토론하는 도중에 인간이 없어졌다면 야생으로 돌아간 동물들이 있을 거라고 얼핏 생각했던 것 같아요. 그런 생각은 실제 상황이 벌어지고 난 뒤에는 확실해지는데 그러기 전에는 애매하기만 하죠."

"그렇게 쉽게 넘기지 마세요. 생태계 불균형을 주제로 한 토론에는 나도 참가했어요. 하지만 나는 미처 그런 생각을 못했지요. 가이아가 높이 평가하는 것은 당신의 독특한 예지 능력이에요. 물론 당신 스스로는 자신의 잠재적 예지 능력에 대해 염증을 느끼고 있기는 하지만요. 이제 당신의 그러한 심정을 알 수 있을 것 같아요. 어떤 느낌이 와서 행동은 하지만, 그래야 하는 명확한 이유를 모를 때의 그 마음에 대해서 말이에요."

"터미너스에서는 그런 걸 보고 '육감적으로 행동한다'고 합니다."

"가이아에서는 '보지 않고 안다'고 하지요. 당신은 보지 않고 아는 것을 좋아하지 않는 거죠, 그렇죠?"

"그래요. 나는 육감적으로 행동하는 게 싫어요. 물론 어떤 육감이든 원인이 있겠지요. 하지만 그 이유를 모를 경우에는 내가 내 정신의 주인이 아니라는 느낌이 들거든요. 일종의 정신병 초기 증세지요."

"물론 당신이 가이아와 갤럭시아 편을 들기로 결정했을 때도 육감적으로 판단했겠지요. 그리고 지금 그 이유를 찾으려는 거고요."

"그렇다는 얘기는 수십 번도 더 했죠."

"하지만 그동안 나는 당신의 말을 완전히 믿진 않았어요. 그 점에 대해선 사과할게요. 앞으론 그 문제에 대해서 더 이상 반발하지 않겠어요. 하지만 내가 가이아의 장점에 대해서 계속 이야기하는 것은 허용하겠죠?"

"언제라도 좋습니다. 내가 받아들이지 않을 거라는 사실만 명심한다면 말이에요."

"그런데 지성체로서 관리자 역할을 하던 생명체가 없어졌기 때문에, 이 행성이 일종의 야만 상태로 되돌아가 결국 거주가 불가능한 곳이 된 거라고 생각지 않으세요? 만약 이 행성이 가이아 또는 갤럭시아의 일부라면 그런 일은 벌어지지 않아요. 지성체의 관리 체계는 은하계 전체가 하나의 형태가 되어 계속 존재할 테니까요. 그리고 생태계가 어떤 이유로 인해 파괴되었다면 스스로 균형을 되찾을 거고요."

"그러면 개들은 더 이상 먹지 않게 됩니까?"

"물론 사람들이 먹는 것처럼 개들도 먹어야 하지요. 그러나 개들은 상황에 따라 아무거나 먹어치우는 게 아니라, 생태계의 균형을 이룬다는 목적에 합당한 것만 먹게 되지요."

"개체로서의 자유가 없어지는 것이 개들에게는 문제되지 않겠지만 인간들에게는 문제가 됩니다. 그리고 만약 모든 인류가 한두 행성이 아닌 모든 곳에서 자취를 감춘다면 어떻게 되지요? 만약 은하계에서 인간들이 모두 사라진다면 어떻게 되지요? 그래도 행성들을 관리하는 지성체가 존재하나요? 다른 모든 생물과 무생물이 하나로 합쳐져 공동 지성체를 형성하게 됩니까?"

블리스가 잠시 주춤한 후 대답했다.

"그런 상황은 한 번도 일어나지 않았어요. 그런 일은 앞으로도 일어나지 않아요."

"그래요? 인간의 정신은 다른 모든 것과 질적으로 다르며, 만약 그게 사라진다면 다른 모든 의식체를 하나로 합한다 해도 그 역할을 대행할 수 없다는 사실이 명확히 드러나잖아요. 그렇다면 인간이 특별한 존재이며 따라서 특별한 존재로서 대접받아야 한다는 게 옳지 않습니까? 인간들은 인간이 아닌 물체와 하나가 되는 건 고사하고 인간끼리라도 하나로 합쳐지면 안 된다고 생각합니다."

"하지만 당신은 갤럭시아 계획을 지지했잖아요."

"정확히 이해할 수 없는 중요한 이유 때문이었어요."

"중요한 이유라는 게 생태계 불균형이 초래하는 결과와 비슷한 것 아닐까요? 은하계에 있는 모든 행성은 칼날 끝에 서 있는 것처럼 어느 쪽으로 나아가도 불안하기 때문에, 갤럭시아를 선택하는 것만이 이 행성처럼 당할 재난을 피하는 유일한 길이라고 추론한 것 아녜요? 전쟁이나 행정의 실패 등등 계속적으로 야기되는 인재(人災)는 차치하고 말이에요."

"그런 건 아닙니다. 그걸 결정할 당시에는 생태계 불균형은 염두에 두지도 않았어요."

"그걸 어떻게 확신할 수 있죠?"

"무언가 예지할 당시에는 그 내용이 모호하다 하더라도 추후에 뭔가 얘길 들으면 내가 예지한 게 무언가 대강 감을 잡을 수는 있거든요. 이곳에 맹수가 있을지도 모른다고 예견한 식으로 말이지요."

블리스가 진지한 어투로 말했다.

"그래요? 어쨌든 당신의 예지능력과 내 정신 작용력이 조화를 이루지 않았다면 우리는 맹수들에게 먹혔을 거예요. 그러니 이제부터 좀 다정하게 지내기로 해요."

트레비스가 고개를 끄덕이며 대답했다.

"당신이 원한다면……."

트레비스의 말에 냉기가 숨어 있는 것을 느끼자 블리스가 눈썹을 치켜세웠다. 그때 페롤랫이 헐떡이며 뛰어와 분위기를 깨뜨렸다.

"찾아냈어, 결국 찾아냈어!"

5

트레비스는 쉽게 성사되는 일을 불신하였다. 하지만 주관적인 확신 때문에 더 타당하게 판단할 수 있는 근거 자체를 외면할 수는 없었다. 그는 가슴과 목 부분이 뻣뻣해지는 것을 느끼면서 간신히 입을 열었다.

"지구의 위치를! 그걸 찾아냈어요, 페롤랫 교수님?"

페롤랫은 잠시 트레비스를 쳐다보더니 당혹스러워하며 기가 꺾인 목소리로 대답했다.

"그건 아니야, 트레비스. 그것에 대해선 까마득히 잊고 있었네. 폐허에서 찾아낸 것은 다른 거야. 음……, 다시 생각해 보니 그다지 중요한 건 아닌 것 같군."

트레비스가 숨을 길게 내쉬며 말했다.

"괜찮아요, 교수님. 어떤 것을 발견했든지 그건 중요한 걸 거예요. 어쨌든 그게 뭐죠?"

"분명하게 남아 있는 건 거의 없었네. 비바람에 2만 년이나 시달렸으니 당연하겠지. 게다가 식물체가 점차적으로 침식해 들어가고 동물체는……, 어쨌든 이런 건 무시하고, 내가 말하고자 하는 요점은 '거의 없다'는 것과 '없다'는 것은 천양지차라는 거지.

폐허에 공공 건물이 있었던 모양이야. 석재로 만들었는지 콘크리트로 만들었는지는 잘 모르겠지만 바닥에 뭔가 떨어져 있더라고. 그 안에 새겨져 있는 글씨를 보니까 공공 건물임이 확실한 것 같아. 글씨는 잘 알아볼 수 없었지만 우주선에 있는 카메라 한 대를 가지고 가서 사진을 찍었지. 컴퓨터 화면이 잘 나오도록 하려고 장착시켜 놓은 카메라 말이야. 미처 자네 허락을 받진 않았지만 진짜 필요했기 때문에……."

트레비스는 신경질적으로 손을 저으며 재촉했다.

"얘기나 계속하세요."

"글씨가 너무 오래된 거라 전부 다 판독할 수 없었네. 나는 고대어 독해에 관해서 자부심이 있었는데 컴퓨터 보조기까지 동원해도 단 한 구절밖에 해독할 수 없었어. 다른 글씨보다 더 크고 선명한 글씨가 있었는데 그것만 판독한 거야. 이 행성 이름이기 때문에 더 깊이 새겨진 것 같아. 판독된 것은 '오로라 행성'이라는 내용이었어. 그래서 나는 우리가 머무르고 있는 이곳이 오로라라는 행성임을 알게 되었지."

"어떤 식으로든 이름이야 있었겠지요."

"물론이지. 하지만 이름을 아무렇게나 정하는 경우는 드물다네. 그래서 지금까지 내 자료를 자세히 검색해서 전설 두 개를 찾아냈네. 각각 굉장히 멀리 떨어져 있는 행성에서 수집한 것이니까 기원이 각각 다르다고 생각해도 무리는 아닐 거야. 어쨌든 이런 게 중요한 건 아니고……, 이 두 개의 전설에서 오로라라는 말은 새벽을 뜻하는 걸로 쓰이고 있었네. 따라서 은하 사회 이전에 사용되던 고어에서는 오로라가 새벽이란 의미로 쓰였다고 추측할 수 있겠지.

일반적으로 새벽이나 새벽녘이라는 단어는 우주 정거장이나 여타 공공 시설 가운데 최초로 지어진 시설에 붙이는 이름으로 사용되곤 하지. 이 행성에 새벽을 뜻하는 단어가 붙여진 것을 보면 이곳이 최초로 개발된 행성일 가능성이 상당히 높아."

"설마 이곳이 지구인데도, 인간을 비롯한 생명체가 탄생했음을 의미하기 위해서 오로라라는 이름을 따로 지었다고 주장하시려는 건 아니겠지요?"

"그 정도까지 비약하지 않았네, 트레비스."

트레비스가 빈정대는 투로 말했다.

"당연히 그래야죠. 표면을 뒤덮은 방사능도, 거대한 위성도 없고 거대한 고리에 덮여 있는 가스 행성도 아니니 말입니다."

"자네 말이 맞아. 하지만 콤포렐론에 있는 데니아도 박사는 이곳이 처음으로 우주에 파견된 정착민 그룹, 즉 우주인들이 거주하던 행성 가운데 하나일 거라고 생각하는 것 같았네. 만약 그렇다면 오로라라는 이름은 이곳이 최초로 건설된 우주인 행성임을 시사하기 위해 사용됐을 수도 있어. 그렇다면 우리가 지금 발을 딛고 있는 이곳이 지구 다음으로 은하계에서 가장 오래된 유인 행성인 셈이 되지. 정말 대단하지 않나?"

"어쨌든 재미있는 이야기군요, 교수님. 하지만 오로라라는 이름 하나만을 가지고 그렇게 추론하는 건 무리가 아닐까요?"

"근거는 또 있어. 내가 자료들을 조사한 바에 의하면 오늘날 '오로라'라는 이름으로 불리는 행성은 하나도 없네. 자네의 컴퓨터로 확인한다 해도 마찬가지일 거야. 아까 말했듯이 처음엔 '새벽'을 의미하는 단어로 이름 지어진 행성이나 시설은 많이 있네. 하지만 오늘날 굳이 '오로라'라는 이름으로 불리는 건 하나도 없어."

"그거야 당연하지 않은가요? 그 단어가 은하시대 이전에 사용되던 말이기 때문에 사람들이 알 수 없을 테니까 말이에요."

"하지만 이름은 전해진다네. 설사 아무런 뜻 없이 사용된다 하더라도 말이야. 만약 이곳이 처음으로 개발된 행성이라면 아주 유명했을 거야. 일정 기간 동안은 은하계에서 주도적인 역할도 했을 테고 말이야. 그러니 '신 오로라'라거나 '제2오로라'라고 이름 붙인 행성도 있었을 테지. 그리고 다른……"

트레비스가 말을 막았다.

"이곳은 최초로 개발된 행성이 아닐 수도 있어요. 전혀 중요하지 않은 곳일 수도 있고요."

"내 주장을 뒷받침하는 근거는 또 있네. 친구."

"그게 뭐죠, 교수님?"

"만약 데니아도 박사가 말한 대로 첫 번째로 이주한 개척민들이 두 번째로 파견되어서 현재 은하계를 장악하고 있는 개척민들에게 패배했다면, 그 두 집단 간에는 적개심이 흐르고 있었을 공산이 크지. 두 번째로 파견되어 현존하는 모든 행성들을 개발한 정착민들은 첫 번째로 파견된 사람들이 사용했던 행성의 이름을 사용하지 않았을 거야. 따라서 그런 사실에 근거해 볼 때 두 개척민 그룹 사이에서 '오로라'라는 이름은 딱 한 번만 사용되었으며, 이곳이 바로 그 행성으로서 첫 번째로 파견된 사람들이 개발한 곳이라고 추론할 수 있네."

트레비스가 웃으며 대답했다.

"이제 신화학자들이 연구하는 방법을 이해할 수 있을 것 같군요. 그럴싸한 상부 구조를 설정하지만 근거는 아주 빈약하고……. 전설에 의하면 첫 번째로 파견된 개척민들은 굉장히 많은 로봇을 사용했으며 결국 그것 때문에 파멸한 것으로 되어 있지요. 만약 이곳에서 로봇을 발견할 수만 있다면 교수님이 설정한 가설을 받아들일 수밖에 없겠지요. 하지만 2만 년이나 지났는데 그런 게 있을 리 있겠어요?"

무슨 말을 해야 좋을지 몰라 답답해하던 페롤랫은 비로소 할 말을 찾았다는 듯이 펄쩍 뛰었다.

"아니, 트레비스. 내가 얘기하지 않았나? 아차, 안 했구나. 너무 흥분해서 제대로 말해 주지도 못했군. 이곳엔 로봇이 있었어!"

6

트레비스는 두통이라도 있는 듯 이마에 손을 대고 문질렀다.

"로봇이? 로봇이 있었다고요?"

"그래!"

페롤랫은 단호하게 머리를 끄덕이며 대답했다.

"어떻게 알아봤죠?"

"틀림없이 로봇이야. 바로 앞에서 봤는데 못 알아볼 리가 있나?"

"전에 로봇을 본 적이 있으세요?"

"실제로 보진 못했지. 하지만 금속으로 머리, 팔, 다리, 몸통 등이 만들어져 있는 게 마치 인간 같더라고. 물론 굉장히 녹슬어 있었지. 가까이 다가가자 내 발걸음의 진동 때문에 더 망가진 것 같아. 그래서 만져 보려고 다가갔는데……."

"왜 만지려 했죠?"

"내 눈을 믿지 못해서 그랬지. 거의 무의식적인 행동이었어. 내가 만지자마자 그 로봇은 부서져 버렸어. 그러나……."

"그러나?"

"완전히 부서지기 전에 눈 쪽이 약간 번득이더니 무슨 소리를 내더라고. 뭔가 말하려고 하는 것 같았어."

"아니, 지금까지 작동했단 말입니까?"

"아주 약간……, 그러다가 부서졌지."

트레비스가 블리스에게 물었다.

"당신도 봤어요, 블리스?"

"그건 분명히 로봇이었어요. 우리 둘이 같이 보았죠."

"정말 지금까지 작동했단 말입니까?"

블리스가 단조로운 어조로 대답했다.

"부서질 때 미미하게 신경이 활동하는 것을 포착했어요."

"로봇에게 무슨 신경이 있겠어요? 로봇에게는 세포로 구성된 유기물 두뇌가 없잖아요?"

"그 로봇에게는 컴퓨터로 만들어진 두뇌가 있었던 것 같아요. 그래서 그 움직임도 감지했지요."

"그렇다면 인간의 정신 활동을 포착한 게 아니라 로봇의 두뇌 활동을 포착했단 말입니까?"

블리스가 입술을 오므리고 말했다.

"움직임이 너무 미약해서 그 이상은 모르겠어요."

트레비스는 블리스와 페롤랫을 번갈아 쳐다보면서 격정적인 목소리로 말했다.

"그럼 모든 게 바뀌는군요!"

제4부

솔라리아

10장

로봇들

1

점심 식사를 하면서 트레비스는 내내 깊은 생각에 빠져 있었다. 블리스는 아무 말도 하지 않고 열심히 음식만 먹었다.

페롤랫 혼자만이 이야기를 하고 싶어 안달이 났다. 만약 자신들이 머물고 있는 행성이 오로라로서, 최초로 개발된 행성이 맞는다면 지구는 틀림없이 가까운 곳에 있을 것이라며 떠들어 댔다.

"즉시 이 근처에 잇는 행성들을 조사해 보자고. 많아 봤자 몇백 개만 조사하면 될 거야."

그러자 트레비스가 그런 마구잡이 탐사는 최후의 방법이며 설령 지구를 발견한다 하더라도 가능한 한 지구에 대해 많은 정보를 수집한 후에 접근하는 게 좋겠다고 말하고는 다시 입을 다물었다. 그러자 페롤랫도 기가 꺾여 입을 다물고 말았다.

식사 후에도 트레비스가 침묵하자 페롤랫이 주저하며 물었다.

"여기에 계속 머무를 작정인가, 트레비스?"

"하루 정도 더 머물러야 할 것 같아요. 어차피 좀 더 생각해야 할 것도 있고 말이에요."

"아무 일 없을까?"

"개 떼보다 더 위험한 상대만 없다면 우주선 안에 있는 한 문제될 건 없겠죠."

"더 위험한 상대가 있다면 이륙하는 데 얼마나 걸리겠는가, 트레비스?"

"컴퓨터가 이륙 준비를 완료하고 있으니 2~3분 내에 가능하죠. 어쨌든 예기치 못한 상황이 벌어지면 즉시 경고 신호가 울릴 테니 이제 모두 눈을 좀 붙이지요. 내일 아침에 어떻게 해야 할지 결정하겠어요."

트레비스는 어둠 속을 응시하면서 '말로는 모든 게 쉽지.' 하고 생각했다. 그는 옷을 대충 입은 채로 컴퓨터실 바닥에 쭈그리고 누웠다. 잠자리로는 꽤 불편했지만 이런 상황에서 침대에 누워 있으면 잠이 더 안 올 것 같았다. 그러나 이곳에 누워 있으면 최소한 컴퓨터가 경고를 울릴 경우 즉각 행동을 취할 수 있었다.

그때 문득 발자국 소리가 들렸다. 트레비스는 재빨리 일어나다가 머리를 책상 모서리에 들이받았다. 얼굴이 저절로 찌푸려질 정도로 고통스러웠으나 다행히 상처는 생기지 않았다.

"페롤랫 교수님?"

트레비스는 눈물을 찔끔거리며 기어들어 가는 목소리로 물었다.

"아니에요, 블리스예요."

트레비스가 테이블 모서리 위로 손을 뻗쳐 컴퓨터에 반쯤 걸치자 은은한 불빛이 들어오면서 밝은 핑크색 스커트를 입은 블리스를 비추었다.

"무슨 일이죠?"

"침실에 안 계시더군요. 그래서 당신의 신경 활동을 추적해서 찾아왔어요. 당신이 깨어 있는 게 확실해서 이리로 들어왔고요."

"그래요? 무슨 일이죠?"

그녀는 벽에 기대앉더니 무릎을 곧추세우고 그 사이에 턱을 묻었다.

"걱정하지 마세요. 당신을 유혹하려고 온 건 아니니까요."

"그러리라 믿어요. 잠이나 자 두지 그래요. 우리보다 더 많이 자야 할 텐데 말이죠."

트레비스가 비꼬는 투로 말했다.

블리스가 조용히 진심 어린 어투로 말했다.

"정말이지, 개 떼 사건은 진짜 끔찍했어요."

"그랬지요……."

"어쨌든 펠이 잠자고 있을 때 말해야 할 게 있어요."

"무엇을 말이죠?"

"펠이 로봇 얘기를 꺼내자, 당신은 그것 때문에 모든 게 바뀌게 됐다고 했는데 그게 무슨 뜻인가요?"

"그걸 모르겠다고요? 우리에게는 좌표가 세 개 있어요. 금지된 행성 세 군데 말이죠. 나는 세 군데를 모두 방문해서 가능한 한 지구에 대해 많이 파악한 다음 지구를 향해 출발하고 싶었죠."

그는 계속 작은 목소리로 말하기 위해 몸을 가까이 하다가 갑자기 몸을 뒤로 빼면서 말했다.

"이봐요, 괜히 이러고 있다가 페롤랫에게 들키고 싶지 않아요. 그 사람이 어떻게 생각하겠어요!"

"그럴 가능성은 없어요. 그는 잠자고 있어요. 내가 약간 도와주었죠.

몸을 뒤척인다면 금방 알 수 있어요. 그러니 계속 얘기하세요. 세 군데를 모두 방문하고 싶었는데 무엇이 바뀌었다는 거죠?"

"처음에는 어느 특정 행성에서 쓸데없이 시간을 낭비할 생각이 전혀 없었지요. 만약 이 오로라 행성에 지난 2만 년 동안 사람이 살지 않았다면 과연 가치가 있는 정보가 남아 있을까 하고 의심스러웠던 겁니다. 먼지와 녹, 쓰레기 가운데 참고할 만한 쪼가리나 찾으려고 개와 고양이, 황소 등 사나운 맹수가 되어 버린 짐승들을 물리치면서 행성 전역을 쓸데없이 쏘다니며 몇 달, 몇 주를 낭비하고 싶지 않았던 겁니다. 다른 금지된 행성 가운데 인간이 살고 있고, 그래서 자료가 풍부한 도서관도 있는 행성이 있을지도 모른다고 생각한 겁니다. 그래서 애초에는 이 행성을 빨리 떠나려고 생각하고 있었지요. 그랬다면 지금쯤 우주 공간에서 아주 편안하게 수면을 취하고 있을 텐데……."

"그런데요?"

"만약 이 행성에 아직까지 작동하는 로봇이 있다면 이들에게서 유용한 정보를 얻을 수 있을 겁니다. 내가 들은 바에 의하면 이들은 인간의 명령에 복종해야 하고 인간에게 위해를 가하면 안 되기 때문에 이들을 만나는 게 인간을 만나는 것보다 안전하고 유용할지도 모르거든요."

"그래서 이 행성에서 로봇을 찾아보기로 계획을 변경했군요."

"처음엔 아니었어요. 로봇이 정비도 받지 않고 2만 년 동안 유지될 수는 없을 거라고 생각했거든요. 하지만 당신과 페롤랫이 로봇이 잠시 작동되는 모습을 보았다고 하니, 로봇에 대한 내 상식이 틀렸다는 게 명확해졌어요. 무지한 상태에서 내 의견만 고집할 순 없는 일이죠. 어쩌면 로봇이 스스로 정비할 수 있는 능력을 갖추고 있어서 내 생각보다 훨씬 긴 생명력을 가지고 있을지도 모르죠."

"말할 게 있어요, 트레비스. 비밀이니 절대 발설하면 안 돼요."

"비밀이라고! 누구에게요?"

트레비스가 깜짝 놀라 커다란 목소리로 물었다.

"쉿! 물론 펠에게죠. 당신은 계획을 바꿀 필요가 없어요. 처음에 내린 당신의 판단이 옳아요. 이 행성엔 작동되는 로봇이 없어요. 내 정신력으로 아무리 찾아보아도 전혀 발견되지 않으니까요."

"당신과 페롤랫이 봤잖아요. 마치……"

"거짓말이었어요. 그건 전혀 안 움직였어요. 오래전에 망가졌죠."

"당신도 분명히……"

"내가 무슨 말을 했는지 잘 알아요. 펠은 로봇이 뭔가 말하려고 하면서 움직였다고 착각한 거예요. 펠은 낭만적인 사람이에요. 그는 많은 시간을 투자해서 자료들을 수집했지만, 학계에 업적을 남기기란 쉬운 일이 아니었죠. 그는 자기 자신이 직접 중요한 내용을 발견해 내기를 갈망해 왔어요. 그가 '오로라'라는 단어를 찾아낸 것은 중요한 업적이에요. 그는 당신이 상상하지 못할 정도로 기뻐했어요. 결국 더 중요한 것을 발견해 내고자 필사적으로 노력하게 되었지요."

"더 중요한 것을 발견하려는 강박관념 때문에 사실과 달리 작동되는 로봇을 봤다고 착각하게 되었다는 얘깁니까?"

"펠이 발견한 것은 바위에 기대고 있는 고철 덩어리로, 바위와 마찬가지로 아무 의식도 가지고 있지 않았어요."

"하지만 당신도 맞장구쳤잖아요."

"차마 착각한 내용을 부정할 수가 없었어요. 그러기에는 펠이 내게 너무나 소중한 사람이거든요."

트레비스는 1분 정도 블리스를 응시하더니 입을 열었다.

"교수님이 왜 그렇게 당신에게 소중한지 내게 설명해 줄 수 있어요? 진정으로 알고 싶습니다. 젊은 당신에게 교수님은 로맨틱한 구석이라고는 전혀 없는 노인네로 비칠 텐데 말이에요. 게다가 교수님은 고립자인데 당신은 고립자들을 경멸하고 있잖아요. 또 당신은 젊고 아름다운 여성이지요. 그러니 정열적이고 매력적인 젊은 가이아 남자들과 얼마든지 사귈 수 있지 않은가요? 당신이 그들과 사랑을 나눈다면 가이아 전체에 반향을 일으키며 환희의 절정을 이룰 수도 있을 텐데요. 그런데 왜 하필 교수님에게 매력을 느끼죠?"

블리스가 진지한 표정으로 트레비스를 쳐다보며 물었다.

"그 사람을 사랑하지 않나요?"

트레비스는 어깨를 으쓱하면서 대답했다.

"물론 매우 좋아하지요. 사랑한다고 말할 수도 있을 것 같아요. 물론 연애 관계는 아니니 오해하지 마세요."

"당신은 그 사람을 사귄 지 얼마 안 돼요, 트레비스. 그런데 왜 그렇게 그 사람을 좋아하나요?"

트레비스는 자기도 모르는 사이에 웃음을 띠면서 말했다.

"페롤랫 교수님은 아주 특이한 사람이에요. 그분은 지금까지 살아오면서 한 번도 자기 자신에게 집착한 적이 없어요. 나와 동행하라는 명령을 받자 아무런 이의 없이 동행했어요. 트랜터로 가고 싶어 하셨지만 내가 가이아로 가고 싶다고 하자 반대하지 않았어요. 게다가 위험하다는 걸 뻔히 알면서도 현재 지구 탐사 작업에 동행하고 있어요. 나는 교수님이 나나 어떤 다른 사람을 위해서 목숨을 바쳐야 한다면 불평 없이 그렇게 할 사람이라고 믿고 있답니다."

"그렇다면 당신도 그 사람을 위해 목숨을 바칠 수 있나요, 트레비스?"

"생각할 시간적 여유도 없이 급히 결정해야 한다면 그럴 수 있겠죠. 하지만 여유가 있다면 주저주저하면서 피하려 할지도 모르죠. 나는 교수님만큼 좋은 사람은 못 돼요. 바로 그런 이유 때문에 교수님이 계속 착하게 살아갈 수 있도록 보호해 주어야 한다는 생각을 늘 하고 있지요. 나는 교수님이 은하계의 나쁜 것에 물드는 것을 바라지 않아요. 그 중에서도 특히 당신으로부터 보호해야만 한다고 생각해요. 당신이 변심하여 그를 버릴지도 모른다는 생각을 하면 참을 수가 없어요."

"그래요. 당신이 그렇게 생각할 거라고 추측했어요. 당신은 왜 당신처럼 나도 펠에게 매력을 느끼고 있다고 생각지 않죠? 게다가 나는 직접 그의 마음과 접촉할 수 있으니 당신보다 더 많이 느낄 수 있어요. 그 사람이 상처 입는 걸 내가 견뎌 낼 수 있었다면 로봇이 작동하는 것을 봤다는 착각에 맞장구를 치겠어요? 트레비스, 나는 당신들이 선이라고 말하는 것에 익숙해요. 각 부분이 전체를 위해 희생할 준비가 되어 있는 가이아에서 살아왔기 때문이죠. 우리는 그 이외의 다른 행동 규범은 알지도 이해하지도 못해요. 그러나 그렇게 한다고 해서 포기하는 것은 전혀 없어요. 우리 각 부분은 동시에 전체이기 때문이에요. 당신이 그런 것을 이해하라곤 생각지 않겠어요. 하지만 펠은 달라요."

블리스는 더 이상 트레비스를 쳐다보지 않고 있었다. 마치 자기 자신에게 얘기하는 것 같았다.

"펠은 고립자예요. 그러니 펠이 헌신적인 것은 자신이 아주 거대한 전체에 속한 한 부분이기 때문도 아니에요. 펠 자신이 헌신적인 사람이기 때문에 헌신적일 뿐이죠. 이해가 가나요? 나는 주는 데 익숙한 가이아지만, 그 사람이 별로 요구하는 것도 없이 주기만 하면서 살아가는 모습을 볼 때 부끄러움을 느껴요."

블리스는 다시 트레비스를 쳐다보면 진지한 표정으로 얘기했다.

"내가 얼마만큼 깊게 그 사람을 이해하고 있는지 아시겠어요? 아직도 내가 그에게 어떤 형태로든 상처를 입힐 거라고 생각하세요?"

"블리스, 오늘 아침에 당신이 내게 '앞으로 다정하게 지내자'고 했죠. 나는 '당신이 원한다면'이라고만 대답했고요. 그때까지만 해도 당신이 결국 교수님에게 상처를 입히게 될 거라고 여겼기 때문에 당신이 미워서 그렇게 말했어요. 이제 내가 부탁하겠습니다. 블리스, 이제부터 우리 다정하게 지내요. 당신은 갤럭시아의 장점을 제기하고 나는 계속 그런 주장에 반대하겠지요. 그렇더라도 앞으로 다정하게 지냅시다."

트레비스가 말을 마치며 손을 내밀었다.

"물론이에요, 트레비스."

블리스도 손을 내밀자 두 사람은 서로의 손을 단단히 마주 잡았다.

2

트레비스는 혼자 빙긋이 웃었다. 입술조차 달싹이지 않는 마음속으로 웃는 웃음이었다.

트레비스가 맨 처음에 좌표에 나타난 수치만 가지고 실제로 존재하는지 안 하는지도 모르는 행성을 찾고자 컴퓨터를 가지고 작업할 때에는 페롤랫과 블리스가 열심히 쳐다보면서 여러 가지 질문들을 던졌다. 그러나 이제는 자기들의 침실에서 휴식을 취할 뿐 행성 탐사 작업은 트레비스가 알아서 하도록 전혀 간섭하지 않았다.

상당히 기분이 좋았다. 왜냐하면 이제 그들은 트레비스가 모든 작업을 믿음직하게 수행하고 있으니까 간섭할 필요도 격려할 필요도 없다고 믿고 있는 게 확실하기 때문이었다. 그 문제에 관해 트레비스 역시 첫 번째 작업을 통해 컴퓨터의 능력을 충분히 경험하면서 더 철저히 신뢰하게 되었기 때문에, 컴퓨터가 하는 일에 가능하면 간섭을 하지 않았다.

강한 빛을 발산하면서도 은하 지도에 수록되지 않은 다른 별이 모습을 드러냈다. 이번에 두 번째로 발견한 별은 오로라가 돌고 있는 별보다 더 밝았다. 그렇게 밝은 별이 컴퓨터에 기억되어 있지 않다는 사실 자체가 아주 의미심장하게 느껴졌다.

트레비스는 불가사의한 고대 전설에 경탄했다. 그것은 의식 세계에서 완전히 사라진 엄청난 세월을 조망하게 해 주고 있었다. 문명 전체가 망각 속에 사라지는 경우도 많다. 그러나 엄청난 세월이 흘렀음에도 불구하고, 왜곡되지 않고 보존된 한두 개의 전설들은 망각 속에서 거대한 문명이 솟아나게도 할 수 있기 때문이었다. 자신이 가지고 있는 좌표처럼 말이었다.

트레비스가 일전에 그런 느낌을 페롤랫에게 말한 적이 있었는데, 페롤랫은 바로 그런 점에서 신화와 전설을 연구하는 보람을 찾는다면서 이렇게 말했다.

'전설 가운데 어떤 요소들이 진실을 정확히 반영하고 있는가를 연구해서 밝혀내는 건 아주 중요한 일이야. 물론 쉬운 일은 아니지. 그래서 신화학자들은 일반적으로 각자 자신의 해석이 옳음을 증명하기 위해 서로 다른 요소를 강조하는 경향이 있지.'

하여튼 그 별은 데니아도 교수에게 얻은 좌표가 가리키는 바로 그 자리에 있었다. 물론 시차를 고려해서 수정한 자리였지만 말이다. 그 순간 트레비스는 세 번째 별도 틀림없이 있을 것이라고 확신했다. 만약 세 번째 별도 확인된다면, 금지된 행성이 50개가 있다는 전설도 상당 정도 믿을 수 있을 것 같았다. 그러나 나머지 47개가 어디에 있을까 궁금해졌다. 그렇다 하더라도 그 숫자 자체는 좀 의심스러웠다.

생물이 생존 가능한 행성, 즉 금지된 행성이 그 별 주위를 돌고 있는 게 발견되었다. 이제는 금지된 행성이 발견되었다는 게 별로 감격스럽지 않았다. 틀림없이 있을 거라고 확신했기 때문이리라. 트레비스는 파스타호를 조종하여 천천히 궤도 안으로 진입했다.

구름층이 얇았기 때문에 지표면을 웬만큼 파악할 수 있었다. 생존 가능한 다른 모든 행성과 마찬가지로 그 행성에도 물이 많이 있었다. 열대성 바다 하나와 서로 정반대 지역에 위치한 바다 두 개가 서로 연결되지 않은 채 떨어져 있었다. 중간 위도를 경계선으로 하여, 한쪽에는 다소 뱀처럼 꾸불꾸불한 형태로 행성을 에워싼 대륙이 있었다. 대륙 양쪽 끝에는 간혹 좁은 협곡을 형성하고 있는 만(灣)이 자리 잡고 있었다. 중간 위도의 다른 쪽에는 지표면이 크게 세 개 지역으로 나뉘어 있었는데, 각 지역의 남북 거리는 반대쪽 대륙의 남북 거리보다 길었다.

트레비스는 자신에게 기상학 지식이 충분해서 눈앞에 보이는 현상들을 근거로 기후와 계절을 파악할 수 있었으면 얼마나 좋을까 하고 생각했다. 컴퓨터로 하여금 그 문제를 풀어 보게 할까 하고 잠시 편한 생각을 해 보았으나 기후는 지금의 주요 관심사가 아니었다.

컴퓨터가 이곳에서도 문명 시설에서 발산하는 방사선을 전혀 검출하지 못했다는 게 훨씬 중요한 문제였다. 망원경으로 살펴보니 그 행성에는 좀먹는 듯한 황무지의 흔적이 없었다. 육지는 다양한 색조의 초록빛으로 울창할 뿐, 밝은 지역에는 도시가 있다는 징후가 없었고 어둠이 깔려 있는 지역에는 불빛이 없었다.

이곳도 인간 이외의 생물체만 가득한 행성일까?

그는 블리스와 페롤랫이 자고 있는 침실 문을 두드렸다.

"블리스!"

그는 속삭이듯 부르곤 한 번 더 문을 두드렸다.

부스럭거리는 소리가 들리더니 블리스의 목소리가 흘러나왔다.

"왜요?"

"이리 좀 나와 주겠어요? 당신의 도움이 필요해요."

"조금만 기다리세요. 매무새가 엉망이라서요."

마침내 그녀가 나왔다. 여느 때와 같이 단정한 모습이었다. 자신은 그녀가 어떻게 보이든지 상관이 없는데 그런 것 때문에 기다려야 한다는 게 짜증스러웠다. 하지만 이제 친하게 지내자고 했으니 짜증을 삭일 수밖에 없었다.

그녀는 웃음을 띠며 즐거운 목소리로 물었다.

"무슨 도움이 필요하세요, 트레비스?"

트레비스가 스크린을 가리키며 말했다.

"보시다시피 우리는 육지 전 지역이 초목으로 아주 울창하게 덮여 있어서 아주 건강하게 보이는 행성 지표면 위를 지나고 있는 중이에요. 하지만 밤에는 불빛이 안 보이고 문명 시설에서 발산하는 방사선도 없군요. 저곳에 생명체가 활동하고 있는지 확인해 주세요. 한 무리의 초식 동물을 얼핏 본 것 같은데 확실치는 않아요. 무언가를 필사적으로 갈구하는 사람에게 나타나는 착시 현상을 일으켰는지도 모르죠."

블리스가 귀를 기울였다. 갑자기 이상할 정도로 긴장된 표정이 떠올랐다. 마침내 그녀가 입을 열었다.

"아, 그래요! 동물체가 아주 많아요."

"포유 동물?"

"그럴 거예요."

"인간은?"

블리스는 더욱 집중해서 귀를 기울였다. 1분이 지나고 1분이 지나자 마침내 그녀는 긴장을 풀고 말했다.

"확실하게는 파악이 안 돼요. 가끔 인간으로 간주되는 고도의 지성체가 감지되는 것 같기도 해요. 하지만 너무 간간이, 너무 희미하게 들리기 때문에 당신이 그랬듯 너무 필사적으로 감지하려고 하니까 환청을 일으킨 건지도 몰라요. 그게 아니라면……."

블리스가 생각에 잠겨 잠시 말을 중단했다. 트레비스는 "뭔데요?" 하고 물으며 재촉했다. 그녀가 다시 입을 열었다.

"무언가 색다른 것을 감지했는지도 모르고요. 그건 내가 익히 알고 있는 종류가 아니었어요. 하지만 그 소리는 틀림없이……."

블리스가 더욱 집중적으로 귀를 기울이자 그녀의 얼굴에는 또다시 긴장된 표정이 나타났다.

"어때요?"

트레비스가 다시 묻자 블리스는 긴장을 풀며 말했다.

"그 소리는 틀림없이 로봇이 내는 소리예요."

"로봇이라고요!"

"그래요. 그런데 로봇을 감지했다면 인간들도 감지할 수 있어야 할 텐데 도저히 감지가 안 돼요."

"로봇이라고……!"

트레비스가 눈살을 찌푸렸다.

"네. 그것도 굉장히 많은 숫자인 것 같아요!"

3

페롤랫 역시 그 말을 듣고는 트레비스와 아주 흡사한 어조로 말했다.

"로봇이라고!"

그러더니 그는 가볍게 미소 지었다.

"자네 말이 맞았네, 트레비스. 자네의 주장을 의심한 내가 틀렸어."

"그런 건 모두 잊었습니다, 교수님."

"고맙네, 친구. 나는 자네가 생존해 있는 로봇을 조사할 기회를 외면하고 오로라를 떠날까 봐 걱정했거든. 하지만 자네는 이곳에 로봇이 아주 많이 있을 거라는 점을 분명히 알고 있었어."

"그렇진 않아요, 교수님. 전혀 몰랐어요. 단지 운에 맡긴 것뿐이죠. 블리스가 말하길 그들의 정신 활동력으로 미루어 보아 완전히 정상 가동 중이라는 거예요. 인간이 없다면 그렇게 정상적으로 가동될 수는 없겠죠. 하지만 블리스는 아직 인간 비슷한 생명체를 발견하지 못했어요. 그래서 계속 찾아보고 있는 중이죠."

페롤랫은 스크린을 자세히 훑어보았다.

"주위가 전부 숲인 것 같은데, 그렇지 않나?"

"대부분이 숲이죠. 하지만 초원으로 보이는 넓은 지역도 있어요. 문제는 도시가 하나도 보이지 않고 밤에는 불빛이 없다는 거예요. 단지 가끔 열 방사선만 확인되고 말이에요."

"그러면 인간이 전혀 없다는 얘긴가?"

"그런 것 같아요. 블리스가 지금 조리실에서 정신을 집중해서 탐색하고 있죠. 저는 이 행성을 기준으로 본초자오선을 맞춰 놓았고요. 그러면 컴퓨터가 이 행성의 경도와 위도를 나누게 되죠. 블리스는 작은 장치를 가지고 있다가 로봇이 특히 집중적으로 정신 활동을 한다고 생각되거나 인간이 정신 활동을 하고 있다고 여겨지는 지점을 발견할 때마다 그 장치를 누르죠. 그 장치는 컴퓨터에 연결되어 있기 때문에 컴퓨터에 그 경도와 위도가 모두 기록되지요. 그래서 컴퓨터로 하여금 그 중에서 착륙하기에 좋은 지점을 선별하게 하는 거예요."

페롤랫은 불안한 표정으로 물었다.

"컴퓨터가 선택하도록 하는 게 과연 현명할까?"

"문제될 거라도 있어요, 교수님? 이건 아주 뛰어난 컴퓨터예요. 게다가 현재로선 달리 판단할 근거도 전혀 없는데 컴퓨터가 지정한 걸 참조한다고 해서 손해 볼 건 없지요."

페롤랫은 금세 밝은 표정을 지으며 말했다.

"다른 방법이 있네, 트레비스. 아주 오래된 전설 가운데 사람들이 입방체를 땅에 던져서 결정한다는 이야기가 나온다네."

"그래요? 어떻게 하는 건데요?"

"입방체 양쪽에 각각 그렇다거나 아니라거나 아니면 유보한다는 등의 내용을 써 놓고 땅에 던져서 하늘을 향한 쪽에 적힌 대로 하는 거야. 아니면 원판에 구멍을 여러 개 뚫어서 구멍마다 각각 다른 행동 방침을 정해 놓고 조그만 공을 굴리는 거야. 그래서 공이 어느 구멍에 들어가는가에 따라 결정하는 거지. 일부 신화학자들은 그 게임이 행동 방침을 결정하기 위해 하는 게 아니라 행운을 잡기 위해서 하는 거라고 주장하지. 하지만 나는 두 가지 해석이 결국 같은 뜻이라고 생각한다네."

트레비스가 말했다.

"그럴 수도 있겠죠. 그럼 행운잡기 게임을 해서 착륙 장소를 뽑는 거네요?"

블리스가 조리실에서 나오면서 마지막 내용을 들었는지 둘 사이에 끼어들었다.

"행운잡기 게임을 할 필요가 없어요. '가능성이 높은 지역'을 몇 번 누르다가 '여기다!'라고 여겨지는 곳을 한 번 눌렀어요. 우리가 착륙해야 할 곳은 그 지역이에요."

"왜 '여기다!'라고 생각했지요?"

트레비스가 물었다.

"인간의 정신이 활동하는 흔적을 포착했어요. 확실해요! 이건 착각이 아니에요."

4

풀이 젖어 있는 것을 보니 비가 온 것 같았다. 머리 위로 구름이 바삐 흘러가고 있었다. 맑게 갤 징조였다.

파스타호가 조그만 삼림 근처에 조용히 착륙하자 트레비스는 맹수가 있을까 봐 걱정되었다. 주변 사방은 목초지 같았다. 주위가 훨씬 잘 보이는 아주 높은 곳에서 내려오다가 트레비스는 풀과 곡물이 있는 평원을 보았다. 풀을 뜯어먹고 있는 동물들도.

그러나 건물은 하나도 없었다. 과수원에 나무들이 규칙적으로 심어져 있는 것과, 밭을 구분 짓기 위해 경계를 쌓은 것 이외에는 아무런 인위적인 흔적도 없었다. 단파 수신소 같은 시설도 없었다.

로봇들이 저런 작업을 했을까, 인간도 없이?

그는 조용히 우주총을 차기 시작했다. 이번에는 전력과 에너지를 충분히 장착해서 두 가지 무기를 모두 마음껏 사용할 수 있도록 철저히 준비했다. 그러다가 그는 잠시 블리스의 시선을 느끼곤 동작을 멈추었다.

"마저 차세요. 무기를 소지할 필요가 전혀 없을 거라고 생각하지만, 그건 전에도 마찬가지였으니까요."

트레비스가 물었다.

"교수님도 무장해야죠?"

페롤랫은 질겁하면서 사양했다.

"아니, 괜찮아. 자네가 가진 물리적 방어력과 블리스가 가진 정신력이 있으니 나는 아무런 위험을 느끼지 않는다네. 두 사람의 보호 뒤에 숨는 건 겁쟁이나 하는 행동일지도 모르지만 내가 무력을 사용하지 않아도 되는 위치에 있다는 게 너무 고마워서 창피스러워 할 여지도 없다네."

"이해할 수 있어요. 아무튼 혼자 다니지는 마세요. 블리스와 제가 떨어질 경우 둘 중 한 명에게 꼭 붙어 있어야 해요. 호기심이 발동한다고 아무 데나 가면 안 됩니다."

"염려하지 마세요, 트레비스. 펠은 내가 책임질 테니까요."

트레비스가 먼저 우주선 밖으로 나왔다. 바람이 상쾌하게 불었다. 비가 온 뒤라서 그런지 날씨가 약간 서늘했다. 마치 자신들을 환영하는 것 같았다. 비가 오기 전에는 후텁지근했으리라.

트레비스는 놀랍다는 표정을 지으며 숨을 깊이 들이켰다. 이 행성에서 나는 냄새는 아주 상쾌하게 느껴졌다. 트레비스는 어떤 행성이든 그 행성 특유의 냄새를 풍긴다는 사실을 잘 알고 있었다. 그 냄새는 언제나 낯실게 느껴졌으며, 그렇기 때문에 그만큼 방문객을 불쾌하게 만들었다. 그러나 이곳의 낯선 향취는 아주 상쾌하게 느껴졌다. 우연히

1년 중 가장 좋은 계절에, 그것도 비가 막 그친 후에 착륙해서 그런 것일까? 이유야 어쨌든 기분이 좋았다.

"이리들 나오세요. 날씨가 아주 상쾌하군요."

페롤랫이 나오면서 감탄했다.

"진짜 쾌적하군. 항상 이렇게 상쾌한 냄새가 날까?"

"아무러면 어때요. 어차피 한 시간만 있으면 이 향취에 충분히 익숙하게 돼서 더 이상 이런 향취를 맡지 못할 텐데요."

"진짜 아깝군!"

페롤랫은 아쉬운 듯 숨을 깊이 들이켰다.

"풀이 젖었네요."

블리스가 불만스럽다는 어조로 말했다.

"그러면 안 되나요? 가이아에서도 비가 오잖아요."

트레비스가 말했다. 그가 말을 마치자마자 구름 사이에 약간 틈새가 생기더니 순간적으로 노란 한 줄기 햇볕이 내리쬐었다. 햇볕이 점점 더 많이 내리쪼일 것 같았다.

"물론이죠. 하지만 비가 올 때를 알고 있기 때문에 미리 그에 대비할 수가 있어요."

"안됐군요. 돌발적으로 당하는 스릴은 맛보지 못할 테니 말입니다."

"당신 말이 맞아요. 앞으로 깐깐하게 굴지 않도록 노력할게요."

페롤랫은 사방을 살펴보더니 실망스럽다는 듯 입을 열었다.

"근처에 아무것도 없는 것 같군."

블리스가 말했다.

"그렇게 보일 뿐이에요. 저 언덕 너머에서 그들이 다가오고 있어요."

그녀는 얼른 트레비스를 쳐다보며 말을 이었다.

"우리가 저들을 만나러 가는 게 좋지 않겠어요?"

트레비스가 고개를 저으며 말했다.

"그럴 필요는 없어요. 우리는 저들을 만나려고 수십 파섹을 날아왔어요. 그러니 이제 우리가 기다리고, 나머지 거리는 저들이 걸어오게 놔둡시다."

그들이 접근하는 것은 블리스만이 감지할 수 있었다. 그녀가 손으로 언덕 쪽을 가리켰다. 언덕 너머에서 하나가 나타나더니 두 번째, 세 번째가 나타났다.

"지금 당장은 저들만 온 것 같아요."

블리스의 말에 트레비스가 호기심 어린 눈으로 쳐다보았다. 비록 로봇을 본 적은 한 번도 없지만 그들이 로봇이라는 사실은 분명히 알 수 있었다. 그것들은 인간의 형상을 하고 있었으며, 외견상으로는 금속으로 만들어진 흔적도 별로 뚜렷하지 않았다. 표면을 희미하게 처리하고 마치 고급 옷감을 둘러씌운 것처럼 부드러운 느낌마저 들었다.

그러나 부드럽다는 느낌이 착각만이 아닐지도 몰랐다. 로봇들은 아주 둔한 걸음으로 다가오고 있었다. 트레비스는 갑자기 로봇들을 만져보고 싶은 생각이 들었다. 만약 이곳이 금지된 행성으로서 우주선들이 전혀 방문하지 않은 게 사실이라면, 로봇들은 파스타호 같은 우주선과 자신들 같은 외계인을 마주친 적이 전혀 없었을 것이다. 이곳의 태양조차 은하 지도에 표기되지 않았으니 아마 그것은 확실한 사실일 것이다. 하지만 그들은 전혀 당황한 기색 없이 안정된 걸음걸이로 다가오고 있었다. 마치 일상적인 업무를 수행하는 것 같았다.

트레비스가 낮은 목소리로 말했다.

"은하계 어디에서도 얻지 못한 정보를 이곳에서 얻을 수 있을 것 같군요. 이 행성에 대한 정보와 함께 지구에 대한 정보를 물어볼 수 있을지도 몰라요. 알고 있다면 말해 주겠죠. 저것들은 아주 오래전에 제작돼서 지금까지 작동하고 있는 건지도 모르니까 말이에요. 아마 개인적인 기억을 더듬어서라도 대답해 줄지도 모르죠."

블리스가 반박했다.

"하지만 최근에 제작되어서 아무것도 모를 수도 있어요."

페롤랫이 끼어들었다.

"어쩌면 알고 있더라도 알려 주지 않을 수도 있겠지."

트레비스가 말했다.

"우리에게 알려 주지 말라고 명령받지 않은 한 거부하진 못할 겁니다. 게다가 이 행성에 있는 어느 누구도 우리가 올 것을 예상하지 못했을 테니까 그런 명령을 내릴 이유는 없지 않겠어요?"

약 3미터 정도 간격을 둔 채 로봇들이 멈춰 섰다. 그들은 가만히 있을 뿐 아무 말도 하지 않았다. 트레비스는 우주총에 손을 댄 채 로봇들을 응시하면서 블리스에게 물었다.

"저들에게 적의가 있는지 파악할 수 있어요?"

"내겐 저들과 같은 정신 활동에 대한 경험이 전혀 없다는 사실을 염두에 두세요. 하지만 최소한 적대감은 없는 것 같아요."

트레비스는 총에서 오른손을 뗐다. 하지만 손은 계속 총 근처를 맴돌았다. 그는 왼손을 흔들며 로봇들에게 천천히 말했다.

"안녕하십니까. 우리는 친구로서 이 행성을 방문했습니다."

셋 중 가운데 있는 로봇이 머리를 꾸벅 숙였다. 몸이 불편한 사람이 인사하는 것 같았다. 낙천가라면 충분히 화평의 표시로 받아들일 수 있는 몸짓이었다. 그 로봇은 뭐라고 말하기 시작했다.

트레비스는 놀라서 입이 벌어졌다. 은하어로 대화하는 행성이라면 어떤 행성에 가든지 기본적인 인사말 정도는 알아들을 수 있었다. 그러나 로봇은 은하계 표준어나 거기에 가까운 언어조차 사용하지 않았다. 트레비스는 로봇의 말을 한 마디도 알아들을 수 없었다.

5

페롤랫도 트레비스만큼이나 놀랐다. 하지만 놀란 만큼 기뻐하는 빛이 역력했다. 페롤랫이 말했다.

"아주 이상한 말이지?"

트레비스가 퉁명스럽게 쏘아붙였다.

"이상할 정도가 아니군요. 무슨 말인지 전혀 알아들을 수가 없어요."

"전혀 알아들을 수 없는 말은 아니야. 아주 오래된 은하어일 뿐이지. 글로 쓴다면 쉽게 이해할 수 있을 것 같아. 저들의 발음이 이상해서 알아듣기 힘들 뿐이야."

"그래요? 뭐라고 한 거죠?"

"자네가 무슨 말을 했는지 알아들을 수 없다고 하는 것 같아."

블리스가 끼어들었다.

"로봇이 무슨 말을 했는지는 모르지만, 어리둥절한 움직임이 감지되는 것을 보니 펠의 이야기가 맞는 것 같아요. 로봇에게 감정 같은 것이 있다면, 그래서 내가 그 감정을 올바로 분석했다면 말이에요."

페롤랫이 아주 천천히 그리고 더듬더듬 무슨 말인가를 건네자 로봇들이 동시에 머리를 꾸벅 숙였다.

"뭐라고 말한 거죠?"

트레비스가 물었다.

"말을 잘 못하지만 노력해 볼 테니 천천히 말하자고 했어. 이거 진짜 재미있구먼!"

"진짜 실망스럽군요."

트레비스가 중얼거렸다.

"자네도 알다시피 은하계에 있는 모든 유인 행성은 은하어를 다양한 형태로 발전시켜 왔기 때문에 수백만 종의 방언이 존재하고 있다네. 그 때문에 거의 의사소통을 할 수 없는 경우도 가끔 생기지. 하지만 그 모든 방언이 하나로 모여져서 은하계 표준어로 발전되었어. 이 행성이 지난 2만 년 동안 고립되어 있었다면, 이곳에서 사용하는 언어는 은하계 일반 언어와는 상당히 거리가 먼, 전혀 다른 언어로 발전했을 가능성도 있어. 하지만 그렇지 않을 가능성이 더 많지. 이 행성이 로봇에 의존하는 사회 조직인 데다가 로봇은 프로그래밍 언어밖에 이해할 수 없을 테니까 말이야. 그래서 언어를 다시 프로그램화하지 않는 한 굉장히 오랫동안 정체된 고대 은하어를 사용할 수밖에 없는 거지."

"로봇화된 사회가 어떻게 정체되어 퇴보하게 되는가를 나타내 주는 좋은 사례로군요."

페롤랫이 반박했다.

"하지만 언어를 바꾸지 않고 그대로 유지하는 것 자체가 꼭 퇴보를 나타내는 징표라고 볼 수는 없네. 장점도 많이 있으니까 말이야. 수천 년, 수만 년 동안 보존된 기록물들을 그대로 이해할 수 있고 역사적 사건을 아주 오래 전달할 수 있기 때문에 그만큼 권위도 확실해지지. 현재 은하 세계에서는 해리 셀던 시대에 은하제국에서 칙령을 만들어서 사용했던 언어를 벌써 고어로 취급하고 있네."

"교수님은 저들이 사용하는 고대 은하어를 아세요?"

"안다고 말할 순 없네, 트레비스. 단지 고대 신화와 전설을 연구하면서 방법을 조금 알게 된 것뿐이야. 단지 자체가 완전히 다른 게 아니라 어형 변화가 다르고, 우리가 더 이상 사용하지 않는 관용어를 구사하는 것 정도가 다르지. 그리고 아까 말했듯이 발음이 전혀 다르다네. 형편없겠지만 한번 통역해 보겠네."

트레비스가 신경질적으로 한숨을 내쉬며 말했다.

"그래도 이 정도라도 찾아냈으니 아무것도 못 찾은 것보단 낫겠죠. 한번 해 보세요, 교수님."

페롤랫이 로봇에게 시선을 돌리다 말고 트레비스를 돌아보았다.

"무엇을 물어볼까?"

"뭐든지요. 우선 지구가 어디에 있는지 물어보는 게 좋겠군요."

페롤랫은 손으로 글씨를 그려 가면서 한 단어씩 천천히 발음했다.

로봇들은 서로 쳐다보며 얘기를 나누었다. 그러더니 가운데 있는 로봇이 페롤랫에게 무어라고 대답했다. 페롤랫은 마치 고무를 길게 늘이는 것처럼 두 손을 쫙 벌리면서 또 뭐라고 말했다. 로봇은 페롤랫처럼 아주 천천히 또박또박 대답했다.

페롤랫이 트레비스에게 말했다.

"내가 '지구'를 정확히 표현했는지는 확실히 모르겠네. 어쨌든 저들은 내가 이 행성에 그 지역이 어디에 있는가를 묻는 것으로 받아들인 것 같아. 그리고 모른다고 대답하는군."

"이 행성 이름은 말하지 않던가요, 교수님?"

"내가 이해할 수 있는 선에서는 저들이 이 행성을 '솔라리아'라고 하는 것 같아."

"전설을 연구하면서 그런 이름을 발견한 적이 있었나요?"

"없었어. 오로라를 발견하지 못했듯이 말이야."

"그럼 하늘에 있는 별들 가운데 지구라고 부르는 곳이 있는가 물어보세요. 위를 가리키면서요."

또 한 차례 대화가 오고가더니 마침내 페롤랫이 뒤돌아보며 말했다.

"저들이 말하는 것 가운데 확실히 알아들을 수 있는 것은 하늘엔 아무것도 없다는 것뿐이야, 트레비스."

블리스가 말했다.

"몇 살인지 물어보세요. 얼마나 오랫동안 작동했는지요."

페롤랫이 머리를 가로저으며 말했다.

"'작동하다'라는 말을 어떻게 해야 할까? 사실 '몇 살'이란 말도 확실히 모르겠고. 내 통역 솜씨가 형편없어서……."

"할 수 있는 한 해 보세요, 펠."

블리스가 격려했다.

몇 마디를 나눈 후에 페롤랫이 말했다.

"저들은 26년 동안 작동했다는군."

"26년이라……, 어떤 면에선 저들이 당신보다도 젊다고 할 수 있을 것 같군요, 블리스."

트레비스가 정떨어진다는 투로 말했다. 하지만 블리스는 아주 자랑스러운 표정으로 말했다.

"그건 왜냐하면……."

"압니다. 당신은 수천 년이나 살아온 가이아라는 걸……. 어쨌든 이 로봇들은 만들어진 지 얼마 안 되기 때문에 지구에 대해선 모를 겁니다. 게다가 전문 기능 외엔 필요하지 않은 내용은 저장되어 있지 않을 테니 천문학에 대해서도 깡통이겠지요."

페롤랫이 말했다.

"어쩌면 초창기에 만들어진 로봇이 있을지도 몰라."

"그럴 것 같진 않지만 한번 물어보세요, 교수님."

이번에 그들은 아주 오랫동안 대화를 나누었다. 마침내 페롤랫이 아주 실망한 얼굴로 돌아섰다.

"저들이 무엇을 얘기하려고 하는지 전부 이해할 수는 없지만, 대강 추측해 보건대 정신 노동에 사용되고 있는 오래된 로봇들이 있긴 하지만 그 로봇들은 아는 게 하나도 없다고 하는군. 만약 저 로봇이 인간이라면 오래된 로봇이 싫어서 그렇게 말했다고 하겠지만……, 로봇들이 말한 바에 의하면 자기들은 가정용이기 때문에 금방 교체된다는 거야. 저들은 자기들이 모든 일에 대해서 가장 많이 알고 있다고 믿고 있는 것 같아."

"깡통들이로군. 최소한 우리가 알려고 하는 것에 대해서는요."

트레비스가 투덜거리자 페롤랫이 말했다.

"오로라를 너무 급히 떠난 게 후회되는군. 그곳에서 아직 작동하는 로봇을 찾아냈다면……, 그 로봇은 초창기에 만들어졌을 테니 지구에 대해서 잘 알고 있을 텐데 말이야. 내가 맨 처음에 만난 로봇은 미약하게나마 당시까지 움직였으니 작동하는 로봇을 찾을 가능성도 아주 많았는데……."

트레비스가 대답했다.

"그들의 기억력이 쉽사리 망가지진 않을 테니까 언제라도 그곳에 갈 수 있잖아요. 필요하다면 개 떼가 있든 없든 다시 갈 수밖에 없지 않겠어요? 하지만 이 로봇들이 만들어진 지 26년밖에 안 됐다면 이들을 만든 집단이 틀림없이 있을 텐데……. 그 집단은 틀림없이 사람이겠죠?"

그는 블리스에게로 몸을 돌렸다.

"당신이 감지했다는 게 확실히……."

그러자 블리스가 손을 들어 제지했다. 뭔가 몰두하는 듯 그녀의 얼굴에는 긴장감이 돌고 있었다. 그녀는 낮은 목소리로 말했다.

"지금 오고 있어요."

트레비스가 언덕 쪽으로 고개를 돌렸다. 자신들을 향해 큰 걸음으로 걸어오는 물체는 분명히 사람이었다. 얼굴이 창백한 그 사람은 밝은색 머리칼을 길러 머리 양쪽으로 늘어뜨리고 있었다. 얼굴 표정은 근엄했지만 아주 젊어 보였다. 맨살을 드러낸 두 팔과 두 다리는 아주 가냘팠다.

로봇들이 자리를 비켜 주자 그는 로봇들이 비워 준 자리에 섰다.

그 사람이 맑고 명랑한 목소리로 말했다. 고어풍의 은하계 표준어였기 때문에 쉽게 이해되었다.

"안녕하십니까, 우주의 방랑자 여러분. 내 로봇들과 뭘 하려는 겁니까?"

6

트레비스는 기쁜 나머지 좀 바보 같은 질문을 했다.

"은하어를 아십니까?"

솔라리아인은 웃으며 대답했다.

"벙어리도 아닌데 못할 이유가 없지요."

"하지만 저것들은?"

트레비스가 로봇을 가리키며 물었다.

"저것들은 로봇이에요. 나처럼 우리말을 사용하죠. 하지만 나는 솔라리아인으로서 외계 행성들이 초공간에서 통신하는 것을 들으며 당신네들이 말하는 법을 배웠거든요. 그건 우리 선조들도 마찬가지입니다. 우리 선조들께서 언어 해설서를 남겨 놓았지만, 나는 해를 거듭하면서 끊임없이 변화해 가는 새로운 단어와 표현들을 지속적으로 배워 두었답니다. 당신네 정착민들은 수없이 많은 행성에 정착했으면서도 언어에는 정착하지 못하는 것 같더군요. 그런데 내가 당신네 언어를 알고 있다는 게 놀랄 만한 일인가요?"

트레비스가 대답했다.

"내가 실례를 범했군요. 사과합니다. 로봇들과의 대화에 열중하다 보니 이곳에 은하어를 말하는 사람이 있을 거라고는 미처 생각지 못했거든요. 실례가 됐다면 용서하세요."

트레비스는 솔라리아인을 자세히 관찰했다. 의복은 하얗고 얇은 천으로 만들어졌는데 어깨 위로 느슨하게 주름을 넣었으며 소매가 아주 넓었다. 상의는 풀어헤쳐서 가슴이 노출될 정도였고 아래에는 짧은 옷 하나만을 걸치고 있었다. 발에는 가볍게 보이는 신발을 신고 있었다.

트레비스는 상대편이 남성인지 여성인지 분간할 수가 없었다. 유방이 없는 것을 보면 남성임이 확실했으나, 가슴에 털이 하나도 없었고 엷은 하의에도 불룩 튀어나온 기미가 전혀 없었다.

트레비스는 블리스를 쳐다보며 속삭였다.

"저것도 로봇임이 분명해요. 사람과 똑같게 만들어진 이유가 뭘까?"

블리스가 재빨리 그의 말을 막았다.

"정신을 살펴보았는데 인간이 틀림없어요. 로봇이 아니에요."

솔라리아인이 말했다.

"내 맨 처음 질문에 대답하지 않는군요. 놀라서 그런 것 같으니 이해하지요. 다시 물을 테니 이번에는 실수하지 마세요. 내 로봇들과 무엇을 하고 있었죠?"

트레비스가 대답했다.

"우린 탐험가인데 우리의 목적지에 도달하는 길을 찾고 있는 중입니다. 당신의 로봇이 알고 있을 것 같아 물어보았으나 전혀 모르더군요."

"무엇을 알고 싶은 거죠? 말해 보시죠. 내가 도와줄 수도 있으니까."

"우린 지구의 소재지를 찾고 있습니다. 혹시 알고 있습니까?"

솔라리아인이 눈썹을 치켜뜨며 말했다.

"당신의 첫 번째 관심사는 나에 관한 것일 줄 알았는데……. 비록 물어보진 않았지만 나에 관해 알려 드리지요. 난 새턴 밴더라고 합니다. 지금 당신이 서 있는 곳은 내 영지입니다. 당신의 시야에 들어오는 것보다 훨씬 넓은 영토를 가지고 있답니다. 어쨌든 당신이 이곳에 오는 바람에 협약이 깨졌으니 당신을 환영한다고 말하기는 곤란하군요. 당신은 수만 년 이래 이곳에 처음으로 발을 디딘 정착민입니다. 이곳에 온 이유가 다른 행성에 갈 수 있는 방법을 알기 위해서라고 하지만……. 옛날 같으면 당신들과 당신네 우주선은 발견되는 즉시 파괴됐을 겁니다."

"아무런 피해도 주지 않고 전혀 그럴 의도도 없는 사람에게 그런 대접을 하는 건 진짜 야만적인 태도입니다."

트레비스가 조심스레 얘기했다.

"동감입니다. 하지만 팽창하는 사회에 소속된 사람들이, 정지해 있고 아무런 욕망도 없는 사회에 발을 디딘다는 그 자체가 피해를 불러

올 가능성이 있죠. 그러한 피해를 두려워하던 과거에는 당신네 정착민을 발견하는 즉시 파괴시켰지만, 이제 더 이상 두려워할 이유가 없으니 이렇게 대화를 하고 있는 겁니다."

"그렇게 거리낌 없이 말씀해 주시니 감사합니다. 하지만 아직 내 질문에는 대답해 주지 않았습니다. 다시 물어보죠. 우리에게 지구의 위치를 가르쳐 줄 수 있습니까?"

"지구라면 인류를 비롯한 모든 동식물이 최초로 발생한 행성을 뜻하는 것 같군요."

솔라리아인은 주위를 가리키는 듯 손을 우아하게 움직이면서 말했다.

"그렇습니다, 선생님(Sir)."

솔라리아인은 갑자기 이상한 표정을 짓더니 아주 기분 나쁘다는 투로 말했다.

"나를 부를 때는 그냥 밴더라고 부르세요. 성별 구분을 내포한 단어로는 절대 부르지 마시기 바랍니다. 나는 남성도 아니고 여성도 아닙니다. 나는 전인(全人)입니다."

트레비스가 자기 추측이 맞았다는 듯이 고개를 끄덕이며 말했다.

"원하신다면 그렇게 하지요, 밴더. 그런데 우리 선조가 태동한 지구는 도대체 어디에 있습니까?"

"나도 몰라요. 그리고 알고 싶지도 않고……. 설사 내가 알거나 발견했다 하더라도 아무 소용없을 겁니다. 지구는 더 이상 행성으로 존재하지 않으니까요."

밴더는 두 팔을 쭉 펴면서 이야기를 계속했다.

"아! 햇볕이 상쾌하군. 나는 지상에는 별로 나오지 않아요. 특히 태양이 비치지 않을 때는 전혀 나오지 않고요. 아까는 구름이 태양을 가리고 있어서 로봇을 내보내 당신들을 맞이하게 했지만 구름이 걷히기 시작했기 때문에 뒤따라 나왔지요."

"지구가 더 이상 행성으로 존재하지 않는 이유가 뭐죠?"

트레비스는 방사능 이야기가 나올 것을 기대하며 끈덕지게 물었다.

그러나 밴더는 그 질문엔 더 이상 관심 없다는 듯 가볍게 지나쳐 버렸다.

"그 얘긴 너무 길어요. 어쨌든 당신은 어떤 나쁜 의도가 있어서 이곳에 온 게 아니라고 말했죠?"

"예, 물론입니다."

"그런데 왜 무장을 했습니까?"

"예방 조치일 뿐입니다. 이곳에 어떤 일이 일어날지 몰랐거든요."

"무기를 소지했다고 해서 문제될 건 없죠. 그렇게 작은 무기로는 나를 위협할 수 없으니까요. 하지만 호기심이 생기는군요. 물론 나는 당신들의 무기에 대해서 많이 들었고, 전적으로 무기에 의존하는, 아주 야만적인 역사에 대해서도 많이 들었답니다. 하지만 무기를 실제로 본 적은 한 번도 없었어요. 좀 보여 주겠어요?"

트레비스가 한 발짝 물러섰다.

"곤란할 것 같군요, 밴더."

밴더는 재미있다는 표정을 지으며 말했다.

"부탁할 필요도 없지만 난 단지 예의를 차리려고 그랬을 뿐이지요."

그가 손을 펼치자 트레비스의 오른쪽 가죽집에서는 우주총이, 왼쪽 가죽집에서 신경채찍이 빠져나오기 시작했다. 트레비스가 무기를 잡으려 했으나 두 팔이 마치 꽁꽁 묶인 것처럼 움직이지 않았다. 페롤랫과 블리스가 앞으로 나오려 했으나 그 둘도 마찬가지로 묶인 듯 움직이지 못했다. 밴더가 차갑게 말했다.

"괜히 간섭하려 애쓰지 말아요! 아무 소용도 없을 테니."

무기 두 자루가 공중에 날아서 그의 손으로 들어갔다. 그는 무기들을 자세히 살펴보더니 우주총을 가리키며 말했다.

"이것은 단파광선을 발사해서 강렬한 열로 신체를 폭파시키는 무기 같군요. 그런데 이건 더 복잡해서 한 번 보고는 어떻게 쓰이는 건지 파악하기가 힘들고……. 어쨌든 당신이 피해를 가하지도 않을 것이라고 말했으니 무기는 필요 없겠지요? 나는 이 무기들의 에너지를 모두 고갈시킬 수 있어요. 물론 벌써 다 고갈시켰죠. 이제 이것들은 몽둥이 대용으로 쓰지 않는 한 전혀 해를 가할 수 없어요. 설사 몽둥이 대용으로 쓴다 하더라도 꼴사나운 쇼에 불과하겠지만."

솔라리아인이 무기를 놓자 그것들은 공중을 날아 트레비스에게로 돌아왔다. 무기들은 각각의 가죽집으로 정확히 들어갔다.

트레비스는 몸이 풀리는 것을 느끼곤 우주총을 뽑아서 살펴보았다. 시험 삼아 쏴 볼 필요도 없었다. 접촉 부위가 느슨해진 것을 보니 에너지가 완전히 고갈된 게 분명했다. 신경채찍도 마찬가지였다.

그는 웃고 있는 밴더를 쳐다보았다.

"당신은 너무 무기력해, 외계인. 나는 마음만 먹으면 당신과 당신의 우주선을 아주 쉽게 파괴해 버릴 수 있어!"

11장

지하 세계 솔라리아

1

트레비스는 간담이 서늘했다. 호흡을 조절하려고 애쓰면서 고개를 돌려 블리스를 쳐다보았다.

블리스는 페롤랫을 보호하기 위해 한 팔로 그의 머리를 감싼 채 서 있었다. 외견상 그녀는 전혀 동요하지 않는 것 같았다. 그녀는 미소를 띠며 고개를 살짝 끄덕였다.

트레비스는 밴더에게 시선을 돌렸다. 블리스가 보여 준 행동을 자신감의 표시로 해석하면서, 아니 그 해석이 맞기를 절실히 갈망하면서 트레비스는 단호한 태도로 말했다.

"어떻게 한 겁니까, 밴더?"

밴더는 아주 유쾌하게 웃으면서 말했다.

"어때, 당신은 마법이나 마술을 믿는가, 귀여운 외계인?"

"아니, 믿지 않아, 귀여운 솔라리아인."

트레비스도 거칠게 맞받아쳤다. 블리스가 트레비스의 옷소매를 잡아

끌며 속삭였다.

"괜히 자극하지 말아요. 위험한 사람이에요."

"내 눈에도 위험한 사람으로 보이는 건 마찬가지예요. 당신이 어떻게 해 보지 그래요?"

트레비스의 아주 작은 목소리에 블리스 역시 작게 대답했다.

"아직은 안 돼요. 그가 방심해서 빈틈이 생길 때까지 기다려야 해요."

밴더는 외계인들이 속삭이며 대화하는 것에 전혀 신경 쓰지 않은 채 여유 있는 모습으로 걸어갔다. 로봇들이 길을 비켜 주었다.

그러다가 뒤를 바라보면서 손가락을 약간 굽히며 소리쳤다.

"이리 와. 나를 따라오라고. 당신들 세 명 모두! 해 줄 이야기가 있어. 아주 재미있는 얘기야. 당신들에겐 지겨운 이야기일 수도 있지만 말이야."

밴더는 계속 여유를 보이며 앞으로 걸어갔다.

트레비스가 어떻게 해야 좋을지 몰라 그 자리에 가만히 서 있자 블리스가 앞으로 걸어 나갔다. 페롤랫 또한 블리스의 팔에 잡혀 있어 따라갈 수밖에 없었다. 결국 트레비스도 따라갔다. 혼자 멍청하게 로봇들과 서 있을 수는 없지 않은가?

블리스가 경쾌하게 말했다.

"만약 그가 친절하게도 우리가 지겨울지도 모르는 얘길 해 준다면……."

밴더가 고개를 돌려 처음으로 그 존재를 인식했다는 듯 블리스를 열심히 살펴보며 물었다.

"당신은 여성 반쪽 인간인가? 내 말이 맞지, 작은 반쪽인가?"

"맞아요, 밴더. 난 조그만 반쪽 인간이에요."

"그러면 저 두 사람은 남성 반쪽 인간인가?"
"그래요."
"아기를 생산한 적이 있나, 여성 반쪽 인간?"
"내 이름은 블리스예요, 밴더. 아직 아기를 가져 본 적은 없어요. 저 사람은 트레비스, 이 사람은 펠이에요."
"당신이 즐길 때 당신을 도와주는 남성은 누구지? 두 사람 모두 도와주나? 아니면 한 사람도 없나?"
"펠이 도와주죠, 밴더."
밴더가 페롤랫에게 관심을 돌리면서 물었다.
"당신은 머리칼이 하얗군."
"그렇소."
"처음부터 그런 색깔이었나?"
"아니오, 밴더. 나이를 먹어서 이렇게 된 거요."
"나이는 얼마나 됐지?"
"쉰둘이오, 밴더."
페롤랫이 대답하고 나서 황급히 덧붙였다.
"은하계 표준년을 기준으로 말이오."
밴더가 계속 걸어갔다. 아마도 먼 곳에 있는 저택을 향해 가는 것 같았다. 밴더가 발걸음을 늦추며 얘기했다.
"은하계 표준년이란 게 얼마나 되는지 모르겠지만 우리와 크게 다르잔 않겠지. 그러면 몇 살이 되면 죽지, 펠?"
"확실히 모르겠지만 앞으로 30년은 더 살 거요."
"그러면 여든두 살이구먼. 정말 단명이로군. 그것도 반쪽으로 나뉘어져서……, 믿을 수 없어. 하긴 오래된 내 조상들도 당신네들처럼 지구에서 살았지. 하지만 일부가 지구를 떠나 다른 태양을 선회하는 새로운 행성을 개척했어. 멋진 행성을 훌륭하게 개발한 거야. 그때 개발한 행성이 아주 많았지."

트레비스가 큰소리로 말했다.

"많지는 않지. 쉰 개에 불과하니까."

밴더가 거만한 눈초리로 트레비스를 쳐다보았다. 장난기가 사라진 눈빛이었다.

"트레비스, 그게 당신 이름이지?"

"골란 트레비스가 정식 이름이지. 우주인 행성은 쉰 개에 불과했어. 우리 행성은 수백만 개인데 말이야."

"그러면 내가 하려는 이야기를 알고 있나?"

밴더가 부드러운 목소리로 물었다.

"한때 우주인 행성이 50개 있었다는 얘기라면 우리 모두 알고 있지."

트레비스의 대꾸에 밴더가 말을 이었다.

"우리는 숫자를 중시하진 않는다, 귀여운 반쪽 인간. 질을 훨씬 중요시하지. 우주인 행성은 50개에 불과하지만 각각이 당신네의 수백만 개 행성과도 바꿀 수 없는 훌륭한 행성이었다. 그중에서 쉰 번째로 개척된 행성으로서 솔라리아는 가장 뛰어났지. 솔라리아는 다른 우주인 행성들을 훨씬 능가했어. 우주인 행성들이 지구를 훨씬 능가한 것처럼 말이야. 그중에서도 우리 솔라리아만이 자유롭게 사는 방법을 알아냈지. 지구에서는 사람들이 짐승처럼 무리를 지어 생활했어. 그건 다른 모든 행성도 마찬가지지. 물론 다른 우주인 행성 대부분도 마찬가지였어. 하지만 짐승처럼 무리를 이루지 않았어. 우리는 각각 혼자 생활하지. 우리는 로봇들의 시중을 받으며 생활하고, 사람이 보고 싶으면 전자 시설을 통해 교신을 해. 하지만 서로가 실제로 만나는 경우는 거의 없어. 내가 당신들을 보고 있듯이 인간을 쳐다본 것도 굉장히 오랜만이야. 그러나 당신들은 반쪽 인간에 불과하기 때문에 당신들이 나타났다고 해서 내 자유가 제한되지는 않아. 암소나 로봇이 내 자유를 제한하지 않듯이 말이야.

그러나 우리도 한때 반쪽 인간이었어. 우리가 우리의 자유를 아무리 신장시키고 각자가 주인으로서 혼자 무수한 로봇을 관장한다 하더라도, 우리는 결코 완벽한 자유는 누릴 수 없었어. 2세를 생산하기 위해선 인간 두 명이 서로 협력해야 했거든. 그래서 우린 정자와 난자를 추출해서 자동화된 시설 안에서 수정을 하고 태아의 성장이 진행되도록 할 수 있었지. 유아를 로봇의 보호 아래 적절하게 성장시킬 수도 있었고 말이야. 이 모든 것이 가능해졌지만 반쪽 인간들은 생물적 수태가 수반하는 쾌락을 포기하지 않았던 거야. 그 결과 감성적으로 집착하는 사악한 관계가 생겨나 각자의 자유가 파괴되기에 이르렀어. 당신들은 그런 게 바뀌어야 했다는 걸 알겠나?"

트레비스가 대답했다.

"아니, 밴더. 우리가 자유를 평가하는 기준은 당신네와 달라."

"그건 자유가 무엇인지 몰라서 하는 소리야. 당신들은 무리를 지어서 살고 있잖아. 그러니 아무리 사소한 일이라도 다른 사람과 다투지 않기 위해서는 자신의 의지를 꺾을 수밖에 없지. 그게 싫다면 수많은 시간을 투쟁에 소모하면서 다른 사람의 의지를 꺾든지 말이야. 어느 경우든지 바람직하지 않지. 그 속에서 무슨 자유를 누릴 수 있겠나? 자신이 바라는 대로 살지 않는 한 자유는 누릴 수 없어! 누구든지 자기 자신이 바라는 대로 살아야 해!

어쨌든 지구인들이 또다시 무리지어 외부로 나왔기 때문에 군거 지향적인 무리가 우주 전역에 소용돌이치게 됐어. 그러나 지구인처럼 큰 무리를 지어 살지는 않지만 그래도 조금씩 모여 사는 다른 우주인들 사이에 치열한 경쟁이 시작된 거지.

그러나 우리 솔라리아인들은 그러지 않았어. 우리는 군거 생활이 결국 실패로 끝날 수밖에 없다는 걸 미리 알고 있었기 때문에 지하로 들어가서 다른 행성들과의 관계를 모두 차단했지. 우리는 우리 자신으로 남아 있기 위해 많은 대가를 치러야 했어. 우리가 개발한 로봇과 무기들은 아무도 없는 지표면을 훌륭하게 방어해 냈지. 오는 대로 파괴되자 우주선이 더 이상 오지 않더군. 결국 이 행성은 사람이 살 수 없는 곳으로 간주되어, 우리가 희망하던 대로 잊혀 버렸지.

한편, 우리는 지하에서 생활하면서 우리의 문제를 풀기 위해 노력했어. 우리는 아주 정밀하게 우리의 유전자를 개량했지. 실패도 많이 했지만 성공한 것도 많았어. 그래서 성공 사례를 집중적으로 발전시켰지. 수백 년이 흐른 뒤 마침내 우리는 남성과 여성의 본질을 합체시켜 전인이 된 거야. 마음만 먹으면 완벽한 기쁨을 누릴 수도 있고, 언제든지 수정란을 만들어 숙련된 로봇의 보살핌 아래 성장시킬 수 있게 되었어."

"양성체로군."

페롤랫이 말했다.

"당신네들은 그렇게 부르나? 그런 말은 처음 들어 보는군."

밴더가 무관심하게 말했다.

"양성체가 생산한 아이는 탄생하는 즉시 사망하지. 양성체 부모의 유전적 동일성 때문이야. 그래서 진화도 불가능해."

트레비스가 덧붙였다.

"당신네들은 진화를 마구잡이로 받아들이지만, 우리는 우리가 원하는 방향으로 아이를 설계할 수 있어. 우리는 유전자를 바꾸고 개량할 수 있거든. 실제로 그렇게 한 적도 가끔 있고 말이야. 어쨌든 이제 집에 다 왔군. 자, 이리로 들어와. 벌써 하루가 다 가서 해가 발산하는 열량이 줄어들기 시작하니까 실내가 더 편안할 거야."

그들은 아무 자물쇠도 없는 문을 향해 다가갔다. 그 문은 사람들이 다가오자 저절로 열리더니 다 지나가자 저절로 닫혔다. 그들은 창문도 없는 동굴 같은 방으로 들어갔다. 벽에서 불이 켜지더니 실내가 밝아졌다. 바닥에는 아무것도 깔리지 않은 것 같았으나 촉감이 부드럽고 탄력이 있었다. 방 귀퉁이마다 각각 로봇이 한 대씩, 네 대가 부동자세로 서 있었다.

밴더가 문과 마주하고 있는 벽을 가리키면서 말했다.

"저 벽이 홀로스크린이야. 저 스크린을 통해 이 행성 전역이 내 앞에 펼쳐지지. 하지만 억지로 호출에 응할 필요는 없기 때문에 내 자유가 제한되지는 않아."

트레비스가 대꾸했다.

"당신이 저 스크린을 통해 다른 이를 보고 싶다 하더라도 그가 싫어하면 강제로 호출에 응하게 할 수도 없다는 말이군."

"강제로? 그런 걸 좋아하는 사람이나 그렇게들 하라고 해. 나는 어느 누구도 방해하지 않아. 그리고 우리는 서로를 부를 때 성(性)을 지칭하는 대명사는 쓰지 않으니. 명심하도록."

방에 의자라고는 스크린 앞에 있는 단 한 개뿐이었다. 밴더는 그 의자에 앉았다.

트레비스는 바닥에서 의자가 불쑥 튀어나오기라도 기대하는 듯 사방을 둘러보다가 물었다.

"앉아도 돼?"

"원한다면 앉아."

블리스가 웃으며 바닥에 앉았다. 페롤랫도 따라서 그녀 옆에 앉았다. 트레비스는 계속 고집스럽게 서 있었다. 블리스가 물었다.

"이 행성에는 사람이 얼마나 살고 있나요, 밴더?"

"솔라리아인이라고 해, 반쪽 인간 블리스. '인간'이라는 단어는 반쪽 인간들이 쓰던 말이라 이미 오염되었어. 우리는 전인이라고 지칭하지만 적절하진 않지. 솔라리아인이라고 해, 알았나?"

"그러면 다시 묻죠. 이 행성에는 솔라리아인이 얼마나 살고 있나요?"

"확실히 몰라. 세어 보지 않았으니까. 약 1200명 정도 될까?"

"이 행성 전체에 1200명만 산다고요?"

"1200명씩이나 살지. 당신은 또 숫자에 초점을 맞추는군. 다시 말하지만 우리는 질을 중시해. 당신들은 자유를 전혀 이해하지 못하고 있어. 만약 다른 솔라리아인 한 명이 내 영지 일부분과 로봇, 생물체 등에 대한 내 절대적인 지배력에 이의를 제기하게 되면 내 자유는 그만큼 제한되잖아. 만약 솔라리아인들이 많이 존재하게 되면 절대로 접촉할 수 없을 정도로 서로를 멀리 분산시켜서 자유에 대한 제약이 가능한 한 적어지도록 해야 해. 솔라리아가 계속 이상향으로 유지되기 위해서는 인구를 1200명 이하로 억제해야 하는 거야. 인구가 늘어나면 자유가 점차 제약될 테니 도저히 참을 수 없는 결과가 초래될 거야."

"그러면 신생아 생산을 엄격하게 제한해서 사망자 숫자와 균형을 맞춘다는 거요?"

페롤랫이 물었다.

"물론! 인구가 안정되어 있는 행성이라면 어떤 행성이라도 사정은 마찬가지 아닌가? 당신네들도 그러지 않나?"

"그러면 사망자가 별로 없을 테니 아이들도 별로 없겠군요."

"물론이지."

페롤랫이 고개를 끄덕이며 입을 다물었다. 트레비스가 물었다.

"내가 궁금한 건 내 무기를 어떻게 공중에 날게 했는가 하는 거야. 당신은 아직 설명하지 않았어."

"마술이라고 설명한 것 같은데……. 그걸 믿지 않나?"

"물론 믿지 않지. 내가 바본 줄 아나?"

"그러면 에너지 보존 법칙과 엔트로피 필연 증대 법칙은 믿나?"

"그건 믿지. 하지만 당신들이 지난 2만 년에 걸쳐 그 법칙들을 손톱만큼이라도 수정했다고는 믿을 수 없어."

"그런 일은 없었어, 반쪽 인간. 하지만 생각해 봐. 밖에는 햇빛이 있어."

밴더는 햇빛을 세분하는 듯 아주 우아한 몸짓을 하면서 이야기를 계속했다.

"그리고 그늘이 있지. 햇빛이 비치는 곳은 그늘보다 덥기 때문에 열이 자연히 양지에서 음지로 흘러가게 되어 있어."

"그런 건 나도 알아."

"아마 그 사실을 너무 잘 알고 있기 때문에 더 이상 그것에 대해 생각해 보지 않았을 거야. 밤이 되면 솔라리아의 지표면은 대기권 밖보다 덥기 때문에 열은 자연히 지표면에서 대기권 밖으로 흘러나가지."

"그것도 알아."

"그리고 낮이든 밤이든 행성 내부는 지표면보다 덥기 마련이지. 따라서 열은 자연히 내부에서 지표면으로 흘러나가거든. 그것도 잘 알겠지?"

"그래서 뭐가 어떻게 된다는 거야, 밴더?"

"유체 열역학 제2법칙에 근거해서 뜨거운 곳에서 차가운 곳으로 열이 흘러가는 것을 활용하는 거지."

"이론적으론 그렇겠지. 하지만 햇빛이 약한 데다가 지표면의 열량은 더 약하고, 내부에서 지표면으로 나가는 열량은 더욱 더 약해. 그 모든 열류를 모아 동력화한다 하더라도 자갈 한 개도 들어 올리지 못할걸."

밴더가 대답했다.

"그건 어떤 장치를 사용하는가에 달려 있지. 우린 지난 2만 년에 걸쳐서 특별장치를 개발했어. 그게 지금 우리 두뇌의 일부분을 이루고 있고."

밴더가 양쪽으로 흘러내린 머리칼을 들어 올려 머리를 이쪽저쪽으로 돌리며 양쪽 귀의 뒷부분을 보여 주었다. 양쪽 귀 뒤에는 각각 볼록 튀어나온 부분이 있었다. 계란 끝의 완만한 부분과 크기가 비슷했다.

"내 두뇌에는 이것이 있고 당신들에겐 없다는 것이, 솔라리아인과 당신들이 구별되는 점이야."

2

트레비스는 가끔 블리스 얼굴을 쳐다보았다. 그녀는 전적으로 밴더에게 집중하고 있는 것 같았다. 트레비스는 현재 무슨 일이 벌어지고 있는지 확연히 깨닫고 있었다.

밴더는 자신만의 자유를 극구 예찬하면서도 자신들과 대화하는 특별한 재미를 떨쳐 버리지 못하는 것 같았다. 로봇과는 지적으로 동등하게 대화할 수 없었다. 물론 동물들도 마찬가지였다. 같은 솔라리아인들과 대화하는 것은 불편한 점이 많았다. 통신 시설이 아무리 뛰어나다 하더라도 어느 정도 강요되어야 하기 때문이었다.

그러나 자신들의 경우는 달랐다. 밴더는 자신들을 반쪽 인간으로 여기고 있기 때문에 자신들을 상대하더라도 로봇이나 염소를 대할 때 정도의 자유밖에 침해당하지 않는다고 간주할 것이다. 그러나 실제로 자신들은 지적으로 밴더와 거의 동등했기 때문에 밴더는 대화하면서 전에 경험하지 못했던 독특한 환희를 만끽하고 있는 게 틀림없었다.

트레비스는 밴더가 대화에 탐닉하게 된 것도 무리는 아니라고 생각했다. 한술 더 떠 블리스는 밴더의 정신에 아주 부드럽게 간섭해서 밴더가 절실하게 원하던 것을 더 원하도록 부추기고 있었다.

블리스는 아마 밴더가 만족스레 얘기하다가 지구에 관한 유용한 정보를 말해 줄지도 모른다는 가정 하에 작업을 진행하고 있을 것이다. 트레비스는 그 가정에 맞추어 비록 토론 중인 주제에 별로 관심이 없었지만 대화를 지속시키기 위해 노력했다.

"그 돌출된 두뇌 부분은 어떤 기능을 하지?"

트레비스가 물었다.

"이것은 에너지 변환 기관이야. 이것은 열류에 의해 작동되면서 열류를 기계에너지로 전환시키지."

"믿을 수 없어. 열류로는 불충분하잖아."

"귀여운 반쪽 인간, 생각을 깊이 해 보지 않았군. 만약 많은 솔라리아인들이 모여 있다면 각자가 열류를 이용하려고 하기 때문에 공급이 불충분하게 될지도 모르지. 하지만 나에게는 4만 제곱킬로미터 이상의 영지가 있어. 그 모두를 나 혼자 쓰지. 다른 누구의 방해도 받지 않고 그 넓은 영지에서 발생하는 모든 열류를 원하는 만큼 마음대로 쓸 수 있거든. 그러니 열류량은 충분해. 이해가 되나?"

"광범위한 지역에서 발생하는 열류를 끌어 모으는 게 그렇게 간단하다고? 그 행위 자체가 방대한 양의 에너지를 필요로 할 텐데?"

"그럴 수도 있지. 하지만 난 어려움을 느껴 본 적이 없어. 내 에너지 변환 기관은 계속적으로 열류를 집중시키고 있기 때문에 필요하다고 느끼자마자 에너지가 방출되거든. 내가 당신 무기를 공중으로 잡아 뺄 때 양지에서 음지로 과잉열이 이동했어. 그때 태양에너지를 사용했지. 기계장치나 전자장치를 이용하지 않고 신경장치를 사용해서 말이야."

그는 에너지 변환 기관을 부드럽게 쓰다듬으며 이야기를 계속했다.

"이것은 그런 일들을 지속적으로 그리고 효율적으로 아주 간단하게 해치울 수가 있지."

"믿을 수 없군……."

페롤랫이 중얼거리자 밴더가 말을 받았다.

"눈과 귀가 얼마나 정교하게 작용하는가, 눈과 귀가 어떻게 소량의 광자와 공기 진동을 알아차리는가를 생각해 봐. 우리의 경험이 없다면 그런 것들도 마찬가지로 믿을 수 없을 것 아냐. 당신들에게도 에너지 변환 기관이 익숙한 것이라면 충분히 가능한 현상으로 여겨질 거야."

트레비스가 물었다.

"에너지 변환 기관으로 무엇을 하지?"

"이 행성을 경영해. 방대한 영지에 있는 모든 로봇이 나에게서, 아니 열류 현상에서 에너지를 공급받지. 로봇이 접점을 조절하거나 벌목을 할 때에도 에너지를 정신력 변환작용, 즉 나의 정신력 변환 작용으로 충당하는 거야."

"당신이 잠자고 있을 때는 어떻게 하지?"

"에너지 변환 작용은 잠을 자든 자지 않든 계속 진행돼, 귀여운 반쪽 인간. 당신은 잠잘 때 숨을 멈추나? 심장의 박동이 멈추나? 솔라리아 내부를 약간 차갑게 하는 대가로 내 로봇은 밤에도 계속 작업을 하는 거야. 그로 인한 변화는 행성 전체의 차원에서 볼 때 아주 미미할 뿐 아니라, 우리 인구도 1200명에 불과하기 때문에 우리가 사용하는 모든 에너지가 태양의 수명을 단축시키거나 행성 내부의 열을 고갈시키진 않지."

"혹시 그 능력을 무기로 사용해야겠다고 생각해 본 적 있나?"

밴더는 진짜 이해할 수 없다는 듯한 시선으로 트레비스를 바라보더니 대답했다.

"당신 질문은, 솔라리아가 에너지 변환 기관을 활용한 에너지 무기로 다른 행성들을 침략할 생각을 해 보지 않았느냐는 뜻일 테지? 우리가 그럴 필요가 있을까? 설사 우리가 다른 원칙에 근거해서 제작된 무기를 격파시킬 수 있다 하더라도, 아니 틀림없이 격파시킬 수 있겠지만, 그런다고 해서 우리에게 무슨 이익이 있나. 다른 행성에 대한 지배? 우리에게 가장 이상적인 행성이 있는데 다른 행성을 지배할 필요가 있을까? 반쪽 인간들을 지배하면서 노예로 부려 먹을 필요가 있을까, 로봇들이 반쪽 인간들보다 훨씬 일을 잘하는데? 우리에겐 모든 것이 다 있어. 우리에게 필요한 것은 이제 하나도 없어. 우리가 원하는 건 단지 우리 자신을 건드리지 않는 것뿐이야. 내가 다른 얘기를 하나 하지."

"계속해 봐."

"2만 년 전. 지구에 있는 반쪽 인간들이 우주로 몰려나오기 시작할 때 우리들은 지하로 들어갔지만, 다른 우주인들은 새로 나오는 지구 정착민들을 막기로 단호하게 결의했지. 그래서 그들은 지구를 공격했어."

"지구를……!"

트레비스는 마침내 그 주제가 나왔다는 사실에 흥분하면서도 그 사실을 억지로 숨기면서 말했다.

"그래, 중심을 공격했어. 나름대로 현명한 조치였지. 사람을 죽이려면 손가락이나 발뒤꿈치를 공격하지 않고 심장을 공격해야 하는 것과 마찬가지야. 우리 친구 우주인들은 비록 감성적으론 지구인들과 가까웠지만 결국 지구 표면을 방사능 화염으로 덮어 버렸어. 그래서 지구는 살 수 없는 행성으로 변해 버렸지."

"아, 그래서 그렇게 됐군. 자연적으론 그렇게 될 수는 없다고 생각했지만……. 대체 어떤 방법을 쓴 거요?"

페롤랫이 학설이 증명되었다는 듯이 꽉 쥔 주먹을 내리치며 물었다.

밴더가 무관심하게 대답했다.

"어떻게 했는지는 몰라. 어쨌든 우주인들이 그렇게 공격했어도 아무 소용이 없었어. 내가 말하고자 하는 요점은 바로 이건데, 이상하게도 정착민들은 계속 무리가 불어나는 반면에 우주인들은 점차 죽어 나갔어. 결국 우주인들은 서로 경쟁하려다가 멸망한 거야. 우리 솔라리아인들은 지하에 들어가서 경쟁에 참가하기를 거부했지. 그래서 우리는 계속 존재할 수 있게 된 거야."

"그건 정착민들도 마찬가지야."

트레비스가 엄숙하게 말했다.

"그래, 하지만 영원할 수는 없어. 군거 생활자들은 싸우고 경쟁하다가 결국 멸망하고 말 거야. 수십만 년이 걸릴 수도 있겠지만 우리는 기다릴 거야. 그래서 마침내 그런 일이 벌어지면 전인으로서 자유롭게 살아가는 우리 솔라리아인들이 은하계 전체를 소유할 거야. 그렇게 되면 우리는 우리 행성 이외의 다른 행성도 우리 마음대로 선택해서 사용할 수 있지."

페롤랫이 초조한 듯 손가락을 꺾으면서 물었다.

"그런데 지구 얘기는 역사요, 아니면 전설이오?"

"그게 무슨 차이가 있나, 반쪽 페롤랫? 어떤 역사든지 다소간은 전설일 수밖에 없지 않나?"

"당신네 기록에는 어떻게 적혀 있는지 그 기록을 볼 수 있겠소, 밴더? 신화와 전설, 원시 역사 같은 것이 내 전공이라서 그러니 부탁하오. 나는 그 같은 문제, 특히 지구와 관련된 분야를 연구하는 학자요."

"나는 들은 대로 이야기했을 뿐이야. 그 내용을 다룬 기록들은 없어. 우리 기록물은 전적으로 솔라리아 문제만을 다루고 있을 뿐 다른 행성에 관해서는 우리를 침범했을 경우만 빼고는 전혀 다루고 있지 않아."

"지구도 당신의 행성을 침범했잖소?"

페롤랫이 말했다.

"그럴지도 모르지. 하나 그건 아주 오래전 얘기야. 게다가 여러 행성 가운데 특히 지구는 우리가 가장 싫어하는 행성이라서 설사 지구에 관한 기록이 있었더라도 혐오감 때문에 모두 없애버렸을 거야."

트레비스는 안타깝다는 듯 이를 악물었다.

"당신들이 스스로 없애버렸나?"

밴더가 트레비스에게 시선을 돌리면서 대답했다.

"우리가 아니라면 감히 어느 누가 그럴 수 있겠어?"

페롤랫이 그 문제를 집요하게 파고들었다.

"지구에 대해서 다른 얘기는 들은 게 없소?"

밴더가 잠시 생각에 잠기더니 입을 열었다.

"내가 어렸을 때 솔라리아를 방문했던 지구인 얘기를 로봇으로부터 들었지. 로봇의 얘기에 의하면 솔라리아 여성 한 명이 그 지구인과 떠났다는데 그 여자는 나중에 은하계에서 중요한 인물이 되었다는군. 하지만 내 생각엔 그건 만들어진 이야기에 불과해."

페롤랫이 입술을 씹으며 물었다.

"확실한 거요?"

"그러한 문제 중에 확실한 게 있겠나? 하지만 지구인이 감히 솔라리아에 왔으며 솔라리아가 방문을 허락했다는 건 상상도 할 수 없는 일이야. 게다가 설사 그 당시 우리가 반쪽 인간에 불과했다 하더라도 솔라리아 여성이 자발적으로 이곳을 떠났다는 건 절대 있을 수 없는 일이야. 이제 그 얘기는 그만하자고. 자, 내 집을 보여 주지."

"당신 집이라고요? 여기가 당신 집이 아닌가요?"

블리스가 사방을 둘러보며 물었다.

"아니, 이곳은 현관이야. 스크린실로도 쓰고 있지. 이곳에서 나는 필요한 경우에 솔라리아 동포들을 보지. 그들의 영상이 저 벽 위에 나타나거나 벽 앞에 홀로그램으로 나타나거든. 이 방은 공공 집회실이니까 정확히는 내 집의 일부가 아니야. 자, 나를 따라와."

밴더는 앞으로 걸어갔다. 다른 사람들이 따라오는지 확인하지도 않았다. 그러나 로봇 네 대는 계속 구석에 남아 있었다. 트레비스는 자신들이 자발적으로 따라가지 않으면 로봇들이 강제로 움직이도록 만들 것이라고 생각했다.

두 사람이 일어서자 트레비스가 블리스에게 조그맣게 속삭였다.

"저 사람이 계속 말하도록 만들었어요, 당신이?"

블리스는 트레비스의 손을 잡아 누르며 고개를 끄덕였다.

"하지만 아무 소용이 없어요. 그가 정말로 의도하는 게 뭔지 아직도 모르겠어요."

블리스가 불안한 목소리로 속삭였다.

3

그들은 밴더를 따라갔다. 로봇들은 예의상 일정한 거리를 두고 따라왔지만 그들의 존재는 여전히 위압감을 주었다.

그들은 복도를 따라 앞으로 나갔다. 트레비스가 의기소침한 표정으로 중얼거렸다.

"이 행성에는 지구에 대한 유용한 정보가 없어, 확실해. 방사능 얘기가 내용이 바뀐 채 반복되었을 뿐이야."

그는 어깨를 으쓱하며 덧붙였다.

"좌표에 있는 세 번째 행성을 찾아야겠어."

앞에서 문이 열리자 조그만 공간이 나타났다. 밴더가 말했다.

"자, 반쪽 인간들. 우리가 사는 방식을 보여 주지."

트레비스가 속삭였다.

"저 사람은 유아적인 과시욕이 있군. 한번 놀려 주어야겠어."

"똑같이 유치하게 굴지 말아요."

블리스가 말렸다.

밴더는 세 사람을 모두 안으로 안내했다. 로봇 한 대가 계속 뒤따라왔다. 밴더는 다른 로봇에게는 밖에 있으라고 손짓한 후 안으로 들어왔다. 그가 들어오자 문이 닫혔다.

"이건 승강기야!"

페롤랫이 놀랍다는 듯 설명했다.

밴더가 대답했다.

"그래. 우리는 한번 지하로 내려가면 밖으로 거의 나오지 않아. 별로 지상에 올라가고 싶은 생각이 안 들거든. 가끔 햇볕을 쬐는 게 상쾌하긴 하지만 지상에 떠 있는 구름이나 어둠이 싫어. 지하도 아닌데 지하에 있는 듯한 느낌을 주기 때문이야. 무슨 뜻인지 알아? 인식상의 혼란을 가져오기 때문이란 말이야. 나는 그게 아주 싫어."

페롤랫이 말했다.

"지구도 지하 도시를 건설했었소. 그들은 그 도시를 '강철 도시'라고 불렀지. 그리고 트랜터도 과거 제국시대에 아주 거대한 지하 도시를 건설했고 콤포렐론도 현재 지하 도시에서 살고 있지요. 그건 공통된 경향성인 것 같소."

"반쪽 인간들이 지하에서 군거하는 것과 우리가 완전히 혼자 지하에서 생활하는 것은 전혀 달라."

"터미너스의 거주 지역은 지표면이지."

트레비스가 말했다.

"그렇다면 비바람에 노출되어 있겠지. 진짜 원시적이군."

페롤랫이 생각한 대로 승강기가 작동되면서 처음엔 중력이 감소되는 느낌을 주었다. 하지만 그 이후로는 전혀 움직인다는 느낌을 받을 수 없었다. 트레비스가 얼마나 깊이 내려가나 궁금하게 여기고 있을 때 잠시 중력이 증가되는 듯하더니 문이 열렸다.

이윽고 눈앞에 정교하게 장식된 커다란 방이 나타났고 희미한 빛이 비추고 있었다. 어디에서 그 불빛이 비치는지 알 수가 없었다. 마치 공기 그 자체가 희미한 발광체인 것 같았다.

밴더가 손가락을 가리키자 그곳에 빛이 훨씬 더 밝아지기 시작했다. 다른 곳을 가리키자 똑같은 현상이 일어났다. 밴더가 문 앞에 붙어 있는 작달막한 막대기에 왼손을 얹고 오른손으로 커다란 원을 그리자 마치 방 전체에 햇빛이 드는 것처럼 밝아졌다. 하지만 열은 느껴지지 않았다.

트레비스가 얼굴을 찌푸리며 약간 큰 소리로 말했다.

"이놈, 이제 보니 협잡꾼이군그래!"

밴더가 날카롭게 대꾸했다.

"'이놈'이라고 하지 말고 '이 솔라리아인'이라고 말해! 그리고 '협잡꾼'이 무슨 뜻인지 모르겠지만 말투로 봐선 무례한 말인 것 같군."

트레비스가 말했다.

"아무것도 아닌 것을 겉으로만 그럴듯하게 보이려고 조작하는 허풍쟁이를 뜻하지."

"내가 극단적인 것을 좋아한다는 것은 인정해. 하지만 내가 당신들에게 보여 준 것이 겉으로만 그럴듯한 건 아냐. 그건 진짜야."

밴더는 왼손을 올려놓은 막대기를 두드리면서 말했다.

"이 열 전도봉은 지하 수 킬로미터 아래까지 뻗어 있지. 내 영지 전역에 퍼져 있는 휴식 공간마다 이 같은 막대기들이 설치되어 있어. 물론 다른 영지에도 이런 장치가 되어 있을 거야. 이 막대기들은 솔라리아 중심부에 있는 열을 아주 빠른 속도로 표면으로 전달하여 쉽게 활용할 수 있도록 해 주지. 빛을 밝히기 위해서 손으로 원을 그릴 필요는 없지만 그렇게 하면 왠지 극적으로 보이지 않나? 당신이 지적한 것처럼 마술을 부리는 것 같은 기분도 들게 해 주지. 나는 그런 장난을 즐기거든."

블리스가 말했다.

"당신에게 이 같은 극적 효과를 즐길 기회가 많이 있나요?"

밴더가 머리를 가로저으며 말했다.

"아니, 내 로봇들은 그런 효과에 반응하지 않아. 내 솔라리아 동포들도 마찬가지고 말이야. 이렇게 반쪽 인간들을 만나서 이런 효과를 즐길 기회는 거의 없지."

페롤랫이 말했다.

"우리가 이 방에 들어올 때 빛이 희미했는데 항상 그런 거요?"

"그래. 에너지를 적게 소모하기 위해서야. 로봇에게 계속 작업하도록 하는 것과 마찬가지지. 어쨌든 내 영지 전체는 항상 가동되고 있어."

"그렇다면 당신이 이 방대한 영지에 지속적으로 모든 에너지를 공급한단 말이오?"

"태양과 이 행성 중심핵이 에너지를 공급하지. 나는 단지 중간 전달자일 뿐이야. 그리고 영지 전체가 생산 활동을 하는 건 아냐. 영지 대부분은 야생 상태로 놔두어서 다양한 동물들이 살아갈 수 있도록 하고 있지. 그 이유는 첫째는 영지 경계선을 유지하자는 것이고 둘째는 그 자체로 미적 가치가 있기 때문이야. 사실 내 농장과 공장은 작은 편이야. 여기서는 내가 쓸 것들과, 다른 솔라리아인들이 생산한 특산품과 교환할 약간의 특산품만 생산하면 되거든. 따라서 열 전도봉에 관한 한 많은 솔라리아인들이 나에게 의지하고 있지."

"당신의 집은 큰 편인가?"

트레비스가 물었다. 그것은 밴더를 기분 좋게 하는 데 아주 적절한 질문이었다. 밴더는 아주 자랑스러운 얼굴로 대답했다.

"아주 크지. 이 행성에서 손꼽히는 저택 중 하나야. 넓이가 사방 수십 킬로미터에 달하지. 나는 많은 로봇을 사용해서 수천 제곱킬로미터에 달하는 영지를 관리하고 있는데, 이 지하 저택을 관리하기 위해서도 그만큼의 로봇을 사용하고 있어."

"설마 이 넓은 곳을 모두 사용하는 거요?"

페롤랫이 물었다.

"내가 들어가 보지 않은 방도 많을 거야. 하지만 아무러면 어때? 로봇들이 이곳저곳 통풍도 시키면서 깨끗하게 청소해서 정돈해 두는데 말이야. 다 왔군. 자, 이제 이리 나와."

그들은 문을 나왔다. 그 문은 들어온 문이 아니었다. 그 문을 나오자 또 다른 복도가 펼쳐졌다. 눈앞에는 트랙을 달리도록 되어 있는 지붕 없는 조그만 지상차가 있었다.

밴더가 타라고 손짓했다. 그들은 차례대로 차 위에 올라탔다. 사람 넷과 로봇 한 대가 타기에는 비좁았다. 하지만 페롤랫과 블리스가 꼭 밀착해서 트레비스가 탈 자리를 만들어 주었다. 밴더는 앞자리에 아주 편안한 자세로 앉았다. 로봇이 그 옆에 탔다. 그러자 차가 앞으로 나아갔다. 가끔 밴더가 부드럽게 손을 움직일 뿐 특별히 조종하는 것 같지도 않았는데 차는 매끄럽게 잘 나갔다.

"이것은 차 모양을 한 로봇이지."

밴더가 대수롭지 않은 듯한 어조로 말했다.

자동차는 여러 문을 지나치며 조용히 앞으로 나아갔다. 그 문들은 그들이 가까이 오면 열렸으며 멀어지면 다시 닫혔다. 장식은 각 방마다 천차만별로 꾸며져 있었다. 로봇들에게 다양하게 꾸미라고 명령한 것 같았다.

앞에 전개되는 복도는 어두침침했다. 뒤에 있는 복도도 마찬가지였다. 그러나 그들이 있는 장소만은 햇빛이 밝게 비치는 것 같았다. 그와 마찬가지로 모든 방들도 문이 열리면서 환하게 밝아졌고 그때마다 밴더는 손을 우아하게 움직였다.

여행이 끝날 기미는 보이지 않았다. 가끔 평면으로 방향 전환하여 이 지하 저택이 2차원으로 배치된 것처럼 느끼게 했다. (어떤 지점에 이르자 약간 아래로 경사지게 내려가기 시작하는 것을 느끼고, 트레비스는 '아니다, 3차원이다.' 하고 생각했다.)

어디를 가든지 로봇이 있었다. 그들은 20~30대씩, 50~60대씩, 어떤 곳에는 수백 대씩 무리지어 천천히 작업하고 있었다. 트레비스는 그들이 무슨 일을 하는지 쉽게 알아차릴 수가 없었다. 지상차가 커다란 방을 지나갔는데 그 안에는 수십 대의 로봇이 말없이 책상에 엎드려 작업을 하고 있었다.

페롤랫이 물었다.

"저 로봇들은 뭘 하고 있는 거요, 밴더?"

"사무를 보고 있지. 통화 기록과 회계 등을 정리하고 있는 거야. 그런 건 내가 전혀 신경 쓰지 않아도 돼. 내 영지는 쓸모없는 곳이 없어. 식물이 성장하는 지역의 4분의 1 정도가 과수원이고 약 10분의 1은 밭이야. 과수원은 나의 진짜 자랑거리야. 우리 과수원에서는 행성 전체를 통틀어 가장 맛있는 과일이 생산되거든. 게다가 종류도 제일 다양해. 밴더 복숭아는 솔라리아에서 유일한 복숭아이고, 사과만 하더라도 스물일곱 종이나 되지. 그 외에도 많이 있어. 로봇들이 다 알려 줄 거야."

"그 많은 과일을 어떻게 처치하지? 당신 혼자 다 먹진 못할 텐데?"

트레비스가 물었다.

"애초부터 내가 먹으려고 가꾼 건 아니야. 나는 과일을 그다지 좋아하는 편이 아니거든. 과일들은 다른 영지로 팔려 나가지."

"그 대가로 무엇을 받는데?"

"대부분은 광물이야. 내 영지에는 자랑할 만한 광산이 없어. 그리고 생태계를 건강하게 유지하는 데 필요한 것들도 받지. 내 영지에는 아주 다양한 동식물들이 살고 있거든."

"내 생각엔 로봇이 그 모든 일을 처리할 것 같군?"

"물론이지. 로봇은 일을 아주 잘해."

"솔라리아인 한 명을 위해서 그 모든 일을 한단 말이지."

"내 영지와 생태계 균형을 위해서 일을 하지. 나는 그저 기분이 내킬 때 영지 여기저기를 방문하는 유일한 솔라리아인이야. 그것은 내가 즐기는 절대적 자유의 일부이기도 하지."

페롤랫이 말했다.

"다른 솔라리아인들도 각 지방의 생태계 균형을 유지하려고 할 테고, 그 가운데는 습지라든지 산악 지대나 해안 지대를 영지로 가지고 있는 솔라리아인도 있을 텐데……."

밴더가 대답했다.

"그렇겠지. 행성 문제 전반을 논의하기 위해서 협의회를 열 때마다 그런 문제가 주제로 등장하곤 하지."

"협의회는 얼마 만에 한 번씩 열리나?"

트레비스가 물었다. 지상차는 아주 협소한 통로를 오랫동안 나아가고 있었다. 양쪽에는 이제 방들이 없었다. 트레비스는 그 통로가 건물을 세울 정도로 넓게 팔 수 없는 지역을 관통하는, 말하자면 아주 넓은 지하건물이 있는 두 지역을 연결하는 통로로 사용되는 것 같다고 생각했다.

“아주 자주 개최하는 편이지. 이번 달처럼 내가 소속되어 있는 위원회에 나가지 않았던 달은 거의 없어. 비록 내 영지에 산악 지대나 습지는 없지만 내 과수원과 연못, 그리고 식물원은 이 행성에서 최고야.”

페롤랫이 물었다.

“하지만 당신은 다른 솔라리아인의 영지를 방문한 적이 없잖소?”

“물론 없지.”

밴더는 화가 난 얼굴로 대꾸했다.

페롤랫이 부드럽게 말했다.

“화내지는 마시오. 궁금해서 그러는 거니까. 그렇다면 다른 곳에 있는 것들과 비교해 보지도 못했을 텐데 어떻게 당신의 소유물이 최고라고 확신할 수 있는 거요?”

“각 장원끼리 이루어지는 무역에서 내 상품을 요구하는 정도를 보면 판단할 수 있지.”

트레비스가 물었다.

“공산품은?”

“도구와 기계류를 생산하는 장원이 여러 곳에 있지. 아까 말했듯이 내 장원에서는 열 전도봉을 제작해. 하지만 그건 아주 간단한 작업이야.”

“그러면 로봇은?”

“로봇은 여기저기에서 제작하지. 은하 역사 전반에 걸쳐서 솔라리아는 가장 우수하고 정밀한 로봇을 개발해 왔어.”

“아마 그건 지금도 마찬가지일 거야.”

트레비스가 말했다. 질문하는 게 아니라 그냥 하는 말로 들리길 바라는 것처럼 신중한 어투였다.

"지금? 지금 우리와 경쟁할 상대가 누가 있지? 오늘날은 솔라리아에서만 로봇을 제작하고 있어. 내가 초단파를 해석해 보니까 당신네들은 안 만드는 것 같은데?"

"하지만 다른 우주인 행성이 있잖아?"

"아까 말했듯이 그들은 사멸했어."

"전부 다?"

"솔라리아 이외의 우주인 행성은 이제 하나도 없어."

"그렇다면 지구 소재지를 아는 사람도 전혀 없겠군."

"어느 누가 지구 위치를 알려고 하겠나."

페롤랫이 끼어들었다.

"내가 알고 싶소, 내 연구 분야란 말이오."

"그렇다면 분야를 바꿔. 나는 지구의 위치에 대해 아는 게 전혀 없어. 다른 누가 알고 있다는 얘기도 들은 적도 없고 말이야. 그 문제에 대해서는 금속 한 조각보다도 관심이 없어."

지상차가 멈추었다. 트레비스는 잠시나마 밴더가 모욕감을 느낀 것 같다고 생각했다. 그러나 정지도 부드러웠고, 밴더가 지상차에서 내려 다른 사람들에게 내리라고 손짓하는 모습도 유쾌했다.

그들이 들어간 방은 밴더가 손짓해서 빛을 밝게 했는데도 차분한 조명을 유지하고 있었다. 그 방은 측면 복도로 이어졌고 복도 양쪽에는 조그만 방들이 있었다. 각 방마다 화려한 항아리가 한두 개씩 있었는데, 가끔 영사기 같은 물체가 항아리 옆에 놓여 있기도 했다.

"저게 뭐지, 밴더?"

트레비스가 물었다.

"조상들의 무덤이야, 트레비스."

4

페롤랫이 호기심 어린 눈초리로 쳐다보며 물었다.

"당신 조상들의 유골이 이곳에 매장되어 있소?"

"'매장한다'는 게 땅속에 묻힌다는 것을 의미한다면 당신의 말은 틀렸어. 이곳은 비록 지하이지만 그래도 내 집이야. 게다가 유골들은 우리가 있는 바로 이곳에 있잖아. 우리는 '유골을 가옥 안에 모셨다'고 말하지."

밴더는 잠시 망설이더니 덧붙였다.

"'가옥'이란 '집'을 나타내는 고어야."

트레비스가 형식적으로 주위를 둘러보면서 말했다.

"이 모두가 당신 조상의 유골이라고? 몇 개나 되는데?"

밴더가 아주 자랑스럽다는 목소리로 대답했다.

"거의 100개에 달하지. 정확히 아흔네 개야. 물론 초창기의 선조들은 현재적인 의미에서 진정한 솔라리아인들이 아니야. 그들은 반쪽 인간들로서 남성과 여성이었지. 그 같은 반쪽 선조들은 그 다음을 계승한 후계자들에 의해 가까운 납골당에 안치되었어. 물론 나는 그 방에 가보진 않았어. 아주 '스타일 구기는' 일이거든. 이 말은 솔라리아 말이야. 당신에 은하어로는 뭐라고 하는지 모르겠군. 어쩌면 은하어에는 없는 말일지도 모르지."

"그럼 저 필름들은 뭔가요? 저건 영사기 같군요."

블리스가 물었다.

"일기야. 선조들의 생애라든가 선조들 각자가 이 장원 가운데 가장 좋아하는 곳에서 찍은 영상이 담겨 있는 기록이지. 즉 어떤 의미에선 선조들이 죽지 않았음을 나타내 주는 거야. 선조들의 일부가 계속 살아 있으니, 아무 때나 그들과 함께할 수 있다는 건 나의 중요한 자유 가운데 하나지. 마음대로 아무 필름이나 볼 수 있거든."

"하지만 '스타일 구기는' 일은 하지 않겠지?"

트레비스의 말에 밴더가 눈길을 다른 데로 돌리며 대답했다.

"그래. 우리 모두의 선조가 한때 반쪽 인간이었다는 사실은 우리 모두가 지니고 있는 치욕이야."

"모두라고? 그렇다면 다른 솔라리아인들도 이런 무덤을 가지고 있단 말인가?"

"물론 우리 모두 가지고 있지. 하지만 내 것이 정성을 가장 많이 들인 것이고 그만큼 보존 상태도 훌륭해."

"당신 자리도 준비해 놓았나?"

"물론 완벽하게 만들어 놓았지. 그 일은 내가 이 장원을 계승하자마자 해야 하는 첫 번째 임무였지. 시적으로 표현해서……, 내가 재로 돌아간다면 내 후계자는 자기 자리를 만드는 것을 자신의 첫 번째 임무로 삼게 되는 거야."

"당신에게 후계자가 있나?"

"때가 되면 생기겠지. 아직까진 수명이 상당히 많이 남아 있어. 내가 떠나야 할 때가 되면, 이 장원을 즐길 정도로 성숙하고 에너지 전환 기관이 충분히 발달된 성인 후계자가 준비될 거야."

"그 후계자는 당신 자식이어야 할 텐데?"

"물론이야."

"하지만 당신이 자식을 만들기 전에 돌발 사건이 일어나면 어떻게 되지? 이곳에서도 불행한 사고는 일어날 수 있지 않은가? 만약 어떤 솔라리아인이 너무 일찍 재로 돌아가서 그 장원을 계승할 후계자가 없거나, 있다 하더라도 계승할 정도로 성숙하지 않았다면 어떻게 되나?"

"그런 일은 별로 일어나지 않아. 우리 가계(家系)에서 그런 일은 딱 한 번 있었지. 그러나 그런 일이 벌어지면 다른 장원에서 기다리고 있는 다른 후계자들이 있으니 걱정할 필요는 없어. 장원 주인은 아직 젊어서 두 번째 후계자를 생산하여 그 후계자가 충분히 성장할 때까지 살 수 있는 이들의 후계자 가운데 계승할 나이가 충분히 된 한 명이 내 장원의 후계자로 지명되는 거지."

"누가 지명하지?"

"통치 위원회가 있는데, 그 기능 중에 하나가 조기 사망이 발생할 경우 그 후계자를 지명하는 일이야. 물론 모든 협의는 홀로그램으로 하지."

페롤랫이 물었다.

"하지만 솔라리아인들이 서로 만나지 않으니 어느 곳에 있는 어느 솔라리아인이 갑자기 죽었는지 다른 솔라리아인들이 어떻게 알겠소?"

"만약 우리 가운데 한 명이 재로 돌아간다면 그 영지의 모든 기능이 정지해 버려. 그렇기 때문에 다른 후계자가 즉각 계승되지 않는 한 비정상적인 상황이 계속되기 때문에 적절한 조치가 취해지지 않을 수 없어. 우리 사회는 비상시에도 아주 원활하게 돌아가게 되어 있어."

트레비스가 물었다.

"저기에 있는 필름들을 좀 봐도 되겠나?"

밴더의 표정이 굳었다.

"몰라서 그런 말을 했을 테니 용서해 주지. 당신이 한 말은 아주 버릇없고 더러운 말이야."

"그랬다면 사과하지. 당신에게 강요할 생각은 없어. 하지만 우리가 지구에 대한 정보를 원하고 있다고 이미 얘기하지 않았나. 저 중에는 분명히 지구가 방사능에 덮이기 이전에 작성된 필름이 있을 거야. 그렇다면 지구에 대해 언급한 자료가 있을 거야. 당신의 사생활에 개입할 의사가 전혀 없어. 하지만 당신이나 로봇이 저 필름들을 조사해서 우리가 필요로 하는 정보를 전달해 줄 수도 있잖아. 물론 당신이 우리의 동기를 인정하고, 우리가 당신의 감정을 그만큼 최대한 존중할 거라고 여겨만 준다면 직접 살펴보도록 해 줄 수도 있을 테고……."

밴더가 냉랭하게 말했다.

"자신이 점점 더 무례해지고 있다는 걸 전혀 못 느끼고 있는 것 같군. 어쨌든 이 이야기는 여기서 끝내기로 하지. 어차피 반쪽 조상들에 대한 필름은 하나도 없으니까 말이야."

"없다고?"

트레비스가 몹시 실망한 표정으로 반문했다.

"원래는 있었지. 하지만 그것들을 어떻게 했을까는 빤하지 않나? 반쪽 인간들은 서로에 대한 관심을 표명하고 게다가……."

밴더는 목청을 가다듬으며 힘들게 얘기했다.

"상호 작용도 했지. 반쪽 인간에 대한 필름은 당연히 수십 세대 전에 모두 파괴되었어."

"다른 솔라리아인들이 가지고 있는 기록도 마찬가지인가?"

"그래."

"확실한가?"

"어떤 미친놈이 그런 걸 파괴하지 않고 놔두겠어?"

"미쳤거나 감성적이거나 그 사실을 아예 잊어버린 솔라리아인도 있을 수 있잖아. 이봐, 밴더. 이웃 장원으로 우리를 인도해 주면 어떨까?"

밴더는 깜짝 놀라더니 트레비스를 뚫어지게 쳐다보았다.

"다른 솔라리아인들도 나처럼 관대하게 대해 줄 거라고 생각하나?"

"관대하지 말란 법도 없지 않은가, 밴더?"

"절대로 그렇지 않을 거야."

"한번 부딪혀 보겠어."

"안 돼, 트레비스. 당신들 모두. 그 이유를 말해 줄까?"

얼굴을 찌푸린 밴더의 뒤에는 로봇들이 서 있었다.

"왜 안 되는 거지, 밴더?"

트레비스는 갑자기 불안이 엄습하는 것을 느꼈다.

"지금까지 당신들과 이야기를 나누면서, 그리고 이상한 당신들을 구경하면서 난 아주 즐거운 시간을 보냈어. 전에는 미처 경험해 보지 못했던 대단한 즐거움이었지. 하지만 이 사실은 내 일기에 넣을 수도 영사기에 담을 수도 없다는 걸 알아 둬."

"왜 그렇지?"

"당신들과 말을 주고받았고, 당신들에게 내 집을 구경시켜 주고 조상들 무덤에도 안내한 이 모든 게 아주 창피스러운 행위거든."

"우리는 솔라리아인이 아니잖아. 당신들에게 우리는 저 로봇 정도로밖에 여겨지지 않을 텐데, 그렇지 않아?"

"나 나름대로는 그렇다고 자위하지. 하지만 다른 솔라리아인들은 그렇게 생각하지 않을 거야."

"그런 걸 왜 두려워하지? 당신은 완벽한 자유를 가지고 있으니 당신이 원하는 대로 할 수 있진 않나?"

"우리라고 해서 진짜 완벽한 자유를 누리는 건 아냐. 만약 내가 이 행성에서 유일한 솔라리아인이라면 완전한 자유를 누리면서 창피스러운 일도 할 수 있을지도 모르지. 하지만 다른 솔라리아인들이 있는 이상 근사치에는 가까울망정 이상적인 자유란 있을 수 없지. 만약 내가 한 일이 밝혀진다면 이곳의 사는 1200명 솔라리아인 모두가 나를 경멸할 거야."

"그들이 알 턱이 없잖아."

"그래, 당신들이 도착했을 때부터 나도 그렇게 생각해 왔지. 당신들과 즐거운 시간을 보내면서도 계속 그렇게 생각해 왔어. 다른 솔라리아인들은 절대 몰라야 한다고……."

페롤랫이 말했다.

"우리가 지구에 대한 정보를 얻으려고 다른 장원들을 방문하여 말썽이 일어날까 봐 걱정이 되어서 그런다면, 당신을 못 봤다고 하면 되잖소? 그건 약속하리다."

밴더가 머리를 가로저으며 말했다.

"이제 당신들과는 충분히 놀았어. 나는 그 사실을 감출 거야. 내 로봇들도 말하지 않을 것이고……, 아니 기억 자체를 지우도록 명령하면 되지. 그리고 당신들 우주선은 지하로 가져와서 자세히 조사해 봐야겠어. 우리에게 도움되는 게 있는지……."

트레비스가 말을 가로챘다.

"잠깐! 당신이 우리 우주선을 조사할 때까지 여기에서 마냥 기다릴 수는 없어. 그건 불가능해."

"전혀 불가능하지 않아. 어차피 당신들은 반항을 못해. 미안하군. 당신네들과 더 오래 다른 여러 가지 이야기를 논하고 싶었지만 당신들도 알다시피 이 사실이 드러날 가능성이 많아졌어."

"아니야. 전혀 그렇지 않아."

트레비스가 힘주어 말했다.

"내 말이 맞아, 귀여운 반쪽 인간. 내 선조들이라면 즉각 처리했을 일을 이제 해야 할 시간이 된 것 같군. 당신들 셋 모두 죽여야겠어."

12장

지상으로!

1

트레비스는 즉각 고개를 돌려 블리스를 쳐다보았다. 그녀의 얼굴은 무표정하다 못해 긴장감마저 감돌고 있었다. 그녀는 모든 것을 잊어버린 듯 오로지 밴더만 쳐다보고 있었다.

페롤랫은 도저히 믿을 수 없다는 듯이 눈을 동그랗게 떴다. 트레비스는 블리스가 무엇을 하려는지, 아니 무엇을 할 수 있을지 알지 못했다. 그는 밀려드는 허탈감과 싸우기 위해 필사적으로 노력했다. (죽는다는 것 자체가 두렵지는 않았으나 자신이 왜 가이아를 인류의 미래로 선택했는지, 지구는 어디에 있는지를 전혀 파악하지 못한 채 죽는다는 것이 억울했기 때문이었다.) 지금 이렇게 죽을 수는 없다. 시간을 끌어야만 한다!

그는 침착함을 잃지 않으려 애쓰며 입을 열었다.

"밴더, 당신은 솔라리아인으로서 예의 바르고 신사적인 자세를 보여줬어. 우리가 이 행성에 침입한 것에 대해서도 크게 화를 내지 않았고, 오히려 친절하게도 우리에게 당신의 영지와 저택까지 구경시켜 준 데다 우리의 질문에도 세심하게 대답해 주었지. 그래서 말인데, 우리가 지금 떠날 수 있도록 해 주는 게 당신 인격에도 어울릴 거야. 우리가 여기에 온 사실은 어느 누구도 모를 것이고 우리도 다시는 이곳에 오지 않을 거야. 우리는 단지 정보를 찾기 위해서 아무것도 모르는 상태에서 이곳에 왔을 뿐이니까……."

밴더가 가볍게 대답했다.

"당신 주장은 다 옳아. 그래서 지금까지 살려 준 거지. 당신들 목숨은 우리 대기권에 들어왔을 때 이미 끝났던 거야. 난 당신들을 만나는 즉시 죽였어야 했어. 그래서 로봇으로 하여금 당신들을 해부해서 외계인들에 대한 정보를 알아내 보고하도록 시켰어야 했던 거지.

하지만 난 그렇게 하지 않았어. 안이한 성격에 굴복해서 호기심을 충족시켰던 거지. 하지만 이제 충분해. 이제 더 이상 호기심을 충족시킬 수는 없어. 사실 이미 솔라리아의 보안을 손상시킨 거나 마찬가지야. 만약 내가 마음이 약해져서 당신들을 그냥 보내 준다면, 아무리 당신들이 그렇지 않을 거라고 입이 닳도록 맹세한다 하더라도 분명히 당신네 종족이 뒤이어 나타날 거야.

하지만 적어도 당신들을 고통 없이 죽이겠다는 건 보장하지. 단지 뇌에 약간 열을 가해서 활동을 중지시킬 뿐이니까 아무런 고통도 없을 거야. 그저 조용히 생명이 멈출 테니까 말이야. 해부 작업이 끝나면 강한 화염 속에 집어넣어 재로 만들면 모든 건 끝나는 거야."

"꼭 죽어야만 한다면 고통 없이 빨리 죽는 것도 괜찮겠지. 하지만 아무런 범죄 행위도 하지 않았는데 도대체 왜 우리가 죽어야 하지?"

"당신들이 이곳에 온 것 자체가 범죄 행위거든."

"그건 아무런 이성적 근거가 없어. 우리는 그것이 범죄 행위에 해당한다고는 꿈에도 생각지 않았어."

"무엇이 범죄 행위인지는 그 사회에서 규정하는 거야. 당신들에겐 그것이 비이성적이고 자의적인 것으로 보일지 몰라도 우리에겐 그렇지 않아. 이곳은 우리가 사는 사회니까 모든 원칙은 우리 마음대로 정하는 거야. 당신들은 죽어 마땅해."

밴더는 유쾌한 듯 미소를 지으며 이야기를 계속했다.

"당신들에겐 당신들 방식의 잘난 도덕성이니 뭐니 들춰내며 불평할 권한이 전혀 없어. 당신은 초단파광선을 이용해서 강력한 열을 발생시켜 상대방을 죽이는 우주총 한 자루를 가지고 있지? 장담하지만 내가 하는 방식은 그보다 훨씬 덜 잔인하고 고통도 적어. 만약 내가 에너지를 고갈시키지 않았다면, 그리고 만약 내가 바보스럽게도 당신이 그 무기를 꺼낼 수 있도록 신체적 자유를 보장했다면, 당신은 아무런 망설임도 없이 당장 그 총을 내게 발사했을걸."

트레비스는 밴더가 블리스에게 주목하지 않도록 하기 위해 필사적인 목소리로 이야기를 계속했다.

"부탁이야. 제발 자비를 베풀어서 죽이지는 말아 줘."

밴더가 갑자기 엄숙한 얼굴로 말했다.

"나는 먼저 나 자신과 내 행성에게 자비를 베풀어야 해. 그러려면 당신들을 죽일 수밖에……."

그가 손을 번쩍 치켜들었다. 순간 어둠이 트레비스를 엄습했다.

2

트레비스는 잠시 후 질식할 것 같은 암흑을 느끼면서 언뜻 '이게 죽음인가?' 하고 생각했다.

그때 마치 그 생각이 메아리가 되어 울리듯 어둠 속에서 작은 속삭임이 들려왔다.

"이게 죽음인가?"

그건 페롤랫의 목소리였다.

트레비스도 속삭여 보니 목소리가 울려 나왔다.

"그건 왜 물어요?"

트레비스는 커다란 안도감을 느끼며 덧붙여 말했다.

"교수님이 질문할 수 있다는 사실만 봐도 죽지는 않았군요."

"사후에도 생명이 있다고 주장하는 전설이 있더군."

"말도 안 돼요!"

트레비스가 중얼거렸다.

"블리스? 어디 있어, 블리스?"

아무런 대답이 없었다. 다시 페롤랫이 반복해서 불렀다.

"블리스, 블리스! 어떻게 된 건가, 트레비스?"

"밴더가 죽은 것 같군요. 죽어서 에너지를 공급하지 못하니까 불빛이 모두 꺼져 버렸어요."

"하지만 어떻게……, 블리스가 그랬다는 얘기인가?"

"그런 것 같아요. 다치지는 않았을까요?"

그는 지하의 캄캄한 어둠 속을 손과 무릎으로 어기적거리며 기어 다녔다. 만약 가끔 벽에서 떨어지는 방사선 원자가 희미한 빛이나마 발하지 않았다면 말 그대로 완벽한 어둠이었다.

무언가 부드럽고 따스한 것이 손에 닿았다. 촉감으로 미루어 자신이 잡고 있는 게 사람의 다리라는 걸 알 수 있었다. 아주 가느다란 걸 보니 틀림없이 밴더의 다리는 아니었다.

"블리스?"

다른 한쪽 다리가 트레비스의 손을 밀어냈다.

"블리스? 살아 있어요?"

"난 살아 있어요."

이상하게 억눌린 듯한 목소리가 들려왔다.

"괜찮아요?"

"아뇨, 좀……."

그 말과 동시에 주위가 다시 희미하게 밝아졌다. 벽이 불규칙하게 밝아졌다 어두워졌다 하면서 약하게 빛을 발했다. 밴더는 어두운 구석에 쭈그린 듯 누워 있었고 블리스는 밴더 옆에 앉아 그의 머리를 잡고 있었다.

그녀는 트레비스와 페롤랫을 올려다보며 말했다.

"이 솔라리아인은 죽었어요."

희미한 불빛에 비친 그녀의 뺨은 눈물에 젖어 있었다.

트레비스가 어이없다는 투로 말했다.

"그런데 왜 울고 있죠?"

"이성과 지성을 소유한 생명체를 죽였는데 어떻게 울지 않을 수 있나요? 죽일 생각까진 없었는데……."

트레비스가 몸을 숙여 그녀를 일으키려 했지만 그녀는 뿌리쳤다. 그러자 페롤랫이 무릎을 꿇고 앉아 부드럽게 말했다.

"그만해, 블리스. 그런다고 살려 낼 수 있는 건 아니잖아. 어떻게 된 건지 말해 봐."

그녀는 부축을 받고 일어나 멍하니 앉아 있다가 입을 열었다.

"밴더가 할 수 있는 일은 가이아도 할 수 있어요. 가이아는 정신력만 가지고 우주 여기저기에 흩어져 있는 에너지를 모아 일정한 힘을 발휘하게 할 수 있지요."

트레비스는 어떻게 그렇게 되는지 확실히 알지는 못했지만 그녀를 위로하면서 말했다.

"알고 있어요. 당신이, 아니 가이아가 우주 공간에서 우리 우주선을 꼼짝 못하게 했을 때의 모습이 생생히 기억나요. 밴더가 내 무기를 빼앗으려고 나를 꼼짝 못하게 했을 때도 문득 그 일이 생각났어요. 밴더가 당신도 꼼짝 못하게 만들었지만, 그때 난 당신이 마음만 먹으면 언제라도 속박을 풀고 자유롭게 될 수 있을 거라고 확신하고 있었죠."

"아니에요. 그때는 그러지 못했을 거예요."

그녀는 우울하게 이야기를 계속했다.

"당신의 우주선이 나-우리-가이아에게 속박되어 있을 때만 해도 나와 가이아는 진정한 일체였지요. 하지만 지금은 초공간을 사이에 두고 있기 때문에 나-우리-가이아의 능력은 제한될 수밖에 없어요. 게다가 가이아는 다수의 두뇌들이 모여서 형성한 순수한 에너지를 가지고 초능력을 발휘하지요. 하지만 설사 그 모든 두뇌들이 모인다 해도 이 솔라리아인 한 명이 가진 에너지 변환 기관에는 미치지 못할 거예요. 우리는 밴더처럼 지속적으로 그렇게 섬세하고 효과적으로 에너지를 사용할 수 없거든요. 당신도 보다시피 나는 이 이상 더 불빛을 밝게 할 수 없거든요. 그리고 얼마나 오랫동안 지치지 않고 이 상태를 지속해 갈 수 있을지도 알 수 없고요. 하지만 밴더는 잠을 자고 있을 때조차 방대한 영지 전역에 에너지를 공급할 수 있었어요."

"그렇지만 당신이 이겼잖아요."

"내가 힘을 나타내지 않았고, 따라서 그가 내 힘을 전혀 의심하지 않았기 때문이었죠. 전혀 나를 의심하지 않았기 때문에 나에게 신경 쓰지 않았잖아요. 그는 오로지 당신에게만 신경을 곤두세웠어요. 무장을 한 사람은 당신이니까요. 또다시 당신이 무장한 덕을 본 셈이지요. 그래서 나는 불시에 신속한 일격으로 그를 제어할 기회만 노리고 있었어요. 밴더가 우리를 죽이는 데, 특히 당신을 죽이는 데로 관심을 집중했기 때문에 비로소 내가 틈을 발견하고 일격을 가할 수 있었던 거지요."

"아주 훌륭했어요."

"어떻게 그렇게 잔인한 말을 할 수 있죠, 트레비스? 내 목적은 그의 공격을 저지시키는 것에 불과했어요. 난 단지 그가 에너지 변환 기관을 사용하지 못하게 하려고 했을 뿐이에요. 공격하려는 순간 우리가 어둠 속으로 사라지는 환상을 보게 해서 밴더가 놀랄 때, 그 순간을 놓치지 않고 그에게 일격을 가해서 오랜 잠 속으로 빠지게 한 다음 에너지 변환 기관을 떼어 놓을 생각이었지요. 그러면 에너지가 남아 있을 테니 이 저택에서 빠져나가 우주선을 타고 이 행성을 떠날 수 있잖아요. 난 진심으로 그렇게 되길 바랐어요. 그가 다시 깨어나더라도 우리들에 대한 기억은 모두 잊어버리게 되기를 말이에요. 가이아는 살인하지 않고 해결할 수 있는 일은 살인하지 않고 해결하길 원하거든요."

"그런데 왜 이렇게 되었지, 블리스?"

페롤랫이 부드럽게 물었다.

"이런 에너지 변환 기관 같은 것은 전혀 본 적이 없었어요. 이곳에 와서 슬쩍 보기는 했어도 연구할 시간은 없었죠. 난 단지 기구를 봉쇄만 할 생각이었는데 그게 잘못된 거예요. 에너지가 흘러들어 오는 입구를 봉쇄한 게 아니라 에너지가 나가는 출구를 봉쇄한 거죠. 에너지는 항상 에너지 변환 기관이 돌출부로 불규칙하게 유입되는데, 그 에너지를 가능한 한 빨리 밖으로 발산시켜야 뇌를 보호할 수 있어요. 그런데 내가 출구를 봉쇄하자 에너지가 단숨에 에너지 변환 기관이 있는 돌출부를 가득 채웠고 10분의 1초도 안 되는 짧은 순간에 온도가 급상승해서 두뇌에 충격을 가해 죽게 된 거예요. 불빛이 꺼지는 걸 보고 즉시 봉쇄를 풀었지만 그땐 이미 늦었어요."

"당신은 어쩔 수 없었어. 내 사랑, 상심하지 마."

"내가 그를 죽였다는 생각을 하니 너무 가슴이 아파요. 어떤 위로도 소용이 없군요."

"하지만 밴더가 우릴 죽이려 했잖아요."

트레비스가 말했다.

"그래서 제지하려 한 거예요. 하지만 죽여서는 안 되는데……."

"블리스, 이젠 우리가 어떻게 할 건지 대비책을 강구해야 해요. 그의 죽음으로 인해 이 지역의 모든 에너지가 소멸됐어요. 다른 솔라리아인들이 금방 눈치 채고 조사를 벌일 겁니다. 당신이라도 그들의 연합 공격을 막아낼 순 없을 거예요. 게다가 당신이 인정했듯이 당신이 지금 이곳에 공급하고 있는 에너지는 한정되어 있어서 오래가지도 않을 거고요. 그러니 지체하지 말고 지금 당장 지상으로 올라가서 우주선을 타도록 합시다."

페롤랫이 문제를 제기했다.

"하지만 트레비스, 어떻게 돌아간단 말인가? 우린 구불구불한 통로를 따라 수십 킬로미터나 왔어. 이곳은 지하이기 때문에 길 찾기가 대단히 어려울 거야. 나로서는 어디로 가야 지표면이 나오는지 도무지 감이 잡히질 않아. 방향 감각엔 영 숙맥이거든."

"지표면으로 나가는 출구는 여러 개 있을 겁니다. 따라서 꼭 우리가 들어온 입구를 찾을 필요는 없어요."

"하지만 그 출구 중 하나라도 제대로 아는 것이 있나? 그 많다는 출구를 대체 어떻게 찾지?"

트레비스는 또다시 블리스에게로 시선을 돌렸다.

"우리가 빠져나갈 길을 정신력으로 찾을 수 있겠어요?"

"이 영지에 있는 로봇은 모두 정지해 버렸어요. 하등 동물의 빈약한 정신이 저 위에서 미약하게 활동하는 소리는 감지할 수 있지만, 그래봤자 저 위에 지표면이 있다는 사실을 확인하는 것에 불과해요."

"하여튼 출구를 찾아야 해요."

"시행착오만 되풀이할 뿐 절대 찾지 못할 거야."

페롤랫이 절망한 목소리로 말했다.

"그래도 해 봐야죠, 교수님. 아무리 가능성이 적다하더라도 최선을 다해야죠. 여기서 이러고 있는 것보다는 낫지 않겠어요? 자, 힘을 내요. 기회가 전혀 없는 것보다는 조금이라도 있는 편이 낫잖아요."

블리스가 외쳤다.

"잠깐만, 뭔가 느껴져요."

"뭐가요?"

"정신체 하나가……."

"지성체입니까?"

"예, 하지만 미약해요. 뭔가 다른 게 아주 뚜렷하게 느껴져요."

"그게 뭔데요?"

트레비스는 초조함을 억누르며 물었다.

"공포! 참을 수 없는 공포!"

블리스가 아주 작은 목소리로 말했다.

3

트레비스는 처량하게 주위를 둘러보았다. 자신들이 어디로 들어왔는지 생각은 어렴풋이 났지만 왔던 길을 되밟아 나가야 하리라고는 생각도 해 보지 않았다. 올 때만 하더라도 구불구불 꺾이는 것에 대해서 전혀 신경 쓸 이유가 없었기 때문이었다. 하지만 아무 도움도 없이 오로지 희미하게 깜빡이는 불빛으로 길을 밝히면서 왔던 길을 되밟아 나가야 할 처지에 놓일 줄을 누가 알았겠는가!

트레비스가 물었다.

"지상차에 동력을 불어넣을 수 있어요, 블리스?"

"물론 할 수 있지요. 하지만 운전은 할 수 없어요."

페롤랫이 말했다.

"밴더는 정신력으로 지상차를 운전하는 것 같았는데……. 아무것도 만지지 않고 운전하더라고."

블리스가 상냥하게 말했다.

"네, 그는 그걸 정신력으로 움직였어요. 하지만 정신력을 어떻게 사용했겠어요? 결국 당신 말은 그가 조종장치를 사용해서 움직였다는 말과 똑같아요. 그러니 내가 조종장치 사용법을 모른다면 아무 소용도 없는 것 아니겠어요?"

"그래도 한번 시도해 봐요."

"그러려면 내 모든 정신력을 그 안에 집어넣어야 해요. 하지만 그렇게 하면 빛을 계속 밝힐 수가 없어요. 설사 내가 조종법을 깨닫는다 하더라도 어둠 속에선 지상차가 아무 소용이 없어요."

"그러면 더듬어 가면서 걸을 수밖에 없군요."

"그런 것 같아요."

트레비스는 바로 옆에서 희미하게 빛나는 불빛 뒤로 두텁게 깔려 있는 어둠을 막막하게 쳐다보았다. 아무것도 안 보이고 소리도 안 들렸다.

"블리스, 아직도 공포에 떨고 있는 정신 활동이 감지돼요?"

"네."

"어딘지 그곳으로 갈 수 있어요?"

"정신은 직선으로 감지돼요. 그건 일반 물질에 의해서는 굴절되지 않지요. 그러니 그게 저쪽 방향에서 오고 있다는 정도밖에는 알 수 없어요."

그녀는 어두운 벽면 한 지점을 가리키며 말했다.

"하지만 벽을 뚫고 나아갈 수는 없잖아요. 복도를 따라 그 정신이 강하게 느껴지는 방향으로 나아가는 게 최선일 것 같아요. 이제부터 미로 찾기 놀이를 해야겠군요."

"그러면 지금 당장 시작합시다."

페롤랫이 다시 지체시켰다.

"잠깐만, 트레비스. 그게 무엇인지도 모르면서 찾아야 한단 말인가? 그게 공포에 떨고 있다면 우리도 두려워해야 하는 건 아닐까?"

트레비스가 초조하게 머리를 가로저으며 말했다.

"선택의 여지가 없어요, 교수님. 공포스럽든지 어떻든지 그건 정신일 뿐이에요. 그것이 어쩌면 우리를 지표면으로 안내해 줄지도 모르죠. 그렇지 않으면 안내하도록 만들 수 있을지도 모르고요."

"그러면 밴더를 여기에 그냥 눕혀 놓고 갈 건가?"

페롤랫이 걱정스레 묻자 트레비스가 그의 팔을 잡아당기며 말했다.

"이리 와요, 교수님. 그 문제에 대해서도 선택의 여지가 없어요. 결국 다른 솔라리아인들이 이곳에 에너지를 부여할 테고, 그러면 로봇이 밴더를 발견할 수 있을 테니 뒤처리를 해 주겠지요. 물론 우리가 무사히 빠져나가기 전에 그런 일이 벌어지면 안 되겠지만 말입니다."

블리스가 앞장을 섰다. 그녀가 있는 근처가 제일 밝았기 때문이었다. 그녀가 공포심이 감지되는 방향을 찾고자 출입구가 있을 때마다, 그리고 복도가 갈릴 때마다 잠시 멈추곤 했다. 문으로 들어갈 때도 있었고, 커브를 돌아가다가 다시 돌아와 다른 길로 접어들 때도 있었다. 트레비스는 아무 도움도 줄 수 없으니 그저 묵묵히 지켜볼 수밖에 없었다.

블리스는 매번 결단을 내려 전방을 밝히면서 일정한 방향으로 나아갔다. 트레비스의 눈에는 빛이 더 밝아진 것 같았다. 눈이 어둠침침한 빛에 적응을 해서 그런지, 아니면 블리스가 에너지 전환을 더 효율적으로 해내는 방법을 익혀서 그런지는 알 수 없었다. 어떤 지점에서 바닥에 꽂혀 있는 금속 막대기를 발견하자 그녀는 그 위에다 손을 얹었다. 그러자 빛이 두드러지게 밝아졌다. 그녀는 아주 만족스럽다는 듯이 고개를 끄덕거렸다.

낯익은 광경은 전혀 눈에 띄지 않았다. 자신들이 들어올 때 지나지 않았던 방대한 지하 저택의 한구석을 헤매고 있는 게 분명했다.

트레비스는 계속 급경사진 오르막길을 찾아보았다. 때로는 통풍구가 있을 듯한 천장을 살펴보기도 했다. 하지만 그런 것은 전혀 나타나지 않았다. 이제는 공포에 떨고 있는 지성체를 찾는 것만이 탈출할 수 있는 유일한 희망인 것 같았다.

그들은 자신들이 걷는 발자국 소리 이외에 아무것도 들리지 않는 침묵을 헤치며, 어둠만이 깔린 공간을 뚫고, 사방에 깔려 있는 죽음을 헤치며 앞으로 나아갔다. 가끔 어둠 속에서 전혀 움직이지 않고 앉아 있거나 서 있는 로봇들이 눈에 띄었다. 팔다리를 괴상하게 구부리고 옆으로 누운 채 굳어 버린 로봇 한 대도 발견되었다. 이 로봇은 에너지 공급이 끊기면서 동시에 쓰러진 것 같았다. 방대한 밴더의 영지 전역에 걸쳐 로봇들이 활동을 멈추고 서 있거나 누워 있을 테니 주변에 있는 영지에서 눈치 채는 것은 시간문제였다.

하긴 그렇지 않을 수도 있다. 솔라리아인들은 그들 가운데 누가 노환이나 질병 때문에 언제 죽게 될지를 알고 있을 것이다. 죽을 때가 되면 행성 전체에 그 사실이 알려지고 준비될 것이다. 하지만 밴더는 아무런 예고 없이 인생의 절정기에 갑자기 죽었다. 그걸 누가 알겠는가? 누가 상상이나 하겠는가? 누가 그의 활동 정지 장면을 지켜본 것도 아닌데…….

아니다. (트레비스는 자기 만족에 빠지는 낙관주의는 과신에 빠뜨리는 위험한 함정이라고 생각하며 반성했다.) 그들은 밴더의 영지에서 모든 활동이 정지했음을 파악하곤 즉각 행동을 취할 것이다. 그들은 영지 계승에 지대한 관심이 있기 때문에 그의 죽음을 묵과하지는 않을 것이다.

페롤랫이 반갑지 않다는 듯이 말했다.

"통풍기가 멈췄어. 이런 지하에선 통풍이 꼭 필요한데 밴더가 죽으니 에너지 공급이……, 이제 멈췄어."

"괜찮아요, 교수님. 공기는 우리가 몇 년간이라도 쓸 수 있을 정도로 충분히 남아 있어요."

"그래도 밀폐되어 있잖아. 심리적으로 좋지 않아."

"제발, 그 따위 폐소 공포증은 집어치우세요. 어때요, 블리스. 좀 가까워졌어요?"

"네. 트레비스. 느낌이 훨씬 선명해졌어요. 이젠 그 지성체가 어디에 있는지 명확해졌어요."

이제 그녀는 갈림길에서 별로 주저하지 않고 쉽게 앞으로 나아갔다.

"저기! 저기예요! 아주 강하게 느껴져요."

"이젠 나도 들리는군요."

트레비스가 냉정하게 말했다.

요들은 모두 멈춰서 무의식적으로 숨을 크게 들이마셨다. 숨이 넘어갈 듯한 흐느낌 소리가 들렸다.

그들은 큰 방으로 들어갔다. 빛이 들어오면서 지금까지 보아 온 것과 전혀 다른 매우 화려하고 아름답게 장식된 방이 눈에 들어왔다.

방 한가운데엔 몸을 약간 굽힌 채 두 팔을 뻗어 가장 애정 어린 동작을 취하고 있는 로봇이 보였다. 물론 그것 역시 작동하지 않았다.

로봇 뒤에서 옷자락이 펄럭거렸다. 공포에 질린 동그란 눈이 로봇의 뒤에서 반짝였다. 겁에 질린 울음소리는 여전히 그치지 않은 채였다.

트레비스가 로봇의 뒤를 살펴보았다. 그러자 조그만 물체가 날카로운 비명을 지르며 달려 나왔다. 그 물체는 비틀거리다가 바닥에 쓰러졌다. 마치 어느 각도에서 어떠한 위협이 닥치더라도 두 발로 물리치겠다는 듯 바닥에 누운 채로 두 다리를 버둥거리며 계속 악을 써 댔다.

"어린아이군요."

블리스가 당연한 얘기를 했다.

4

트레비스는 당혹스러워하며 뒤로 주춤 물러났다. 대체 어린아이가 여기서 뭘 하고 있단 말인가? 밴더는 자신이 혼자 생활하는 것에 대해 자랑스러워하며 강한 집착까지 보이지 않았던가.

애매한 상황에 직면할 때마다 직관에 주로 의존하는 페롤랫이 즉각 결론을 내렸다.

"내 생각엔 이 아이가 후계자인 것 같아."

블리스가 동감하며 말했다.

"밴더의 아이예요. 하지만 후계자가 되기엔 너무 어린 것 같군요. 솔라리아인들은 다른 곳에서 마땅한 인물을 찾아야 할 거예요."

블리스는 강렬한 눈빛을 지우고 최면을 걸듯 부드러운 눈빛으로 그 아이를 쳐다보았다. 그러자 울부짖는 소리가 점차 줄어들기 시작했다. 아이는 블리스를 바라보았다. 찢어지는 듯한 울음소리는 이제 가끔 훌쩍이는 소리로 바뀌었다.

블리스가 사람의 마음을 진정시키는 자신만의 독특한 소리를 내기 시작했다. 더듬거리며 나오는 그 소리 자체는 별 소용이 없을 것 같았지만, 블리스의 정신이 가지고 있는 진정 효과가 더해져서 효과를 나타내는 것 같았다. 마치 아이가 가지고 있는 낯선 감정을 정신력으로 쓰다듬어 불안에 떠는 아이의 감정 상태를 가라앉히는 듯했다.

아이는 블리스에게서 눈을 떼지 않은 채 서서히 일어서서 잠시 그 자리에서 휘청거리더니, 말없이 굳어 있는 로봇을 향해 달려갔다. 아이는 두 팔로 튼튼한 로봇의 다리를 껴안았다. 그 감촉이 주는 안정감을 갈구하는 것 같았다.

트레비스가 말했다.

"이 로봇이 아이의 유모 아니면 가정부였던 것 같군요. 솔라리아인은 아이를 직접 보살피지 않는 것 같아요. 설사 부모라 하더라도 아이를 보살피지 않는가 봅니다."

페롤랫이 말했다.

"저 아이도 양성체였군."

"그렇겠죠."

트레비스가 대답했다.

블리스가 계속 아이에게 정신을 집중하면서, 해롭게 할 의도가 전혀 없다는 것을 알리기 위한 동작인지 두 손을 반쯤 올리고 손바닥이 자신을 향하도록 한 채 천천히 아이에게 다가갔다. 아이는 그녀가 다가오는 모습을 지켜보며 더 힘껏 로봇을 붙들었다. 그러나 울지는 않았다.

블리스가 말했다.

"자, 아가야…… 착하지. 아가야, 편하지? 아늑하지? 아가야, 여긴 안전해. 정말 안전해."

그녀가 말을 멈추더니 뒤로 돌아보지 않은 채 조그만 목소리로 말했다.

"펠, 고어로 아이에게 말하세요. 우리는 로봇인데 이곳에 에너지가 소멸되었기 때문에 너를 보호하러 왔다고요."

"우리가 로봇이라고?"

페롤랫이 놀라서 소리쳤다.

"우린 로봇인 척해야 해요. 이 아이는 로봇을 두려워하지 않아요. 이 아이는 인간을 본 적도 없을 테니 인간이라는 게 있을 거라곤 생각도 해 보지 못했을 걸요."

"내가 적절한 표현을 생각해 낼 수 있을지 모르겠군. 고어로 '로봇'이라는 말이 뭔지도 모른데 말이야."

"그러면 그냥 '로봇'이라고 하세요. 그게 안 통하면 '금속 물체'라고 해 보든지 말이에요. 아무 말이나 할 수 있는 대로요."

페롤랫이 고어로 천천히 한 마디씩 말했다. 아이는 얼굴을 잔뜩 찌푸린 채 그를 바라보았다. 무슨 말인지 알아들으려고 애쓰는 표정이었다.

트레비스가 말했다.

"아이에게 여기에서 나가는 길도 물어봐요."

블리스가 반대했다.

"안 돼요, 아직은 묻지 마세요. 먼저 믿음을 심어 준 뒤 물어봐요."

페롤랫을 쳐다보던 아이는 로봇을 붙잡고 있던 손을 천천히 풀더니 성악가가 노래 부르듯 높은 목청으로 말하기 시작했다.

페롤랫이 걱정스럽다는 듯이 말했다.

"이 아이가 너무 빠르게 말해서 도저히 알아들을 수가 없군."

"아주 천천히 반복하라고 하세요. 아이가 두려움을 풀고 진정하도록 지금 내가 최선을 다하고 있으니까요."

페롤랫이 아이의 말소리에 귀를 기울이더니 잠시 후 입을 열었다.

"젬비가 왜 멈췄냐고 묻는 것 같아. 저 로봇이 젬비인 모양인데……."

"다시 한 번 확인해 보세요, 펠."

페롤랫은 다시 확인하기 위해 잠시 귀를 기울이더니 입을 열었다.

"맞아, 저 로봇이 젬비야. 자기 이름은 팰롬이래."

"됐어요."

블리스가 아이에게 따뜻한 웃음을 환하게 지으며 손으로 아이를 가리키고 말했다.

"팰롬, 착한 팰롬, 용감한 팰롬."

그리고 그녀는 손으로 자신을 가리키며 말했다.

"나, 블리스."

아이가 웃었다. 아주 귀여운 웃음이었다.

"블리스."

아이가 '스'를 약간 이상하게 발음하며 말했다.

트레비스가 제안했다.

"블리스, 젬비라는 저 로봇에게 동력을 불어넣어 우리에게 필요한 정보를 알아봅시다. 페롤랫이 아이에게 말한 것처럼 어렵지 않게 로봇에게 물을 수 있을 테니까요."

"안 돼요. 소용없을 거예요. 저 로봇이 맡은 첫 번째 임무는 이 아이를 보호하는 거예요. 로봇이 다시 움직이게 된다면 그것은 우리 즉 낯선 인간들이 있다는 것을 즉각 알아차리고 공격하기 시작할 거예요. 우리를 한 번도 보지 못했을 테니까요. 그렇게 되면 아무 정보도 얻지 못하고 다시 로봇을 정지시켜야 할 뿐만 아니라, 아이는 자신이 아는 유일한 보모 로봇이 다시 정지되는 것을 목격해야만 해요. 안 돼요, 절대로 그런 일을 해서는 안 돼요."

페롤랫이 부드럽게 말했다.

"하지만 로봇은 사람을 해치지 못하도록 설계되어 있다고 했잖아."

"듣기는 그렇게 들었죠. 하지만 솔라리아인들이 로봇을 만든 방식에 대해선 아무 얘기도 못 들었어요. 설사 이 로봇이 사람을 해치지 못하도록 고안되었다 하더라도 아마 이 아이나 아이에 가장 가까운 이미지와 불법 침입자만을 인식하도록 입력되어 있을 거예요. 우리를 인간이라고 인식하기 힘든 로봇은 그중 한쪽을 선택하지 않겠어요? 로봇은 당연히 아이를 선택하고 우리를 공격하겠지요."

블리스는 다시 아이를 돌아보며 말했다.

"팰롬, 블리스."

그러고는 페롤랫과 트레비스를 손가락으로 가리키며 말했다.

"펠, 트레브."

"펠, 트레브."

아이는 고분고분 따라했다.

그녀는 아이에게 더 가까이 다가가 천천히 손을 뻗었다. 아이는 그녀가 하는 행동을 지켜보더니 뒤로 한 발자국 물러섰다.

블리스가 말했다.

"괜찮아, 팰롬. 착하지? 만져 봐, 팰롬. 착하지?"

아이가 블리스에게 한 발자국 다가오자 블리스는 안도의 한숨을 내쉬며 말했다.

"그래, 그래. 착하지, 팰롬."

그녀는 맨살이 드러난 팰롬의 팔꿈치를 만졌다. 아이는 부모가 입고 있던 것처럼 가슴이 열린 긴 옷에 짧은 하의를 입고 있었다. 그녀는 부드럽게 만지다가 손을 떼고 잠시 기다리더니 다시 부드럽게 쓰다듬었다.

블리스의 정신력이 가지고 있는 강력한 진정 효과 때문인지 아이는 반쯤 눈을 감았다.

블리스는 손이 거의 닿지 않을 정도로 천천히 부드럽게 쓰다듬으며 어깨, 목, 귀까지 만지더니 기다란 갈색머리 밑에 손을 넣어 귀 바로 뒤 부분을 만져 보았다.

그녀가 손을 떼더니 입을 열었다.

"에너지 변환 돌기가 아직 작군요. 아직 두개골이 충분히 발달하지 못했어요. 두터운 피부층이 형성되어 있는데 아마 그게 바깥쪽으로 확대되어 돌기가 충분히 자란 후에 뼈로 둘러싸이나 봐요. 따라서 이 아이는 이 영지는 물론이고 개인용 로봇에게조차 에너지를 공급할 수 없어요. 몇 살이나 됐는지 물어보세요, 펠."

페롤랫이 팰롬과 몇 마디 더 대화를 나누더니 말했다.

"저 아이는 열네 살이야. 내가 올바로 알아들었다면 말이야."

트레비스가 말했다.

"열한 살 정도로밖에 안 보이는데요?"

블리스가 말했다.

"이 행성에서 사용하는 1년의 길이가 은하계에서 사용하는 1년과 비슷하지 않을 수도 있어요. 게다가 우주인들이 수명을 연장시켰다니까, 솔라리아인들도 다른 우주인처럼 수명을 연장시켰다면 아마 성장 기간도 연장시켰을 거예요. 그러니 나이로 판단할 수는 없겠지요."

트레비스가 초조한 듯 혀를 차며 말했다.

"아주 훌륭한 인류학 강의였습니다. 하지만 우린 빨리 지표면으로 나가야 해요. 그런데 이 바쁜 판에 어린애만 상대하고 있으니 시간 낭비군요. 이 아이는 지표면까지 가는 길을 모를 거예요. 아니, 지표면에 가 본 적도 없을걸."

블리스가 페롤랫을 쳐다보았다.

"펠!"

페롤랫은 그녀가 무얼 바라는지 눈치 채고 지금까지 팰롬과 나눈 어느 대화보다도 긴 대화를 나누기 시작했다.

마침내 페롤랫이 입을 열었다.

"이 아이는 태양이 무엇인지 알아. 그걸 보았다고 말했어. 내 생각엔 나무도 본 것 같아. 그 단어가 무슨 뜻인지 확실히 알고 있는 것 같지는 않지만 말이야. 최소한 내가 사용한 단어가 무슨 뜻……."

"알겠어요, 교수님. 요점만 말씀하세요."

트레비스가 말을 가로챘다.

"나는 팰롬에게 만약 우리를 안내해 지표면으로 나가게 된다면 우리가 저 로봇을 작동시킬 수 있을지도 모른다고 말했어. 사실은……, 틀림없이 저 로봇을 작동시켜 주겠다고 약속했지. 그렇게 할 수 있을까?"

트레비스가 말했다.

"그 문제는 나중에 걱정하기로 해요. 아이가 우릴 안내해 주겠다고 하나요?"

"그래, 내가 그렇게 약속하면 저 아이가 틀림없이 우리를 안내해 줄 것 같아. 저 아이가 실망할 위험 부담을 감수하고……."

트레비스가 말을 끊었다.

"그럼 출발하죠. 여기서 왈가왈부해 봤자 모두 탁상공론에 불과하니까요."

페롤랫이 아이에게 무슨 얘기를 했다. 그러자 아이가 걷기 시작하더니 갑자기 멈추어 블리스를 돌아보았다.

블리스가 손을 내밀어 그 아이의 손을 잡았다. 둘은 손을 잡고 나란히 걸어갔다.

"나는 신종 로봇이야."

그녀가 살짝 웃으며 말했다.

"아이가 대단히 즐거워하는 것 같군요."

트레비스가 말했다.

팰롬은 깡충깡충 뛰며 나아갔다. 트레비스는 아이가 즐거워하는 게 단지 블리스가 그렇게 만들었기 때문인지, 지표면을 방문한다는 데 흥분되어서 그러는 건지, 아니면 신종 로봇 세 대를 갖게 되어서 그러는 건지, 아니면 자신을 보살펴 주던 보모 젬비가 살아날 거라는 생각에 흥분해서 그러는 건지 궁금했다. 하지만 아이가 자신들을 안내하고 있다는 점 이외에 다른 사실은 이 순간에는 전혀 중요하지 않았다.

아이는 주저 없이 앞으로 나아갔다. 갈림길이 나타날 때마다 전혀 망설이지 않고 방향을 잡아 나갔다. 정말 이 아이가 길을 알고 있는 걸까? 어린아이라서 아무렇게나 그냥 가고 있는 것은 아닐까? 아무 생각 없이 장난을 치고 있는 것은 아닐까?

그러나 트레비스는 걷기가 힘들어지는 것으로 미루어 자신이 위쪽을 향해 올라가고 있다는 것을 알 수 있었다. 아이는 전방을 가리키면서 조잘대더니 으스대며 앞으로 나아갔다.

페롤랫이 침을 삼키며 말했다.

"아이가 지금 '출구'라고 말한 것 같아."

트레비스가 맞장구쳤다.

"그 말이 맞길 바라요."

아이가 블리스와 저만치 앞서 뛰어가고 있었다. 아이는 다른 부분에 비해 특히 더 어두워 보이는 마룻바닥을 가리켰다. 아이는 그 위에 서서 몇 차례 팔짝팔짝 뛰더니 이내 실망한 표정으로 돌아서서 날카로운 목소리로 떠들어 댔다.

블리스가 찡그린 얼굴로 말했다.

"내가 에너지를 공급해야겠어요. 진짜 힘든 일이군요."

블리스의 얼굴이 약간 상기되더니 불빛이 희미해졌다. 하지만 바로 자기 앞에서 문이 열리자 팰롬은 웃어 대며 아주 기쁜 목소리로 조잘거렸다.

아이가 문을 나서자 두 사람이 뒤를 따랐다. 블리스가 마지막으로 나왔다. 블리스가 고개를 돌려 내부를 쳐다보자 내부는 완전한 어둠에 묻히면서 이윽고 문이 닫혔다. 그녀는 제자리에 서서 호흡을 가다듬었다. 그녀는 굉장히 지친 것 같았다.

페롤랫이 말했다.

"자, 이제 지하 저택에서 빠져나왔군. 그런데 우주선이 있는 쪽이 어디일까?"

그들 모두 잔잔하게 펼쳐져 있는 황혼 빛을 듬뿍 받으며 서 있었다.

트레비스가 중얼거렸다.

"우주선은 저쪽 방향에 있는 것 같군요."

"그런 것 같아요. 자, 갑시다."

블리스가 팰롬에게 손을 내밀며 말했다.

바람 소리와 짐승 소리 외에는 아무 소리도 들리지 않았다. 길을 가는 도중에 그들은 용도가 불명확한 물체를 손에 든 채 나무 밑동에 가만히 기대어 서 있는 로봇을 발견했다.

페롤랫이 호기심을 느끼곤 그것을 향해 발걸음을 옮겼으나 트레비스가 만류했다.

"우리와 상관없는 일이에요, 교수님. 그냥 가요."

그들은 걸어가면서 아주 먼 곳에 또 다른 로봇이 쓰러져 있는 것을 발견했다.

트레비스가 말했다.

"사방 수십 킬로미터에 로봇들이 널려 있을 거예요. 아, 저기 우주선이 있어요!"

그들은 발걸음을 빨리하다가 갑자기 멈추었다. 팰롬이 놀라서 큰 소리로 울기 시작했다.

우주선 근처에는 원시적으로 제작한 비행 물체 한 대가 서 있었다. 그 비행 물체는 아주 약해 보이는 회전 날개를 달고 있었는데 에너지 소모가 심할 것 같았다. 그들과 우주선 사이에 놓여 있는 비행 물체 옆에 인간이 네 명 서 있었다.

트레비스가 말했다.

"너무 늦었군요. 너무 많은 시간을 낭비했어요. 이제 어떻게 하죠?"

페롤랫이 이상하다는 듯이 말했다.

"솔라리아인이 네 명씩이나? 그럴 리가 없잖아. 그들은 저렇게 함께 몰려다니지 않아. 혹시 홀로그램이 아닐까?"

블리스가 대답했다.

"그렇지 않아요. 확실해요. 하지만 솔라리아인도 아니에요. 아, 정확히 감지되는군요. 저들은 로봇이에요."

5

트레비스가 지친 듯한 표정으로 말했다.

"좋아요, 한번 가 보죠."

그가 냉정한 태도로 우주선을 향해 다시 걸어가기 시작하자 두 사람이 뒤를 따랐다. 페롤랫이 다급한 목소리로 물었다.

"도대체 어떻게 하려고 그러는 거야?"

"저들이 로봇이라면 인간인 우리에게 복종하겠죠."

그들은 틀림없는 로봇이었다. 마치 살과 피부로 만들어진 듯한 얼굴은 신기할 정도로 무표정했다. 그들은 얼굴 이외에 단 한 치의 피부도 노출시키지 않은 똑같은 제복을 입고 있었다. 손에도 얇고 불투명한 장갑을 끼고 있었다.

트레비스가 통명스러워 보일 정도로 노골적으로 비켜 달라는 듯한 몸짓을 했다.

그러나 로봇들은 움직이지 않았다.

트레비스가 작은 목소리로 페롤랫에게 말했다.

"말로 해 봐요, 교수님. 단호한 목소리로요."

페롤랫이 목청을 가다듬더니 좀 서툰 굵직한 목소리로 트레비스가 했던 것과 같은 비키라는 몸짓과 함께 천천히 말했다. 그러자 약간 키가 큰 로봇이 차갑고도 날카로운 목소리로 뭐라고 말했다.

페롤랫이 트레비스를 쳐다보며 말했다.

"우리더러 외계인이라고 하는 것 같아."

"우리는 인간이니까 우리에게 복종해야 한다고 해요."

그러자 갑자기 그 로봇이 아주 특이한 은하어로 말하는 소리가 들렸다.

"나는 당신의 말을 알아들을 수 있다, 외계인. 나는 은하어를 할 줄 안다. 우리는 방위 로봇이다!"

"그러면 너는 우리가 인간이며 너희가 우리에게 복종해야 한다고 말하는 소리도 들었겠군."

"우린 오직 통치자들에게만 복종하도록 프로그램되어 있다, 외계인. 당신은 통치자들도 아니고 솔라리아인도 아니다. 통치자 밴더가 정기 접촉시에 응답하지 않아서 우리가 조사하러 왔다. 그런 일을 하는 것이 우리 임무다. 우리는 솔라리아 제품이 아닌 우주선과 외계인 몇 명은 있지만, 밴더의 로봇이 모두 작동하지 않는다는 사실을 알아냈다. 통치자 밴더는 어디에 있는가?"

트레비스가 고개를 저으며 천천히 단호하게 말했다.

"네가 무슨 말을 하는 건지 모르겠군. 우리는 우주선에 있는 컴퓨터가 제대로 작동하지 않아서 원래 의도와는 달리 우주선이 이 낯선 행성에 접근하고 있다는 걸 알게 되었어. 그래서 우리는 위치를 파악하기 위해서 착륙했지. 그 당시에 이미 모든 로봇은 정지해 있었어. 이곳에서 무슨 일이 일어났는지 우리는 전혀 몰라."

"그 말은 도저히 믿을 수 없다. 이 지역에서 모든 에너지가 사라져서 이곳에 있는 모든 로봇이 정지했다면 통치자 밴더가 죽었음이 확실하다. 당신들이 착륙한 시점과 통치자 밴더가 사망한 시점이 우연히 일치한다는 것 사이에는 모종의 인과 관계가 있는 게 틀림없다."

트레비스는 자신이 외계인이기 때문에 무슨 일이 벌어졌고 무슨 말을 하고 있는지 전혀 모르겠다는 티를 내기 위해 고심했다.

"하지만 에너지가 존재하고 있지 않나. 너와 네 동료들은 작동되고 있고……."

"우리는 방위 로봇이다. 우리는 어떤 특정 통치자에게 소속되어 있지 않다. 우리는 행성 전체 차원에 소속되어 있다. 우리는 통치자에게 에너지를 공급받지 않고 핵에너지를 사용한다. 다시 한 번 묻겠는데 통치자 밴더는 어디에 있는가?"

트레비스는 주변을 둘러보았다. 페롤랫은 걱정스러운 눈빛이었고, 블리스는 입을 꽉 다문 채 조용히 있었다. 팰롬은 떨고 있었으나 블리스가 어깨에 손을 얹자 다소 안정된 듯했다.

로봇이 다시 말했다.

"마지막으로 다시 한 번 묻겠다. 통치자 밴더는 어디에 있는가?"

"모른다."

트레비스가 단호하게 대답했다.

로봇이 고갯짓을 하자 로봇 두 대가 재빨리 자리를 떴다. 남은 로봇 중 하나가 말했다.

"내 동료들이 밴더의 저택을 조사할 것이다. 조사를 마칠 때까지 당신들은 심문에 응해야 한다. 앞에 차고 있는 물건을 꺼내 놔라."

트레비스가 한 걸음 뒤로 물러나며 말했다.

"이것들은 아무런 해도 끼치지 않는 것이야."

"움직이지 마라. 난 그것들이 무엇인지, 무해한지 유해한지 물어보지 않았다. 그걸 달라고 했을 뿐이다."

"싫다!"

로봇은 트레비스가 미처 알아차리지도 못할 정도로 빠르게 앞으로 걸어 나오면서 재빠르게 팔을 뻗었다. 로봇이 한 손을 트레비스의 어깨 위에 얹더니 힘을 가해서 밑으로 내리눌렀다. 트레비스는 그 자리에 주저앉았다. 로봇은 다른 손을 내밀었다.

"당장 내놓아라."

"안 돼."

트레비스가 헐떡거리며 대답했다.

블리스가 뛰어나오더니 트레비스가 미처 막기도 전에 권총집에서 우주총을 뽑아 로봇에게 건네주었다.

"여기 있다, 방위 로봇. 잠깐만…… 여기 또 있다. 자, 이제 내 동료를 풀어 줘라."

로봇이 두 무기를 움켜쥔 채 뒤로 물러서자 트레비스가 고통스러운 표정으로 왼쪽 어깨를 열심히 문지르며 천천히 일어섰다.

(팰롬이 조금씩 풀쩍대자 페롤랫이 심란해하며 아이를 들어 올려 쏙 껴안아 주었다.)

블리스가 화난 목소리로 트레비스에게 속삭였다.

"왜 로봇에게 덤비는 거예요? 로봇은 손가락 두 개만 가지고도 당신을 죽일 수 있단 말이에요."

트레비스가 신음을 내지르며 이빨 사이로 말을 내뱉었다.

"왜 저놈을 처치하지 않는 거요?"

"노력하고 있는 중이에요. 시간이 걸려요. 정신이 워낙 강하고 빈틈없이 프로그램되어 있어서 손 쓸 여지가 없어요. 더 연구해야겠어요. 시간을 끄세요."

"연구고 뭐고 그냥 부숴 버려요!"

트레비스가 아주 조그맣게 말했다.

블리스가 재빨리 로봇을 쳐다보았다. 그 로봇은 다른 로봇이 외계인들을 감시하고 있는 동안 무기를 열심히 살펴보고 있었다. 트레비스와 블리스가 속삭이며 나누는 대화에는 아무도 신경을 쓰지 않는 것 같았다.

블리스가 말했다.

"안 돼요. 파괴는 안 돼요. 우린 첫 번째 행성에서 개 한 마리를 죽이고 또 한 마리에겐 상처를 입혔어요. 이곳에서도 벌써 한 생명을 죽였고요."

그녀는 방위 로봇들을 다시 한 번 재빨리 살펴보고 나서 이야기를 계속했다.

"가이아는 생명체나 지성체를 불필요하게 파괴하지 않아요. 시간이 들더라도 평화적으로 해결하려고 하지요."

그녀는 뒤로 물러서더니 로봇만 뚫어지게 응시했다.

로봇이 말했다.

"이것들은 무기이지?"

"아니야."

트레비스가 부인하자 블리스가 대답했다.

"그래, 틀림없는 무기야. 하지만 더 이상 사용할 수 없는 거야. 에너지가 모두 고갈되었거든."

"과연 그럴까? 그렇다면 에너지가 고갈된 무기를 가지고 다니는 이유가 뭔가? 에너지가 고갈되지 않은 게 분명하다."

로봇은 무기 하나를 쥐더니 손가락을 정확히 갖다 대면서 물었다.

"이런 식으로 작동하는가?"

블리스가 대답했다.

"그래, 에너지가 들어 있는 경우에는 그렇게 힘을 가하면 작동되지. 하지만 그건 작동되지 않아."

"확실한가?"

로봇이 트레비스를 겨냥하며 말했다.

"이래도 작동되지 않는다고 말하겠는가?"

"작동되지 않아."

블리스가 대답했다.

트레비스는 그 자리에 얼어붙어 제대로 말도 할 수 없었다. 밴더가 죽은 후에 우주총을 점검해 보았는데 전혀 작동하지 않았다. 하지만 로봇이 들고 있는 것은 신경채찍이었다. 트레비스는 미처 그것을 점검해 보지 않았다.

만약 채찍에 잔류 에너지가 조금이라도 남아 있다면 그것은 충분히 신경을 건드려 고통을 가할 수 있을 것이다. 그 고통에 비하면 로봇이 어깨를 잡았을 때 느꼈던 고통은 어린애 장난 같을 것이다.

그가 우주군 사관학교에 있을 때 다른 모든 생도들과 함께 신경채찍을 아주 약하게 한 대씩 맞은 적이 있었다. 신경채찍에 맞으면 어떤지를 경험하기 위해서였다. 그러니 트레비스는 두 번 다시 그것을 경험하고 싶지 않았다.

이윽고 로봇이 신경채찍을 작동시키자 트레비스는 잠깐 동안 두려움으로 몸이 굳어 버렸다. 하지만 서서히 풀렸다. 채찍 역시 에너지가 완전히 고갈되어 있었다.

로봇은 트레비스를 쳐다보고 나서 무기 두 개를 모두 옆으로 치우며 물었다.

"이것들은 왜 에너지가 고갈되었는가? 전혀 사용할 수 없는데 왜 가지고 다니는가?"

트레비스가 둘러댔다.

"에너지가 없어도 가지고 다니는 게 습관이 되어서 그래."

"그건 말도 안 된다. 당신들을 모두 체포하겠다. 당신들은 추가 심문을 받아야 한다. 만약 통치자들이 판결을 내릴 경우 당신들은 모두 활동 정지를 당할 것이다. 이 우주선은 어떻게 여는가? 내부를 조사해야 하겠다."

"아무 소용없어. 너는 그것을 이해할 수 없을 테니까."

"내가 못하더라도 통치자들은 이해할 것이다."

"그들도 이해하지 못해."

"그러면 통치자들이 이해하도록 당신이 설명해야 한다."

"그럴 수는 없지."

"그러면 당신은 활동정지를 당한다."

"나를 활동정지시키면 아무 설명도 못 들을걸."

블리스가 조그맣게 속삭였다.

"조금만 더 시간을 끄세요. 저 로봇의 두뇌 작동 원리를 거의 다 풀어가요."

로봇은 블리스를 무시하고 있었다. 트레비스는 블리스가 빨리 로봇을 처치해 주기를 애타게 기다렸다.

로봇이 트레비스를 맹렬하게 쏘아보면서 말했다.

"당신이 일을 어렵게 만들겠다면 우리는 당신을 부분적인 활동 정지에 처하겠다. 당신을 부분적으로 파괴시키면 당신은 결국 우리가 알고자 하는 것을 말할 수밖에 없을 것이다."

페롤랫이 찢어지는 듯한 목소리를 냈다.

"잠깐만! 그러면 안 된다, 방위 로봇. 절대 안 돼!"

로봇이 냉정하게 말했다.

"나는 세세한 지시를 받았다. 나는 그렇게 할 수 있다. 물론 정보를 얻을 수 있을 정도로 조금만 파괴시키겠다!"

"그럴 수 없어. 그건 절대로 안 돼. 나를 비롯한 저 두 사람은 외계인이지만 이 아이는 솔라리아인이야. 이 아이가 명령을 내리면 너희는 당연히 복종해야만 해."

페롤랫은 자신이 안고 있는 팰롬을 쳐다보며 말했다. 팰롬은 놀란 눈으로 페롤랫을 쳐다보았다. 페롤랫은 블리스가 격렬하게 고개를 젓는 모습을 흘끗 보았지만 왜 그러는지 알 수가 없었다.

로봇이 팰롬을 슬쩍 쳐다보더니 말했다.

"그 아이는 전혀 중요하지 않다. 에너지 변환장치가 없다."

페롤랫이 헐떡거리며 말했다.

"아직은 에너지 변환 돌기가 충분히 자라지 않았지만 얼마 안 있으면 완전히 자라게 될 거야. 이 아이는 솔라리아인이다!"

"그 아이에게 충분히 자라난 에너지 변환 돌기가 없으니 아직은 솔라리아인이 아니다. 따라서 나는 저 아이의 명령에 따르거나 저 아이를 보호해야 할 의무가 없다."

"하지만 통치자 밴더의 자식이야."

"진짜인가? 당신이 그 사실을 어떻게 알고 있는가?"

페롤랫은 너무 진지해질 때 가끔 그러하듯 더듬거리며 말했다.

"이, 이 영지에 다른 아이들은 없잖은가?"

"다른 아이들이 없다는 사실을 어떻게 알았는가?"

"너는 다른 아이들을 본 적이 있나?"

"질문은 나만 한다."

이 순간 다른 로봇이 질문하는 로봇의 팔을 건드리자 그 로봇이 시선을 돌렸다. 지하 저택을 수색하러 들어갔던 로봇 두 대가 돌발 사태가 일어났다는 듯이 아주 빠르게 달려오고 있었다.

잠시 침묵이 흐르더니 로봇 두 대가 가까이 왔다. 그중 한 대가 솔라리아어로 말하기 시작했다. 그러자 로봇 네 대가 모두 탄력성을 잃은 듯 휘청거렸다. 너무 강한 충격을 받아 잠시 기력을 잃은 모습이었다.

페롤랫은 트레비스가 미처 손으로 제지하기 전에 말했다.

"저들이 밴더를 찾았군."

우두머리 로봇이 천천히 고개를 돌리더니 음절이 불분명한 목소리로 말하기 시작했다.

"통치자 밴더가 사망했다. 당신이 방금 한 말에 의하면 당신들은 그 사실을 알고 있었음에 틀림없다. 당신은 그 사실을 어떻게 알았는가?"

"내가 어떻게 알게 됐느냐고?"

트레비스가 도전적인 투로 반문했다.

"당신들은 통치자 밴더가 죽었다는 사실을 알아냈다. 당신들은 지하 저택에서 시신이 발견될 줄 알고 있었다. 당신들이 그곳에 있지 않았다면, 당신들이 통치자 밴더를 살해하지 않았다면 그 사실을 어떻게 알 수 있겠는가?"

쇠진했던 말투가 어느덧 회복되어 가고 있었다. 이제 충격에서 거의 회복된 것 같았다.

트레비스가 반문했다.

"우리가 어떻게 밴더를 살해할 수 있겠나? 밴더는 에너지 변환 돌기로 우리를 순식간에 파괴할 수 있는데 말이야."

"에너지 변환 돌기가 어떤 기능을 발휘하는지 어떻게 알았는가?"

"네가 방금 말하지 않았나?"

"명칭만 말했을 뿐이다. 특징과 기능에 대해서는 말하지 않았다."

"그 사실은 꿈속에서 들었지."

"그건 믿을 수 없다."

트레비스가 반박했다.

"우리가 밴더를 죽였다는 것도 믿을 수 없기는 마찬가지야."

페롤랫이 끼어들었다.

"어찌됐든지 통치자 밴더가 죽었으니 이제 통치자 팰롬이 이곳을 지배하게 되었다. 여기에 통치자가 있으니 당연히 너희들은 이 통치자에게 복종해야 해."

로봇이 반박했다.

"내가 이미 설명했듯이 에너지 변환 돌기가 숙성되지 않은 어린아이는 솔라리아인이 아니다. 그는 후계자가 될 수 없기 때문에 이 비보가 전달되면 곧 적절한 연령의 다른 후계자가 파견될 것이다."

"그러면 통치자 팰롬은 어떻게 되는 거지?"

"통치자 팰롬은 없다. 단지 어린아이가 있을 뿐이다. 여기에 그런 어린아이는 너무나 많다. 저 아이는 파괴될 것이다."

블리스가 소리쳤다.

"어떻게 그럴 수가! 아직 어린애란 말이야!"

"필요한 조치를 취하는 건 내가 아니다. 그렇다고 내가 결정하는 것도 아니다. 통치자 협의회에서 판단해서 결정할 것이다. 그러나 아이들이라면 넘치니까 결정은 빤할 것이다."

"안 돼! 절대 안 돼!"

"고통은 전혀 없을 것이다. 저기 비행선이 오고 있다. 밴더의 저택이었던 곳으로 들어가 홀로그램 협의회 개최를 제안해서 후계자 문제와 당신들의 처리 문제를 지시받아야겠다. 그 아이를 달라."

블리스가 반 혼수상태에 빠진 아이를 페롤랫에게서 낚아채어 두 팔로 힘껏 감싸며 외쳤다.

"이 아이에게 손대지 마!"

로봇이 또다시 앞으로 달려오면서 재빨리 손을 뻗어 팰롬을 잡으려 했다. 그러나 로봇이 잡기 전에 블리스는 재빨리 옆으로 피하며 어떤 조치를 취했다. 그러자 로봇은 블리스를 잡으려는 듯 앞으로 나아가다가 앞발을 축으로 해서 한 바퀴 빙그르르 돌면서 앞으로 거꾸러졌다.

다른 로봇들은 초점을 잃은 눈으로 멍하니 서 있을 뿐 전혀 움직이지 않았다.

블리스가 훌쩍거리며 말했다.

"적절한 통제 방법을 거의 다 파악했는데 저 로봇이 너무 서둘러서 공격했기 때문에 네 대 모두 활동을 정지시킬 수밖에 없군요. 자, 저 비행선이 착륙하기 전에 어서 우주선에 타요. 너무 피곤해서 이젠 더 이상 다른 로봇을 상대하고 싶지 않아요."

제5부

멜포메니아 행성

13장

솔라리아를 떠나다

1

트레비스가 별 도움이 안 되었던 무기를 거두어들인 뒤 파스타호의 문을 열자마자, 일행은 모두 안으로 뛰어 들어갔다. 트레비스는 우주선을 황급히 출발시켰다. 그는 우주선이 이륙할 때까지도 펠롬이 우주선에 함께 타고 있다는 사실을 깨닫지 못했다.

솔라리아인들의 비행 수준이 낮지 않았다면 필경 탈출하지 못했을 것이다. 하지만 솔라리아인의 비행선이 파스타호를 향해 이륙하기까지는 무척 많은 시간을 소요했다. 반면 파스타호가 전속력으로 수직 이륙하는데 걸린 시간은 거의 무시해도 좋을 만큼 짧은 순간이었다.

게다가 파스타호는 중력의 영향을 받지 않기 때문에 급속하게 이륙할 때에도 가속으로 인한 관성 효과조차 거의 느낄 수 없었다. 그러나 공기 저항은 없앨 수 없기 때문에 우주선 동체의 외부 온도는 급속히 상승했다.

파스타호가 상공으로 치솟는 동안, 두 번째 솔라리아 비행선이 착륙하는 것이 보였고 이어 몇 대의 비행선이 접근해 오는 것이 보였다. 트레비스는 블리스가 도대체 몇 대의 로봇을 상대했는지 궁금했다. 만일 그들이 15분가량만 더 지상에 지체했더라면 솔라리아인들에게 꼼짝없이 붙잡혔을 것이다.

파스타호가 일단 우주로 벗어나자(정확히는 거의 외기권에서 빠져나올 즈음에) 트레비스는 솔라리아 행성의 밤 지역으로 향했다. 파스타호가 있던 지역에도 이미 석양이 깔리고 있었기 때문에, 그들은 순식간에 밤 지역에 도달할 수 있었다.

어둠 속을 통과하는 동안 파스타호의 동체는 냉각되기 시작했다. 그것은 나선형을 그리며 빠른 속도로 지상으로부터 멀어져 갔다.

페롤랫은 블리스와 함께 쓰고 있는 방에서 나왔다. 그러고는 트레비스에게 말했다.

"그 아이는 잘 자고 있네. 화장실을 사용하는 방법을 가르쳐 줬는데 대번에 알아듣더군."

"그건 놀랄 일이 아니죠. 그 애가 살던 집에도 비슷한 시설이 있었을 테니까요."

"나는 그곳에서 화장실에 간 일이 없어. 대강 볼일을 봤거든."

"그건 그렇다 치고, 저 아이는 왜 우주선에 태웠어요?"

페롤랫은 미안한 듯 어깨를 으쓱했다.

"블리스라면 그 애를 태울 만도 하지 않나. 그녀는 그 아이를 통해 자신이 살아온 인생을 보상받으려는 것 같네. 그녀는 아기를 가질 수 없거든."

"그건 저도 알고 있어요."

"그 애는 정말 다르더군."

"양성체니까 당연하겠죠."

"고환은 있어."

"고환이 없다면 말도 안 되지요."

"아주 작은 질 같은 것도 있고 말일세."

트레비스가 이맛살을 찌푸리며 말했다.

"그 소리를 들으니 속이 거북하군요."

"그렇게 이상하게 생각할 필요는 없네, 골란. 환경에 적응하자면 어쩔 수 없는 거야. 수정란이나 아주 작은 태아를 분만하고 일단 아이가 태어나면 실험실로 옮겨져 로봇의 손에 의해 키워지니까."

페롤랫이 불만스럽게 말했다.

"만약 로봇 시스템이 갑자기 고장이라도 나는 날엔 어떻게 되는 거죠? 2세를 낳을 수 없게 되는 건 아닐까요?"

"어떤 세계든지 사회 구조가 완전히 붕괴되면 심각한 혼란에 빠지는 건 마찬가지 아니겠나."

"내가 솔라리아인들을 염려해서 하는 말은 물론 아닙니다."

"어쨌든 솔라리아는 우리에게 그다지 매력적인 곳은 아닌 것 같네. 하지만 사실 우리 취향에 맞지 않는 부분은 우리와는 완전히 다른 주민들과 사회 구조 아닌가? 만약 그 주민들과 로봇만 없다면 그 세계는 전혀 다른 모습을 하고……."

"오로라 행성처럼 완전히 붕괴되어 버릴지도 모를 일이죠. 참 블리스는 어떻습니까, 교수님?"

"완전히 지친 모습이야. 지금 정신없이 자고 있어. 어쨌든 매우 힘든 일을 해냈잖은가, 트레비스."

"저도 결코 즐거운 기분은 아니었어요."

트레비스는 눈을 감고 이제는 잠을 자야겠다는 판단을 내렸다. 사실 솔라리아인들에게 우주 비행 능력이 없다는 확신이 드는 순간부터 안도감이 밀려들었던 것이다. 게다가 컴퓨터도 아직까지 우주 공간에서 어떤 인공 물체를 발견했다는 신호를 보낸 적이 없었다.

그는 지금까지 방문했던 두 개의 우주인 행성에서 겪었던 일들을 쓰라린 기분으로 떠올렸다. 이 두 행성에서 그들은 한결같이 적대적인 대접을 받았을 뿐 아니라 지구의 위치에 관한 정보도 전혀 얻지 못했다. 지금까지 여행에서 얻은 것이라고는 팰롬뿐이었다.

그가 이런 생각을 하며 눈을 떴을 때, 페롤랫은 여전히 컴퓨터 맞은편에 앉아 컴퓨터를 엄숙한 표정으로 바라보고 있었다.

트레비스가 갑자기 어떤 확신이 생긴 듯 말했다.

"솔라리아의 어린애는 그곳에 두고 왔어야 했어요."

"하지만 너무나 가엾은 애야. 아마 우리가 데려오지 않았다면 이미 살해됐을 걸세."

"설령 그렇더라도 그 애는 그곳 사람이에요. 그 사회의 일원이란 거죠. 그들 자신에게 불필요하기 때문에 제거되는 것은 그 애가 애초부터 타고난 불행한 운명이란 말입니다."

"이 몰인정한 친구야, 어떻게 그런 사고방식을 가질 수 있는가?"

페롤랫이 혀를 차며 말했다.

"아니에요. 이게 합리적인 생각이지요. 우리는 그 애를 돌보는 방법을 모르잖습니까? 우리와 함께 있으면 고통 속에서 목숨을 부지하다가 결국 죽게 될 거예요. 그건 그렇고 그 애는 뭘 먹지요?"

"우리가 먹는 것이라면 무엇이든지 잘 먹을 걸세. 오히려 우리에게 먹을 식량이 남아 있는지가 문제로군. 비축 식량이 얼마나 남았나?"

"충분합니다. 음식이야 사람을 더 태워도 될 만큼 충분히 있지요."

페롤랫이 이 말을 듣고도 별로 흡족한 기색이 아니었다.

"식단이 너무 단조로워. 콤포렐론에서 식량을 더 실었어야 했는데……. 그들의 음식 맛이 별로 좋지 않았지만 말일세."

"그건 불가능했어요. 우리는 급히 출발했잖아요. 오로라 행성을 떠날 때도 허둥지둥했고, 특히 솔라리아 행성을 떠날 때는 더했잖아요. 식단이 좀 단조로우면 어떻습니까? 별로 내키지는 않아도 그거라도 있으니 이렇게 살아 있는 것 아닙니까?"

"신선한 식품을 구할 수는 있겠나?"

"언제라도 가능하죠, 교수님. 중력 우주선과 초공간 도약 엔진이 있는 이상 은하계도 좁은 세계에 불과하지요. 어디든 며칠이면 도착할 수 있으니까요. 하지만 이 은하계 행성의 절반가량이 우리 우주선에 신경을 곤두세우고 있어요. 그러니 당분간은 조용히 숨어 지내도록 합시다."

"나도 그럴 거라고 생각해. 그런데 말일세, 밴더는 우주선에는 관심이 없는 것 같더군."

"아마 일부러 우주선을 의식하지 않은 것 같았어요. 추측으로는 솔라리아인들이 이미 오래전에 우주 비행을 포기한 것이 아닌가 싶어요. 그들은 외부 세계로부터 완전히 고립되기를 바라는 것 같았어요. 만일 그들이 우주 공간을 여행한다면 언젠가는 그들의 존재가 알려질 거고, 결국 완전한 은둔 생활을 누릴 수 없겠지요."

"다음 우리 일정은 어떻게 되나? 골란."

"세 번째 행성을 방문할 예정입니다."

페롤랫이 머리를 가로저으면서 말했다.

"우리가 지금까지 두 곳을 방문할 결과를 놓고 볼 때, 이번에도 많은 것을 기대하기는 어렵겠군."

"저도 같은 생각입니다. 하지만 잠깐 눈을 좀 붙인 뒤에 컴퓨터로 구체적인 탐사 계획을 세워 봐야겠어요."

2

트레비스는 당초 생각보다 훨씬 오래 잠을 잤다. 하지만 문제될 것은 없었다. 우주선에서는 낮과 밤이 없고 신체리듬의 주기도 제대로 유지되는 법이 없었기 때문에 시간도 정하기 나름이었다. 하지만 식사나 취침의 리듬이 불규칙한 데 대해 트레비스와 페롤랫, 특히 블리스가 불편함을 느끼는 경우도 적지는 않았다.

트레비스는 목욕 중에 몸에 묻은 비누거품을 닦아 내면서 잠시 한두 시간 더 자두어야겠다고 생각했다. (거품을 물로 닦아 내지 않고 문질러 닦아 내는 것은 물을 절약하기 위한 방법이었다.) 트레비스가 이런 생각을 하면서 고개를 돌리자 팰롬이 욕실 안에 들어와 있는 것이 눈에 들어왔다. 팰롬도 역시 벌거벗은 상태였다.

트레비스는 깜짝 놀라 뒤로 펄쩍 뛰었다. 그랬다가 좁은 욕실 벽에 부딪혀 신음을 흘렸다.

팰롬은 신기한 듯 그를 쳐다보다가 무심히 시선을 그의 성기 쪽으로 돌렸다. 그 애가 하는 말은 알아들을 수는 없었으나, 얼굴 표정과 행동으로 미루어 보건대 뭔가 믿을 수 없다는 것 같았다.

팰롬이 높은 소리로 "안녕!" 하고 말했다.

트레비스는 뜻밖에 이 아이가 은하어를 쓰는 것을 보고 적이 놀랐다. 언제 외웠는지 모르지만 한 단어 한 단어 발음하는 데 무척 힘이 드는 모양이었다.

"아저씨에게……, 씻겨 달라고……, 블리스가……, 말했어요."

"뭐라고? 기가 막혀서……, 너 여기 꼼짝 말고 있어."

트레비스가 펠롬의 어깨에 손을 얹으면서 손가락으로 바닥을 가리키자 펠롬은 즉시 손가락 쪽을 내려다보았다. 그러나 트레비스의 말은 전혀 알아듣지 못하는 것 같았다.

"꼼짝 말고 있어!"

트레비스는 펠롬의 몸을 고정시키듯 두 손으로 힘주어 누르면서 말했다. 그는 몸을 서둘러 닦고 옷을 입고는 욕실을 나서면서 소리쳤다.

"블리스!"

이 우주선에서 서로 4미터 이상 떨어져 있기는 어려웠다. 이윽고 블리스가 방 입구로 나와서는 미소 띤 얼굴로 말했다.

"날 불렀나요, 트레비스? 아니면 미풍에 풀잎이 물결치는 소리였나요?"

"농담할 기분이 아니에요. 블리스, 저 애는 도대체 뭐죠?"

그는 엄지손가락으로 어깨 뒤를 가리키면서 말했다.

블리스가 그의 뒤쪽을 보면서 말했다.

"글쎄요. 어제 우리가 우주선에 태운 솔라리아 어린애 아닌가요?"

"저 애를 우주선에 태운 사람은 바로 당신이에요. 그런데 내게 저 애를 씻기라는 겁니까?"

"당신이 좋아할 줄 알았어요. 정말 총명한 아이예요. 은하어를 무척 빨리 익히고 있어요. 내가 한번 설명하면 결코 잊어버리는 법이 없어요. 내가 잘 돌봐주니까 잘 따르는 것 같아요."

"물론 그렇겠죠."

"나는 그 애가 마음의 안정을 찾도록 도와주고 싶어요. 나는 솔라리아에서 한바탕 소란이 벌어지는 동안에도 아이를 안정시키려고 했지요. 우주선에 탑승한 뒤에도 잘 보살펴 주었어요. 아이의 마음을 로봇 '젬비'에게서 돌리려고 노력했지요. 젬비는 그 애가 정말 사랑했던 로봇이거든요."

"결국 저 애는 이곳을 좋아하게 되겠군요."

"나도 그러길 바라요. 애가 어리니 적응도 빠를 거예요. 나도 힘닿는 데까지 도울 생각이고요. 그 애에게 은하어도 가르칠까 해요."

"자, 어쨌든 저 애는 당신이 씻겨야죠. 안 그래요?"

블리스는 어쩔 수 없다는 얼굴로 대답했다.

"좋아요. 정 그렇다면 내가 씻기지요. 하지만 우리 모두 그 애와 친해졌으면 해요. 그리고 우리가 부모 노릇을 하는 것도 괜찮지 않아요?"

"난 그런 역할까지 하고 싶은 생각은 없어요. 어쨌든 저 애를 씻긴 다음 어디다 치우세요. 당신에게 할 말이 있으니까."

"치우다니요? 그게 무슨 소리예요?"

블리스는 몹시 불쾌한 표정을 지었다.

"우주선 밖으로 던져 버리라는 뜻으로 오해하진 마세요. 잠시 그 애를 당신 방에 데려다 두라는 얘기죠. 당신에게 할 얘기가 있어요."

"각하의 분부신데 감히 누가 거역하겠어요?"

그녀는 비꼬듯이 냉랭하게 말하면서 멀어져갔다.

트레비스는 비웃는 듯한 그녀의 태도에 분노를 느끼며 그녀의 뒷모습을 뚫어지게 노려보았다. 그러고는 조종실로 들어가 뷰 스크린의 스위치를 올렸다.

스크린에 나타난 솔라리아 행성은 초승달처럼 빛나는 왼쪽 부분을 포함하여 하나의 거대한 검은 원판으로 보였다. 트레비스는 컴퓨터와 접속하기 위해 손을 책상 위에 올려놓았다. 그러자 그가 품고 있던 분노의 앙금은 눈 녹듯 사라졌다. 컴퓨터와 자신을 효율적으로 연결하기 위해서는 냉정한 마음을 유지하지 않으면 안 되기 때문에, 컴퓨터만 닿으면 조건반사적으로 마음의 평정을 찾게 되는 건지도 몰랐다.

우주선 주위뿐만 아니라 솔라리아 행성에 이르는 넓은 우주 공간에도 인공적인 물체는 전혀 눈에 띄지 않았다. 솔라리아인들이 설령 감시로봇을 동원한다 할지라도 파스타호를 뒤쫓아 올 수는 없었을 것이다.

비로소 마음이 놓였다. 이제는 이 행성의 그늘을 벗어나도 될 것 같았다. 이대로 계속 멀어지다 보면 원판처럼 보이는 솔라리아가 점점 작아지면서 보이지 않게 되고, 태양은 점점 크게 보이게 될 것이다.

그는 우주선이 행성의 중력 궤도를 벗어나도록 컴퓨터를 조작했다. 중력에 의해 휘지 않는 공간, 즉 중력장의 영향권 밖에서 보다 안전하게 가속할 수 있기 때문이었다. 우주선은 한층 신속하고 안전하게 도약할 수 있을 만큼 우주의 굴곡도가 적은 공간에 곧 도착하게 될 것이다.

트레비스는 이럴 때면 종종 별들을 세밀히 관찰하는 습관을 가지고 있었다. 별들이 침묵 속에 찬란히 빛나는 것을 바라보고 있노라면 정신이 몽롱해지는 듯했다. 실제로는 어느 별이나 불안정한 상태로 격동의 순간을 겪고 있을 테지만, 아득히 보이는 저 별들은 미동도 없이 빛나는 점이었다.

저 많은 점들 중에 바로 지구의 태양, 즉 지구에 빛을 비추어 생명을 태동시키고 인류를 진화시킨 바로 원초의 태양이 있을 것이다.

그리고 컴퓨터에 내장된 은하계 성도에 나와 있지 않아도 우주인 행성들이 높은 광도를 가진 항성 주변을 공전하고 있듯이 지구의 태양 역시 마찬가지가 아니겠는가?

혹시 태곳적에 성도 제작자들이 어떤 묵계에 따라 우주인 행성이 속한 별들만을 성도에 표시하지 않았던 것이 아닐까? 혹시 지구의 태양이 은하계 성도 상에 포함되어 있다 해도, 외양상으로는 지구의 태양과는 다를 바 없는 무수한 별무리 가운데서 태양을 찾아낸다는 것은 정말 모래밭에서 좁쌀을 찾아내려는 것처럼 무모한 일일지도 모른다.

이 은하계에는 약 300억 개의 별이 존재하며 항성 1000개 중 하나 꼴로 인간이 거주 가능한 행성을 가지고 있다. 따라서 현재 그들이 있는 곳에서 수백 파섹 이내에도 생명체를 가진 행성은 줄잡아도 1000개는 된다. 결국 항성들을 하나하나씩 탐색해 볼 도리밖에 없는 것일까?

설마 은하계의 이쪽 편에서 지구의 태양이 존재하지 않는 건 아닐까? 무수히 많은 은하인들이 바로 이웃해 있는 별 중에 지구의 태양이 있고, 자기 종족이야말로 가장 먼저 지구를 떠난 사람들이라고 믿고 있을 텐데…….

더 확실한 정보가 필요했다. 그러나 지금까지 얻은 것이라고는 아무것도 없었다.

이미 수천 년 전에 폐허가 된 오로라 행성을 아무리 자세히 탐사해 본들 지구의 위치를 알아낼 만한 단서를 찾을 수 있을지에 대해 깊은 회의를 느끼고 있었다.

게다가 솔라리아인들에게서 지구에 관한 정보를 얻을 가능성은 더더욱 적을 것 같았다. 무엇보다 만일 트랜터의 은하 도서관에 있던 지구에 관한 모든 정보가 사라졌고 가이아의 집단 기억 체계 속에도 지구에 관한 정보가 전혀 남아 있지 않다면 지구 탐사 여행이 성공할 가능성은 더욱 희박할 수밖에 없었다. 게다가 '우주인들의 사라져 버린 세계'에 존재하고 있는 정보를 지나쳤을 가능성도 매우 희박했다.

어쩌면 애타게 찾던 지구와 지구의 태양을 이미 발견했음에도 불구하고, 어떤 미지의 힘이 그 사실을 깨닫지 못하도록 감춘 건 아니었을까? 지구의 자기 은폐 능력이 그 정도로까지 발달해 있는 것일까? 그렇다면 지구는 영원히 외부 세계로부터 스스로를 격리시키기로 결심한 것일까?

앞으로 무엇을, 어떻게 찾아야 하는 걸까?

그가 찾아야 하는 게 분명히 지구일까? 지구를 반드시 찾아낼 수 있다는 셀던의 예언 자체가 바로 셀던 프로젝트가 안고 있는 근본적인 오류가 아닐까?

셀던 프로젝트는 지금까지 5세기에 걸쳐 단계적으로 실행에 옮겨져 왔다. 이 계획에 따르면 인류는 마지막 단계에서 제1은하제국보다도 훨씬 규모가 크고 부강할 뿐 아니라 더 자유로운 제2은하제국이라는 안전한 피난처로 옮아갈 예정이었다.

그러나 트레비스는 이 계획에 반대하고 갤럭시아의 건설을 지지하기로 마음을 바꾼 상태였다. 갤럭시아는 거대한 단일 유기체의 성격을 갖는 데 비해, 제2은하제국은 큰 규모에 다양성을 내포하는 각각 개별 유기체의 연합적 성격을 벗어나기 어려울 것이다. 다시 말해서 제2은하제국은 인류가 생겨난 이래 인류에 의해 무수히 건설되어 왔던 전형적인 제국 중의 하나로서 개개인들의 단순한 집합체에 불과하다. 즉 결국 최대 · 최고의 제국일지는 몰라도 전혀 새로울 것이 없다.

이에 비해 갤럭시아는 전혀 다른 종류의 조직체로서, 제2은하제국보다 우수한 기능을 가진 것이라고 할 수 있다. 그렇다면 셀던 프로젝트에는 그 위대한 셀던이 간과했던 어떤 중요한 결함이 있음이 틀림없다!

설령 그렇다 한들 트레비스에게 그 문제점을 바로잡을 능력이 있는가? 그는 수학자도 아니고 셀던 프로젝트에 대해서도 아는 바가 전혀 없었다. 비록 누가 설명을 해 준다 해도 그걸 이해할 수조차 없을 것이다.

그는 단지 전제밖에 알지 못했다. 즉 이 방대한 계획에 인간이 관련되어 있고, 이 계획이 지향하는 종국의 목표가 어떤 것인지는 그들 자신도 잘 알지 못한다는 전제밖에……. 첫 번째 전제는 은하계의 방대한 인구를 생각하면 자명한 일이었고, 두 번째 전제도 단지 제2파운데이션인들만이 이 계획의 구체적인 내용을 알고 있으며, 외부인들에게는 공개하지 않고 있다는 점으로 미루어 볼 때 역시 옳다고 할 수 있다.

이제 남은 문제는 일반 사람에게 알려지지 않은 전제, 너무나 당연하게 생각해 언급하거나 생각해 보지도 않은 전제가 혹시 오류는 아닌가라는 점이다.

이 전제가 오류라면 셀던 계획의 종국적인 결론은 수정되어야 하며, 결국 이는 제2은하제국이 아니라 갤럭시아를 선택할 수밖에 없는 결과로 이어질 것이다.

하지만 너무나 명백하고 당연해서 아무도 언급조차 하지 않는 전제라면, 과연 그것이 오류일 수 있겠는가? 게다가 아무도 이것을 언급하거나 생각한 적이 없다면, 이런 전제가 존재한다는 사실을 자신이 어떻게 파악하며, 행여나 이런 전제가 있다고 추측한다 해도 그 속성을 어떻게 파악하겠는가? 나아가 이러한 전제가 있을 수 있다고 추측한다 해도, 그 성질에 대해 어떻게 파악할 수 있단 말인가?

자신은 정말 가이아가 주장하듯 오류가 없는 육감을 가진 인물인가? 어떻게 이유를 모르고 있는데 올바른 결과를 알 수 있을까?

오로라에 폐허가 된 유적과 들개들 외에 무엇이 있었던가? (아마 그 밖에도 다른 흉포한 동물이 있었을지 모른다. 흉포한 소나 거대한 쥐 등이…….) 반면에 솔라리아는 살아 있는 행성이었다. 하지만 그곳에도 로봇이나 에너지 변환 인간 말고 무엇이 있었던가? 두 세계가 지구의 위치에 관한 비밀을 갖고 있지 않다면, 이 세계들은 셀던 프로젝트와 도대체 무슨 관련이 있는가?

설령 두 세계가 지구의 위치에 대한 비밀을 갖고 있다 한들 그게 셀던 프로젝트와 무슨 관계가 있을까? 이 모든 것이 다만 쓸데없는 미친 짓일지도 모른다.

절대로 오류를 범하지 않는다는 환상에 빠져 스스로를 과신하고 있는 건 아닐까? 트레비스는 스스로 부끄러워 숨이 막힐 지경이었다. 그는 아득히 먼 별들을 바라보면서 속으로 되뇌었다. '나는 이 은하계에서 가장 멍청한 녀석이야!'

3

갑자기 블리스의 음성이 들려왔다.

"트레비스, 왜 날 보자고 하셨죠? 뭐가 잘못되기라도 했나요?"

그녀의 목소리는 걱정스럽다는 투였다.

트레비스는 고개를 돌려 그녀를 바라보았다. 그는 자신의 침울한 기분을 금방 씻어 내는 것이 쉽지 않다는 것을 느꼈다.

"아뇨, 잘못된 일은 없습니다. 난 지금 단지 생각에 깊이 잠겨 있었을 뿐입니다. 가끔 나는 깊은 상념에 빠지거든요."

그는 그녀가 남의 마음을 읽을 수 있다는 사실을 알고 있었기 때문에 적잖이 불안했다. 물론 그녀가 남의 마음을 읽지 않으려고 자제하고 있다는 사실은 알고 있었지만…….

어쨌든 그녀는 그의 말을 곧이듣는 듯했다. 그녀가 말했다.

"펠은 펠롬과 함께 있어요. 그 애에게 은하어를 가르치고 있죠. 그 애는 또 우리가 먹는 것이라면 무엇이든지 불평 없이 잘 먹고 있어요. 그런데 무슨 일로 날 보자고 하셨죠?"

"음, 여기서는 얘기하고 싶지 않군요. 지금은 컴퓨터 앞에 붙어 있을 필요가 없으니 내 방으로 가서 얘기를 하고 싶은데……."

"좋아요."

그들은 트레비스의 방으로 들어갔다. 그녀가 눈을 가늘게 뜨고 그를 바라보면서 말했다.

"이제는 화가 좀 풀렸나 봐요."

"내 마음을 읽고 있는 건가요?"

"아뇨, 전혀……. 단지 당신 표정을 보고 그러는 거예요."

"내가 이따금 화를 내긴 하지만 지금은 풀렸어요. 자, 괜찮다면 당신에게 몇 가지 질문을 하죠."

블리스는 트레비스의 침대 위에 꼿꼿이 앉은 채 심각한 표정을 하고 있었다. 어깨까지 내려오는 머릿결은 가지런했고 몸에서는 향수 냄새가 희미하게 났다. 트레비스가 웃으면서 말했다.

"당신은 정말 예쁘군요. 당신처럼 젊고 예쁜 여성에게 고함을 지른다는 것은 생각할 수도 없는 일이지요."

"당신의 기분이 풀릴 수만 있다면 내게 고함을 지르셔도 좋아요. 단지 펠롬에게는 그러시지 않길 바라요."

"나도 그럴 생각은 없어요. 또 당신에게도 그러고 싶지 않고요. 우리

서로 친구가 되기로 약속하지 않았던가요?"

"가이아는 당신에게 친구라는 감정 외에는 품어 본 적이 없어요."

"나는 가이아에 대해 그렇게 말한 것이 아닙니다. 물론 당신이 가이아의 일부이며 곧 가이아 자신이기도 하다는 점은 잘 알고 있습니다만……. 어쨌든 당신은 가이아와 구별되는 한 개인이기도 하지 않습니까? 나는 그런 개인으로서의 당신에게 말하고 있는 겁니다. 나는 가이아와 상관없는 블리스라는 이름을 가진 사람과 얘기를 나누고 있습니다. 우린 친구가 되기로 하지 않았나요? 블리스."

"그럼요, 트레비스."

"그렇다면 하나 묻겠습니다. 당신은 우리가 그 저택을 떠나 우주선에 도착한 뒤에 왜 그 솔라리아인 로봇들을 처치하는 데 시간을 끌었습니까? 나는 그들로부터 치욕스러운 대접을 받았을 뿐만 아니라 다치기까지 했습니다. 그런데도 당신은 가만히 있었습니다. 뿐만 아니라 조만간에 더 많은 로봇들이 들이닥쳐 우리를 체포할 듯한 상황에서도 당신은 아무런 조치를 취하지 않고 있었습니다."

블리스가 심각한 표정으로 그를 바라보았다. 그녀는 자신의 행동에 대해 변명하기보다는 트레비스를 이해시키려는 듯했다.

"내가 팔짱만 끼고 있었던 것은 아니에요, 트레비스. 나는 감시 로봇의 심리를 연구해서 그들을 다루는 방법을 알아내던 중이었어요."

"당신이 뭘 하고 있었는지 몰라서 이런 말을 하는 건 아니죠. 그 당시에도 당신은 그렇게 말하지 않았습니까? 난 그런 당신의 행동을 이해할 수가 없다 이겁니다. 당신에겐 그들을 파괴할 수 있는 능력이 충분히 있었지요. 그런데 왜 그들을 조종할 생각만 했는지 이해할 수 없다는 겁니다."

"그러면 당신은 지성을 가진 존재를 파괴하는 것이 간단한 일이라고 생각하시는 거예요?"

트레비스는 도무지 말도 안 된다는 듯 찌푸리며 말했다.

"이것 보세요, 블리스. 지성을 가지고 있다니 무슨 얘깁니까? 그것들은 단지 로봇에 불과하다는 사실을 모르세요?"

블리스가 살짝 흥분한 목소리로 대꾸했다.

"로봇에 불과하다니요? 왜 우리는 꼭 이런 식으로 다투게 되는지 모르겠군요. 왜 솔라리아인 밴더는 우릴 죽이기를 망설였죠? 그가 보기에 우리는 에너지 변환 기관도 없는 아주 원시적인 인간에 불과했어요. 또 당신은 펠롬이 죽임을 당하든 말든 그냥 내버려 두지 않았냐고도 묻고 싶겠죠. 하지만 그 애는 그저 평범한 솔라리아인이고, 게다가 미숙한 어린애에 불과했다는 사실을 잊어서는 안 돼요, 이러저러한 이유로 없애버리고 싶은 사람을 제거하기 시작하면 모두 파괴되고 말 거예요. 조금만 찾아본다면 그런 것들은 얼마든지 눈에 띄지요."

"내 정당한 의견을 그렇게 극단적으로 받아들이다니 참 기가 막힐 노릇이군요. 로봇은 어디까지나 로봇일 뿐입니다. 그리고 우리 상식으로는 그것이 지성을 지니고 있다고 볼 수도 없지요. 단지 인간의 모습을 한 기계에 불과합니다."

"당신은 그 로봇에 대해 아는 바도 전혀 없으면서 어쩌면 그토록 자신 있게 말할 수 있죠? 나는 가이아예요. 물론 블리스이기도 하지만 바로 가이아 행성 자체이기도 해요. 우리에겐 모든 원자 하나하나가 소중하고 의미가 있으며 그 원자들로 구성된 조직은 더욱 소중하고 의미 있다고 생각하는 하나의 세계지요. 나-우리-가이아는 어떤 조직이든지 쉽사리 해체시키지 않아요. 오히려 전체에 특별히 해로운 영향을 미치지만 않는다면 기꺼이 그 조직체를 더욱 복잡하고 고등 능력을 지닌 조직체로 발전시키지요.

우리가 알고 있는 바로는 유기체의 최고 형태에서 바로 지성이 도출됩니다. 그러니 지성 조직을 파괴하는 일은 정말 불가피한 사정이 아닌 한 삼가야 해요. 그 로봇들이 기계적 지성을 가지고 있는지 생물학적 지성을 가지고 있는지는 하등 중요하지 않아요. 사실 그 감시 로봇들은 나-우리-가이아가 일찍이 접해 본 적이 없는 종류의 지성체였죠. 그래서 나는 그걸 연구해 보는 편이 좋겠다고 생각한 거예요. 파괴한다는 것은 생각지도 못했어요. 물론 그땐 정말로 위급한 상황이라 어쩔 수 없었지만 말이에요."

트레비스가 냉랭하게 말했다.

"하지만 그 순간 더욱 고도의 지성을 지닌 세 사람이 위험에 처해 있지 않았습니까? 당신과 당신이 사랑하는 페롤랫 교수님, 그리고 당신이 인정한다면 나까지 세 사람이 말입니다."

"셋이 아니라 넷이에요. 팰롬을 제외시키는 버릇은 여전하군요. 하여튼 당시 우리 세 사람이 명백히 위험에 처해 있었다고 말할 수는 없어요. 적어도 나는 그렇게 판단을 내렸던 거예요. 내 생각이 이해되지 않는다면 이런 걸 가정해 보세요. 당신 앞에 어떤 위대한 미술 작품이 놓여 있는데, 하필 그 그림의 존재가 당신의 죽음을 의미한다고 가정해 봐요. 당신이 살아남기 위해서는 그 그림 위에 멋대로 물감을 칠해서 그 그림을 영원히 복원할 수 없도록 파괴할 수밖에 없겠지요. 하지만 이런 방안도 생각해 볼 수 있을 거예요. 즉 그림 여기저기에 물감을 약간 덧칠하거나 약간만 긁어 내어 당신은 죽음을 모면하고 그 작품은 여전히 불후의 명작으로 남길 수 있는 방법 말이에요. 이처럼 무엇을 수정하는 작업은 노력 없이는 불가능하죠. 또한 많은 시간을 필요로 하고요. 하지만 시간만 넉넉하다면 당신의 생명뿐만 아니라 그림도 구할 수 있는 게 분명하잖아요."

트레비스가 반론했다.

"아마 그럴지도 모르지요. 하지만 당신은 결국 그림을 수정한 것이 아니라 파괴한 꼴이 되지 않았습니까? 그것도 저 꼬마가 위험에 처하게 되니까 말입니다. 나는 우리나 당신 자신이 위험에 처했을 때엔 당신이 꿈쩍도 하지 않았다는 사실을 지적하고 있는 겁니다."

"내 판단에는 당시 우리가 그렇게 절박한 위험에 처한 게 아니었거든요. 하지만 팰롬의 경우는 정말 한시도 늦출 수 없는 상황이었어요. 그 순간 나는 감시 로봇과 팰롬 중 하나를 선택할 수밖에 없었기 때문에 팰롬을 선택했던 거예요."

"순간적으로 감시 로봇보다는 팰롬이 더욱 소중하다는 판단을 내렸다는 얘기군요."

"그래요."

트레비스가 말했다.

"난 그렇게 생각하지 않아요. 바로 당신 앞에 있던 어린애가 죽게 될 위험에 처하게 되자 당신의 모성 본능이 갑자기 발동했던 것이라고 생각해요."

블리스의 얼굴이 붉게 달아올랐다.

"사실 그런 점이 없었다고 부정하지는 않겠어요. 하지만 당신에게 비난받을 행동을 했다고 생각하지는 않아요. 그 순간에도 이성적인 판단이 완전히 배제된 것은 아니었으니까요."

"과연 그랬을까요. 정말 당신이 이성적이었다면 그 아이가 그 세계

특유의, 불가피한 운명에 직면하고 있다고 생각했을 겁니다. 솔라리아인들이 자기 세계의 적정 인구를 유지하기 위해 얼마나 많은 아이들을 제거했는지 당신도 알잖아요."

"트레비스, 더 고려해야 할 점이 있어요. 물론 이 아이는 나이가 너무 어려서 그들의 계승자가 될 수 없기 때문에 제거될 운명이었는지도 모르죠. 하지만 또 다른 이유가 그 애를 길러 줄 보호자가 너무 일찍 죽었다는 사실이에요. 더구나 이 아이의 양육자를 죽인 것은 바로 나였다는 사실도 잊지 말아야 해요."

"죽느냐 죽이느냐라는 어쩔 수 없는 상황이었잖아요."

"그건 중요하지 않아요. 어쨌든 이 아이의 양육자를 죽인 것은 나였고, 그 결과로서 이 아이가 죽어야 하는 것을 그냥 지켜보고만 있을 수는 없었어요. 게다가 이 아이는 가이아가 지금까지 접해 본 적이 없는 뇌를 가지고 있기 때문에 연구 대상이 될 수도 있어요."

"어린아이의 뇌를 연구 대상으로 삼는다고요?"

"항상 어린애로 있는 건 아니죠. 나중에는 이 아이의 두뇌 양쪽에 에너지 변환 기관이 생겨날 거예요. 바로 이 기관 때문에 솔라리아인들은 가이아로서도 대항하기 어려운 능력을 발휘할 수 있었던 거죠."

트레비스가 말했다.

"오, 당신은 그 애를, 뇌를 연구하기 위한 대상으로 생각하고 있다 이런 뜻이로군요?"

"그렇다고도 할 수 있어요."

"하지만 내 생각은 당신과 좀 달라요. 우리는 이 우주선에 아주 위험한 요소를 끌어들인 것 같습니다. 그것도 엄청난 위험을 말입니다."

"어떤 위험을 말하는 거죠? 그 애는 우리의 보호 아래 잘 적응해 나가고 있어요. 지능이 무척 뛰어난 아이예요. 게다가 이미 우리를 좋아하기 시작했는데요. 또 그 애는 우리가 먹는 것은 무엇이든 가리지 않고 잘 먹고, 우리와 잘 어울리고 있어요. 그 애는 장차 나-우리-가이아에게 뇌에 대한 중요한 정보를 줄 거예요."

"만일 그 애가 아기라도 낳으면 어쩌죠? 저 생물체는 수태하기 위해 짝짓기를 할 필요가 없지 않습니까? 스스로가 자기 짝이니까."

"그 애가 출산할 수 있는 연령에 도달하려면 앞으로도 많은 세월이 지나야 해요. 솔라리아인들은 종족의 수를 늘리는 데에는 별로 관심이 없었어요. 출산을 가급적 늦추는 것이 이 종족의 관행인 것 같아요. 팰롬도 앞으로 오랫동안 아이를 갖지 않을 거예요."

"어떻게 그렇게 확신하고 있습니까?"

"알고 말하는 건 아니에요. 논리적으로 따져 볼 때 그렇다는 거죠."

"다시 한 번 밝혀 두지만 팰롬이 위험스러운 존재라는 사실을 곧 깨닫게 될 겁니다."

"당신도 알고 하는 얘기는 아니겠죠. 더군다나 그 이야기는 논리적이지도 않고요."

"왠지 그런 생각이 듭니다. 하지만 내 직관이 틀림없다고 말한 건 내가 아니라 바로 당신이었다는 사실을 기억하세요."

트레비스의 말이 꺼림칙했던지 블리스의 표정이 일그러졌다.

4

페롤랫은 조종실로 통하는 문 입구에 선 채 다소 불안한 표정으로 안을 살폈다. 트레비스가 일에 열중하고 있는지 살펴보는 듯했다.

트레비스는 컴퓨터와 교신할 때는 늘 그렇듯 손을 테이블에 올려놓고 뷰 스크린을 바라보고 있었다. 페롤랫은 트레비스가 바쁜 것 같아서 방해하지 않으려고 꼼짝도 않고 조용히 기다렸다.

꽤 시간이 흐른 뒤 트레비스가 페롤랫 쪽으로 고개를 돌렸다. 그를 의식하고 쳐다본 것은 아니었다. 트레비스가 컴퓨터와 결합하고 있을 때는 언제나 눈에 몽롱한 광채가 돌고 초점은 흐려져 있었다. 그런 모습을 보면 마치 그가 보통 사람과는 전혀 다른 방식으로 보고, 생각하며, 살아가는 것 같은 느낌을 주었다.

이윽고 그는 페롤랫을 발견하고 고개를 천천히 끄덕이며 손을 들어 보였다. 이제 정상적인 의식으로 돌아온 것이다. 페롤랫이 말했다.

"내가 자네 일을 방해하지는 않았나 모르겠군, 트레비스."

"아닙니다, 교수님. 저는 단지 도약 준비를 위해 몇 가지를 점검하던 중이었어요. 거의 준비가 다 된 것 같아요. 하지만 몇 시간 더 기다릴 생각입니다. 어쩌면 행운이 따를지도 모르니까요."

"그런 비과학적 요소들이 도약 비행에 영향을 미치기라도 하는가?"

"그냥 한번 해 본 소립니다. 하지만 이론상으로는 우발적인 요소도 영향을 줄 수 있지요. 그건 그렇고 무슨 일이지요?"

"여기 좀 앉아도 되겠나?"

"물론이죠. 하지만 내 방으로 가죠. 블리스는 잘 있나요?"

"그럼."

"페롤랫이 헛기침을 하면서 말했다.

"지금 다시 잠이 들었네. 자네도 이해하겠지만 그녀는 잠을 충분히 자야 할 이유가 있지 않나."

"물론 잘 알고 있죠. 가이아 행성에서 멀리 떨어져 있기 때문이죠."

"정확히 이해하고 있군."

"그런데 팰롬은?"

트레비스가 침대에 드러누우면서 말했다.

"자네가 내게 준 전설 모음집을 읽고 있다네. 물론 은하어를 아직 잘 모르지. 하지만 한 단어씩 발음해 보는 게 재미있는 모양일세. 그 녀석은…… 하여간 나도 모르게 남성 대명사를 쓰려 하는군. 왜 이러는 걸까?"

"교수님도 남자라 그런가 보죠."

페롤랫이 뜸을 들이다가 말했다.

"그럴지도 몰라. 아무튼 섬뜩할 정도로 총명한 아이더군."

"저도 압니다."

"자네는 팰롬을 별로 좋아하지 않는 것 같더군."

"그 애에게 적대적인 감정을 품고 있는 것은 아닙니다. 교수님. 저는 아이를 키워 본 적도 없고, 또 아이들을 특별히 좋아해 본 일도 없어요. 그래서 남들이 보기엔 그렇게 비칠 수도 있겠죠. 교수님에겐 아이가 있었던 것으로 기억하는데……?"

"사내애가 하나 있었네. 아이가 어릴 때는 정말 키우는 재미가 보통이 아니지. 그래서 내가 팰롬을 남자아이로 생각하고 무심코 지칭하려 했던 건지도 몰라. 그게 벌써 25년도 더 된 일이로군."

"교수님이 팰롬을 좋아하는 데 대해선 아무런 불만이 없어요."

"고맙네. 자네도 그 애와 가깝게 접해 볼 기회만 있다면 그 애를 좋아하게 될 걸세."

"그럴지도 모르지요. 언젠가 기회를 한번 마련해 보도록 하지요."

페롤랫은 우물쭈물하더니 다시 입을 열었다.

"내 생각엔……, 이젠 자네가 블리스와 다투는 일에는 진절머리가 났을 거라고 생각하는데……."

"우리가 그렇게 자주 다투는 건 아닙니다. 평소에도 사이좋게 지내는 편이죠. 며칠 전에 감시 로봇을 빨리 파괴하지 않고 주저했던 점에 대해 토론할 때도 서로 고함치거나 비난하지 않았는걸요. 어쨌든 그녀는 우리의 목숨을 구해 주었잖아요. 그러니 내가 그녀를 친구로 생각하지 않을 수 있겠어요?"

"그건 나도 알고 있네. 내 얘기는 그게 아니라 독립된 개체성을 부정하는 갤럭시아에 대한 자네와 블리스의 이견에 대해 말하는 거라네."

"아, 그 문제라면 나로서는 한 치도 양보할 수 없지요."

"그러면 이번엔 내가 그녀 편에서 한마디 했으면 하는데, 어떤가?"

"얼마든지 좋아요. 그런데 그 갤럭시아라는 개념을 교수님 스스로 선택하신 겁니까? 아니면 블리스와 의견을 같이하기 위해 선택한 겁니까?"

"분명히 말하겠는데, 그건 나 스스로 결정한 거야. 나는 앞으로 갤럭시아가 반드시 실현되어야 한다고 생각하네. 자네도 이미 그렇게 마음을 정하지 않았나? 난 사실 자네 때문에 내 결정이 옳다는 확신을 더욱 굳게 갖게 되었다네."

"제가 그것을 선택했기 때문이라고요? 그건 타당한 이유가 될 수 없어요. 저도 틀릴 수 있다는 점을 교수님도 잘 알지 않아요? 블리스가 그런 이유를 들어가며 당신에게 가이아를 선택하도록 설득했다면 그건 온당치 못한 일이죠."

"나는 자네 결정에 오류가 있을 것이라고 생각지 않네. 블리스가 아닌 바로 솔라리아 행성이 그걸 실증해 주지 않았나?"

"어떻게요?"

"글쎄……, 우선 우리가 고립자라는 사실은 인정하나?"

"그건 블리스의 표현이죠. 나는 우리를 단지 '개인'이라고 생각했으면 좋겠어요."

"좋아, 그건 부르기 나름일 테니까, 우리는 모두 자기 자신이 무엇보다도 우선이고 또 가장 중요하다고 생각하고 있네. 자기 방어를 자연의 제1법칙이라고 할 수 있다는 거지. 설령 그것이 다른 생물을 해치는 것을 의미한다고 해도 말일세."

"어떤 이들은 남을 위해 자신의 목숨을 희생하기도 하지요."

"그건 무척 드문 일이지. 대부분의 사람들은 자기의 아주 하찮은 부분을 지키기 위해 타인의 가장 중요한 부분을 희생시키는 일도 거리낌없이 저지른다네."

"그런데 그게 솔라리아와 무슨 상관이지요?"

"빤하지 않은가? 우리는 '고립자', 아니 '개인'이 어떻게 변할 수 있는가를 똑똑히 봤어. 솔라리아인들은 완전히 고립된 삶이 가장 완전한 자유를 누리는 길이라고 믿고 있네. 그들은 후손에 대해서조차 애정을 느끼지 않네. 그뿐인가? 아이들이 너무 많으면 죽이기까지 하지. 그들은 자신들로부터 에너지를 공급받는 로봇 노예들의 시중을 받아가며 살아가네. 그러다가 그가 죽게 되면 로봇 등 엄청난 그의 소유물들도 함께 죽는다고 할 수 있지. 그런 세계를 부러워할 수 있겠나? 또 이런 세계를 품위나 친절함, 그리고 상호간의 관심이라는 면에서 가이아와 비교할 수 있겠나? 난 이런 얘기를 블리스와 나눠 본 적은 없네. 이건 내 스스로의 느낌일 뿐이야."

"그런 생각을 가지고 있다니 정말 교수님답군요. 저도 동감입니다.

저도 솔라리아란 곳이 소름끼치는 곳이라고 생각합니다. 하지만 모두 다 그런 것만은 아니죠. 어쨌든 그들도 지구인의 자손이자 정상적인 삶을 영위했던 우주인의 후예지요. 솔라리아인들은 어떤 이유에서인지 극단적인 길을 택한 거예요. 하지만 극단적인 부분만으로 솔라리아인들은 평가하는 것은 현명치 못한 일이라고 생각합니다. 이 은하계 전체를 통틀어서 현재나 과거에 지금의 솔라리아와 같은 사회를 가진 행성이 있었습니까? 만일 솔라리아라 해도 온통 로봇으로 가득 차지 않았다면 지금과 같은 모습이 되었을까요? 로봇은 빼놓고 생각해 보세요. 단지 개개인들로 구성된 사회가 반드시 솔라리아와 같은 공포의 세계로 발전할 것이라고 장담할 수는 없잖아요."

페롤랫의 얼굴이 약간 일그러졌다.

"자네는 그저 부정만 하는구먼. 트레비스, 자네는 갤럭시아에 반대표를 던진 은하계를 변호하는 데 왜 그리 열을 올리나?"

"제가 모든 걸 뒤엎는 것은 아니에요. 갤럭시아가 실현되어야 한다는 주장에도 충분한 이론적 근거가 있을 겁니다. 그 이론적 근거를 찾아낸다면 저는 그걸 깨닫고 결국 받아들일 수밖에 없겠지요. 그걸 찾아낼 경우에만 말입니다."

"그럼, 자네는 찾아내지 못할 수도 있다고 생각하는 건가?"

트레비스는 어깨를 으쓱하며 말했다.

"제가 어떤 말을 할 것 같아요? 교수님은 제가 도약을 위해 왜 여러 시간을 기다리고 있는지, 왜 위험을 무릅쓰고 며칠 더 기다릴 생각까지 하고 있는지 알고 계세요?"

"좀 더 기다리는 편이 도약에 안전하다고 자네가 말하지 않았나."

"그렇지요. 하지만 지금도 도약을 하기엔 충분히 안전합니다. 사실제가 진심으로 우려하는 것은 이번 탐사의 목적지로 설정한 우주인 행성이 우리를 또다시 실망시키지 않을까 하는 점이죠. 우리에겐 세 개의 선택지밖에 없는데 이미 두 곳을 가 봤잖아요. 매번 죽을 고비를 가까스로 넘기며 고생을 했어요. 유감스럽게 우리는 지구의 위치에 관한 어떤 힌트도 얻지 못했어요. 좀 더 구체적으로 말한다면 지구가 과연 존재하는지조차도 의문스러울 지경입니다. 만일 이 마지막 탐사조차 우리의 기대를 저버린다면 어떻게 하지요?"

페롤랫이 한숨을 내쉬면서 말했다.

"옛날 얘기 중에 이런 게 있다네. 펠롬에게 준 이야기책에도 나오는 건데, 그 이야기의 주인공은 세 가지 소원을 이룰 수 있지. 딱 세 가지뿐이야. 3이란 이 경우에 매우 의미 있는 숫자라는 생각이 드는군. 아마 세 가지 중에서 마지막 남은 한 번의 기회는 첫 번째 홀수이자 결정할 수 있는 최후의 숫자이기 때문일 걸세. 이 얘기의 요지는, 소망은 아무짝에 쓸모가 없다는 것과, 대부분은 실현 가능한 소망을 품는 경우는 없다는 것이라네. 추측컨대 이 얘기는 우리의 욕구 충족은 노력을 통해서만 달성되어야 할 것이라는 고대인들의 교훈을 일러 주는 게 아닌가 싶네. 그렇지 않고……."

페롤랫은 갑자기 말을 그치더니 얼굴을 붉혔다.

"미안해, 친구. 괜히 자네의 귀한 시간만 축냈군. 나는 내 취미에 대해 일단 얘기를 시작하면 끝도 없이 지껄이는 버릇이 있다네."

"아닙니다. 교수님 얘기는 언제나 흥미롭지요. 그리고 방금 교수님이 든 비유는 적절하다고 생각합니다. 우리에게도 세 번의 기회가 있지 않습니까? 지금까지 두 번의 기회에서는 성과가 전혀 없었지요. 이제 단 한 번의 기회가 남아 있지만 이번에도 실패로 끝날 것 같은 느낌이 들었어요. 그래서 가급적이면 세 번째 탐사 개시를 늦추고 싶었던 겁니다. 이게 도약 비행을 가능한 한 연기한 이유랍니다."

"이번에도 실패로 끝나면 어쩔 텐가? 가이아로 돌아갈 건가? 아니면 터미너스로……."

"아닙니다. 혼자서라도 탐사를 계속할 겁니다. 어떻게 해야 하는지 알기만 한다면 말이죠."

트레비스가 속삭이듯 말했다.

14장

죽은 행성

1

트레비스는 기분이 우울해졌다. 그가 탐사를 시작한 이후 달성한 몇 가지 안 되는 성과라는 것 중에는 결정적인 것이 전혀 없었다. 그것도 사실은 실패에 가까운, 그저 일시적인 성과라고밖에 표현할 수 없는 것들이었다.

세 번째 우주인 행성으로서의 도약을 지연시키는 동안 불안해하는 그의 태도는 다른 사람들에게도 영향을 주었다. 그가 마침내 초공간으로 도약하도록 컴퓨터에 아주 간단한 지시를 내리는 동안, 페롤랫은 조종실 입구에 굳은 표정으로 서 있었고, 블리스는 그의 등 뒤에 옆으로 한 걸음 비껴 선 채로 있었다. 팰롬조차도 한 손으로는 블리스의 손을 꽉 움켜쥔 채 그녀 옆에서 숙연한 얼굴로 트레비스를 응시하고 있었다.

트레비스가 컴퓨터에서 눈을 돌려 그들을 바라보면서 말했다.

"정말 한 가족 같군."

그 말은 바로 그의 불편한 심기를 드러내 주는 것이었다.

그는 컴퓨터에게, 착륙할 별에서 꽤 멀리 떨어진 우주 공간으로 진입하도록 지시를 내렸다. 그는 이러한 지시를 내린 이유가 지금까지 두 우주인 행성의 방문에서 얻게 된 신중함에서 비롯된 것이라고 자꾸 되뇌었으나, 실제 속마음은 그게 아니었다. 즉 그는 거주 가능 행성의 존재 여부가 분명치 않은 그 세 번째 별에 충분한 거리를 둔 채 우주 공간으로 진입하기를 바라고 있었다. 왜냐하면 그렇게 하면 이번 탐사의 실패 여부에 대한 확인을 며칠간이라도 유예할 수 있기 때문이었다.

그는 '한 가족'이 지켜보고 있는 가운데, 깊은 숨을 들이마신 뒤 휘파람 소리를 내며 컴퓨터에 마지막 지시를 내렸다.

뷰 스크린에 별무리들이 가끔씩 조용히 스쳐 지나갔다. 파스타호가 별들이 드문 우주 권역으로 비행함에 따라 별빛은 점차 드물어졌다. 그곳의 중심부에는 눈부시게 빛나는 별 하나가 자리 잡고 있었다.

트레비스는 활짝 미소를 지었다. 비행은 일단 성공적이었다. 애초의 공간 좌표 설정이 잘못됐을 경우 G등급의 별이 없을 수도 있었기 때문이었다. 그는 다른 일행을 힐끗 바라보고는 말문을 열었다.

"바로 여깁니다. 제3의 별이죠."

"정말이에요?"

블리스가 부드러운 목소리로 물었다.

"자, 보십시오. 이 공간에 해당하는 컴퓨터에 내장된 은하계의 성도를 뷰 스크린 정중앙에 띄워 봅시다. 만일 저 밝은 별이 스크린 상에서 사라지면 그 별은 우리의 은하계 성도에는 없는 거죠. 바로 우리가 찾던 별입니다."

컴퓨터는 그의 말이 끝나기가 무섭게 지시 사항을 실행했다. 문제의 별은 곧 스크린에서 사라졌다. 마치 원래부터 없었던 것처럼……. 그러나 나머지 별들은 아무런 변화 없이 그대로 남아 있었다.

"제대로 찾아온 거지요."

트레비스가 말했다.

그런데도 그는 파스타호의 속도를 절반으로 줄인 채 조심스레 그 별을 향해 다가갔다. 사실 아직까지는 이 별 주위에 생물체가 존재하는 행성이 있는지 밝혀지지 않은 상태였고, 그도 그걸 확인하는 일을 별로 서두르고 싶지 않았기 때문이었다. 파스타호가 그 별을 향해 사흘이나 항진을 계속한 뒤에도 거주 가능 행성의 존재 여부는 알 수 없었다.

실제 아무런 행성도 존재하지 않을 가능성을 배제할 수 없었다. 그 별의 주위를 공전하고 있는 것은 가스 거성이었다. 그것은 그 별에서 무척 멀리 떨어져 있었고, 별빛을 받는 부분은 어슴푸레한 황색을 띤 채 빛나고 있었다. 그들이 있는 곳에서 그것은 두터운 초승달 모양으로 보였다.

트레비스는 그 거성의 생김새가 마음에 들지 않았지만 그런 마음을 드러내지 않고 마치 가이드북처럼 사실만 이야기했다.

"저기 보이는 것은 가스 거성이에요. 저 행성은 주위에 한 쌍의 가느다란 띠와 상당히 큰 위성 두 개를 가지고 있군요."

블리스가 말했다.

"대부분의 태양계에는 가스 거성이 있게 마련 아닌가요?"

"그렇긴 하죠. 하지만 이건 좀 큰 편에 속하지요. 저 위성들 간의 거리와 그 공전주기로 판단해 보건대 이 가스 거성의 크기는 보통 유인 행성의 2000배나 됩니다."

"그게 무슨 상관이지요? 가스 거성은 단지 가스 덩어리에 불과한 것 아닌가요? 그런데 그 크기라는 것이 무슨 의미가 있나요? 이 가스 덩어리들은 항상 그것들이 공전하고 있는 별에서 엄청나게 멀리 떨어져 있잖아요. 더욱이 이 가스 덩어리들은 규모가 너무 크고 태양과의 거리도 워낙 엄청나서 생명체가 존재할 가능성은 전혀 없어요. 그러니 우리는 저 별과 더 가까운 우주 공간을 뒤져서 생명체가 있을 법한 행성을 찾으면 되잖아요?"

블리스가 물었다.

트레비스는 잠시 망설이더니 이내 솔직히 털어놓기 시작했다.

"사실 일반적으로 태양계의 가스 거성들은 태양계 내의 공간을 깨끗하게 휩쓸어 버리는 경향이 있지요. 이 과정에서 거대한 가스 덩어리에 흡수되지 않은 모든 물질들은 서로 뭉쳐서 가스 거성의 위성 체계에 편입되는 겁니다. 이 가스 거성 주변은 물론이고 엄청나게 멀리 떨어진 공간에서조차 물질들이 합쳐져 행성을 형성할 가능성은 거의 없습니다. 그러니 가스 거성의 규모가 크면 클수록 그것이 그 별에 존재하는 유일한 행성일 가능성이 높은 것이지요. 다시 말해서 그 태양계 내에는 가스 거성과 소행성들 외에 아무것도 존재하지 않을 거란 말입니다."

"생명체가 살 수 있는 행성이 존재하지 않을 거라는 말씀이군요."

"그래요. 가스 거성의 규모가 크면 클수록 유인 행성의 존재 확률은 더욱 줄어들고, 그 규모로 인해 태양계 중심부에 위치한 태양도 사실상 난쟁이별에 불과하게 되는 겁니다."

페롤랫이 말했다.

"그걸 직접 볼 수 있겠나?"

세 사람은 스크린을 응시했다. 펠롬은 블리스의 방에서 책을 읽고 있었다. 이윽고 가스 거성의 초승달 부분이 스크린을 가득 채울 때까지 확대되자 트레비스가 설명하기 시작했다.

“저 행성의 자전축은 공전궤도에서 약 35도가량 기울어 있습니다. 그리고 외곽의 고리들은 저 행성의 적도 상공을 빙 둘러싸고 있지요. 물론 저 태양빛은 행성의 적도의 아랫부분부터 비추게 되며 따라서 스크린 상에 나타나는 것처럼 행성 고리의 그림자는 적도 훨씬 위쪽에 드리우게 됩니다.”

페롤랫이 넋을 잃고 스크린을 주시한 채 말했다.

“저것들이 바로 가느다란 고리들이군.”

“보통 고리보다는 크다고 할 수 있지요.”

“전설에 따르면, 지구의 태양계에 있는 가스 거성의 고리들은 이것보다 훨씬 폭이 넓고 밝으면 정교하다고 하네. 게다가 가스 거성은 그 고리들에 비하면 아주 왜소한 편이라고 하던데…….”

“그건 별로 놀라운 얘기가 아니지요. 어떤 전설이든 수천 년 동안 구전되는 과정에서 대부분 과장되잖아요.”

이번엔 블리스가 말했다.

“그건 행성의 대기권 폭풍입니다. 저것을 적절한 파장의 광선 망원경을 통해서 보면 훨씬 선명하게 관찰할 수 있지요. 내가 한번 해 보죠.”

트레비스는 손을 컴퓨터 데스크 위에 올려놓고 컴퓨터에게 광스펙트럼 중 대기권 폭풍을 관찰하기에 적절한 광파장을 찾아내도록 지시했다.

얼마 후 스크린 상에서 부드러운 빛을 내던 초승달이 갑자기 가지각색의 현란한 광선을 발하더니 눈이 아찔한 정도로 변화하기 시작했다. 마침내 화면에 나타난 초승달은 붉은빛을 띤 오렌지색을 발하기 시작했다. 초승달 부분의 소용돌이가 이동하며 뭉쳤다 풀어졌다 하는 모습이 마치 물 위를 떠다니는 것 같았다.

"믿기 어려운 일이군……."

페롤랫이 중얼거렸다.

"정말 멋져요!"

블리스도 맞장구쳤다.

"너무 당연한 일이니 그렇게 멋지다고는 할 수 없지요."

트레비스는 씁쓸하게 대답하고는 생각에 잠겼다. 구경거리에 푹 빠져 있는 페롤랫이나 블리스 중 누구도 저 아름다운 행성이 트레비스의 종국적 목표 달성 가능성을 희박하게 만들고 있다는 사실에 대해 신경 쓰는 것 같지 않았다.

그들 모두는 트레비스의 결정이 옳았다는 점에만 만족하고 있었다. 그들은 이 결정에 대한 아무런 감정적인 공감대가 없으면서도 그저 그를 따라나선 것뿐이었다. 그러니 이들을 탓한다는 것은 부질없는 짓일 수밖에 없었다.

그는 기분을 바꿔 다시 설명하기 시작했다.

"저기 그늘진 쪽은 검게 보입니다. 하지만 우리 눈이 적외선을 감지할 수만 있다면, 저곳은 침침하면서도 그윽한 적색을 띠고 있다는 걸 알 수 있지요. 저 행성은 우주 공간을 향해 적외선을 대량으로 방출하고 있습니다. 그렇기 때문에 단순히 가스 거성이라기보다는 거의 준항성이라고 말할 수 있을 정도지요."

그는 한동안 기다렸다가 설명을 계속했다.

"자, 우리 이제 저 행성에 대해서는 관심을 거두고 유인 행성이 있나 찾아보도록 합시다."

"반드시 있을 거야. 포기하지는 말자고."

페롤랫은 미소를 머금고 말했다.

"전 포기하지 않았어요. 행성에 대한 정보가 너무 복잡하게 엉켜 있어서 도대체 답답할 뿐이지요. 지금껏 우리는 지구를 찾을 가능성에 대해서만 이야기해 오지 않았나요? 하지만 이곳 우주에 저런 괴물이 존재하는 한 그 확률은 줄어들 수밖에 없어요. 물론 확률이 0으로 떨어진다는 것은 아닙니다만……."

트레비스는 어떤 뚜렷한 확신도 없으면서 이렇게 말했다.

블리스가 달래듯 말했다.

"이런 식으로 생각해 보죠. 앞서 우리가 탐색했던 두 개의 우주좌표에 분명히 우주인 행성이 존재했어요. 우리를 이 별로 안내한 세 번째 공간 좌표도 결국 우리가 찾고 있는 유인 행성으로 안내한다고 믿어 봐요. 공연히 확률 따위를 논할 필요는 없잖아요."

"나도 당신 말이 옳다고 생각해요. 자, 이제 저 별을 향해 쏜살같이 질주하겠습니다."

트레비스는 그녀의 말에서 전혀 위로를 받지 못했지만 짐짓 쾌활하게 외쳤다. 컴퓨터는 그가 의향을 밝히기가 무섭게 우주선을 발진시켰다.

그는 조종석에 깊숙이 앉아 다시 이런 결론을 내렸다. 이렇게 고도로 발달된 컴퓨터를 갖춘 중력 우주선이 갖고 있는 단 한 가지 단점이라면, 자신이 어떤 조종사든지 다른 형태의 우주선은 결코 조종할 수 없게 되리라는 점이라고…….

다시 말해서 컴퓨터가 다 알아서 처리해 주던 복잡한 계산을 조종사 스스로 과연 해낼 수 있겠으며, 컴퓨터의 도움 없이 적정 가속도를 그때그때 유지할 수 있겠느냐 하는 것이다. 우주선 기종을 갑자기 바꾸게 되면 아마 십중팔구는 조종사가 엔진의 적정 출력을 유지할 수 없기 때문에 우주선이 크게 요동을 칠 것이고, 그때마다 승무원들은 우주선 여기저기에 부딪혀서 크게 다칠 것이다. 따라서 누구든지 중력 우주선을 조종해 본 뒤에는 같은 모델이나 그와 거의 비슷한 우주선만을 조종하려 들 것이다. 설령 그가 다른 기종에 충분히 적응할 수 있는 능력이 있다손 치더라도…….

그는 유인 행성의 존재 여부에 대한 의문에서 벗어나려고 우주선을 행성의 위로 이동시켰다. 그는 행성권의 경계면 위쪽으로 비행하도록 지시를 내린 점에 대해 곰곰이 생각해 보았다. 보통 조종사들은 행성권 경계면 아래로 비행해야만 하는 뚜렷한 이유가 있는 경우를 제외하고는 거의 그 위쪽으로 비행한다. 그 이유는 도대체 무엇일까? 사람들은 왜 한결같이 한쪽이 위이면 그 반대쪽은 아래라고 규정하는 것일까? 우주의 대칭적인 특성으로 미루어 볼 때 이것은 일종의 약속이라 할 수 있을 것이다.

그도 어떤 행성이든 관측 대상에 올려놓고 나면 항상 그 행성의 자전축을 중심으로 어느 방향으로 자전을 하는지, 그리고 공전 방향은 어느 쪽인지 의식적으로 알아 두었다. 자전과 공전이 모두 시계 반대 방향이면, 위가 북쪽이고 아래는 남쪽인 것이다. 은하계 전체를 통틀어 모든 지도의 위쪽은 북쪽을 가리키고 아래쪽은 남쪽을 나타냈다.

이건 순수하게 사회적인 약속으로서, 이는 태곳적까지 거슬러 올라간다. 그 이후 이 약속은 맹목적으로 준수되어 왔다. 사람들은 아무리 눈에 익은 지도라도 남향을 위로 가게 하면 알아보지 못했다. 제대로 알아볼 수 있도록 하려면 지도를 거꾸로 돌려야만 했다.

트레비스는 3세기 전 제국시대에 벨 라이오즈 장군이 벌였던 유명한 전투를 상기했다. 그는 그 전투 중 승패를 가름할 수 있는 매우 중요한 순간에 휘하의 비행 중대를 태양권 경계면 아래쪽으로 비행하도록 지시함으로써, 방심하고 있던 적의 1개 우주선대를 손쉽게 포위 공격하여 괴멸시킨 것이다. 물론 패장은 관습을 무시한 이러한 공격이 비겁한 행위라고 불평을 늘어놓을 법했다.

이 약속이 워낙 엄격하고 그 유래도 무척 오래된 점으로 미루어 판단할 때, 이는 인류가 지구에 살고 있던 시대부터 비롯된 것이 틀림없었다. 상상이 여기까지 미치자 트레비스의 마음은 다시 유인 행성을 찾는 일로 기울어졌다.

페롤랫과 블리스는 계속 가스 거성을 응시하고 있었다. 스크린에 비친 가스 거성은 서서히 방향을 바꿔 가며 공중제비를 하고 있었다. 그러자 햇빛을 받는 부분이 점차 넓어졌다. 트레비스가 스펙트럼을 오렌지빛의 적색 파장에 계속 고정시키고 있는 동안, 행성 폭풍의 소용돌이는 더욱 거칠어졌고 어지럼증까지 느끼게 했다.

그때 펠롬이 게슴츠레한 눈으로 조종실 안으로 걸어 들어왔다. 그를 본 블리스는 펠롬이 낮잠을 자야 할 거라고 생각했다. 그녀 역시 눈을 좀 붙여야 할 것 같았다.

트레비스는 조종실에 계속 남아 있는 페롤랫에게 말했다.

"가스 거성은 그만 관찰해야겠습니다, 교수님. 이제는 컴퓨터에게 인간이 살 만한 크기의 행성을 찾도록 지시했으면 하는데요."

"그렇게 하게."

페롤랫이 말했다.

그러나 이 일은 생각보다 쉽지 않을 것이다. 그 행성은 크기도 적당해야 할 뿐만 아니라 태양에서 적당한 거리에 있어야만 하는 것이다. 이런 조건에 들어맞는 행성을 찾으려면 아직 며칠은 더 지나야 할 것이다.

2

트레비스는 매우 엄숙한, 그러나 사실은 어두운 표정을 하고 자기 방으로 걸어갔다.

블리스가 그를 기다리고 있었다. 그녀의 바로 옆에는 팰롬이 새 옷을 입고 있었다. 블리스의 잠옷을 줄여 입었을 때보다 훨씬 근사해 보였다.

블리스가 입을 열었다.

"컴퓨터에 열중하고 있는 당신에게 폐를 끼치고 싶지는 않아요. 하지만 이번에는 참고 들어 주었으면 해요, 자, 팰롬! 해 보렴."

팰롬이 다소 높은 음조를 띤 음악적인 목소리로 말했다.

"저를 보호해 주고 있는 당신께 감사드려요, 트레비스 씨. 제가 이 우주선을 타고 우주 탐사 여행을 하, 하, 함께할 수 있어서 정말 기뻐요. 또한 내 친구들인 블리스와 페롤랫이 친절하게 대해 줘서 정말 행복을 느끼고 있어요."

팰롬은 말을 끝내고 방긋 웃었다. 트레비스는 생각에 잠겼다. 나는 이 애를 여성이나 남성 중 어느 쪽이라고 여기고 있는 걸까? 둘 다인가? 또는 이것도 저것도 아닌?

그는 고개를 끄덕이면서 말했다.

"참 암송을 잘하는군. 발음이 거의 완벽하구나."

"암기한 것이 아니에요. 팰롬은 지금 한 말을 스스로 짓고는, 내게 당신 앞에서 이것을 얘기하고 싶다고 했어요. 사실 나도 이 애가 무슨 얘기를 할지 전혀 모르고 있었어요."

블리스가 부드럽게 말하자 트레비스는 억지로 미소를 지었다.

"그렇다면 정말 잘했구나."

블리스가 팰롬에게 돌아서서 말했다.

"거봐. 트레비스 씨가 좋아할 거라고 하지 않았니? 이젠 페롤랫 씨에게 가 봐. 읽고 싶으면 책을 더 읽어도 돼."

팰롬이 달려 나가자 블리스가 말했다.

"팰롬은 정말 놀라운 속도로 은하어를 익히고 있어요. 솔라리아인들은 언어를 습득하는 데 특별한 재능이 있나봐요. 그들의 두뇌는 에너지 변환 능력뿐만 아니라 다른 방면에도 탁월한 능력을 가지고 있는 것 같아요."

트레비스가 마땅치 않다는 듯 뭐라고 중얼거렸다. 블리스가 말했다.

"설마 팰롬을 좋아하지 않는다는 말을 하려는 건 아니죠?"

"좋아하지도 않고 싫어하지도 않아요. 저 피조물이 당황스러울 뿐이에요. 우선 양성체인 생물과 상대한다는 생각만 해도 소름끼치거든요."

"이것 보세요, 트레비스. 팰롬은 우리가 충분히 받아들일 수 있는 생물이에요. 한번 생각해 보세요. 양성체가 살고 있는 사회에서는 당신과 내가 얼마나 구역질 나는 존재이겠는지……. 우리와 같은 남성 생물체나 여성 생물체는 그 사회의 기준으로 볼 때 완전한 개체의 반쪽에 불과할 뿐더러, 종족을 유지하기 위해 그 반쪽끼리 잠시 동안 어색한 결합을 해야 하잖아요."

"그러한 결합에 당신은 반대해요, 블리스?"

"내 말을 못 알아들은 척하지 마세요. 나는 단지 양성체 생물의 입장에서 우리를 바라본 것뿐이니까요. 그들에게는 우리 식의 섹스가 극도로 혐오감을 줄 수 있는 행위이겠지만, 우리에게는 자연스럽잖아요. 마찬가지로 팰롬이 당신에게는 혐오스러운 존재이겠지만 사실 그것은 속 좁은 생각일 뿐이에요."

"솔직히 말하겠는데, 저 생물체에겐 적당한 인칭대명사가 없어서 불편하기 짝이 없어요. 그것 때문에 내 생각과 대화에 지장이 많습니다."

"하지만 그건 우리 언어에 결함이 있는 것이지 팰롬의 잘못은 아니잖아요. 인류의 언어는 양성체를 염두에 두고 만들어진 게 아니죠. 어쨌든 당신이 그 문제를 솔직히 얘기해 줘서 기뻐요. 사실 나도 그 생각을 전부터 하고 있었으니까요. 나는 밴더가 그렇게 불러 달라고 고집했던 '그것'이라는 호칭은 적당하지 않다고 생각해요. 잘 아시겠지만 '그것'이라는 대명사는 성별의 구분이 없는 대상에 붙이는 거잖아요. 우리 말에는 남성과 여성의 특성을 함께 지닌 대상을 칭하는 대명사가 전혀 없어요. 그래서 내 생각으로는 임의로 대명사를 하나 선택하는 게 어떨까 해요. 나는 팰롬을 여성으로 보는 것이 합당하다고 믿고 있어요. 왜냐하면 팰롬은 우선 목소리가 여성처럼 고음인 데다 여성에게 가장 결정적인 특징이라 할 수 있는 출산 기능을 가지고 있으니까요. 펠도 나와 같은 생각이에요. 어때요, 당신도 동의하시나요?"

트레비스는 어깨를 으쓱했다.

"좋아요. 사실 여성이 고환을 가지고 있다는 점을 생각하면 좀 이상하긴 하지만 말입니다."

블리스가 한숨을 내쉬면서 말했다.

"당신은 남의 말을 농담처럼 받아들이는 좋지 않은 습관을 가지고 있군요. 하지만 당신이 항상 중압감에 시달리고 있다는 걸 아니까 이해하기로 하죠. 어쨌든 앞으로 팰롬에게 여성대명사를 사용하도록 해 주세요."

"알았어요. 그렇게 하죠."

트레비스는 일단 블리스의 의견을 받아들이기로 했지만 입이 근질근질해서 견딜 수가 없었다. 그는 다시 입을 열었다.

"나는 당신이 펠롬과 함께 있는 것을 볼 때마다 펠롬이 당신의 아이를 대신하고 있다는 생각이 듭니다. 혹시 당신은 아이를 원하지만 교수님에게 능력이 없는 게 아닙니까?"

블리스는 그의 말에 눈을 동그랗게 떴다.

"내가 펠을 아기를 갖는 수단으로 사용하고 있다고 생각하진 않겠죠? 더군다나 지금은 아기를 가질 시기가 아니에요. 설령 그럴 시기가 왔다 하더라도 나는 가이아의 아이를 가져야 하기 때문에, 미안하지만 펠은 안 돼요. 자격 요건에 미달이거든요."

"교수님은 결국 당신으로부터 버림받는 거군요."

"아니, 절대 그런 뜻으로 한 말은 아니에요. 잠깐 기분 전환 삼아 해본 소리예요. 사실 인공 수정을 통해 아기를 가지는 방법도 있잖아요."

"내 추측으로는 가이아가 필요로 할 경우, 즉 가이아인이 죽어서 공백이 생길 경우에만 당신이 아이를 가질 수 있다고 알고 있는데요?"

"좀 심한 표현이군요. 하지만 사실이에요. 가이아는 모든 구성 부분이 각각 적당한 비율로 잘 유지되고 있거든요."

"솔라리아의 경우처럼 말이죠."

블리스의 얼굴이 창백해졌다.

"그것과는 전혀 달라요. 솔라리아인들은 그들의 필요 이상으로 출산을 한 뒤에 그 초과분을 제거하지요. 하지만 우리는 정확히 필요로 하는 만큼만 출산하기 때문에 그런 경우는 생기지 않아요. 마치 우리 피부의 표피세포가 죽으면 그만큼 새로운 세포로 대체되듯 말이에요."

"잘 알아듣겠습니다. 어쨌든 나는 당신이 교수님의 기분을 살펴 주었으면 하는 마음입니다."

"내가 임신하는 문제에 대해서 말씀하시는 건가요? 그런 문제는 지금까지 펠에게 얘기해 본 적이 없고 앞으로도 없을 거예요."

"아니, 난 그 얘기를 하고 있는 건 아닙니다. 당신은 점점 더 팰롬에게 깊은 관심을 보이고 있다는 생각이 들어서요. 하지만 그럴수록 교수님은 점점 당신의 관심이 소홀해진다고 느낄지 모르잖아요?"

"내가 그에게 무관심해지는 건 아니에요. 그리고 그 사람도 나만큼이나 팰롬에게 관심을 가지고 있어요. 팰롬은 우리를 더욱 깊이 결합시키는 공통의 관심사라고 할 수 있어요. 혹시 소외감을 느끼는 건 바로 당신이 아닌가요?

"내가요?"

그는 갑작스러운 질문에 정말로 놀랐다.

"그래요, 바로 당신요. 사실 당신이 가이아에 대해 이해하지 못하는 것 이상 나도 고립자들을 이해하지 못해요. 하지만 내 느낌으론 당신은 자신이 가장 주된 관심 대상이 되기를 바라는 것 같아요. 그러니 당신은 팰롬에게 그 자리를 빼앗겼다고 느낄지도 모르지요."

"그건 정말 바보 같은 생각입니다."

"내가 펠에게 무관심하다고 한 당신의 지적이 바보스러운 게 아니라면, 내 말도 그렇지가 않지요."

"자, 이제 그만 싸웁시다. 나는 팰롬을 소녀로 생각하지요. 또 당신과 페롤랫의 관계에 대해서도 정도 이상으로 걱정하지는 않을 생각입니다."

블리스가 미소를 지었다.

"고마워요. 모든 게 잘될 거예요."

트레비스가 돌아서자 블리스가 다시 불렀다.

"잠깐만요!"

트레비스는 돌아서서 짜증스럽다는 듯 쏘아붙였다.

"또 뭡니까?"

"당신이 왠지 쓸쓸하고 슬퍼 보여요. 당신 마음을 읽고 있는 것은 아니지만요. 하지만 무엇이 잘못된 건지 내게 기꺼이 말해 줄 것 같은 기분이 드는군요. 어제 당신은 이 태양계에 우리가 찾던 행성과 비슷한 행성이 있다고 말하면서 무척 기뻐했어요. 그런데 뭐가 잘못되기라도 했나요? 잘못 알고 있었어요?"

"적당한 행성은 여전히 있습니다."

"크기가요?"

트레비스는 고개를 끄덕였다.

"그 행성이 적당하다는 것은 크기와 거리가 알맞다는 것을 의미하지요."

"그렇다면 뭐가 문제죠?"

"이제 우리는 그 행성의 대기를 분석할 수 있을 만큼 가까이 근접해 있습니다. 그런데 분석 결과로는 별로 이렇다 할 게 없어요."

"대기가 없다는 얘기인가요?"

"매우 희박하다는 겁니다. 사람이 살기에 적당하지 않습니다. 게다가 그 외에 이 태양 주위를 돌고 있는 다른 행성은 없습니다. 결국 세 번째 탐사도 실패로 끝난 겁니다."

3

우울한 트레비스의 침묵을 깨고 싶지 않은 듯 페롤랫은 엄숙한 표정으로 앉아 있었다. 그는 트레비스가 먼저 말을 걸어 주기를 기대하면서 조종실 문에 기대서서 트레비스를 가만히 바라보았다. 그러나 트레비스는 아무 말도 하지 않았다. 고집스러울 만큼 침묵을 지키고 있는 모양으로 봐서 말을 붙이기는 틀린 것 같았다.

"우리는 지금 뭘 하고 있는 건가?"

트레비스가 고개를 들어 페롤랫을 잠시 응시했다. 그러고는 시선을 다른 곳으로 옮기면서 말했다.

"저 행성으로 다가가고 있어요."

"하지만 그곳에는 대기가 없지 않은가?"

"컴퓨터는 그곳에 대기가 없다고 했지요. 지금까지 이 컴퓨터는 항상 제가 원하는 것만 말해 주었고, 저는 그것을 그대로 받아들였죠. 그런데 지금은 평소와는 전혀 달리 제가 원하지 않는 것을 말하고 있어요. 그래서 컴퓨터를 점검해 볼 생각입니다. 만일 컴퓨터도 때때로 판단 착오를 일으킬 수 있다면, 바로 지금이 그런 때이기를 바라는 마음에서요."

"자네는 컴퓨터가 판단 착오를 일으키고 있다는 생각하는 건가?"

"아니, 꼭 그런 것은 아닙니다."

"그렇다면 컴퓨터가 실수할 만한 이유라도 있나?"

"그건 저도 잘 모르겠어요."

"그렇다면 왜 그렇게 고민하는 거지? 컴퓨터가 아무런 착오도 일으키지 않았다고 생각하면 되는 것 아닌가?"

트레비스는 앉아 있던 의자를 돌려 페롤랫 쪽으로 향했다. 그는 거의 자포자기한 표정이었다.

"제가 왜 고민하는지 교수님도 잘 아시잖아요. 지구를 찾아내는 일

말고 제가 달리 무얼 할 수 있겠어요? 우리는 지금까지 두 차례의 탐사에서 지구의 위치에 관한 정보를 전혀 얻지 못했어요. 이번 탐사도 결국 마찬가지일 것 같아요. 이제 저는 어떻게 해야 하죠? 이 세계, 저 세계로 헤매고 다니면서, '실례합니다, 지구가 어디 있는지 모르십니까?'라고 해야 할까요? 지구는 자기 자취를 너무 완벽하게 감추고 있어요. 어디에도 지구에 관한 정보는 남아 있지 않아요. 마치 지구란 놈은 자신에 관한 정보라면 아무리 보잘것없는 것조차도 우리에게 노출되지 않도록 애쓰고 있다는 생각까지 들어요."

페롤랫은 이해한다는 듯 고개를 끄덕이며 말했다.

"나도 사실은 자네와 같은 생각을 하고 있었네. 괜찮다면 그 점에 대해 토의를 하고 싶은데……, 자네가 무척 상심하고 있다는 건 알고 있네. 별로 말하고 싶지 않으면 혼자 있게 해 주겠네."

"아닙니다, 교수님. 우리 얘기해요. 지금 제 입장에서 남의 말에 귀를 기울이는 것보다 좋은 일에 뭐가 있겠습니까?"

트레비스가 신음하듯 말하자 페롤랫이 말문을 열었다.

"내 얘기를 그렇게 절실히 듣고 싶은 건 아니구먼. 하지만 얘기를 나누다 보면 뭔가 좋은 해결책이 나올지도 모르잖은가? 내 얘기를 듣다가 도저히 듣기 거북하면 도중에라도 괜찮으니 언제라도 중단시키게.

내게는 지구가 자신을 은폐하기 위해서 수동적이고 부정적인 방법만을 사용하는 건 아니라는 느낌이 드네. 즉 자신의 노출을 막기 위한 방법으로 꼭 지구와 관련된 정보들을 제거하는 방법만이 아니라는 얘기지. 혹시 지구에 관한 거짓 정보를 흘리는 등 보다 적극적인 방법을 사용하고 있는 건 아닐까?"

"무슨 뜻인지 잘 이해가 안 되는군요."

"자네도 알다시피 그동안 여러 행성에서 지구가 방사능에 오염됐다는 얘기를 들었었지. 다시 말해서 그 얘기는 지구의 위치를 알아보려는 시도 자체를 좌절시키려는 의도에서 만들어진 것일 수 있다는 얘길세. 만일 지구가 정말로 방사능에 오염되어 있다면 아무도 그곳으로 접근하려 들지 않을 걸세. 우리는 물론이고 설령 탐사 로봇이라도 방사능 오염에는 견딜 수 없을 테니까. 그렇다면 우리라고 지구를 찾으려고 애쓸 필요가 있겠는가? 지구가 방사능으로 오염되어 있지 않다 하더라도 지구는 우발적인 접근을 제외하고는 외계로부터 침범당하지 않고 그대로 남아 있으려 할 걸세. 물론 지구는 비행 물체가 우연히 접근하는 경우조차 스스로 은폐하는 방법을 알고 있을지도 모르지."

트레비스는 자신도 모르게 미소를 지었다.

"참 이상하지요, 교수님. 사실 저도 교수님과 같은 생각을 하고 있었거든요. 게다가 저는 전설 속에 나오는 지구의 비상식적인 거대한 위성도 순전히 지어낸 것이 아닌가 하는 생각이 들어요. 그 괴물 같은 고리를 가진 거대 가스 행성이란 것도 마찬가지일지도 모르고요.

이 모든 얘기가 우리가 존재하지도 않는 것을 찾아 헤매도록 하기 위해 지어낸 것일지도 몰라요. 즉 우리가 실제로 지구를 발견한다 하더라도, 그 표면이 방사능으로 오염되어 있지 않거나 또는 거대한 위성이나 세 개의 고리를 가진 이웃 행성이 없다는 이유 때문에 지구가 아니라고 간주하여 그냥 지나칠 게 아닙니까? 제 가정이 사실이라면 우리는 지구를 알아보거나 찾아낼 수 없겠지요. 사실 저는 이것보다 더욱 절망적인 상황도 가정하고 있어요."

페롤랫이 풀 죽은 표정을 지었다.

"그보다 더 절망적인 상황도 있을 수 있다는 말인가?"

"그럼요. 만일 지구가 스스로를 은폐하는 능력이 극도로 발달되어 있다면……, 만일 우리가 그 행성을 이미 지나쳐 버렸다면……."

"만일 자네가 그런 생각을 한다면 왜 탐사를……."

"그렇게 믿고 있다고는 하지 않았어요. 단지 상상해 본 것뿐이죠. 앞으로도 탐사는 계속될 겁니다."

페롤랫이 망설이는 듯한 어조로 말했다.

"얼마나 오랫동안 말인가, 트레비스? 그렇지만 어느 순간에 가서는 탐사를 포기해야 할 걸세."

트레비스는 단호한 어조로 말했다.

"결코 그런 일은 없을 겁니다. 만일 제가 이 행성 저 행성 기웃거리며 '실례지만 지구는 어디 있습니까?' 하고 물으면 '네 여생을 보내야 한다.'라는 대답이 들려온다 하더라도, 그것은 제 의무입니다. 그리고 언제라도 원하시기만 한다면 교수님과 블리스, 펠롬까지 가이아에 데려다 주겠습니다. 그 뒤에 홀로 탐사를 떠나면 되니까요."

"아닐세, 트레비스. 내가 자네를 두고 떠나지 않을 거라는 건 자네도 잘 알고 있잖은가? 블리스도 그렇고……, 우리는 자네와 함께 탐사를 계속할 거야. 그런데 탐사를 계속 해야 하는 이유가 도대체 뭔가?"

"지구를 찾는 것이 제 사명이기도 하고, 또 제가 그걸 원하기 때문이지요. 물론 찾는 방법은 모르지만 전 반드시 해낼 겁니다.

자, 이제는 저 행성의 태양빛을 받는 부분을 관찰할 수 있도록 가까이 가 볼 생각입니다. 잠시 저 혼자 일하게 내버려 두시겠어요?"

페롤랫이 입을 다문 채 트레비스가 스크린에 나타난 그 행성을 검색하는 모습을 지켜보았다. 페롤랫은 스크린에 비친 그 행성의 모습에서 별다른 특징을 발견할 수 없었지만, 트레비스는 보다 탁월한 능력으로 행성을 관찰하고 있다는 사실을 잘 알고 있었다.

트레비스가 속삭였다.

"저곳에 안개가 보이는군요."

"그렇다면 저기엔 분명히 대기가 있을 거야."

페롤랫이 불쑥 말을 던졌다.

"반드시 풍부한 대기가 있어야 안개가 있는 건 아니에요. 생명체가 있을 정도는 아니고 모래먼지를 일으킬 바람이 불 정도만 되어도 안개는 있죠. 이건 대기가 희박한 행성에서 흔히 나타나는 특징이지요. 저 행성의 극지방에는 만년설도 있을지 몰라요. 자, 이제는 레이더 탐사 장치를 작동시켜 보지요. 그래야 태양이 안 비치는 밤 지역을 탐사하는 데 편리할 테니까요."

"정말 레이더 탐사를 하겠다는 말인가?"

"그래요. 처음부터 그랬어야 했죠. 하지만 대기가 거의 없고 구름도 없는 행성의 경우, 우선 낮 지역을 탐사하는 것이 당연하지 않겠어요?"

트레비스가 오랫동안 침묵에 빠져 있는 사이 뷰 스크린이 흐려지더니 행성이 추상화 같은 모양의 레이더 영상으로 나타났다.

트레비스는 힘 있게 "좋아!" 하고 외쳤다. 그리고 그는 다시 침묵을 지켰다. 페롤랫이 참다못해 물어보았다.

"뭐를 보고 '좋다'고 하는 건가?"

"크레이터가 보이지 않아요."

"크레이터가 없다고? 그건 좋은 징조인가?"

"정말 예상치 못했던 것이지요."

트레비스는 싱긋 웃더니 다시 한 번 되풀이했다.

"정말 좋은 징조지요."

4

팰롬은 우주선 창문에 코를 대고 앉아 밖에 보이는 우주를 구경하고 있었다. 컴퓨터의 조작 없이 우주의 일부분을 실제 눈의 시야 그대로 볼 수 있게 하는 창이었다.

팰롬에게 우주에 대한 설명을 해 주고 있던 블리스가 한숨을 내쉬며 낮은 목소리로 페롤랫에게 말했다.

"저 애가 얼마나 이해하는지 알 수가 없군요. 저 애에게는 밴더의 저택과 그 저택이 있던 조그만 땅덩어리가 우주 전체였어요. 아마 밤에 밖으로 나와 하늘의 별을 본 적조차 없었을 거예요."

"정말 그럴까?"

"그럴 거예요. 저 애가 나를 약간이라도 이해할 수 있을 정도의 어휘력을 기를 때까지는 감히 우주에 대해 일부도 설명해 줄 엄두가 나질 않더라고요. 그나마 당신이 그 세계의 말을 할 줄 아니 정말 다행이에요."

페롤랫이 미안하다는 투로 말했다.

"문제는 내가 그 언어에 상당히 서투르다는 점이지. 그리고 우주라는 것은 그것을 갑자기 접하는 사람으로서는 이해하기가 다소 어렵다는 거고……. 한번은 저 애가 내게 오더니, 저기 보이는 밝은 점들이 하나같이 솔라리아 행성처럼 거대한 세계냐고 묻더라고. 물론 솔라리아보다는 훨씬 거대하다고 했더니 저 별들은 곧 떨어질 거라고 말하더군."

"저 애가 알고 있는 상식으로 보면 맞는 말이에요. 저 애는 사리에 맞지 않는 엉뚱한 질문을 한 적이 없어요. 그러니 이해하는 폭이 날마다 조금씩이라도 넓어질 거예요. 저 애는 호기심도 많고 웬만한 일에는 놀라는 법이 없어요."

"블리스, 사실은 나도 호기심이 많아. 우리가 접근하고 있는 행성에 크레이터가 없다는 사실을 발견한 직후부터 트레비스가 그 전과는 달리 신바람이 나 있는 것 같아. 나는 운석 구멍 따위가 왜 그렇게 중요한지 도대체 알 수가 없어. 당신은 혹시 알고 있어?"

"전혀 몰라요. 하지만 그는 행성에 대해 훨씬 해박하니 잘 알겠죠?"

"사실 나도 알고 싶거든."

"그에게 직접 물어보면 되잖아요."

페롤랫이 얼굴을 찡그리면서 말했다.

"그런 걸 물어본다고 짜증내지 않을까 겁이 나. 트레비스는 내가 그 정도는 당연히 알아야 한다고 생각하고 있을 게 틀림없거든."

"그건 참 바보 같은 생각이에요, 펠. 그는 알아 두면 유용할 것이라고 생각되는 은하계의 전설이나 신화에 대해서는 어떤 질문이든지 서슴지 않고 당신에게 하잖아요. 그리고 당신은 언제나 기꺼이 그의 질문에 대답해 주었고요. 그러니 그 사람에게 가서 직접 물어보세요. 만일 당신의 질문에 짜증을 낸다면 이번 기회에 사람을 사귀는 법을 제대로 가르쳐 주세요. 물론 그건 그에게 무척 유익한 가르침이 될 거예요."

"나와 함께 가겠어?"

"안 돼요. 나는 여기에 팰롬과 함께 있겠어요. 우주의 개념을 이 애의 머릿속에 심어 주는 일을 계속하겠어요. 그의 설명을 듣고 난 뒤에 당신이 내게 설명해 줘요."

5

페롤랫은 머뭇거리며 조종실로 들어갔다. 트레비스가 기분이 좋은지 휘파람을 불고 있는 것을 보자 그는 마음이 놓였다.

"트레비스!"

페롤랫은 그가 낼 수 있는 최대한의 명랑한 어조로 말했다.

트레비스가 고개를 돌려 그를 바라보았다.

"교수님, 제 일을 방해하면 무슨 큰일이나 나는 것처럼 항상 살금살금 걸어 다니시네요. 문을 닫고 여기 앉아서 이걸 좀 보세요."

그가 뷰 스크린에 나타난 행성을 가리키면서 말했다.

"여기에서 크레이터를 세 개 이상은 발견할 수 없었어요. 크기도 아주 작은 거고요."

"그게 왜 중요한가, 트레비스?"

"왜 중요하냐고요? 아직 그런 것도 모르고 있었어요?"

페롤랫이 힘없이 말했다.

"부끄럽게도 모른다네. 나는 대학에서 역사학, 사회학, 심리학, 그리고 고대어까지 전공했네. 대학원에서는 신화를 전공했고……. 하지만 행성학은 물론 자연 과학에 대해서는 전혀 공부해 본 적이 없다네."

"그 점에 대해서 미안해하실 필요는 전혀 없어요, 교수님. 교수님은 그 대신 내가 모르는 중요한 것을 많이 알고 있잖아요. 교수님의 유창한 고대어나 신화에 대한 지식이 얼마나 우리에게 큰 도움이 되었는데요. 교수님이 행성학에 대해 잘 모르더라도 그건 제가 맡으면 될 게 아닙니까?"

트레비스는 이야기를 계속했다.

"교수님도 아시겠지만 행성은 우주 공간에 떠다니던 물질들이 서로 충돌하는 과정에서 뭉쳐짐으로써 생겨난 것입니다. 그런데 이미 크게 뭉쳐진 행성과 거의 마지막 시기에 충돌한 물체들이 바로 크레이터를 남기는 거지요. 하지만 행성이 워낙 커서 가스 거성 형태일 경우, 가스로 가득 찬 대기의 아래쪽은 반드시 액체 상태이기 마련이죠. 그러니 마지막 충돌체들은 표면에 부딪치면 물만 튀길 뿐 아무런 자국도 남기지 않지요.

반면 얼음이나 바위로 덮여 있는 딱딱하고 작은 행성에서는 크레이터들이 발견되지요. 이 크레이터들은 어떤 작용에 의해 메워지지 않으면 영원히 본래의 모습을 유지하고 있지요. 크레이터가 메워지는 경우는 다음 세 가지 현상으로 인해 이루어집니다.

첫 번째는 행성 전체가 바다이며 그 표면이 얼음으로 덮여 있을 때 나타나는 현상으로, 이 경우에는 어떤 충돌 물체가 얼음을 뚫고 들어가면서 구멍이 나는 거지요. 하지만 머지않아 물이 다시 얼면 구멍이 없어져 버리지요. 다시 말해서 이러한 행성이나 위성들은 기온이 무척 낮아 사람이 살기에는 적당하지 않아요.

두 번째는 화산 활동이 대단히 활발한 행성에서 나타나는 것으로, 이 경우에는 끊임없이 흘러내리는 용암과 지면에 내려앉는 화산재가 크레이터를 쉴 새 없이 메우게 됩니다. 하지만 이런 행성이나 위성도 사람이 살기에 적당치 않은 것은 마찬가지지요.

결국 마지막 경우가 바로 사람이 살 수 있는 행성에서 나타날 수 있는 현상이지요. 이러한 세계의 극지방이나 산봉우리에는 만년설이 있을 수 있으나 해양의 대부분은 유동적인 액체 상태지요. 활화산이 있어도 드문드문 분포되어 있어야 하고요. 이러한 행성의 크레이터들은 아물지도 않고 저절로 메워지는 법도 없지요. 하지만 여기에는 침식 현상이 있어요. 바람과 흐르는 물은 크레이터를 침식시키는 작용을 하고, 만일 그곳에 생명체가 있다면 생물들의 활동 역시 매우 활발하게 침식

작용을 하지요. 이해가 됩니까?"

페롤랫이 그의 말을 곰곰이 생각해 보더니 말했다.

"하지만 트레비스, 나는 자네 말을 전혀 이해할 수가 없네. 지금 우리가 접근하고 있는 행성은……."

"우리는 내일 저 행성에 착륙할 예정입니다."

트레비스가 무척 기분 좋은 듯 말했다.

"지금 우리가 향하고 있는 행성에는 바다가 없잖은가?"

"알고 있어요. 단지 극지방에 약간 만년설이 남아 있을 뿐이죠."

"그러면 공기는 풍부한가?"

"터미너스 행성 공기 밀도의 약 1퍼센트 가량의 밀도를 보이고 있어요."

"그러면 생명체라도 있는가?"

"아뇨. 전혀 발견하지 못했어요."

"그렇다면 무엇이 크레이터를 만든 걸까?"

"바다, 공기, 그리고 생명체라고 할 수 있겠죠. 무슨 얘기냐 하면, 만일 이 행성에 처음부터 공기나 물이 없었다면 일단 생긴 크레이터는 계속 변함없이 존재할 테니까 행성 표면은 온통 크레이터로 가득 차야 마땅하지요. 따라서 크레이터가 별로 많지 않다는 사실은 처음부터 이 행성에 공기나 물이 없었던 건 아니라는 점을 증명하고 있는 거예요. 이 점을 고려해 볼 때 가까운 과거에만 해도 아마 상당량의 공기와 대규모의 바다가 있었을 것으로 추측됩니다. 지금은 말라 버린 하천 자국은 물론이고, 한때 바닷물을 담고 있었을 법한 거대한 웅덩이가 여기저기 눈에 띄는 것만 봐도 이런 추측이 가능하지요. 이곳에는 침식 현상이 분명히 있었고, 그것도 불과 얼마 전에 끝났다는 사실을 알 수가 있습니다. 새로운 크레이터가 많이 생길 시간이 없었던 걸 보면 알 수 있지요."

페롤랫은 무엇인가 의아해하는 표정을 지었다.

"나는 행성학자는 아니야. 하지만 수십억 년 동안 높은 밀도의 공기를 잡아 둘 만큼 강한 중력을 가지고 있었다는 행성의 대기가 어떻게 순식간에 사라질 수 있단 말인가? 그 점에 대해서 자넨 어떻게 생각하나?"

"저도 마찬가지 생각입니다. 하지만 이 행성에 공기가 사라지기 전에 생명체가 살고 있었던 점은 의심할 여지가 없어요. 제 추측으로는 이 행성도 인류가 살고 있는 은하계의 다른 모든 행성과 마찬가지로 지구화가 되었을 겁니다. 하지만 문제는 인류가 이주하기 전에 이곳 상태가 어떠했는지, 또 인류가 살기에 편하도록 어떻게 변화시켰는지, 그리고 어떤 상태에서 생명체가 사라졌는지 잘 모르고 있다는 점이지요. 아마 공기를 모두 빨아들여서 인류의 종말을 가져온 어떤 대참사가 있었는지도 모르죠. 아니면 인류가 살고 있는 동안에는 잘 조절되고 통제되던 이 행성이, 인류가 떠난 뒤에 어떤 불균형이 발생하여 공기가 줄어드는 악순환에 휘말리게 되었을지도 모르고요. 우리가 저 행성에 착륙하게 되면 그 해답을 찾을지도 몰라요. 물론 찾아내지 못해도 문제될 것은 없지만요."

"하지만 현재 이곳에 생명체가 없다면 그만이지, 과거에 생명체가 있었던 게 뭐가 중요한가? 내 말은 어떤 행성에 원래 생명체가 존재할 수 없다는 것과 지금 현재 불가능하다는 게 무슨 차이가 있느냐는 말일세."

"만일 현재만 불가능하다면 과거 이곳에 정착했던 인류의 유적들은 남아 있을 게 아닙니까?"

"오로라 행성에도 유적은 남아 있었네."

"그건 사실이죠. 하지만 오로라 행성에는 2만 년 동안 비와 눈이 내렸고 결빙과 해빙, 바람과 기온 변화가 끊임없이 계속됐어요. 그곳에는 또한 생명체도 있었지요. 인간은 없었어도 어쨌든 수많은 생명체가 있었어요. 유적은 크레이터의 마찬가지로 침식되기 마련입니다. 더욱 빠른 속도로 말입니다. 그런 식으로 2만 년이 흐른 뒤인데, 그곳에 어떤 정보를 제공해 줄 만한 유적이 충분히 남아 있으리라고 기대하는 건 무리가 아닐까요? 하지만 이 행성의 경우 어쩌면 2만 년이 경과됐을 수는 있으나 침식의 주요 원인인 바람, 폭풍, 생명체가 없어요. 물론 기온의 변화는 있겠지만 그것이 전부니까 이곳의 유적들은 본래의 모습을 잘 유지하고 있을 겁니다."

"이곳에 유적이 있다 하더라도 생명체나 인간이 전혀 존재하지 않았을 가능성은 없겠나? 그래서 대기의 상실이 인류와는 전혀 무관한 것일 가능성은 없을까?"

"절대 그렇지는 않을 거예요. 그렇게까지 비관적인 생각을 할 필요는 없어요. 저는 저 행성의 표면을 관찰한 끝에 과거엔 도시였을 지점에서 유적 몇 개를 포착했어요. 내일은 그곳에 착륙할 생각입니다."

6

블리스가 걱정스럽다는 투로 말했다.

"팰롬은 우리가 행성에 착륙했으니, 자기를 그 애의 로봇 젬비에게 데려다 줄 것으로 믿고 있어요."

"음, 그래요?"

트레비스는 행성 표면을 관찰하면서 건성으로 말했다. 한참 지나고 나서야 그는 그녀 쪽으로 눈길을 돌렸다.

"그 애가 알고 있는 유일한 보호자가 그 로봇인 모양이죠?"

"그래요. 하지만 그 애는 우리가 솔라리아 행성으로 되돌아온 것으로 생각하고 있어요."

"저 행성이 솔라리아와 비슷한가 보군요?"

"그 애가 그걸 어떻게 알겠어요?"

"그 애에게 저건 솔라리아가 아니라고 말해 주세요. 당신에게 삽화가 들어 있는 참고용 필름책을 한두 권 드리지요. 그 애에게 여기에 나오는 수많은 유인 행성의 그림을 보여 주면서 이 은하계에는 그런 행성들이 수백만 개는 있다는 설명해 주세요. 그럴 여유는 충분할 겁니다. 일단 적당한 목표물을 선정하여 착륙하면 교수님과 내가 얼마나 오랫동안 탐색을 하며 돌아다녀야 할지 모르니까요."

"당신과 펠만요?"

"그렇습니다. 팰롬은 우리와 함께 갈 수가 없습니다. 내가 설령 그렇게 하고 싶어도 말이죠. 이 행성에 발을 딛으려면 우주복이 필요한데, 팰롬에게 맞는 우주복이 없어요. 그러니 그 애와 당신은 우주선에 있어야 해요."

"왜 내가 남아야 하죠?"

트레비스가 무뚝뚝한 미소를 지으며 말했다.

"나도 당신이 우리와 함께 가면 우리가 더욱 안전할 거라고 생각합니다. 하지만 이 우주선에 팰롬을 혼자 내버려 둘 수도 없는 일이잖아요. 그 애는 아무런 악의가 없어도 우주선의 시설물이나 장치를 고장낼 수가 있어요. 교수님은 꼭 나와 함께 가야 합니다. 그만 여기서 발견하게 될 고대문자를 해독할 수 있을 테니까요. 그래서 팰롬과 함께 이 우주선에 머물러야 할 사람은 당신밖에 없는 겁니다."

그러나 블리스는 그의 말에 승복하지 않을 기세였다. 그러자 트레비스는 다시 말을 이었다.

"이것 보세요, 블리스, 팰롬을 데려오려고 했던 사람은 바로 당신이잖아요. 나는 처음부터 그 애가 우리에게 단지 골칫덩어리일 거라고 확신하고 있었어요. 그 애로 인해서 우리 행동에 제약을 받는 게 사실 아닌가요? 그러니 그 점에 대해서 당신이 책임져야 해요. 어쨌든 일이 그렇게 됐잖아요?"

블리스가 한숨을 쉬며 말했다.

"그 점은…… 나도 그렇게 생각해요."

"고맙군요. 그런데 교수님은 어디 갔죠?"

"팰롬과 함께 있어요."

"좋습니다. 가서 좀 불러 주세요. 교수님과 얘기할 게 있어요."

페롤랫이 들어왔을 때, 트레비스는 행성 표면을 면밀히 관찰하고 있었다. 페롤랫은 자신이 와 있다는 것을 알리기 위해 헛기침을 두어 번 했다.

"무슨 문제라도 생긴 건가, 트레비스?"

"굳이 어떤 문제가 생긴 건 아니고 단지 좀 확신이 안 드는 게 있을 뿐입니다. 이곳은 특이한 세계이고 우리는 이곳에 어떤 일이 있었는지도 모르고 있어요. 지금 남아 있는 흔적으로 보면 바다는 무척 광대했던 것 같군요. 하지만 깊이는 얼마 안 되는 것 같아요. 지금 남아 있는 흔적을 근거로 판단해 보건대 이곳은 담수와 운하가 있었거나 아니면 바닷물이라도 별로 짜지 않았던 것 같습니다. 바닷물이 짜지 않았다면 과거 바다의 흔적에서 염분층을 발견할 수 없는 이유가 충분히 설명되지요. 만일 그렇지 않다면 바닷물이 사라질 때 그 속에 녹아 있던 염분도 함께 사라졌다고밖에 생각할 수 없지요. 이 경우는 다분히 인위적인 노력이 가해져야 가능한 일이죠."

페롤랫이 물었다.

"자네 설명을 이해하지 못하는 내 무지를 용서하게, 트레비스. 하지만 이러한 것들이 우리가 찾는 것과 어떤 관계가 있다는 얘긴가?"

"별로 관련은 없다고 생각합니다. 하지만 저로서는 궁금해서 견딜 수 없는 부분이거든요. 내가 어떻게 이 행성이 사람이 살기에 적당하도록 개조가 됐는지, 그리고 개조되기 전에 모습이 어떠했는지 알게 된다면, 아마 이 세계가 인간에 의해 버려진 뒤나 그 직전에 어떤 일이 벌어졌는지 이해할 수 있을 텐데 말입니다. 그리고 어쩌면 우리에게 닥칠지도 모를 불의의 사태에도 대비할 수 있을 거고요."

"불의의 사태라니, 어떤 것 말인가? 여긴 죽은 세계가 아닌가?"

"물론 죽은 세계라고 할 수 있지요. 극소량의 물, 호흡하기에는 너무 희박한 공기, 게다가 블리스는 이곳에서 아무런 정신 활동의 징후도 발견하지 못했지요."

"그럼 괜찮은 것 아닌가?"

"정신적인 활동이 없다고 해서 반드시 생명체가 없는 것은 아니죠."

"위험한 생물체가 없다는 건 확실하지 않겠나?"

"그건 저도 잘 모르겠어요. 하지만 교수님과 의논하고 싶은 것은 그게 아닙니다. 지금 이 행성에는 우리가 첫 번째 조사 대상으로 삼기에 충분한 두 도시가 있습니다. 그 두 도시는 놀랍게도 원형에 가까운 모습을 유지하고 있어요. 다른 도시들도 다 마찬가지가 아닐까 하는 생각이 들어요. 공기와 바다를 파괴한 것이 무엇이든 간에, 그것이 도시는 건드리지 않은 것 같아요. 어쨌든 그 두 도시는 매우 규모가 큽니다. 둘 중 큰 도시는 빈 공간이 거의 없이 뭔가 꽉 들어차 있어요. 우주 공항은 그 도시의 먼 외곽에 있지요. 그다지 크지 않은 다른 도시는 빈 것 같지만, 우주 공항도 있고요. 어디를 먼저 가 봐야 할까요?"

페롤랫이 얼굴을 찌푸리며 말했다.

"내가 결정을 내리길 바라는 건가, 트레비스?"

"아니, 결정은 제가 내릴 겁니다. 단지 교수님 생각을 듣고 싶은 것뿐이죠."

"확실치는 않지만 무질서하게 확장되어 있는 큰 도시는 상공업의 중심 도시일 것 같고, 널찍한 공간이 있는 작은 도시는 행정 중심일 것 같네. 우리가 찾는 것이 바로 행정 중심지 아닌가? 그곳엔 기념 건축물들이 있을까?"

"기념 건축물이라니, 무슨 얘기입니까?

페롤랫이 빙긋 웃으면서 말했다.

"나는 잘 모르네만, 건축 양식이라는 건 곳곳마다 또 시대에 따라서 변하지 않는가? 그럼에도 불구하고 그런 기념 건축물들을 어느 세계에서나 하나같이 너무 크거나 터무니없이 비싼 비용을 들여서 세우기 마련이지. 우리가 콤포렐론에 있을 때 머물렀던 건물처럼 말일세."

이번에는 트레비스가 빙그레 미소를 지었다.

"그런 건물들을 수직으로 내려다봐서는 모양이 어떤지 알기가 쉽지 않지요. 착륙시에 곁눈질로 살피기에도 너무 혼란스럽고 말이죠. 그런데 왜 교수님은 행정 중심지에 더 관심을 가지는 겁니까?"

"그곳에 가야 박물관, 도서관, 오래된 문서, 대학 등을 찾을 수 있을 것 같아서 그렇다네."

"알겠습니다. 그렇다면 두 도시 중에 우선 작은 쪽부터 탐사하기로 하지요. 어쩌면 그곳에서 무엇인가 찾아낼 수 있을지도 몰라요. 지금까지 두 번이나 실패를 겪었으니 이번에는 성과를 거둬야죠."

"아마 이번엔 행운이 세 배나 있을 걸세."

트레비스가 눈썹을 치뜨면서 말했다.

"행운이 세 배라니, 그런 표현은 또 어디서 배우셨죠?"

"아주 오래되었지. 전설에 나오는 표현인데, 그 의미는 세 번째 시도에서 성공을 거둔다는 뜻이라네."

페롤랫이 익살맞게 말했다.

"그거 정말 기분 좋은 소리네요. 좋아요. 그럼 저도 한번 해 봐야겠어요. 세 배의 행운이 있기를!"

트레비스도 맞장구쳤다.

15장

이끼

1

우주복을 입은 트레비스의 모습은 무척 우스꽝스러웠다. 우주복 밖으로 나온 유일한 부분은 우주권총용 케이스뿐이었는데, 이 권총집은 허리에 두르는 식이 아니라 우주복 외부에 달려 있는 것이었다. 그는 우주권총을 오른편 케이스에, 그리고 신경채찍은 왼편 케이스에 조심스럽게 꽂아 넣었다. 그것들은 재충전되어 있는 상태였다. 트레비스는 이번에는 누구에게도 무기들을 빼앗기지 않겠다고 속으로 다짐했다.

블리스가 빙그레 웃으면서 말했다.

"당신은 공기도 없는 세계를 탐사하러 가면서도 무기를 꼭 휴대하는군요. 아, 신경 쓰지 마세요. 그냥 한번 해 본 소리니까요. 당신의 결정에 이의를 다는 건 아니에요."

트레비스는 "괜찮군!" 하고 응수하며 헬멧을 쓰려다가, 페롤랫 쪽으로 돌아서서 그가 헬멧을 착용하는 것을 도와주었다.

페롤랫은 우주복을 입은 것이 처음이라 사뭇 걱정스러운 기색이었다.

"이걸 쓰고도 정말 숨을 쉴 수 있나, 트레비스?"

"제가 보장하지요."

트레비스가 대답했다.

블리스는 펠롬의 어깨를 감싼 채 페롤랫이 우주복 입은 모습을 지켜보고 있었다. 펠롬은 무척 놀란 듯한 표정이었다. 블리스는 떨고 있는 아이를 안심시키려는 듯 자신의 팔에 더욱 힘을 주었다.

우주선의 공기밀폐식 출입구가 열리자 트레비스와 페롤랫은 기밀실로 들어섰다. 그들은 옷이 부풀어 오른 상태에서 블리스와 펠롬을 향해 오른팔을 흔들며 인사했다. 이윽고 에어록이 닫히고 우주선 밖으로 통하는 출입구가 열리자 그들은 뒤뚱거리며 죽은 세계의 지면으로 발을 내디뎠다.

때는 동트기 직전이었고 하늘은 자줏빛으로 물든 채 쾌청했다.

"날씨가 차갑군."

"추워요?"

트레비스가 놀란 듯 물었다. 그들이 입고 있는 우주복은 단열재로 만들어진 것이기 때문에 외부 기온을 전혀 느낄 수 없었다. 문제점이 있다면 가끔 체온열을 제거해 줄 필요가 있다는 것이었다.

페롤랫이 대답했다.

"그게 아니라……, 자, 보라고!"

무선으로 전달되는 그의 목소리가 트레비스의 귀에 명확하게 들려왔다. 그는 손가락으로 앞을 가리켰다.

동트기 직전의 여명을 받아 주위가 자줏빛으로 물든 가운데 그들이 접근하고 있는 건물 앞에 널린 돌부스러기에는 흰 서리가 내려 있었다. 트레비스가 말했다.

"공기가 희박하면 밤은 예상보다 춥고 낮은 무척 덥기 마련이지요. 지금은 하루 중 가장 추울 때죠. 너무 더워서 우리가 태양빛을 받기 곤란해질 때까지는 아직 몇 시간 남아 있어요."

그 말이 마법의 주문이라도 되는 듯, 그의 말이 끝나기가 무섭게 저 멀리 지평선 위로 태양이 모습을 드러내기 시작했다.

"태양을 쳐다보지 마세요. 헬멧에 달린 안경이 빛을 반사시켜 자외선을 차단시키기는 하지만, 그래도 여전히 위험해요."

트레비스가 말했다. 그가 떠오르는 태양 쪽으로 등을 돌리자 그림자는 길게 뻗쳐 그 건물까지 닿았다. 태양이 비추자 건물에 붙어 있던 서리는 순식간에 사라졌다.

트레비스가 말했다.

"여기서 보니 건물들이 하늘에서 보았을 때처럼 멀쩡한 건 아니군요. 여기저기 금이 갔고 무너졌군요. 이건 기온의 변화 때문이기도 하지만, 벽 속에 배어 있던 습기가 매일 밤낮으로 얼었다 녹았다 하는 과정에서 생긴 결과인 것 같아요. 그것도 무려 2만 년 동안 말입니다."

"건물 입구에 있는 돌에 글자가 새겨져 있는데 여기저기 부서진 곳이 많아서 읽기가 쉽지 않군."

"뭐라고 적혀 있는지 대충 알아볼 수는 없겠어요, 교수님?"

"일종의 금융 기관이야. 다른 건 몰라도 적어도 '은행'이라는 글자는 알아볼 수 있을 것 같아."

"은행이 뭐하는 곳이지요?"

"재산을 보관하거나 인출, 거래, 투자가 이뤄지고 돈을 빌려 주기도 하는 곳이라네."

"건물 전체가 은행입니까? 이 안에 혹시 컴퓨터 같은 것은 없을까요?"

"여기에 쓰여 있는 것으로 판단해 볼 때 컴퓨터는 없어."

트레비스는 어깨를 으쓱했다. 이것만 가지고 고대 역사의 실마리를 찾는다는 건 어려울 듯 했다.

그들은 조금 더 서둘러서 각 건물에서 머무는 시간을 줄여 나가면서 이리저리 돌아다녔다. 정적만이 흐르는 죽음의 세계는 정말 음산했다. 수천 년 간에 걸쳐 붕괴되어 온 도시에 남은 것이라곤 건물들의 앙상한 골조뿐이었다.

그들은 이 행성의 온대 지역에서 있었으나 트레비스는 등에 뜨거운 태양열을 느꼈다. 100미터 정도 오른쪽에 있던 페롤랫이 외쳤다.

"이것 좀 보게!"

"소리 좀 지르지 마세요, 교수님. 아무리 멀리 있어도 교수님이 속삭이는 소리까지 들을 수 있단 말이에요. 대체 뭘 가지고 그러세요?"

페롤랫이 목소리를 낮추면서 말했다.

"이 건물은 '온 세계의 공화당'이야. 나도 확신할 수는 없지만 적어도 여기에 그렇게 적혀 있네."

트레비스가 그에게 다가왔다. 그들 앞에는 3층짜리 건물이 서 있었는데 그 건물 지붕의 선은 들쭉날쭉했고, 지붕 위에는 마치 어떤 석조상이 서 있다가 무너져 내린 듯 커다란 돌조각들이 여기저기 널려 있었다.

"확실해요?"

"안으로 들어가면 확실히 알 수 있을 걸세."

그들은 턱이 낮고 넓은 계단 다섯 개를 올라가서는 널찍한 광장을 가로질러 계속 걸어 들어갔다. 공기가 희박해서인지 그들의 금속 구두로 발을 내디딜 때마다 소리는 거의 들리지 않고 단지 속삭이는 듯한 진동만 계속되었다.

“이젠 교수님이 ‘지나치게 크고, 쓸모도 없고 비용만 많이 들인 것’이라고 한 말의 의미를 알겠어요.”

트레비스가 중얼거렸다.

그들은 이윽고 널찍하고 천장이 높은 홀로 들어갔다. 홀의 벽 높은 곳에 달려 있는 창문을 통해 들어온 태양빛이 내부를 밝히고 있었다. 그 빛은 워낙 강렬해서 그늘진 부분의 물체는 잘 보이지 않을 정도였고, 공기가 너무 희박해서 빛이 주위로 퍼지지 않았다.

홀 중앙에는 인조석으로 만들어진 실물보다 큰 인물상이 서 있었다. 한쪽 팔은 떨어져 나간 상태였고, 다른 쪽 팔은 어깨 부분에 금이 가 있었다. 트레비스는 자신이 그 석조상을 건드리면 나머지 팔도 떨어져 나갈 것이라고 생각했다. 그는 너무 가까이 가면 자신도 모르게 그 인물상을 망가뜨리고 싶은 충동을 느낄까 봐 뒤로 몇 발자국 물러섰다.

“이 사람은 누굴까요? 어디에도 누구인지를 알려 주는 표시가 없어요. 아마 이 석조상을 세운 사람은 이 석조상의 실제 인물이 워낙 유명해서 굳이 누구라고 밝힐 필요가 없다고 느꼈던 것 같은데…….”

트레비스는 이렇게 말하면서도 자신이 너무 감상적이라는 생각이 들었는지 금방 입을 다물었다.

페롤랫이 위쪽을 올려다봤다. 트레비스도 페롤랫의 시선을 따라 위를 올려다보았다. 벽에 뭔가 새겨져 있었으나 트레비스는 읽을 수가 없었다.

“정말 놀라운 일이야. 이곳은 다른 곳보다는 비교적 태양이나 습기로부터 잘 보호된 것 같긴 하지만, 그래도 2만 년 전에 새겨 놓은 글씨를 아직까지도 읽어 볼 수 있을 정도라니……!”

페롤랫이 감탄했다.

"저는 읽을 수가 없는데요."

"저건 고대어의 필체로 새겨져 있다네. 상당히 화려한 글씨체군. 내가 한번 읽어 보지. 7, 1, 2……."

그의 목소리는 차츰 작아지더니 중얼거림으로 바뀌었다. 그러고는 다시 목소리를 높여 말했다.

"저기에는 50개의 이름이 나열되어 있네. 이 50이란 숫자는 지금까지 존재했던 우주인 행성의 숫자와 일치하는데……. 아, 이곳이 바로 '세계의 홀'이군. 추측컨대 저 리스트는 50개의 우주인 행성 이름을 알파벳 순서로 나열한 게 아닌가 싶네. 오로라가 맨 앞에 있고 솔라리아가 맨 나중에 있거든. 자세히 보면 이름들이 왼쪽부터 총 일곱 줄로 나열되어 있지. 처음부터 여섯 번째 세로줄까지는 각각 일곱 개의 이름이 적혀 있고 마지막인 일곱 번째 줄에는 여덟 개의 이름이 적혀 있지 않나. 아마 당초에 이들은 가로 세로 각각 일곱 개씩의 이름을 적어 넣을 생각이었던 것 같네. 그러다가 나중에 솔라리아를 추가해서 적어 넣은 것 아닌가 싶어. 그래서 이건 내 추측인데……, 이 리스트가 이곳에 새겨진 시기는 솔라리아가 지구화되어 인류가 정착하기 전이 아닌가 하네."

"그럼 지금 우리가 서 있는 행성은 이 중에서 어느 거라고 생각하지요? 그걸 알 수 있겠어요?"

"세 번째 세로줄 위에서 다섯 번째 이름, 즉 순서대로 셀 때 열아홉 번째의 이름을 보게. 다른 글자들보다 약간 더 크게 새겨져 있지? 아마 그게 우리가 지금 서 있는 이 행성이 아닐까 하네. 저 이름들을 새겨 넣은 사람들은 자신의 행성에 대한 자부심을 표시하려 했을 게 아닌가?"

"그런데 그 이름은 뭐라고 읽지요?"

"'멜포메니아'라네. 나로서는 전혀 생소한 이름이야."

"그게 혹시 지구를 가리키는 이름일 가능성은 없을까요?"

페롤랫은 머리를 세차게 가로저었다.

"전설상에 지구를 가리키는 이름이 수십 개는 등장하네. 가이아도 그중의 하나였지. 그 외에 테라, 에드라 등등이 있지만 모두가 짧은 이름들이야. 나는 지구를 가리키는 긴 이름은 들어 본 적이 없고, 멜포메니아라는 이름을 짧게 줄였을 법한 형태의 이름도 들어 보지 못했네."

"그러면 우리가 지금 지구에 서 있는 건 아니군요."

"그런 셈이지. 사실 이곳이 멜포메니아라는 것을 알려 주는 더욱 확실한 표시는 멜포메니아의 우주 공간 좌표가 0, 0, 0이라고 적혀 있다는 사실이라네."

트레비스가 놀라면서 말했다.

"공간 좌표요? 저 행성 이름들의 리스트에 좌표도 적혀 있나요?"

"각 이름마다 세 개의 숫자가 적혀 있네. 나는 그게 바로 각 행성의 좌표라고 생각해. 그게 아니라면 무엇이겠나?"

트레비스는 아무 대답도 하지 않고 우주복의 오른쪽 허벅지 부분에 달려 있는 작은 주머니를 열어 그 주머니와 선으로 연결되어 있는 조그마한 기구를 꺼냈다. 그리고 그것을 눈에다 대고 벽에 새겨져 있는 글자를 향해 초점을 맞추었다. 손에 장갑을 끼고 있기 때문에 손가락의 움직임이 둔해져서인지 평소 같으면 잠깐이면 될 일에 오랜 시간이 걸렸다.

"카메라인가?"

페롤랫이 알고 있으면서도 공연한 질문을 했다.

"이 카메라는 저 글자들의 이미지를 우주선의 컴퓨터로 직접 전송할 수 있는 기능을 가지고 있지요."

그는 여러 각도에서 몇 장의 사진을 찍고 나서는 말했다.

"잠깐 위로 좀 올라가야겠군요. 절 좀 도와주세요, 페롤랫 교수님."

페롤랫이 깍지를 끼듯이 손을 마주잡아 말에 오를 때 발을 걸치는 등자 모양을 만들었다. 그러나 트레비스는 고개를 흔들며 말했다.

"그래서는 제 몸무게를 지탱할 수 없어요. 무릎을 끓고 엎드리세요."

페롤랫이 그의 요구대로 하고 있는 동안 트레비스는 카메라를 다시 주머니 속으로 집어넣은 뒤에 페롤랫의 어깨를 딛고 그 석상의 발 부분으로 기어 올라갔다. 그는 석상이 견고한지 알아보려는 듯 조심스럽게 흔들어 보았다. 그러고는 발을 석상의 굽혀진 무릎 위에 올려놓았다. 그곳에 발을 댄 상태에서 몸을 밀어 올려 석상의 팔이 없는 어깨 부분을 부여잡았다. 이어서 그의 발끝을 석상의 상체 가슴팍 울퉁불퉁한 부분에 댄 채 힘을 주어 위로 솟아올라서 마침내 석상의 어깨 위에 걸터앉았다. 생전에 이 석상과 이 석상이 상징하는 바를 숭배했던 옛 사람들에게 트레비스의 행동은 신성 모독이 아닐 수 없었다. 트레비스로서도 무척 미안한 마음이 들었다.

"그러다가 떨어지면 크게 다칠 걸세."

페롤랫이 무척 걱정스러운 듯 큰 소리로 말했다.

"그런 일은 없을 겁니다. 하지만 교수님 때문에 귀가 먹겠어요."

트레비스는 카메라를 꺼내 다시 몇 장의 사진을 더 찍었다. 그런 다음 그는 카메라를 주머니에 넣고 몸을 낮춰 천천히 자기 발을 석상의 발 부분에 내려놓았다. 그러고는 단번에 바닥으로 뛰어내렸다. 그러나 그가 지면에 착지하는 순간 주위가 크게 흔들리면서 석상의 나머지 한쪽 팔이 바닥으로 떨어져 산산조각 나고 말았다. 그러나 아무런 소리도 들리지 않았다.

트레비스의 몸이 얼어붙는 순간 맨 처음 그의 머리에 떠오른 것은 관리인에게 붙잡히기 전에 숨어야겠다는 생각이었다. 그는 잠시 후 그가 어렸을 때 중요한 물건을 실수로 깨뜨렸을 때의 심리 상태로 이렇게 순식간에 돌아갈 수 있었다는 사실을 깨닫고 놀라지 않을 수 없었다.

페롤랫이 그를 안심시키려는 듯 말했다.

"괘, 괜찮네. 그렇지 않아도 어차피 떨어질 거였어."

그러고는 자기 말이 틀리지 않다는 것을 증명이라도 하려는 듯 석상의 팔이 조각조각 부서져 흩어져 있는 쪽으로 다가갔다. 그는 그중에서 가장 커다란 조각을 이리저리 살펴보더니 말했다.

"트레비스, 어서 이리로 와 보게."

트레비스가 그에게 다가가자 페롤랫은 틀림없이 석상의 어깨에 붙어 있던 팔 부위를 가리키면서 물었다.

"이게 뭐지?"

트레비스가 그곳을 유심히 보았다. 거기에는 밝은 초록빛 솜털 같은 것들이 붙어 있었다. 트레비스는 장갑을 낀 채 손가락으로 그 부분을 부드럽게 문질러 보았다. 그 솜털 같은 것들은 쉽게 벗겨졌다.

"이끼 비슷하군요."

"이게 자네가 말한 정신력을 소유하고 있지 않은 생명체라는 건가?"

"저도 잘 모르겠어요. 하지만 블리스는 이것에도 의식이라는 것이 있을 거라고 주장할 겁니다. 뿐만 아니라 이 돌조각에도 의식이 있다고 말할 게 틀림없어요."

"자네는 이 이끼 같은 것이 저 석상을 허물었을 거라고 생각하나?"

"이것이 석상의 붕괴 과정을 촉진시켰다고 해도 과언이 아니죠. 이 세계엔 충분한 태양빛이 있고 물도 어느 정도 있습니다. 이 세계에 얼마 안 되는 대기의 반은 수증기랍니다. 나머지는 질소와 비활성기체지요. 게다가 이곳의 이산화탄소는 극소량에 불과해서 어떻게 보면 식물이 전혀 없을 것 같지만 사실은 그게 아닙니다. 이산화탄소가 거의 대부분 암석 표면으로 흡수된 탓에 그렇게 적게 측정된 거지요. 만일 저 돌조각에 탄산염이 포함되어 있다면 아마 이 이끼는 산을 분비해서 그 탄산염을 분해할 겁니다. 그렇게 해서 발생하는 이산화탄소를 바로 이 끼들이 이용하겠지요. 이 이끼들은 아마 이 행성에 남아 있는 가장 대표적인 생명체일 겁니다."

"그저 놀라울 뿐이군."

"물론 이런 제한된 환경 속에서 가능하겠지만 틀림없어요."

트레비스는 이야기를 계속했다.

"우주인 행성의 좌표들도 상당히 흥미롭지만, 정작 우리가 알고 싶은 것은 지구의 좌표입니다. 그 좌표가 여기에 없다면 이 건물 어딘가에 있을지도 모르죠. 아니면 또 다른 건물에라도요. 자, 계속 찾아봅시다."

"하지만 자네도 알다시피……."

페롤랫이 뭔가를 말하려고 더듬거렸다.

"아니요, 아닙니다."

트레비스가 성급하게 그의 말을 가로막으며 말했다.

"그건 나중에 얘기하기로 합시다. 우리는 지금 이 건물에서 가능한 한 많은 것을 찾아야 해요. 점점 기온이 올라가고 있잖아요."

그는 왼쪽 장갑의 손등에 붙어 있는 온도계를 쳐다보며 말했다.

"교수님, 서둘러야겠어요."

그들은 가능한 한 조심스럽게 발걸음을 이 방 저 방으로 옮겨 갔다. 그들의 발소리를 누군가가 들을까 염려해서라기보다, 진동으로 인해서 이 도시의 유적에 또 다른 파손이 생길까 봐 염려가 되어서였다.

그들이 이리저리 살피다가 가끔 건물의 어두운 구석에서 자라나고 있는 이끼가 발견되면 누구랄 것도 없이 서로 손가락으로 그곳을 가리켰다. 거의 무시할 만큼 적은 양이었지만 생명체가 존재한다는 사실이 그들에게 죽음의 세계에서 해방되는 느낌을 주었기 때문에 그들은 한층 편안한 기분을 가질 수 있었다.

페롤랫이 말했다.

"이곳은 도서관이었음이 틀림없네."

트레비스는 호기심 어린 눈으로 주위를 둘러보았다. 여기저기에 책꽂이가 보였다. 순간, 그냥 장식품이라고 지나쳐 버렸던 것이 필름책이 아닌가 하는 생각이 들었다. 그는 손을 뻗어 그중의 하나를 집었다. 그것들은 두껍고 투박해 보였는데, 알고 보니 무엇인가를 담은 상자였다. 뚜껑을 열어 보니 그 상자 안에는 몇 장의 디스크가 들어 있었다. 그것들은 두꺼웠으나 쉽사리 깨질 것 같았다.

"믿어지지 않을 정도로 원시적이로군요."

"수천 년은 족히 됐을걸."

페롤랫은 고대 멜포메니아인들의 낙후한 기술 수준을 비웃어서는 안 된다는 듯 엄숙하게 말했다.

트레비스는 고대인들이 사용했던 장식체 글자의 일부가 필름에 남아 있는 것을 발견했다.

"그게 제목입니까? 뭐라고 적혀 있지요?"

페롤랫이 눈여겨보았다.

"장담할 수는 없지만, 여기에 적혀 있는 글자들 중의 하나는 미생물을 지칭하는 말이 아닌가 싶네. 아무래도 내가 은하어로도 모르는 미생물학 전문 용어들인 것 같아."

트레비스가 침울하게 말했다.

"설령 그것을 읽을 수 있다 해도 우리에게 별로 도움이 될 것 같지는 않아요. 미생물 따위는 우리 관심 사항이 아니지 않습니까. 한 가지 부탁드리겠는데요, 교수님. 여기에 있는 책들을 한번 쭉 훑어보면서 혹시 흥미로운 제목을 가진 것이 있는지 찾아봐 주시겠어요? 그동안 저는 이 영상장치들을 살펴보겠어요."

"이것 말인가?"

페롤랫이 놀라면서 말했다. 그것들은 뭉툭한 입체 구조물로서 위쪽에는 스크린이 비스듬히 덮여 있었다. 트레비스가 말했다.

"이곳이 도서관이라면 몇 종류의 영사장치가 있을 겁니다. 하지만 이 영사장치들은 바로 그 필름책용인 것 같아요."

그는 무척 조심스럽게 영사장치 스크린의 먼지를 털어 냈다. 그는 그 스크린이 부서지지 않은 것이 적이 다행스러웠다.

그가 영사장치의 조종장치들을 가볍게 하나하나씩 조작해 보았으나 전혀 작동될 기미가 보이지 않았다. 그것은 놀랄 만한 일은 아니었다. 설령 이 장치가 2만 년 전부터 지금까지 언제라도 작동 가능한 상태였고, 또 내습성을 유지하고 있다 하더라도 여전히 동력원이 존재하는가라는 문제는 남기 때문이었다. 저장된 에너지는 아무리 좋은 방책을 강구해도 반드시 새어나가게 마련이었다. 이는 열역학 제2법칙에 따른 불가피한 현상이었다.

페롤랫이 그를 불렀다.

"트레비스."

"왜요?"

"여기 역사 책자가 한 권 있는데……."

"어떤 종류지요?"

"우주 비행의 역사에 대한 책인 것 같아."

"아주 유익하겠군요. 하지만 이 영사장치를 작동시키지 못하는 한 그건 아무짝에도 쓸모없어요."

그는 허탈한 듯 두 주먹을 불끈 쥐며 말했다.

"그 필름을 우주선으로 가져가서 틀어 보는 게 어떨까?"

"이 필름이 우리의 필름책 영사장치에 맞을까요? 아무래도 안 맞을 것 같은데요."

"하지만 이 필름의 내용을 알아봐야 하지 않겠나?"

"물론 그렇죠. 교수님, 잠깐만 가만히 계세요. 전 지금 어떻게 할 것인가 생각 중이에요. 저 영사장치에 동력을 보충해 보는 게 어떨까요? 어쩌면 저 장치가 필요로 하는 건 바로 그것뿐인지도 몰라요."

"그 동력을 자네는 어디서 끌어오겠다는 건가?"

"글쎄요……."

트레비스는 무기들을 꺼내 잠시 살펴보더니 우주권총은 총집으로 집어넣고 신경채찍의 충전량을 확인했다. 완전 충전 상태였다.

트레비스가 몸을 굽힌 채 영사장치를 앞으로 밀어내자 영사장치가 약간 움직였다. 그는 영사장치 주위를 조심스럽게 살피면서 곰곰이 생각해 봤다. 영사장치에 달린 케이블 중의 하나가 필시 동력 전달용일 텐데 그건 틀림없이 바로 벽 쪽에서 나온 케이블일 것이다. 그러나 벽에는 플러그나 콘센트 같은 것은 보이지 않았다. (아주 간단한 장치조차 도대체 이해할 수가 없는 외계인의 고대 지역에서 그 문화를 어떻게 이해할 수 있다는 말인가?)

그는 그 케이블을 이쪽저쪽으로 천천히 그리고 힘주어 당겨 보았다. 이어 케이블이 나온 벽을 눌러 보기도 하고 벽 쪽의 케이블을 눌러 보기도 했다. 그러나 케이블은 벽에 단단히 고정된 채 꿈쩍도 하지 않았다. 이제 그로서는 어떻게 해 볼 도리가 없을 것 같았다.

그는 한 손을 바닥에 대고 몸을 위로 일으켰다. 그러자 웬일인지 그 케이블이 그의 몸에 딸려 위로 올라왔다. 그는 자신이 어떻게 했기에 이 케이블이 느슨해졌는지 전혀 알 수가 없었다.

그 케이블은 전혀 손상되지 않은 모습이었다. 케이블의 뭉툭한 끝부분은 반질반질했고 그 케이블이 붙어 있던 벽에는 부드러운 자국이 남겨져 있었다. 페롤랫이 조그맣게 말했다.

"트레비스, 내 생각에는……."

트레비스가 팔을 내저으며 말했다.

"무슨 얘긴지 모르겠지만 나중에 합시다, 교수님. 이해해 주세요."

순간 그는 왼손 장갑의 주름진 부분에 녹색 물질이 묻어 있는 것을 발견했다. 영사장치 뒤에 붙어 있는 이끼 중의 일부를 떼어 바닥에 문질렀을 때 묻은 것 같았다. 장갑은 약간 젖어 있었으나 그가 바라보고 있는 동안 말라 버렸고, 초록색 이끼 자국은 갈색으로 변했다.

그는 그의 시선을 케이블 쪽으로 돌려 벽에서 분리되어 나온 끝부분의 단면을 유심히 살폈다. 두 개의 구멍이 나 있는 것으로 보아 전선이 그곳으로 통하게 되어 있었던 것임에 틀림없었다.

그는 다시 바닥에 앉아 신경채찍의 엔진 부분을 열었다. 이어 전선 중 하나를 느슨하게 풀고 케이블 구멍으로 집어넣었다. 더 이상 들어가지 않을 때까지 계속 밀어 넣었다. 그러고는 전선을 다시 빼 보려고 잡아당겼으나 웬일인지 꿈쩍도 하지 않았다. 무언가에 접착된 것 같았다. 그는 하마터면 그 전선을 더 힘껏 당길 뻔했다. 그러나 가만히 생각해 보니 그 전선이 영사장치의 내부회로와 연결되어 이미 영사장치에 전력을 공급하고 있는 것 같았다.

"교수님, 아까 필름책을 살펴보시지 않았어요? 이 영사장치에 영상 책자를 끼울 수 있는지 좀 봐 주세요."

"이 필름책은 여기로 넣으면 될 걸세. 하지만……"

"좋아요. 만일 그것이 우주 비행에 관한 것이라면 아마 지구 시대부터의 기록이 들어 있을 테니까 한번 봅시다. 우주 비행이 처음 시작된 것은 지구 시대부터였으니까요. 자, 영사장치가 제대로 작동하는지를 우선 알아보죠."

페롤랫은 조심스럽게 영상 책자를 영사기 안으로 밀어 넣었다. 그러고는 작동 방법에 대한 지시 사항을 찾기 위해 갖가지 조종 장치에 적혀 있는 표시들을 세심하게 살폈다.

트레비스는 옆에서 페롤랫을 지켜보면서 긴장감에서 벗어나려는 듯 낮은 목소리로 말했다.

"이곳에도 분명히 로봇이 있을 것이라는 생각이 들어요. 단 오래전에 동력이 모두 꺼졌을지도 모르죠. 설령 그 로봇에게 동력을 다시 공급할 수 있다 해도 두뇌가 과연 작동할까요? 로봇의 레버나 기어와 같은 기계적인 장치들은 수천 년 동안이라도 온전히 유지될 수 있을지 모르지만 두뇌 속에 들어 있는 마이크로 스위치나 소립자 크기의 미세한 장치들은 아마 기능이 상당히 악화됐을 겁니다. 설령 그렇지 않다 하더라도 그 로봇들이 지구에 대해 무엇을 알 수 있겠어요? 게다가 그들이……"

페롤랫이 소리쳤다.

"영사기가 작동되고 있어. 이리 와 봐!"

영사장치의 스크린이 희미하나마 깜박대기 시작했다. 트레비스가 신경채찍의 동력 강도를 약간 올리자 화면이 한층 더 밝아졌다. 공기가 희박한 탓에 영사장치의 빛줄기가 미치는 부분 이외에는 더욱 어두워진 듯했다. 스크린은 주위의 어둠과 대조되어 더욱 밝아 보였다.

"초점을 맞춰야겠어요."

"나도 같은 생각이야. 하지만 이게 내가 할 수 있는 최선의 화면이라네. 필름책 자체가 너무 낡아서 그럴 거야."

화면이 어두워졌다 밝아졌다 하면서 주기적으로 희미한 그림들이 지나갔다. 그러고는 잠시 선명한 화면이 이어졌다가 다시 어두워졌다.

"영사기를 좀 뒤로 끌고 가 보시죠."

트레비스의 말에 페롤랫은 영사장치를 앞뒤로 밀어 당기기를 반복했다. 트레비스는 화면에 나타난 글씨를 읽으려고 애썼으나 쉽지가 않았다.

"읽을 수 있겠어요, 교수님?"

페롤랫이 눈을 가늘게 뜨고 스크린을 향한 채 말했다.

"모두 다 이해하지는 못하네. 아, 저건 오로라 행성에 관한 것이야. 그 내용은 최초의 초공간 탐험에 관한 것이라고 생각되는군."

스크린이 다시 어두워지자 그가 말했다.

"이 영상 책자에서 내가 알아낼 수 있는 것은 모두 우주인 행성에 관한 내용뿐이네, 골란. 지구에 관한 내용은 전혀 없어."

트레비스가 침통한 어조로 말했다.

"그렇겠지요. 아무것도 남아 있지 않을 겁니다. 지구에 관한 자료들은 트랜터 행성과 마찬가지로 이곳에서도 모두 없어졌을 것 같아요. 자, 영사장치를 끕시다."

"크게 걱정할 건 없네."

페롤랫이 영사장치를 끄면서 말했다.

"여기 말고 다른 도서관을 뒤져 보자는 얘기입니까? 아니에요. 그곳에도 역시 볼 만한 자료들은 사라졌을 겁니다. 어디나 다 마찬가질 거요. 교수님도 알다시피……."

그는 페롤랫의 얼굴을 쳐다보다가 갑자기 말을 멈추더니 공포에 질린 얼굴을 했다.

"헬멧의 얼굴 가리개가 어떻게 된 겁니까!"

2

페롤랫은 그 말에 장갑 낀 손을 무의식중에 위로 올려 얼굴 가리개를 떼 내어 살펴보았다.

"이게 뭐지?"

그는 당황한 듯 트레비스를 쳐다보더니 찢어질 듯 비명을 질렀다.

"자네 얼굴 좀 보게! 거기에도 이상한 게 묻어 있어, 트레비스."

트레비스는 거울을 찾기 위해 주위를 둘러보았다. 그러나 거울은 눈에 띄지 않았다. 더군다나 거울이 있었다 해도 빛이 필요했다.

"햇빛이 드는 곳으로 갑시다!"

트레비스는 페롤랫을 햇살이 드는 가장 가까운 창문 쪽으로 데려갔다. 우주복의 단열 효과에도 불구하고 등 쪽에 따뜻한 햇살이 느껴졌다.

"눈을 감고 태양을 쳐다보세요, 교수님."

얼굴 가리개에 무엇이 잘못된 것인지는 금방 밝혀졌다. 얼굴 가리개의 유리와 우주복 금속 섬유가 만나는 경계 부분에 이끼가 왕성하게 자라고 있었던 것이다. 페롤랫의 얼굴 가리개는 녹색 이끼로 테가 쳐져 있었고, 트레비스의 것도 마찬가지였다.

그는 장갑 낀 손가락으로 페롤랫의 얼굴 가리개에 자라난 이끼를 털어냈다. 이끼의 일부가 떨어지면서 장갑을 녹색으로 물들였다. 얼굴 가리개의 이끼는 햇빛을 받는 동안 점점 건조해졌다. 트레비스는 페롤랫의 얼굴 가리개 구석구석까지 힘주어 비벼 댔다.

얼마 후 트레비스가 입을 열었다.

"제 얼굴 가리개가 이제 좀 깨끗해졌나요? 좋아요, 교수님 것도 역시 깨끗해졌네요. 이제 갑시다. 여기서는 더 이상 할 일이 없을 것 같아요."

태양빛이 황량한 도시를 강렬하게 내리쬐고 있었다. 석조 건물들은 눈이 부시다 못해 아플 정도로 밝게 빛나고 있었다. 트레비스는 눈을 가늘게 뜨고 가능한 한 멀리 있는 건물들을 바라보면서 건물 사이의 그늘을 따라 걸어갔다. 그는 한 건물의 균열 부분에서 멈춰 섰다. 그 균열의 폭은 장갑을 낀 손가락을 넣어도 될 만큼 넓었다. 그는 손가락을 그곳에 넣었다 빼내어 바라보더니 중얼거렸다.

"여기에도 이끼가 자라고 있군."

그는 그늘의 끝부분으로 가서 잠시 손가락을 태양빛에 쬐면서 말했다.

"이산화탄소가 골칫덩이로군요. 이 이끼들은 돌이든 뭐든 이산화탄소만 구할 수 있다면 잘 자랄 겁니다. 이 죽음의 세계에서는 바로 우리가 이산화탄소의 풍부한 원천이 되고 있는 셈이군요. 이산화탄소가 얼굴 가리개의 경계 부분에서 약간 새고 있잖아요."

"그래서 이끼가 거기서 자라고 있었군."

"그렇죠."

우주선으로 돌아가는 길은 새벽에 우주선을 나설 때보다 멀게 느껴졌다. 그들이 도착했을 때 우주선은 여전히 그늘 아래 놓여 있었다.

"저것 좀 보게!"

우주선의 출입구와 선체의 경계선이 녹색 이끼로 둘러쳐진 것이 눈에 들어왔다.

"이산화탄소가 새고 있나?"

"물론이죠. 대단찮은 양이지만 이끼는 이산화탄소의 양을 측정할 수 있는 가장 좋은 척도가 아닌가 싶군요. 이끼의 포자는 어디든지 있을 테니까 이산화탄소가 조금이라도 있으면 이끼가 자라겠죠."

그는 우주선과 교신을 위해 무전기의 주파수를 조정했다.

"블리스, 내 말 들려요?"

블리스의 목소리가 두 사람의 귀에 들어왔다.

"잘 들려요. 이제 우주선으로 들어올 준비가 됐나요? 뭔가 좋은 성과라도 있었어요?"

"우리는 우주선 바로 밖에 있어요. 하지만 문은 열지 마세요. 우리가 밖에서 직접 열 겁니다. 다시 한 번 말하지만 문을 열지 말아요."

트레비스가 말했다.

"왜요?"

"블리스, 일단 우리가 시키는 대로만 해 줘요. 나중에 충분히 설명을 해 줄 테니까."

트레비스가 우주총을 꺼내 그 위력을 최저치로 낮췄다. 그러고는 자신 없는 표정으로 총을 응시했다. 그는 지금까지 최저의 위력으로 우주총을 사용해 본 적이 없었던 것이다. 그는 주위를 살폈으나 우주총을 테스트하기에 적당한 것이 눈에 띄지 않았다.

그는 어쩔 수 없이 총구를 파스타호 위로 그늘을 만들고 있는 바위 언덕을 향해 방아쇠를 당겼다. 명중된 목표물에서 불꽃이 튀지는 않았다. 그는 무의식적으로 자기가 명중시킨 부분에 손을 대어 뜨거워졌는지를 확인하려 했다. 그러나 단열 우주복을 입고 있는 상태에서 그걸 확인하기는 어려웠다.

그는 잠시 망설였다. 그러고는 우주선의 선체도 바위 언덕만큼은 내열성을 가지고 있을 것이라는 판단을 내렸다. 일단 이런 판단을 내리자 그는 서슴없이 우주선 출입문의 가장자리에 총구를 겨냥하고는 숨을 멈춘 채 슬쩍 방아쇠를 당겼다.

몇 센티미터씩 자란 이끼들은 대번에 갈색으로 변했다.

"잘되고 있는 건가?"

페롤랫이 가슴을 졸이며 물어보았다.

"네, 그런 것 같아요. 이 우주총의 강도를 그저 뜨거운 광선 정도로 낮추었으니까요."

그는 출입문의 가장자리에 열광선을 마치 물을 뿌리듯 발사했다. 그러자 거기에 붙어 있던 녹색 이끼들이 열광선에 닿는 순간 모두 사라졌다. 그는 아직 문에 남아 있는 갈색 이끼 부스러기들이 떨어지도록 문을 두드려 진동을 주자 갈색 먼지들이 땅으로 떨어졌다. 그 먼지는 워낙 미미해서 가느다란 미풍만 슬쩍 불어도 공기가 거의 없는 대기 중에 계속 떠다녔다.

"이제는 문을 열어도 될 것 같아요."

그는 손목에 있는 조종장치를 이용하여 문이 열리도록 작동시켰다. 문이 겨우 반쯤 열리자 트레비스가 재촉했다.

"꾸물거리지 말고 빨리 안으로 들어가세요, 교수님. 사다리가 내려올 때까지 기다릴 여유가 없어요!"

트레비스가 그 뒤를 따라가면서 위력을 약화시킨 우주총으로 문 가장자리에 계속 열광선을 뿌렸다. 그는 사다리가 내려오자 그곳에도 열광선을 발사했다. 그는 문이 완전히 닫힐 때까지 계속 열광선을 쏘아댔다. 잠시 후 트레비스는 블리스에게 말했다.

"이제 우린 안으로 들어왔어요, 블리스. 여기서 잠시 머물 테니 계속 아무것도 건드리지 말고 기다려요."

블리스의 목소리가 들려왔다.

"무슨 일인지 좀 알려 주세요. 정말 괜찮은 거예요? 페롤랫은요?"

페롤랫이 말했다.

"나도 여기 있어, 블리스. 나는 괜찮으니 걱정할 것 없어."

"당신 말을 들으니 안심이 되는군요, 펠. 하지만 나중에 자세히 설명해 주셔야 해요. 당신도 무슨 이유인지 알겠죠?"

"그래, 약속할게."

트레비스가 문에 달린 살균용 등을 켜면서 말했다. 두 사람은 우주복을 입은 채로 얼굴을 맞대고 섰다. 트레비스가 말했다.

"우린 우주복 속에 들어 있는 행성의 공기를 가능한 한 최대로 뽑아내야 합니다. 그러니 이 작업이 끝날 때까지 잠시 기다려요."

"이게 끝나면 우주선의 공기로 대체할 거라는 얘긴가?"

"아직은 안 돼요. 저도 교수님만큼 우주복을 벗고 싶어요. 그러나 아직 우리 몸에 묻어 있는 이끼 포자를 제거하려는 거니까 조금만 참아

주세요.”

트레비스는 기밀실 문의 살균용 등에서 쪼이는 소독 광선만으로는 부족하다고 느꼈는지 우주총을 꺼내 기밀실 문과 선체와의 경계선, 그리고 기밀실 내부의 구석구석을 향해 위아래로 치밀하게 쏘아 댔다.

“좀 따뜻하다는 느낌뿐일 겁니다. 뜨거운 정도는 아니니까 걱정하지 않아도 돼요. 만일 못 참겠다 싶으면 언제든지 얘기하세요.”

그는 페롤랫의 얼굴 가리개 위, 특히 구석진 곳에 집중적으로 열광선을 쏘아 댔다. 그러고는 우주복의 나머지 부분에도 조금씩 열광선을 쏘아 대더니 중얼거리듯 말했다.

“팔을 제 어깨 위에 올려놓으세요. 그리고 한 발 드세요. 발바닥이 보이게요. 네, 좋아요. 이번에는 저쪽 발을 올리세요. 발바닥에도 이끼의 포자가 묻어 있을 겁니다. 어때요, 더운가요?”

“지금 서늘한 바람을 쐬고 있는 건 아니지 않나, 트레비스.”

“자, 이번에 교수님이 제게 우주총을 쏘아 주셔야겠어요.”

“난 우주총을 잡아 본 적도 없네.”

“그래도 해야만 해요. 교수님 말고는 다른 사람이 없으니까요. 알고 보면 아주 간단해요. 이렇게 총을 잡고 방아쇠를 천천히 당기고 있으면 되거든요. 자, 이제 시작하세요. 얼굴 가리개부터 시작해서 천천히 움직여요. 한군데서 너무 오랫동안 머무르지 말고, 그렇죠! 다음에는 볼과 목 부분을…….”

트레비스는 그에게 광선을 쏘아야 할 곳을 계속 지시했다. 거의 몸 전체가 데워지자 트레비스의 몸에서는 땀이 흘러내렸다. 그는 페롤랫에게서 우주총을 넘겨받은 뒤 에너지가 얼마나 남아 있는지를 살펴보았다.

"반 이상 써 버렸네요."

그러고는 계속해서 우주총에 충전된 에너지가 모두 소모될 때까지 기밀실 문, 벽 주위, 그리고 천정과 바닥에 광선을 쏘았다. 그러고는 우주총을 다시 권총집에 집어넣었다.

그러고 나서야 비로소 그는 우주선 안쪽의 문을 열도록 신호를 보냈다. 안쪽 문이 열리면서 기밀실 안으로 공기가 들어오는 소리가 무척이나 반갑게 느껴졌다. 우주선 내 공기의 서늘함과 대류 현상으로 인해 우주복의 열기가 금방 사라질 터였다. 상상만으로도 트레비스는 시원함을 느낄 수 있을 것 같았다. 상상이든 아니든 간에 그는 그 기분을 즐겼다.

"우주복을 벗어서 기밀실에 그대로 놔두세요, 교수님."

"괜찮다면 무엇보다도 우선 샤워를 하고 싶네."

"그게 가장 급한 게 아닐 걸요, 교수님. 먼저 블리스에게 설명부터 해야 할 것 같은데요?"

물론 블리스가 기다리고 있었다. 얼굴에 수심이 가득한 채……. 그녀 뒤에는 펠롬이 블리스의 왼쪽 팔을 꼭 잡고 내다보고 있었다. 블리스가 다그치듯 물었다.

"도대체 어떻게 된 일이에요? 어찌 된 일이냐고요?"

트레비스가 퉁명스럽게 말했다.

"전염을 예방하기 위한 조치를 취하고 있는 겁니다. 이제는 자외선을 쐬어야 합니다. 지체할 시간이 없으니 나중에 얘기합시다."

트레비스는 자외선이 보강된 살균 광선을 받으면서 이끼에 오염된 옷을 하나씩 벗었다. 그는 옷에 묻은 이끼를 털어내기 위해 이쪽저쪽으로 세차게 털어냈다.

"저처럼 하세요, 교수님. 그리고 블리스, 지금 나는 옷을 몽땅 벗어야 하거든요. 벌거벗은 모습이 보기 불편할 텐데 다른 방으로 가 주겠어요?"

블리스가 말했다.

"저는 그런 것에 전혀 불편을 느끼지 않아요. 당신 몸은 직접 본 적이 없지만 이미 다 알고 있는 거나 마찬가지거든요. 내겐 당신 몸이 전혀 새로울 게 없다는 거죠. 그런데 무엇에 감염된다는 얘긴가요?"

"그대로 방치하면 극소량이라 하더라도 인간에게 엄청난 피해를 줄 수 있는 것이지요."

트레비스는 일부러 무덤덤하게 말했다.

3

자외선 살균 소독이 끝났다. 우주선 기밀실 출입구의 자외선 조사장치는 분명히 살균, 소독을 위해 설치된 것이었다. 그러나 살갗 태우기가 유행하고 있는 행성의 사람들은 이 자외선 조사장치를 살갗을 태우는 데 사용하려는 유혹을 항상 느낄 것이고, 실제로 그런 목적에 전용되는 경우는 있을 것이라고 트레비스는 생각했다. 그 자외선이 어떤 목적으로 사용되든 살균 기능을 정확히 해내는 것은 사실이었다.

트레비스는 높은 고도로 비행해 갔다. 불쾌감을 느끼지 않을 만한 범위 내에서 최대한 멜포메니아 행성의 태양으로 접근하여, 우주선의 표면 전체가 자외선을 받을 수 있도록 방향을 바꾸며 비행을 계속했다.

이윽고 트레비스와 페롤랫은 기밀실 안에 놔두었던 두 벌의 우주복을 회수해 꼼꼼하게 검사했다.

블리스가 잠자코 있다가 말했다.

"우리가 이런 유난을 떠는 건 결국 이끼 때문이군요. 당신이 얘기한 게 '이끼'라는 것 맞죠, 트레비스?"

"예, 내가 이끼라고 했죠. 나는 식물학자는 아니지만 모양을 보니 이끼 같았거든요. 내가 말할 수 있는 것은, 그것이 무척 진한 녹색이고 매우 적은 빛 에너지를 받아야 살 수 있는 식물이었다는 겁니다."

"왜 그렇게 적은 양의 빛에너지만 필요한 거죠?"

"이끼는 자외선에 무척 민감한 데다 직사광선 아래서는 생존할 수가 없어요. 그리고 이끼의 포자들은 어디에나 있으며 햇빛이 잘 들지 않는 구석이나 석상의 균열 부분, 그리고 구조물의 바닥 뒷면에서 자랍니다. 이 이끼들은 이산화탄소가 있는 곳이면 어디서나 희미한 빛에너지를 먹고 자라지요."

"당신은 그게 위험하다고 생각하나요?"

"당연하죠. 만일 그 이끼의 포자들이 조금이라도 우주선에 휩쓸려 들어왔다면, 치명적인 자외선이 없는 빛에너지가 풍부하고 물도 충분하고 이산화탄소가 끊이지 않고 제공되는, 그야말로 가장 번식하기 좋은 세계에 들어왔다고 할 수 있지요."

"우주선 공기 속에 포함된 이산화탄소 비율은 겨우 0.03퍼센트에 불과해요."

"그 정도로도 그것들에겐 엄청난 양입니다. 그리고 우리가 내쉬는 공기 속에는 4퍼센트 가량의 이산화탄소가 있고 말입니다. 만일 이 포자들이 우리의 코 속이나 피부에서 자라난다면 어떻게 할 겁니까? 만일 우리의 음식을 부패시키거나 파괴한다면? 혹시 그들이 우리를 죽일 수 있는 독소를 배출한다면? 또 갖은 고생 다해 가며 그것들을 죽여 없앤다 하더라도 그중의 극소량이라도 살아 있으면, 그것은 나중에 다른 행성으로 옮겨질 경우 그 행성을 전염시키고 또 그곳에서 또 다른 행성으로 번져 가기에 충분한 양입니다. 우리로서는 그것들이 어떤 해를 입힐지도 모르는 것 아닙니까?"

블리스가 머리를 가로저었다.

"우리와 다른 생명체들이라고 해서 반드시 위험한 것은 아니에요. 당신은 그저 무조건 죽일 생각만 하는군요."

"그건 가이아식의 생각이겠죠."

"물론 그래요. 그러나 내 말이 훨씬 더 설득력이 있다고 믿어요. 그 이끼는 이 세계의 환경에 적응한 상태예요. 그 이끼는 생존하는 데 소량의 빛만 필요로 할 뿐 오히려 그 양이 많을 경우에는 살지 못해요. 즉 그것은 멜포메니아 이외의 세계에서는 생존할 수 없을지도 모른다는 얘기죠."

"그럼 당신은 그 가능성만을 믿고 모험이라도 하라는 겁니까?"

트레비스가 힐난하듯 대꾸하자 블리스는 체념한 듯 말했다.

"좋아요, 이쯤 해 두죠. 제 말을 너무 민감하게 받아들이시는군요. 어쨌든 당신 얘긴 알아듣겠어요. 당신은 고립자이기 때문에 그밖에 다른 방도는 없었을 거예요."

트레비스가 뭐라고 대답하려는 순간 팰롬이 자기 나라 말로 뭐라고 소리를 질렀다.

트레비스가 페롤랫에게 말했다.

"팰롬이 뭐라고 하는 겁니까?"

"팰롬이 말하고 있는 건……"

팰롬은 자기 말을 그들이 쉽게 알아듣지 못한다는 사실이 뒤늦게 기억났는지 페롤랫의 말을 가로채며 다시 말했다.

"아저씨들이 갔던 곳에 좀비가 있었나요?"

팰롬의 발음은 무척 또박또박하고 명확했다. 블리스는 무척이나 기분 좋은 듯 환한 표정을 지었다.

"은하어를 참 잘하죠? 거의 순식간에 배운 거예요."

트레비스가 낮은 목소리로 말했다.

"내가 설명하다가는 팰롬의 기분을 망쳐 놓을 것 같군. 그러니 이 행성에는 로봇이 없다고 당신이 저 아이에게 말해 주겠어요, 블리스?"

"내가 설명해 주겠네. 이리 오렴, 팰롬."

페롤랫은 팰롬의 어깨 위로 팔을 부드럽게 감고 말했다.

"우리 방으로 가자. 내가 읽을 책을 또 줄게."

"책요? 좀비에 관한 건가요?"

"꼭 그런 것은 아니지만……."

그들이 나간 뒤 문이 닫혔다.

"당신도 우리가 어린아이 돌보는 일이나 하면서 시간을 낭비하고 있다는 사실을 인정하겠지요?"

트레비스가 그들의 뒷모습에 눈길을 주더니 못 참겠다는 듯 말했다.

"낭비하고 있다고요? 저 애가 당신의 지구 탐사를 조금이라도 방해한 적이 있던가요, 트레비스? 지금까지 그런 적은 없었잖아요. 저 애와 대화를 나누면서 공포도 덜어 주고 또 사랑을 베풀어 줄 수 있다면 그것으로 족한 것이 아닌가요?"

"또 가이아다운 얘기군요."

"맞아요. 우린 좀 솔직해질 필요가 있다고 생각해요. 우리는 그동안 세 곳의 우주인 행성을 방문했지만 얻은 것은 아무것도 없었어요."

블리스의 말에 트레비스도 고개를 끄덕였다.

"그건 사실이죠."

"그리고 우리는 세 곳의 세계가 모두 다 위험한 곳이라는 것을 알았어요. 오로라 행성에는 사나운 개만 득실거렸고, 솔라리아 행성에서는 기이하고 위험한 인간들을 만났죠. 그리고 이곳 멜포메니아 행성에서는 위협적인 이끼를 만났고 말이에요. 다시 말해서 어떤 세계든지 그곳에 인간이 살고 안 살고는 관계없이 다른 별에서 온 사람들에게 위험하다는 겁니다."

"그것이 어디서나 적용되는 일반 법칙이라고 할 수는 없어요."

"셋 모두가 그렇다면 상당한 의미가 있다고 할 수 있죠."

"그게 무슨 의미를 지닌다는 겁니까, 블리스?"

"말씀드리죠. 마음을 열어 놓고 내 말을 들어 주었으면 해요. 만일 이 은하계에 상호 작용을 하는 수백만 개의 세계가 있다고 가정해 보세요. 실제로도 그렇지만요. 또 그 각각의 세계가 모두 고립자들로 구성됐다고 할 때, 그 세계에서는 인간이 가장 우월한 생물체이므로 인간 이외의 생물체에게 자기 의지를 강요할 수 있을 겁니다. 심지어는 인간 서로에게까지 말입니다. 이러한 은하계는 대단히 원시적이고 맹목적인 성격의 갤럭시아라 할 수 있습니다. 다시 말해서 아주 초기 단계의 갤럭시아라고 볼 수 있다는 것이죠. 내 말 이해하시겠죠?"

"무슨 말을 하려는 건지 알겠습니다. 당신 말에 반드시 동의한다는 뜻은 아니지만요."

"끝까지 들어 주세요. 내 말에 동의하든 안 하든 그건 상관없어요. 그저 들어 주기만 해요. 현재 은하계는 원시 갤럭시아의 형태로만 제 기능을 발휘할 수 있죠. 원시적인 성격이 적으면 적을수록 그만큼 더 갤럭시아에 가깝다고 할 수 있으며 또 바람직한 형태라고 평가할 수 있는 거예요. 은하제국도 사실은 강력한 원시 갤럭시아의 건설을 목표로 했죠. 은하제국이 분열되면서 시대 상황은 더욱 악화됐지만 원시 갤럭시아의 개념을 더욱 강화하려는 움직임은 계속됐지요. 파운데이션 연방도 원시 갤럭시아를 겨냥하고 있는 것입니다. 뮬의 제국도 원시 갤럭시아의 건설이 목표였고 제2파운데이션이 계획하고 있는 제국 역시 마찬가지라고 할 수 있죠. 설령 그 같은 제국이나 연방이 존재하지 않고 은하계 전체가 혼란에 빠져 있다 해도, 각 세계는 서로 적대적이지만 상호간에 연관성을 지니게 되죠. 그러한 세계는 내적으로 일종의 연합체이므로 최악의 경우는 아니라고 할 수 있어요."

"그러면 어떤 경우가 최악입니까?"

"당신은 이미 그 해답을 알고 있어요, 트레비스. 당신은 그런 세계를 이미 봤거든요. 만일 인간이 거주하고 있는 어떤 세계가 완전히 붕괴되어 인간 개개인이 고립적으로 살아간다면, 그리고 그 세계가 다른 인간 세계와는 일체 상호 관계를 중단한다면, 그 세계는……."

"암적인 존재가 된다는 얘긴가요?"

"바로 그거예요. 바로 솔라리아 행성이 그렇잖아요? 솔라리아는 모든 외부 세계에 대해 적대적인 태도를 취하고 있어요. 당신도 직접 봤잖아요. 그곳에서 인간이 완전히 사라진다면, 그나마 남아 있던 사회적 규율은 흔적조차 찾아볼 수 없게 될 거예요. 저 들개가 판치는 오로라나 이끼만이 존재하는 이곳처럼 말이에요. 그러니 우리의 세계가 갤럭시아에 가까우면 가까울수록 그만큼 바람직하다고 할 수 있지요. 그래서 우리가 갤럭시아를 선택한 것 아니겠어요?"

트레비스는 잠시 말없이 블리스를 쳐다봤다.

"나도 그 점에 대해서 생각해 봤어요. 왜 당신은 처방이 단 한 가지밖에 없다는 가정에 그렇게 집착하지요? 이끼는 소량의 이산화탄소에 적응하고 있기 때문에 많은 양의 이산화탄소가 공급되면 오히려 죽어버릴 것이라고 당신도 지적했잖아요. 키가 2미터인 인간은 1미터인 인간보다 유리하겠지요. 하지만 3미터짜리 인간보다도 유리해요. 쥐가 코끼리처럼 커진다고 해서 쥐에게 좋은 건 아니에요. 오히려 살아가는 데 불편할 뿐이죠. 또 코끼리가 쥐처럼 작아진다 해도 살아가는 데 불편한 것은 마찬가지고요.

다시 말해서 세상에는 그것이 원자든 별이든 각자에게 가장 알맞은 크기와 구조, 최적의 성질이 있는 법입니다. 이는 물론 생물체와 인간 사회에도 그대로 적용되는 것이죠. 나는 옛 은하제국이 이상적인 세계라고 말하지 않아요. 또한 파운데이션 연방에도 결함이 있다고 생각합니다. 하지만 나는 완전한 고립이라는 것은 악이기 때문에 완전한 통합이 선이라고 주장하지도 않아요. 양극단은 똑같이 끔찍한 겁니다. 과거의 은하제국은 비록 완벽한 것은 아니지만 그 나름대로는 최선의 세계였는지도 모릅니다."

블리스가 머리를 가로저었다.

"당신이 정말 확신에 차서 하는 얘기인지 알 수 없군요. 그럼 당신은 바이러스와 인간 둘 다 불만족스러운 존재이기 때문에 두 생명체의 중간적인 형태, 말하자면 변형균(變形菌)과 같은 것이 가장 바람직한 형태라고 주장하는 거예요?"

"아니죠. 하지만 바이러스와 초인간 둘 다 불만족스러운 존재이기 때문에, 그 중간 형태인 보통 인간이 가장 바람직한 존재라고 주장할 수는 있지요. 아무튼 이런 논쟁은 무의미하다고 생각합니다. 지구만 찾으면 그 해답을 얻을 수 있을 테니까요. 멜포메니아에서 우리는 아직 방문하지 않은 또 다른 47개의 우주인 행성의 좌표를 알아냈습니다."

"그 행성들을 모두 방문할 작정인가요?"

"물론입니다. 하나하나씩 찾아 나설 겁니다."

"각 세계에서 도사리고 있을 위험을 감수하고라도?"

"그래요. 그것이 지구를 찾기 위해서 겪어야만 하는 고통이라면 얼마든지……."

페롤랫은 팰롬을 방에 데려다 주고 나온 뒤 그들이 격론을 벌이고 있는 것을 목격하고는 뭔가 이야기하려고 했다. 하지만 끼어들지 못하고 그들이 논쟁하는 모습을 바라보고만 있었다.

"얼마나 걸릴까요?"

블리스가 물었다.

"얼마나 걸리든 상관없습니다. 하지만 바로 다음 목적지에서 우리가 필요로 하는 것을 찾을지도 모르죠."

트레비스는 그렇게 말하고는 덧붙였다.

"물론 아무것도 없을 수도 있고요."

"그건 그때 가 봐야 알겠지요."

페롤랫이 마침내 끼어들었다.

"하지만 내 얘기도 좀 들어 보라고, 트레비스. 나는 그 해답을 알고 있네."

"지금 뭐라고 했습니까?"

"내가 그 해답을 알고 있다고 말했네. 나는 자네와 방금 전 멜포메니아를 함께 탐사하면서 이 얘기를 최소한 다섯 번은 하려고 했네. 하지만 자네는 자네 일에 너무 몰두해서 내 얘기를 들으려고 하지 않았어."

"어떤 해답을 갖고 있다는 거죠? 도대체 무슨 말씀이세요?"

"지구에 대한 얘기야. 나는 지구가 어디에 있는지 알았네."

제6부

알파

16장

세계의 중심

1

트레비스는 무척 불쾌한 표정으로 페롤랫을 한동안 응시하다가 입을 열었다.

"제가 보지 못한 것을 교수님이 봤단 말이에요?"

페롤랫이 조용히 대답했다.

"그렇지는 않네. 자네도 봤어. 당시 난 자네에게 설명하려고 했었네. 하지만 자네는 내 얘기를 들으려 하지 않았잖아."

"그렇다면 지금이라도 다시 얘기해 보시죠."

블리스가 말했다.

"펠에게 윽박지르지 마세요, 트레비스."

"윽박지르는 게 아닙니다. 얘기해 달라고 했을 뿐이에요. 교수님을 어린애 취급하지 말아요."

"트레비스, 제발 내 말 좀 들어 보게. 얘기하려는 사람은 바로 나란 말일세, 트레비스. 자네는 인류의 기원 행성을 찾아 나섰던 과거 몇 차례의 탐사 시도에 대해서 우리가 언젠가 얘기를 나눴던 것을 기억하고 있나? 야리프 계획 말일세. 지금 인류가 살고 있는 행성들이 애초에는 인류의 기원 행성을 중심으로 하여 방사상 형태로 대칭적 · 순차적으로 확대되며 개척됐을 것이라는 가정 하에, 여러 행성들에 대한 인류의 정착 시기를 알아내려던 그 계획 말일세. 즉 어느 방향에서든 인류의 정착 시기가 짧은 행성으로부터 그보다 정착 시기가 오래된 행성으로 계속 옮겨가게 되면 결국은 인류의 기원 행성으로 접근하게 될 것이라는 아이디어에서 비롯된 계획이었네."

트레비스는 조급한 표정으로 고개를 끄덕였다.

"제 기억으로, 그 계획은 각 행성별 인류의 정착 시기를 확인하기 어렵다는 결론이 나서 수포로 돌아갔다는 것 같았는데요?"

"그랬었지. 하지만 야리프가 그러한 계획에 열중하고 있었을 때는 바로 인류 세계의 2차 확장기였네. 그때는 이미 초공간 비행 기술이 상당히 발달되어 있었지. 그래서 아주 먼 거리를 훌쩍 뛰어넘는 일은 무척 간단한 일이었기 때문에, 각 행성으로서의 이주가 반드시 중심으로부터 방사상의 대칭 형태로만 이뤄졌던 것은 아니었네. 바로 이 점이 정착 시기 추정을 어렵게 만든 요인이지. 하지만 우주인 세계에 대해서 잠깐만 생각해 보세, 트레비스. 우주인들은 1차 확장기의 주인공들 아닌가? 그 당시만 해도 초공간 비행술이 발달되지 않았으니 먼 거리를 훌쩍 뛰어넘는 비행은 존재하지 않았을 걸세. 아마 2차 확장기에는 수백만 개의 행성이 무질서하게 개척되었을 반면, 1차 확장기에는 50개 행성이 상당히 질서 있게 정착됐을 것 아닌가? 또 2차 확장이 무려 2만 년에 걸쳐 이뤄졌다면 1차 확장기인 50개의 행성의 개척은 2차에 비하면 순간이라 할 수 있는 겨우 수백 년 만에 이뤄졌네. 그러니 이 50개의 행성은 기원 행성을 중심으로 볼 때 대략 공과 같은 대칭 형태로 분포해 있을 걸세.

우리에겐 그 50개 행성의 공간 좌표가 있지 않나. 그 석상의 벽면에서 촬영해 온 것 말일세. 지구에 관한 정보를 파괴한 자가 이 좌표들을 간과 했거나, 아니면 이 좌표들이 우리에게 필요한 정보를 제공할 수 있다는 점에 유념하지 않았던 것 같네. 트레비스, 이제 자네가 할 일은 지난 2만 년 동안 별들의 이동을 감안해서 이 좌표들을 수정한 다음에 이 50개 행성들의 중심점을 찾는 것이라네. 그 중심점은 아마 지구의 태양에 상당히 근접해 있을 걸세."

페롤랫이 말하는 동안 트레비스는 입을 벌린 채 다물 줄을 몰랐다.

"제가 왜 그 생각을 못했을까요?"

"우리가 멜포메니아 행성에 있는 동안 나는 자네에게 여러 번 얘기하려고 했었네."

"그건 알고 있어요. 제대로 말을 들으려 하지 않았던 점에 대해 사과드리죠, 교수님. 사실 교수님이……."

페롤랫이 낄낄 웃으면서 말했다.

"내가 이처럼 중요한 얘기를 할 줄은 전혀 몰랐다는 얘기를 하려는 건가? 사실 보통 때 같으면 자네 말이 옳다고도 할 수 있네. 하지만 그런 얘기는 내 전문 분야라는 걸 자네도 알고 있지 않나? 이런 경우만 제외하고는 자네가 내 말을 경청하지 않는다 해도 문제될 건 없네."

"아니에요, 교수님. 저는 정말 바보란 말을 들어도 마땅한 짓을 했어요. 다시 한 번 사과드리지요. 자, 이제 컴퓨터로 가 봐야겠어요."

트레비스가 말했다. 그와 페롤랫은 조종실로 들어갔다. 그리고 페롤랫은 늘 그랬듯 트레비스가 컴퓨터와 일체화하는, 아니 유기체화하는 광경을 놀라움과 믿을 수 없다는 표정으로 지켜봤다.

컴퓨터 작업에 열중하느라 다소 무표정한 얼굴의 트레비스가 말했다.

"저는 몇 가지 가정을 해야만 해요, 교수님. 이 행성 좌표상의 첫 번째 숫자는 파섹으로 표시된 거리를 나타내고 나머지 두 개의 숫자는 라디안으로 표시된 각도로, 그중 하나는 상하를 나타내는 각이고 또 하나는 좌우를 나타내는 각이라고 가정하는 겁니다. 그리고 각도 표시의 플러스나 마이너스는 은하계의 표준법을 사용한 것이며, 좌표 0-0-0은 멜포메니아 행성의 태양을 나타내는 것으로 가정할 겁니다."

"그건 상당히 타당한 가정인 것 같네."

"그렇지요? 사실 세 개의 숫자를 나열하는 데는 여섯 가지의 조합이 있고, 기호를 나열하는 데는 네 가지가 있지요. 그리고 거리는 파섹이 아닌 광년으로 표시할 수도 있고, 각도는 라디안이 아닌 도로 표시할 수도 있어요. 이것만으로도 아흔여섯 가지 변화가 있지요. 이 밖에 또 다른 변수는 만일 이 좌표상의 거리가 광년이라면 1년이 얼마인지, 또 각도 측정상의 관습이 어떠한지 알지 못한다는 점이지요. 예를 들면 이 좌표는 멜포메니아의 적도상에서 관측한 것이겠지요. 그런데 우리는 본초자오선이 어디인지도 모르잖아요."

페롤랫이 얼굴을 찡그리며 말했다.

"자네는 점점 절망적인 소리만 해 대고 있군."

"절망적인 것은 아닙니다. 오로라와 솔라리아의 좌표도 이 좌표들 중에 들어 있고, 우리는 그 위치를 이미 알고 있잖아요. 전 이 우주 좌표를 이용해서 이 두 행성을 찾아볼 참입니다. 만일 이 좌표들이 엉뚱한 우주 공간을 가리키면, 이 좌표로 그 행성들을 정확히 찾아낼 때까지 수정하는 과정에서 당초 설정했던 가정에 어떤 문제가 있는지 알게 될 겁니다. 그래서 내 가정들이 일단 수정되고 나면 이 천체의 중심을 찾아낼 수 있겠지요."

"이렇게 변수가 많으니 무엇을 해야 할지 결정하기 더욱 어렵겠군."

"뭐라고요?"

트레비스가 되물었다. 그는 점점 일에 열중하고 있었기 때문에 페롤랫이 질문을 되풀이해야만 대답을 할 수 있었다.

"아! 그 문제는 크게 걱정하지 않으셔도 돼요. 이 좌표들은 은하계 표준을 따르고 있을 가능성이 매우 높을 뿐만 아니라, 미지의 본초자오선을 조정하는 것도 어려운 일은 아니니까요. 우주 공간의 각 지점들을 표시하는 체계는 아주 오래전에 개발됐고, 대부분의 천문학자들은 이러한 기술 덕분에 항성 간 비행이 상당히 앞당겨졌다고 믿고 있어요. 인간들은 어떤 점에서는 매우 보수적이기 때문에 일단 하나의 방법에 익숙해지면 결코 바꾸지 않아요. 심지어 이런 것을 자연 법칙으로 착각할 정도니까요. 만일 모든 행성들이 각기 다른 측정 체계를 가지고 있고 또한 그것이 100년마다 변한다면 이 은하계의 과학 발전 속도는 주춤할 것이고, 결국은 영원히 정지 상태에 빠질 거예요."

그의 말이 간간이 이어지는 것으로 봐서 그는 지금 컴퓨터 작업에 열중한 채 말하고 있는 게 분명했다. 그는 얼굴을 찡그리며 정신을 집중하였다. 몇 분 뒤 그는 몸을 뒤로 젖히며 숨을 길게 들이마셨다. 그가 들릴 듯 말 듯한 목소리로 말했다.

"그 관습들은 여전히 유효합니다. 방금 오로라를 찾아냈거든요. 그 점에 대해서는 전혀 의심할 필요 없어요. 그렇게 생각지 않으세요?"

페롤랫은 별들의 무리와 그 중심 부근에 있는 밝은 별을 쳐다보면서 확인하듯 물어보았다.

"자네, 확신할 수 있나?"

"제 의견은 중요하지 않아요. 컴퓨터가 확신하고 있거든요. 우리는 이미 오로라를 방문했고 그 행성의 특성, 이를테면 직경, 크기, 광도, 온도, 스펙트럼상의 구체적인 사실들뿐만 아니라 이웃해 있는 별들의 유형까지도 알고 있잖아요. 그 사실들을 근거로 컴퓨터는 이 행성이 바로 오로라라고 판단을 내린 거죠."

"그렇다면 그 말을 믿지 않을 수 없겠군."

"절 믿어 보시죠. 자, 이제는 스크린을 조정해서 컴퓨터가 다른 좌표에 대해서도 작업을 하도록 해야겠습니다. 컴퓨터에는 50가지의 좌표가 저장되어 있어서 하나씩 검토하게 됩니다."

트레비스는 스크린 조정 작업을 계속했다. 그 컴퓨터는 늘 '시간과 공간'의 4차원으로 작동한다. 하지만 인간이 그것을 검색하게 하는 데는 뷰 스크린에 2차원 이상의 화면을 제공할 필요가 별로 없었다. 지금 스크린은 너무 넓어서 오히려 큰 암실처럼 여겨졌다. 트레비스는 별빛을 보다 잘 관찰할 수 있도록 조종실 내의 조명을 거의 끄다시피 했다.

"자, 이제 시작합니다."

트레비스가 속삭였다.

잠시 후 별 하나가 스크린 위에 모습을 드러냈고, 이어 별이 또 하나 나타났으며 그 수가 계속 늘어났다. 스크린은 별이 하나하나 늘어날 때마다 전부 화면에 담을 수 있도록 수정했다. 그것은 마치 보다 넓은 전경이 시야에 들어올 수 있도록 우주 공간이 후퇴하는 것 같았다.

마침내 3차원의 공간을 부유하고 있는 50개의 밝은 점이 화면에 모두 들어왔다. 트레비스가 말했다.

"저 별들의 분포가 둥근 공 모양이었더라면 좋았을 텐데……. 저 별들의 배열은 마치 눈 덩어리 같군요. 돌 섞인 눈을 급하게 뭉쳤을 때의 모양 말입니다."

"그럼, 일이 어려워지는 건가?"

"좀 힘들겠지요. 하지만 어쩔 수 없어요. 별들의 분포가 저렇게 불규칙한 모습을 하고 있는 이상, 50개의 거주 가능 행성의 분포도 마찬가지겠지요. 그러니 새로운 행성의 건설 과정도 불규칙했을 수밖에 없겠지요. 자, 이제 컴퓨터는 스크린에 나타난 저 50개의 밝은 점들을 각각 지난 2만 년에 걸친 위치변동을 감안해서 현재의 위치로 조정한 뒤에 그 점들을 '가능한 한 가장 완벽한' 형태의 구 형태로 담아낼 겁니다.

그렇게 되면 그 구면, 즉 모든 점들로부터 최단 거리가 되는 면을 찾아 낼 수 있을 것이고, 그러면 구체의 중심점을 찾는 일은 매우 쉬울 겁니다. 우리가 찾는 지구는 바로 그 중심점 부근에 있을 테니까요. 아니, 그러길 바라야지요. 어쨌든 금방 끝날 겁니다."

2

그의 말대로 오래 걸리지는 않았다. 트레비스는 컴퓨터가 이루어 내는 기적들을 받아들이는 데 상당히 익숙했지만 이번만큼은 너무나 빠른 작업 속도에 놀라지 않을 수 없었다.

트레비스는 컴퓨터가 구체 중심점의 최적 좌표를 결정하면 즉시 부드럽게 메아리치는 듯한 소리를 내도록 지시해 두었다. 그 소리를 들으면 컴퓨터의 탐사가 끝났다는 걸 알게 되면서 동시에 흡족한 기분도 느낄 수 있기 때문이었다.

그 소리는 겨우 몇 분 만에 울렸다. 그것은 마치 부드러운 징 소리 같았으며 몸으로 진동을 느낄 정도로 커졌다가 곧 서서히 줄어들었다. 그 소리가 울리자마자 블리스는 조종실 입구로 달려와서는 눈을 크게 뜨고 물었다.

"무슨 소리죠? 비상벨 소린가요?"

트레비스가 싱글싱글 웃으며 말했다.

"아니에요."

페롤랫이 진지한 표정으로 덧붙였다.

"어쩌면 지구의 위치를 알아냈는지도 몰라. 그럴 경우에 컴퓨터가 소리를 내도록 지시해 뒀거든."

그녀가 조종실 안으로 들어서면서 말했다.

"진작 그런 얘기를 해 줬어야죠."

트레비스가 말했다.

"미안해요, 블리스. 이렇게 크게 울리게 할 생각은 아니었어요."

팰롬이 블리스를 따라서 조종실로 들어와서는 말했다.

"왜 그런 소리가 난 거죠, 블리스?"

"재도 궁금한가 보군요."

트레비스가 말했다. 그는 긴장이 풀렸는지 의자에 몸을 기댔다. 이제 다음 단계는 이 발견을 은하계에 대한 실제 탐사를 통해 검증하는 일이었다. 즉 우주인 행성 세계의 중심 좌표로 가서 그곳에 과연 G등급의 항성(지구의 태양과 같은 질량의 항성 — 옮긴이)이 존재하는지를 알아보는 일이었다. 하지만 그는 예정된 수순을 밟아 나가는 데 대해 저항감을 느꼈다. 이론상의 해답을 실제로 검증하는 일이 내키지 않아서였다.

"물론이죠. 애는 궁금해하면 안 되나요? 얘도 우리와 마찬가지로 인간이에요."

"그 아이의 부모라면 그렇게 생각하지 않았을 겁니다. 나는 걱정돼요. 우리에겐 불길한 존재 같아서요."

트레비스가 약간 애매한 투로 말했다.

"그렇게 생각하는 이유가 도대체 뭐예요?"

트레비스가 기지개를 켜면서 말했다.

"단지 느낌이 그렇다는 겁니다."

블리스는 경멸하는 듯한 표정으로 트레비스를 쳐다보더니 팰롬에게로 시선을 돌렸다.

"우리는 지금 지구를 찾으려고 하는 중이야, 팰롬."

"지구가 뭔데요?"

"또 다른 세계란다. 하지만 특별한 곳이지. 그곳은 우리 조상들의 고향이라고 할 수 있어. 책에서 조상이라는 단어를 봤겠지, 팰롬?"

팰롬이 말했다.

"그 말은 **인가요?"

그러나 **라는 말은 은하어에 없는 단어였다. 그래서 페롤랫이 말했다.

"그건 조상이라는 말의 고어야, 블리스, 우리가 쓰는 어휘 중에서 선조라는 말에 가장 가까운 단어지."

그러자 블리스가 환하게 웃으며 말했다.

"아주 훌륭하구나. 지구는 우주 선조가 태어난 세계란다, 팰롬. 너와 나 그리고 펠과 트레비스의 선조가 모두 그곳에서 왔단다."

"블리스 당신 선조…… 그리고 내 조상? 우리 둘의 조상요?"

팰롬이 물었다. 이해가 안 간다는 어투였다.

"조상은 하나야. 우리 모두는 같은 조상들을 가지고 있단다. 우리 모두 말이야."

트레비스가 말했다.

"이 아이는 자신이 우리와 다르다는 것을 무척 잘 알고 있는 것처럼 말하는군……."

블리스가 트레비스에게 낮은 목소리로 말했다.

"그런 소리 하지 마세요. 저 애가 우리와 다르다고 느끼게 해서는 안 돼요. 적어도 본질적인 측면에선 말이에요."

"양성체라는 성격도 본질적인 측면이라고 생각하는데요?"

"나는 정신에 대해서 말하고 있는 거예요."

"에너지 변환 돌기도 역시 매우 본질적인 부분입니다."

"트레비스, 제발 그렇게 까다롭게 굴지 마세요. 이 애는 똑똑할 뿐만 아니라 그런 세세한 차이에도 불구하고 우리와 같은 인간이에요."

그녀는 펠롬 쪽으로 몸을 돌리면서 말했다.

"펠롬, 내 말이 무슨 의미인지 잘 생각해 봐. 네 선조들과 우리 선조들은 모두가 같은 사람들이란다. 그 많은 모든 행성에 살고 있는 모든 사람들은 같은 선조를 가지고 있고, 그 선조들은 처음에는 '지구'라고 하는 세계에서 살고 있었지. 이 얘기는 바로 우리 모두가 친척이라는 뜻이야. 알겠지? 자, 이제 우리는 방으로 가서 그 점에 대해서 함께 생각해 보자."

펠롬은 깊은 생각에 빠진 듯한 눈길로 트레비스를 쳐다보더니, 블리스가 다정하게 등을 토닥거리며 재촉하자 이내 뒤로 돌아서서 조종실 밖으로 뛰어나갔다.

블리스가 트레비스에게 돌아서며 말했다.

"제발 부탁이에요, 트레비스. 저 애가 듣는 데서는 우리와 다르다고 느끼게 할 어떤 얘기도 하지 않겠다고 약속해요."

"약속하지요. 당신의 교육 과정을 방해하거나 뒤집어 놓을 생각은 없으니까 말입니다. 하지만 사실 그 계집애가 우리와 다르다는 것은 당신도 인정하지 않습니까?"

"어떻게 보면 그렇기도 하죠. 내가 당신과 다르고 페롤랫이 당신과 다르듯이 말이에요."

"그런 식으로 억지 부리지 말아요, 블리스. 팰롬의 경우엔 그 차이라는 것이 우리보다 훨씬 커요."

"약간 더 클 뿐이에요. 유사성이 훨씬 더 중요한 겁니다. 언젠가는 저 애와 그 세계의 사람들도 갤럭시아의 일부가 될 거예요. 매우 유용한 부분이 될 거라고 저는 확신해요."

"그렇다고 칩시다. 당신과 더 이상 논쟁을 벌이고 싶지 않군요."

트레비스는 곧 입을 다물고 컴퓨터 쪽으로 향했다. 그러나 그의 얼굴은 영 내키지 않는다는 표정이었다.

"지구가 예상했던 우주 공간 좌표에 실제로 있는지 확인해야만 하는 게 유감스럽군요."

"유감스럽다니요?"

"말하자면……."

트레비스는 우스꽝스러운 표정을 짓더니 어깨를 으쓱했다.

"만일 우리가 예상하고 있는 우주 공간 좌표 부근에 우리가 찾던 별이 없으면 어쩔까 하는 얘기죠."

"없으면 없는 거지요. 그게 어때서요?"

"굳이 지금 당장 확인해 봐야만 하는 이유가 있느냐는 겁니다. 우리는 앞으로 수일 내로는 도약 비행을 할 수 없거든요."

"지금 확인하지 않는다면, 당신은 그 가능성에 대해 고민하면서 앞으로 며칠을 보내겠죠. 지금 알아보는 게 나아요. 기다린다고 해서 달라질 것은 없으니까요."

트레비스는 입술을 굳게 다문 채 잠시 앉아 있더니 못 이긴 듯 겨우 입을 열었다.

"당신 말이 옳습니다. 좋아요, 지금 당장 확인해 보도록 하죠."

그는 컴퓨터 쪽으로 돌아앉아서 그의 손을 책상 위에 있는 손 모양 위에 얹어놓았다. 그러자 스크린이 어두워졌다.

"난 가겠어요. 내가 여기에 있으면 당신 신경만 긁어 놓을 것 같군요."

블리스는 이렇게 말하더니 조종실을 나갔다.

트레비스가 말했다.

"지금 우리가 해야 할 일은 먼저 컴퓨터의 은하 성도를 살펴보는 겁니다. 지구의 태양이 우리가 추정해 낸 위치에 존재하고 있다 하더라도 성도에는 나와 있지 않을 겁니다. 그렇지만 우리는……."

그의 목소리는 뷰 스크린에 수많은 별들이 가득 차자 놀라움으로 서서히 잦아들었다. 정말 무수히 많은 별들이 희미하기는 했으나 가끔 여기저기에서 번쩍번쩍 밝은 빛을 발하면서 스크린을 가득 채우고 있었다. 그러나 정중앙 가까이에 있는 별 하나는 다른 어떤 별보다도 유난히 밝은 빛을 내고 있었다.

페롤랫이 환호성을 질렀다.

"드디어 찾아냈어! 우린 해냈다고. 이 친구야, 저 밝은 빛을 좀 보게!"

"좌표 중앙에 있는 별은 언제나 그 주위에 있는 별들보다 밝게 빛나기 마련이지요."

트레비스는 신중한 태도를 잃지 않으려고 애쓰며 말했다.

"저 별은 사실 우리가 당초에 추정하고 있던 좌표 정중앙에서 1파섹 정도 비껴나 있을 뿐만 아니라, 적색 왜성이나 적색 거성도 아니고 뜨거운 청백색 별도 아니에요. 조금만 더 기다려 봅시다. 컴퓨터가 지금 자체 데이터뱅크를 검색하고 있으니까요."

잠시 침묵이 흐른 뒤 트레비스가 입을 열었다.

"스펙트럼 등급은 G-2."

다시 침묵이 계속되었다.

"직경은 140만 킬로미터, 크기는 터미너스 태양의 1.02배, 표면온도는 절대온도로 6000도, 자전속도는 다소 느린 30일, 특이한 활동이나 기타 불규칙적인 성질은 발견되지 않음."

페롤랫이 말했다.

"그 모든 것들이 거주 가능 행성이 발견될 수 있는 항성의 전형적인 특징들이군."

트레비스가 어둠 속에서 고개를 끄덕이며 말했다.

"전형적인 특징들뿐이죠. 그러니 지구의 태양이라고 예상할 만한 특성을 가진 별임에 틀림없어요. 그리고 정말 저곳에서 생명체가 발생했다면 지구의 태양이 바로 최초의 기준을 설정한 것이로군요."

"그렇다면 거주 가능 행성이 저 별 주위를 공전하고 있을 가능성이 충분히 있겠군."

"그 점에 대해서는 상상할 필요가 없어요. 은하계 성도에는 저 태양계에 인류가 살고 있는 행성이 하나 있다고 나와 있어요. 하지만 거기엔 물음표가 붙어 있어요."

트레비스는 그 점이 어쩐지 골칫거리인 것처럼 느껴졌다. 그러나 페롤랫은 점점 높은 관심을 보이기 시작했다.

"그건 정확히 우리가 예상한 대로야, 생명체를 갖고 있는 행성은 바로 저기에 있네. 하지만 그러한 사실들을 은폐하려는 시도 때문에 자료들이 모호해서 컴퓨터용 성도 제작자들도 확신할 수가 없었던 걸 거야."

"아니에요. 저를 괴롭히는 것은 그게 아닙니다. 우리가 예상하고 있던 것은 그 정도가 아니죠. 우리는 그 이상을 각오하고 있어요. 지구에 관한 자료들을 제거한 그 치밀성으로 미루어 볼 때, 성도 제작자들은 저 별의 태양계에 인간은 말할 것도 없고 생물체가 존재하는지조차 모르고 있어야 마땅하지요. 또한 그들은 지구의 태양이 존재하는지조차 모르고 있어야 해요. 우주인 행성들도 성도에 나와 있지 않았잖아요. 그런데 지구의 태양이 어떻게 성도상에 있을 수 있습니까?"

"글쎄, 하지만 저기 있지 않나? 존재하는 사실을 두고 왈가왈부해서 무슨 소용이 있겠나? 저 별에 대한 다른 정보는 없나?"

"이름이 있어요."

"아! 그래? 이름이 뭐지?"

"알파."

잠시 짧은 침묵이 지난 후 페롤랫이 진지한 얼굴로 말했다.

"바로 그걸세. 이 친구야. 그건 정말 결정적인 증거라네. 그 이름의 의미를 생각해 보게."

"이 이름에 어떤 의미가 있다는 겁니까? 나는 그저 흔한 이름 중의 하나라고 생각했는데요. 하긴 좀 이상하네요. 은하어 같지가 않군요."

"맞아, 은하어가 아니야. 그건 지구 선사 시대의 언어라네. 블리스가 살던 행성에 붙여졌던 '가이아'란 이름도 마찬가지지."

"알파는 무얼 의미하나요?"

"알파는 고대 언어 알파벳의 가장 첫 번째 문자라네. 바로 그 점이 우리가 이 문자에 대해서 알고 있는 지식 중 가장 확실한 증거가 되는 것이라 할 수 있지. 고대에는 '알파'라는 문자가 어떤 것의 맨 처음을 의미할 때 쓰였다네. 어떤 태양을 '알파'라고 부르면 그것은 가장 최초의 태양이란 의미지. 그러니 최초의 태양이란 바로 생명체를 처음으로 태동한 행성을 주위에 거느리고 있다는 의미가 아니겠는가?"

"자신 있습니까?"

"의심할 여지가 없네."

"신화학자니까 잘 아시겠군요. 옛날 전설 중에 혹시 지구의 태양에 뭔가 매우 특이한 속성이 있다는 걸 나타내는 얘기는 없습니까?"

"없어. 또 그럴 가능성이 있겠나? 그 특성은 당연히 표준이어야겠지. 컴퓨터가 저 별에 대해 제공한 정보들은 상당히 표준에 가까운 것으로 알고 있는데, 안 그런가?"

"저는 지구의 태양이 단성(單星)이어야 한다고 생각해요."

"물론 그렇겠지. 내가 아는 한 모든 거주 행성들은 단성 주위를 공전하고 있다네."

"그런데 저 뷰 스크린 중앙에 있는 별이 단성이 아니라 쌍성(雙星)이라는 데 문제가 있어요. 저 두 별 중에 보다 밝은 쪽이 바로 표준에 가깝지요. 컴퓨터가 정보를 제공한 것도 바로 그 별에 관한 것이에요. 또 다른 별은 크기가 이 별의 5분의 4 정도 되고, 이 밝은 별의 주위를 대략 8년의 주기로 공전하고 있어요. 우리는 저 두 별이 서로 떨어져 있다는 사실을 육안으로는 확인할 수 없어요. 하지만 망원경으로 보면 분명히 확인할 수 있습니다."

"그게 정말인가, 트레비스?"

페롤랫이 놀라며 말했다.

"그건 컴퓨터가 내게 말하고 있는 겁니다. 그리고 지금 우리가 보고 있는 것이 쌍성이라면 지구의 태양이 아닙니다. 절대로!"

3

트레비스는 컴퓨터 작업을 멈추고 실내 조명을 밝게 했다. 이것은 명백히 블리스가 팰롬을 데리고 들어와도 좋다는 신호였다.

"결과가 어떻게 됐나요?"

그녀가 조종실로 들어오며 묻자 트레비스는 힘없이 대답했다.

"결과가 좀 실망스러워요. 지구의 태양이 있을 거라고 예상했던 좌표에는 쌍성이 있었지요. 지구의 태양은 단성이므로 분명 저것은 아닙니다."

"트레비스, 이제 어떻게 할 건가?"

페롤랫이 힘없이 물어보았다.

"사실 전 지구의 태양을 중심 공간에서 발견하리라고는 기대하지 않았어요. 우주인 행성 역시 완전한 구체의 형태로 개척된 게 아니잖아요. 우주인 행성 중에서 인류 정착의 역사가 가장 오래된 오로라 행성이 독자적으로 식민지를 건설했기 때문에 우주인 행성들의 배열이 구체의 형태를 이루지 않게 된 것일 수도 있지요. 또한 지구의 태양이 정확히 우주인 행성들의 평균 속도로 이동하지 않았을지도 모르는 일이고 말입니다."

"그러면 지구는 우리의 계산과는 전혀 무관하게 어디에도 있을 수 있다는 얘긴가?"

"아니요. '어디에나' 있을 수 있다는 게 아니라 예상할 수 있는 모든 오차를 계산해도 그 위치를 정확히 알기 힘들다는 얘기지요. 지구의 태양은 분명히 우리가 계산해 낸 좌표 부근에 있는 것만은 틀림없습니다. 그리고 틀림없이 중심 좌표에서 발견된 저 별은 분명 지구의 태양에 가까이 있는 별일 겁니다. 쌍성이라는 점만 제외하면, 지구의 태양과 흡사한 별이 그 근처에 있다는 사실이 정말 놀랍군요."

"그렇다면 성도에 지구의 태양도 나와 있지 않겠는가? 알파 별 근처에 말일세."

"아니죠. 저는 지구의 태양이 성도에는 절대로 없다고 확신합니다. 사실 알파를 처음 발견했을 때 자신감이 떨어졌던 것도 바로 그 때문이었지요. 다시 말해서 그 별은 비록 지구의 태양과 흡사하지만 성도에 있다는 이유 하나만으로도 필경 지구의 태양은 아닐 거라고 생각했죠."

블리스가 말했다.

"그렇다면 왜 이 좌표의 실제 우주 공간을 직접 탐사하지 않는 거죠? 만약 구체 중심 가까이에 컴퓨터의 성도에 나타나 있지는 않지만 알파와 매우 비슷한 별이 있다면 그것이 바로 지구의 태양 아니겠어요?"

트레비스는 한숨을 쉬었다.

"만약 당신 말이 맞는다면 기꺼이 내 재산의 절반을 내놓겠어요. 더욱이 당신이 말하는 별 주위에 지구가 공전하고 있다 해도 지금은 도저히 탐사를 할 생각이 없어요."

"실패할 것 같아서요?"

트레비스가 고개를 끄덕였다.

"어쨌든 잠시 숨을 돌립시다. 의지를 재충전할 필요가 있겠어요."

그들이 서로 이야기를 나누는 동안 펠롬은 컴퓨터 책상의 손자국을 호기심 어린 눈으로 바라보고 있었다. 그러다 주저주저하며 손을 내밀어 손 모양 위로 가져갔다. 순간 트레비스가 재빨리 팔을 그 아이의 동작을 가로막으며 날카롭게 말했다.

"만지면 안 돼, 펠롬!"

어린 솔라리아인은 깜짝 놀라며 블리스의 품으로 물러났다.

페롤랫이 말했다.

"어쨌든 부딪쳐 봐야지, 트레비스. 그런데 만약 실제 우주 공간에서 아무것도 발견하지 못하면 어쩌지?"

"그럼 최초의 계획으로 되돌아가 47개의 우주인 행성들을 차례로 방문해 보는 수밖에 없겠지요."

"거기서도 아무것도 얻지 못하면?"

트레비스는 그럴 가능성에 대해서 깊이 생각하고 싶지 않다는 듯 고개를 흔들었다. 그리고 시선을 아래로 떨구고 있다가 갑자기 말했다.

"그러면 다른 방법을 모색해야겠죠."

"만약 선조들의 행성이라는 게 아예 존재하지 않다면 어떻게 하죠?"

트레비스는 그 목소리가 난 쪽을 향해 고개를 돌리면서 말했다.

"누가 그런 소릴 하는 거야?"

그건 쓸데없는 질문이었다. 그는 누가 말했는지 이미 잘 알고 있었기 때문이었다.

"제가 그랬어요."

펠롬이었다.

트레비스는 눈살을 찌푸리며 그 아이를 쳐다보았다.

"넌 우리가 무슨 얘기를 하는지 알고 하는 말이냐?"

펠롬이 말했다.

"아저씨는 선조들의 행성을 찾고 있지만 아직 발견하지 못했어요. 어쩌면 그런 세계는 없을지도 몰라요."

블리스가 달래듯 말했다.

"그럴지도 모르지, 팰롬."

"아니야, 팰롬. 무엇인가가 그걸 숨기려고 안간힘을 쓰고 있단다. 일부러 감추려는 건 거기에는 뭔가 감출 만한 것이 있기 때문이야. 내 말을 알아듣겠니?"

트레비스가 엄숙히 말했다.

"맞아요. 아저씨는 내가 저 책상 위에 있는 손 모양을 만지지 못하도록 했잖아요. 그건 손 모양을 만지는 것이 재미있는 일이기 때문 아닌가요?"

"아, 하지만 너에게는 재미있는 일이 아니란다, 팰롬. 블리스, 당신은 우리 모두를 파괴할 괴물을 키우고 있군요. 앞으로는, 내가 컴퓨터 앞에 없을 때는 저 아이가 이곳에 오지 못하도록 해요. 그리고 설령 내가 컴퓨터 앞에 앉아 있다 하더라도 그 애를 이곳으로 데려와도 될 상황인지 다시 한 번 잘 생각해 줘요."

이 작은 소동으로 인해 트레비스는 애매모호한 태도를 버리게 되었다. 그가 중얼거렸다.

"역시 난 일을 하는 것이 낫겠어. 만약 내가 무엇을 해야 할지를 몰라서 여기에 그냥 앉아 있기만 했다가는 저 작은 괴물이 우리 우주선을 차지할 테니까 말이야."

내부 조명이 어두워지자 블리스가 작은 소리로 말했다.

"트레비스, 당신은 팰롬이 듣는 데서 그 애를 괴물이라고 하지 않기로 약속했잖아요?"

"그렇다면 당신도 그 애에게서 눈을 떼지 마세요. 몇 가지 예의범절을 가르치란 말입니다. 애들은 절대로 떠들어서도 안 되고, 아무 데나 마구 돌아다녀도 안 된다고 말이에요."

블리스가 인상을 쓰며 말했다.

"어린아이한테 너무 심하군요, 트레비스."

"그럴지도 모르죠. 하지만 지금은 그런 얘기를 나눌 때가 아닙니다."

그러더니 그는 갑자기 안도의 표정을 지었다.

"실제 우주 공간 상에도 알파가 있군요. 그리고 그 좌측 상단에 알파만큼이나 밝은 별이 하나 있고요. 그것은 컴퓨터의 은하계 성도에는 나와 있지 않은 겁니다. 그래! 바로 저거야! 그것이 바로 지구의 태양이야. 내 재산을 몽땅 걸어도 좋아!"

4

블리스가 말했다.

"자, 설사 당신이 틀린다 해도 당신 재산을 넘보진 않을 테니 곧바로 부딪쳐 보는 게 좋겠어요. 도약할 생각이라면 즉시 저 별로 가요."

트레비스가 고개를 저었다.

"안 돼요. 우유부단하거나 두려워서 그런 게 아닙니다. 단지 조심하고 있는 거죠. 이제까지 세 번 미지의 행성을 방문했지만 그때마다 예상치 못한 위험에 빠져서 황급히 탈출할 수밖에 없었잖아요. 하지만 이번은 너무나 중요한 기회입니다. 그렇기 때문에 아무것도 모르는 상태에서 일을 시작하지 않을 겁니다. 지금까지 우리가 알고 있는 거라곤 방사능에 관한 모호한 얘기들뿐이었어요. 그 정도론 결코 충분하다고 할 수 없지요. 그런데 지구에서 겨우 1파섹 정도 떨어진 곳에 유인 행성이 있다는 것은 전혀 뜻밖의……"

"정말 알파가 유인 행성을 가지고 있다고 믿나? 자네는 컴퓨터에 의문부호가 찍혀 있다고 하지 않았나?"

"비록 그렇더라도 도전해 볼 만한 가치는 있지요. 한번 살펴봅시다. 정말 그 행성에 인간이 살고 있다면 그들이 혹시 지구에 대해서 아는 것이 있는지 알아보자고요. 그들에게는 지구란 것이 먼 전설 속의 이야기가 아니라, 그들의 하늘에 떠 있는 밝고 찬란한 이웃 세계일 수도 있으니까요."

블리스가 사려 깊게 말했다.

"그거 좋은 생각이에요. 만약 알파 행성의 태양계에 살고 있는 인간들이 극히 전형적인 고립자들만 아니라면 우리를 우호적으로 대해 줄지도 모르잖아요. 게다가 거기서 좋은 음식을 먹으면 기분 전환도 되겠지요."

"또 마음씨 좋은 사람들을 만나게 될지도 모르죠. 그 점을 잊으면 안 돼요. 교수님도 괜찮으시죠?"

"결정은 자네가 하는 걸세. 자네가 가는 곳이면 어디든지 나도 가겠네."

팰롬이 끼어들었다.

"젬비를 찾을 수 있을까요?"

트레비스가 대답하기 전에 블리스가 얼른 나섰다.

"찾아보긴 할 거야. 팰롬."

트레비스가 기분 좋게 외쳤다.

"자, 그럼 결정이 났어요. 이젠 알파로 갑니다!"

5

"커다란 별 두 개."

팰롬이 뷰 스크린을 가리키며 말했다.

"그래, 두 별 모두 커다랗지. 블리스, 팰롬을 잘 지켜봐요. 팰롬이 조종실 안에서 뭘 만지지 못하도록 말입니다."

트레비스가 말했다.

"팰롬은 기계에 흥미가 아주 많은가 봐요."

"나도 알고 있어요. 하지만 난 그 아이의 흥미 따위에는 관심 없어요. 솔직히 말하자면 나도 재처럼 뷰 스크린 상에서 빛을 발하고 있는 두 별을 동시에 볼 수 있다는 사실이 즐겁긴 하지만……."

그 두 개의 별은 각각 원판에서 반사되는 것처럼 매우 밝게 빛나고 있었다. 스크린은 망막이 손상되지 않도록 방사선을 제거하기 위해 자동적으로 빛의 여과 밀도를 높였다. 그 결과 다른 별들은 빛을 잃어 보이지 않고 단지 이 두 별만 의연히 빛을 발하고 있는 것이다.

"사실 쌍성에 이토록 가까이 접근해 본 적이 없어요."

트레비스가 말했다.

"정말인가? 믿을 수 없군."

페롤랫이 적이 놀란 얼굴을 하자 트레비스는 웃으며 대꾸했다.

"교수님, 전 우주를 많이 돌아다니긴 했지만, 교수님이 생각하시는 것처럼 은하계의 방랑자는 아니랍니다."

"난 자넬 만나기 전엔 우주 공간으로 나온 적이 한 번도 없었네. 하지만 트레비스, 난 항상 생각하길 우주 공간으로 나갈 수 있는 사람들은……"

"우주의 어느 곳이든지 가 봤을 것이라는 얘기지요? 맞아요. 그렇게 생각하는 게 당연하지요. 행성을 벗어나 본 적이 없는 사람들이 갖는 한계는 그들의 지식으로는 알고 있다 해도 실제 은하계가 얼마나 큰 것인지 이해하지 못한다는 점이죠. 평생을 우주 여행으로 보낸다 해도 은하계의 거의 대부분은 가 보지 못해요. 게다가 아무도 쌍성에는 가지 않죠."

블리스가 이해할 수 없다는 듯 물었다.

"왜 그렇죠? 우리 가이아인들이 비록 은하계의 고립자들에 비하면 천문학에 대하여 거의 아는 것이 없을지 몰라도 쌍성이 희귀한 게 아니라는 정도는 알고 있어요."

"물론 희귀한 것은 아니죠. 실제로 쌍성이 단성보다 많으니까요. 하지만 아주 가까운 거리에 두 별이 형성되면 그 주위에 행성이 존재할 가능성은 희박해집니다. 왜냐하면 쌍성들의 주위 우주 공간에는 단성들의 경우보다 행성을 구성하는 물질이 적거든요. 뿐만 아니라 그러한 쌍성들의 주위에 형성되는 행성은 대부분 불안정한 공전 궤도를 가지고 있어서 인간이 살기에 적당치 못해요.

내 생각에는 초기의 탐험가들은 아주 가까이서 많은 쌍성들을 연구하기도 했지만, 얼마 가지 않아 인류 정착은 단성의 경우에만 가능하다는 결론을 내리게 됐을 겁니다. 그리고 일단 은하계에 인류의 정착 밀도가 높아지고 나면 우주 여행이란 사실상 모두 무역이나 행성 간 교류 차원에서 이루어지기 때문에, 자연히 단성을 돌고 있는 유인 행성 간의 왕래 수준을 벗어나지 않게 되지요. 군사적인 활동이 왕성했던 시기에는 어쩌다 어떤 쌍성이 전략적인 위치에 있을 경우, 그 쌍성 주위의 작은 무인 행성에 군사 기지를 세우기도 했을 거예요. 하지만 초공간 비행이 이루어진 다음에는 그러한 기지가 더 이상 필요하지 않게 되어 버렸죠."

트레비스가 설명에 페롤랫이 감탄하며 입을 열었다.

"내가 모르는 게 이렇게 많다니!"

트레비스가 히죽 웃었다.

"그렇게 감동하실 것까지는 없어요. 교수님. 제가 우주군에 있었을 땐 말이죠. 우린 아무도 계획해 본 적도 없고 실제로 활용될 가능성도 없는 구식 군사 전술에 대한 강의를 믿을 수 없으리만치 많이 들었어요. 지금 제가 한 이야기는 그중 극히 일부분에 불과하지요. 교수님만 알고 있는 신화나 전설, 그리고 고대어에 관한 지식이 얼마나 방대한지를 한번 생각해 보세요. 그것들은 교수님과 극히 제한된 몇 명만이 알고 있는 것들 아닌가요?"

블리스가 말했다.

"그래요, 하지만 저 두 별은 쌍성이면서도 그들 중 하나는 유인 행성을 가지고 있잖아요."

"그랬으면 좋겠다는 얘기죠, 블리스. 모든 것에는 예외가 있게 마련이니까요. 안 돼, 펠롬! 그 손잡이는 장난감이 아냐. 블리스, 이 애가 장난치지 못하게 지키고 있든지 아니면 데리고 나가세요!"

트레비스가 소리쳤다.

"애는 아무것도 망가뜨리지 않아요. 저 거주 가능 행성에 그렇게 관심이 있으면 왜 곧장 그곳으로 직접 가지 않죠?"

블리스가 어린 솔라리아인을 몸 쪽으로 끌어당기면서 항의하듯 말했다.

"물론 나도 당신만큼 쌍성에 바싹 다가가서 살펴보고 싶지만 조심해야 한다는 것도 잘 알고 있죠. 우리가 가이아를 떠난 이후 겪었던 모든 사실들이 신중해야 한다는 걸 가르쳐 주고 있잖아요?"

페롤랫이 물었다.

"저 두 별 중 어느 쪽이 알파 항성인가, 트레비스?"

"컴퓨터가 정확히 알고 있지요. 알파는 둘 중에 큰 별이니까 온도도 더 높고 빛도 황색에 가깝지요. 오른쪽별이 왼쪽별에 비해 훨씬 더 진한 오렌지빛을 띠고 있잖아요. 오로라 행성의 태양처럼 말입니다. 아시겠죠?"

"자네 말을 듣고 보니 정말 그렇군."

"그게 바로 둘 중에서 작은 쪽이지요. 그런데 교수님, 고대어 알파벳의 두 번째 문자는 뭐지요?"

페롤랫은 잠시 생각하더니 말했다.

"베타."

"그렇다면 황백색별을 알파라 하고 저 오렌지빛 별을 베타라고 합시다. 우리는 지금 알파를 향해 가고 있습니다."

17장

새로운 지구

1

"행성이 네 개……, 전부 작군. 그리고 소행성군밖에 없고 말이야. 가스 거성은 없군……."

트레비스가 중얼거리자 페롤랫이 말했다.

"실망하는 건가?"

"그렇지는 않아요. 이미 예상했던 바였어요. 너무 가까운 거리에서 공전하는 쌍성 체계에는 각각의 별을 공전하는 행성이 있을 수 없지요. 물론 그 쌍성의 중력 중심을 공전하는 행성이 있을 수는 있지만, 그 행성은 별에서 너무 멀리 떨어져 있어서 생명체가 거주하기 어려운 게 일반적이죠.

하지만 만일 쌍성 체계의 두 별이 서로 충분히 떨어져 있으면 각각의 별 주위에 안정된 공전 궤도를 가진 행성이 존재할 수는 있지요. 물론 이 경우에도 행성들이 그 별에 상당히 근접해야 한다는 단서가 붙기는 하지만 말입니다. 컴퓨터의 데이터뱅크에 따르면, 저 두 별은 35억

킬로미터의 평균 거리를 유지하고 있어요. 가장 근접해 있을 때도 17억 킬로미터 정도죠. 그리고 각각의 별까지 거리가 2억 킬로미터 이내인 행성은 안정된 궤도를 가질 수 있죠. 이보다 큰 공전 궤도를 그리는 행성은 있을 수가 없지요. 이런 사실은, 다시 말해서 별에서 이보다 훨씬 멀리 떨어진 경우에만 존재할 수 있는 가스 거성이 저 별 주위에 없다는 얘기죠. 하지만 그게 무슨 상관입니까? 가스 거성은 거주할 수 있는 행성이 아닌데요."

"하지만 저기 네 개의 행성 중 하나는 생명체가 살 수 있는 곳인지도 모르지 않은가?"

"사실 두 번째 별만 거주 가능 행성일 가능성이 있지요. 왜냐하면 네 개 중 대기를 가지고 있을 정도로 큰 행성은 그것뿐이기 때문이지요."

그들은 두 번째 행성을 향해 빠르게 접근해 갔다. 이틀 동안의 비행이 끝나갈 무렵 스크린에는 그 행성의 크기가 더욱 확대되었다. 그들을 저지하는 우주선도 전혀 눈에 띄지 않자 트레비스는 더욱 속도를 높였다.

이윽고 파스타호는 그 행성을 뒤덮고 있는 구름층에서 약 1000킬로미터의 고도를 유지하면서 비행을 계속했다. 트레비스는 조종을 계속하면서 어두운 표정으로 말했다.

"이제야 컴퓨터의 메모리뱅크가 왜 '거주 가능' 다음에 의문부호를 달았는지 그 이유를 알겠군요. 거기에는 전혀 어떤 에너지의 방사 현상도 없기 때문이에요. 게다가 밤 지역에서는 아무런 불빛도 발견할 수 없고, 어디서도 무선 전파를 전혀 탐지할 수 없기 때문이지요."

"구름층이 꽤 두꺼운 것 같군."

"그렇다고 전파를 차단할 수는 없지요."

그들은 눈 밑에서 돌고 있는 행성을 지켜보았다. 소용돌이치고 있는 흰색 구름들의 교향악! 이따금씩 구름의 틈새로 언뜻언뜻 푸른 파도가 드러나 바다가 있다는 것을 알려 주었다.

트레비스가 말했다.

"사람이 사는 행성치고는 구름이 너무 짙은 것 같아요. 이곳은 약간 어두운 세계인지도 모르겠어요. 하지만 가장 당혹스러운 것은……."

그들이 어두운 지역으로 다시 들어갈 때 트레비스가 덧붙여 말했다.

"우주 정거장에서 아무런 호출 신호가 없다는 점이죠."

"콤포렐론의 우주 정거장이 우리를 맞아들였던 방식 말인가?"

페롤랫이 말했다.

"사람이 사는 세계라면 어디나 그런 식으로 외계인을 맞아들일 겁니다. 누구나 서류 절차나 화물 검사, 그리고 체류기간 신고를 위해 통상적으로 우주 정거장을 거치기 마련이죠."

블리스가 말했다.

"혹시 우리가 그러한 신호를 탐지하지 못한 건 아닌가요?"

"우리 컴퓨터는 그들이 보내는 전파의 어떤 파장이라도 충분히 탐지할 수 있어요. 우리도 계속 신호를 보내고 있지만 결국 아무런 응답 신호도 받지 못했어요. 우주 정거장의 관리들과 교신하지 않고 구름층 아래로 내려가는 것은 우주 비행 관례를 위반하는 것이지만, 우리에겐 다른 선택의 여지가 없군요."

파스타호는 속도를 줄이는 대신 지금의 고도를 유지하기 위해 우주선의 반중력(反重力)을 강화했다. 그러고는 다시 태양빛을 받는 반구쪽으로 나온 뒤 더욱 속도를 늦추었다. 트레비스는 곧 구름층에 커다란 틈이 있는 것을 발견하고는 그 속으로 우주선을 하강시켰다. 구름층 바로 밑에는 바다가 싱그러운 산들바람으로 일렁이고 있었다. 우주선의 수 킬로미터 아래에 펼쳐진 바다에는 파도가 넘실대고 있었고 거품의 줄무늬도 희미하게 보였다.

그들은 햇살이 비치는 부분을 벗어나 구름층 밑을 비행했다. 구름층 밑으로 보이는 망망대해는 회색빛을 띠고 있었고 대기 온도도 눈에 띄게 떨어졌다.

스크린을 응시하고 있던 팰롬은 잠시 자음이 많은 솔라리아어로 말하더니 은하어로 바꿔서 말했다. 아이의 목소리는 떨리고 있었다.

"저 아래 보이는 것이 뭐죠?"

"그건 바다란다. 매우 커다란 물 덩어리지."

블리스가 달래듯이 말했다.

"저 물 덩어리는 왜 말라 없어지지 않죠?"

트레비스가 대답했다.

"말라 없어지기에는 물이 너무나 많거든."

팰롬은 목이 메는 소리로 말했다.

"저렇게 물이 많은 곳은 싫어요. 다른 데로 가요."

이윽고 파스타호가 폭풍 구름 속으로 들어가자 스크린이 갑자기 우윳빛으로 변하고 장대 같은 빗방울이 스크린을 때리자 팰롬은 가는 비명을 질렀다. 조종실의 불빛이 어두워졌고 우주선은 약간 흔들렸다.

트레비스가 놀라 소리를 질렀다.

"블리스! 팰롬은 에너지를 변환시킬 수 있을 정도의 나이가 됐어요! 팰롬은 지금 조종 장치를 조작하려고 전기력을 사용하고 있단 말입니다. 빨리 중지시켜요!"

블리스가 팰롬에게 손을 뻗어 꼭 끌어안았다.

"이젠 괜찮아, 팰롬. 괜찮아. 무서워할 것 없이. 이런 곳도 있단다. 세상에는 이런 세계가 무수히 많아."

팰롬은 약간 안정을 찾은 듯했지만 계속 떨고 있었다. 블리스가 트레비스에게 말했다.

"이 애는 바다를 본 적이 없어요. 아마 안개나 비도 본 적이 없을 거예요. 당신은 이 애를 동정할 수는 없나요?"

"하지만 우주선을 조종하려 한다면 얘기는 다르지요. 그 애는 우리 모두에게 아주 위험스러운 존재입니다. 자, 이제 당신 방으로 데려가서 진정시키세요!"

블리스가 어쩔 수 없다는 듯 고개를 끄덕였다. 페롤랫이 말했다.

"나도 함께 갈게, 블리스."

"아니에요, 펠. 당신은 여기 있어요. 내가 팰롬을 달래는 동안 당신은 트레비스를 진정시키세요."

블리스는 조종실을 나갔다.

"저를 진정시킬 필요는 없어요. 흥분했다면 죄송합니다. 하지만 그 아이가 장난치도록 내버려 둘 수는 없잖아요?"

트레비스가 페롤랫에게 투덜거리며 말했다.

"물론이지. 하지만 블리스도 상당히 놀랐을 걸세. 아무튼 그녀는 팰롬을 잘 통제할 테니 걱정하지 말게. 그래도 팰롬은 자기 집과 로봇에게 떨어져서 좋든 싫든 간에 자기가 이해하지 못하는 생활 속에 내던져진 아이치고는 정말 잘 처신하고 있는 것 아닌가?"

페롤랫이 말했다.

"저도 알고 있어요. 하지만 그 아이를 데리고 온 것은 제가 아니라 그녀라는 사실을 잊지 마세요. 그건 그녀 생각이었단 말입니다."

"그건 그렇지. 하지만 만약 우리가 데려오지 않았다면 그 애는 죽고 말았을 걸세."

"음, 좋아요. 나중에 블리스에게 사과하겠어요. 그 아이에게도요."

그가 여전히 뚱한 표정을 짓고 있자 페롤랫이 조용히 말했다.

"트레비스, 자네 무슨 고민이 있나?"

"바다 때문이지요."

트레비스가 말했다.

그들은 이미 오래전에 폭풍우를 빠져 나왔지만 구름층은 여전히 계속되고 있었다.

"바다가 무슨 문제가 되지?"

"바다가 끝없이 펼쳐지고 있기 때문이죠."

페롤랫이 무슨 소린지 이해할 수 없다는 듯 멍한 표정을 짓자 트레비스가 덧붙여 말했다.

"육지가 없어요. 우리는 육지를 전혀 보지 못했습니다. 그런데도 이 행성의 공기는 완벽하게 정상적입니다. 아주 적당한 비율의 산소와 질소로 구성되어 있다는 말이죠. 따라서 이 행성은 누군가에 의해 통제되고 있을 뿐만 아니라 현재 산소 비율을 유지할 식물도 있다는 얘깁니다. 자연 상태에서 이러한 대기가 저절로 생겨날 수는 없습니다. 단 하나, 지구를 제외하고 말입니다. 그리고 아무리 통제되고 있는 행성이라도 항상 건조한 육지는 있게 마련입니다. 많게는 전체 면적의 3분의 1, 적어도 5분의 1 정도는요. 그런데 육지도 없는 이 행성이 어떻게 정상적인 공기를 유지할 수 있는지 정말 알 수 없어요."

"이 행성이 보통 별과는 달리 쌍성 체계에 속해 있기 때문에 완전히 예외적인 현상을 보이는 것이 아닐까? 이 행성은 어쩌면 아무런 인위적 통제를 받고 있지 않을 뿐만 아니라, 이 공기도 단성 체계의 행성들과는 다른 어떤 특이한 과정을 통해 생겨난 것일지도 모르지. 지구의 경우와 마찬가지로 아마 생물체가 저절로 생겨났을 걸세. 단지 해양 생물만 말일세."

"설령 우리가 그것을 인정한다 하더라도 그건 별 의미가 없어요. 해양생물은 기술 문명을 발전시킬 수 없잖아요. 기술은 항상 불에 기초를 두고 발전하는데, 바다에서는 불이 생겨날 수 없기 때문이지요. 우리는 기술 문명이 결여된 생물체가 살고 있는 행성을 찾는 게 아니에요."

"나도 알아. 단지 몇 가지 그럴듯한 생각을 해 본 것뿐이네. 하긴 우리가 아는 한 기술 문명이란 것은 일찍이 지구에서만 생겨났지. 다른 세계의 기술 문명도 지구로부터의 이주자들이 가져간 것이고……. 하지만 과학기술에 '항상'이라는 단어는 적합지 않네. 연구해 볼 만한 사례가 한 가지밖에 없는 경우란……"

"바다 속에서 돌아다니려면 몸이 유선형이어야만 합니다. 그러니 해양생물은 불규칙한 외형을 가질 수가 없어요. 손과 같은 부속 기관이 없단 말입니다."

"오징어는 촉수는 가지고 있네."

"우리가 여러 가지 가능성에 대해 생각해 볼 수는 있겠지요. 하지만 만일 교수님처럼 지금 은하계 어디에선가 오징어와 같은 생물체가 저절로 생겨나 불에 기초하지 않는 어떤 기술 문명을 발전시켰을 것이라고 상상한다면 그건 정말 비현실적이죠."

"그건 자네 의견일 뿐이야."

페롤랫이 부드럽게 말했다. 갑자기 트레비스가 웃었다.

"좋습니다, 교수님. 블리스에게 거칠게 대한 보복으로 억지를 부리고 계시는군요. 만일 육지를 발견하지 못하게 되면 교수님이 말한 문명화된 오징어들을 찾는 데 최선을 다하겠다는 점을 약속하지요."

두 사람이 농담을 주고받는 동안 우주선은 다시 행성의 밤 지역으로 들어갔고 그에 따라 스크린도 어두워졌다. 페롤랫이 겁이 나는 듯 몸을 움츠리며 말했다.

"계속 느끼던 거지만, 우리 이래도 안전한 건가?"

"안전하냐고요?"

"이처럼 어둠 속을 비행하는 것 말일세. 바다 속으로 빠져 우리 모두 죽게 되는 것은 아닌가?"

"전혀 걱정할 필요 없어요, 교수님. 정말입니다. 컴퓨터는 우리 우주선이 계속 중력 궤도를 따라 전진하도록 운행하고 있지요. 다시 말해서 항상 행성 중력이 일정하도록 유지하지요. 이는 결국 우주선이 해수면 위의 일정한 고도를 비행한다는 것을 의미해요."

"어느 정도나?"

"약 5킬로미터 정도요."

"그래도 마음이 놓이지 않네, 트레비스. 우리가 육지에 이르러 우리가 발견하지 못했던 산과 충돌할 가능성은 없겠나?"

"우리는 볼 수 없더라도 우주선의 레이더는 포착하지요. 그럼 컴퓨터는 우주선을 우회시키든지 아니면 산 위로 유도할 겁니다."

"그럼 만일 평지가 있다면 어떻게 하지? 어둠 속에서는 지나칠 수도 있지 않겠는가?"

"그렇지 않아요, 교수님. 이처럼 상식적인 것도 모르고 계셨던가요? 답답하네요. 모르신다니 설명을 해야겠군요. 레이더의 전파가 바다에서 반사됐을 경우와 육지에서 반사됐을 경우, 레이더 스크린에는 전혀 다른 파장이 나타나게 되지요. 바다는 거울처럼 매끄럽고 육지는 울퉁불퉁하기 마련이죠. 그러니 육지에서 반사된 전파 형태는 바다에서 반사된 전파보다 불규칙하겠죠. 컴퓨터는 바로 이러한 차이점을 구별해내서 육지가 나타나면 우리에게 알려줍니다. 아마 대낮에도 저보다 컴퓨터가 먼저 육지를 포착할 거고요."

그들은 침묵 속에 빠졌고, 두 시간 가량 지나자 우주선은 다시 낮 지역으로 나왔다. 텅 빈 바다가 우주선 밑으로 단조롭게 펼쳐져 있었지만, 우주선이 이따금 수없이 많은 폭풍우 속을 통과할 때는 바다가 보이다 말다 했다. 폭풍우 속을 지날 때에는 바람 때문에 파스타호가 그 진로에서 벗어날 수밖에 없었다. 에너지의 낭비를 막고 또 물리적 피해의 가능성을 최소화하기 위해서, 컴퓨터가 예정된 비행 진로를 비껴갈 수 있도록 지시한 것이라고 트레비스는 설명했다. 난기류에서 벗어나자 곧 컴퓨터는 우주선이 다시 본궤도로 진입하도록 했다.

"아마도 태풍의 외곽 부분에 걸려들었던 것 같군요."

"내 말 좀 들어 보게, 트레비스. 우리는 서에서 동으로 또는 동에서 서로만 비행하고 있네. 그럼 조사할 수 있는 것은 적도 부근뿐 아닌가?"

"그건 어리석은 짓이겠죠? 사실 우리는 지금 북서쪽과 남동쪽을 잇는 거대한 원 궤도를 따라 비행하고 있는 중입니다. 우리는 열대 지역과 두 온대 지역을 통과하고 있지요. 그리고 이 행성은 자전축을 중심으로 자전하고 있기 때문에, 우리가 공전할 때마다 그 궤도는 계속 서쪽으로 이동합니다. 우리는 지금 단계적으로 이 행성을 십자비행하고 있는 겁니다. 아직까지도 육지를 발견하지 못했으니까 컴퓨터에 따르면 앞으로 대륙을 발견할 가능성은 10분의 1, 큰 섬을 발견할 가능성은 4분의 1도 안 되는 실정입니다. 우리가 행성을 한 바퀴 돌 때마다 그

가능성은 계속 줄어들 뿐이지요."

"물론 자네도 잘 알고 있겠지만 나라면 행성에서 멀리 떨어져서 행성의 반구 전체를 레이더를 통해 샅샅이 조사할 걸세. 구름이 문제가 되지는 않을 테니까 말일세. 안 그런가?"

어둠이 다시 우주선을 집어삼키는 동안 페롤랫이 말했다.

"그 뒤 반대편 반구 쪽으로 빠르게 비행해서 같은 식으로 조사하거나, 아니면 그 행성이 한 바퀴 자전하는 동안 기다렸다가 조사한다는 거겠지요. 하지만 지금은 너무 늦었어요.

우주 정거장에 들러서 비행 궤도를 지시받지 않고서 유인 행성에 접근할 수 있으리라고 누가 예상이나 했겠어요? 더구나 구름층 밑에서 육지 찾기가 이처럼 어려울 것이라고 누가 상상이나 했나요? 거주 가능 행성이란 것이……, 아, 육지다!"

"거주 가능 행성이 반드시 육지여야만 하는 것은 아니지."

페롤랫의 말에 트레비스가 갑자기 흥분한 듯 외쳤다.

"그 얘기가 아닙니다. 지금 육지를 발견했다니까요. 조용히 하세요!"

흥분을 억누르지 못한 채 트레비스는 두 손을 컴퓨터 책상 위에 올려놓고는 말을 이었다.

"길이 250킬로미터에 폭이 65킬로미터 가량 되는 육지입니다. 아마 면적이 1만 5000제곱킬로미터는 되는데 그다지 큰 편은 아니군요. 지도에서는 하나의 점으로 표시될 수 있을 정도겠지요. 잠깐……."

조종실 안의 조명이 희미해지더니 아주 꺼져 버렸다.

"뭐하는 건가?"

페롤랫은 자신도 모르게 속삭이듯 말했다. 마치 어둠을 잘못 다루면 금방이라도 깨지기라도 하듯이…….

"우리 눈이 어둠에 적응할 때까지 잠깐만 기다리죠. 우리는 이 섬의 상공을 선회하고 있어요. 자, 뭔가 보이는 것이 없어요?"

"글쎄……, 단지 몇 개의 작은 불빛들만 보이는 것 같네. 확신할 수는 없지만 말일세."

"제 눈에도 보이는군요. 자, 이제는 망원경으로 한번 봅시다."

여기저기 불규칙하게 흩어져 있는 불빛들이 명확하게 눈에 들어왔다.

"저곳에 사람들이 살고 있는 것 같군요. 이 행성에서 사람이 거주하는 유일한 지역인지도 모르지요."

"이제 어떻게 할 건가?"

"날이 밝을 때까지 기다리지요. 이제 몇 시간은 쉴 수 있을 겁니다."

"그들이 공격해 오지 않을까?"

"무엇으로요? 저는 불빛과 적외선을 제외하고는 어떤 방사선도 탐지해 내지 못했어요. 이곳 주민들은 분명히 지적인 존재들이겠지만, 틀림없이 전자 시대 이전의 기술밖에 없을 겁니다. 만일 제 추측이 틀렸다면 컴퓨터가 미리 제게 경고를 할 겁니다."

"그럼 날이 밝으면?"

"물론 착륙해야지요."

2

아침 햇살이 구름 사이의 틈을 통해 신선한 초록빛 섬을 비추기 시작할 때, 그들은 착륙을 시도했다.

섬에 한층 가까이 접근하자 드문드문 분포해 있는 잡목 숲과 과수원이 눈에 띄었다. 그러나 잘 관리된 듯한 밭이 섬의 태반을 차지하고 있었다.

우주선 바로 밑에 보이는 남동쪽 해안가에는 은백색 해변이 펼쳐져 있었고, 그 뒤편에는 표석들이 띄엄띄엄 둘러쳐져 있었으며, 그 너머에는 넓은 초원이 자리 잡고 있었다. 그들의 시야에 언뜻 가옥 한 채가 들어왔으나 가옥들은 촌락을 구성할 정도로 밀집되어 있지는 않았다.

마침내 그들은 드문드문 이어져 있는 도로망을 식별했고 그 주위의 집들을 찾아냈다. 맑은 아침 공기 속에서 저 멀리 에어카가 움직이고 있었다. 이동하는 방식으로 미루어 볼 때 그 물체는 새가 아니라 에어카임이 분명했다. 에어카는 이 행성에 지적 생물이 존재하고 있다는 최초의 명백한 징표였다.

"그들이 전자파를 통한 원격 조종 기술 없이 저걸 움직이는 거라면, 저건 자동화된 차량일 겁니다."

트레비스의 말에 블리스도 맞장구쳤다.

"저도 그렇게 생각해요. 만일 저걸 조종하고 있는 누군가 있다면 저 에어카는 우리를 향해 날아올 테니까요. 우리 우주선은 이곳에 사는 사람들에게는 굉장한 구경거리가 되겠죠. 그들에게는 이 우주선이 브레이크 제트엔진이나 로켓 추진 장치 없이도 하강하는 신기한 우주선으로 비칠 테니까요."

트레비스가 생각에 잠긴 듯한 얼굴로 말했다.

"어떤 행성에서든 이 우주선은 기묘한 구경거리지요. 중력 우주선의 하강을 목격할 수 있는 세계는 흔하지 않거든요. 해변가는 착륙하기에 좋은 장소지만 바람 때문에 우주선이 물에 잠길 수 있으니 적합하지 않고……, 저기 보이는 표석 너머 초원 지역에 착륙하는 게 좋을 것 같군요."

그가 우주선을 이동시키자 페롤랫이 말했다.

"우리의 중력 우주선이라면 최소한 착륙할 때 그들의 사유 재산을 태워 먹는 일은 없겠지."

우주선은 하강 마지막 단계에서, 천천히 밖으로 내민 네 개의 넓은 착륙용 다리로 안전하게 착륙했다. 페롤랫이 말했다.

"우리 우주선이 자국을 남기지 않을까 염려되는군."

"이곳의 기후는 분명히 온화할 거예요. 아니, 퍽 따뜻할 것 같아요."

블리스가 말했다. 그곳의 풀밭에는 한 여인이 아무런 두려움이나 놀라는 기색도 없이 우주선이 하강하는 것을 지켜보고 있었다. 그녀는 우주선이 하강하는 것을 구경하는 데 완전히 정신이 팔린 듯했다. 그녀는 이곳 기후에 대한 블리스의 추측을 대변하듯 거의 아무것도 걸치지 않고 있었다.

그녀가 신고 있는 신발은 두꺼운 천 조각으로 만들어진 것이었고, 허리에는 꽃무늬를 수놓은 짧은 스커트가 걸려 있었다. 그녀의 상체는 완전히 노출되어 젖가슴이 드러나 있었다.

그녀의 윤기 흐르는 검은 머리카락은 허리까지 길게 늘어뜨려져 있었다. 피부는 엷은 갈색이었고 눈은 작았다. 트레비스가 주위를 둘러보았으나 다른 사람들은 눈에 띄지 않았다.

"음, 이른 아침이라 주민들은 대부분 집 안에 있거나 아직 잠에 빠져 있는 모양이군. 하지만 이곳에 그리 많은 사람들이 살고 있는 것 같지는 않군요."

그는 일행 쪽으로 몸을 돌리고는 말했다.

"밖으로 나가서 그녀에게 말을 걸어 볼 테니 당신들은……"

블리스가 얼른 나섰다.

"우리 모두가 함께 나가는 게 좋겠어요. 저 여자는 우리에게 아무런 해를 끼치지 않을 것 같아요. 나도 오랜만에 다리 운동도 하고 이 행성의 공기를 마시고 싶으니까요. 어쩌면 이 행성에서 식량을 구할 수 있을지도 모르죠. 그리고 팰롬도 신선한 공기를 마시게 하고……. 펠도 저 여자에게 이것저것 물어보고 세밀하게 관찰하고 싶을 거예요."

약간 달아오른 얼굴로 페롤랫이 말했다.

"내가? 블리스, 내가 우리 중에서 유일한 언어학자이긴 하지만 그러고 싶은 마음은 그다지 없는데……."

트레비스가 어깨를 으쓱했다.

"그럼 다 같이 나갑시다. 저 여성에게 적의는 없어 보이지만, 그래도 나는 무기를 휴대하고 나갈 작정입니다."

"과연 저 젊은 여성에게 무기를 사용하고 싶은 마음이 들지 정말 궁금하군요."

블리스의 말에 트레비스가 싱긋 웃었다.

"꽤 매력적인 여성이긴 해요, 안 그래요?"

트레비스가 앞장섰고 블리스가 팰롬의 손을 꼭 쥔 채 그 뒤를 따랐다. 마지막으로 우주선을 나온 사람은 페롤랫이었다.

검은 머리의 여인은 놀란 기색은커녕 흥미롭다는 듯 한 발짝도 뒤로 물러서지 않은 채 그들을 지켜보고 있었다.

트레비스가 혼자 중얼거렸다.

"좋아, 내가 먼저 말을 걸어 봐야지."

그는 무기에서 손을 멀찌감치 떼어 놓은 채 말을 건넸다.

"만나서 반갑습니다."

여인은 잠시 주춤하더니 입을 열었다.

"당신들을 환영합니다. 잘 오셨어요."

페롤랫은 기쁨을 감추지 못한 채 말했다.

"정말 놀랍군! 그녀는 고대 은하어를 완벽하게 구사하고 있어."

"저도 그녀의 말을 알아듣겠어요."

트레비스가 말했다. 그러나 완전하게 이해한 것은 아니라는 것을 나타내기 위해 한 마디 덧붙였다.

"그녀도 제 말을 이해하기를 바라요."

그는 얼굴에 미소를 띤 채 우호적인 표정을 지으며 말했다.

"우리는 우주 저 멀리서 왔습니다. 우리는 외계인들입니다."

"제국에서부터 오신 건가요?"

여인의 목소리는 맑고 높았다.

"저 우주선은 멀리 떨어진 별에서 왔습니다. '파스타(Far Star)'가 바로 저 우주선의 이름입니다."

그녀는 우주선 벽에 쓰여 있는 글씨를 바라보았다.

"저거 바로 당신 우주선의 이름인가요? 그것은 파스타라는 단어고, 첫 글자가 F라면 그건 거꾸로 적혀 있네요."

트레비스가 그렇지 않다고 말하려는 순간, 페롤랫이 떨 듯이 기뻐하며 소리를 질렀다.

"알파벳 F는 약 2000년 전에는 거꾸로 쓰였지. 이번에야말로 살아 있는 고대 은하어를 자세히 연구할 수 있는 둘도 없는 기회일세."

트레비스는 그녀를 주의 깊게 살펴보았다. 그녀의 키는 150센티미터가 채 안 되어 보였고 젖가슴은 균형 잡힌 예쁜 모양이었지만 좀 작았다. 그렇다고 어린애 같지는 않았다.

"내 이름은 골란 트레비스고 내 친구는 야노브 페롤랫, 이 여자는 블리스이며 저 아이는 팰롬이라고 합니다."

"당신들 별에서는 남자들이 두 개의 이름을 가지는 게 관습인가 보죠? 내 이름은 히로코고 우리 어머니의 이름도 히로코예요."

"그럼 당신 아버지의 이름은 뭡니까?"

페롤랫이 끼어들었다. 이 물음에 히로코는 별 관심이 없는 듯이 어깨를 으쓱하더니 신통치 않게 대답했다.

"어머니 말씀으로는 '스물'이라고 하는데, 그건 그다지 중요한 건 아니에요. 나는 아버지를 본 적조차 없거든요."

"다른 사람들은 어디에 있습니까? 여기서 우리를 환영하는 사람은 유일하게 당신뿐이군요."

트레비스의 물음에 히로코가 대답했다.

"남자들은 고기를 잡으러 바다에 나갔고, 여자들은 들에서 일하고 있어요. 나는 어제부터 이틀째 쉬고 있지요. 그러다가 운 좋게 이 굉장한 구경거리를 보게 된 거죠. 하지만 이곳 사람들은 호기심이 많아서 이 우주선이 하강하는 걸 멀리서 보았을 거예요. 다른 사람들도 곧 이곳으로 모여들겠죠."

"이 섬에는 사람들이 많이 살고 있나요?"

"인구가 약 2만 5000명가량 되죠."

히로코가 자랑하듯 말했다.

"바다에 이곳 말고 다른 섬들도 있습니까?"

"다른 섬들이라뇨?"

그녀는 어리둥절한 표정을 지었다. 트레비스에게는 그녀의 표정만으로도 답변이 충분했다. 그건 이 행성 전역에서 바로 이곳만이 인간들이 사는 유일한 지역이라는 뜻이었다. 그가 말했다.

"이곳은 어딘가요?"

"알파라고 해요. 정식 명칭이 의미가 있을지는 모르지만 관심이 있으시다면……, 정식 명칭은 알파 센타우리예요. 하지만 우리는 흔히들 '알파'라고만 불러요. 어때요, 예쁜 얼굴을 한 세계죠?"

"어떤 세계라고요?"

트레비스가 의아한 표정으로 페롤랫을 보며 물었다.

"아름다운 세계라는 뜻이야."

"그녀의 말은 적어도 이곳에서, 그리고 지금 이 순간에는 그런 의미로 쓰였다는 얘기군."

트레비스가 말했다. 그는 이따금씩 구름 조각이 흘러가고 있는 옅은 푸른색의 하늘을 올려다보았다.

"화창한 날이군요, 히로코. 하지만 알파에는 이렇게 화창한 날이 많지 않을 것 같은데요."

히로코의 태도가 갑자기 굳었다.

"우리는 화창한 날씨가 얼마든지 계속되도록 할 수 있어요. 비가 필요할 때면 구름을 부르죠. 하지만 우리는 대체로 청명한 하늘을 좋아해요. 특히 요즘과 같이 사람들이 배를 타고 바다에 나가 있을 동안에는 더욱 하늘이 맑고 바람이 잔잔하기를 바라죠."

"그럼 당신들은 날씨를 조절합니까, 히로코?"

"그러지 않았다면 우리는 비에 흠뻑 젖을 거예요, 트레비스 씨."

"어떻게 날씨를 조절할 수 있지요?"

"나는 전문적인 기술자가 아니기 때문에 말해 줄 수가 없네요."

"그럼 이 섬의 이름은 무엇인가요?"

트레비스가 자신도 모르게 고대 은하어로 말하자 히로코가 대답했다.

"우리는 거대한 바다 한가운데 있는 천국 같은 우리의 섬을 '새로운 지구'라고 부르죠."

그 말에 트레비스와 페롤랫은 놀라움과 기쁨으로 서로를 쳐다보았다.

3

그들은 대화를 계속할 여유가 없었다. 수십 명의 사람들이 그들에게 몰려들고 있었던 것이다. 트레비스는 그들이 바다나 들에 나가 있던 사람들도 아니며 멀리서 온 사람도 아닐 거라고 생각했다. 낡고 형편없는 육상용 차량 두 대가 눈에 띄었지만 그들 대부분은 걸어왔다.

그들이 기후를 조절할 줄 안다고 했지만, 이곳의 기술 수준은 형편없이 낮은 것 같았다.

하긴 어느 사회든 모든 분야의 기술 수준이 반드시 동일하지 않다는 건 당연한 일이었다. 다시 말해서 어떤 분야의 발전이 늦다고 해서 다른 분야까지 꼭 그런 것은 아니었다. 그러나 이곳처럼 각 분야의 기술 발전이 고르지 못한 것도 드문 일이었다.

우주선을 구경하고 있는 사람들 중 반 이상이 노인들이었고, 어린애들도 서너 명 눈에 띄었다. 젊은이들 가운데는 남자보다 여자가 많았다. 놀라운 것은 그들 중 어느 누구도 두려움이나 불안감을 드러내는 사람이 없다는 점이었다.

트레비스는 블리스에게 낮은 목소리로 말했다.

"당신이 저들을 조종하고 있어요? 사람들 모두가 차분해 보여요."

"천만에요. 나는 불가피한 경우가 아니면 사람들의 마음을 조종하지 않아요. 내가 관심을 두고 있는 것은 바로 팰롬뿐이에요."

블리스가 대답했다.

은하계에서 호기심 많은 구경꾼들을 경험한 사람들에게는 주위에 몰려든 사람들이 그다지 많은 숫자가 아니었지만, 팰롬에게는 엄청나게 많은 군중이었다. 그 아이는 단지 어른 세 명과의 생활에 겨우 적응하고 있는 단계였다. 팰롬은 가쁜 숨을 몰아쉬고 있었고, 눈은 반쯤 감겨 있었다. 매우 심한 충격을 받은 것 같았다.

블리스는 팰롬의 머리를 부드럽게 쓰다듬으며 진정시켰다. 팰롬은 계속 숨을 깊게 몰아쉬면서 약하게 떨고 있었다. 잠시 후 그녀는 머리를 들고 조금씩 안정을 되찾으면서 그곳에 나타난 사람들을 쳐다보더니 다시 블리스의 겨드랑이 사이에 파고들었다. 블리스는 팰롬의 어깨를 팔로 감싼 채 힘주어 안아 안심시켰다.

페롤랫도 다소 충격을 받은 듯했다. 그는 알파인들을 한 사람씩 훑어보고 있는 중이었다. 그가 말했다.

"트레비스, 이 사람들 좀 보게. 서로 생김새가 이렇게 다를 수가 있나?"

트레비스 역시 그것을 알아볼 수 있었다. 그들끼리도 피부와 머리색깔이 조금씩 달랐고 주근깨투성이의 피부에 파란 눈과 윤기가 흐르는 빨간 머리를 가진 사람도 눈에 띄었다. 성인들 중에는 히로코만큼 키가 작은 사람들이 적어도 세 명은 있었고 한두 사람은 트레비스보다도 키가 컸다. 많은 남녀가 히로코와 비슷한 눈을 가지고 있었는데 그런 눈은 필리 구역에서 교역을 하는 행성인들의 특징이라는 것을 기억해 냈다. 그러나 그가 그 구역을 방문해 본 적은 없었다.

모든 알파인들은 허리 위 상체에는 아무것도 걸치지 않은 상태였고, 여인들의 젖가슴은 대부분 작았다. 이 점만이 트레비스가 지적할 수 있는 이곳 사람들의 공통적인 특징이었다.

블리스가 갑자기 입을 열었다.

"히로코 양, 이 아이는 우주 여행에 익숙하지 않아서 모든 것에 대해 놀라고 있어요. 너무 피곤해해서 앉아 있었으면 하는데……. 뭘 좀 먹거나 마실 수도 있다면 더욱 좋고요."

히로코가 어리둥절한 표정을 짓자, 페롤랫이 블리스의 말을 중기 제국 시대의 한층 화려한 은하어로 바꿔 말해 주었다. 그 말을 듣자 히로코는 무릎을 꿇으며 말했다.

"용서하세요, 아가씨. 난 당신들이 무엇을 필요로 하는지 미처 생각하지 못했어요. 이 낯선 사건에 완전히 정신이 팔렸나 봅니다. 당신들은 우리의 귀빈으로서 큰 식당으로 모셔 아침 식사를 대접하겠어요. 그래도 되겠지요?"

블리스는 자기의 말을 좀 더 쉽게 알아듣도록 단어 하나하나를 조심스럽게 발음했다.

"그렇게 해 주신다면 정말 고맙겠네요. 하지만 이 아이는 많은 사람들과 함께 있는 것에 익숙하지 못합니다. 그러니 당신 혼자 우리를 접대해 준다면 더 좋겠군요."

히로코가 일어서면서 말했다.

"원하시는 대로 해 드리겠어요. 자, 가시죠."

그녀는 블리스 일행의 앞에 서서 유유히 풀밭을 가로질러 갔다. 다른 알파인들은 바로 옆에서 따라오고 있었다. 그들은 블리스 일행의 의복에 관심이 많은 것 같았다. 트레비스는 가벼운 재킷을 벗어서 손가락으로 그의 재킷을 만지작거리던 알파인에게 건네주며 말했다.

"궁금하다면 살펴보고 돌려주시오."

그러고는 다시 히로코에게 말했다.

“내 재킷을 꼭 되돌려 받도록 해 주십시오.”

“물론이죠. 반드시 챙겨 드리겠어요.”

그녀는 진지하게 고개를 끄덕였다.

트레비스가 미소를 지었다. 재킷을 벗고 나니 한결 몸이 가벼워졌고 부드러운 산들바람은 한층 더 상쾌하게 온몸을 감쌌다.

그는 자기 주위의 어느 누구도 무기를 휴대하고 있는 것을 보지 못했다. 더구나 자기가 차고 있는 무기들에 대해 두려움이나 불안감을 보이는 사람도 없다는 것이 신기할 따름이었다. 알파는 폭력이란 것이 전혀 존재하지 않는 세계가 아닐까!

블리스보다 조금 앞서가기 위해 발걸음을 재촉하던 한 여인이 블리스의 블라우스를 세밀히 살펴볼 생각으로 뒤돌아보더니 블리스에게 물었다.

“당신에게도 젖가슴이 있나요, 아가씨?”

그러곤 마치 대답을 기다릴 여유도 없다는 듯 블리스의 가슴에 손을 대자 블리스가 웃으며 말했다.

“물론 나도 젖가슴이 있죠. 당신 가슴만큼 예쁘지는 않지만, 그 때문에 가슴을 가리는 건 아니에요. 우리 행성에서 젖가슴을 노출하고 다녔다가는 비정상적인 사람으로 취급받거든요.”

그녀는 페롤랫에게 작은 목소리로 물었다.

“제가 고대 은하어를 틀리지 않게 제대로 말한 건가요?”

“잘하고 있어, 블리스.”

페롤랫이 장하다는 듯 말했다.

커다란 식당 안에는 양쪽으로 의자들이 붙은 긴 테이블이 놓여 있었다. 이곳 사람들은 단체로 식사를 하는 것 같았다.

트레비스는 양심의 가책을 느꼈다. 따로 식사할 수 있게 해 달라는 블리스의 부탁 때문에 겨우 다섯 사람에게 식당이 독점되어, 다른 알파인들은 밖으로 나갈 수밖에 없었기 때문이었다. 하지만 많은 사람들은 아마 외계인들이 식사하는 모습을 보기 위해 창문(유리도 끼워져 있지 않고 그저 벽에 뚫린 구멍이었다.) 밖에 적당히 떨어져서 지켜보고 있을 것이다.

트레비스는 무심코 만일 비가 온다면 어떻게 될까 하고 생각했다. 어쩌면 비가 필요할 때는 가랑비처럼 강풍을 동반하지 않고 필요한 정도만 내릴지도 모른다. 더구나 알파인들이 대비할 수 있도록 미리 예보된 시간에만 비가 내릴 것이다.

앞에 있는 창은 바다를 향하고 있었다. 하나의 점에 불과한 이 낙원의 상공을 제외하면 하늘은 온통 구름으로 뒤덮여 있었다. 멀리 수평선에는 구름 봉우리가 보이는 듯했다.

날씨를 조절한다면 여러 가지 이점이 많을 것이었다.

블리스 일행은 한 젊은 여성의 시중을 받았다. 그녀는 무엇을 먹고 싶은지 물어보지도 않고 음식을 가져왔다. 식탁 위에는 우유, 포도, 주스, 물이 담긴 컵들이 놓였다. 각 사람 앞에는 껍질을 벗긴 삶은 달걀이 두 개씩 놓였으며, 그 옆에는 하얀 치즈가 담긴 은식기가 놓였다. 이어 구운 생선이 담긴 커다란 타원형 접시와 신선한 상추 위에 구운 감자를 올린 접시가 나왔다.

블리스는 자기 앞에 놓인 많은 양의 음식을 당혹스럽게 쳐다보며 어느 것부터 손을 대야 할지 난감해했다. 하지만 펠롬은 그런 걱정은 하지 않았다. 그녀는 목이 마른 듯 우선 포도 주스를 들이켜고 생선과 감자를 맛있게 먹었다. 팰롬이 음식을 먹기 위해 손가락을 사용하려고 하자, 블리스는 포크 겸용인 커다란 스푼을 팰롬에게 쥐어 주었다.

페롤랫은 만족스러운 미소를 지으며 먼저 달걀을 잘랐다. 트레비스도 "진짜 달걀 맛이 어떤 것인지 알게 될 것 같군요."라고 말하면서 달걀에 칼을 댔다.

블리스도 식사를 시작하였다. 이들이 맛있게 먹는 모습에 너무 기뻐 나머지 아침 식사도 잊고 있던 히로코가 물었다.

"맛이 괜찮아요?"

"좋군요. 이 섬에는 식량난이 전혀 없나 보죠? 혹시 우리에게 지나친 친절을 베푸시는 건 아닌가요?"

하지만 트레비스의 말은 음식을 한입 가득 물고 있는 탓에 잘 들리지 않았다.

그래도 히로코는 진지하게 경청하고 있었기 때문에 그의 말을 잘 알아들었다.

"아니에요. 우리의 토지는 풍요로워요. 바다는 더더욱 그렇고요. 오리들은 알을 낳고 산양들은 치즈와 우유를 만들어 내지요. 땅에는 많은 곡식들이 자라고 있어요. 특히 바다에는 다양한 어류들이 무진장 있지요. 은하제국의 모든 국민들이라도 그 고기들을 모두 먹어치우지는 못할 거예요."

트레비스는 슬그머니 미소를 지었다. 이 젊은 알파 여인은 은하계가 얼마나 큰지 전혀 모르는 것 같았다. 그가 말했다.

"당신은 이 섬을 '새로운 지구'라고 불렀지요, 히로코. 그렇다면 '옛 지구'는 어디에 있지요?"

그녀는 어리둥절한 얼굴을 했다.

"'옛 지구'라고요? 죄송해요. 당신이 무슨 말을 하는지 모르겠군요."

트레비스가 말했다.

"'새로운 지구'가 생기기 전에 당신들은 어디에선가 살지 않았겠어요? 그곳이 어디냐는 겁니다."

그녀는 난처한 표정을 지으며 말했다.

"그 점에 대해서는 전혀 몰라요. 나는 이 섬에서 태어났고, 내 어머니나 할머니들도 마찬가지거든요. 그리고 할머니의 할머니나 증조모도 역시 이 섬에서 태어났지요. 이곳 이외에 다른 세계는 없어요."

트레비스가 부드럽게 말했다.

"하지만 당신은 이 섬을 '새로운 지구'라고 말하고 있어요. 왜 그렇게 부르는 거죠?"

히로코도 마찬가지로 부드럽게 대답했다.

"그거야 모두들 그렇게 부르기 때문이에요."

"하지만 이곳이 '새로운 지구'라는 건 보다 늦게 생긴 지구라는 뜻입니다. 그러니 이곳보다 앞선 지구, 즉 '옛 지구'가 있을 게 분명하잖아요. 그러니 이런 이름이 붙은 거겠지요. 매일 아침 새날이 시작되지요. 이 말은 그 전날이 존재했다는 걸 의미하잖아요. 그렇듯 옛 지구도 있어야 하는 것 아닌가요?"

"아니, 그렇게 생각하진 않아요. 나는 단지 이 섬의 이름만 알고 있을 뿐, 그 이외의 것은 전혀 몰라요. 당신의 말이 궤변 같군요. 기분 나쁘게 생각지는 마세요."

트레비스는 고개를 흔들며 심한 좌절감을 참아 내야 했다.

4

트레비스는 페롤랫을 향해 상체를 숙이며 속삭였다.

"우리가 어딜 가든, 또 무엇을 하든, 지구에 관한 정보는 전혀 얻어낼 수가 없군요."

"우린 지구가 어디 있는지 알고 있잖나. 그러니 무슨 상관이 있나?"

페롤랫이 음식을 씹느라고 우물거리며 말했다.

"저는 지구에 관해서 뭐라도 알고 싶습니다."

"저 여자는 너무 어려서 지구에 관한 정보를 거의 알지 못할 거야."

트레비스는 잠시 생각하더니 고개를 끄덕였다.

"교수님 말이 옳아요."

그는 히로코에게 몸을 돌리며 말했다.

"히로코 양, 우리가 어떻게 여기 오게 됐는지 왜 묻지 않죠?"

히로코는 눈을 아래로 떨어뜨리면서 말했다.

"여러분들이 식사를 마치고 휴식도 취하기 전에 그런 질문을 하는 건 예의에 어긋나는 일이라고 생각했어요."

"하지만 우리는 이젠 식사를 거의 다 마치고 쉬고 있잖아요. 그러니 우리가 이곳에 오게 된 이유를 당신에게 말하죠. 여기 내 친구인 페롤랫 박사는 우리 행성이 자랑하는 박식한 학자죠. 신화학자예요. 무슨 뜻인지 아시겠어요?"

"아뇨, 모르겠는데요."

"그는 다른 행성들에 전해지고 있는 옛날이야기를 연구하고 있습니다. 이 옛날이야기는 신화나 전설을 말하는데, 바로 그것이 이분의 연구 분야예요. 이 '새로운 지구'에는 이 행성의 옛날이야기들을 알고 있는 박식한 사람이 있나요?"

히로코가 무엇인가 생각해 내려는 듯 이맛살을 찡그렸다.

"나는 별로 관심이 없지만, 고대에 대해 얘기하기 좋아하는 노인이 한 분 있어요. 그러한 얘기들을 그가 머릿속으로 지어낸 얘기이거나, 다른 사람이 지어낸 얘기를 들은 것일 거예요. 그런 얘기들은 어쩌면 당신의 박식한 친구 분도 들어 보신 적이 있었던 것일지도 몰라요. 물론 이건 제 추측일 뿐이에요. 내가 잘 모르고 한 소리일지도 모른다고요."

그녀는 마치 남이 엿듣는 것을 원치 않는 듯 좌우를 살펴봤다.

"그 노인의 얘기를 들으려는 사람들도 많이 있긴 하지만, 나는 그가 단지 수다쟁이에 불과하다고 생각해요."

트레비스가 고개를 끄덕였다.

"우리가 바라는 것은 바로 그런 사람입니다. 내 친구를 그 노인에게 데려다 줄 수 있겠어요?"

"그 노인의 이름은 '모놀리'예요."

"모놀리 씨가 내 친구에게 기꺼이 얘기를 해 줄까요?"

"'기꺼이'요? 그는 누가 제지만 하지 않는다면 보름 동안이라도 쉬지 않고 떠들어 댈 사람이에요. 오히려 그의 말을 중단시키려면 통사정을 해야 할 겁니다. 당신 기분을 상하게 하려고 이런 말을 한 건 아니니 이해하세요."

"괜찮습니다. 어쨌든 내 친구를 그 모놀리라는 노인에게 데려다 주시겠습니까?"

"얼마든지요. 그 노인은 항상 집에 있고 자기 얘기를 들으러 오는 사람들을 환영하니까요."

"그리고 나이 지긋한 여성이라면 블리스 양의 얘기 상대가 기꺼이 되어 줄 것 같은데요. 블리스 양은 돌봐야 할 아이가 있어서 돌아다닐 형편이 못 되거든요. 아마 말동무가 되어 줄 사람을 찾아준다면 블리스 양이 좋아 할 겁니다. 당신도 알다시피 여자는 그저 좋아하는 것이……"

"수다란 말씀이죠? 왜 남자들은 그렇게 얘기를 하지요? 남자들도 고기를 잡으러 바다로 나갔다가 돌아오면 서로 자기가 잡은 물고기에 대해 허풍을 떨어요. 아무도 자기 얘기에 귀를 기울이거나 믿지 않는데도, 그들은 쉬지 않고 서로 잘났다고 떠들어 대요. 이제 나도 그만 떠들어야 할 것 같네요. 자, 나는 저기 창문 밖에 있는 우리 어머니의 친구분에게 블리스와 얘기를 나누도록 부탁할게요. 그분이 먼저 당신의 친구 분을 모놀리 노인에게 안내해 드릴 거예요. 만일 당신 친구 분이 모놀리가 수다 떠는 것을 열심히 경청하게 된다면, 아마 그들은 이승에서 떼어놓기는 어려울 겁니다. 자, 잠시 자리를 비울게요."

히로코가 재미있다는 듯 말했다.

그녀가 식탁을 떠난 뒤로 트레비스는 페롤랫에게 말했다.

"교수님, 그 노인에게서 가능한 한 많은 정보를 얻어 오세요. 블리스, 당신도 누가 말벗이 될지는 몰라도 가급적 많은 것을 알아내고……. 여러분들이 알아내야 할 것은 지구에 관한 거라는 점도 잊지 말고요."

"그럼 당신은요? 당신은 뭘 할 거죠?"

블리스가 물었다.

"나는 히로코와 함께 제3자의 정보처를 찾아볼 겁니다."

블리스가 빙그레 미소를 지었다.

"펠은 노인네와, 나는 할머니와 함께 있는 동안 당신은 그 벌거벗은 매혹적인 젊은 여성과 함께 있겠다는 말이군요. 참 합리적인 역할 분담이네요."

"공교롭게도 그렇게 됐군요, 블리스. 어쨌든 합리적인 역할 배치임에는 틀림없는 것 같아요."

그들이 한바탕 웃고 있을 때 히로코가 돌아와서 앉았다.

"모든 일을 주선해 놨어요. 페롤랫 박사님은 모놀리를 만나게 될 겁니다. 블리스 양과 이 아이의 말 상대가 돼줄 사람이 곧 이리 올 거예요. 트레비스 씨, 나는 당신과 대화를 좀 더 나누었으면 하는데요. 그 '옛 지구'에 대해서 말이에요. 조금 전까지 당신이……"

"내가 떠들어 대던 것 말입니까?"

"아니에요. 당신은 내 흉내를 너무 잘 내시는군요. 조금 전 '옛 지구'에 대한 당신의 질문에 내가 너무 무례하게 대답한 것 같네요. 그런 태도를 고치도록 노력하겠어요."

"히로코 양, 나는 당신이 무례했다고 생각지 않아요. 하지만 당신 기분만 괜찮다면 기꺼이 당신과 함께 얘기를 나누고 싶군요."

"고마워요."

히로코가 자리에서 일어서자 트레비스도 함께 일어서면서 말했다.

"블리스, 교수님이 무사할 수 있도록 주의해 주세요."

"걱정 마세요. 그리고 당신에게는 그것이 있으니……."

블리스는 턱으로 그의 우주총집을 가리켰다.

"이것들은 필요하지 않을 것 같군요."

트레비스가 불쾌한 표정을 지으며 말했다.

그는 히로코를 따라 식당을 나섰다. 태양은 어느덧 중천에 떠 있었고 기온은 훨씬 더 올라갔다. 어느 행성이나 그렇듯 이곳에도 특유의 냄새가 있었다. 콤포렐론에서는 희미했고 오로라에서는 퀴퀴한 냄새가 진동했으며 솔라리아에서는 쾌적한 냄새가 났다. (멜포메니아에서는 우주복을 입고 있느라 자기 체취만 맡았다.) 알파에서는 따뜻한 태양 덕택으로 싱그러운 풀 냄새를 맡을 수 있었다. 하지만 이것 역시 곧 느끼지 못하게 될 것을 생각하니 섭섭했다.

그들은 엷은 핑크빛 회반죽으로 지은 듯 보이는 조그만 건물로 다가가고 있었다. 히로코가 말했다.

"여기가 우리 집이에요. 과거에는 내 이모님의 집이었지요."

그녀는 먼저 집 안으로 들어가며 들어오라고 손짓했다.

문은 열려 있었다. 아니, 문이 없다고 하는 편이 더 정확한 표현일 것 같았다.

트레비스가 물었다.

"비가 오면 당신들은 어떻게 하죠?"

"우리는 항상 대비하고 있지요. 내일과 모레 이틀에 걸쳐서 하루 중 가장 서늘하고 토양에 물기가 가장 잘 스며드는 때인 동트기 전 세 시간 동안 비가 내릴 거예요. 그러면 이 방수 커튼을 쳐야 하죠."

그녀는 자신이 말한 대로 커튼을 쳤다. 그 커튼은 억세고 굵은 천으로 만든 것이었다.

"아예 지금 커튼을 치는 것이 낫겠어요. 그러면 다른 사람들은 내가 집 안에 있긴 해도 잠을 자든지 중요한 일을 하고 있는 것으로 알고 만나러 오지 않을 거예요."

"그것만으로 당신의 프라이버시가 지켜질까요?"

"지켜지지 않을 이유가 없죠. 자, 보세요, 출입구도 이렇게 커튼으로 가려 놓았잖아요."

"하지만 누구나 이것을 들쳐서 안을 들여다볼 수 있잖아요."

"집 안에 있는 사람의 허락도 없이 말인가요? 당신네 행성에서는 그런 일이 있나요? 그건 야만인이나 저지르는 행동인데……."

히로코는 무척 놀란 듯했다. 트레비스가 싱긋 웃었다.

"그냥 한번 물어봤을 뿐입니다."

그녀는 그를 두 방 중에서 두 번째 방으로 안내하였다. 트레비스는 그녀의 권유에 따라 푹신한 의자에 몸을 묻었다. 방은 폐소 공포증을 느낄 정도로 황량하고 비좁았지만, 틀어박혀 휴식을 취하기는 적합한 것 같았다.

작은 창문이 천장 가까이에 나 있었고, 빛을 사방으로 반사시키는 섬세한 무늬를 가진 거울 조각들이 벽면에 붙어 있었다. 바닥에는 틈새가 나 있어서 그리로 부드럽고 서늘한 바람이 들어왔다.

트레비스는 인공적인 조명 기구들을 볼 수 없었다. 그래서 알파인들은 동틀 무렵에 일어나서 해 질 녘에는 잠자리에 드는가 보다고 생각했다. 그것에 관해서 물어보려고 하는데 히로코가 먼저 말을 꺼냈다.

"블리스 양은 당신의 애인인가요?"

트레비스가 조심스럽게 대답했다.

"그녀가 내 섹스 파트너냐고 묻는 건가요?"

히로코가 얼굴을 붉혔다.

"좀 점잖은 어휘를 사용하실 수는 없나요? 하지만 그런 뜻으로 물은 것은 사실이에요."

"그녀는 내 친구의 애인입니다."

"하지만 당신이 훨씬 더 젊고 잘생겼는데요."

"고맙습니다. 하지만 블리스는 그렇게 생각하지 않아요. 그녀는 나보다 페롤랫 박사를 훨씬 좋아하고 있죠."

"정말 놀라운 일이군요. 당신 친구는 그녀를 독점하고 있나 보죠?"

"내가 그에게 그녀를 공유하지 않겠느냐고 물어본 적도 없지만, 분명히 그는 거절할 거예요. 나 또한 바라지 않아요."

"그러면 우주선이 한 행성에서 다른 행성까지 날아가는 동안 당신은 성적인 욕구를 어떻게 해결하나요?"

"해결책이 없지요. 가끔 그런 재미있는 일에 대해 생각해 보기도 하지만……. 하지만 우주를 여행하는 사람들은 때로는 욕구를 참아 내야죠. 우리는 그런 욕구를 나중에 한꺼번에 풀어 버립니다."

"어떤 식으로요?"

"당신이 이런 화제를 꺼내는 바람에 점점 괴로워지는군요. 내가 괴로움을 푸는 방법을 당신에게 직접 제시하는 게 예절에 어긋날까요?"

"그럼 제가 한 가지 방법을 제안할까요?"

"뭔지 들어 보고 싶군요."

"제가 제안하려는 것은…… 우리가 서로에게 즐거움이 되도록 하자는 거예요."

"히로코, 나를 이리 불러들인 이유가 바로 그것 때문이었어요?"

히로코가 웃음을 띤 채 말했다.

"이것은 손님을 대접하는 의무이기도 하고 내 바람이기도 하지요."

"그렇다면 나도 바라고 있었다는 점을 고백하죠. 당신에게 이런 사실을 터놓고 얘기할 수 있다는 게 정말 기쁘군요. 당신을 기쁘게 해 주기 위해 최선을 다하죠."

18장

음악제

1

그들은 점심도 아침 식사를 들었던 그 식당에서 했다. 그곳은 알파인들로 붐볐고, 아침과는 달리 트레비스와 페롤랫도 그들 중에 끼어 있었다. 그들은 알파인들의 극진한 대접을 받고 있었다. 한편 블리스와 펠롬은 이들과는 달리 외떨어진 조그만 별관 식당에서 식사를 했다.

식탁에는 갖가지 생선과 삶은 새끼 염소 고기로 보이는 덩어리들이 들어 있는 수프가 올랐고 몇 조각의 식빵과 버터, 잼도 함께 놓여 있었다. 조금 뒤 많은 양의 샐러드가 나왔다. 바닥이 드러날 것 같지 않은 커다란 주전자에 들어 있는 과일 주스가 건네졌지만 별도의 디저트는 없는 것 같았다. 트레비스와 페롤랫은 아침을 거창하게 먹은 탓에 점심을 조금밖에 못 먹었지만 다른 사람들은 꽤 많은 양을 거뜬히 먹어 치웠다.

"저렇게 먹는데 어째서 이곳 사람들은 뚱뚱해지지 않는 거지?"

페롤랫이 낮은 목소리로 의아스럽다는 듯 물었다.

"육체 노동을 많이 하기 때문이 아니겠어요?"

트레비스가 어깨를 으쓱하여 대답했다.

이곳은 식사 예절을 별로 중시하지 않는 사회임이 틀림없었다. 사람들은 식사 중에 고함을 지르거나 껄껄거리며 웃기도 하고, 둔탁한 컵으로 식탁을 내리치며 잡담을 해 댔다. 여자들도 남자들 못지않게 목에 핏대를 세우며 거친 목소리로 떠들어댔다.

페롤랫은 이 거친 분위기가 거슬리는지 눈썹을 찌푸렸지만, 트레비스는 일시적일지라도 그간 쌓인 스트레스를 히로코와 함께 푼 덕택에 지금은 느긋하고 쾌적한 기분에 젖어 있었다.

"사실 이곳에는 나름대로 즐거운 측면이 있어요. 이들은 아무 걱정 없이 삶을 즐기는 사람들 같아요. 이들은 또 날씨를 자유자재로 조절할 수 있고 식량도 상상할 수 없을 정도로 무궁무진하지요. 이들에겐 현재야말로 남부러울 것 하나 없는 태평 세월일 겁니다."

트레비스는 페롤랫이 알아들을 수 있도록 큰 소리로 말했다.

페롤랫도 되받아 큰 소리로 말했다.

"이건 너무 시끄럽군."

"이곳 사람들은 이런 소음에 익숙해 있는 것 같아요."

"이런 난장판 속에서 어떻게 대화를 하는지 알 수가 없네."

알파어는 발음 자체가 특이하고 문법과 어순도 고대어에 가까워서 알아듣기가 쉽지 않은 편이었다. 하물며 이런 소란 속에서는 서로 대화를 알아듣기가 거의 불가능할 지경이었다. 파운데이션 사람들에게 그들이 대화하는 모습은 마치 공포에 질린 동물들이 비명을 지르는 것처럼 보였다.

페롤랫과 트레비스는 점심을 끝내고 난 뒤에야 자기들의 임시 거처인 작은 건물에서 블리스를 다시 만날 수 있었다. 트레비스는 이곳의 내부 구조가 히로코의 숙소와는 상당히 다르다는 것을 알았다.

팰롬은 두 번째 방을 배정받았는데, 블리스의 말에 따르면 팰롬은 혼자서 방을 쓰게 된 것을 무척 좋아했으며 자기 방에서 잠을 청하고 있다는 것이었다.

페롤랫은 입구가 개방되어 있는 문을 보며 불안스럽다는 듯이 말했다.

"여기에는 사생활이란 것이 거의 없겠구먼. 이런 곳에서 어떻게 은밀한 얘기를 나눌 수 있겠나?"

"하지만 입구에 천으로 된 커튼을 치면 아무도 들어올 염려가 없어요. 이 커튼을 치는 게 이곳의 관습이지요."

트레비스의 말에 페롤랫이 방 높은 곳에 달려 있는 열린 창문을 힐끗 올려다보며 반문했다.

"그래도 누군가 우리 얘기를 엿들을 수는 있지 않겠나?"

"큰 소리로 얘기할 필요는 없지 않습니까. 아마 알파인들은 엿듣지 않을 겁니다. 아침 식사 때조차 창문 밖에 상당히 떨어져 있었잖아요."

블리스가 웃으며 트레비스에게 말했다.

"당신은 상냥하고 귀여운 히로코와 함께 시간을 보내면서 알파인들의 관습에 대해 많은 것을 배웠나 보죠? 그들이 남의 프라이버시를 존중하리라는 것도 배우고요. 어땠어요?"

"당신은 지금 내 기분이 한결 나아졌다는 걸 느낄 것이고, 그 이유도 알고 있을 거요. 그러니 부탁인데 제발 나를 괴롭히지 말았으면 해요."

"가이아는 생명의 위기가 아닌 한 어떤 경우에도 당신의 정신을 조종하지 않는다는 점을 잘 알잖아요? 내 정신력은 아직 녹슬지 않았어요. 그래서 나는 1킬로미터 밖에서 어떤 일이 일어났는지 감지할 수 있어요. 어쨌든 섹스는 우주 여행에서도 변하지 않는 당신의 습관인가 보죠, 바람둥이 아저씨?"

"바람둥이라니, 놀리지 말아요, 블리스. 이번 여행 중에서 단지 두 번뿐이었잖아요!"

"우리가 방문했던 행성 중에서 여자들이 살고 있는 세계는 단지 두 곳뿐이었어요. 게다가 우리는 두 곳 모두 겨우 몇 시간만 머물렀을 뿐인데 어찌 당신을 바람둥이라 부르지 않을 수 있겠어요."

"콤포렐론에선 나로서도 어쩔 도리가 없었다는 건 잘 알잖아요?"

"이해할 수 있어요. 그녀가 얼마나 매력적이었던가를 생각해 보면."

블리스가 자지러지게 웃어 대더니 이야기를 계속했다.

"하지만 히로코가 당신을 꼼짝없이 매료시켰다고 생각하지는 않고, 또 그녀가 자신의 욕정을 억누를 길이 없어, 싫다는 당신을 억지로 유혹했다고 생각지도 않아요."

"물론 그렇진 않아요. 난 내 의지대로만 행동했어요. 사실 그런 제의를 한 것은 히로코였죠. 물론 그것도 그녀의 자발적인 행동이었고."

페롤랫이 부럽다는 듯 말했다.

"자네에겐 그런 일이 늘 생기나, 트레비스?"

"그야 물론이죠, 펠. 여자들이 트레비스에게 끌리는 것은 어쩔 도리가 없는 일이지요."

블리스의 말에 트레비스가 변명했다.

"저도 그랬으면 좋겠지만 사실은 그렇지 않아요. 그렇지 않은 것이 오히려 다행이죠. 제가 정말 하고 싶은 것은 다른 일들이니까 말입니다. 그럼에도 불구하고 이번 경우엔 정말 어쩔 도리가 없었어요. 사실

히로코나 다른 알파인들에게는 우리가 처음 보는 외계인이죠. 히로코가 무심코 흘린 말을 종합해 보면 그녀는 제가 신체 구조에서나 성적인 기교에서 알파인들과는 다를지 모른다는 상상 때문에 흥분했던 것 같아요. 그녀가 얼마나 실망했을까 걱정스러울 뿐이지요."

"오, 그래요?"

블리스가 말했다.

"나는 그동안 수많은 세계를 다녔기 때문에 풍부한 경험을 가지고 있지요. 그동안 확인한 바에 따르면, 어디엘 가 봐도 역시 인간은 인간이고 섹스는 섹스라는 점이에요. 설령 다소 차이가 있더라도 그것들은 대개 하찮거나 불쾌한 것들이죠. 특히 온갖 향수들을 맡아야 하는 건 고역이지요. 나는 유리가 깨지는 듯한 고음의 음악 없이는 한시도 견디지 못하는 한 여성이 기억나는데, 그녀가 연주하는 음악이란 내게 그저 고통이었을 뿐이었답니다. 내겐 옛날 음악이 맞아요."

"음악 얘기가 나왔으니 말인데, 오늘 만찬 뒤에 음악회에 초청받았어요. 아마 우리를 위해 열리는 공식적인 행사인 모양인데, 알파인들은 자신들의 음악에 대해 상당한 자부심을 가지고 있는 것 같아요."

블리스의 말에 트레비스는 얼굴을 찌푸렸다.

"그들이 아무리 자부심을 갖고 있다고 해도, 그들의 음악이 우리 귀에 더 감동적으로 들릴 리는 없겠지요."

"내 말을 끝까지 들어 보세요. 그들이 음악에 특별히 자부심을 가지는 건 매우 오래된 악기들을 능숙하게 연주할 수 있기 때문일 거예요. '매우 오래된 악기'들 말예요. 우리는 그런 악기들을 통해서 지구에 관한 정보를 얻게 될지도 몰라요."

블리스가 말했다. 트레비스가 그 말을 듣고 눈썹을 치켜세웠다.

"그럴듯해요. 어떻게 당신이 그런 정보를 얻었는지 궁금하군요. 그런데 교수님, 히로코가 말한 모놀리라는 사람을 만나 보셨나요?"

"물론 만났지. 세 시간 동안 함께 있었어. 히로코가 허풍을 떤 건 아니었네. 사실 그 친구 혼자서만 떠들어 댔어. 내가 점심 식사를 위해 일어서는데도 붙잡고 늘어지더군. 결국 내가 나머지 얘기를 들으러 다시 오겠다고 약속하고 나서야 그 집을 나올 수 있었지."

"그래, 무슨 흥미로운 게 있던가요?"

"음, 다른 사람들과 마찬가지로 그 역시 지구가 완전히 방사능에 오염돼 있다고 주장하더군. 그의 얘기로는 알파인의 조상이 지구를 떠나온 마지막 사람들이고 만일 그들이 그때 떠나오지 않았다면 모두 죽었을 것이라고 하네. 트레비스, 그가 얼마나 힘주어 말하던지 나는 그 말을 곧이듣지 않을 수가 없었네. 결국 나는 지구는 죽은 행성이며, 우리의 모든 탐사를 결국 헛된 일이라고 확신하게 됐네."

2

트레비스는 의자에 몸을 깊숙이 파묻은 채 옹색해 보이는 간이침대에 앉아 있는 페롤랫을 응시하고 있었다. 페롤랫의 옆에 앉아 있던 블리스는 일어나면서 두 사람의 얼굴을 조심스럽게 살폈다. 마침내 트레비스가 입을 열었다.

"우리 탐사가 과연 헛수고에 불과한 것인지는 제가 판단하겠어요. 페롤랫 교수님, 그 수다쟁이 노인이 당신에게 말했던 걸 간단히 요약해 주세요."

"모놀리가 말한 것을 메모해 두었네. 하지만 그 메모를 참고할 필요는 없네. 나는 그간 누구의 얘기든지 서로 관련되고 중요한 정보만을 체계화하는 일에 많은 시간을 쏟아 왔네. 그래서 내가 장황하고 앞뒤가 맞지 않는 얘기를 요령 있게 정리할 수 있는 건 사실 내 제2의 천성이라고 할 수 있지. 뿐만 아니라……"

트레비스가 부드럽게 항의했다.

"아니, 정작 교수님은 할 얘기의 곁가지를 치면서 장황하게 끌고 가려하고 계세요. 요점만 얘기해 주시죠, 교수님."

페롤랫이 목청을 가다듬었다.

"알겠네, 이 사람아. 그럼 시간적인 순서에 따라 논리적으로 얘기를 전개해 나가겠네. 지구는 인류와 무수한 동식물의 발생지였네. 지구에는 수없이 장구한 세월이 계속되었지. 그러던 중 마침내 초공간 여행이 개발되었네. 이어서 우주인 행성 세계들이 건설됐고, 그들은 지구로부터 벗어나 독자적인 문화를 발전시키기에 이르렀으며, 나중에는 모행성인 지구를 경멸하고 억압하게 됐네.

그 후 수 세기 만에 지구는 겨우 자유를 되찾았지. 비록 모놀리는 지구가 자유를 회복하게 된 경위를 명확히 설명해 주지 않았지만 말일세. 나는 감히 그에게 질문을 하지 않았네. 왜냐하면 그의 얘기가 옆길로 샐까 우려해서였지. 그는 일라이저 베일리라는 문화 영웅을 확실히 언급했지만, 그런 류의 얘기들은 여러 세대의 업적을 한 인물의 공적으로 돌리는 일반적인 관행에 지나지 않지. 별로 주목할 가치가 없는 것이라서……"

"알아요, 펠. 그 부분은 우리도 알고 있어요."

페롤랫이 이야기를 멈추고 잠시 생각했다.

"아, 이거 미안하네. 지구인들은 제2차 이주를 개시했고, 새로운 방식으로 많은 신세계를 건설했다네. 새로운 개척 집단은 결과적으로 우주인 행성들보다 더 강건하다는 것이 드러났네. 그들은 곧 우주인들을 추월해서 타파하였고, 더 오랫동안 존속해서 결국 은하제국을 확립했네. 이들 새로운 개척민들과 우주인들과의 전쟁 중에, 아니 전쟁이 아니지……. 그는 이 부분에 대해서는 조심스럽게 '분쟁'이라는 단어를 사용했네. 그때 지구가 방사능에 오염된 것이라더군."

트레비스가 괴로운 듯 말했다.

"그것 참 얼토당토 않는 얘기군요. 교수님, 어떻게 행성 전체가 방사능에 오염될 수 있지요? 모든 행성은 형성되는 순간부터 미미하게나마 어느 정도 방사능에 오염되어 있지만 시간이 흐르면서 차차 소멸되어 갑니다. 그 정도를 가지고 방사능에 오염됐다고 말할 수는 없는 거지요."

페롤랫이 머쓱한 표정을 지으면서 말했다.

"나는 단지 그에게서 들은 얘기를 전달하고 있는 것뿐이야. 게다가 그도 누구에겐가 들은 얘기를 하고 있는 것일 테고 말이야. 결국 이건 여러 세대에 걸쳐 구전되어 내려오는 설화란 말일세. 그 구전 과정에서 어떤 왜곡이 있었는지 누가 알 수 있겠나?"

"나도 그 점은 이해합니다. 하지만 초기의 역사책이나 고문서는 없답니까? 그것이 구전 설화보다 정확한 정보를 제공할 텐데요."

"사실 나도 그 질문을 해 봤지. 하지만 한 마디로 '없다'고 대답하더군. 그는 이러한 역사를 담은 책들이 오래전에 소실되어 버렸다면서, 하지만 자기가 한 얘기는 바로 그 책에 적힌 거라고 주장했어."

"보나마나 왜곡된 얘기일 겁니다. 하나같은 얘기뿐이군요. 우리가 가는 데마다 지구에 관한 기록들이 전부 사라져 버린 건 그렇다 치고……. 지구는 어떻게 해서 방사능에 오염됐다고 하던가요?"

"자세히 말하지 않았네. 단지 그는 우주인들 탓이라고만 했네. 하지만 내 생각엔, 우주인들은 아마 지구가 당한 모든 불행의 책임을 덮어쓴 악마의 역할을 맡지 않았나 싶네. 방사능에 오염된 것도……"

갑자기 또랑또랑한 팰롬의 목소리가 들려왔다.

"블리스, 저도 우주인인가요?"

팰롬은 헝클어진 머리를 하고 두 방 사이에 나 있는 좁은 문에 서 있었다. 그녀가 입고 있는 잠옷의 어깨 한쪽이 아래로 처져 아직 덜 여문 한쪽 가슴을 드러내고 있었다. 그 옷은 블리스의 풍만한 몸매에나 어울릴 듯한 것이었다.

블리스가 말했다.

"밖에서 누가 엿들을까만 우려했지. 안에 한 사람이 있다는 것은 까맣게 잊고 있었군요. 팰롬, 왜 그런 말을 하니?"

그녀가 팰롬에게 다가가자 팰롬은 두 남자를 가리키면서 말했다.

"저 아저씨들이 가지고 있는 것이 제게는 없잖아요. 아니, 당신에게 있는 것도 없고요. 블리스, 나는 어쨌든 다르잖아요. 그건 결국 제가 우주인이기 때문 아닌가요?"

"팰롬, 너는 우리와 분명히 다르지. 하지만 그런 사소한 차이는 중요한 게 아니란다. 그만 가서 자렴."

블리스가 달래듯이 말했다. 팰롬은 블리스가 달래면 항상 그랬던 것처럼 이내 양처럼 고분고분해졌다. 팰롬은 돌아서면서 말했다.

"제가 악마인가요? 그런데 악마가 뭐지요?"

블리스가 얼른 일어나 팰롬을 방으로 데리고 가며 그 애의 어깨 너머로 말했다.

"잠깐만요. 곧 돌아올게요."

그녀는 5분 만에 돌아와서는 머리를 가로저으며 말했다.

"내가 깨울 때까지 계속 잘 거예요. 진작 재웠어야 했는데……. 저 애가 자기와 우리의 성기의 차이에 대해 곰곰이 생각하도록 내버려 둘 수는 없어요."

그녀가 변명하듯이 덧붙였다. 그러자 페롤랫이 말했다.

"언젠가 저 애도 자신이 양성체라는 것을 알아야 해."

"물론 언젠가 그렇겠지요. 하지만 지금은 안 돼요. 펠, 얘기를 계속해 보세요."

"그게 좋겠어요. 또 뭐가 우리 대화를 방해할지도 모르니 빨리 얘기를 끝냅시다."

트레비스도 찬성했다.

"그래, 계속하지. 지구는 방사능에 오염됐네. 아니 최소한 그 표면이라도 말일세. 그 당시만 해도 지구에는 엄청나게 많은 사람들이 살고 있었네. 그들은 지하에 건설된 대도시들에 밀집해 있었고……"

"아니, 그건 틀렸다고 생각해요. 그것이야말로 한 행성의 황금기를 미화하는 편협한 애국심의 발로임에 틀림없어요. 그런 얘기들은 한때 은하제국의 수도였던 황금기의 트랜터 행성을 왜곡한 이야기에 불과하죠."

페롤랫이 잠시 침묵하다가 말했다.

"트레비스, 내 전문 분야에 관해 설교할 생각이라면 그만두는 게 현명할 걸세. 우리 신화학자들은 신화나 전설에는 빌려 온 얘기나 도덕적 교훈, 자연의 법칙 등이 포함되어 있을 뿐 아니라 그 밖에 많은 왜곡이 포함되어 있다는 것을 누구보다도 잘 알고 있네. 그래서 우리는 군더더기를 제거하고 사실 핵심에 접근하려고 노력하지. 사실상 이러한 기법들은 그 누구도 사실을 명쾌하고 정확하게 기술할 수 없기 때문에 가장 신빙성 있는 역사에도 적용되어야 하네. 과연 명백한 사실이 존재한다고 할 수 있는지는 별도로 치고 말일세. 지금 나는 모놀리가 해 준 얘기를 거의 그대로 전달하고 있는 거라네. 물론 나도 전혀 왜곡하지 않았다고 자신 있게 말할 수는 없지만 말일세."

"이런이런. 계속하시죠, 교수님. 악의로 한 말은 아니었어요."

"나도 아네. 어쨌든 지구의 거대 도시들은 방사능의 농도가 짙어짐에 따라 결국 붕괴되어 축소되어 갔고, 주민들은 겨우 극소수만 남게 되었네. 상대적으로 방사능에 덜 오염된 지역으로 간신히 대피하여 살아남은 사람들이지. 인구는 엄격한 산아 제한과 60세 이상 노인들의 안락사에 의해 유지되었다네."

"참혹하군요."

블리스가 분개하며 말했다. 페롤랫이 맞장구를 쳤다.

"맞아, 어쨌든 모놀리가 그렇게 들었다는 얘기지. 하지만 이러한 얘기는 사실인지도 몰라. 확실히 지구인들에 대한 찬사가 아닌 걸 보면 말이야. 찬양이 아닌 비판이 날조되는 경우는 거의 없거든. 우주인들에 의해 멸시와 억압을 받아 온 지구인들이 이제는 제국에 의해 같은 대접을 받게 되었다……. 아마 이러한 생각은 사람들이 쉽게 빠지는 자기 연민에서 나오는 과장인지도 모르지. 하지만 이런 경우는……"

"그건 됐어요, 펠. 그런 얘기는 나중에 하기로 해요. 지구에 관한 얘기나 계속하세요."

"미안해, 얘기를 계속하지. 마침내 제국 정부는 지구에 은전을 베푼다는 기분으로 지구의 오염된 흙을 방사능이 없는 흙으로 대체해 주기로 했네. 두말할 나위 없이 그건 조만간에 제국이 두 손을 들게 될 엄청난 사업이었지. 더구나 하필 바로 그 시기에 캔들 5세가 몰락했던 거야. 이 때문에 제국은 지구 말고도 걱정거리가 산더미처럼 불어나게 되었네.

방사능 오염은 더욱 심각해지고 인구는 계속 줄어들었네. 마침내 제국은 다시 은전을 베푼답시고 얼마 남지 않은 지구인들을 자신들이 개척한 새로운 세계, 바로 이곳 알파 행성으로 이주시켜 주겠다고 제안했다네.

아마 선발대로 떠난 사람들이 알파 행성의 바다에 고기를 방류해 놓은 듯하네. 왜냐하면 지구인들이 이주 계획이 완성됐을 무렵, 이곳의 대기는 산소로 가득 찼고 풍부한 식량의 공급이 이뤄지고 있었으니까 말이야. 은하제국의 어떤 세계도 이 행성을 탐내지는 않았다네. 그 이유는 연성계에 속한 행성에 대해서는 제국 전체가 일종의 혐오감을 전통적으로 지니고 있었기 때문이지.

사실 이러한 쌍성 체계에는 사람이 살 만한 행성이 존재할 확률이 극히 희박하지. 그리고 이건 내 추측인데, 설령 인간이 거주하기에 적당한 행성이 있어도 그런 행성들에는 틀림없이 뭔가 문제가 있을 거라는 생각 때문에 아무도 거들떠보지 않았을 거야. 이것이 당시 일반적인 생각이었네. 우리도 잘 알고 있는 예를 하나 들면……"

"그런 예는 나중에 듣기로 하고 이주에 대해서나 계속해 주세요."

트레비스의 말에 페롤랫은 이야기를 서둘러 진행했다.

"이제 남은 것은 알파 행성에 육상 기지를 만드는 일이었네. 이를 위해 수심이 가장 낮은 해역이 선정됐고, 그 바다를 메우기 위해 해양 침전물들이 깊은 해저에서 끌어올려졌지. 그렇게 해서 드디어 '새로운 지구'라는 섬이 생겨난 거야. 표석들과 산호들도 이 섬을 만드는 데 이용되었다네.

이어 육상 식물들의 씨가 땅에 뿌려졌고 그 식물의 뿌리들은 새로 생겨난 땅을 더욱 견고하게 다져주었지. 다시 한 번 제국은 엄청난 사업을 벌인 것이지. 아마도 처음에는 여러 개의 대륙을 건설할 계획이었지만, 이 섬이 완성됐을 때쯤에는 제국이 더 이상 은전을 베풀 여유가 없었기 때문에 그것으로 만족할 수밖에 없었다네.

그리고 마침내 지구에 남아 있던 사람들은 이곳으로 이주해 왔지. 그 후 제국의 우주선단들은 제국의 국민들과 기계를 싣고 떠나 버렸고 다시는 돌아오지 않았네. '새로운 지구'에 사는 지구인들은 결국 자신들이 완전히 고립 상태에 있다는 걸 깨닫게 된 것이야."

트레비스가 물었다.

"완전한 고립 상태라고요? 모놀리가 우리 말고는 은하계의 다른 누구도 이곳을 방문한 적이 없었다고 하던가요?"

"거의 완전한 고립이었다더군. 내가 생각하기에도 비록 쌍성 체계에 대한 그 미신적인 혐오감은 차치해 두더라도, 그 누구도 여기에 올 이유가 없을 것 같아. 물론 우리처럼 간혹, 정말 우연히 어떤 우주선들이 이곳에 들르는 경우가 있었을지 모르지. 하지만 결국 떠나갔네. 우리가 주목할 점은 바로 그런 우주선들이 다시 방문한 일이 없었다는 것이네."

"모놀리에게 혹시 지구의 위치를 물어봤습니까?"

"물론 물어봤지. 하지만 그는 모르고 있었네."

"아니, 지구의 위치도 모르면서 어떻게 지구의 역사에 대해 그렇게 많이 알고 있지요?"

"트레비스, 나는 그에게 알파로부터 1파섹 정도 떨어진 저 별이 지구의 태양이 아니냐고 구체적으로 물었네. 그는 1파섹이 뭔지도 모르더군. 그래서 나는 천문학적으로 1파섹은 짧은 거리라고 얘기했네. 그러니까 그는 그게 짧든 길든 간에 자신은 지구가 어디에 있는지 모르며, 지구의 위치를 아는 사람을 만난 적도 없다고 했어. 지구를 찾으려는 노력이 부질없는 짓이라면서 지구가 영원히 평화롭게 우주를 떠다니도록 내버려 둬야 한다고 하더군."

"교수님도 그와 같은 의견입니까?"

트레비스의 물음에 페롤랫이 침울한 표정으로 머리를 흔들었다.

"별로 동감하지는 않네. 하지만 그의 말대로 지구의 방사능이 계속 증가했다면 지구는 사람들이 이주해 나간 직후에 전혀 살 수 없는 곳으로 변해 버렸을 거야. 아마 지금은 아무도 접근할 수 없을 정도로 활활 타고 있을지도 모르지."

"그건 터무니없는 얘기일 뿐입니다. 행성이 방사능 물질이 될 수는 없어요. 설령 그렇다 하더라도 방사능 물질이 증가하는 법은 없다고요. 줄어들 수는 있어도 말입니다."

"하지만 모놀리는 확신하고 있었네. 게다가 우리가 방문했던 여러 세계에서 만난 사람들도 지구가 방사능에 오염되어 있다는 점에 대해서는 모두 한결같지 않았는가? 이 일을 계속하는 건 부질없는 듯하네."

3

트레비스는 숨을 깊이 들이쉬고는 억누른 목소리로 말했다.

"정말 터무니없는 소리를 하시는군요. 그건 전혀 사실이 아닙니다."

"이보게, 친구. 단지 자신이 바란다는 이유로 무조건 그것을 믿어서는 안 되는 법이라네."

"제 바람과 현실과는 아무런 관련이 없습니다. 우리가 방문했던 모든 세계에서 지구에 관한 기록이 모조리 사라졌다는 사실을 교수님도 잘 아시지 않습니까? 은폐시켜야 할 것이 없다면 왜 기록을 말소했을까요? 정말 지구가 죽은 행성이나 다름없고 그 누구도 접근할 수조차 없도록 방사능에 오염되어 있다면 지구에 대해 숨길 이유가 있을까요?"

"그건 나도 모르겠네, 트레비스."

"아니, 교수님은 알고 계세요. 우리가 멜포메니아로 접근하고 있을 때 교수님은 그 방사능이 동전의 다른 한 면일지도 모른다는 말을 했지요. 누군가 정확한 정보를 말소시키기 위해 기록들을 파괴했다든가, 부정확한 정보를 끼워 넣기 위해 지구가 방사능에 오염됐다는 얘기를 유포시켰다고 말입니다. 양자 모두 지구를 찾는 시도를 좌절시키기 위해서겠지만 우리는 이런 것에 속아서 낙담해서는 안 된다고 생각합니다."

블리스가 말했다.

"당신은 내심 저 가까이에 있는 별이 지구의 태양이라고 추정하는 것 같아요. 그렇지 않다면 왜 방사능 얘기만 계속하고 있나요? 지금 그게 그렇게 중요한가요? 지금 당장 저 별로 가서 그것이 정말 지구의 태양인지, 그리고 지구가 어떤 상태인지 확인해 보면 되지 않겠어요?"

트레비스가 말했다.

"내가 망설이고 있는 이유는 지구에 사는 사람들도 나름대로 굉장히 강할 것이라는 생각이 드는 데다 지구와 그곳 사람들에 대한 어느 정도의 지식을 가지고 접근하고 싶기 때문입니다. 사실 나는 지구에 대한 것을 거의 모르고 있기 때문에 사전지식 없이 그곳에 접근하는 건 위험하다고 생각해요. 솔직히 말해서 당신들을 알파 행성에 남겨 두고 홀로 지구를 향해 떠날 생각도 있습니다. 목숨을 걸 사람은 나 하나면 충분하니까 말입니다."

"안 되네, 트레비스. 블리스와 아이는 여기서 기다릴지 모르지만, 나는 자네와 함께 갈 거야. 나는 자네가 태어나기 전부터 지구를 찾아왔네. 그리고 어떠한 위험이 존재한다 하더라도 그 목표를 바로 눈앞에 두고 있는 시점에서, 혼자만 뒤에 남아 있을 수는 없어."

"나와 저 아이도 여기에 남아서 기다리지는 않아요. 나는 가이아잖아요. 가이아는 지구의 어떤 위험으로부터도 우리를 보호해 줄 거예요."

트레비스가 침울한 목소리로 말했다.

"당신 말이 맞기를 바랄 뿐입니다. 하지만 가이아로서도 그 옛날 가이아가 건립될 당시 지구인들이 담당했던 역할에 대한 기억들이 소멸되는 것을 막을 수 없었어요."

"그건 당시 가이아가 제대로 조직화되지도 못하고 모든 게 덜 발달된 역사 초기에 벌어진 일이기 때문이에요. 하지만 지금은 달라요."

"나도 그러기를 바랍니다. 그건 그렇고, 혹시 당신이 오늘 아침에 새로이 얻은 정보는 없어요? 이곳에 있는 나이 지긋한 부인들과 얘길 나누어 달라고 부탁했잖아요?"

"예, 그렇게 했죠."

"뭘 좀 알아냈나요?"

"지구에 관한 것들은 아무것도 없었어요. 이곳 여자들은 지구에 대해서는 백지나 마찬가지였어요."

"유감스럽군요."

"하지만 그들은 뛰어난 생물공학자들이에요."

"오, 그렇던가요?"

"그들은 이 조그만 섬에서 수많은 동식물의 변종들을 키우고 실험해서, 이곳에 가장 적합하고 안정되면서도 자급자족할 수 있는 생태 균형을 이뤄 냈어요. 그들이 처음 시작할 때는 동식물의 종류란 것이 거의 무시해도 될 정도로 빈약했다는군요. 그들은 자신들이 수천 년 전에 이곳에 왔을 때 발견했던 해양 식물들의 품종을 개량해서 그것들의 영양가를 한층 향상시켰고 맛도 개선시켰대요. 이 세계를 풍요로운 곳으로 만든 것은 바로 그들의 생물공학이에요. 그들은 또한 자신들의 미래를 위한 계획도 가지고 있었어요."

"어떤 계획인데요?"

"그들은 이 세계에 유일하게 존재하는 조그만 땅덩어리에 갇혀 있는 셈이기 때문에 영역 확장을 기대할 수 없다는 것을 잘 알고 있었어요. 하지만 그들은 양서류가 되는 것을 꿈꾸고 있어요."

"무슨 꿈요?"

"양서류가 되는 꿈……. 그들은 허파에다 아가미도 개발시킬 계획이에요. 그들은 상당 기간을 물속에서 보낼 수 있기를 꿈꾸고 있어요. 그렇게 되면 수심이 얕은 해역을 찾아서 해저에 구조물을 건설할 거라는군요. 이런 얘기를 내게 해 준 사람은 흥분해서 얼굴이 빨갛게 달아올랐어요. 하지만 그녀는 이것이 지난 수 세기 동안 알파인들의 목표로 설정되어 온 것이지만 그동안 진전은 거의 없었다는 점을 시인하더군요."

"그들이 우리보다 더 앞서 있을지도 모르는 두 분야는 기후 조절 기술과 생물공학이죠. 그들의 기술이 어느 정도인지 궁금하군요."

"그런 것을 알기 위해서는 전문가들을 찾아봐야 할 거예요. 하지만 그들이 기술에 관한 얘기를 순순히 꺼내려 들지 않을지도 몰라요."

"그렇게까지 할 필요가 있겠습니까?"

페롤랫이 끼어들었다.

"하긴 터미너스 행성도 기후를 꽤나 능숙하게 조절하고 있지."

"기후 조절 기술은 많은 행성에서 상당히 유용하게 활용되고 있어요. 하지만 그것을 항상 한 행성 전체를 대상으로만 가능하도록 되어 있지요. 그런데 이곳 알파인들은 이 행성의 작은 부분의 기후만을 조절하고 있어요. 그들은 분명히 우리가 갖고 있지 못한 기술들을 가지고 있는 게 틀림없어요. 그 밖의 얘기는 없었나요? 블리스."

"사교적인 모임에 초대를 받았어요. 이곳 사람들은 늘 농업과 어업에 종사하지만, 시간을 낼 수 있으면 언제든지 여가를 즐기는 것 같아요. 이미 말씀드린 것처럼 오늘 저녁 만찬 후에는 음악회가 열릴 예정이에요. 내일 낮에는 해변 축제가 있을 거고요. 해변 축제가 끝나면 하루나 이틀 동안 이 섬의 모든 해변가에는 비가 내릴 것이기 때문에, 물놀이를 즐기고 태양을 찬양하기 위해서 각 일터와 논, 밭에서 벗어날 수 있는 모든 사람들이 해변으로 몰려든대요. 다음 날 아침에는 고깃배들이 빗속을 헤치고 항구로 돌아오기 때문에, 저녁 때쯤에는 그들이 잡아온 물고기를 맛보는 음식 잔치가 벌어질 거예요."

페롤랫이 신음소리를 내면서 말했다.

"음식은 지금으로도 넉넉한데, 그건 또 무슨 잔치지?"

"그냥 각양각색의 여러 음식들을 자랑하는 자리일 거라고 생각해요. 어쨌든 우리 모두가 이곳에서 벌어지는 모든 축제와 잔치, 특히 오늘 저녁의 음악제에 참석하도록 초대를 받았어요."

"옛날 악기를 연주한다는 그 음악제 말인가요?"

트레비스가 물었다.

"그래요."

"그런데 그 악기들은 아주 오래된 것이라면서요? 도대체 어떤 거죠? 원시적인 컴퓨터쯤 되는 건가?"

"아니, 그게 아니에요. 그들에게 듣기로 그것은 전자 음악이 아니라 기계적인 음악이라고 했어요. 그들의 묘사에 따르면 악사들은 현을 켜고, 관을 불고, 가죽을 두드린다는 거예요."

"설마 당신이 꾸민 얘기는 아니겠죠?"

트레비스가 깜짝 놀라면서 말했다.

"절대로 꾸민 얘기가 아니에요. 그리고 그 악기의 이름은 잊었지만…… 내가 알기로는 당신의 히로코가 관악기들 중 하나를 연주한다고 하더군요. 당신은 싫어도 그것을 견뎌 내야만 할 거예요."

페롤랫이 신난다는 듯 외쳤다.

"빨리 거기에 가 보고 싶군. 원시 음악에 대해서는 거의 알지 못하니 더 그 음악을 들어 보고 싶네."

트레비스가 차갑게 말했다.

"'내 히로코'가 아닙니다. 어쨌든 당신은 그런 류의 악기들이 한때 지구에서 사용됐을 거라고 생각하는 건가요?"

"제 추측으로는 그래요. 적어도 그 알파 여자들은 그들의 조상들이 이곳에 오기 전, 아주 먼 옛날에 만들어진 것이라고 했어요."

블리스의 설명에 트레비스가 명쾌하게 결론을 내렸다.

"그렇다면 지구에 관한 정보를 하나라도 더 얻기 위해서 그 음악회에 가 보는 것도 가치 있는 일이겠지요."

4

이상하게도 저녁 음악제에 가장 마음이 들떠 흥분하고 있는 것은 다름 아닌 바로 팰롬이었다. 그녀와 블리스는 그들의 숙소 뒤편에 있는 조그만 부속 건물에서 목욕을 했다. 그곳에는 차가운 물과 뜨거운 물(시원한 물과 따뜻한 물이 더 적절하다.)이 나오는 욕조, 세면대 그리고 변기가 잘 갖춰져 있었다. 그 건물은 매우 깨끗했고 사용하기에도 무척 편리했다. 뿐만 아니라 늦은 오후의 태양빛을 받아 환하고 쾌적한 분위기가 감돌고 있었다.

블리스는 팰롬이 여느 때와 마찬가지로 자신의 젖가슴에 매료되어 있었기 때문에(이제 팰롬은 은하어를 능숙하게 했다.), 자기 세계에서도 사람들이 자기의 젖가슴을 보면 그런 식으로 넋을 잃는다고 부득이 말하지 않을 수 없었다. 블리스의 말에 팰롬은 당연히 "왜요?" 하며 의아해 했고, 블리스는 잠시 생각한 뒤 마땅한 대답이 떠오르지 않자 "왜냐하면 매력적이어서 그런 거야."라는 알쏭달쏭한 대답을 해 줄 수밖에 없었다.

목욕이 끝난 뒤 블리스는 알파인들이 그들에게 준 속옷과 스커트를 팰롬이 걸치도록 도와주었다. 팰롬의 상체에 옷을 입히지 않은 것은 상당히 분별력 있는 행동인 듯했다. 하지만 그녀 자신은 하반신에 알파인의 스커트를 걸치고 상체에는 자신의 블라우스를 걸쳤다. 하지만 모든 여성들이 젖가슴을 노출하고 다니는 사회에서 혼자만 가슴을 가리고 있는 건 어울리지 않는 행동 같았다. 특히 그녀의 가슴은 지나치게 큰 것도 아니었고, 오히려 그 어떤 여성의 젖가슴보다 균형 잡힌 극히 정상적인 모양이었기 때문에 더욱 그랬다.

블리스와 팰롬이 목욕을 끝내고 나오자 이어서 트레비스와 페롤랫이 욕탕으로 들어갔다. 그들은 여자들은 목욕을 너무 오래 한다며 남자들이 흔히 늘어놓는 불평을 해 댔다.

블리스는, 팰롬의 아직 덜 성숙한 엉덩이에 치마가 잘 맞게끔 하기 위해 그녀를 돌려세우면서 말했다.

"무척 예쁜 치마구나, 팰롬. 마음에 드니?"

팰롬이 거울 앞에 선 채 벗은 가슴을 손으로 어루만지며 말했다.

"예, 제 마음에 꼭 들어요. 하지만 위에 아무것도 입지 않아서 춥지 않을까요?"

"괜찮을 거야, 팰롬. 이곳은 무척 따뜻한 세계야."

"블리스는 상의를 걸쳤군요?"

"그래, 내가 살던 세계에서는 이렇게 입는단다. 팰롬, 우리는 저녁 식사 시간과 그 이후에 아주 많은 사람들과 함께 있게 될 거야. 이제 그걸 견뎌 낼 수 있겠지?"

팰롬은 좀 겁먹은 표정을 지었다. 블리스는 이야기를 계속했다.

"나는 네 오른편에 앉아서 너를 꼭 붙들고 있을게. 펠이 네 왼편에 앉을 거고 트레비스는 식탁을 사이에 두고 네 건너편에 앉을 거야. 우리는 아무도 너에게 말을 걸지 못하도록 할 테니까, 다른 사람과 얘기할 필요도 없을 거야."

"노력해 볼게요, 블리스."

"저녁 식사가 끝난 뒤에는 몇몇의 알파인들이 그들의 독특한 악기로 우리에게 음악을 연주해 준단다. 그런데 너는 음악이 뭔지 아니?"

그녀는 자신이 할 수 있는 한 최대한 비슷하게 전자 음악 소리를 흉내 내었다. 팰롬의 얼굴이 밝아졌다.

"그건……."

팰롬은 자기네 언어로 무슨 말을 하려다 말고 갑자기 노래를 부르기 시작했다.

블리스의 눈이 휘둥그레졌다. 비록 거칠고 떨림이 많았지만, 그건 정말 아름다운 가락이었다.

"바로 그거야. 그런 게 음악이란다."

그녀가 박수를 치며 말했다. 팰롬이 흥분한 듯 떠들어 댔다.

"젬비는 늘 음악을 연주했어요. 젬비는 '***'(팰롬이 살던 세계의 언어였다.)로 그걸 연주했어요. 그 ***는……."

팰롬은 다시 자기네 언어로 그 단어를 말했다.

블리스가 그 단어를 잘 알아듣지 못한 듯 "피풀이라는 악기로?"하고 팰롬의 말을 되풀이했다.

"피풀이 아니라 ***요."

팰롬이 웃으면서 말했다.

팰롬이 두 단어를 연이어 말하자 블리스는 비로소 그 차이를 알 수 있었다. 하지만 그 단어를 흉내 낼 엄두도 내지 못했다.

"그게 어떻게 생긴 악기인데?"

그녀가 물었다. 그러나 팰롬의 아직 제한된 어휘 수준으로는 정확한 묘사가 어려웠고, 그녀의 제스처들조차 제대로 이해하기 어려웠다.

"그는 내게 그 ***를 연주하는 방법을 가르쳐 줬어요. 나는 젬비가 했던 식으로 똑같이 손가락을 이용했지만, 나는 머지않아 그럴 필요가 없게 될 거라고 젬비가 말했어요."

팰롬은 자랑스러운 듯 말했다.

"그것 참 훌륭하구나. 저녁을 먹은 뒤에 우리는 알파인들이 과연 네 젬비만큼 훌륭히 연주하는지 보자꾸나."

블리스가 다정하게 말했다. 팰롬의 눈에는 생기가 돌았고 다음에는 무엇이 일어날까 하는 기대감으로 인해 혼잡하고 웃음소리와 소음으로 시끌벅적한 식당에서도 팰롬은 풍요로운 저녁 식사를 즐길 수 있었다.

오직 단 한 번 어느 식탁에선가 누가 접시 하나를 실수로 뒤엎었을 때, 아주 가까이서 날카로운 비명이 들리자 겁먹은 표정을 지었을 뿐, 블리스가 재빨리 그녀를 따뜻하게 끌어안자 팰롬은 곧 안정을 찾았다.

"우리끼리만 식사를 할 수는 없는 건가요? 그게 안 된다면 우리는 이 세계를 떠나야만 할 거예요. 이런 고립자 생물의 단백질을 먹는 것은 무척 몸에 나쁜데 그런 내색을 할 수조차 없잖아요."

블리스가 페롤랫을 향해 중얼거렸다.

"기분 탓일 테니 진정해."

원시 사회의 관습과 관련되었다면 어떤 것도 견딜 수 있는 페롤랫이 그렇게 대답했다.

저녁 식사가 끝나자 음악회가 곧 시작된다는 방송이 흘러나왔다.

5

음악회가 열리는 홀은 식당만큼 큰 규모였다. 그곳에는 약 150석 가량의 접는 의자가 놓여 있었다. (트레비스가 보기에는 앉기에 좀 불편한 것이었다.) 방문객들은 귀빈으로서 좌석 맨 앞줄로 안내되었다. 많은 알파인들이 그들의 의복에 대해 정중하고 호의적인 찬사를 보냈다.

페롤랫과 트레비스도 웃옷을 입지 않고 상체를 드러내고 있었는데, 트레비스는 생각날 때마다 복부 근육에 힘을 주었고 이따금 검은 털로 뒤덮인 자신의 가슴을 내려다보곤 했다. 페롤랫은 자신의 외모에는 관심을 갖지 않고 오로지 주위의 모든 것을 열심히 관찰하고 있었다. 몇몇 사람들은 블리스의 블라우스를 보고 내심 놀란 눈치였으나 아무도 그것에 대해 얘기하지는 않았다.

홀은 절반가량밖에 차지 않았다. 트레비스는 청중들의 대부분이 여성이라는 사실을 알았다. 아마 남자들은 대부분 고기를 잡으러 바다에 나가 있기 때문이리라.

페롤랫이 트레비스를 팔꿈치로 슬쩍 찌르며 속삭였다.

"전기가 있군."

트레비스는 벽과 천장에 매달려 있는 전선들을 보았다. 그 전등들은 은은하고 부드러운 빛을 발하고 있었다.

"형광등이군요. 무척 원시적이네요."

트레비스가 말했다.

"사실이야. 하지만 등으로서의 구실은 충분히 해내고 있어. 우리 방과 목욕실에도 저런 것들이 매달려 있었는데, 처음엔 단지 장식용인 줄 알았지. 만일 저 형광등을 켜는 방법만 알면 이젠 암흑 속에서 지내지 않아도 되겠군."

블리스가 불만스러운 어조로 말했다.

"왜 우리에게 사용법을 말해 주지 않았을까요?"

페롤랫이 말했다.

"저들은 우리가 당연히 그 정도는 알 걸로 생각했을 거야. 최소한 한 사람이라도 말이야."

네 명의 여성이 무대의 커튼 뒤에서 나타나더니 전면에 무리를 지어 앉았다. 그들 모두가 모양은 비슷하지만 쉽게 묘사할 수 없는 광택이

나는 나무들로 된 악기를 각각 하나씩 들고 있었다. 그 악기들은 주로 그 크기에서 차이가 났다. 하나는 꽤 작았으며 둘은 그보다 조금 컸고 네 번째 악기는 무척 컸다. 또한 네 명 모두가 다른 손에는 기다란 막대를 쥐고 있었다.

청중들은 그들이 입장할 때 부드러운 휘파람을 불어 댔고, 그에 대한 답례로 네 명의 여성 연주자들은 청중을 향해 고개를 숙였다. 그들 모두는 젖가슴이 악기 연주에 방해가 되지 않도록 얇은 천조각을 가슴에 대고 단단히 동여매고 있었다.

트레비스는 휘파람 소리가 연주자들에 대한 환영의 표시거나 또는 연주에 대한 기대의 표시일 것이라고 해석했기 때문에 자기도 휘파람을 부는 것이 도리라고 생각했다. 그때 갑자기 팰롬이 휘파람 소리와는 비교도 안 될 만큼, 귀가 찢어질 정도로 큰 고음을 냈다. 사람들의 시선이 몰리자 블리스는 황급히 그녀의 입을 틀어막았다.

이윽고 연주자들 중 세 명은 악기를 턱 밑으로 가져갔고, 가장 커다란 악기를 들고 있는 한 여성은 자신의 악기를 다리 사이의 바닥에 가만히 세워 두었다.

연주가 시작되었다. 그들은 오른손에 쥐고 있던 긴 막대기로 악기의 줄 위를 톱질하듯 앞뒤로 움직였고, 왼쪽 손가락은 악기 위쪽 끝의 줄에 대고 부지런히 움직이고 있었다.

그들의 연주 방법은 트레비스가 예상했던 대로 악기의 '줄을 켜는 것'이었으나 전혀 그런 소리로는 들리지 않았다. 부드럽고 아름다운 선율이 쉬지 않고 이어졌다. 각 악사들은 제각기 다른 악보에 따라 각각 다른 음을 연주하고 있었으나 그 소리들은 멋지게 하나로 어우러졌다.

그것은(트레비스의 생각에는 '진짜 음악'인) 전자 음악과 같이 무한히 복잡하지는 않았으나 유사한 점도 있었다. 하지만 시간이 흐르면서 그는 이 기묘한 어우러짐에 익숙해졌고, 차츰 전자 음악과는 다른 미묘한 차이점들을 느낄 수 있었다. 그는 나무로 된 이 단순한 악기들의 연주를 자주 듣게 되면 좋아하게 될 것 같다고 생각했다.

음악회가 시작된 지 45분이 지나자 비로소 히로코가 무대에 모습을 드러냈다. 그녀는 좌석 맨 앞줄에 앉아 있는 트레비스를 발견하고는 미소를 보냈다. 그도 청중들과 한마음이 되어 진심으로 환영하는 뜻으로 부드러운 휘파람을 불어 댔다. 그녀는 길고 우아한 치마를 입고 있었고 머리에는 큰 꽃을 꽂고 있었으나, 악기 연주에 방해가 되지 않는 탓인지 가슴에는 아무것도 걸치지 않고 있었다. 정말 눈부시게 아름다운 모습이었다.

그녀의 악기는 70센티미터 정도의 길이에 두께는 2센티미터 정도 되는 어두운 색의 목관이었다. 그녀는 그 악기의 한쪽 끝에 입술을 댄 채 불었다. 그녀의 손가락들이 관 위에 있는 키를 조작할 때마다, 높고 낮은 그리고 가늘고 달콤한 선율이 흘러나왔다.

악기의 연주가 시작되자마자 팰롬이 블리스의 팔을 꽉 붙잡으면서 소리를 질렀다.

"블리스, 저것은 ***이에요."

하지만 블리스에게는 그것이 다시 '피풀'이라는 소리로 들렸다.

블리스가 팰롬을 향해 조용히 하라는 듯이 좌우로 머리를 흔들었다. 그러자 팰롬은 낮은 목소리로 말했다.

"아니, 맞단 말이에요!"

다른 사람들이 팰롬 쪽을 쳐다보고 있었다. 블리스는 손으로 팰롬의 입을 틀어막고는 상체를 기울여 그녀의 귀에 입을 대고 낮고 힘이 들어간 목소리로 "조용히 해!" 하고 말했다.

그러자 팰롬은 입을 다물고 히로코의 연주를 조용히 들었다. 하지만 그녀의 손가락은 마치 자신이 그 악기의 키를 직접 조작하는 것처럼 쉬지 않고 움직이고 있었다.

그 음악회의 마지막 연주자는 나이가 지긋한 노인이었다. 그는 옆면에 세로로 구멍이 나 있는 악기를 연주했다.

트레비스는 이 악기의 소리가 싫증이 날 뿐 아니라 다소 야만적인 소리라고 생각했다. 그것은 또한 오로라 행성에서 들개들이 짖어 대던 기억을 불러일으켰다. 그 소리가 개 짖는 소리와 비슷한 것은 아니었지만 어쩐지 불러일으키는 이미지가 비슷했다. 블리스는 손으로 귀를 틀어막고 싶다는 표정을 하고 있었고, 페롤랫은 찡그리고 있었다. 다만 팰롬만이 발을 가볍게 두드리고 있는 것으로 보아 그 음악을 즐기는 것 같았다. 트레비스는 팰롬의 발소리가 그 음악의 박자에 정확히 들어맞고 있다는 사실을 발견하고는 깜짝 놀랐다.

음악회 공연이 끝나자 팰롬의 떨리는 목소리와 청중들의 휘파람 소리가 홀을 가득 메웠다. 청중들은 여기저기에 무리를 지어 대화를 나누었고 홀 안은 시끌벅적해졌다. 연주자들은 홀의 여기저기에서 그들을 축하하기 위해 다가온 사람들과 얘기를 나누고 있었다.

팰롬은 블리스의 눈을 피해 히로코에게 달려갔다. 그녀는 숨을 헐떡거리며 소리쳤다.

"히로코! 제가 ***을 좀 봐도 될까요?"

"무엇 말이니, 꼬마야?"

"히로코가 연주했던 그 악기 말이에요."

"아, 이건 플루트야."

히로코가 웃으면서 말했다.

"제가 그걸 좀 봐도 될까요?"

"물론이지."

히로코는 악기 케이스를 열고 플루트를 꺼냈다. 플루트는 세 부분으로 분리되어 있었지만 그녀는 그것을 곧 조립하여 입을 대는 구멍이 팰롬 쪽으로 향하게 해 주었다.

"숨을 이쪽으로 내쉬어 봐."

"저도 알아요."

팰롬이 진지한 목소리로 말하며 그 플루트를 잡으려고 손을 뻗었다. 그러자 히로코는 반사적으로 악기를 낚아채면서 위로 높이 쳐들었다.

"얘야, 만지지는 말고 불기만 하려무나."

팰롬은 실망한 것 같았다.

"그럼 만지지는 않고 보기만 하면 돼요?"

"그거야 되지, 얘야."

그녀가 다시 악기를 내밀자 팰롬은 눈을 동그랗게 뜨고 악기를 심각한 표정으로 응시했다.

갑자기 홀 안의 형광등 불빛이 약간 침침해지더니 플루트에서 다소 불명확하면서 떨리는 선율이 저절로 흘러나왔다.

히로코는 놀라서 하마터면 그 플루트를 떨어뜨릴 뻔했다.

"제가 해냈어요! 제가 했다고요. 언젠가는 제가 해낼 수 있을 거라고 젬비가 말했어요!"

히로코가 물었다.

"그 소리를 낸 게 바로 너였니?"

"예, 그래요. 제가 그 소리를 냈어요."

"그런데 어떻게 그런 소리를 낼 수 있었니, 얘야?"

블리스가 당혹감으로 얼굴을 붉힌 채 말했다.

"미안해요, 히로코. 얼른 얘를 데리고 갈게요."

"아니에요. 다시 한 번 해 보라고 하고 싶은데요."

주위에 있던 알파인들이 한둘씩 모여들었다.

팰롬은 더 잘해 보려는 듯 이맛살을 찌푸렸다. 형광등이 조금 전보다 더욱 희미해졌다. 이번에는 맑고 떨림이 없는 플루트의 선율이 흘러나왔다. 이어 플루트의 위아래로 달린 키들이 저절로 움직이자 불규칙적인 가락의 음악이 연주됐다.

"이건 ***하고는 좀 다르군요."

팰롬은 전기의 힘으로 공기의 흐름을 조종한 것이 아니라 바로 자기 자신의 힘으로 플루트를 연주한 것처럼 숨을 헐떡거리며 말했다.

페롤랫이 트레비스에게 속삭이듯 말했다.

"분명히 형광등에서 흐르는 전류로부터 에너지를 얻고 있는 것 같네."

"다시 한 번 해 보겠니?"

히로코가 숨이 막힐 듯한 목소리로 말했다.

팰롬은 눈을 감았다. 선율은 더욱 부드러워졌고 안정되어 갔다. 플루트는 저절로 가락을 연주했다. 플루트의 키는 손가락으로 조작되는 것이 아니라 팰롬의 아직 덜 성숙한 대뇌돌기에서 변환된 에너지에 의해 조작되었다. 처음에는 제멋대로이던 선율들이 음악적으로 변하기 시작했다. 홀 안에 있던 모든 사람들이 히로코와 팰롬 주위로 몰려들었다. 히로코가 플루트의 다른 한쪽을 엄지와 검지로 부드럽게 쥐고 있는 가운데, 팰롬은 눈을 감은 채 공기의 흐름과 키의 움직임을 조절했다.

"이건 내가 조금 전에 연주했던 부분이에요."

히로코가 작은 소리로 말했다.

"기억이 나요."

팰롬은 자신의 정신 집중 상태를 깨뜨리지 않으려는 듯 고개를 약간 끄덕이며 말했다.

"너는 내가 연주했던 곡을 조금도 틀리지 않고 연주해 냈단다."

히로코의 말에 팰롬은 연주를 끝내며 말했다.

"하지만 그렇지 않아요, 히로코. 당신은 제대로 연주한 게 아니에요."

블리스가 말했다.

"팰롬, 그게 무슨 말버릇이니. 그런 식으로 무례하게 굴어서는……"

"블리스, 잠깐만 잠자코 계세요. 어느 부분이 잘못됐다는 거니, 얘야?"

"저는 그 곡을 다르게 연주할 수 있거든요."

"그럼 보여 주겠니?"

플루트 연주가 다시 시작되었다. 하지만 그 플루트의 키를 밀어내던 힘들에 속도가 붙으면서 더욱 복잡한 음률이 더욱 빠르게, 그리고 더 정교한 조화를 이루면서 흘러나왔다. 곡은 더 복합적이고 감성적인 맛을 내면서 더욱 깊은 감동을 주었다. 히로코는 꼿꼿이 서 있었고 주위는 쥐 죽은 듯이 조용했다. 팰롬이 연주를 끝낸 뒤에 히로코가 깊은 숨을 들이쉬며 "얘야 그 곡을 전에 연주해 본 적이 있니?"라고 물어볼 때까지 홀 안은 완전한 정적에 휩싸였다.

"아뇨, 전에는 단지 손가락만을 사용했어요. 하지만 손가락만을 가지고는 이런 곡을 연주할 수 없어요."

팰롬이 무표정하게, 그리고 우쭐대는 기색도 없이 말했다.

"그 누구도 이렇게 연주할 수는 없지요."

"다른 곡도 연주할 수 있니?"

"만들어 볼게요."

"즉흥적인 연주를 하겠다는 거니?"

팰롬은 '즉흥적인'이라는 단어의 뜻을 모르는 듯 눈살을 찌푸리더니 블리스 쪽을 바라보았다. 블리스가 고개를 끄덕이자 팰롬은 비로소 "예." 하고 대답했다.

"그럼 부탁한다."

히로코가 말했다.

팰롬은 잠시 뜸을 들이며 생각에 잠기더니 매우 단순한 선율부터 연주하기 시작했다. 그 소리는 꿈결 같은 음률이었다. 팰롬이 소모하는 전력량에 따라 형광등이 어두워졌다 밝아졌다 했다. 마치 전기의 영혼이 음악의 명령에 복종이라도 하듯이…….

선율들의 어우러짐은 좀 더 크고 복잡하게 다양한 변화 속에서 반복되었으나, 그 가락의 기본 화음은 변하지 않은 채 더욱 감동적이고 흥미진진해지면서 듣는 이들을 압도했다.

마침내 높은 음역을 맴돌던 선율이 급하게 떨어지면서 청중들에게 바닥으로 급강하하는 듯한 착각을 불러일으켰다. 하지만 그들은 여전히 공중에 떠 있는 듯한 기분에서 헤어나지 못했다.

곧 귀를 찢을 듯한 열렬한 박수가 터져 나왔다. 이것과는 전혀 다른 종류의 음악에 익숙해 왔던 트레비스로서도 슬픈 생각을 억누를 수가 없었다.

'다시는 이런 음악을 듣지 못하겠지…….'

다시금 어색한 침묵이 찾아들었다. 그때 히로코가 플루트를 내밀었다.

"자, 받아. 이건 네 거다, 팰롬."

팰롬이 손을 뻗자 블리스가 그녀의 팔을 붙들고는 말렸다.

"우린 그걸 받을 수 없어요, 히로코. 그건 너무나 귀중한 악기예요."

"내겐 또 하나가 있어요. 이것만큼 좋은 것은 아니지만요. 하지만 그 정도면 족해요. 그리고 이 악기는 이걸 가장 잘 연주할 수 있는 사람이 가지는 게 마땅해요. 난 지금처럼 멋진 음악을 들어 본 적이 없어요. 제대로 사용할 줄도 모르는 내가 이 악기를 소유한다는 것은 잘못이죠."

팰롬은 플루트를 받아들고는 매우 기분이 좋은 듯 그것을 가슴에 단단히 품었다.

6

그들의 숙소인 두 방이 형광등 불빛으로 밝아졌다. 숙소 뒤편에 있는 부속 건물에도 또 하나의 등이 켜져 있었다. 불빛은 독서를 하기에는 불편할 정도였지만, 적어도 이젠 방 안이 어둠에 파묻히지는 않을 것이다.

하지만 그들은 건물 밖에서 서성거리고 있었다. 밤하늘에서는 무수히 많은 별들로 가득 찬 일대 장관이 펼쳐져 있었다. 이들처럼 터미너스가 고향인 사람들이라면 매료되지 않을 재간이 없을 터였다. 터미너스의 밤하늘에서는 별을 찾아보기가 무척 힘들기 때문이었다.

조금 전에 히로코는 그들이 어둠 속에서 길을 잃거나 넘어지는 일이 없도록 숙소까지 바래다 주었다. 숙소로 돌아오는 동안 내내 그녀는 팰롬의 손을 잡고 있었고, 그들의 숙소에 형광등을 켜 준 뒤에도 그들과 함께 숙소 밖에 머물러 있었다.

히로코가 심리적 갈등으로 괴로워하고 있음을 느낀 블리스가 먼저 말문을 열었다.

"히로코, 정말 우리는 당신의 플루트를 받을 수가 없어요."

"아니에요, 그것은 팰롬이 가져야만 해요."

하지만 그녀의 안절부절못하는 기색은 여전했다.

트레비스는 하늘을 계속 올려다보고 있었다. 밤은 검은 물감을 풀어 놓은 듯했다. 그들의 숙소에서 불빛이 흘러나왔으나 주위가 칠흑같이 어둡기는 마찬가지였다. 멀리 보이는 가옥에서 비치는 불빛은 별로 도움이 되지 않았다.

그는 침묵을 깨고 입을 열었다.

"히로코, 저 반짝이는 별이 보이죠. 그 별의 이름이 뭐죠?"

히로코는 잠시 그 별을 올려보았다. 그러고는 무관심한 듯이 말했다.

"그건 동반성(同伴星)이에요."

"왜 그렇게 부르나요?"

"저 별은 80년을 주기로 우리 태양의 주위를 공전해요. 매년 이맘때면 나타나는 저녁별이지요. 하지만 낮에도 볼 수 있어요, 지평선 바로 위에 걸치면."

트레비스는 '정말 멋진 별이군.' 하고 생각했다. 히로코는 천문학에 대해 완전히 백지는 아닌 것 같았다.

"당신은 알파 행성이 매우 작고 희미한 또 하나의 동반성을 가지고 있다는 것을 알고 있어요? 저 반짝이는 별보다는 훨씬 멀리 떨어져 있지만 말이에요. 망원경이 없으면 볼 수 없을 정도죠."

(그는 그 별을 본 적도 또 굳이 찾으려고 애를 쓴 적도 없었다. 하지만 우주선의 컴퓨터는 메모리뱅크에 이러한 정보를 가지고 있었다.)

히로코는 이번에도 건성건성 대답했다.

"학교에서 배워서 알고 있어요."

"그럼 저 별은 뭐죠? 저기 지그재그로 선 모양을 이루고 있는 여섯 개의 별들 말이에요."

"카시오페이아예요."

트레비스가 놀란 듯 물었다.

"그래요? 어떤 별 말인가요?"

"저 별 전부요. 지그재그를 이루고 있는 별들 전체를 카시오페이아 자리라고 불러요."

"왜 그렇게 부르지요?"

"그 이유는 몰라요. 나는 천문학에 대해서는 아는 것이 없어요, 존경하는 트레비스 씨."

"그럼 저기 지그재그 모양의 별자리 중 맨 아래에 있는 별 이름은 뭐죠? 다른 별보다 유난히 더 반짝이는 저 별 말이에요. 저건 뭐죠?"

"그건 그냥 별이에요. 이름은 몰라요."

"하지만 저 별은 그 두 개의 동반을 제외하고 알파 행성에서 가장 가까운 별로, 단지 1파섹밖에 떨어져 있지 않은 별입니다."

"그런가요? 나는 그렇지 않은 걸로 알고 있는데요?"

"혹시 저 별이 바로 지구의 태양이 아닙니까?"

히로코는 별로 흥미로울 게 없다는 표정으로 그 별을 쳐다보았다.

"모르겠어요. 그렇게 얘기하는 사람은 아무도 없었어요."

"당신은 저것이 지구의 태양이라고 생각지 않아요?"

"내가 어떻게 그걸 알겠어요? 지구가 어디에 있는지는 아무도 몰라요. 자, 이젠 가 봐야겠어요. 내일 아침 일터에 나갈 차례거든요. 낮에는 해변 축제가 열리니까, 점심 식사 후에 거기서 뵙도록 하죠. 그래도 되겠죠?"

"물론입니다, 히로코."

그는 어둠 속으로 뛰다시피 하며 순식간에 사라지는 그녀의 뒷모습을 지켜보다가 일행을 따라 희미한 불빛이 비치는 숙소로 들어갔다.

"히로코가 지구에 대해 거짓말을 하는지 간파할 수 있어요, 블리스?"

블리스가 고개를 저었다.

"거짓말을 했다고 생각지 않아요. 어쨌든 히로코는 상당히 긴장하고 있는 것 같아요. 난 음악회가 끝나고 나서야 그걸 알아챘어요. 당신이 별자리에 대해서 물어보기 전부터 그랬던 것 같아요."

"자기 플루트를 팰롬에게 주기 싫어서 그랬을까요?"

"물론 그럴 수도 있지요. 하지만 정확히 알 수는 없어요."

그녀는 팰롬 쪽으로 몸을 돌렸다.

"자, 팰롬. 이젠 네 방에 가야지. 자기 전에 옆 건물에 소변을 보고, 양치질하고 세수하는 것 잊지 마렴."

"저는 플루트를 연주하고 싶은데요, 블리스?"

"그럼 잠시만이야. 조용히 불어야 해. 알겠지, 팰롬? 그리고 내가 그만두라고 하면 그만둬야 해."

"알았어요, 블리스."

이제 방 안에는 그들 세 사람뿐이었다. 블리스는 의자에, 나머지 두 사람은 각각 간이 침대에 걸터앉아 있었다.

블리스가 말했다.

"이 행성에 더 머물러 있어야 할 이유가 있나요?"

트레비스가 말했다.

"우리는 아직 그 고대 악기들과 관련해서 지구에 대한 논의를 해 보지도 않았어요. 거기서 무엇인가 얻어낼 수 있을지도 모르잖아요. 그리고 어선들이 귀환하는 것을 기다리는 것도 무익한 일은 아닐 것 같은데요? 그 남자들은, 집 안에만 틀어박혀 있는 사람들이 모르는 무엇인가를 알고 있을지도 모르니까요."

"그럴 가능성이 희박하다고 생각해요. 당신이 여기에 좀 더 머물고 싶어 하는 것이 사실은 히로코의 검은 눈 때문 아닌가요?"

블리스의 말에 트레비스가 못 참겠다는 듯이 내뱉었다.

"참, 이해할 수가 없군요. 내가 무엇을 하든 당신과 도대체 무슨 관계가 있어요? 왜 당신은 윤리적으로 나를 비판할 권리라도 가진 것처럼 행동하고 있는 겁니까?"

"나는 당신의 품행에는 상관하지 않아요. 다만 그 일이 우리의 탐사여행에 지장을 주고 있기 때문에 하는 말이에요. 당신은 고립자의 세계 대신에 갤럭시아를 선택한 것이 옳은 판단이었다는 최종 결론을 내리기 위해서 지구를 찾아다니고 있는 것 아닌가요? 나도 당신이 그런 결론을 내리기를 기다리고 있어요. 당신도 그런 결론을 내리기 위해서는 지구를 방문할 필요가 있다고 말했고, 지구가 저기에 있는 밝은 별의 주위를 돌고 있다고 확신하고 있는 게 분명한 이상, 이제 저 별을 향해서 출발해야 하지 않겠어요? 물론 우리가 사전에 저 별에 관해 가능한 한 많은 정보를 입수해 두면 더욱 유용할 것이라는 점은 인정해요. 하지만 여기서는 더 이상 얻을 정보가 없다고 생각해요. 그리고 당신이 히로코 때문에 더 있고 싶어 하는 거라면 더더욱 빨리 떠나야 할 것이라고 생각하고 있고요."

"곧 떠나게 될 겁니다. 그리고 분명히 밝혀 두겠는데, 히로코는 내 결정에 아무런 영향을 주지 않아요. 장담하죠."

트레비스가 단호하게 말했다. 페롤랫이 끼어들었다.

"나는 지구가 방사능에 오염이 됐는지 여부를 알아보기 위해서라도 빨리 지구로 향해야 한다고 생각하네. 더 이상 여기에 있어야 하는 이유를 모르겠어."

"교수님을 재촉하는 것은 바로, 블리스의 검은 눈이 아니라고 장담할 수 있겠습니까?"

트레비스가 짓궂게 물었다. 그러고는 바로 덧붙였다.

"죄송합니다. 그 말은 취소하죠. 제가 잠시 유치한 생각을 했군요. 히로코는 차치하고라도 어쨌든 이곳은 정말 매력적인 곳입니다. 지금과 상황만 다르다면 이곳에 계속 머물고 싶어요. 블리스, 알파 행성은 고립자들의 행성에 대한 당신의 고정관념을 깨뜨리지 않았나요?"

"어떤 면이 말인가요?"

"당신은 고립된 모든 행성은 위험스럽고 적대적이기 마련이라고 했지요?"

"연합세력으로 은하계의 동향에서 한 발짝 물러나 있던 콤포렐론마저 그랬으니까요."

"하지만 알파는 그렇지 않아요. 이곳은 외부 세계로부터 완전히 고립되어 있는 것은 사실이지만, 그들이 우리에게 베푸는 친절과 환대에 불평할 점이 전혀 없잖아요. 이들은 우리에게 옷과 음식과 잠잘 곳을 마련해 주었어요. 게다가 우리를 위해 축제를 마련하고, 계속 머물러 달라고 간청까지 하고 있지요. 대체 이들에게서 어떤 단점을 찾을 수 있지요?"

"겉으로 보기에는 아무런 흠이 없어요. 히로코는 당신에게 육체까지 주었으니 말이에요."

트레비스가 벌컥 화를 내며 말했다.

"블리스, 당신은 왜 그런 것에 그토록 신경을 쓰고 있는 거요? 그녀만 내게 몸을 준 게 아니라 우리는 서로에게 주고받은 거란 말입니다. 그것은 전적으로 상호 이해가 전제된 즐거운 시간이었지요. 당신에게도 그런 상황이 닥쳤다면 당신도 별 수 없었을 겁니다!"

페롤랫이 말했다.

"블리스, 제발 좀 그만해 둬. 트레비스의 말이 전적으로 옳아. 당신이 그의 사적인 쾌락에 대해서 간섭할 이유가 없잖아!"

"그것이 우리 계획에 방해만 되지 않는다면 그렇겠죠."

블리스가 고집스럽게 말하자 트레비스가 달래듯 말했다.

"우리 계획에 아무런 지장도 주지 않을 겁니다. 우리는 반드시 떠날 겁니다. 내가 당신에게 장담하죠. 원하는 정보를 찾기 위해 그렇게 오랫동안 지체하지는 않을 거예요."

"하지만 난 고립자들을 믿지 않아요. 설령 그들이 선물을 한 아름 안고 온다 해도 말이에요."

블리스의 말에 트레비스가 어이없다는 표정을 지으며 말했다.

"당신은 일단 먼저 결론을 내린 후에, 그 결론에 맞게 맘대로 증거들을 꿰맞추는군요. 어떻게 그렇게……"

"그만두세요. 나는 가이아예요. 지금 이렇게 불안해하고 있는 것은 내가 아니라 바로 가이아란 말이에요."

"가이아가 불안해할 이유는 없……!"

그 순간 누군가 방문을 긁는 소리가 들렸다. 그 소리에 트레비스는 등골이 오싹해졌다. 그가 낮은 목소리로 말했다.

"누굴까?"

"당신이 문을 열고 보세요. 이곳이 아무런 위험도 없는 친절한 세계라고 말한 건 바로 당신이었잖아요."

블리스가 으쓱하며 가볍게 말했다.

트레비스는 그럼에도 불구하고 문밖에서 "문 좀 열어 주세요. 저예요." 하고 외치는 소리가 들릴 때까지 꿈쩍도 하지 않았다.

히로코였다. 트레비스가 문을 열자 히로코가 재빨리 안으로 들어왔다.

그녀의 볼은 물기에 젖어 있었다.

"문을 닫으세요."

그녀가 가쁜 숨을 몰아쉬며 말했다.

"대체 무슨 일이죠?"

블리스가 물었다.

히로코가 트레비스를 부여잡았다.

"빨리 여기를 떠나세요! 당신들 모두 말이에요. 우주선을 타고 이곳을 빨리 떠나세요. 날이 밝기 전에 어서요!"

"하지만 왜?"

"그렇지 않으면 당신들 모두 죽게 될 거예요!"

7

세 사람은 얼어붙은 듯 히로코를 한동안 응시했다. 이윽고 트레비스가 말문을 열었다.

"당신 세계의 사람들이 우리를 죽일 거라는 말입니까?"

히로코가 눈물을 흘리면서 말했다.

"당신은 이미 죽음의 길로 들어섰어요, 트레비스. 당신과 함께 있는 사람들도 마찬가지예요. 오래전에 알파 행성의 학자들이 알파인들에게는 전혀 해가 없지만 외계인들에게는 치명적인 바이러스를 개발했었거든요. 우리는 그 바이러스에 면역이 되어 있어요."

그녀는 트레비스의 팔을 미친 듯이 흔들어 댔다.

"당신은 이미 감염됐어요!"

"어떻게 말입니까?"

"우리가 함께 쾌락을 즐기는 동안에요. 그것도 감염의 한 경로거든요."

"하지만 나는 아무렇지도 않은데……?"

"지금은 잠복기라서 그래요. 하지만 어선들이 귀환할 때는 그 바이러스들이 활동을 개시할 거예요."

블리스가 날카롭게 말했다.

"왜 우리에게 그런 짓을 했죠?"

"우리의 안전을 위해서요. 우린 숫자는 적지만 가진 것은 많아요. 우리는 외계인들이 침입하지 않았으면 하거든요. 만일 어떤 이가 여기에 다녀간 뒤에 우리의 존재를 알린다면 다른 사람들도 이곳으로 찾아올 게 분명해요. 우리는 그게 두려운 거예요. 그래서 우리는 누구든 이곳에 들어온 사람들이 다시 떠날 수 없도록 하고 있어요."

"그런데 당신은 왜 우리에게 떠나라고 하는 거죠?"

트레비스가 물었다.

"그 이유는 묻지 마세요. 아니, 말씀드리겠어요."

그때 옆방으로 부드럽고 감미로운 플루트 연주가 들려왔다.

"나는 저 음악이 파멸되어야 한다는 사실을 견딜 수가 없었어요. 저 아이도 역시 죽게 될 운명이니까요."

트레비스가 굳은 표정으로 말했다.

"팰롬에게 그 플루트를 준 이유도 그래서였습니까? 저 아이가 죽게 되면 플루트를 되찾을 수 있을 테니까……."

히로코는 공포에 질린 목소리로 말했다.

"아니에요, 그런 생각을 해 본 적은 없어요. 나중에 그런 생각이 떠올랐을 때 절대로 그런 일이 있어서는 안 되겠다고 결심을 했던 거죠. 빨리 그 아이와 함께 이곳을 떠나세요. 우주 공간으로 일단 진입하고 나면 당신들은 안전할 거예요. 당신의 몸속에 잠복하고 있는 바이러스는 곧 죽게 될 테니까요. 그 대신에 아무에게도 이곳에 대해 발설하면 안 돼요."

"아무에게도 말하지 않겠습니다."

트레비스가 말했다.

히로코가 트레비스를 올려다보며 말했다.

"당신에게 작별 키스를 하지 않아도 되겠죠?"

트레비스가 쏘아붙이듯 말했다.

"그래요, 이미 바이러스에 감염된 것만으로 족해요!"

그러고는 다소 부드럽게 덧붙였다.

"울지 마세요. 사람들이 왜 우는지 이상하게 생각하면 곤란하지 않겠어요? 우리를 구해 주려는 당신의 성의를 봐서라도 내게 했던 행동을 용서하겠어요."

이 말에 히로코는 조심스럽게 손등으로 뺨에 묻어 있는 눈물을 닦았다. 그녀는 한숨을 쉬고는 말했다.

"용서해 줘서 고마워요."

그녀는 곧 그곳을 떠나 버렸다. 트레비스가 말했다.

"불을 끄고 잠시 기다렸다가 떠납시다. 블리스, 팰롬에게 플루트를 그만 불라고 하세요. 물론 그 플루트는 꼭 챙기도록 하고 말이죠. 이 어둠 속에서 우주선을 찾을 수만 있다면 빨리 그쪽으로 갑시다."

"내가 찾을 수 있어요. 내 옷이 우주선 안에 있거든요. 미약하나마 그 옷도 가이아의 속성을 지니고 있으니까요. 가이아가 가이아를 찾는 데는 아무런 어려움이 없어요."

블리스는 펠롬을 데리러 방을 나갔다. 그러자 페롤랫이 말했다.

"혹시 이들이 우리를 이 행성에 붙잡아 두려고 우리의 우주선을 파괴하지는 않았을까?"

"그들에겐 그럴 만할 기술도 없을 겁니다."

트레비스가 단호하게 말했다.

블리스가 펠롬의 손을 잡고 다시 방으로 들어오자 트레비스는 형광등을 껐다. 그들은 어둠 속에서 한동안 말없이 앉아 있었다.

꽤 오랜 시간이 흘렀다고 생각될 무렵 트레비스가 살며시 문을 열었다. 하늘에는 구름이 더욱 짙게 깔려 있었지만 별들은 여전히 반짝이고 있었다. 카시오페이아자리가 하늘 높이 걸려 있었고, 그 꼬리 부분에는 지구의 태양일지도 모르는 별이 선명한 빛을 발하고 있었다. 주위는 쥐 죽은 듯 고요했다.

트레비스는 앞장을 선 뒤 다른 사람들에게 조심스럽게 따라오라는 신호를 보냈다. 그의 한 손은 무의식적으로 신경채찍의 자루 부분에 가 있었다. 물론 그는 그것을 사용할 일은 없을 것이라고 확신하고 있었다. 그러나…….

이어 블리스가 한 손으로 페롤랫을 붙잡은 채 앞장섰다. 그녀의 다른 손은 펠롬의 한쪽 손을 잡고 있었고, 펠롬은 다른 손에 플루트를 들고 있었다. 블리스는 칠흑 같은 어둠 속에서 발로 땅을 조심조심 더듬어

가면서 그녀의 옷과 연결된 보이지 않는 끈을 따라 다른 사람들을 파스타호로 안내해 갔다.

제7부

지구

19장

방사능?

1

파스타호는 칠흑의 섬을 뒤로 하고 대기를 가로질러 하늘로 천천히, 그리고 조용히 솟아올랐다. 그들 아래로 보이는 불빛들은 점차 희미해지더니 이내 자취를 감췄다. 고도가 높아짐에 따라 공기가 희박해지자 우주선의 속도는 더욱 빨라졌다. 하늘에 보이는 별들은 수를 더해 갔고 점점 밝은 빛을 발하기 시작했다. 드디어 밑에서 동그란 알파 행성이 내려다보였다.

페롤랫이 말했다.

"그들이 우수한 우주 항공 기술을 가지고 있다고 생각지는 않네. 그러니 우리를 뒤쫓아 올 수 없을 걸세."

트레비스가 시무룩한 표정으로 말했다.

"그 말도 제 기분을 조금도 나아지게 만들지는 못하는군요. 전 바이러스에 감염된 상태라고요."

"하지만 아직 잠복 중이잖아요?"

블리스의 말에 트레비스는 시큰둥하게 대답했다.

"지금 당장이라도 활동을 시작할 수 있지요. 그들은 바이러스의 활동을 막을 처방을 분명히 갖고 있을 텐데. 그걸 어떻게 알아내지?"

블리스가 말했다.

"잠복 중인 바이러스라도 당신의 몸처럼 적응할 수 없는 신체 내에서는 결국 죽어 버릴 거라고 히로코가 말했어요. 벌써 잊었나요?"

"그걸 그녀가 어떻게 압니까? 히로코가 자기를 위로하고자 거짓말을 하지 않았다고 어떻게 장담할 수 있겠어요? 내가 갑자기 바이러스 때문에 쓰러지게 된다면, 당신들 세 사람도 역시 마찬가지 운명이 될 거예요. 그리고 만일 우리가 사람들이 많이 살고 있는 행성에 도착한 다음에 그런 일이 생긴다면 이 바이러스는 끔찍한 전염병을 일으킬 것이고, 다른 행성으로 피신하는 사람들에 의해 또 다른 행성으로 확산될 수 있을지도 모르지요."

그러곤 블리스를 쳐다보았다.

"당신이 어떻게 해 볼 도리가 없겠어요?"

그녀는 천천히 고개를 저었다.

"쉽지는 않을 거예요. 가이아에는 가이아를 구성하는 미생물이나 곤충들이 있어요. 그것들은 생태계의 균형을 유지하는 데 도움이 되는 것들이에요. 그것들은 살아 있는 동안 가이아의 의식에 기여를 하지만, 결코 지나치게 성장하는 경우는 없고 또 눈에 띄는 해를 끼치지도 않아요. 트레비스, 하지만 문제는 당신을 괴롭히는 그 바이러스는 가이아를 구성하는 일부가 아니라는 데 있어요."

트레비스가 괴로운 듯 얼굴을 찡그리며 말했다.

"당신은 이 일이 쉽지 않을 거라고 얘기했고, 나는 그러한 상황을 충분히 이해할 수 있어요. 하지만, 좀 힘들겠지만 노력이라도 해 볼 수 없겠어요? 부탁합니다. 내 몸 안에서 바이러스를 찾아 없애 주세요. 그렇게 할 수 없다면 내 몸의 저항력이라도 강화시켜 줄 수는 없겠습니까?"

"나는 당신 몸의 미세한 세포들을 잘 알지 못해요. 그리고 그 세포 속에 있는 바이러스나 유전자들을 식별해 낼 수도 없고요. 더구나 이미 당신 몸에 적응하고 있는 바이러스와 히로코가 당신에게 주입시킨 바이러스를 식별해 내기는 더욱 어려울 거예요. 하지만 시도는 해 보겠어요, 트레비스. 하지만 이 일은 시간이 많이 걸리는 데다 실패할 가능성도 있어요."

"시간이 많이 걸리더라도 상관없어요. 시도라도 해 준다면 고맙죠."

"노력은 해 볼게요."

블리스가 말했다. 그러자 페롤랫이 끼어들었다.

"히로코가 말한 것이 사실이라면, 당신은 이미 생명력을 잃어 가고 있는 듯한 바이러스를 찾아낼 수 있을 것이고, 당신은 그저 그 과정을 촉진시키기만 하면 될 거야."

"그런 일이라면 나도 쉽게 해낼 수 있어요. 참 좋은 생각이군요."

블리스가 말했다.

"혹시 내 몸을 약화시키지는 않을까요? 그 바이러스를 죽이다 보면 내 몸의 중요한 부분을 파괴해야 하지 않을까요?"

트레비스가 걱정스럽게 물었다. 그러나 블리스의 대답은 차가웠다.

"왜 그렇게 비관적이죠? 하지만 정말 어려운 점을 정확히 지적했군요. 그래도 너무 두려워할 필요는 없어요. 잘하도록 노력할게요. 당신이 잘못되기라도 한다면 펠과 팰롬 역시 위험에 처하게 될 테니까요. 내가 펠과 팰롬의 안전에 대해서 얼마나 염려하고 있는지를 잘 알고 있잖아요. 당신이 잘못되면 나 자신도 위태로워진다는 걸 기억하신다면 안심하세요."

"당신이 자신의 안전에 대해 그렇게 절실한 감정을 가지고 있다는 생각은 들지 않는군요. 당신은 어떤 위대한 일을 위해서라면 당신의 생명을 언제든 포기할 준비가 돼 있잖아요. 하지만 당신이 교수님을 염려한다는 것은 인정합니다. 그나저나 팰롬의 플루트 소리가 들리지 않는군요. 혹시 그 애에게 무슨 일이 생긴 게 아닙니까?"

트레비스가 작은 소리로 물어보자 블리스가 대답했다.

"아니에요. 그 애는 자고 있어요. 내가 억지로 재우는 것과는 상관없는 아주 자연스러운 수면을 취하고 있죠. 우리도 지구의 태양이라고 여기고 있는 그 별을 향해 도약을 한 뒤에 잠을 자 두어야 할걸요. 나는 정말 잠이 필요해요. 당신도 마찬가지고요, 트레비스."

"그렇게 하죠. 그리고 블리스, 돌이켜 생각해 보니 당신이 옳았어요."

"뭐 말인가요, 트레비스?"

"고립자들에 대한 당신의 생각 말입니다. 새로운 지구는 겉보기에는 그럴 듯했지만 결국 낙원은 아니었어요. 그들이 우리를 처음 맞을 때 베풀었던 친절은 우리 중 한 사람을 쉽게 바이러스에 감염시키기 위해서 우리가 방심하도록 만든 것이었고, 그다음에 이어진 이런저런 축제들은 어선들이 돌아올 때까지 우리를 그곳에 붙들어 두기 위한 수작이었던 것이 확실해요. 그때가 되면 바이러스들이 활동을 개시하게 될 테니까요. 팰롬의 음악만 아니었다면 그들의 계획은 예정대로 들어맞았을 겁니다. 결국 그곳에서도 당신이 옳았어요."

"팰롬에 대해서요?"

"네. 나는 팰롬을 데려가는 걸 바라지도 않고, 팰롬이 우주선에 함께 있는 걸 좋게 여긴 적도 없어요. 그 애를 데려온 것은 당신이고, 뜻하지 않게 우리를 구한 건 팰롬이었죠. 하지만…….”

“하지만 뭔가요?”

“그렇지만 나는 팰롬이 여기에 있는 게 여전히 불안합니다. 이유를 모르겠어요.”

“트레비스, 우리를 살린 것이 그 애의 덕분이라고 생각하면 한결 당신의 기분이 나아지는지는 모르겠지만, 나는 그것을 모두 팰롬의 공으로만 돌리는 것에 대해서는 완전히 동의할 수 없어요. 히로코는 다른 알파인들이 반역 행위로 간주했을 일을 저지르면서 팰롬의 음악을 그 이유로 내세웠어요. 그녀 자신도 그렇게 믿었는지도 모르죠. 하지만 그녀의 마음속에는 제가 어렴풋이 감지했지만 그 실체를 완전히 규명할 수 없는, 어쩌면 그녀로서는 인정하기가 부끄럽다고 느낀 뭔가가 있었던 것 같아요. 나는 그녀가 당신에게 애정을 갖게 되어 팰롬과 그녀의 음악에 상관없이 당신이 죽는 것을 원하지 않았을 거라는 인상을 받았어요.”

“정말 그렇게 생각해요?”

트레비스가 약간 웃음 띤 얼굴로 말했다. 그가 미소를 지은 것은 그들이 알파를 떠나온 이래 처음 있는 일이었다.

“정말이에요. 당신은 여자를 능숙하게 다룰 줄 알아요. 당신이 리잘로 장관을 설득할 수 있었기 때문에 우리는 우주선을 타고 콤포렐론을 떠날 수 있었지요. 또 히로코를 움직여서 우리의 목숨을 구하게 했고요. 우리의 목숨을 구한 공은 마땅히 당신에게 돌려져야만 해요.”

트레비스는 한층 기분 좋은 웃음을 활짝 터뜨렸다.

“당신이 정 그렇게 말한다면……. 좋아요, 그대로 받아들이죠. 자, 이제는 지구로 갑시다!"

그는 경쾌한 걸음걸이로 조종실로 사라졌다. 그들 뒤에서 서성거리고 있던 페롤랫이 말했다.

"당신이 결국 그를 진정시켰군. 그렇지, 블리스?"

"아니에요, 펠. 나는 그의 마음을 조금도 어루만져 주지 않았어요."

"남자의 허영심을 채워 줬다면 그것이야말로 커다란 위로를 해 준 셈이 되는 거야."

"아마 간접적으로는 그랬겠죠."

블리스가 웃으며 말했다.

"아무튼 고마워, 블리스."

2

도약 후에도 지구의 태양일 것으로 여겨지는 그 별은 10분의 1파섹이나 떨어진 곳에 있었다. 그 별은 하늘에서 단연코 가장 빛나는 물체였다. 하지만 하나의 별에 불과하다는 사실은 다른 별과 마찬가지였다.

트레비스는 관찰을 용이하게 하기 위해 그 별빛의 여과 밀도를 높여 어둡게 하고는 말했다.

"저것이 새로운 지구의 별, 즉 알파의 쌍둥이별임에 틀림없어요. 새로운 지구가 주변을 도는 별 말이에요. 알파는 컴퓨터의 성도에 나와 있지만 저 별은 없거든요. 또한 저 별의 이름이나 그와 관련된 자료도 없을 뿐 아니라, 저 별이 이루고 있는 태양계에 대한 정보도 전혀 없어요."

페롤랫이 말했다.

"저 별이 정말 지구의 태양이라면, 그건 우리가 이미 예상하고 있던 바가 아닌가? 다시 말해서 저 별에 대한 정보의 부재는 지구에 관한 모든 정보가 제거됐다는 사실에 부합되는 것이라고 할 수 있네."

"그렇지요. 하지만 저 별의 태양계가 그 멜포메니아 행성의 석상 벽에 씌어 있던 목록에서 우연히 빠져 있었던 것일 수도 있지 않을까요? 그 목록이 완벽한 것이라고 확신할 수도 없지 않습니까? 아니면 저 별은 행성을 지니고 있지 않아서 군사적 · 상업적 목적으로 사용되는 컴퓨터 성도에 입력될 가치조차 없었던 것일 수도 있고 말입니다. 교수님, 혹시 전설 중에 지구의 태양이 자신의 쌍둥이별로부터 단지 1파섹가량 떨어져 있다는 내용을 가진 것은 없었어요?"

페롤랫은 고개를 저었다.

"미안하네, 트레비스. 그런 전설은 떠오르지 않는군. 하지만 있을지도 모르지. 내 기억력이 완벽하다고는 할 수는 없으니까 말이야. 한번 찾아보기는 하겠네."

"그건 별로 중요하지 않아요. 그렇다면 지구의 태양을 일컫는 이름에는 어떤 게 있어요?"

"여러 가지 이름들이 있지. 내 생각으로는 말일세, 각 언어별로 지구를 가리키는 이름이 분명히 하나씩은 있었을 걸세."

"아! 지구엔 다양한 언어들이 존재했다는 걸 까맣게 잊고 있었군요."

"그렇지. 전설이 다양하다는 것 자체가 그것을 증명하고 있는 걸세."

트레비스가 조급하게 말했다.

"그렇다면 이제 우리가 할 일은 뭐죠? 이렇게 먼 거리에서는 저 태양계에 대해서 아무것도 알 수 없어요. 그러니 우리는 빨리 태양계를 향해 좀 더 가까이 접근해 갑시다. 물론 조심해야 하겠지만……. 하지만 지금 우리가 터무니없이 겁을 집어먹고 있는 게 아닌가 하는 생각이

들기도 하는군요. 아직까지는 위험이라고 여겨질 만한 어떤 징후도 발견하지 못했거든요. 아마 은하계에 있던 지구에 관한 정보를 깨끗하게 제거할 정도로 강력한 세력이라면 이 정도 거리에 있는 우리들도 날려 버릴 만큼의 충분한 힘을 가지고 있겠지요. 그들이 자신의 소재가 밝혀지는 것을 원하지 않는다면요. 하지만 아직까지는 아무런 일도 없었지요. 우리가 좀 더 가까이 접근한다면 무슨 일이 일어날지도 모른다는 가능성 하나로 영원히 여기서 주저앉는다는 것은 말도 안 되겠죠, 그렇지 않아요?"

블리스가 말했다.

"나는, 위험스럽다고 여겨질 만한 어떤 것도 발견하지 못했다는 컴퓨터의 판단을 믿어요."

"내가 위험스럽다고 생각될 만한 아무런 징후도 발견하지 못했다고 얘기한 것은 순전히 컴퓨터에서 얻은 정보일 뿐입니다. 내 육안으로는 아무것도 볼 수 없으니까요."

"당신은 위험스러운 결정을 내리기에 앞서 누군가의 지지를 원하고 있는 것 같군요. 좋아요, 내가 당신을 지지하겠어요. 우리가 아무런 이유 없이 되돌아가기 위해 이렇게 멀리까지 온 것은 아니잖아요."

"물론이죠. 교수님은요?"

트레비스가 물었다. 그러자 페롤랫이 대답했다.

"단지 궁금해서라도 계속 전진하고 싶네. 우리가 정말 지구를 발견한 것인지도 확인하지 않은 채 되돌아간다는 건 참을 수 없는 일이야."

"좋습니다. 그렇다면 우리 모두 같은 의견이로군요."

트레비스가 희색이 만면해서 말했다.

"우리 모두라고 말할 수는 없네. 팰롬이 있지 않나."

페롤랫이 말했다. 그러자 트레비스가 어이없다는 표정을 지었다.

"우리가 그 애의 의견도 들어 봐야 한다는 얘기입니까? 설령 그 애가 다른 의견을 가지고 있다고 해서 그것이 중요한 의미를 가진다고 생각하는 건 아니겠지요? 그 애가 바라는 것은 단지 자신의 세계로 돌아가는 것뿐이라고요."

"그렇다고 그 애를 탓할 수는 없잖아요."

블리스가 가라앉은 목소리로 말했다. 그때 트레비스는 다소 경쾌한 행진곡을 연주하는 팰롬의 플루트 소리를 느꼈다.

"저 연주 좀 들어 봐요. 어디서 행진곡을 배웠을까요?"

"아마도 젬비가 들려줬던 거겠지."

트레비스가 고개를 가로저으면서 말했다.

"과연 그럴까요? 아마 젬비는 팰롬에게 자장가나 댄스곡 정도를 연주해 줬을 거예요. 그 애는 정말 저를 불안하게 만든다니까요. 그 애는 모든 걸 너무 빨리 배우고 있어요."

"내가 그 애를 도와줬어요. 애가 워낙 총명할 뿐만 아니라, 우리와 함께 지내면서 너무나도 많은 자극을 받아 왔다는 점을 잊지 마세요. 그 애의 마음은 항상 새로운 흥분으로 가득 차 있어요. 그 애는 자기 생애에서 처음으로 우주와 다른 행성들, 그리고 많은 사람들을 목격했어요."

블리스가 말했다.

팰롬의 행진곡은 더욱 열광적이고 강력해졌다. 트레비스가 한숨을 쉬고는 말했다.

"저 애는 지금 우리의 모험에 대한 낙관과 기쁨을 발산하고 있는 것 같군요. 나는 그것을 우리의 의견에 찬성하는 것으로 받아들일 참입니다. 자, 저 별을 향해서 조심스럽게 더 접근해서 태양계를 잘 관찰해 봅시다."

"정말 태양계가 존재한다면 말이에요."

블리스가 단서를 달자 트레비스는 가벼운 미소를 지었다.

"태양계는 반드시 있어요. 우리 내기합시다. 얼마를 걸겠어요?"

3

"당신이 졌어요, 블리스. 얼마나 걸었죠?"

트레비스의 말에 블리스가 무표정하게 대답했다.

"한 푼도 걸지 않았어요. 나는 그 내기를 받아들이지 않았어요."

"어쨌든 나도 돈을 받을 생각은 없었어요."

그들은 태양으로부터 100억 킬로미터가량 떨어진 거리에 있었다. 그것은 여전히 별 모양을 하고 있었지만 보통 태양에 비해서는 광도가 4000분의 1에 불과했다.

"우리는 지금 망원경에 의해 확대된 두 개의 행성을 보고 있습니다. 컴퓨터가 측정한 저 행성들의 지름이나 반사광의 스펙트럼을 보니, 저것들은 거대한 가스 덩어리들임에 틀림없어요."

트레비스가 말했다.

우주선은 아직도 태양권 경계면으로부터 멀리 떨어져 있었다. 블리스와 페롤랫은 트레비스의 어깨 너머 스크린에 나타난 푸른빛을 띤 초승달 모양의 행성 두 개를 응시했다. 트레비스가 말했다.

"교수님, 지구의 태양이 네 개의 거대한 가스 거성을 가지고 있는 게 틀림없지요?"

"전설에 따르면 그렇다네."

“네 개 가운데 태양에 가장 근접해 있는 것은 그중 가장 큰 것이고, 두 번째로 근접해 있는 것은 그 둘레에 고리를 가지고 있는 것이라고 되어 있지 않아요?”

“거대한 고리들이지. 하지만 트레비스, 자네는 전설이 구전되는 과정에서 과장되기 마련이라는 점을 감안해야 하네. 내 말뜻은 설령 거대한 고리를 가진 행성이 발견되지 않는다는 이유 때문에 저 태양은 지구의 태양이 아닐 거라고 단정해서는 안 된다는 얘길세.”

“어쩌면 저 두 개의 행성은 태양으로부터 가장 멀리 떨어져 있는 것들이고, 태양에 보다 근접해 있는 다른 두 개의 행성들은 저 태양의 반대편에 있을지도 모르죠. 우린 좀 더 가까이 다가가야 해요. 저 태양 너머 반대편까지 말입니다.”

“저 태양에 아주 근접한 뒤에도 그게 가능할까?”

“주의를 기울이면 컴퓨터가 잘 해낼 겁니다. 만일 컴퓨터가 너무 위험하다는 판단을 내릴 경우, 우주선은 더 이상 전진하지 않을 거고요.”

그가 컴퓨터에 지시를 내리자 컴퓨터는 지시에 따라 다른 가스 거성을 찾아 우주 공간 탐색에 돌입했다. 스크린상의 별은 순간적으로 환한 빛을 발하더니 비껴갔다. 이어 화면에 나타난 모습은 세 사람 모두를 그 자리에 얼어붙게 할 만큼 놀라운 것이었다. 그들은 입을 딱 벌린 채 어쩔 줄을 몰랐다. 트레비스조차도……

“믿을 수 없어!”

블리스가 숨이 넘어가는 목소리로 말했다.

4

전체가 밝게 빛나는 가스 거성이 시야에 들어왔다. 그리고 그 주위에는 폭이 넓고 찬란한 빛을 내는 고리가 가스 거성을 감싸고 있었다. 그 고리는 그것이 감싸고 있는 행성보다 밝았으며, 그 고리의 안쪽으로부터 3분의 1에 해당하는 부분은 좁았으며 여러 갈래로 되어 있었다.

트레비스가 컴퓨터에게 최대 배율로 확대할 것을 지시하자, 그 고리가 폭이 좁은 동심원 모양의 작은 고리들을 모여서 구성된 것을 드러냈다. 스크린이 고리의 일부만으로 꽉 차자 행성은 자취를 감추고 말았다.

트레비스가 또 다른 지시를 내리자 스크린의 한 귀퉁이에는 더 작은 배율로 확대된 행성과 고리들이 별도의 화면으로 나타났다.

"저런 고리는 흔한 것인가요?"

블리스의 물음에 트레비스가 대답했다.

"아뇨. 거의 모든 가스 거성은 작은 파편들로 이루어진 고리들을 가지고 있지만, 그 고리들은 대부분 가늘 뿐만 아니라 희미한 빛을 내기 마련이지요. 언젠가 한번 가늘긴 하지만 무척 반짝이는 고리를 본 적이 있었지만 이런 것은 본 적도 들은 적도 없어요."

페롤랫이 말했다.

"저것은 틀림없이 전설에 나오는 고리를 가진 가스 거성일 걸세. 저것이 정말 특이한 것이라면……."

"정말 특이하다고 볼 수 있지요. 제가 아는 한, 아니 컴퓨터가 알고 있는 한에서는……."

"그렇다면 저것은 지구를 포함하는 태양계임에 틀림없네. 어느 누구도 저런 행성을 인위적으로 만들어 낼 수는 없거든."

페롤랫의 말에 트레비스가 화답했다.

"자, 앞으론 교수님이 알고 있는 전설들은 무엇이든 믿지요. 이 행성이 태양으로부터 여섯 번째 것이고 지구는 세 번째 행성이겠지요?"

"맞아, 트레비스."

"그렇다면 우리는 지구로부터 15억 킬로미터도 채 안 되는 거리에 있는 셈이군요. 그리고 우리는 아직까지 아무런 제지도 받지 않았어요. 가이아 행성은 우리가 접근하자마자 우리를 잡아 버렸지만요."

블리스가 말했다.

"당신 우주선과 가이아까지는 지금보다는 훨씬 더 가까웠어요."

트레비스가 말했다.

"지구가 가이아보다는 더 강력할 거라는 게 내 생각이지만 어쨌든 나는 이걸 좋은 징조로 받아들이겠어요. 만일 우리가 계속 제지를 받지 않는다면, 그건 지구가 우리의 접근을 허용한다는 뜻일 겁니다."

"또는 지구가 없다는 걸 뜻할 수도 있겠죠."

"이번에야말로 정말 내기를 할 셈입니까?"

트레비스가 화난 듯 물었다. 페롤랫이 그들의 대화에 끼어들었다.

"내 생각에 블리스가 말하고자 하는 바는, 지구가 모든 사람들이 생각하는 것처럼 방사능에 오염되어서 지구에 생물이 전혀 존재하지 않기 때문에 우리를 제지 못할지도 모른다는 뜻일 걸세."

트레비스가 흥분한 듯 소리쳤다.

"아니에요, 저는 지구에 대해 사람들이 말하는 것을 몽땅 믿겠어요. 자, 지구로 다가가서 직접 확인해 보도록 합시다. 우리는 아무런 제지도 받지 않을 겁니다!"

5

그 가스 거성들은 태양 뒤편으로 상당히 멀리 떨어져 있었다. 한 개의 소행성 띠가 태양에서 가장 근접한 가스 거성의 바로 안쪽에 자리 잡고 있었다. (그 가스 거성은 전설처럼 대단히 크고 무거운 것이었다.)

소행성 띠 안쪽에 네 개의 행성이 있었고 트레비스는 그것을 주의 깊게 관찰했다.

"세 번째 행성이 가장 크군. 크기도 적당하고 태양까지 거리도 알맞아. 인간이 거주할 만한 행성이야."

페롤랫은 트레비스의 말투에서 뭔가 불확실한 것이 있는 듯한 느낌을 받았다. 그가 말했다.

"그곳에는 공기도 있나?"

"그럼요. 물론이죠. 두 번째, 세 번째, 그리고 네 번째 행성에도 모두 공기가 있어요. 하지만 옛 동화 속의 얘기처럼 두 번째 행성은 공기 밀도가 너무 조밀하고 네 번째는 희박해요. 오직 세 번째 행성의 공기 밀도만이 적당하죠."

트레비스가 대답했다.

"그렇다면 자네는 바로 그것이 지구라고 생각하고 있군."

"생각할 필요도 없어요. 그것이 바로 지구예요. 그 행성은 교수님이 말한 거대한 위성을 거느리고 있어요!"

트레비스가 마치 폭탄선언이나 하는 듯 말했다.

"거대한 위성을!"

페롤랫의 얼굴에 환한 웃음이 번졌다. 트레비스는 그가 그렇게 활짝 웃는 모습을 본 적이 없었다.

"정말이에요. 자, 최대로 확대시켜 놓은 걸 보시죠."

페롤랫은 초승달 모양을 하고 있는 두 개의 물체를 보았다. 그중 하나는 한눈에 알아볼 만큼 다른 것보다 크고 밝게 빛났다.

"작은 것이 그 위성인가?"

"그래요. 예상보다 그 행성으로부터 멀리 떨어져 있지만 분명히 행성 주위를 돌고 있어요. 그건 작은 행성의 크기와 비슷하지만 위성으로서는 큰 편이죠. 직경이 적어도 2000킬로미터는 되는데, 그건 가스 거성을 공전하는 거대한 위성들 크기와 맞먹을 정돕니다."

"그것보다 크지는 않은 것 같군. 그럼 거대 위성은 아니잖은가?"

페롤랫은 실망한 듯 말했다.

"전혀 그렇지 않아요. 물론 엄청나게 큰 가스 거성의 주위를 도는 약 2000~3000km의 직경을 가진 위성은 드문 게 아니에요. 하지만 작은 암석질의 유인 행성을 공전하는 위성이라면 얘기는 전혀 다르지요. 저 위성의 직경은 무려 지구의 4분의 1정도나 됩니다. 교수님은 유인 행성을 공전하는 위성 중에서 저런 크기를 가진 게 있다는 얘기를 들어본 적이 있으세요?"

페롤랫이 기어들어 가는 소리로 대답했다.

"그것에 대해 아는 것이 거의 없네."

"그렇다면 제 말을 믿으세요, 교수님. 저건 특이한 경웁니다. 우리는 사실상 한 쌍의 행성을 보고 있는 거나 다름없어요. 바위보다 큰 위성을 가진 유인 행성은 없다고 해도 과언이 아니에요, 교수님. 태양의 여섯 번째 행성인 거대한 고리를 가진 가스 거성과 거대한 위성을 가진 세 번째 행성, 이 둘 다 직접 보기 전까진 전설에나 나오는 것으로 여기고 믿지 않았지만, 우리가 지금 보고 있는 것은 지구가 틀림없어요. 이것이 다른 것일 수는 없어요. 드디어 지구를 찾아낸 겁니다. 저게 바로 우리가 찾아낸 지구란 말이에요!"

6

그들은 이틀째 지구를 향해 나아가고 있었다. 블리스는 저녁상 위의 음식을 앞에 두고 하품을 해 대면서 말했다.

"우리가 지금까지 행성과 행성 사이에 비행하는 데 이번처럼 많은 시간을 허비한 적이 없는 것 같아요. 이동하는 데만 수 주일을 보냈어요."

트레비스가 말했다.

"우리가 천천히 가고 있는 이유는 우선 도약 비행을 하기에는 별이 너무 가까이 있기 때문이고, 또 혹시 있을지도 모를 위험에 너무 성급하게 빠지고 싶지 않기 때문입니다."

"당신은 우리가 제지받지 않을 것이라고 했잖아요."

트레비스는 스푼에 음식을 하나 가득 담아 들고는 대답했다.

"물론 그렇게 말했죠. 하지만 단지 예감에 모든 것을 걸 수는 없어요. 당신도 알다시피 나는 알파에서 먹었던 생선을 잊지 못해요. 아쉽게도 우리는 거기서 단 세 끼밖에 못 먹었지요."

"정말 유감이야."

페롤랫이 맞장구에 블리스가 반론을 폈다.

"우리는 지금까지 다섯 행성을 방문했어요. 그리고 우리는 그 다섯 행성 모두에서 너무나 허겁지겁 떠나야만 했지요. 그래서 식량을 비축하고 여러 가지 음식을 챙길 시간도 전혀 없었죠. 몇몇 세계에서는 우리에게 제공해 줄 식량이 있었는데도 말이에요. 콤포렐론, 알파 그리고 아마……"

그녀는 말을 끝맺지 못했다. 왜냐하면 팰롬이 그녀의 다음 말을 대신 해 주었기 때문이었다.

"솔라리아에서도요? 거기서 식량을 조금도 구할 수 없었어요? 그곳에는 식량이 아주 풍부한데요. 알파만큼 많이, 그리고 더 근사한 음식도 많이 있었는데……."

"알고 있어, 팰롬. 우리에겐 시간이 없었을 뿐이란다."

블리스의 말에 팰롬이 진지한 얼굴로 그녀를 바라보았다.

"젬비를 다시 만날 수 있을까요, 블리스? 사실대로 말해 주세요."

"물론이야. 우리가 솔라리아로 돌아가게 된다면 말이야."

"언젠가는 솔라리아로 돌아가겠지요? 그게 언제가 될까요?"

블리스가 머뭇거리며 대답했다.

"그건 확실하게 말할 수가 없단다."

"지금 우리는 지구를 향해서 가고 있죠? 제 말이 맞나요? 그곳이 당신이 말하던 우리 선조가 생겨났다는 그 행성이 맞죠?"

"그렇단다. 우리는 지금 지구로 가고 있는 중이야."

"왜 거길 가는 거예요?"

블리스가 담담하게 대답했다.

"누구라도 자기의 조상이 태어났던 세계가 보고 싶지 않겠니?"

"제 생각에는 그 이상의 이유가 있는 것 같은데요? 모두들 무척 걱정하고 있잖아요."

"그건 전에 한 번도 가 본 적이 없는 곳이기 때문이어서 그래. 혹시 무슨 일이 일어날까 봐 말이야."

"아니, 그 이상의 이유가 있을 거라고 생각해요."

블리스가 웃음을 띠었다.

"펠롬, 저녁 식사를 마쳤으니 네 방으로 건너가서 우리들에게 은은한 세레나데를 들려주지 않겠니? 시간이 갈수록 네 연주는 점점 근사해지는구나. 자, 어서 한 곡 부탁한다."

그녀는 재촉하듯이 펠롬의 엉덩이를 톡톡 두드렸다. 펠롬은 자리에서 일어나 트레비스를 잠시 쳐다보더니 말없이 그 방을 나갔다. 트레비스는 혐오스럽다는 표정을 지으며 펠롬의 뒷모습을 노려보았다.

"저것이 내 마음을 읽는 건 아닐까?"

"저 아이를 '저것'이라고 부르지 마세요, 트레비스."

블리스가 쏘아붙였다.

"재가 마음을 읽을 줄 알까요? 당신은 그걸 파악해야만 합니다."

"아니, 저 애는 당신 마음을 읽지 못해요. 가이아도 남의 마음을 읽을 수 없고 제2파운데이션 사람들도 마찬가지예요. 남의 대화를 엿듣는다는 의미에서 마음을 읽는다든가, 남의 정확한 생각을 읽는 따위의 일은 지금이나 가까운 장래에는 가능하지 않은 일이에요. 물론 지금도 어느 정도는 남의 감정을 감지하고 해석하고 조종할 수는 있지만, 그건 마음을 읽는 것과는 전혀 별개의 일이에요."

"당신이 불가능하다고 해서 펠롬도 불가능하다고 그렇게 자신 있게 말하는 근거는 뭐죠?"

"내가 그걸 전혀 느낄 수 없거든요."

"아마 그 애는 당신이 전혀 알아채지 못하도록 당신을 교묘히 조종하고 있을 겁니다."

블리스가 어이없다는 듯 눈을 위로 치켜떴다.

"제발 사리에 맞는 말을 하세요, 트레비스. 펠롬이 설령 비상한 능력을 가지고 있다고 하더라도 나는 블리스라는 개인이 아니라 가이아이기 때문에 내게는 아무짓도 할 수 없어요. 당신은 그 사실을 계속 잊고 있군요."

트레비스가 무뚝뚝하게 말했다.

"당신이 모든 것을 알고 있는 건 아니죠, 블리스. 그러니 너무 스스로를 과신하지 말아요. 저 아이가 우리와 함께 보낸 시간이 결코 긴 것은 아니었지요. 내가 한 언어의 기본 원리조차 배우지 못하는 동안 저 애는 이미 은하어로 완벽하게 말하고 있어요. 이미 습득한 어휘 수준도 거의 완전하다고 할 수 있고 말입니다. 당신이 재를 도와주고 있다는 것을 알고 있지만 이제는 그 일을 그만해요."

"내가 저 애를 돕고 있는 것은 사실이에요. 당신에게도 말했지만 정말 무서울 정도로 총명한 아이예요. 가이아의 일부로 삼고 싶을 만큼 말이에요. 만일 그 애가 더 나이를 먹기 전에 가이아로 끌어들일 수만 있다면 우리는 솔라리아인들에 대해 충분히 많은 것을 배울 수 있을 거예요. 물론 우리에게 대단히 유익하겠죠."

"솔라리아인들이 정말 병적인 고립자들이라는 생각이 들지 않나요?"

"그들도 가이아의 일부가 되면 그렇지 않을 거예요."

"당신은 잘못 생각하고 있어요, 블리스. 저 솔라리아 어린애는 위험한 존재이기 때문에 없애 버리는 것이 현명한 판단일 겁니다."

"어떻게 없애 버리죠? 재를 우주선 밖으로 밀어 버릴까요? 아니면 죽여서 우리의 식량으로 삼을까요?"

페롤랫이 말했다.

"오, 블리스! 제발 조용히……."

그때 전혀 흠잡을 데 없는 완벽한 플루트 연주가 들려왔다. 그들은 반쯤 속삭이는 목소리로 얘기를 계속했다.

"그건 너무 지나친 말입니다. 어쨌든 이번 일이 모두 끝나면 저 애를 솔라리아로 돌려보내고, 솔라리아가 이 은하제국으로부터 영원히 격리되도록 해야 합니다. 내 기분으로는 그곳을 완전히 파괴해 버리고 싶지만……. 난 솔라리아를 신뢰할 수 없을 뿐만 아니라 두려워요."

트레비스의 말에 블리스가 잠시 생각하는 듯하더니 입을 열었다.

"트레비스, 나는 당신에게 옳은 결정을 내리는 비상한 재주가 있다는 것을 알고 있어요. 하지만 나는 당신이 처음부터 펠롬에게 반감을 가져왔다는 것도 알고 있어요. 나는 당신이 솔라리아에서 모욕을 당했고 그 결과로 그 행성과 그곳 사람들에 대해 증오심을 품게 된 것이라고 생각해요. 당신 생각에 대해 이러쿵저러쿵 참견하지 않기로 약속했기 때문에 그동안 아무 말도 하지 않았던 거예요. 하지만 이것만은 제발 잊지 마요. 만일 우리가 펠롬을 데리고 다니지 않았다면 우리는 알파에서 죽어서 지금쯤은 땅에 묻혀 있을 거예요."

"그건 나도 알고 있어요, 블리스. 하지만……"

"그리고 우리는 저 애의 총명함을 칭찬해야지 시기해서는 안 돼요."

"나는 재를 시기하는 것이 아니라 두려워하고 있는 겁니다."

"저 애의 총명함을 두려워한다는 얘긴가요?"

트레비스가 생각에 잠긴 채 자신의 입술을 핥으면서 말했다.

"아닙니다, 그렇지는 않아요."

"그럼 뭘 두려워하는 거죠?"

그는 마치 독백을 하듯 목소리를 낮추었다.

"잘 모르겠어요. 블리스, 만일 내가 두려운 게 뭔지 알았다면 그것을 두려워할 필요가 없을지도 모르죠. 정말 이해할 수 없는 일이에요. 정말 은하계는 내가 이해하지 못하는 것들로 가득 차 있군요. 내가 왜 가이아를 택했는지, 왜 지구를 찾아야만 하는지, 심리역사학이 빠뜨린 가정이 있는 건 아닌지, 만일 빠진 것이 있다면 그것이 뭔지, 무엇보다도 왜 팰롬이 날 불안하게 하는지……."

"유감스럽게도 나는 그러한 물음들에 답할 수가 없네요."

그녀는 일어나서 방을 나가 버렸다.

페롤랫이 그녀가 나가는 것을 쳐다보더니 말했다.

"전부 절망적인 것만은 아니네, 트레비스. 우리는 지구에 점점 가까이 접근하고 있잖아. 일단 그곳에 도착하면 모든 수수께끼가 풀릴지도 모르네. 게다가 아직까지는 우리의 접근을 제지하려는 아무런 시도도 없잖은가."

트레비스는 페롤랫을 쳐다보며 눈을 깜박거리더니 낮은 목소리로 말했다.

"무엇이든지 우리의 접근을 제지하는 게 나을 것 같아요."

"제지받길 바란다고! 무엇 때문에?"

"생명의 징후가 있었으면 좋겠다는 얘기지요."

페롤랫은 두 눈을 크게 떴다.

"지구가 결국 방사능에 오염됐다는 것을 알기라도 한 건가?"

"그건 아니지만 지구가 너무 뜨거워요. 내가 예상했던 것보다 더!"

"나쁜 징조인가?"

"반드시 나쁘다고만 말할 수는 없겠죠. 지구가 다소 뜨겁다고 해서 인간이 살아갈 수 없다는 것은 아니니까. 구름이 두껍게 덮여 있고, 그것은 분명히 수증기로 이뤄진 것 같아요. 이러한 구름들과 드넓은 대양을 볼 때, 비록 대기가 높은 온도를 띠고 있다 해도 생물들이 생존할 수 있지 않을까 싶거든요. 아직은 확신할 수 없지만요. 하지만……."

"하지만 뭔가, 트레비스?"

"만일 지구가 방사능에 오염되었다면 지구가 예상보다 뜨겁다는 점에 대한 근거가 될 수도 있지요."

"하지만 그 반대 논리가 반드시 성립하는 것은 아니겠지. 그렇지 않나? 설령 지구가 예상했던 것보다 뜨겁다고 해서 반드시 지구가 방사능에 오염되었다는 것을 의미하는 것은 아니잖느냐 이 말일세."

"그렇지요. 너무 신경 쓸 것 없어요, 페롤랫. 어차피 하루나 이틀만 지나면 더 많은 것을 알게 될 테니까요."

트레비스는 억지로 웃음을 지어 보였다.

7

블리스가 팰롬의 방에 들어왔을 때 팰롬은 간이 침대에 앉아 깊은 생각에 잠겨 있었다. 팰롬은 블리스를 잠시 쳐다보더니 이내 고개를 숙이고 다시 깊은 생각에 빠져들었다. 블리스가 조용히 말했다.

"무얼 그렇게 생각하니, 팰롬?"

"왜 트레비스는 저를 그렇게 싫어하는 거죠?"

"왜 그런 생각을 하지?"

"트레비스는 제가 가까이 있을 때면 언제나 저를 초조하게 쳐다봐요. 얼굴도 항상 찡그리고 있고요."

"트레비스에게는 지금이 정말 힘든 시기란다, 팰롬."

"지구를 찾고 있기 때문인가요?"

"그렇단다."

팰롬은 잠시 생각에 잠기더니 다시 입을 열었다.

"제가 물건을 마음으로 움직이려고 할 때 특히 초조해해요."

블리스가 힘주어 말했다.

"팰롬, 다른 누구보다도 트레비스가 있을 때는 그런 행동을 해서는 안 된다고 하지 않았니?"

"그러니까 어제 일이었어요. 제가 이 방 바로 여기에 앉아 있었고, 트레비스는 문 입구에 서 있었어요. 저는 그걸 몰랐죠. 어쨌든 저는 페롤랫의 책을 한쪽 모서리에 세우려고 애쓰고 있었을 뿐이었어요. 저는 해로운 행동은 아무것도 하지 않았어요."

"바로 그것 때문에 신경질적인 반응을 보인 거란다. 팰롬, 앞으로는 그런 짓을 하지 마라. 트레비스가 보고 있든 말든 말이야."

"자신이 그런 일을 할 수 없기 때문에 신경질을 내는 걸까요?"

"어쩌면 그럴지도 모르지."

"블리스는 할 수 있나요?"

블리스가 고개를 천천히 저었다.

"아니, 나도 할 수 없단다."

"하지만 제가 그런 행동을 하더라도 블리스는 신경질을 내지 않잖아요. 펠도 마찬가지고요."

"사람들은 서로 다르단다."

"저도 그건 알고 있어요."

팰롬이 갑자기 딱딱하게 말했다. 그 말투에 블리스는 약간 놀랐다.

"뭘 안다는 거지? 팰롬."

"저는 달라요."

"그건 내가 말했지? 사람들은 서로 다르기 마련이라고 말이야."

“저는 모습부터가 달라요. 게다가 어떤 물체든지 손을 대지 않고도 움직일 수 있어요.”

“그래, 그건 사실이야.”

팰롬이 반항적으로 말했다.

“저는 물체를 움직여야만 해요. 그런다고 제게 화를 내서는 안 돼요. 블리스도 저를 막으면 안 되고요.”

“하지만 왜 물체를 움직여야 하지?”

“그건 연습이에요. 젬비는 저더러 항상 훈련해야 한다고 말했어요. 제, 제 변환…….”

“변환 대뇌 돌기 말이니?”

“그래요, 젬비는 제게 에너지 변환 대뇌 돌기를 훈련시켜서 강하게 만들어야 한다고 했어요. 그래야만 성인이 됐을 때 모든 로봇에게 동력을 공급할 수 있다고요. 심지어 젬비, 자기에게까지도 공급해 줘야 한다고 말이에요.”

“팰롬, 그동안 네가 하지 않았다면 도대체 누가 모든 로봇들에게 동력을 공급했었지?”

“밴더예요.”

팰롬은 역시 딱딱하게 대답했다.

“벤더를 본 적이 있니?”

“물론 여러 번 봤어요. 저는 그 사람에 이어서 그 영지의 차기 주인이 될 예정이었지요. 젬비가 그렇다고 말해 줬어요.”

“네 말은 밴더가 네게 왔었다는…….”

팰롬은 갑자기 충격을 받은 것처럼 입을 딱 벌리더니 숨이 막히는 듯한 목소리로 말했다.

"밴더는 결코 오지 않았어요."

팰롬은 숨이 찬지 약간 헐떡거리며 말을 이었다.

"저는 영상으로 밴더를 봤어요."

블리스가 머뭇거리며 물었다.

"밴더가 너를 어떻게 대했지?"

팰롬은 약간 당황한 듯한 눈으로 블리스를 바라봤다.

"밴더는 제게 필요한 것이 없는지, 편안한지 묻곤 했어요. 하지만 제 곁엔 항상 젬비가 있어서 전 더 필요한 것도, 불편한 것도 없었죠."

팰롬은 고개를 숙여 방바닥을 응시하더니 얼굴을 두 손으로 감사며 흐느끼듯 말했다.

"하지만 젬비는 정지했어요. 그리고 밴더 역시 정지했다고 생각해요."

"왜 그렇게 생각하니?"

"그동안 그 점에 대해 곰곰이 생각해 봤어요. 밴더는 모든 로봇들에게 동력을 공급해요. 그런데 젬비가 정지했고 다른 모든 로봇들도 정지했다면, 밴더도 정지했음에 틀림없지요. 안 그래요?"

블리스는 아무 말도 하지 않았다.

"하지만 저를 솔라리아로 데려다주면, 젬비와 그 밖에 다른 모든 로봇들에게 동력을 공급해 줄 거고 그러면 전 다시 행복해질 거예요."

팰롬은 흐느끼고 있었다.

"너는 우리와 함께 있는 것이 기쁘지 않니, 팰롬? 가끔이라도 말이야."

팰롬은 눈물로 얼룩진 얼굴을 들어 블리스를 바라봤다. 팰롬은 고개를 가로저으며 떨리는 목소리로 말했다.

"저는 젬비가 필요해요."

측은한 생각에 블리스는 팰롬을 꼭 껴안았다.

"오, 팰롬. 내가 젬비를 다시 만나도록 해 줄 수 있다면 얼마나 좋겠니."

블리스는 갑자기 자신도 울고 있다는 것을 깨달았다.

8

페롤랫은 팰롬의 방으로 들어서다가 방 분위기가 심상치 않다는 것을 느끼고는 발걸음을 멈추었다.

"무슨 일이지, 블리스?"

블리스는 팰롬에게서 떨어져 눈물을 닦기 위해 휴지를 찾았다. 그러자 페롤랫이 걱정스러운 표정으로 다시 물었다.

"대체 무슨 일이야, 블리스?"

블리스가 말했다.

"팰롬, 좀 쉬렴. 내가 너를 위해서 할 수 있는 일이 있는지 한번 생각해 보겠다. 하지만 젬비가 너를 사랑했던 것처럼 나도 너를 사랑하고 있다는 사실을 잊지 말았으면 좋겠구나."

그녀는 페롤랫의 팔꿈치를 잡아끌고 거실로 나갔다.

"아무것도 아니에요, 펠. 아무 일도 없었다고요."

"팰롬에게 무슨 문제가 생겼나? 저 애는 아직까지도 젬비를 그리워하고 있는가 보지?"

"네, 많아요. 하지만 우리가 할 수 있는 일이라고는 아무것도 없어요. 다만 나는 저 애에게 사랑한다는 말밖에 할 수가 없군요. 정말로 나는 저 애를 사랑해요. 그토록 총명하고 상냥한 아이를 사랑하지 않을 수 있나요? 비록 트레비스는 팰롬이 지나치게 총명하다고 생각하지만요. 그리고 저 애는 지금까지 밴더를 보아 왔어요. 입체 영상으로 말이에요. 그렇지만 저 애는 그것에 대해 매우 냉정하고 사무적인 반응만을 보였지요. 나는 그 이유를 이해할 수 있어요. 왜냐하면 그 둘을 이어주는 끈은 밴더가 그 영토의 소유자고, 팰롬은 다음 소유자가 된다는 사실뿐이기 때문이에요. 그 외에는 둘 사이에 아무런 관계도 없어요."

"팰롬은 밴더가 자기 아버지라는 것을 알고 있나?"

"어머니라고 해야겠죠. 만일 우리가 팰롬을 여성으로 생각한다면 밴더도 마찬가지로 여자지요."

"어쨌든 블리스, 팰롬은 자신과 밴더가 그런 혈육 관계라는 것을 알고 있느냐는 말이지."

"혈육 관계라는 걸 저 아이가 이해하고 있는지는 모르겠어요. 물론 알고 있는지도 모르죠. 하지만 그 점에 대해선 내게 아무런 암시도 주지 않았어요. 하지만 펠, 저 애는 밴더가 죽었다는 판단을 내렸어요. 왜냐하면 젬비가 정지된 것은 동력이 떨어졌기 때문이고, 젬비에게 동력을 공급해 왔던 것이 바로 밴더라는 생각에 이르렀던 것이죠. 이 사실이 나를 두렵게 해요."

페롤랫이 신중하게 말했다.

"꼭 그렇다는 법이 어디 있어. 그건 단지 논리적인 추론에 불과해."

"물론 그 생각으로부터 또 다른 논리적인 추론도 가능해요. 솔라리아에서는 죽음이란 것이 드문 일이에요. 자연사라는 경험은 그들의 극히 일부에게만 가능한 것이고, 아마 팰롬 나이 또래 아이들에게는 그런 경험이 거의 없을 거예요. 만일 팰롬이 밴더의 죽음에 대해서 계속 생각하다 보면 밴더가 왜 죽었는가에 의심을 품게 될 것이고, 결국 우리 외계인들이 솔라리아 행성에 도착했을 때 밴더가 죽었다는 사실을 알게 될 거예요. 그럼 자연히 그 사건의 원인과 결과를 알게 될 것은 자명한 일이죠."

"우리가 밴더를 죽인 것 말인가?"

"밴더를 죽인 것은 우리가 아니에요, 펠. 바로 나라고요!"

"저 아이가 그것까지 추측해 낼 수는 없겠지."

"하지만 난 그것을 저 애에게 말해 줘야 해요. 저 애는 지금 트레비스에게 화가 나 있는 상태예요. 게다가 트레비스는 이번 탐사의 지휘자이니 팰롬은 밴더를 죽인 사람이 당연히 트레비스라고 생각할 거예요. 트레비스가 부당한 누명을 쓰는 것을 내가 어떻게 그냥 보고만 있을 수 있겠어요?"

"별문제는 없을 거야, 블리스. 저 애는 자기의 아버지, 아니 어머니에 대해 아무런 감정도 느끼지 못하고 있어. 단지 자신의 로봇이었던 젬비에 대해서만 애착을 지니고 있는 거지."

"하지만 자기 어머니의 죽음은 곧 로봇의 죽음을 의미해요. 난 내가 저지른 일을 하마터면 모두 털어놓을 뻔했지요. 정말 그런 충동을 느꼈어요."

"왜지?"

"내 나름대로 그걸 설명할 생각이었거든요. 또 그래야만 저 애를 위로할 수 있고 저 애가 품을 수 있는 엉뚱한 오해를 미연에 방지할 수 있을 것이라고 생각했던 거죠."

"우리로서는 정당한 행동이었어. 그건 정당방위였단 말이야. 만일 당신이 그렇게 하지 않았다면 우리 모두는 이미 죽었을 거야."

"나도 그렇게 얘기하려고 했었지만 결국은 맘이 내키지 않았어요. 저 애가 내 말을 믿지 않을까 봐 두려웠던 거죠."

페롤랫이 고개를 저으며 한숨을 내쉬고는 말했다.

"당신은 우리가 저 애를 데려오지 않았다면 더 좋았을 거라고 생각하는 거야? 이 상황은 당신을 너무나 비참하게 만들고 있군그래."

블리스가 화를 냈다.

"절대로 그런 생각은 하지 않아요! 그런 말은 하지 말아요. 우리가 저질렀던 행위 때문에 한 천진난만한 아이가 무참하게 살해당하게 되는 상황을 방치했다면, 나는 지금도 그 순간을 회상하며 더욱 괴로워했을 거예요."

"그건 팰롬의 세계에서는 드물지 않은 사건이야."

"제발, 펠. 트레비스처럼 그런 식으로 생각하지 마세요. 고립자들은 그러한 일들은 충분히 가능한 일이라고 받아들이고, 그것에 대해서는 더 이상 미련을 갖지 않아요. 하지만 가이아는 생명을 파괴하지도 않지만, 생명이 파괴되는 동안 절대로 옆에서 방관하지도 않아요. 가이아는 그 생명을 구하려고 하죠. 하지만 우리 모두가 알고 있는 것처럼 모든 종류의 생명체는 뒤이어 오는 다른 생물체의 존속을 위해 죽어야만 하고 또 실제로 끊임없이 죽어가고 있지만, 그건 결코 헛되이 죽는 게 아니에요. 비록 밴더의 죽음이 어쩔 수 없는 것이었다 해도, 저로서는 감당하기 힘들군요. 더구나 팰롬이 죽는다는 것은 상상도 할 수 없는 일이고요."

"당신 생각이 옳은 것 같군. 어쨌든 내가 당신을 보러온 것은 팰롬 때문이 아니라 트레비스 때문이야."

"트레비스가 어떻단 말인가요?"

"블리스, 나는 정말 그 친구가 걱정스러워. 지금 지구에 대한 판단을 내리기 위해 기다리고 있는 중이거든. 그 친구가 그 긴장을 잘 견뎌낼 수 있을지 장담할 수가 없어."

"나는 그에 대해서는 염려하지 않아요. 그의 정신력은 굳건하고 안정되어 있어요."

"누구에게나 한계가 있는 법이지. 그는 지구가 예상보다 뜨겁다고 내게 말했어. 생명체가 살기에는 지구가 너무 뜨겁다고 생각하고 있는 것 같아. 그런데 문제는 그 스스로 그걸 믿지 않으려고 애쓰고 있다는 점이거든."

"그의 생각이 옳을지도 몰라요. 지구는 어쩌면 생명체가 살지 못할 정도로 뜨겁지 않을 수도 있죠."

"그는 뜨거운 열기가 어쩌면 방사능에 오염된 지표로부터 생겨나는 것인지도 모른다는 가능성을 인정하면서도 그걸 믿으려 하질 않는다는 거야. 하긴 앞으로 하루나 이틀만 지나면 우리는 지구에 가까이 접근할 수 있을 테고, 자연히 이 모든 의문들은 속 시원하게 규명되겠지만, 만일 지구가 방사능으로 오염되어 있다면 어쩌지?"

"그렇다면 그 사실을 있는 그대로 받아들여야만 하겠죠."

"그런데 말이야, 그가 만일……, 적당한 말이 떠오르질 않는군. 뭐라고 할까, 저……."

블리스가 그의 말을 기다리다가 얼굴을 찡그리며 말했다.

"그가 크게 낙담할지도 모른다는 말인가요?"

"맞아. 실망감이 지나쳐서 무슨 일이 생길지도 모른다는 얘기지. 그의 마음을 강하게 하기 위해 당신이 무엇인가를 해야 하지 않겠어? 그의 마음이 평정을 유지하고 자기 자신을 제어할 수 있도록 당신이 나서야 하지 않겠느냔 말이야."

"아니에요, 펠. 그가 그렇게 나약한 사람이라고는 생각하지 않아요.

그리고 그의 마음이 남에 의해 좌지우지되어서는 안 된다는 것이 가이아의 확고한 판단이에요."

"하지만 바로 그게 문제야. 그는 항상 옳은 판단만을 내리는 비상한 '정확성'을 가지고 있지. 그런데 그의 계획이 성공적으로 마무리된 순간, 사실 모든 것이 가치 없는 것으로 판명될 경우 그가 받게 될 충격은 엄청날 거야. 그 충격이 아마 두뇌까지 파괴하지는 않을지 몰라도 그의 '정확성'은 파괴할지도 몰라. 그건 그만이 가지고 있는 특이한 자질인데……. 혹시 그가 의외로 너무나 나약한 건 아닐까?"

블리스는 한동안 생각에 잠겨 있다가 대답했다.

"그렇다면 내가 그를 주시하지요."

9

그 이후 서른여섯 시간 동안 트레비스는 블리스와 페롤랫이 자신의 뒤를 졸졸 따라다니고 있다는 사실을 어렴풋이 알아차렸다. 그러나 이 우주선처럼 작은 공간에서는 전혀 이상한 일은 아니었기 때문에 계속 그는 딴생각에만 몰두하였다.

그는 컴퓨터 앞에 앉아 있다가 그들이 조종실 문 바로 안쪽에 있다는 것을 눈치 챘다. 그는 무표정하게 그들을 쳐다보았다.

"무슨 일이죠?"

그가 가라앉은 목소리로 묻자 페롤랫이 약간 어색하게 말했다.

"어떤가? 트레비스."

트레비스가 대답했다.

"블리스에게 물어보시죠. 저를 여러 시간 동안 주시해 왔거든요. 제 마음을 꿰뚫어 보고 있는 것이 틀림없어요. 그렇지 않아요, 블리스?"

블리스는 동요하는 기색 없이 차분하게 말했다.

"아니에요. 그게 아니라 만일 당신이 나의 도움을 필요로 한다면 도와 드리고 싶은 것뿐이었어요. 내 도움이 필요한가요?"

"아뇨, 내가 왜 당신 도움을 받아야 하죠? 당신들 둘 다 혼자 좀 내버려 둘 수는 없어요?"

페롤랫이 말했다.

"지금 어떻게 되어 가고 있는 건지 말해 줄 수 있겠나?"

"추측해 보세요."

"지구가……."

"그래요. 모든 사람들이 얘기했던 건 완벽하게 사실이었어요."

트레비스는 스크린을 가리켰다. 스크린은 지구의 밤 지역을 비추고 있었다. 지구는 태양을 가리고 있는 상태였다. 지구는 별을 반짝이는 하늘을 배경으로 완전히 검은 원 모양을 하고 있었으나 그 원 둘레 부분은 단속적인 오렌지색 곡선으로 나타났다.

페롤랫이 물었다.

"저 오렌지색이 방사능인가?"

"아니에요. 그것은 대기를 통해 굴절된 태양빛이지요. 만일 대기가 저렇게 탁하지 않다면 지구는 오렌지색의 완전한 원이었을 거예요. 우리 눈으로 방사능을 볼 수 없어요. 지구의 대기는 여러 종류의 방사선과 심지어 감마선까지도 흡수해 버리죠. 하지만 그러한 방사선들은 2차 방사선들을 발산하기 때문에 컴퓨터는 그것들을 탐지해 낼 수 있어요. 육안으로는 그것들이 보이지 않지만, 컴퓨터는 스스로 포착한 각각의 방사선 입자나 파동을 우리 눈에 보이는 광자로 바꿔서 지구를 전혀 다른 색으로 나타낼 수 있지요. 자, 보세요."

검은색의 지구가 희미하고 얼룩진 푸른색으로 변한 채 반짝였다.

"지구에 방사능이 어느 정도나 있죠? 인간이 생존할 수 없을 정도로 많은 양인가요?"

블리스가 낮은 목소리로 묻자 트레비스는 침통하게 대답했다.

"저 행성에는 어떤 종류의 생명체도 생존할 수 없어요. 마지막 세균인 바이러스도 이미 오래전에 사라졌지요."

"우리가 저곳을 탐험할 수는 있겠나? 물론 우주복을 입고 말이야."

페롤랫이 물었다.

"불치의 방사선병에 걸리기 전 몇 시간 동안은 가능하겠지요."

"그렇다면 우리가 할 수 있는 일은 뭔가, 트레비스?"

트레비스는 여전히 무표정한 얼굴로 페롤랫을 쳐다보았다.

"뭘 할 수 있겠어요? 제가 무엇을 할 수 있을지 교수님은 아십니까? 교수님과 블리스, 그리고 저 애를 가이아로 데려다 주겠어요. 터미너스로 돌아가 우주선을 반환하고 시의원직까지 내놓으면 브라노 시장은 아주 기뻐하겠지요. 그다음에 저는 연금이나 받으면서 은하제국이야 어떻게 되든지 상관없이 살아가겠어요. 셀던 프로젝트나 제1파운데이션, 제2파운데이션, 그리고 가이아에 대해서도 신경 쓰지 않을 거예요. 은하제국은 스스로 자신의 미래를 선택하겠죠. 은하제국은 적어도 제가 죽을 때까지는 멸망하지 않고 존속할 테니까. 그 이후에 벌어질 일에 대해서 제가 신경 쓸 필요가 뭐 있겠어요?"

"자네 설마 진심을 말하고 있는 것은 아니겠지, 트레비스?"

페롤랫이 다급하게 물었다. 트레비스는 잠시 그를 빤히 바라보더니 한숨을 쉬었다.

"물론 진심이 아니죠. 하지만 방금 말한 대로 할 수만 있다면 얼마나 좋을까요."

"그런 생각일랑 아예 하지 말게. 자, 이제 어떻게 할 건가?"

"우주선은 계속 지구 주위 궤도를 돌게 내버려 두고, 잠시 쉬면서 다음할 일을 생각해 봅시다. 그것밖에는……."

트레비스는 잠시 입을 다물었다가 불쑥 내뱉듯 말했다.

"그다음에는 제가 무엇을 할 수 있겠어요? 더 이상 찾을 게 없으니 할 일이 뭐가 있겠느냐 말입니다."

20장

가까운 세계

1

네 끼 식사를 하는 동안 페롤랫과 블리스는 식사 시간에나 겨우 트레비스를 볼 수 있었다. 그 이외의 시간 동안 트레비스는 조종실이나 침실에 처박혀 있었다. 식사 중에도 그는 말이 없었다. 그는 입을 꽉 다물고 있었고, 식사도 조금밖에 하지 않았다.

그러나 네 번째 식사를 할 때 페롤랫은 그의 표정에서 심각한 기색이 약간 풀어졌다는 것을 느낄 수 있었다. 페롤랫은 무엇인가를 말을 건네려고 목청을 가다듬다가 그만두었다. 그러자 트레비스가 눈치를 채고 그를 쳐다보며 물었다.

"왜 그러세요?"

"우리가 뭘 해야 할지 생각해 봤나, 트레비스? 지금은 자네 표정이 덜 심각해 보이는군."

"기분이 좋아진 것은 아니에요. 하지만 이걸 열심히 생각해 봤어요."

"무슨 생각을? 우리가 알면 안 되겠나?"

트레비스는 잠시 블리스에게 시선을 주었다. 그녀는 마치 이 미묘한 순간에는 자신보다 페롤랫이 트레비스로부터 더 많은 것을 캐물을 수 있을 것이라고 판단한 듯 조심스럽게 침묵을 지키고 접시만을 응시하고 있었다. 트레비스가 그녀에게 물었다.

"당신도 알고 싶죠, 블리스?"

그녀는 접시에서 눈을 떼고 말했다.

"네, 물론이에요."

펠롬은 심드렁하게 식탁의 다리를 차면서 물었다.

"지구를 찾았나요?"

블리스가 펠롬의 어깨를 감싸 쥐었다. 트레비스는 펠롬의 질문에는 아무런 관심도 보이지 않은 채 말했다.

"우리가 지금 우선해야 할 것은 아주 기본적인 일입니다. 많은 행성에 있던 지구에 관한 모든 정보가 제거됐고 그로 인해 우리는 불가피한 결론에 이르게 됐지요. 지구에 관한 무엇인가가 감추어지고 있다는 결론 말입니다. 하지만 지금까지 관찰한 바로는, 지구는 거의 치명적인 방사능에 오염되어 있어 지구에 무엇이 있든 간에 자동적으로 감춰질 수밖에 없어요. 다시 말해서 아무도 지구에 갈 수 없다는 거지요. 또 우리가 지구의 자기권 외곽 이상은 접근을 못하고 근처에만 머물고 있는 이상 찾아낼 수 있는 것은 전혀 없어요."

"그걸 확신할 수 있나요?"

블리스가 부드럽게 물었다.

"나는 다방면으로 지구를 분석하면서 컴퓨터에 많은 시간을 쏟아 왔지요. 그렇지만 얻은 것은 아무것도 없었습니다. 내 느낌으로도 아무것도 없는 것 같아요. 그렇다면 왜 지구에 관한 자료들이 사라졌을까요?

결국 그 감춰진 것이 무엇이든 간에, 그것은 분명히 누구도 쉽게 상상할 수 없는 방법으로 숨겨져 있음에 틀림없다는 결론을 내렸습니다."

페롤랫이 말했다.

"그 무엇인가는 어쩌면 지구가 방사능이 심하게 오염되어 사람들이 방문할 수 없을 지경까지 악화되기 훨씬 전에 숨겨졌을지 모르네. 그 당시 지구 사람들은 누군가가 지구를 찾아낼까 봐 두려워하지 않았을까? 지구가 자신에 관한 정보들을 제거하려고 애를 썼던 것도 바로 그때였을 듯싶네. 우리가 지금 알고 있는 정보는 그 불안정한 시기의 흔적뿐이 아닐까?"

"아닙니다. 전 그렇게 생각지 않아요. 트랜터에 있는 은하 도서관에서 지구에 관한 정보가 사라진 것은 매우 최근의 일임에 틀림없어요."

트레비스가 반박했다. 그는 블리스에게로 몸을 돌리며 물었다.

"내 말이 맞죠?"

그러자 블리스가 차분하게 대답했다.

"나-우리-가이아는 제2파운데이션 사람인 젠디발이 우리와 함께 터미너스의 시장을 만났을 때 불안해하는 것을 보고 그렇게 추측했어요."

"그러니 그것이 무엇이든 간에 발견 가능성 때문에 숨겨졌던 것이라면, 그 비밀은 지금도 숨겨져 있다는 이야깁니다. 지구가 아무리 방사능에 오염되었다고 하더라도 그 무엇인가는 지금도 여전히 발견될 가능성을 갖고 있다는 걸 의미하지요."

"어떻게 그럴 수가 있지?"

페롤랫이 걱정스러운 듯 물었다.

"만일 지구에 관한 정보가 방사능의 위험이 더 커졌을 때 제거됐다면……. 비록 비밀이 지구 자체에는 더 이상 없다고 하더라도, 우리가 지구를 찾아낼 수 있다면 그것이 어디로 옮겨졌는지도 추리할 수 있지 않겠어요? 그렇다면 역시 그것의 소재를 갖추어야 하겠죠."

팰롬이 목소리를 한껏 높이며 말했다.

"블리스는 우리가 지구를 찾을 수 없다면 젬비가 있는 곳으로 날 데려다준다고 했어요."

트레비스가 팰롬을 쳐다보며 인상을 썼다. 그러자 블리스가 나지막한 목소리로 말했다.

"그럴지도 모른다고 한 거지. 팰롬, 그건 나중에 얘기하자꾸나. 지금은 네 방에 가서 책을 읽든지 플루트를 연주하는 게 좋겠다. 아니 뭐든 네가 하고 싶은 걸 하고 있으렴."

팰롬은 골이 나서 얼굴을 찡그린 채 식탁을 떠났다.

페롤랫이 말했다.

"왜 그런 얘기를 하나, 트레비스. 우리는 지금 바로 지구에 와 있지 않나? 마침내 지구를 찾아내지 않았는가 말일세. 그리고 그 무언가가 지금 지구에 없다면 그것이 무슨 소용이며, 그것이 과연 어디에 숨겨져 있는지 어떻게 알 수 있단 말인가?"

기분이 상한 팰롬을 보고 잠시 침묵하던 트레비스가 입을 열었다.

"왜 그게 불가능하다는 거죠? 상상해 보세요. 지구 표면의 방사능이 점점 악화되어 감에 따라서 사망과 이민으로 인해 지구 인구는 점점 줄어들었겠지요. 그리고 무엇인지는 알 수 없지만 그 비밀이 노출될 수 있는 위험은 점점 확대 일로에 놓여 있게 됐을 겁니다. 그렇다고 그것을 지키기 위해서 누가 지구에 남아 있겠어요? 결국 그것은 다른 행성으로 옮겨져야 했을 것이고, 그것이 지구에서 갖는 효용 가치도 사라졌을 겁니다.

추측으로는 그것을 다른 데로 옮겨야 할지에 대한 판단이 쉽지 않았을 테니, 이동 작업은 지구에 방사능 오염이 치명적인 수준에 이르기 직전 그 마지막 순간에 이뤄졌을 것 같습니다. 아참, 그러고 보니 교수님에게 자기 나름대로 지구의 역사에 대한 얘기를 해 준 '새로운 지구'의 그 노인이 생각나는군요."

"모놀리 말인가?"

"예. 바로 그 사람요. 그가 새로운 지구의 전설에 대해 얘기할 때, 지구에 가장 마지막까지 남아 있던 사람들이 바로 그 행성으로 이주해 왔다고 말하지 않았나요?"

"자네는 우리가 찾고 있는 것이 바로 '새로운 지구'에 있다는 얘기를 하려고 그러는 건가? 다시 말해서 지구에 마지막까지 남아 있던 사람들에 의해 그 무엇인가가 '새로운 지구'로 옮겨져 왔을 것이라고?"

"그렇지 않을까요? 새로운 지구는 지구와 마찬가지로 은하계에 거의 알려져 있지 않아요. 아니 지구보다도 더 비밀에 싸여 있다고 할 수 있지요. 그곳 주민들은 정말 의심스러울 정도로 외부 세계 사람들의 접근을 꺼리고 있지 않았어요?"

"우리는 그곳에 갔었지만 아무것도 찾아내지 못했잖아요?"

블리스가 물었다.

"우리는 거기서 지구의 위치만 알아내려고 했을 뿐 아무것도 찾으려 들지 않았지요."

페롤랫이 당황한 듯한 얼굴로 말했다.

"그렇지만 우리는 고도의 기술을 가진 어떤 것인가를 찾고 있네. 그것은 제2파운데이션의 코앞에서 정보를 제거하거나, 심지어는……. 블리스, 미안하오, 가이아의 면전에서조차 정보를 제거할 수 있을 정도의 능력을 가진 것이어야만 하네. 새로운 지구에 있던 사람들은 그들이 살고 있는 지역의 날씨를 조절할 수 있고, 또 생명공학의 어떤 기술들은 자유자재로 개발하여 활용하고 있었지만, 그들의 기술 수준은 대체적으로 꽤 낮은 것이라는 점을 자네도 인정했던 걸로 나는 기억하는데……."

블리스가 고개를 끄덕였다.

"나도 펠과 동감이에요."

트레비스가 말했다.

"우리는 거의 아무런 근거도 없이 판단을 내리고 있는 겁니다. 우리는 고기를 잡으러 나간 사람들도 보지 못했잖아요. 그리고 우리가 착륙했던 그 작은 지역 외에 그 섬의 다른 부분을 전혀 보지 못했어요. 만일 우리가 좀 더 철저히 탐사를 했더라면 무엇인가 찾아내지 않았을까요? 형광등만 하더라도 우리는 그것이 작동하는 것을 볼 때까지는 그것이 무엇인지도 모르고 있었지요. 그리고 만일 그들의 기술 수준이 낮은 것으로 보였다면 그건……."

"그건요? 말해 보세요."

블리스가 어떤 뚜렷한 확신이 섰는지 그의 말을 재촉했다.

"그건 진실을 호도하기 위해 그들이 꾸며 놓은 가면일 수도 있다는 겁니다."

"그건 불가능해요."

"불가능하다고요? 트랜터에서도 비교적 거대한 문명의 제2파운데이션 사람들의 작은 씨앗을 숨기기 위해서, 대도시의 경우 기술 수준을 일부러 매우 낮게 유지했다고 말한 사람은 바로 당신이었어요. 그 똑같은 전술이 새로운 지구에는 적용되지 말라는 법이라도 있습니까?"

"그렇다면 당신은 지금 새로운 지구로 돌아가서 바이러스 감염에 맞서면 어떻겠느냐고 제안하는 건가요? 섹스는 의심할 여지없는 바이러스 감염의 즐거운 경로이지만, 그것만이 유일한 경로는 아니잖아요."

트레비스가 고개를 갸우뚱하며 말했다.

"나도 새로운 지구로 돌아가는 것을 간절히 바라고 있지는 않습니다. 하지만 어쩌면 되돌아가야만 할지도 모릅니다."

"어쩌면?"

"어쩌면 말이에요! 다시 말해서 또 다른 가능성도 있다는 얘기죠."

"그게 뭔가?"

"새로운 지구는 사람들이 알파라고 부르는 별을 공전하고 있지요. 하지만 알파는 쌍성 체계의 일부가 아닙니까? 그렇다면 알파의 동반성도 거주 가능 행성을 거느리고 있지 않을까요?"

"내 생각으로는 별빛이 너무 희미한 것 같아요. 그 동반성은 광도가 알파의 4분의 1에 지나지 않거든요."

블리스가 고개를 저으며 말했다.

"희미하긴 하죠. 하지만 그다지 희미한 것은 아닙니다. 그 별 아주 가까이에 행성이 하나 있기만 한다면 말입니다."

페롤랫이 말했다.

"그 동반성에 딸린 다른 행성들에 대해서 컴퓨터가 어떤 정보라도 가지고 있을까?"

"조사해 보니 저 동반성 주위에는 다섯 개의 행성이 있는 것으로 나타났어요. 그것들 중에 가스 거성은 없었어요."

"그렇다면 그중에 사람이 살 수 있는 행성은 있었나?"

"컴퓨터는 행성의 개수와 그들의 규모가 크지 않다는 사실 말고는 어떤 정보도 가지고 있지 않았어요."

"그래?"

페롤랫이 실망한 듯 말했다. 그러자 트레비스가 달래듯 말했다.

"실망할 것 없어요. 사실 우주인 행성들은 모두 컴퓨터 은하 성도에 나와 있지 않았고 알파에 대한 정보도 미흡했잖아요. 이것들이 모두 의도적으로 은폐된 것이라면, 알파의 동반성에 대해 거의 아무것도 알려지지 않은 사실이 오히려 좋은 징후일 수 있는 거죠."

블리스가 사무적인 태도로 말했다.

"당신은 동반성을 방문해서 아무런 성과가 없으면 알파로 되돌아가자는 얘길 하고 있는 건가요?"

"그래요, 다시 '새로운 지구'의 섬에 가게 되더라도 이번에는 미리 만반의 준비를 할 겁니다. 우리는 착륙하기 전에 섬 전체를 세밀히 조사할 거고 블리스, 난 당신이 정신 능력을 발휘해 주기를 바라요. 우리의 안전을 위해서요."

바로 그 순간 파스타호는 마치 딸꾹질을 하는 것처럼 약간 기우뚱했다. 트레비스는 당황하여 고함을 질렀다.

"누가 조종실에서 장난치는 거야?"

하지만 그는 벌써 누가 조종하고 있는지 알고 있었다.

2

컴퓨터 책상에 앉은 팰롬은 우주선 조종에 깊이 몰두해 있었다. 손가락이 긴 그녀는 자신의 조그만 두 손을 컴퓨터 데스크 위에서 희미한 빛을 발하고 있는 손바닥 형상에 맞추기 위해 넓게 펼치고 있었다. 팰롬의 손은 분명히 딱딱하고 미끄럽게 느껴지는 그 손자국 속으로 점점 빠져들어 가는 것 같았다.

팰롬은 트레비스가 그렇게 손을 대고 있는 것을 여러 번 보아 왔다. 하지만 그 이상 다른 조종 모습은 본 일이 없었다. 트레비스는 참 쉽게 우주선을 조종하는 것 같았는데.

그녀는 때때로 트레비스가 눈을 감는 것을 보았던 기억을 떠올리고는 눈을 감았다. 그러자 아주 멀리서 희미한 소리가 들리는 것 같았다. 그러나 그것은 자신의 변환 대뇌 돌기에서 나오는 소리 같기도 했다. 팰롬에게는 변환 대뇌돌기가 손보다 훨씬 중요한 것이었다. 그녀는 그 소리를 이해하려고 신경을 곤두세웠다.

'지시하시오. 당신의 명령은?' 컴퓨터의 소리는 거의 간청에 가까웠다.

팰롬은 아무 말도 하지 않았다. 그녀는 트레비스가 컴퓨터에 말하는 것을 본 적이 없었다. 하지만 그녀는 자신이 진정 원하는 것이 무엇인가를 잘 알고 있었다. 바로 솔라리아로, 끝없이 편안한 그 저택으로, 젬비에게로 돌아가고 싶을 뿐이었다. 젬비! 젬비! 젬비!

그녀는 거기에 가고 싶었다. 그녀는 눈을 뜨고 스크린을 응시하면서 이 지겨운 지구가 아닌 다른 행성이 나타나기를 빌었다. 그러고는 조금 뒤에 다시 스크린을 응시하면서 스크린에 새로 나타난 것이 바로 솔라리아일 것이라고 상상했다. 그녀는 텅 빈 은하 공간이 정말 싫었다.

그녀의 눈에서 눈물이 흘러내렸고 우주선은 흔들리기 시작했다. 그녀도 진동을 느끼며 그 진동에 몸을 맡기고 있었다.

이어 바깥 복도에서 시끄러운 발자국 소리가 들려오자 그녀는 눈을 떴다. 트레비스의 일그러진 얼굴이 자신이 바라던 바를 보여 주던 스크린을 가리면서 시야를 꽉 채웠다. 트레비스가 뭐라고 소리치고 있었지만 그녀의 귀에는 그 소리가 들어오지 않았다. 밴더를 죽이고 자신을 솔라리아에서 데리고 나온 사람도 트레비스요, 오로지 지구 탐사에만 몰두해 자신이 솔라리아로 돌아가는 것을 막고 있던 사람도 바로 트레비스였다. 그녀는 그의 말을 듣지 않을 작정이었다.

그녀는 우주선을 솔라리아로 비행시키고 있었고 그녀의 다짐이 다시 강렬해지자 우주선은 다시 흔들렸다.

3

블리스가 트레비스의 팔을 거칠게 붙잡았다.

"그만하세요, 그만하라고요!"

그녀가 트레비스를 붙들고 만류하는 동안 페롤랫은 당황하여 움츠린 채 뒤에 가만히 서 있었다.

트레비스는 화가 나서 마구 소리치고 있었다.

"컴퓨터에서 당장 손을 떼! 이봐요, 블리스. 날 막지 말아요. 난 당신을 다치게 하고 싶지 않아요!"

블리스도 기진맥진한 듯한 어조로 말했다.

"저 애에게 폭력을 쓰지 마세요. 만일 그렇게 한다면 당신과의 약속을 깨뜨리고 당신을 다치게 할 수도 있어요."

트레비스가 펠롬에게서 시선을 돌려 블리스를 쏘아보았다. 그러고는 말했다.

"그렇다면 당신이 저 애를 컴퓨터에서 떼어 놓아요, 블리스. 지금 당장 말입니다!"

블리스가 엄청난 힘으로 그를 밀어제쳤다. 트레비스는 블리스가 그

힘을 아마 가이아에서 끌어냈을 거라고 나중에 생각했다.

"펠롬, 손을 떼!"

그녀가 외쳤다.

"싫어요, 나는 이 우주선을 솔라리아로 몰고 갈 거예요. 나는 그곳에 가고 싶어요. 그곳에……."

펠롬이 날카로운 목소리로 부르짖었다. 그녀는 데스크에 놓은 그녀의 두 손 어느 쪽도 놓지 않을 생각인 듯 스크린을 향해 고개를 끄덕였다.

마침내 블리스가 손을 뻗어 펠롬의 어깨를 살며시 잡자 펠롬은 떨기 시작했다. 블리스의 목소리가 부드러워졌다.

"자, 펠롬. 컴퓨터에게 본래의 상태로 돌아가라고 명령해. 그리고 나와 함께 가자. 나와 함께 가자고."

그녀가 펠롬을 가볍게 어루만지자 펠롬은 눈물을 흘리면서 맥없이 무너졌다. 펠롬의 손이 데스크에서 떨어지자 블리스는 겨드랑이 밑에 손을 넣어 아이를 일으켜 세웠다. 그러고는 그녀를 돌려세워 힘껏 껴안아 아이의 복받쳐 오르는 울음을 진정시켰다.

블리스는 문 앞에 말없이 서 있던 트레비스에게 말했다.

"비키세요, 트레비스. 우리가 지나갈 때 털끝도 건드리지 마세요!"

트레비스가 재빨리 한쪽으로 비켜섰다.

블리스가 잠시 멈춰 서서 트레비스에게 낮은 목소리로 말했다.

"잠시 이 아이의 마음 상태를 점검해 봐야겠어요. 만일 이 애에게 어떤 상처라도 입혔다면 나는 당신을 쉽게 용서하지 않을 거예요."

트레비스는 펠롬의 마음 상태야 어찌 됐든 자신이 염려하는 것은 컴퓨터라고 말하고 싶은 충동을 느꼈으나, 그녀의 섬뜩한 눈초리 때문에 아무 말도 하지 않았다.

그는 블리스와 팰롬이 그들 방으로 사라진 뒤에도 한동안 말없이 꼼짝 않고 있었다. 마침내 페롤랫이 부드럽게 말했다.

"트레비스, 자네 괜찮은가? 그녀가 자네를 다치게 한 것은 아니지?"

트레비스는 잠시 몸이 마비된 듯했던 기분에서 벗어나려는 듯 머리를 세차게 흔들었다.

"저는 괜찮아요. 진짜 문제는 컴퓨터에 이상이 없는가 여부죠."

그는 컴퓨터 책상 앞에 앉았다. 그리고 조금 전까지 팰롬의 손이 놓여 있던 손자국 위에 자신의 손을 올려놓았다.

"어떤가?"

페롤랫이 걱정스러운 듯 물었다.

트레비스가 겸연쩍게 말했다.

"정상적으로 작동하는 것 같아요. 나중에 어떤 이상이 발견될지는 모르겠지만요."

그러고는 벌컥 더욱 화가 치민 소리로 말했다.

"컴퓨터는 저 이외에는 다른 누구의 손에 의해서도 효과적으로 작동되지 못하도록 되어 있어요. 그 양성체는 손뿐이 아니라 변환 대뇌돌기까지 동원했던 것이 분명해요."

"하지만 우주선이 왜 흔들렸지? 이 우주선은 그럴 수가 없도록 되어 있지 않나?"

"그렇죠. 이건 중력 우주선이기 때문에 관성 효과라는 건 있을 수가 없어요. 하지만 그 악마 같은 계집애가……."

그는 잠시 말을 멈추었다가 화가 더욱 치미는 낯빛을 했다.

"그래서?"

"저 애는 두 가지 서로 상반되는 요구들을 컴퓨터에 지시한 것 같아요. 그 지시의 강도가 워낙 강해서 컴퓨터는 그 두 가지 요구를 한꺼번에 실행하려고 했을 겁니다. 다시 말해서 불가능한 것을 실행하려다 보니, 컴퓨터가 우주선의 관성제거장치를 풀어 버렸던 게 틀림없어요."

그는 이 말을 한 뒤 다소 표정을 누그러뜨렸다.

"어쩌면 이렇게 된 것이 더 잘된 일인지도 모르겠어요. 사실 알파와 그 동반성에 대해서 내가 했던 얘기는 전혀 비현실적인 것이라는 생각이 이제 확실히 들거든요. 지구가 자기의 비밀을 어디로 옮겼는지 이제 알 것 같아요."

4

페롤랫은 트레비스를 빤히 쳐다보더니, 트레비스가 마지막에 한 말을 무시한 채 그에 앞서 궁금했던 질문을 던졌다.

"팰롬이 두 가지의 모순적인 요구를 어떤 식으로 지시했을까?"

"글쎄요, 재는 우선 우주선이 솔라리아로 갔으면 좋겠다고 했겠지요."

"물론 그렇게 했을 걸세."

"하지만 저 애가 솔라리아를 속으로 외친다고 해서 뭘 어쩌겠습니까? 재는 우주와 솔라리아를 구별하지 못할 뿐만 아니라 우주에서 솔라리아를 내려다본 적도 없어요. 우리가 솔라리아를 서둘러 떠나올 때 저 애는 잠들어 있었지요. 그리고 그동안 저 애가 교수님 서재에서 책을 읽었고 또 블리스가 어떤 얘기를 해 주었든 간에 수천억 개의 별들과 수백만 개의 유인 행성으로 이뤄진 은하계라는 것을 제대로 이해했다고 생각지 않아요. 지하 세계에서 홀로 성장해 왔기 때문에 이해할 수 있는 것이라고 기껏해야 다른 행성도 존재한다는 아주 기본적인 개념 정도나 습득했을 뿐일 겁니다. 하지만 그 행성이 몇 개나 된다고 생각했을까요? 두 개, 세 개, 아니면 네 개? 눈에 비친 모든 행성이 솔라리아로 여겨졌을지도 모르지요. 소망이 절실한 만큼 더더욱 그랬겠죠.

더군다나 블리스가 그동안 저 애한테 우리가 지구를 찾지 못하게 되면 솔라리아로 데려다 줄 거라고 달랬었기 때문에 솔라리아가 지구에 아주 가까이 있다는 생각을 품게 됐을지도 모릅니다."

"어떻게 그렇다고 여길 수 있나?"

"제가 제지하려 했을 때 저 애는 우리에게 이렇게 소리쳤지요. 솔라리아에 가고 싶다고요. 뷰 스크린을 향해 고개를 끄덕이면서 '저기, 저기'라고 말했지요. 그때 스크린에 나타나 있던 것이 뭔지 아세요? 지구의 위성이었어요. 그러나 펠롬이 솔라리아로 가고 싶다고 컴퓨터에 말했을 때, 저 애는 마음속으로는 그 위성을 생각했던 것이 틀림없어요. 그러니 컴퓨터는 그에 대한 반응으로 당연히 그 위성에 초점을 맞췄겠지요. 틀림없어요. 저는 이 컴퓨터가 어떻게 작동하는지를 알고 있거든요."

페롤랫은 스크린에 나타난 초승달을 바라보면서 말했다.

"저 위성은 지구의 언어로 '달(moon)'이라고 하기도 했고 또 다른 언어로는 '월(luna)'이라고도 했지. 이외에도 필시 다른 이름들이 많이 있었을 걸세."

"달? 그것 참 간단한 이름이군요. 다시 생각하니 그 아이는 본능적으로 자신의 변환 대뇌 돌기를 이용해서 우주선을 움직이려고 했기 때문에 순간적으로 우주선에 관성의 혼란을 가져왔던 것 같습니다. 그러나 지금은 그런 문제가 중요한 건 아니겠죠. 교수님, 정작 중요한 것은 그 결과로 스크린에 달이 나타났고 아직 확대된 채로 있다는 사실입니다.

지금 저는 그걸 보고 있어요. 그런데 이상한 것은……."

"뭐가 이상하다는 건가?"

"그 위성의 크기 말입니다. 우리는 대체적으로 위성을 무시하는 경향이 있지요. 위성은 별로 많지 않을뿐더러 대부분 작은 것들이거든요. 그런데 이건 달라요. 하나의 행성이라고도 할 수 있을 정도로 크지요. 직경이 약 3500킬로미터는 되니까 말이에요."

"하나의 행성? 그걸 행성이라고 말할 수는 없잖은가? 그곳에는 사람이 살 수 없어. 그리고 3500킬로미터는 직경도 너무 작은 것이고 말이야. 또 거기에다 공기도 없네. 그냥 보기만 해도 알 수 있어. 구름도 없는 걸 보면……."

트레비스가 고개를 끄덕였다.

"교수님도 경험 많은 우주 여행객이 되어 가는군요. 교수님 말이 맞아요. 공기도 없고 물도 없지요. 하지만 그건 아무런 보호장치가 없는 달 표면에 한정된 얘기지요. 지하라면 어떻겠어요?"

"지하?"

페롤랫이 믿을 수 없다는 듯 말했다.

"예, 지하요. 지하라고 사람이 살지 말라는 법은 없지 않습니까? 지구의 도시들이 지하에 있었다고 언젠가 교수님도 말한 것 같은데요? 우리는 트랜터가 지하 도시라는 것을 알고 있죠. 콤포렐론도 그 수도의 상당 부분이 지하에 있고 말입니다. 솔라리아의 저택들도 거의 다 지하에 있지 않았습니까? 아주 흔한 일이죠."

"하지만 트레비스, 그것들은 모두 거주 가능 행성에 한정된 얘기라네. 공기도 있고 바다도 있어서 행성의 표면에서도 인간이 거주할 수 있는 경우뿐이었네. 그 표면에도 사람이 살 수 없는데 지하에서 사람이

산다는 게 가능할까?"

"이걸 한번 생각해 보세요, 교수님. 우리는 지금 어디에 살고 있죠? 파스타호도 사람이 살 수 없는 표면을 가진 아주 작은 행성이라고 할 수 있지 않아요? 파스타호 외부에는 공기도 물도 없습니다. 그런데 지금 우리는 이 안에서 불편 없이 살고 있어요. 이 은하계는 우주 정거장과 우주 정착촌으로 가득 차 있어요. 그런데 그 모두 내부를 제외하고는 사람이 살 수 없잖아요. 마찬가지로 저 달을 거대한 우주선이라고 생각해 보세요."

"그 우주선 안에 승무원들이 살고 있단 말인가?"

"그렇지요. 어쩌면 수백만 명의 사람들과 동식물, 그리고 고도의 과학기술이 있을지도 모르지요, 교수님. 그럴듯하지 않나요? 만일 지구에 종말이 가까워 오던 마지막 시기에, 알파 태양 주위를 공전하고 있는 어떤 행성에, 필경 제국의 도움을 받았겠지만 어쨌든 일단의 이주민들을 보내 아무것도 없던 행성에 토양을 형성해서, 지구처럼 지반을 만들고 바다에 어류를 방류할 수 있었다는 사실을 상기해 본다면, 마찬가지로 이 위성에도 사람들을 보내 위성 내부를 지구화할 수도 있지 않았을까요?"

페롤랫이 마지못해 대답했다.

"아마 그럴 수도 있겠지."

"아마 그럴 겁니다. 만일 지구가 숨길 어떤 것이 있었다면 그것을 1파섹이나 떨어진 먼 곳으로 보내야만 할 이유가 있겠습니까? 알파까지의 거리의 1억분의 1도 채 안 되는 곳에 있는 세계에 숨겨 놓을 수도 있는데 말입니다. 그리고 심리학적인 관점에서 보더라도 달은 더욱 효과적인 은닉 장소라고 할 수 있습니다. 왜냐하면 위성에 생명체가 살 수 있다고 생각하는 사람은 아무도 없을 테니까 말입니다. 사실 그래서 저도 그런 생각은 전혀 못하고 있었습니다. 달은 바로 코앞에 두고 생각은 오로지 알파로만 줄달음치고 있었던 거죠. 펠롬이 아니었더라면……."

트레비스는 입술을 꽉 깨물고는 고개를 저었다.

"그 점에 관한 한 모든 공을 펠롬에게 돌려야 할 것 같습니다."

페롤랫이 말했다.

"여보게, 설령 달 표면 아래 어떤 것이 숨겨져 있다 하더라도 우리가 그것을 찾을 방도가 있겠나? 지표 면적이 아마도 수백만 제곱킬로미터는 될 텐데."

"대략 4000만 제곱킬로미터죠."

"그렇다면 그 광대한 곳에서 무엇을 탐사해야 하지? 구멍, 아니면 일종의 기밀식 문?"

"그런 식으로 하자면 그건 상당히 어려운 일이죠. 하지만 우리는 어떤 물체를 찾고 있는 것이 아닙니다. 우리는 생물체, 그것도 지성을 갖춘 생물체를 찾고 있는 거예요. 게다가 우리에게는 블리스가 있어요. 지성을 가진 생물체를 감지해 내는 게 바로 그녀의 재주 아닙니까?"

5

블리스가 트레비스를 비난하는 듯한 눈초리로 바라보았다.

"이제야 겨우 재웠어요. 지나치게 흥분했더군요. 다행히도 당신이 그 애의 마음에 상처를 주지는 않은 것 같아요."

트레비스가 냉정하게 말했다.

"당신도 알다시피 난 솔라리아로 되돌아갈 생각이 없으니까, 당신이 저 애에게서 젬비의 대한 병적인 애착을 제거하는 게 좋을 것 같군요."
"병적 애착을 제거하라고요? 당신은 그게 어떤 건지 알고나 하는 얘긴가요, 트레비스? 정신을 감지하는 게 얼마나 복잡한지 전혀 모르니까 그런 얘길 하는데, 만일 당신이 조금이라도 알고 있다면 병적인 애착을 제거하는 일이 마치 항아리에서 잼을 퍼내는 것처럼 쉬운 일인 양 말하지는 않을 거예요."
"그렇다면 약화시키는 정도라도……."
"조금은 약화시킬 수 있을지 몰라요. 하지만 그것도 앞으로 한 달 동안 조심스럽게 파악한 후에나 가능할 거예요."
"파악이라뇨? 그게 무슨 뜻이죠?"
"모르는 사람에게는 설명할 수가 없어요."
"그 애를 어떻게 할 작정입니까?"
"아직까지는 몰라요. 잘 생각해 봐야죠."
"그렇다면 앞으로의 우리 계획에 대해서 알려 드리지요."
"잘 알죠. 새로운 지구의 히로코를 만나서 이번에는 당신을 감염시키지 않겠다는 약속을 받아 내고 또 한 번 그녀를 안아 보겠다는 거죠?"
그러나 트레비스의 얼굴은 여전히 무표정했다.
"아니요. 사실은 마음을 바꿨어요. 우리는 달로 갈 겁니다. 페롤랫에 따르면 '달'이란 것은 저 위성에 붙여진 이름들 중의 하나요."
"저 위성으로요? 저것이 가장 가까이 있는 세계라서 그리로 가나요? 나는 우리가 그리로 갈 거라고 생각해 본 적이 없는데요?"
"나 또한 마찬가지예요. 어느 누구도 그런 생각을 해 보지 않았을 거요. 사실 은하계 어디에도 우리가 고려해 볼 만한 가치가 있는 위성은 없지요. 그러나 이 위성은 규모가 상당히 크다는 게 특이한 점이지요.

게다가 지구가 거의 알려져 있지 않은 덕분에 역시 이 위성도 외부에 거의 노출될 염려가 없었어요. 다시 말해서 지구를 찾아내지 못하는 사람은 달도 찾아낼 수 없다는 얘깁니다."

"사람이 살 수 있나요?"

"표면에는 살 수 없어요. 하지만 달은 방사능에 오염되지 않았기 때문에 그곳에서 사람이 전혀 살 수 없지는 않아요. 그 표면 아래에 생물체가 있을지도 몰라요. 아니 실제로 많은 생물체가 있을 수도 있고. 우리가 가까이 접근해서 살펴본다면 생물체가 있는지 없는지 알 수 있겠죠."

"왜 갑자기 저 위성을 조사해 볼 생각을 하게 되었죠?"

"펠롬이 컴퓨터 책상 앞에서 했던 행동 때문입니다."

그녀는 또 다른 설명이 있지 않을까 기대하는 듯 기다리다가 말했다.

"만일 아까 당신이 순간적인 충동으로 그 애를 죽이기라도 했다면 이런 영감은 얻을 수 없었겠죠?"

"그 애를 죽일 의도는 전혀 없었어요, 블리스."

블리스가 손을 내저으며 말했다.

"좋아요, 이쯤 해 두죠. 우린 지금 달을 향해 가고 있는 건가요?"

"그래요. 신중을 기하기 위해 서서히 접근하고 있지만 지금 속도로 순조롭게 나아가면 앞으로 30시간 안에 달에 가까이 접근하게 될 겁니다."

6

달은 황무지였다. 트레비스는 태양빛을 받아 밝게 빛나는 부분이 그들 아래에 펼쳐져 있는 것을 보았다. 달에는 둥근 분화구들과 산악 지대, 그리고 태양빛에 의해 생긴 검은 그림자들만이 존재하는 단조로운 풍경이 펼쳐져 있었다. 땅에는 미묘한 색깔의 변화들이 계속되었고, 이따금씩 나타나는 넓은 평지에는 조그만 분화구들이 눈에 띄었다.

그들이 햇빛이 없는 밤 지역으로 접근함에 따라 그림자들은 점점 길어지다가 결국 어둠 속에서 제 모습들을 잃어버렸다. 그들 위로는 한동안 산봉우리들이 태양 빛으로 환하게 반짝였다. 산봉우리가 사라진 후 하늘에는 커다란 달걀 모양의 청백색 지구가 희미한 빛을 발하고 있었다.

마침내 지구도 그들 시야에서 사라지고 밑으로는 짙은 어둠만이 계속됐고 별이 없는 터미너스에서 자란 트레비스가 넋을 잃기에 충분한 별들이 흩어져 있었다.

그러고 나서는 새로운 별들이 전방에 반짝이며 나타났다. 처음에는 단지 한두 개의 별이 눈에 띄었는데, 점점 확대되고 짙어져서 나중에는 커다란 무리를 형성하였다. 이어 우주선이 달의 명암 경계선을 지나 다시 밝은 쪽으로 들어서자 눈앞에 활활 타는 태양이 솟아올랐다.

트레비스는 이 거대한 세계를 단지 육안으로만 조사해서는 인간이 거주하는 곳으로 통하는 통로를 찾는다는 게 불가능할 거라는 생각이 들었다. 그는 자기 옆에 앉아 있는 블리스에게 고개를 돌렸다. 그녀는 눈을 감고 있었다. 의자에 앉아 있다기보다는 맥없이 쓰러져 있다고 보는 것이 더 정확한 표현일 것 같았다.

트레비스는 그녀가 잠든 게 아닌가 생각하면서 부드럽게 말했다.

"뭔가 감지된 것이 있어요?"

블리스가 머리를 약간 가로저으며 속삭이듯 말했다.

"없어요. 단지 아주 희미한 느낌밖에는요. 그 느낌이 감지된 지점으로 다시 가 보죠. 그 지역이 어딘지 알지요?"

"컴퓨터가 알고 있어요."

컴퓨터가 찾아낸 문제의 지점은 한밤중이었다. 지구가 매우 낮은 곳에서 반짝이면서 비춰 주는 유령같이 창백한 빛을 제외하면……. 비록 조종실의 불을 꺼서 밖을 보다 잘 관찰할 수 있도록 했지만, 눈으로 식별할 수 있는 것은 전혀 없었다.

페롤랫은 조종실로 통하는 문 입구에 초조하게 서 있었다.

"뭐라도 발견한 게 있어?"

그가 쉰 목소리로 속삭였다. 트레비스가 손을 들어 그에게 조용히 하라는 신호를 보냈다. 그러나 트레비스의 눈은 계속 블리스를 응시하고 있었다. 그는 앞으로도 며칠은 지나야 이 지점에 태양이 뜰 것이라는 걸 알고 있었다. 또한 아무리 밝은 빛도 블리스가 무엇인가 감지해 내는 데는 별 도움이 되지 않는다는 것 또한 알고 있었다.

마침내 그녀가 입을 열었다.

"저곳이에요."

"확실해요?"

"그래요."

"단지 그곳뿐입니까?"

"내 느낌으론 유일한 지점이에요. 당신은 달 표면 전체를 탐사했나요?"

"상당히 넓은 지역을 훑었다고 할 수 있죠."

"그렇다면 이 위성에서 내가 감지한 것은 이게 전부예요. 지금 느낌이 더욱 강해졌어요. 마치 그쪽에서 우리를 감지한 것처럼 말이에요. 그런데 위험한 것 같지는 않아요. 내 느낌으로는 우리를 환영하는 것 같군요."

"확실한 겁니까?"

"내가 받은 느낌으로는 그래요."

페롤랫이 말했다.

"당신이 그렇게 느끼도록 그것이 조작하는 건 아닐까?"

블리스는 자신에 넘치는 목소리로 말했다.

"장담하지만 나는 그런 조작된 느낌조차도 감지할 수 있답니다. 내 말을 믿으세요."

트레비스는 뭐라고 한참 중얼거리더니 이렇게 말했다.

"당신이 감지해 낸 것이 지적인 존재이길 바랍니다."

"상당히 지적인 존재라는 것을 감지할 수 있어요. 하지만……."

"하지만 뭐요?"

"쉿! 잠깐만요. 정신을 집중해야 해요."

이윽고 그녀가 말했다. 그녀는 다소 놀란 표정이었다.

"인간은 아닌 것 같아요."

"인간이 아니라고요? 그럼 이번에도 로봇을 상대해야 하는 건가? 솔라리아에서처럼?"

트레비스는 매우 놀란 듯했다.

"아니에요. 완전히 로봇이라고 볼 수도 없어요."

블리스는 이상하게 장난스러운 웃음을 띠고 있었다.

"사람이든 로봇이든 둘 중 하나여야만 하잖아요!"

"어느 쪽이라고 딱 부러지게 말할 수가 없어요. 그것은 분명히 사람은 아니에요. 하지만 내가 전에 감지했던 로봇하고는 달라요."

블리스는 이번엔 아예 킥킥대고 웃었다. 그러자 페롤랫이 궁금해 못

견디겠다는 듯 성급하게 말했다.

"어떻게 생긴 건지 빨리 보고 싶군. 좋아, 참 흥미로운 얘기야. 새로운 것이라 이거지?"

"새로운 어떤 것이라……."

트레비스가 혼잣말로 중얼거렸다.

7

그들은 거의 환희에 들떠 달 표면 쪽으로 비행했다. 펠롬조차도 그들과 같이 있었고 마치 정말 솔라리아로 되돌아가는 양 기뻐하고 있었다.

트레비스는 자신의 마음속에서 어떤 냉철한 정신이 '지금까지 어떤 것도 접근하지 못하도록 대책을 수립해 왔던 지구가 이번에는 우리를 끌어들이는 게 정말 이상한 일이야.'라고 충고하는 목소리를 들었다. 어느 편이든 그 목적은 동일한 것이 아닐까? 혹시 그들이 자신을 피해 가도록 할 수 없으면 차라리 자기들을 불러들여서 죽여 버리려는 것이 아닐까? 어떻게 하든 지구의 비밀은 보존될 테니까.

그러나 그들이 달 표면 가까이로 오게 되자 이러한 생각은 약해졌고, 그 역시 이유를 알 수 없는 기쁨 속에 휘말리게 되었다. 하지만 그들이 달의 표면으로 낙하하여 활공 비행을 시작하기 직전에 그의 머릿속에 번뜩였던 생각은 한동안 지워지지 않았다.

그는 우주선이 어디로 가고 있는 것인지에 대해서 별다른 의심이 가지 않았다. 그들은 지금 넘실거리는 언덕 위를 지나치고 있었고 컴퓨터를 조종하고 있는 트레비스는 전혀 일할 필요를 느끼지 못했다. 마치 그와 컴퓨터 둘 다 무엇인가의 안내를 받고 있는 것 같았고, 그는 책임이라는 중압감에서 벗어나 더없는 행복감을 만끽하고 있었다.

우주선은 지면과 나란히, 그리고 장애물이 될 만큼 위협적으로 높이 솟아 있는 절벽을 향해 미끄러지듯 내려가고 있었다. 그 절벽은 태양빛과 파스타호에서 내비치는 광선으로 인해 희미하게 번쩍이고 있었다. 그런 식으로 계속 접근하게 되면 반드시 충돌하게 될 텐데 트레비스는 아무런 위험도 느끼지 못했다. 이어서 바로 정면에 있는 절벽의 한 부분이 갑자기 떨어져나가고 인공적인 빛을 발하고 있는 통로가 그들 앞에 열리는 것을 보고도 그는 전혀 놀라는 기색 없이 그 상황을 받아들였다.

우주선은 속도를 낮추면서 저절로 구멍 안으로 미끄러져 들어갔다. 뒤에서 입구가 막히는 소리가 들리면서 그들 앞에서 다시 구멍이 열렸다. 우주선이 두 번째로 열린 통로를 따라가자 속이 빈 산의 내부와 같은 거대한 홀이 나타났다.

우주선이 멈추자 우주선에 타고 있는 그들 모두는 기밀실 문 앞으로 다투어 몰려들었다. 그들 중 누구도 우주선 외부에 그들이 숨 쉴 수 있는 공기가 있는지 여부를 조사해야 한다는 생각을 하지 않았다. 심지어 트레비스조차도…….

그곳에는 공기가 있었고 모두에게 편안한 기분을 주었다. 그들은 마치 집에 들어온 사람들처럼 기뻐하며 주변을 둘러보았다. 그들은 한참 뒤에야 그들이 접근해 오기를 점잖게 기다리고 있는 한 남자가 있다는 걸 알아차리게 되었다.

그는 키가 컸고 엄숙한 표정을 하고 있었다. 그의 머리는 청동색이었고 짧게 깎여 있었다. 그는 광대뼈가 넓은 얼굴에 빛나는 눈을 하고 있었으며, 그의 옷은 고대 역사책에서나 볼 수 있는 그런 것이었다. 그는 매우 억세고 강건하게 보였지만 왠지 피곤한 기색이었다. 눈에 보이는 기색이라기보다는 뭔가 자연스럽게 느껴지는 것이었다.

처음으로 반응을 보인 것은 팰롬이었다. 그녀는 휘파람을 부는 듯한 비명을 지르며 그 남자에게로 달려갔다. 그녀는 팔을 흔들며 숨이 넘어가는 듯한 소리로 "젬비! 젬비!" 하고 외쳤다.

그녀가 달려가자 그 남자는 허리를 굽혀 그녀를 번쩍 안아 올렸다. 그녀는 그의 목을 팔로 감싼 채 흐느껴 울면서 "젬비!"를 숨 가쁘게 외쳤다.

나머지 사람들도 그에게 다가갔다. 트레비스는 '이 사람이 은하어를 알아들을 수 있을까.' 하고 생각하면서 천천히 또렷한 발음으로 말했다.

"실례합니다. 그 애는 자기의 보호자를 잃어버린 뒤로 그를 필사적으로 찾고 있는 중입니다. 그 애가 어째서 당신에게 매달리는지 우리는 알지 못하겠군요. 그 애는 로봇을 찾고 있거든요. 어떤 기계적인……."

그 남자가 처음으로 입을 열었다. 그의 목소리는 다분히 사무적이었고 고어 투가 다소 배어 있었으나 완벽한 은하어를 자유자재로 구사하고 있었다.

"당신들 모두를 환영합니다. 이 아이는 당신들이 생각하고 있는 것보다 훨씬 탁월한 지각 능력을 보여 주고 있군요. 저는 로봇이거든요. 제 이름은 다닐 올리바입니다."

그의 얼굴은 여전히 심각한 표정을 짓고 있었으나 그의 말은 틀림없이 우호적이었다.

21장

비밀의 끝

1

트레비스는 자신조차 알 수 없는 미묘한 상태에 빠져 있는 것을 알았다. 그는 달에 착륙하기 직전과 직후에 경험했던 그 기묘한 행복감으로부터 어느새 벗어나 있었다. 그 행복감이라는 것이 지금 앞에 서 있는 자칭 로봇이라고 하는 존재에 의해 생겨난 것이 아닌가 하는 생각이 불현듯 그의 뇌리를 스쳤다.

트레비스는 여전히 그 로봇을 응시하고 있었다. 그는 이제는 제정신으로 돌아온 상태였지만 여전히 경악 속에서 헤어날 수가 없었다. 그는 그와 대화를 나누고는 있었지만, 분명히 인간인 것 같은 이 남자의 외모와 행동, 어투에서 로봇임을 나타내는 무엇인가를 찾아내는 데 정신이 팔려 있어서 자신이 말하고 들은 얘기를 거의 이해하지 못하고 있었다.

블리스가 인간도 로봇도 아닌 어떤 것, 페롤랫의 표현을 빌자면 '새로운 어떤 것'을 감지할 수밖에 없었던 것도 무리가 아니었다. 이 조우는 트레비스의 사고를 새롭고 계몽적인 방향으로 이끌고 있었다. 트레비스는 벅차오르는 여러 생각들을 감당하기 힘들 지경이었다.

블리스와 팰롬은 그곳의 지면을 조사하기 위해 이리저리 돌아다녔다. 그것은 블리스의 제안이긴 했지만, 트레비스는 그러한 제안이 블리스와 다닐 간에 번개처럼 순간적인 눈짓이 오고 간 뒤에 나온 것임을 간파했다.

팰롬은 처음에 그것을 거부하며 그녀가 젬비라고 부르는 로봇과 함께 있겠다고 떼를 부렸지만, 다닐의 근엄한 한마디와 손짓에 팰롬은 그에게서 떨어졌다. 그녀는 종종걸음으로 블리스를 따라 달려 나갔다. 이제 트레비스와 페롤랫만 남게 되었다.

"저 사람들은 파운데이션 사람들이 아니군요. 한 사람은 가이아인이고 한 사람은 우주인이군요."

그 로봇은 이 한마디로 모든 것이 설명된다는 듯 말했다.

트레비스는 나무 아래에 있는 단순한 모양의 의자 쪽으로 안내받아 가는 동안에도 계속 아무 말도 하지 않았다. 그들은 로봇의 앉으라는 손짓을 보고서야 의자에 앉았다. 그가 완전히 사람과 똑같은 자연스러운 동작으로 의자에 앉자 트레비스는 말을 꺼냈다.

"당신이 정말 로봇입니까?"

"정말 로봇입니다."

다닐이 말했다.

페롤랫의 얼굴이 기쁨으로 빛났다.

"옛 전설에 다닐이라는 이름을 가진 로봇에 대한 얘기들이 있소. 당신의 이름은 거기서 따온 것이오?"

"제가 바로 그 로봇입니다. 그건 전설이 아닙니다."

"당치도 않소. 당신이 정말 그 로봇이라면, 당신의 나이는 수천 살이나 되었다는 얘긴데……."

"2만 살입니다."

다닐이 조용히 말하자 페롤랫은 그 말에 당황한 것 같았다. 그는 트레비스를 힐끗 쳐다보았다. 트레비스는 약간 화난 목소리로 말했다.

"만일 당신이 로봇이라면 나는 당신에게 사실을 말할 것을 명령합니다."

"제게 사실대로 말하라는 명령을 내리실 필요는 없습니다. 저는 반드시 사실만을 말하도록 되어 있거든요. 당신은 지금 저에 대해서 다음 세 가지 가능성 중의 하나를 선택하셔야 합니다. 첫째는 제가 인간이면서 당신에게 거짓말을 하고 있을 가능성이고, 둘째는 사실은 나이가 2만 살이 아니면서도 스스로 그렇게 믿도록 프로그램된 로봇일 가능성이며, 셋째는 제가 정말 2만 살 먹은 로봇일 가능성입니다. 당신은 어느 것을 택할지 결정해야 할 겁니다."

"그 문제는 우리가 대화를 계속 진행하면서 저절로 해결될 수 있을 거예요. 게다가 이곳이 달의 내부라는 것도 믿기 어렵습니다. 빛도 중력도 믿기 어렵고. 이곳의 중력은 0.2그램중이 채 안 되는 것이어야 마땅하잖아요."

트레비스가 냉담하게 말했다.

"정상적인 표면중력은 사실 0.16그램중일 겁니다. 하지만 이것은 우주선이 자유 낙하하거나 가속 비행을 할 때 탑승자에게 정상 중력을 느끼게 하는 것과 동일한 힘에 의해 만들어진 인공적인 중력입니다. 빛을 포함해서 필요한 다른 에너지들 역시 중력으로부터 얻어 냅니다. 물론 지역에 따라서는 편의상 태양에너지를 사용하는 경우도 있습니다.

우리에게 필요한 물질들은 모두 달의 토양으로부터 모두 공급됩니다. 달에 없는 수소, 탄소, 질소 등의 가벼운 물질을 제외하고는 말입니다. 우리는 그것들을 우연히 찾아오는 혜성을 통해 얻지요. 100년에 한 번만 혜성을 낚아채도 수요를 충족시키는 데 충분하지요."

"그 말을 공급의 원천으로서 지구는 쓸모없어졌다는 뜻으로 받아들이겠어요."

"불행하게도 그렇습니다. 우리의 양전자 두뇌들은 인간의 단백질만큼 방사능에 민감한 반응을 보입니다."

"당신은 지금 '우리'라는 복수명사를 사용하는군요. 우리들 앞에 있는 저 저택도 밖에서 보기에는 크고 아름다우며 정교한데……. 분명히 이곳에 다른 존재들도 있겠군요. 인간들입니까? 아니면 로봇?"

"그렇습니다. 달에는 완벽한 생태계가 있으며, 그러한 생태계가 존재하는 거대하고 복잡한 내부 공간을 가지고 있지요. 하지만 지적인 존재들은 모두 저와 비슷한 로봇들뿐입니다. 하지만 당신들은 그들 중의 아무도 보지 못하게 될 겁니다. 이 저택에는 저 혼자 살고 있으며 이 저택은 제가 2만 년 전에 살았던 건물을 정확히 본뜬 것입니다."

"그걸 자세하게 기억하고 있는 겁니까?"

"완벽하게요. 저는 우주인 행성인 오로라에서 만들어졌고, 제 기억으로는 아주 짧은 기간만 그곳에서 살았습니다."

"그……, 그게 있던 행성……!"

트레비스가 멈칫했다.

"예, 그렇습니다. 개들이 있는 세계입니다."

"혹시 그곳에 관해 알고 있습니까?"

"예, 알고 있습니다."

"만일 당신이 처음에 오로라에서 살았다면 이곳에는 어떻게 오게 된 거죠?"

"은하계로 이주가 시작되던 아주 초창기에 이곳으로 왔지요. 지구가 방사능에 오염되는 것을 막기 위해서였어요. 사실 그 당시에는 저 말고도 '지스카르'라는 이름의 또 다른 로봇이 있었습니다. 그 로봇은 사람의 마음을 감지하고 조종하는 능력을 가지고 있었죠."

"블리스처럼?"

"그렇습니다. 하지만 우리는 어떻게 보면 목표 달성에 실패했다고 볼 수 있고 지스카르는 작동을 정지했습니다. 하지만 그는 작동이 정지되기 전에 저에게 자신의 비범한 능력을 주었고, 은하계 특히 지구를 돌보는 임무를 제게 맡겼습니다."

"왜 특별히 지구죠?"

"일라이저 베일리라는 지구인을 위한 이유가 부분적으로 있죠."

페롤랫이 흥미롭다는 듯 한마디 거들었다.

"그는 내가 얼마 전에 말했던 문화 영웅이라네, 트레비스."

"문화 영웅이라뇨?"

다닐이 물었다.

"페롤랫 교수님이 의미하는 바는 그가 상당한 업적을 이룩했던 사람이거나, 실제 역사상의 많은 인물들을 합한 것이거나, 또는 완전히 가공의 인물일지도 모른다는 얘기예요."

트레비스가 말했다.

다닐은 한동안 곰곰이 생각하다가 차분하게 말했다.

"그렇지 않습니다. 일라이저 베일리는 실제로 존재했던 인물입니다. 당신의 전설들 속에는 그에 대해 어떻게 묘사되고 있는지는 모르겠지만, 실제 역사에서 이 은하계로의 이주는 그가 없었다면 결코 가능하지 않았을 겁니다. 저는 그의 뜻을 받들어 지구가 방사능에 오염되기 시작한 이후로 지구를 구하기 위해 제가 할 수 있는 최선의 노력을 다했습니다. 제 동료 로봇들은 여기저기에 있는 사람들에게 영향을 미치기 위해 은하계 전역으로 퍼져나갔지요. 한때 저는 지구의 토양을 재생시키려는 노력도 했었습니다. 한참 뒤에는 현재 알파라고 불리는 별 근처에 있는 행성을 지구화시키는 일에도 참여했지요. 하지만 어떤 경우에도 저는 성공하지 못했습니다. 저는 제가 바라던 대로 인간의 마음을 결코 완전히 조종할 수는 없었습니다. 왜냐하면 제게 조종당하는 인간들에게 제가 해를 입힐 가능성이 항상 존재했기 때문이었지요. 당신들도 아시다시피 저는 로봇공학 3원칙을 준수해야만 했고 지금도 이 원칙을 준수해야 할 의무가 있습니다."

"그렇습니까?"

다닐과 같은 정신 능력을 갖지 않은 존재라 하더라도 '그렇습니까?'라는 말 속에 담긴 의문의 뜻을 감지할 수는 있을 것이다.

"제1조는 '로봇은 인간에게 위해를 가해서는 안 된다, 또는 위험을 방관함으로써 인간에게 위해를 끼쳐서도 안 된다'이죠. 제2조는 '제1조와 상충하는 경우를 제외하고, 로봇은 인간들이 내린 명령에 복종해야만 한다'이며, 제3조는 '제1조, 제2조에 저촉되지 않은 한 로봇은 자신의 생존을 위해 스스로를 방어해야 한다'는 것입니다. 물론 저는 이러한 원칙들을 언어로 풀어서 당신들에게 말하고 있는 것입니다. 사실 이러한 원칙들은 제 두뇌 속에 양전자들의 복잡하고 수학적인 배열로 각인되어 있습니다."

"당신은 그런 원칙들을 준수하는 것이 어렵다고 느낍니까?"

"저는 그 원칙들을 반드시 준수해야만 합니다. 그런데 제1조는 저의 정신적 재능들의 사용을 거의 금하고 있는 절대적인 조항입니다. 은하계를 다룰 때 어떤 행동 방식도 그로 인한 피해를 완전히 예방할 수는 없습니다. 일부의 사람들 때문에 많은 사람들이 피해를 입게 되는 경우, 로봇은 최소의 피해를 택해야만 합니다. 하지만 어떤 한 가지 행동 방식을 택한다 하더라도 그로 인해 파생될 수 있는 위험 가능성이라는 것들은 워낙 복잡한 것이어서 그것을 선택하는 데 많은 시간이 걸리며, 설사 선택했다고 하더라도 그 선택에 대해 결코 확신을 가질 수 없습니다."

"그렇겠군요."

"은하계의 전 역사는 전쟁과 재난으로 점철되어 왔습니다. 저는 전쟁과 재난이 최악으로 치닫는 상황을 개선시키려고 노력했습니다. 제가 부분적으로는 어느 정도 성과를 거두었는지도 모르겠습니다. 하지만 당신이 은하계의 역사를 아신다면 제가 대부분의 경우 성공을 거두지 못했다는 것을 알고 계실 겁니다."

"그 정도는 나도 알고 있어요."

트레비스가 쓴웃음을 지으며 말했다.

"지스카르는 죽기 직전에 로봇공학 3원칙의 제1조에 우선하는 또 하나의 로봇 원칙을 생각해 냈습니다. 우리는 달리 합당한 이름을 찾을 수가 없어서 그것을 제0조라고 불렀습니다. 제0조는 '로봇은 전 인류에게 위해를 가해서는 안 되며 또한 위험을 간과함으로써 인류에게 위해를 끼쳐서도 안 된다'는 것입니다. 이것은 당연히 제1조는 다음과 같이 수정되어야만 한다는 것을 의미합니다. '로봇은 제0조와 상충될 때를 제외하고는 인간에게 위해를 가해서는 안 된다. 또는 위험을 방관함으로써 인간에게 위해를 끼쳐서도 안 된다.' 제2조와 제3조도 역시 수정되어야 합니다."

트레비스가 얼굴을 찡그리며 물었다.

"당신은 인류에 대해 무엇이 해롭고 무엇이 해롭지 않은지 어떻게 결정하죠?"

"정확히 말해서 이론상으로 제0조는 우리가 겪는 문제에 대한 해결 방안이었습니다. 실제로 우리는 아무런 결정도 내릴 수 없습니다. 인간이란 구체적인 대상입니다. 따라서 한 개인에게 가해지는 위해는 계산되고 판단될 수 있습니다. 하지만 인류는 추상적인 개념입니다. 우리가 그것을 어떻게 다루겠습니까?"

"모르겠군요."

트레비스가 말했다.

"잠깐, 당신은 인류를 단일 유기체 즉 가이아로 전환시킬 수 있을 거요."

페롤랫이 말했다.

"그게 바로 제가 시도했던 바입니다. 만일 인간성을 단일 유기체로 바꾸어 낼 수만 있다면 그것은 구체적인 대상이 될 것입니다. 하지만 초유기체를 만들어 내는 일은 기대했던 만큼 쉬운 일이 아니었습니다. 우선 인간들이 그 초유기체를 자신들의 개체성 이상으로 존중하지 않는 한 그것은 이뤄질 수 없는 것이었습니다. 그래서 나는 그것을 가능케 할 정신 유형을 찾아보아야 했습니다. 로봇공학 3원칙을 생각해 내는 데는 많은 시간이 걸렸기 때문이죠."

"아, 그렇다면 가이아인들은 로봇들이군요. 나는 처음부터 그렇게 생각하고 있었어요."

"그건 잘못된 추측입니다. 그들은 인간입니다. 그러나 그들은 로봇공학 3원칙에 상응하는 확고하게 깨우침을 받은 두뇌들을 가지고 있지요. 그들은 생명을, 진정으로 생명을 소중히 여겨야만 합니다. 그러나 그것만으로는 안 됩니다. 중대한 결함이 남아 있지요. 인간들로만 구성된 초유기체는 불안정합니다. 그런 초유기체는 만들어질 수도 없습니다. 다른 동물들과 식물들, 그리고 무생물의 세계도 추가되어야 합니다. 최소 규모의 유기체라도 정말로 안정되어 있다면 그것은 완전한 세계이며, 안정된 생태계를 가지기에 충분할 만큼 복잡한 세계인 것입니다. 이것을 이해하는 데는 오랜 시간이 걸렸습니다. 가이아가 완전히 완성되어 갤럭시아를 향해 나아갈 준비가 된 것도 바로 지난 세기에 이르러서였습니다. 앞으로 이제는 우리가 지켜야 할 규칙들을 알고 있기 때문에, 이미 지난 세월만큼 오래 걸리지는 않을 것입니다."

"그런데도 내가 당신을 대신하여 결정을 내려야만 하는 겁니까? 정말 그런 건가요, 다닐?"

"그렇습니다. 로봇공학의 여러 원칙들은 저나 가이아가 인류에게 위해를 끼칠 가능성을 안고 있는 결정을 내리는 걸 허용하지 않습니다. 지금부터 5세기 전의 일이지만 가이아를 창건하는 데 걸림돌이 될 여러 장애물을 극복할 확실한 방법을 찾아내지 못했을 때, 차선책에 의존함으로써 심리역사학을 발달시키는 데 기여한 경험이 있었지요."

"나도 그걸 추측해 낼 수는 있었을 텐데……."

트레비스가 중얼거린 뒤 말했다.

"다닐, 이제는 당신 나이가 2만 살이나 된다는 것을 믿게 됐군요."

"감사합니다."

페롤랫이 말했다.

"잠깐만, 이제야 뭔가를 알 것 같소. 혹시 당신은 가이아의 일부가 아니오, 다닐? 그래서 오로라의 개들에 대해 알고 있었던 것이 아니오? 블리스를 통해서 말이오."

"어떻게 보면 당신의 말이 맞기도 합니다. 저는 가이아와 관련을 맺고 있지요. 하지만 가이아의 일부는 아닙니다."

트레비스가 눈썹을 위로 치켜 올렸다.

"당신 얘기는 우리가 콤포렐론에서 들었던 것과 같은 것이군요. 콤포렐론은 우리가 가이아를 떠난 직후에 방문했던 행성입니다. 콤포렐론은 자신이 파운데이션 연방의 일부는 아니지만 파운데이션과 관련을 맺고 있다고 주장하고 있었죠."

다닐이 고개를 천천히 끄덕였다.

"그런 비유가 적절한 것 같군요. 저는 가이아의 연합체로서 가이아가 알고 있는 것, 즉 블리스가 알고 있는 것을 의식할 수 있습니다. 하지만 가이아는 제가 알고 있는 것을 의식할 수 없지요. 그럼으로써 나는 행동의 자유를 유지하고 있는 겁니다. 제 행동의 자유는 갤럭시아가 제대로 완성될 때까지는 필수불가결한 것입니다."

트레비스는 그 로봇을 한동안 유심히 바라보다가 입을 열었다.

"그럼 당신은 우리가 탐사 여행을 하는 중에 겪게 된 사건들에 개입해서 당신이 원하는 방향으로 진행되도록 하기 위해서 블리스를 통해 당신의 의식을 사용했던 거요?"

다닐은 마치 인간처럼 한숨을 내쉬었다.

"거기에는 한계가 있었습니다. 로봇 수칙이 항상 저의 행동 범위를 규제하고 있으니까 말입니다. 하지만 허용되는 범위 안에서는 노력했습니다. 예를 들면 저는 블리스가 오로라의 늑대들과 솔라리아의 우주인들에게 대처하는 데 보다 신속하게, 또 그녀 자신에 대한 피해를 줄이는 방향으로 처리했지요. 뿐만 아니라 콤포렐론과 새로운 지구에서 두 여성이 당신에게 호의를 보이도록 블리스를 통해 그들의 마음을 움직였던 겁니다. 당신이 우주 탐사를 계속할 수 있도록 하기 위해서였죠."

트레비스가 쓴웃음을 지었다.

"결국 그 여자들의 마음을 빼앗았던 것은 내가 아니었군요."

"꼭 그런 것만은 아닙니다. 오히려 상당 부분은 당신 스스로 그들 마음을 움직인 거죠. 두 여성 모두는 처음부터 당신에게 호의를 보였고, 저는 이미 존재하고 있는 그들의 심리 상태를 좀 더 강화시킨 것뿐이라고 할 수 있습니다. 사실 로봇 수칙이 규정하고 있는 행위상의 제한들과 그 밖의 이유들 때문에, 저는 당신을 이곳으로 불러들이기까지 상당한 어려움을 겪을 수밖에 없었고, 또한 여러 차례에 걸쳐 당신을 잃어버릴 위기에 처하기도 했습니다."

"하지만 나는 여기 왔지 않습니까? 내게 원하는 것이 뭐죠? 내가 갤럭시아를 선택했다는 사실을 확인하기 위해선가요?"

트레비스가 말했다.

다닐의 무표정한 얼굴에 갑자기 절망적인 빛이 감돌았다.

"그게 아닙니다. 그러한 단순한 결정은 더 이상 이유가 되지 않습니다. 저는 그보다 훨씬 더 절박한 이유 때문에 당신을 이곳으로 불러들인 것입니다. 저는 죽어 가고 있습니다."

2

아마 다닐이 사무적인 투로 얘기했기 때문일까? 아니면 2만 년이라는 수명이 그에 비하면 200분의 1이라는 기간도 살지 못할 운명의 인간에게는 워낙 엄청난 세월이기 때문이었는지도 모른다. 어쨌든 트레비스는 아무런 동정심도 느낄 수가 없었다.

"죽다니, 기계도 죽을 수 있나요?"

"존재를 중단하는 건 가능한 일입니다. 당신이 그것을 뭐라고 부르든 간에 말입니다. 전 늙었습니다. 제가 처음에 의식을 부여받았을 당시 은하계에 존재하던 지각력을 가진 것은 지금 어느 것 하나 살아 있는 것이 없습니다. 유기체이든 로봇이든 말입니다. 결국 저도 죽을 수밖에 없는 운명입니다."

"어떤 식으로 말이오?"

"지금껏 제 신체 부위 중에서 새로운 것으로 교체되지 않은 부위는 없습니다. 한 번 교체된 부분도 있지만 여러 번 교체된 것도 많습니다. 심지어 양전자 두뇌도 다섯 번이나 교체되었습니다. 제 두뇌가 교체될 때마다 그 이전의 두뇌에 저장되어 있던 내용은 마지막 양전자에 이르기까지 새로운 두뇌로 옮겨졌습니다. 매번 교체된 새로운 두뇌는 그 전보다 더 커다란 용량과 심화된 복잡성을 지니게 되었지요. 결과적으로 더 많은 기억들을 담아 낼 공간을 확보함으로써 보다 신속한 결정과 행동을 할 수 있게 된 것이죠, 하지만……."

"하지만?"

"두뇌는 더욱 발달되고 복잡해질수록 점점 더 불안정하게 되고, 보다 빨리 쇠퇴하게 됩니다. 지금의 제 두뇌는 첫 번째 두뇌보다 10만 배

민감하고 1000만 배가 넘는 기억 용량을 가지고 있습니다. 하지만 첫 번째 것은 수명이 만 년 이상이었던데 비해서 현재의 두뇌는 단지 600년밖에 안 되었는데도 벌써 노후한 상태입니다. 이 두뇌에는 2만 년간에 걸친 모든 기억이 완전하게 기록된 데다 완벽한 기억 재생 장치가 갖추어져 있기 때문에 더 이상 빈 공간이 없습니다. 결과적으로 판단 능력이 빠르게 쇠퇴하고 있고, 초공간적으로 떨어져 있는 정신들을 시험하고 영향을 미치는 능력은 더욱 빠른 속도로 퇴보하고 있는 상태입니다. 여섯 번째 두뇌를 고안해 낼 수가 없어요. 왜냐하면 더 이상의 소형화는 불확정성 원리라는 공허한 벽에 충돌하게 됩니다. 더 이상 복잡해지면 복잡해질수록 거의 순식간에 노후화되어 버릴 건 자명한 사실입니다."

페롤랫은 매우 걱정스럽다는 표정을 지었다.

"다닐, 하지만 가이아는 틀림없이 당신 없이도 잘해 나갈 수 있을 거요. 이제 트레비스가 갤럭시아를 선택한 이상은."

항상 그렇듯 다닐은 아무런 감정도 드러내지 않은 채 말했다.

"그러니깐 너무 많은 시간이 걸립니다. 예기치 않은 어려움들이 계속 터졌지만 가이아가 완성될 때까지 저는 그저 기다려야만 했습니다. 중요한 결정을 할 수 있는 유일한 인간인 트레비스 씨가 있는 곳을 알아냈을 때는 이미 늦은 상태였습니다. 하지만 제가 수명을 늘리기 위해서 아무런 조치도 취하지 않은 것은 아닙니다. 저는 만일의 사태에 대비할 능력을 보존하기 위해서 제 활동을 조금씩 줄여 왔지요. 지구-달 시스템의 고립을 유지하기 위한 방책에 더 이상 의존할 수 없게 되자 저는 수동적인 방책을 선택했어요. 즉 한동안 저와 함께 일해 왔던 인간형 로봇들에게 하나씩 귀국 지시를 내렸던 것입니다. 그들의 마지막 임무는 각 행성의 기록 보관소에서 지구에 관한 모든 정보를 제거하는 일이었습니다. 완전한 활동을 하는 제 자신이나 제 동료 로봇들이 없다면, 가이아는 갤럭시아의 개발을 단축하는 데 필요한 도구들을 잃게 될 것입니다."

"그렇다면 당신은 내가 갤럭시아라는 결정을 내릴 때 이미 모든 것을 알고 있었습니까?"

트레비스가 물었다.

"훨씬 전에 알고 있었습니다. 물론 가이아는 모르고 있었지만요."

다닐이 대답했다. 그러자 트레비스가 화를 내며 말했다.

"그렇다면 왜 이런 게임을 벌인 겁니까? 이런 장난이 도대체 무슨 소용이죠? 나는 결정을 내린 이래 지금껏 그 결정을 확인하기 위해서 지구와 지구의 '비밀'을 찾아 은하계를 샅샅이 뒤져 왔어요. 그 비밀이 바로 '당신'이라는 사실도 모르고. 이제 나는 '분명히' 확인했습니다. 이젠 갤럭시아야말로 우리 인간을 위한 필요불가결한 세계라는 것을 말이에요. 하지만 아울러 이것은 정말 헛된 일이라고 생각합니다. 왜 당신은 은하계나 나를 그냥 내버려 둘 수 없었던 거죠?"

"저는 탈출구를 모색해 오고 있었고, 실제로 찾을 수 있다는 희망 속에서 살아 왔습니다. 저는 그 탈출구가 있다고 생각합니다. 그것은 제 두뇌를 또 다른 양전자 두뇌로 교체하는 대신, 사실 이것은 불가능한 일이기 때문에 제 두뇌를 로봇공학 원칙에 규제받지 않는 인간의 두뇌와 결합하는 겁니다. 그럼 제 두뇌는 용량이 증가할 뿐만 아니라 새로운 수준의 능력도 겸비하게 될 테니까요. 바로 이것이 당신을 이곳으로 오게 한 이유입니다."

트레비스는 소스라쳤다.

"당신 두뇌와 인간의 두뇌를 합체시킨다는 겁니까? 당신은 두 개의 두뇌를 지닌 가이아가 되기 위해 인간의 두뇌를 가진 개체성을 빼앗겠다는 거냐고요?"

"그렇습니다. 비록 그것으로 제가 영원한 생명을 가지게 되는 것은 아니지만, 적어도 갤럭시아를 완성할 수 있을 정도의 수명을 가지게 될 수는 있을 것입니다."

"바로 그것 때문에 나를 이리로 오게 한 거라고요? 나의 개체성을 희생시켜서라도 그 로봇공학 원칙에 대한 내 독립성과 판단력을 당신의 일부로 만들기 위해서? 그럴 수는 없어요."

"하지만 당신은 방금 갤럭시아가 인류의 번영을 위해 필요불가결하다고……."

"비록 그렇다 해도 그것을 건설하는 것은 훨씬 뒷날의 얘기예요. 나는 평생을 하나의 독자적인 개인으로 살아가고 싶어요. 갤럭시아가 보다 빨리 건설된다면 그 과정에서 은하계 차원에서 개성의 상실이 이루어질 것이고, 따라서 내 개성 역시 상실되겠지요. 상상도 할 수 없이 커다란 전체의 일부로 말입니다. 하지만 은하계 밖에 존재하는 다른 인간들이 개체성을 유지하는 한, 나는 내 개성을 포기하는 것에 절대로 동의할 수 없어요."

"전 이미 당신이 그러리라고 짐작했습니다. 당신의 두뇌는 제 두뇌에 잘 합치되지 않을 겁니다. 어떤 경우에든 당신이 독립적인 판단 능력을 유지하는 편이 목표를 실현하는 데 보다 기여할 수 있죠."

"그럼 당신의 마음을 바꾼 겁니까?"

"그렇습니다. 저는 상당히 약화된 능력을 최대한 발휘해서 당신을 이곳으로 불러들였습니다. 하지만 제가 불러들인 것은 트레비스, 당신만은 아닙니다. 저는 당신들 모두를 염두에 두었던 것입니다."

의자에 앉아 있던 페롤랫의 몸이 갑자기 굳었다.

"정말이오, 다닐? 그렇다면 내게 가르쳐 주시오. 당신의 두뇌와 합체되는 두뇌도 전설상의 시대까지 거슬러 올라가는 당신의 기억을 전부 공유할 수 있는 거요?"

"물론입니다."

페롤랫이 자못 긴장되는 듯 깊은 숨을 들이마셨다.

"그것이야말로 내 평생의 숙원을 달성할 수 있는 길이로군. 나는 그것을 위해 기꺼이 내 개체성을 포기하겠소. 제발 부탁이니 내가 당신의 두뇌를 공유하는 특권을 가질 수 있게 해 주시오."

트레비스가 조용히 물었다.

"그럼 블리스는…… 그녀는 어떻게 되는 거죠, 교수님?"

페롤랫은 조금도 망설이지 않고 대답했다.

"블리스는 나를 이해할 걸세. 그리고 어느 정도 시간이 지나면 나 없이도 행복해질 거야."

다닐이 고개를 저었다.

"페롤랫 박사님, 당신의 제의는 고맙지만 받아들일 수 없습니다. 당신의 두뇌는 이미 노쇠한 상태여서 제 두뇌와 합쳐진다 해도 앞으로 기껏해야 20~30년밖에 버틸 수 없을 겁니다. 저는 다른 두뇌가 필요합니다."

그는 손가락으로 블리스와 펠롬이 있는 쪽을 가리키면서 말했다.

"자, 제가 그녀들을 이리 오도록 불렀습니다."

블리스 일행은 기쁨에 넘치는 표정을 한 채 가벼운 발걸음으로 돌아오고 있었다. 페롤랫이 벌떡 일어섰다.

"블리스! 오, 안 돼!"

"놀라실 것 없습니다. 페롤랫 박사님. 저는 블리스를 이용할 수 없어요. 그렇게 되면 저는 가이아에 합쳐지기 때문입니다. 이미 말씀드린 대로 저는 가이아에서 독립된 채로 남아 있어야만 합니다."

다닐이 말했다.

"그렇다면 누구를……?"

페롤랫이 떨리는 소리로 물었다.

트레비스는 블리스의 뒤를 쫓아 뛰어오고 있는 가냘픈 몸매의 팰롬을 바라보면서 말했다.

"저 로봇은 처음부터 팰롬을 마음에 두고 있었던 겁니다, 교수님."

3

블리스는 만면에 희색이 가득한 채 돌아왔다.

"우리는 이 지역 밖으로 나가보진 못했어요. 그러나 이곳은 솔라리아를 생각나게 하더군요. 팰롬은 바로 이곳이 솔라리아라고 확신하고 있어요. 내가 '다닐의 모습이 금속으로 만들어진 젬비와는 다르지 않느냐.'고 물었더니 팰롬은 '별로 그렇지 않아요.'라고 대답하더군요. 나는 그 '별로'라는 말이 무엇을 의미하는지 모르겠어요."

블리스는 적당한 거리에서 근엄한 표정의 다닐을 위해 플루트를 연주하고 있는 팰롬에게 시선을 돌렸다. 다닐은 박자에 맞춰 고개를 끄덕이고 있었다. 가늘고 맑은 팰롬의 플루트 연주는 비할 데 없이 부드러웠다.

블리스가 두 사람에게 물었다.

"우주선에서 나올 때 저 애가 플루트를 가지고 나온 것을 알고 계셨나요? 우리는 펠롬을 다닐에게서 한동안 떼어 놓을 수 없을 것 같아요."

무거운 침묵이 이어지자 블리스는 걱정스러운 듯 두 사람을 쳐다보았다.

"무슨 일 있어요?"

트레비스가 점잖게 페롤랫에게 손짓을 했다. 그 손짓은 '당신이 말해요'라는 뜻을 담고 있었다. 페롤랫은 헛기침을 하더니 말했다.

"사실은……. 블리스, 펠롬은……, 앞으로 영원히 다닐과 함께 있게 될 것 같아."

"정말인가요?"

블리스는 안색이 창백해지더니 다닐 쪽으로 달려가려고 몸을 돌렸다. 그러자 페롤랫이 그녀의 팔을 잡았다.

"블리스, 그래선 안 돼. 가이아보다 훨씬 강력한 갤럭시아가 실현되기 위해서는 펠롬이 그와 함께 있어야만 해. 내가 설명을 하리다. 트레비스, 만일 내가 잘못 얘기하는 부분이 있으면 지적해 주게."

블리스는 그의 설명에 귀를 기울였다. 그녀의 표정은 점차 절망적으로 변해 갔다.

트레비스가 냉정을 잃지 않고 말했다.

"블리스, 이제는 어떻게 된 일인지 이해하겠죠? 사실 펠롬은 우주인이고, 다닐은 바로 그 우주인들에게 의해 설계되고 조립되지 않았습니까. 그 아이는 로봇의 손에서 자랐고 이곳처럼 황량하고 텅 빈 자기 고향의 영토 말고는 아는 것이 전혀 없어요. 또 저 애는 바로 다닐이 필요로 하는 에너지 변환 기관을 가지고 있고 앞으로 300~400년은 더 살게 될 것입니다. 갤럭시아의 건설을 위해서는 그 정도의 시간이 필요할

지도 몰라요."

블리스의 뺨은 눈물로 젖어 있었다. 그녀가 말했다.

"저 로봇은 자신이 사용할 한 아이를 손에 넣기 위해 우리를 솔라리아에 들르게 했고, 결국은 지구로 끌어들인 것이었군요."

"그는 단지 주어진 기회를 이용했을 뿐이라고 생각해요. 나는 그의 능력이 초공간적 거리에 있는 우리를 완전한 허수아비로 만들어 버릴 만큼 그렇게 강하다고는 생각지 않아요."

"아니에요. 그것은 계획적인 일이었어요. 그는 펠롬을 솔라리아에서 데리고 나오게 하기 위해서, 펠롬에게 남다른 애착을 갖도록 제 마음을 조종한 거예요. 또한 그 애가 우리와 함께 있는 동안 당신이 화를 내고 괴로워할 때도 내가 보호하도록 조종했어요."

트레비스가 말했다.

"난 당신의 행동이 가이아 본래의 도덕률에서 비롯된 것이라고 생각해요. 그는 단지 당신의 의향을 약간 강화시켰을 뿐이에요. 블리스, 감정을 앞세워 해결할 수는 없어요. 당신은 펠롬을 이보다 더 행복하게 해 줄 곳으로 데려갈 수 있다고 생각합니까? 그녀가 처참히 살해당할 수밖에 없는 솔라리아로? 평생을 하루 같은 생활에 넌덜머리를 내다가 죽어 갈 혼잡한 세계로? 아니면 젬비를 그리워하며 마음을 앓다가 죽게 될 가이아로? 그것도 아니면 이 은하계를 정처 없이 여행하게 할 건가요? 그리고 또 당신은 갤럭시아가 건설될 수 있도록 다닐이 그녀 대신 이용할 새로운 인물이라도 찾아볼 생각입니까?"

블리스는 슬픈 표정을 지은 채 아무 말도 하지 않았다.

페롤랫이 조심스럽게 블리스에게 손을 내밀었다.

"블리스, 나는 자진해서 내 두뇌를 다닐의 두뇌와 합체시켜 달라고 했었어. 하지만 그는 내가 너무 늙었다면서 받아들이지 않았지. 할 수 만 있다면 팰롬 대신에 내가 희생하고 싶어."

블리스가 그의 손등에 입을 맞추며 말했다.

"고마워요, 펠. 설령 팰롬을 위해서라 해도 당신을 잃는다는 건 너무나 큰 대가예요."

그녀는 깊은 한숨을 내쉬고는 억지로 미소를 지으려 했다.

다닐은 이젠 문제가 다 해결된 것을 안 듯이 그들 쪽으로 걸어왔다. 팰롬도 그의 옆에 깡충깡충 뛰며 다가왔다. 팰롬이 블리스에게 말했다.

"블리스, 저를 다시 젬비에게 데려다 주셔서 고마워요. 그동안 저를 돌봐준 것에 대해서도 정말 고맙게 생각하고요. 저는 당신을 영원히 잊지 못할 거예요."

팰롬은 블리스의 품에 몸을 던지듯 안겼고, 그들은 서로 힘껏 껴안았다.

"계속 행복하길 빌어, 팰롬. 나도 너를 오래도록 잊지 못할 거야."

그녀는 팰롬을 안았던 팔을 억지로 풀었다. 그러자 팰롬이 돌아서서 페롤랫에게 말했다.

"당신의 필름책을 읽도록 허락해 주셔서 고마워요, 펠."

그러고는 주저하다가 가냘픈 손을 트레비스에게 내밀었다. 트레비스는 팰롬의 손을 잠시 잡았다가 놓고는 작은 소리로 말했다.

"행운을 빈다, 팰롬."

다닐이 말했다.

"여러분이 갤럭시아 건설을 위해서 각자 열심히 노력해 주신 데 대해서 진심으로 감사드립니다. 여러분의 탐사는 끝났으니 이제는 안녕히 돌아가세요. 제 일도 조만간에 성공적으로 끝나게 될 겁니다."

블리스가 말했다.

“우리 일은 완전히 끝난 것이 아니에요. 우리는 인류를 위한 가장 바람직한 미래가 고립자들의 거대 집단이 아니라 갤럭시아임을 트레비스가 확신하고 있는지 아직 확인하지 않았거든요.”

다닐이 말했다.

“그는 조금 전에 분명히 밝혔습니다. 갤럭시아를 택하기로 마음을 굳힌 겁니다.”

블리스는 힘주어 말했다.

“그의 입을 통해 직접 듣고 싶군요. 당신의 결정은 어느 쪽이지요, 트레비스?”

트레비스가 차분하게 말했다.

“어느 쪽이길 바라지요? 만일 갤럭시아에 반대하기로 결정했다고 말한다면 당신은 펠롬을 다시 데려갈 건가요?”

“나는 가이아예요. 나는 진실 그 자체를 위해 당신의 결정과 이유를 알아야만 해요.”

다닐이 말했다.

“그녀에게 말해 주십시오. 가이아도 알고 있지만, 당신의 마음은 누구의 조종도 받지 않습니다.”

트레비스가 말했다.

“내가 택하기로 결정한 것은 갤럭시아입니다. 그 점에 대해서는 추호의 의심도 없습니다.”

4

블리스는 마치 트레비스의 결정을 가이아 구석구석까지 알리려는 듯 거의 50초 동안이나 꼼짝 않고 서 있었다. 이윽고 그녀가 말했다.

"그 이유는 뭐죠?"

트레비스가 말했다.

"내 말을 잘 들어 봐요. 나는 처음부터 인류의 미래는 두 가지 가능성이 있다는 것을 알고 있었습니다. 즉 갤럭시아와 셀던 프로젝트에 입각한 제2은하제국 말입니다. 내겐 이 두 가지 가능한 미래들이 상호 대립적인 것처럼 여겨졌지요. 셀던 프로젝트에 어떤 근본적인 결함이 없다면 갤럭시아는 이루어질 수 없을 거라는 식으로 말입니다.

불행하게도 나는 셀던 프로젝트가 바탕하고 있는 두 가지의 공리 이외에는 아는 바가 없었어요. 첫 번째 원칙은 인류를 무작위로 상호 작용하는 개인의 집단으로 통계 처리하기 위해서는 충분히 많은 숫자의 인간을 포괄해야 한다. 두 번째 원칙은 인류는 셀던 프로젝트에 따른 결과가 도출되기 전까지는 심리역사학상의 결론을 알아서는 안 된다는 것이었죠.

갤럭시아를 선택하기로 마음을 굳혔을 때 이미 내 잠재의식에서는 셀던 프로젝트의 단점을 인식하고 있었음이 틀림없습니다. 그 계획의 결함은 그 공리 속에 담겨 있다는 판단이 들었지요. 왜냐하면 셀던 프로젝트에 대해 알고 있는 바가 그것밖에 없었기 때문이었거든요. 하지만 나는 그 공리의 결함을 찾아낼 수 없었어요. 그래서 지구를 필사적으로 찾아 나섰지요. 아무런 목적도 없이 그토록 완벽하게 지구를 감출 리가 없다고 생각했기 때문이죠.

사실 지구를 찾아내도 해답을 찾을 수 있으리라는 기대는 없었지만 자살하거나 미치지 않으려면 할 수 있는 일이 이 일밖에 없다고 생각했어요. 아마 저 솔라리아 아이에 대한 다닐의 욕구가 나를 이곳까지 오게 한 것인지도 모르지요.

어쨌든 우리는 결국 지구에 도착했지요. 그리고 달로 왔을 때 블리스, 당신은 다닐의 마음을 감지했어요. 물론 다닐이 고의적으로 자신의 마음을 당신을 향해 전한 탓이겠지만……, 당신은 자신이 감지한 것은 완전히 사람이라고 할 수도 없고 로봇이라고 할 수도 없다고 묘사했었지요. 나중에 알고 보니 당신의 표현은 적절한 것이었습니다. 왜냐하면 다닐의 두뇌는 기존 로봇의 두뇌와는 달리 대단히 우수한 것이었고, 그래서 단순한 로봇으로는 감지되지 않았을 것이기 때문이죠. 그러나 그것은 또한 인간으로도 감지되지 않았을 겁니다. 페롤랫은 그 로봇을 '새로운 어떤 것'이라고 표현했고, 바로 그것은 나 자신의 새로운 어떤 것, 즉 새로운 생각을 촉발시키는 계기가 됐지요.

마찬가지로, 오래전에 다닐과 그의 동료 로봇은 로봇공학 3원칙보다 훨씬 근본적인 제4의 원칙을 고안해 냈고, 그래서 나는 다른 두 개의 공리보다 훨씬 근본적인 심리역사학의 세 번째 기본 원칙을 깨달을 수 있었지요. 그 세 번째 원칙은 너무나 근본적인 것이어서 어느 누구도 굳이 말할 필요도 없었던 것입니다.

그건 바로 이런 겁니다. 이미 알려진 두 개의 원칙들은 인간을 대상으로 하는 한편으로, 인간들이 은하계에서 유일한 지적인 종이며 따라서 사회와 역사의 발전을 담당하는 유일한 유기체는 바로 인간일 뿐이라는 당연한 원칙에 입각해 있습니다. 바로 이것이 지금까지 언급되지 않았던 원칙이었지요. 즉 은하계에는 지적인 유기체는 단 한 종뿐이고 그것은 바로 호모사피엔스라는 것이지요. 그러나 만일 어떤 새로운 것이 있다면? 만일 사실상 인간과는 전혀 다른 지적인 종이 있다면 그들의 행위는 심리역사학의 수학에 의해 정확히 묘사되지 않았을 것이고 결과적으로 셀던 프로젝트는 무의미해지게 되는 겁니다. 이해할 수 있겠어요?"

트레비스의 목소리에는 자신의 얘기를 반드시 이해시키고자 하는 열정이 깃들어 있었다.

"내 말 알아듣겠어요?"

그가 재차 물었다. 그러자 페롤랫이 대답했다.

"알겠네, 이 친구야. 그러나 자네……."

"무슨 얘깁니까?"

"우리 은하계에서는 인간이 유일한 지적인 존재라네."

"로봇은 아닌가요? 가이아는요?"

블리스가 말했다. 페롤랫은 잠시 생각하더니 더듬거리며 말했다.

"로봇들은 우주인들이 사라진 이후로 인류의 역사에서 아무런 중요한 역할도 하지 못했어. 가이아도 아주 최근까지는 마찬가지 처지였지. 로봇들은 피조물이고 가이아는 로봇들의 작품일세. 따라서 로봇들과 가이아가 그 로봇공학 3원칙에 얽매여 있는 한 그들은 인간의 의지에 복종할 수밖에 없어. 다닐이 기울여온 지난 2만 년 동안의 노력과 가이아의 오랜 발전에도 불구하고, 트레비스가 말한 한 마디 단어, 바로 '인간'은 그러한 노력과 발전에 종지부를 찍게 될 거야. 이는 결국 인간이야말로 우리 은하계에서 지성을 가진 유일한 유기체가 될 것이며 심리역사학도 계속 유효하게 될 것이라는 뜻이네."

트레비스가 페롤랫이 했던 말을 천천히 반복했다.

"우리 은하계에서 지성을 가진 유일한 유기체! 교수님 말에 동의합니다. 하지만 우리는 은하계에 대해 대단히 많은 것을 말하면서도, 은하계가 곧 우주 전체를 의미하지 않는다는 것을 모르고 있는 경우가 많지요. 우주에는 많은 은하계가 있어요."

페롤랫과 블리스는 초조한 듯 몸을 뒤틀었다. 다닐은 팰롬의 머리를 천천히 쓰다듬으면서 호의적인 태도로 그의 말을 듣고 있었다.

트레비스는 이야기를 계속했다.

"다시 제 말에 귀를 기울여 주길 바랍니다. 우리 은하계의 바로 밖에는 인류가 만든 우주선이 가 본 적도 없는 마젤란 성운이 있어요. 그 너머에는 다른 작은 은하계들이 있고, 거기서 멀지 않은 곳에는 우리의 은하계보다 훨씬 거대한 안드로메다 은하계가 자리 잡고 있으며, 그 너머에는 또 다른 수십억 개의 은하계들이 있어요.

우리의 은하계는 과학 기술 사회를 발전시키기에 충분히 위대한 하나의 지적인 종(種)을 계발시켜 왔지만, 우리가 다른 은하계에 대해 아는 것이 뭐가 있지요? 그 많은 은하계 중에 어쩌면 우리의 은하계만 비정상적일 수도 있어요. 어떤 은하계들, 아니 어쩌면 다른 모든 은하계에는 많은 지적 생명체들이 서로 경쟁하고 있을지도 모르는 일이지요. 어쩌면 그들은 온통 서로간의 투쟁에만 매달리고 있을지도 모를 일이고, 어떤 은하계에서는 한 종이 나머지 종들을 지배한 상태에서 다른 은하계를 정복하기 위해 기회를 엿보고 있을지도 모를 일입니다. 그렇다면 어떻게 할 겁니까?

초공간적인 관점에서 바라볼 때 우리의 은하계는 하나의 점에 불과하지요. 내가 아는 한 우리는 어떠한 다른 은하계에도 가 본 적이 없고 다른 은하계의 지적인 생명체도 우리를 찾아온 적이 없어요. 하지만 언젠가 그런 날이 올지도 모르는 일 아닙니까? 만일 외계종이 침략해 올 경우, 그들은 우선 우리 인간들끼리 반목하게 만드는 방안을 모색할 겁니다. 우리는 그런 소모적인 싸움에 익숙하잖아요. 침략자들이 우리가 서로 분열되어 있다는 것을 알면, 우리 모두를 지배하거나 파괴하겠지요. 그래서 유일하고도 진정한 방어는 반목과 시기를 없애고 침략자들에게 최대한 적극적으로 맞설 수 있는 갤럭시아를 건설하는 것이죠."

블리스가 말했다.

"당신 얘기는 정말 무시무시하군요. 그러면 우리에게 갤럭시아를 건설할 시간이 충분할까요?"

트레비스는 고개를 들어 위를 쳐다보았다. 마치 달 표면과 우주로부터 자신을 격리시키고 있는 두꺼운 달의 암석층을 꿰뚫어 보듯이……. 또 아득한 저편의 성운이 거대한 우주 공간을 천천히 움직이는 것을 투시라도 하는 듯…….

그는 천천히 입을 열었다.

"내가 아는 바로는 전 인류의 역사에서 어떤 다른 지적 존재도 우리와 접촉한 적이 없었어요. 이 상태가 적어도 수 세기는 지속되겠지요. 갤럭시아를 건설하는 데는 인류가 거쳐 온 기간에 비해 1만분의 1밖에 안 되는 수 세기 정도가 필요할 뿐이고 인류는 안전할 겁니다. 결국……."

이때 트레비스는 갑작스레 불안이 엄습하는 것을 느꼈지만 억지로 무시하며 이야기를 계속했다.

"여기 우리들 가운데 더 이상 적(敵)이 있지 않으니까요."

그리고 트레비스는 아래를 내려다보지 않았다. 자기 밑에서 침착하고 헤아릴 수 없는 음울한 눈빛으로 그를 응시하고 있는 팰롬, 양성체이자 변환 대뇌 능력을 지닌 색다른 존재와 눈길을 마주치지 않으려고…….

옮긴이 | 김옥수

서울에서 태어나 한국외국어대학교 영어과를 졸업하고 임프리마 코리아 영미권 부장을 지냈다. 도서출판 사람과책에서 편집부장을 지내다가 현재는 전문 번역가로 활동하고 있다. 역서로는 「파운데이션 시리즈」, 『돼지가 한 마리도 죽지 않던 날』, 『푸른 돌고래섬』, 『천상의 예언』, 『레모네이드 마마』, 『행운을 부르는 아이』, 「뱀파이어 다이어리 시리즈」, 「셉티무스 힙 시리즈」 외 다수가 있다.

파운데이션과 지구

1판 1쇄 펴냄 2013년 10월 4일
1판 22쇄 펴냄 2025년 2월 24일

지은이 | 아이작 아시모프
옮긴이 | 김옥수
발행인 | 박근섭
책임편집 | 김준혁 · 장은진
펴낸곳 | 황금가지

출판등록 | 2009. 10. 8 (제2009-000273호)
주소 | 06027 서울 강남구 도산대로 1길 62 강남출판문화센터 5층
전화 | **영업부** 515-2000 **편집부** 3446-8774 **팩시밀리** 515-2007
홈페이지 | www.goldenbough.co.kr

도서 파본 등의 이유로 반송이 필요할 경우에는 구매처에서 교환하시고
출판사 교환이 필요할 경우에는 아래 주소로 반송 사유를 적어 도서와 함께 보내주세요.
06027 서울 강남구 도산대로 1길 62 강남출판문화센터 6층 민음인 마케팅부

ISBN 978-89-6017-760-4 04840 (5권)
ISBN 978-89-6017-763-5 04840 (set)

㈜민음인은 민음사 출판 그룹의 자회사입니다.
황금가지는 ㈜민음인의 픽션 전문 출간 브랜드입니다.